बुद्ध-जनपद कल्याणी

आम्रपाली गाथा

D1831173

शरद पगारे

वाणी प्रकाशन

वाणी प्रकाशन

4695, 21-ए, दरियागंज, नयी दिल्ली 110 002

फ़ोन : +91 11 23273167 फ़ैक्स : +91 11 23275710

शाखाएँ

अशोक राजपथ, पटना 800 004, बिहार

कॉफ़ी हाउस कैम्पस, महात्मा गाँधी मार्ग, इलाहाबाद 211 001, उत्तर प्रदेश

महात्मा गाँधी अन्तरराष्ट्रीय हिन्दी विश्वविद्यालय, वर्धा 442 001, महाराष्ट्र

www.vaniprakashan.com
marketing@vaniprakashan.in
sales@vaniprakashan.in

Buddh-Janpad Kalyani : Amrapali Gatha
by Sharad Pagare

ISBN : 978-93-5518-153-4
Novel

© शरद पगारे

पेपरबैक प्रथम संस्करण : 2022, प्रकाशित प्रतियाँ : 700

मूल्य : ₹ 500

इस पुस्तक के किसी भी अंश को किसी भी माध्यम में प्रयोग करने के लिए प्रकाशक से लिखित अनुमति लेना अनिवार्य है।

आर. टेक ऑफ़सेट प्रिंटर्स, दिल्ली-110 032 में मुद्रित

वाणी प्रकाशन का लोगो मक़बूल फ़िदा हुसेन की कूची से

ईसा मसीह के जन्म से पाँच सौ वर्ष पूर्व यानी ईसा पूर्व की छठी शताब्दी में विश्व के सभी देश अपरिचय के अन्धकार में भटक रहे थे। उस समय भारत की ई.पू. की छठी सदी इतिहास की नयी इबारत लिख रही थी। वैदिककालीन महर्षि ऋषभदेव के बाद इस सदी में चौबीसवें तीर्थंकर महावीर स्वामी ने मुक्ति का मार्ग दिखाया। यही नहीं मुक्तिदाता तथागत गौतम ने बौद्धधर्म का प्रणयन कर मानव मात्र को नया सन्देश दे धर्म के सच्चे मर्म से परिचित कराया।

उधर मगध राज्य ने नये साम्राज्य की नींव, मगधराज बिम्बसार के पुत्र अजातशत्रु ने साम्राज्य विस्तर का प्रारम्भ किया। मगध साम्राज्य का इतिहास भारत के इतिहास में परिवर्तित हो गया। इतना ही नहीं सौन्दर्य, कला, नृत्य, संगीत को नया उन्मेष न केवल वैशाली की गणनर्तकी इतिहासजयी सौन्दर्य की सम्राज्ञी आम्रपाली ने प्रदान किया वरन इस कला यज्ञ में मगध की रूपसुन्दरी शालवती उज्जयिनी सम्राट चण्ड प्रद्योत की राजसभा की शोभा राजनर्तकी पद्मावती ने प्रदान किया। उज्जैन संग्रहालय के डायरेक्टर डॉ. एस.के. दीक्षित को उज्जयिनी के इतिहास के अँधेरे में गुम राजनर्तकी पद्मावती को खोजने का श्रेय है। इतिहास पद्मावती से अपरिचित है।

पाली ग्रन्थों में उपस्थित वत्सराज उदयन की राजनर्तकी रूपगर्विता मागधिया उपन्यास 'बुद्ध–जनपद कल्याणी : आम्रपाली गाथा' के रिसर्च द्वारा खोज लेने का श्रेय ऐतिहासिक उपन्यासों पर साधिकार क़लम चलाने वाले प्रसिद्व लेखक शरद पगारे को है। इतना ही नहीं विश्व की पहली प्रेमकथा वासवदत्ता उदयन की रोमांटिक–रोमांचक–रूमानी प्रणयकथा जो विश्व इतिहास की पहली प्रेमक़था है इसे पाठकों के सामने शरद पगारे ने प्रस्तुत किया है। इतिहास कथा लेखन को पगारे जी ने कैसा नया मोड़ दिया है यह इस उपन्यास को पढ़ने के बाद ही आप समझ पायेंगे।

स्व. माँ श्रीमती कौशल्या देवी पगारे
एवं जीवन संघर्ष की संगिनी
परिवार की प्रेरक श्रीमती सुमन पगारे
को सादर–सस्नेह

उपन्यास : ऐतिहासिक पृष्ठभूमि

सदियों से साहित्यप्रेमी और साहित्यकार ही नहीं सर्वसाधारण के लिए इतिहास आकर्षण का विषय रहा है और रहेगा। क्योंकि हम ज़िन्दगी की सच्चाइयों से रू–ब–रू होना चाहते हैं, और ऐतिहासिक उपन्यास उसकी पूर्ति करता है। वह ऐतिहासिक सत्यों–तथ्यों के साथ साहित्य के काल्पनिक यथार्थ का सन्तुलित समन्वय है। यहाँ एक तथ्य ध्यान देने योग्य है। इतिहासकार तत्कालीन युग का समग्र आकलन पेश नहीं करते। समाज का नेतृत्व करने, उन पर शासन करने तथा इतिहास को मोड़ देने वालों का ही मूल्यांकन, विश्लेषण करते हैं। उस काल में कुछ चरित्र ऐसे भी होते हैं जिनकी उपस्थिति समयुगीन धर्मग्रन्थों जैसे बौद्धधर्म से सम्बन्धित ईसा पूर्व की सदियों में लिखे गये जातक, दिव्यावदान, दीघनिकाय, मज्झिम निकाय, उदेनवत्थु विनयपिटक आदि में वर्णित चरित्र इसकी गवाही देते हैं। इतना ही नहीं अल्पज्ञात पात्र/पात्रियों के लिए इमारतें भी बनायी गयीं। मुग़ल काल में शाहजहाँ को मुमताज बेगम का अनन्य प्रेमी बताया गया। उसके द्वारा निर्मित ताजमहल इसकी गवाही देता है। मगर मुमताज के अलावा बुरहानपुर की बेहद हसीन दो तवायफ़ें भी उसकी महबूबा थीं। ताजमहल के पहले करारा गाँव की मशहूर मारूफ़ गुलारा के लिए उसने करारा गाँव की उतावली नदी के दोनों किनारों पर दो बारादरियाँ बनवायीं। उन्हें एक पुलिया से जोड़ा। उतावली पर बाँध बनवाने से जलप्रपात के रूप में पानी गिरता है। वह पुलिया के नीचे से बहकर हसीन नज़ारा पेश करता है। इसी प्रकार हसीन तवायफ़ मोती कुँवर के लिए असीरगढ़

क़िले के पास मोतीमहल बनवाया। दोनों शाहजहाँ के प्रेम के गवाह हैं। लेकिन इतिहास से दोनों ग़ायब हैं। कहने का मतलब यह है कि इतिहासकारों द्वारा इस प्रकार के अनेक अज्ञात, अल्पज्ञात चरित्रों को दुर्लक्षित करने से वे इतिहास के अँधेरे में गुम हैं।

ईसा मसीह के जन्म से पाँच सौ साल पहले ईसा पूर्व की छठी शताब्दी में समकालीन विश्व के देशों की तुलना में भारत में ऐसी अनेक विभूतियाँ हुईं जिनके कार्यों, क्रान्तिकारी विचारों से मानवीय सभ्यता और संस्कृति को नयी चेतना और जागृति मिली। एक रूसी इतिहासकार की मान्यता है कि विश्व इतिहास में भारत ही एकमात्र ऐसा देश है जहाँ एक ही समय में अनेक विभूतियों का आविर्भाव हुआ। बौद्ध धर्म के प्रवर्तक, धार्मिक क्रान्ति के सर्जक भगवान तथागत गौतम बुद्ध, जो बोधिसत्व भी कहलाये ईसा पूर्व की छठी सदी की ही देन थे। जैन धर्म के चौबीसवें तीर्थंकर भगवान महावीर उनके समकालीन थे। इन दोनों देव पुरुषों ने धार्मिक वितण्डावाद में फँसे मानव को धर्म के सच्चे मर्म से अवगत करा धार्मिक जगत् में जो क्रान्ति की वह इतिहास की थाती है।

धर्म ही क्यों? राजनीति के क्षेत्र में भी ईसा पूर्व की छठी सदी के सोलह महाजनपदों में जो शासक थे उन्होंने जिस राजनीतिक, गणतन्त्रीय चेतना का परिचय दिया उससे समकालीन विश्व के अन्य देश अपरिचित थे। इतिहास गवाह है गणतन्त्रीय व्यवस्था क़ायम करने का श्रेय लिच्छवियों को ही है। महाजनपद लिच्छवि गणतन्त्र का सारे देश में सम्मान था। जनता के द्वारा निर्वाचित गण सदस्य गण परिषद् का गठन करते थे। गण परिषद के सदस्य राजा कहलाते थे। राजा चेटक लिच्छवि गणराज्य के अति विशिष्ट सदस्य थे। सारे देश में उनका सम्मान था। उनकी पुत्री राजकुमारी चेलना मगध सम्राट हर्यश्व के पुत्र युवराज बिम्बिसार से ब्याही थीं। अजातशत्रु उनके पुत्र थे। बहिन त्रिशला महाराज सिद्धार्थ की पत्नी थीं। चौबीसवें तीर्थंकर भगवान महावीर उनके पुत्र थे। अतः लिच्छवि गणतन्त्र अत्यन्त शक्तिशाली था। गण सदस्य जनता द्वारा जनता के लोक कल्याण के लिए निर्वाचित

किये जाते थे। परिषद् गणाध्यक्ष का निर्वाचन करती थी लोक कल्याण के निर्णय सर्वसम्मति से लिए जाते थे। भगवान बुद्ध लिच्छवियों के बड़े प्रशंसक थे। उन्होंने प्रमुख शिष्य आनन्द से कहा, 'प्रिय आनन्द। लिच्छवि गणराज्य की गण परिषद् के सदस्य देवताओं के समान वन्दनीय हैं। क्योंकि वे लोक के कल्याण के लिए सतत प्रयत्नशील है।' लिच्छवियों जैसी व्यवस्था उस सदी के किसी देश में नहीं थी। अतः भारत गणतन्त्र की जननी है।

महाजनपद मगध

ईसा पूर्व की इस छठी सदी के सोलह महाजनपदों में मगध महाजनपद शीर्ष पर था। सोलह महाजनपदों में सिरमौर मगध महाजनपद के इतिहास को भारत के इतिहास में बदलने का श्रेय मगध राजवंश को था। मगध साम्राज्य की नींव महाराज हर्याश्व ने डाली। वे अघोषित सम्राट माने जाते थे। मगध राजवंश की मज़बूती के लिए उन्होंने लिच्छवि गणराज्य के गण परिषद् के प्रभावशाली सदस्य राजा चेटक की पुत्री राजकुमारी चेलना से युवराज बिम्बिसार का विवाह किया। बिम्बिसार ने मगध की चतुरंगिणी सेना में वृद्धि कर मगध की सैन्य ताक़त बढ़ायी। उनके महत्त्वाकांक्षी पुत्र युवराज अजातशत्रु ने दादा महाराज हर्याश्व की योजना को आगे बढ़ाया। सबसे पहले लिच्छवि गणराज्य पर हमला कर उसे जीत मगध साम्राज्य की सीमाओं का विस्तार किया। शिशुनाग वंश और नन्द वंश ने अजातशत्रु के काम को आगे बढ़ाया। बिम्बिसार के काल में राजगृह मगध की राजधानी थी। नन्दवंश ने राजगृह के स्थान पर पाटलिपुत्र को राजधानी बनाया। सम्राट धननन्द के पास इतनी विशाल सेना थी कि सिकन्दर की हिम्मत पाटलिपुत्र पर हमला करने की नहीं हुई। महामात्य विष्णुगुप्त चाणक्य 'कौटिल्य' के मार्ग निर्देशन में चन्द्रगुप्त मौर्य ने मगध को साम्राज्य बनाया। कश्मीर से श्रवणबेलगोला (मद्रास) तथा गान्धार (अफ़ग़ानिस्तान का कान्धार) से लेकर पूर्वोत्तर तक का क्षेत्र मगध सम्राटों के अधीन था। भारत का इतिहास मगध के इतिहास से आरम्भ होता है।

एक रोमानी तथ्य और ध्यान देने योग्य है। उस सदी की चार रूपसियों की कमनीय रेशमी मरमरी चाँदनी काया की स्वामिनी रूपाली आम्रपाली का रसीला आनन्द उठाने का सौभाग्य मात्र मगधराज बिम्बिसार को मिला।

विश्व की पहली प्रेम कहानी : महाजनपद वत्स

सच्ची प्रेम कहानियों के इतिहास में संसार की पहली ऐतिहासिक प्रेमकथा इस सदी में भारत में अभिनीत हुई। कहानी के महानायक थे महाजनपद वत्स के महाराजाधिराज पाण्डववंशी सुदर्शन व्यक्तित्व के स्वामी सदी के महान कलाकार, वीणा के सर्वश्रेष्ठ वादक उदयन। और महानायिका थी महाजनपद अवन्तिराष्ट्र की उज्जयिनी की दैवी सौन्दर्य की सम्राज्ञी सदी के दुर्धर्ष अतिउग्र अवन्तिराज महाराज चण्डप्रद्योत की अत्यन्त लाड़ली बेटी राजकुमारी वासवदत्ता। इतिहास की गवाही के अनुसार महाभारत में विजय हासिल करने के बाद सम्राट युधिष्ठिर ने हस्तिनापुर के स्थान पर इन्द्रप्रस्थ (वर्तमान दिल्ली) को भारत की राजधानी बनाया। वहाँ से पाण्डव वंश राज करने लगा। ईसा पूर्व की दसवीं सदी में भयंकर जलप्रलय के कारण इन्द्रप्रस्थ यमुना की बाढ़ में डूब गया। तब पाण्डव राजा ने उत्तर प्रदेश के कौशाम्बी नगर को राजधानी बना वत्स राज्य की स्थापना की। उदयन वत्सराज शतानीक के पुत्र थे। वत्स महाजनपद का सोलह महाजनपदों में महत्त्वपूर्ण स्थान था। भगवान तथागत बुद्ध धर्म प्रचार हेतु कौशाम्बी जाया करते थे। उदयन–वासवदत्ता उनके अनुयायी थे।

महाजनपद अवन्ति राष्ट्र

मगध नरेश बिम्बिसार, रोमांस के राजकुमार वत्सराज उदयन के समान अवन्ति महाजनपद का शासक प्रद्योत भी ईसापूर्व की छठी शताब्दी का महत्त्वपूर्ण इतिहास प्रसिद्ध शासक था। परन्तु वह बिम्बिसार और उदयन के समान न तो ख़ानदानी क्षत्रिय था न ही किसी समकालीन राजवंश का वंशधर। उसके पिता पुणिक अवन्ति राष्ट्र के शासक वीतिहोत्र नरेश सुधर्मन के अमात्य थे। उन्होंने प्रधान सेनापति सामन्त भद्र की मदद से महाराज सुधर्मन की हत्या कर सत्ता हथिया ली। चूँकि वह रक्त सने हाथों से राजसिंहासन पर नहीं बैठ सकते थे।

वे जानते थे उस हत्यारे को प्रजा कभी स्वीकार नहीं करेगी। राजत्व की मान्यता नहीं देगी। इसलिए अपने नाबालिग बेटे प्रद्योत को राजा बनाया।

पिता पुणिक के समान प्रद्योत भी षड्यन्त्रकारी, कपट चाल चलने वाला, उग्र स्वभाव का अत्यन्त ही घमण्डी था। उग्र, क्रोधी स्वभाव के कारण वह चण्ड प्रद्योत नाम से विख्यात हुआ। उसने एक विशाल चतुरंगिणी सेना गठित की थी इसलिए महासेन भी कहलाने लगा। इन कारणों के अलावा इस सदी के इतिहास में वह अपनी अलौकिक, अप्रतिम दैवी सौन्दर्य की स्वामिनी बेटी राजकुमारी वासवदत्ता, जिसने प्रेमी वत्सराज उदयन के साथ भाग कर प्रेम विवाह किया था, के कारण प्रसिद्ध हुआ। इसका आयोजन भी उसने षड्यन्त्रपूर्वक उदयन को अपने जाल में फँसा कर किया था। वासवदत्ता–उदयन ईसा पूर्व छठी सदी में घटित इस प्रेमकथा की चर्चा ईसा बाद की ग्यारहवीं सदी तक साहित्यकारों ने की। इस प्रेम प्रकरण से प्रभावित, प्रेरित महाकवि भास ने दो नाटक 'स्वप्नवासवदत्ता' एवं 'प्रतिज्ञा यौगन्धरायण' लिखे। गुप्तकाल में इनका मंचन एवं उल्लेख हुआ। ईसापूर्व की यह रोमानी प्रेम कथा यात्रा करती ग्यारहवीं सदी तक पहुँची। जिस समय सुल्तान महमूद गजनवी भारत के प्रसिद्ध मथुरा, सोमनाथ के मन्दिरों की अकूत सम्पदा को लूट रहा था उस समय जैनाचार्य हरि विजय सूरी इस प्रेमकथा से प्रेरित त्रिषष्टिशलाका पुरुष–चरित्र नाटक लिख रहे थे। वासवदत्ता–उदयन की प्रेम कहानी से भी महासेन चण्ड प्रद्योत ने इतिहास में प्रसिद्धि पायी।

सदी की रूपसियों की रूपकथा

इस युग की जिन रूपसियों ने अपने दैवी अलौकिक, अप्रतिम सौन्दर्य तथा नृत्य–संगीत, गायन, वादन, नृत्याभिनय, राजकीय शिष्टाचार की सारस्वत कलाओं से सरस्वती की इन बेटियों से युग को रूमानी, रोमांचक, रसमय, आनन्ददायी बनाया। उनकी उपस्थिति से इतिहासकार और ऐतिहासिक साहित्यकार आज की तारीख़ तक अनजान हैं। क्योंकि इतिहास के बजाय पाली के लोक साहित्यकारों ने इनकी उपस्थिति का संज्ञान ले समयुगीन पाली लोक साहित्य में

इनकी उपस्थिति दर्ज की। यदि वे उनकी ओर आकर्षित न होते तो ये इतिहास के अँधेरे में खो जातीं।

पाँच रूपसियाँ

जिन पाँच रूपसियों ने अपने रूप–सौन्दर्य–लावण्य तथा सारस्वत साधना से युग को आलोकित किया उनमें एक राजकुमारी और चार राजनर्तकियाँ थीं। इस सदी तक आते–आते गणिका संस्था गठित एवं विकसित हो चुकी थी। समाज और राज्य ने उसे मान्यता दे दी थी। देवालय की तराशी मूर्ति–सी, नयनों को सुकून देने वाली मरमरी दूध नहायी चाँदनी–सी सुचिक्कण रेशमी कायिक रूप–सौन्दर्य के साथ सृजनात्मक ऊर्जा से भरी ये राजनर्तकियाँ सारस्वत कलात्मक साधना की श्रेष्ठता से देश प्रसिद्ध, देश प्रिय एवं कालजयी बन गयीं।

राजकुमारी वासवदत्ता

इतिहास ही नहीं साहित्य की महानायिका अवन्ति की अप्रतिम रूप–लावण्य की सम्राज्ञी राजकुमारी वासवदत्ता ने अपने प्रेम प्रकरण के ज़रिये इतिहास प्रसिद्ध जगह हासिल की। इस युग की पाँच सुन्दरियों में वासवदत्ता शीर्ष पर है। वह अवन्ति नरेश चण्ड प्रद्योत महासेन की लाड़ली बेटी थी। प्रद्योत अपनी पुत्री का सम्बन्ध युग के सुदर्शन पाण्डववंशी वत्सराज उदयन से करना चाहते थे। पारम्परिक धार्मिक रीति–रिवाज़ का पालन न करते हुए षड्यन्त्र के द्वारा नक़ली हाथी के ज़रिये उदयन को बन्दी बनाया। उन्हें श्रेष्ठ वीणावादक कोढ़ी तथा पुत्री को कुबड़ी बता पर्दे की आड़ में वीणा के प्रशिक्षण की व्यवस्था की। लेकिन पोल शीघ्र खुल गयी। वासवदत्ता वत्सराज उदयन से प्रेम ही नहीं कर बैठी बल्कि उनके साथ कौशाम्बी भाग गयी। संसार की यह पहली ऐतिहासिक प्रेमकथा थी। एक राजकुमारी साधारण प्रेमिका समान प्रेमी के साथ भागी।

इतिहाप्रसिद्ध सौन्दर्य सम्राज्ञी आम्रपाली

ईसा पूर्व की छठी सदी के लिच्छवि गणराज्य की राजनर्तकी का रूप सौन्दर्य इतिहाप्रसिद्ध है। वे इतनी रूपवती थीं कि हर युग के लिए

उनका सौन्दर्य कसौटी और प्रतिमान बन गया है। आज की इक्कीसवीं सदी में भी जब ख़ूबसूरती की चर्चा चलती है तो आम्रपाली आ खड़ी होती है। आम्रपाली किसकी सन्तान थी? उसके माता–पिता कौन थे? यह इतिहास को भी नहीं मालूम। वैसे इक्कीसवीं सदी की गणिकाओं, वेश्याओं, तवायफ़ों का जन्म, परिवार की कथा से समाज, संसार अनभिज्ञ है। यह अनाथ बालिका दैवी, सौन्दर्य की सम्राज्ञी थी। उसी के बल पर वो वैशाली गणतन्त्र की राजनर्तकी बनी। नृत्य, गायन, वादन, सोलह श्रृंगार द्वारा अपने रूप–लावण्य को अधिक चुम्बकीय बनाये रखने की कला कहाँ–किससे सीखी, यह इतिहास के गर्भ में दफ़न है। समयुगीन पाली साहित्य उसे गान्धर्व कला में निष्णात मानता है। वह तथागत गौतम बुद्ध की प्रिय शिष्या थी। उन्होंने सामाजिक रूढ़िवादी सोच के ख़िलाफ़ गणिका को अछूत, अधर्म की खान एवं समाज में असम्मानजनक मानने की परम्परा को तोड़ आम्रपाली का आतिथ्य संघ समेत स्वीकार कर उसके यहाँ भोजन, भिक्षा ग्रहण की। उसे प्रवज्या दे भिक्षुणी बनाया। आम्रपाली की कमनीय काया और सौन्दर्य से प्रभावित मगध नरेश बिम्बिसार उससे प्रणय निवेदन कर बैठे थे। ऐतिहासिक किंवदन्ती के अनुसार महाराज उदयन भी प्रणय निवेदन करने वैशाली गये थे। उनके सुदर्शन व्यक्तित्व से प्रभावित हो आम्रपाली ने उन्हें यौन सुख प्रदान किया था। आम्रपाली उस युग की सौन्दर्य सम्राज्ञी थी। मगध सम्राट बिम्बिसार को भी यह सुख प्राप्त हुआ था।

कौशाम्बी की राजनर्तकी मांगधिया

रूप सुन्दरी आम्रपाली की समकक्ष थी रूप–लावण्य की स्वामिनी मांगधिया। इतिहास उसके अस्तित्व से अनभिज्ञ है। जैसाकि पूर्व में सूचित किया गया है रूपसी मांगधिया की महत्त्वपूर्ण उपस्थिति की जानकारी समकालीन पाली साहित्य में मिलती है। मांगधिया का सम्बन्ध भी बोधिसत्व बुद्ध से था। इसी कारण पाली साहित्यकारों ने उसका उल्लेख किया। उसके विपुल अतुलनीय रूप–सौन्दर्य एवं सारस्वत श्रेष्ठता के कारण रोमानी राजकुमार वत्सराज उदयन ने उसे वत्स

महाजनपद की राजनर्तकी के पद पर आसीन किया था। मांगधिया ख़ुद भी अपने रूप–लावण्य, रेशमी सुचिक्कण काया पर मुग्ध थी। उसे उस पर गर्व था। वह आत्ममुग्धा एवं रूपगर्विता थी। सारे देश में आम्रपाली के बाद मांगधिया के दैवी रूप–सौन्दर्य की चर्चा थी। उसकी एक झलक पाने को नारी सौन्दर्य प्रेमी उसके प्रासाद के बारजे के सामने के मार्ग पर आधी रात तक खड़े रहते थे। महारानी वासवदत्ता के बाद राजनर्तकी मांगधिया उदयन की चहेती उदयन प्रिया थी। वीणा के सदी के श्रेष्ठ वादक उदयन के वीणावादन करने पर वह नृत्य पेश करती थी। उस जुगलबन्दी का आनन्द सर्वश्रेष्ठ होता था।

धर्मचक्र प्रवर्तन के सिलसिले में विहार करते तथागत बुद्ध कौशाम्बी पहुँचे। राजपरिवार के साथ सारे नगर, अमात्य मण्डल ने सदी के देवता का स्वागत पाद पूजन से किया। बौद्ध धर्म के साथ गौतम के दैहिक सुदर्शन व्यक्तित्व की भी चर्चा, प्रशंसा थी। तथागत राजपुरुष थे। जननी माया देवी एवं पिता महाराज शुद्धोधन भी अत्यन्त रूपवान थे। अतः प्राकृतिक रूप से तथागत का व्यक्तित्व दर्शनीय ही नहीं चुम्बकीय भी था। मुख सदैव आत्मिक शान्ति धार्मिक उपलब्धियों से आलोकित रहता था। आत्मा की शान्ति की आभा से मुखमण्डल को दिव्यता प्राप्त थी।

तथागत के चुम्बकीय, मनोहारी सुदर्शन व्यक्तित्व ने गणिका मांगधिया के चंचल मन में काम भाव जाग्रत कर दिया। वासना की तीव्रता सद्बुद्धि का हरण कर लेती है। सोलह श्रृंगार कर वासना से पगलाई मांगधिया प्रणय निवेदन करने जा धमकी। तथागत ने सस्नेह वात्सल्य करुणा से पूरित भाव से नम्रतापूर्वक अस्वीकार कर दिया। सौन्दर्य उपेक्षा को अपमान मान बैठता है। रूपसी सब कुछ सह सकती है अपनी ख़ूबसूरती की अवमानना नहीं, क्योंकि अपमानजनक अवमानना मन को आहत, लहूलुहान करती है। अपमानित मांगधिया कुचली नागिन–सी फुँफकारने लगी। बदला लेने कुछ गुण्डे भेजे। जिन्होंने तथागत को गालियाँ बकीं। गोबर, गन्दगी से अपमानित किया। क्रोध–कामजयी देव पुरुष शान्त–निश्चल बैठे रहे।

उन्होंने गुण्डों–मांगधिया को क्षमा कर दिया। पाली ग्रन्थों में वर्णित मांगधिया का प्रणय प्रकरण तथागत की महान उदारता, करुणा की श्रेष्ठता का उद्घाटन करता है।

रूप-लावण्य की राजनर्तकी शालवती

वैशाली गणराज्य एवं महाजनपद वत्स–कौशाम्बी के समान मगध महाजनपद, जो साम्राज्य कहलाता था, वहाँ रूपसी शालवती राजनर्तकी के पद को सुशोभित कर रही थी। शालवती अनिंघ रूपसी तो थी ही नृत्य, नृत्याभिनय, गायन, वादन की सारस्वत कला में आम्रपाली और कौशाम्बी की रूपगर्विता मांगधिया की समकालीन थी। तथागत बुद्ध धर्म प्रचार हेतु अक्सर मगध की राजधानी राजगृह जाया करते थे। मगध राजपरिवार के सदस्य सम्राट बिम्बिसार एवं सम्राज्ञी चेलना उनके भक्त थे। केवल अज्ञातशत्रु के मन में उनके प्रति कोई विशेष भक्ति अनुराग नहीं था। राजपरिवार बुद्ध का पर्याप्त सम्मान करता था। तथागत के चुम्बकीय व्यक्तित्व, राजसी पृष्ठभूमि, प्राणीमात्र के प्रति करुणा, दया, ममता तथा बौद्ध धर्म के सहज, सरल, जीवन में उतारने योग्य अनुकरणीय सिद्धान्तों तथा आदर्शों एवं धार्मिक आडम्बरहीनता, रूढ़ियों से परे सत्यनिष्ठता, अहिंसा, अस्तेय एवं अपरिग्रह ने जनसाधारण को गहरे तक प्रभावित किया। बुद्ध का शील आचरण पर अधिक ज़ोर था। आचरण, व्यवहार की शुद्धता में किसी ख़र्चीले यज्ञ, हवन, कर्मकाण्ड की ज़रूरत नहीं थी। मानव की समानता ने भी प्रभावित किया। बुद्ध के चुम्बकीय व्यक्तित्व एवं बौद्ध धर्म की सुगमता से प्रभावित, प्रेरित हो–अनेक मागध नवयुवक भिक्षु बन गये। उनमें सारीपुत्र, महामौदगलायन और महाकाश्यप का नाम उल्लेखनीय है। तथागत बुद्ध इन ब्राह्मण युवकों की विद्वता को भाँप गये। उन्हें सहर्ष प्रव्रज्या प्रदान की। बुद्ध के महापरिनिर्वाण के बाद सारीपुत्र, महामौदगलायन एवं महाकाश्यप ने बौद्ध धर्म का नेतृत्व कर उसे थाइलैंड, भूटान, सिक्किम, चीन, तिब्बत, जापान, कोरिया आदि में फैला विश्व धर्म बनाया।

मगध नवयुवकों के बड़ी संख्या में भिक्षु बनने पर बुद्ध का विरोध भी हुआ क्योंकि इससे गृहस्थाश्रम व्यवस्था बिखर रही थी।

शालवती का उल्लेख समयुगीन इतिहास में नहीं मिलता। मगर पाली साहित्य में वह उपस्थित है। प्रसिद्ध साहित्यकार पन्त–प्रसाद–निराला की बृहत्रयी में से इतिहासजयी कृति 'कामायनी' के रचयिता महाकवि जयशंकर प्रसाद जी को शालवती की जानकारी थी। उसका उन्होंने उल्लेख भी किया था। जितनी बार धर्म प्रचार एवं सम्बोधि हेतु तथागत राजगृह आये राजपरिवार के साथ राजनर्तकी शालवती उनकी सम्बोधि में उपस्थित रही। शालवती गणिका जीवन से त्रस्त हो चुकी थी। गणिका शब्द नारीत्व का अपमान है। तथागत भी यह मानते थे। अतः गणिकाओं के प्रति उनके करुणा पूरित मन, आत्मा में स्नेह, वात्सल्य, करुणा की अखूट भावना थी। शालवती की प्रार्थना पर उन्होंने उसे प्रवज्या दे भिक्षुणी बना नारकीय जीवन से मुक्त कराया।

उज्जयिनी की राजनर्तकी पद्‌मावती

महाजनपद अवन्ति राष्ट्र की राजधानी उज्जयिनी थी। राजधानी के कारण ही नहीं बारह ज्योतिर्लिंगों के प्रमुख काल–समय के स्वामी महाकालेश्वर भगवान शिव भारत के नाभि केन्द्र में क्षिप्र गति से बहने वाली पतित पावनी शिप्रा के तट पर निवास करते हैं। अवन्ति इतना विशाल महाजनपद था कि उसकी तीन राजधानियाँ उत्तर पूर्व में विदिशा, मध्य में उज्जयिनी और दक्षिणापथ में माँ रेवा नर्मदा तट पर स्थित महिष्मति थी। उज्जयिनी महाकालेश्वर के अलावा महाराजाधिराज चण्ड प्रद्योत महासेन की अप्रतिम रूपसी बेटी राजकुमारी वासवदत्ता ही नहीं सर्वोपरि उस युग की चौथी अलौकिक सौन्दर्य रूप–लावण्य एवं देवालय की तराशी दूध नहायी चाँदनी देह की स्वामिनी राजनर्तकी पद्‌मावती के कारण भी प्रसिद्ध थी। राजनर्तकी के अलावा वह भगवान महाकालेश्वर (शिव) की देवदासी भी थी। राजसभा में नृत्य, गायन, वादन के बाद भगवान् शिव की नृत्य, भक्ति गीतों से पूजा अर्चना, अभ्यर्थना भी करती थी। शिवभक्त तीर्थयात्री भगवान् महाकालेश्वर के अभिषेक पूजन के बाद देवी पद्‌मावती की झलक पाने के लिए राजनर्त की के प्रासाद के समाने भीड़ लगाये रहते।

पाली साहित्य से पता चलता है कि राजनर्तकी पद्मावती महाराज प्रद्योत के क्रोधी एवं उग्र घमण्डी, अस्थिर स्वभाव से त्रस्त एवं डरी रहती थी। अतः अवसर मिलते ही राजपुरोहित महाकात्यायन की सहायता से राजगृह से भाग मगध की राजनर्तकी बन गयी।

तथागत बोधिसत्व की आत्मा–मन युग की गणिकाओं विशेषकर राजनर्तकियों के प्रति करुणा, दया, ममता एवं वात्सल्य से ओतप्रोत था। जब भी वे भेंट सम्बोधि सुनने आतीं, शास्ता का स्नेह आशीष उन्हें मिलता। वे भाव विगलित हो जाते। उन्होंने युगीन रूढ़िवादी, मानव–मानव में भेदभाव, ऊँच–नीच, छुआछूत की परम्पराओं को अमान्य कर गणिका आम्रपाली का आतिथ्य स्वीकार कर संघ सहित उसके यहाँ भोजन, भिक्षा हेतु विहार ही नहीं किया बल्कि उसे एवं शालवती को प्रवज्या दे भिक्षुणी बना आत्मा की मुक्ति का द्वार खोला। संसार के अन्य देशों की तुलना में भारत की ईसा पूर्व की छठी सदी में इतिहास को दिशा तथा देश की दशा बदलने वाले शासक थे, वहीं इस युग की रूपसियों ने उपस्थिति, कला साधना से चेतना सृजनात्मक ऊर्जा से सारस्वत भावना देश में जगायी। उसे जो रोमानी, रसीला स्पर्श दिया वह अद्वितीय है। इतिहास का प्रोफ़ेसर, अध्येता एवं रिसर्चर होने से इन रूपसियों को खोज उपन्यास के ज़रिये सजीव करने का सौभाग्य मुझे प्राप्त हुआ। इसलिए इतिहास व लोक साहित्य पाली का आभारी हूँ।

-शरद पगारे

वैशाली की जनपद कल्याणी

इतिहास का अध्येता, रिसर्चर, प्रोफ़ेसर रहने से विषय की अच्छी समझ है। ऐतिहासिक पात्रों की वैभवशाली, विलासी, रूमानी जीवन–शैली रोचक, रोमांचक घटनाओं और कथाओं ने अभिभूत किया। ये हमारे पूर्वजों से जुड़ी हैं। ऐतिहासिक नगरों, क़िलों, महलों, मन्दिरों, मूर्तियों और चित्रकला का सौन्दर्य भी आकर्षण का केन्द्र रहे हैं। समय मिलते ही इनकी सैर को निकल पड़ता था। कभी इनमें भी जीवन धड़कता था। वैशाली की रूमानी ऐतिहासिकता से बँधा चला गया। चर्चा में इतिहास ने बताया था जिस समय दुनिया का कोई भी देश प्रजातन्त्र के कखग से भी परिचित नहीं था वैशाली के लिच्छवियों ने ईसा पूर्व की छठी सदी में विश्व के पहले गणराज्य की स्थापना सफलतापूर्वक की थी। यहाँ का शासन–प्रशासन जनता द्वारा निर्वाचित, जन–प्रतिनिधियों द्वारा संचालित, जन–कल्याण के लिए कार्यरत था। समकालीन तथागत भगवान बुद्ध के बौद्ध धर्म का प्रचार करने हेतु संघ सहित वैशाली पहुँचने पर लिच्छवि गण परिषद् के सदस्यों को स्वागत हेतु आया देख प्रशंसा की, 'आनन्द! लिच्छवि गण परिषद् के ये निर्वाचित प्रतिनिधि लोक कल्याण का कार्य कर रहे हैं इसलिए देवताओं के समान वन्दनीय हैं।' गण परिषद् के ये सदस्य राजा कहलाते थे। जैन धर्म के चौबीसवें तीर्थंकर महावीर स्वामी के परजिन श्री राजा चेटक भी लिच्छवि गणराज्य के सदस्य थे।

इसी वैशाली में इसी युग में आज के शब्दों में विश्व सुन्दरी! ना!! ब्रह्माण्ड सुन्दरी, रूप–लावण्य, सौन्दर्य मादक कमनीय देह व

नृत्य, संगीत की देवी निवास करती थी। नृत्य के नियमित अभ्यास ने उसके अंग–प्रत्यंग को किसी देवालय की प्रतिमा के समान तराश सुडौल बनाया। उसने नृत्य से प्रत्येक अंग पर चाहे वह हस्त संचालन, नयन–भ्रू विलास, सुराहीदार गर्दन, पतली कटि और पग संचालन पर इच्छानुसार उपयोग करने का नियन्त्रण पा लिया था। उसके संकेत मात्र पर ये मनोहारी भाव व्यक्त कर देते थे। भाव नाट्य साकार हो उठता।

गायन के नियमित अभ्यास ने कण्ठ में मधुमिश्रित माधुर्य घोला था। वीणावादन के साथ जब डूबकर आलाप ले आरोह–अवरोह के साथ गीत–भजन प्रस्तुत करती तो कमल पुष्प की पाँखुरियों–सी कोमल पलकें बड़े–बड़े भ्रमर नेत्र स्वतः मुँद जाते। गायन के देवता का नया संसार सृजित कर देती। अपने ही नहीं श्रोताओं के मन–आत्मा को भी जोड़ लेती। उसकी आत्मा से निकला भजन–गीत श्रोताओं की आत्मा में सीधा प्रवेश करता था। भाव जगत् में पहुँचते ही उनके नेत्र भी स्वयं मुँद जाते। भाव संसार के अतिन्द्रिय लोक में ले जाकर संगीत के देवता के चरणों में समर्पित कर देती। श्रोताओं को लगता गायिका के कण्ठ में भी वीणा है जिसके स्वरों की मधुर झनकार गीत–भजन बन झरती है।

लाल–पतले बिम्बाधर से अधरों की मीठी–मोहक चुम्बकीय मुस्कान से नयन ही नहीं समस्त कमनीय मुख सदा आलोकित रहता। अत्यन्त ही व्यवहारकुशल थी मृदुभाषिणी। उसके व्यक्तित्व की आभा से बड़े से बड़ा प्रभावशाली भी चाहे वह गणाध्यक्ष, महामात्य, प्रधान न्यायाधीश, सेनाध्यक्ष, नगरश्रेष्ठी ही क्यों न हो, सादर खड़ा हो पहले स्वयं शीश झुका अभिवादन करता था। सौन्दर्य सम्राज्ञी मयूरी–सी सुराहीदार गोरी–गुलाबी गर्दन को सगर्व थोड़ा झुका जूही की कलियों–सी अँगुलियों को जोड़ प्रणाम कर उपकृत करती। पूर्व सूचना और पूर्वानुमति के बिना कोई भी भेंट नहीं कर सकता था। अनुमति देने अथवा अस्वीकार करने का उसे विशेषाधिकार था। बलिष्ठ अंगरक्षक उसकी और उसके प्रासाद की रक्षा में चौबीस घड़ी तैनात रहते थे। अपने युग की वह सम्पूर्ण नारी रत्न थी।

ऐतिहासिक खँडहरों में आज भी वहाँ के वासियों की आत्माएँ भटक रही हैं। वैशाली अपवाद नहीं है। गुलारा बेगम और बेगम ज़ैनाबादी के खँडहरों में भटकते समय उनसे हुई भेंट में उन्होंने अपनी व्यथा–कथा सुना उपन्यास लिखवाये। इसी उम्मीद से वैशाली आया था। ईसा पूर्व की छठी सदी की रूप–लावण्य और कला की देवी की उपस्थिति ने इन खँडहरों को जीवन्त बना जो रोमान बिखेरा था उसी को अनुभूत करना था। आकाश से लेकर धरा के इन खँडहरों को चन्द्र किरणों ने मादक रूमानी आगोश में ले रखा था। पास के वन के जंगली पुष्पों की सुरभि से ओतप्रोत बयारें मन–मस्तिष्क को सुकून दे रही थीं। मादक प्राकृतिक सौन्दर्य से गहरे तक प्रभावित होने से नेत्र स्वतः मुँद गये। वातावरण का आनन्द लेने लगा।

छूम...छूम...छ...न...न...छूम...रुन...झुन...झुन...रुन...झुन...छूम...कर्णप्रिय ध्वनि के साथ मदहोश करने वाली सुरभि के झोंकों ने चौंकाया। नेत्र स्वतः खुल गये। कौन आ गया भाई? दूध नहायी चाँदनी–सी कोमल, कमनीय, मदमाती काया। सोने–चाँदी के तारों में मोतियों टके श्वेत वस्त्र, नुकीले, पुष्ट उभरे वक्ष को जबरन छिपाने का प्रयत्न करती, रेशमी कंचुकि, रत्नाभूषणों से सजी देह, सुगन्धित पुष्पों के गजरे से सजा जूड़ा, भुजबन्ध से सुशोभित मृणाल–सी गोरी–गुलाबी भुजाएँ, पतली कटि पर सजी मेखला। सुरुचिपूर्ण श्रृंगार ने उसके रूप–लावण्य में तीखा आकर्षण पैदा कर दिया था। लगा चाँद के डोले से चाँदनी स्वयं सीधे खँडहर में अवतरित हुई है। रूपरी की गजगामिनी–सी मन्थर चाल, बिम्बाधर से पतले अधरों पर खिली मीठी, मोहक मुस्कान से आलोकित नयन–मुख।

सभ्रम सादर उठ खड़ा हुआ।

'अरे...अरे...खड़े क्यों हो गये? बैठिए...बैठिए।' वीणा विनन्दित स्वर झरे।

सौन्दर्य की सम्राज्ञी के निवेदन के बाद भी बैठने का साहस नहीं हो रहा था। मुस्कुराती एकदम पास आ हाथ थामा। कोमल स्पर्श से

देह रोमांचित हो आयी। मादक सुरभि मदहोश करने लगी। रोमांचित देह हल्के से काँपने लगी।

'बैठिए बन्धु! विराजिए!! कब तक खड़े रहेंगे? आइए! हम लोग बैठ कर चर्चा करें?'

अप्रत्याशित घटना ने वाणी छीन ली। यन्त्रचालित पुतले–सा बैठ गया। वे विचारमग्न थीं। धड़कनें व्यवस्थित और कम हुईं। साहस लौटने लगा। हिम्मत कर जानना चाहा, 'अ...अ...आप...कौन? खँडहरों में क्यों भटक...भटक रही हैं? कहीं मेरी तरह घूमने तो नहीं! नाम जानने की हिमाकत कर सकता हूँ?'

'सब बताऊँगी? कौन हूँ? क्यों आयी हूँ? हमारा नाम? आपसे क्या चाहती हूँ? सब बताऊँगी।'

उसकी उपस्थिति ने अभिभूत कर रखा था।

'आपसे ही मिलने आयी हूँ। इतिहास ने तो न्याय किया नहीं। लेखक अत्यन्त संवेदनशील प्राणी है। पात्र की काया में प्रवेश कर अपनी नहीं उसकी भावनाओं को अभिव्यक्त करता है। कुशल लेखक ही यह कर सकता है। सखेद कहना पड़ रहा है आपके युग के लेखकों ने हमारे साथ न्याय नहीं किया। हमारी आत्मा में झाँककर नारी मन की वेदना–पीड़ा को शब्द देने की अपेक्षा दैहिक सौन्दर्य, नृत्य–गायन की चर्चा तक सीमित रहे। हमारे ही नहीं इतिहास के हर दौर में नारी का रूप–लावण्य उसके लिए अभिशाप सिद्ध हुआ। उसे पण्य बाज़ार में बैठा दिया। नारी की सबसे बड़ी विडम्बना उसकी देह है। यदि सुन्दरता नारी के लिए वरदान है तो सबसे बड़ा अभिशाप भी है। विश्व के इतिहास में सुन्दर नारी काया को पाने के लिए ही युद्धों के ज़रिये नरसंहार हुए। कमनीय काया के सामने उसकी भावनाओं, सपनों, संवेदनाओं का कोई मूल्य नहीं। मानवी तो वह दूसरे स्थान पर है। हर युग के साहित्यकार की क़लम नारी के दैहिक सौन्दर्य तक ही सिमट कर रह गयी। उसके आत्मिक सौन्दर्य तक कभी नहीं पहुँची। कहानियों, शृंगारपरक काव्यों, उपन्यासों ने गणिका, तवायफ़ बना दिया। उसी कलंक को मिटाने, न्याय माँगने आपके पास आयी हूँ।

आप भी लेखक हैं। आपने इतिहास से तिरस्कृत उपेक्षित नारियों पर कहानियाँ, उपन्यास लिख न्याय दिलाया है। चम्पा के दरिद्र ब्राह्मण की बेटी धर्मा पर पाटलिपुत्र की सम्राज्ञी, करारा गाँव के ग़रीब किसान की बेटी गुलारा और अपमान का विष पी कर भी पुरुष को आनन्द सुख प्रदान करने वाली तवायफ़ की बेटी हीराबाई पर उपन्यास लिख साहित्य में प्रतिष्ठित किया, न्याय दिलाया। हम भी आपसे न्याय की आशा कर सकते हैं!'

स्तब्ध! आरोपों ने वाणी छीन ली। चुभती निगाहें बेचैन, व्यथित करने, मथने लगीं। क्या उत्तर दूँ? समझ नहीं पा रहा था?

'मौन क्यों हैं?'

गहरी साँस ली, 'आपका हर शब्द नारी जीवन की त्रासद सच्चाई उजागर कर रहा है। नारी के मूल्यांकन का आधार उसकी देह बन गयी है। वधू की पसन्दगी का पैमाना भी वही है। परिवार, वंश, शिक्षा बाद में। सच्चाई के साक्षात्कार ने विचलित कर दिया है। आप सच कह रही हैं। पुरुष के पास नारी के मूल्यांकन का पैमाना उसकी दैहिक सुन्दरता भर है।'

'यही नहीं पुरुष ने हर युग में नारी देह का व्यवसायीकरण कर उसे पण्य–बाज़ार में बैठा दिया। आज के शब्दों में सेक्स वर्कर। उसे सार्वजनिक सम्पत्ति, यौन सुख देने वाली गुड़िया बनाया, जबकि महान सृष्टिकर्ता स्वयं नारी बन अपनी सृजन क्रिया को जारी रखे हैं। ईश्वर के बाद नारी ही सृष्टि की सर्जक है। उसके काम को आगे बढ़ाती है। पुरुष तो माध्यम मात्र है, लेकिन यौन सुख को प्रधान तत्त्व मान लिया।'

हर शब्द गहरी मारक चोट कर रहा था। उन पर गुज़री कड़वी सच्चाइयों की पीड़ा, वेदना को व्यक्त करने में शब्द असमर्थ लग रहे थे। उसने अपने जीवन की व्यथा की जो त्रासद कथा सुनायी, आपके लिए प्रस्तुत है।

जैत गाँव के आम्रकुंज के बीच शिवालय था। आम्रवृक्षों के अतिरिक्त भी देवालय के उद्यान में रंग–बिरंगे सुरभित पुष्पों, फलों, बिल्वपत्र के वृक्ष थे। गर्भगृह में विराजमान शिवलिंग पर जलाभिषेक हो रहा था। लिंग के पीछे देवी पार्वती पुत्र मंगलमूर्ति गणेश को गोद में लिए थीं। मंगलदीप से गर्भगृह आलोकित था। अगरूचन्दन की सुरभि से गर्भगृह सुवासित था। बाहर के विशाल कक्ष के एक ओर भगवान नटराज की नृत्यरत मूर्ति थी, जिसके एक हाथ में डमरू और दूसरे में त्रिशूल था।

सान्ध्य आरती के बाद देवदासी समर्पिता शिव स्तुति के साथ मृदंग, वीणा, वंशी आदि वाद्यों से ताल–मेल बैठाते नृत्यांजलि प्रस्तुत कर रही थी। उसका हस्त संचालन, नेत्र–भ्रू विलास, पग एवं अन्य अंग इतने नियन्त्रण में थे कि संकेत मात्र पर शिव स्तोत्र के हर शब्द को बोलों के अनुरूप अंग विशेष से अभिव्यक्त कर देते थे। समर्पिता सर्वश्रेष्ठ नृत्यांगना देवदासी थी।

कक्ष गाँव के भक्तों, ग्रामश्रेष्ठी, गण के ग्रामीण अधिकारियों, कर्मचारियों, सेवकों से भरा था। भक्तिभाव से विभोर नेत्र बन्द थे। उनके हाथ स्वतः ताल दे रहे थे। पुजारी देवदत्त गर्भगृह के द्वार पर बैठे थे। भावविभोर देवदत्त भी मुँदे नेत्रों से देवाधिदेव महादेव की छवि का आकलन करने का असफल प्रयत्न कर रहे थे।

शिव छवि थी कि क्षणार्द्ध में तिरोहित हो जाती। शिव ही एकमात्र निर्गुण और सगुण देव हैं। शिव–मूर्ति यदि सगुण है, तो लिंग अमूर्त निर्गुण।

भजन की अन्तिम पंक्ति के साथ ही समर्पिता ने कटि तक झुक देवाधिदेव महादेव को प्रणाम किया। नृत्य भजन की समाप्ति के बाद भी भक्ति विभोर नयन मुँदे भक्तगण शान्त मौन बैठें आत्मिक सुख का आनन्द लेने लगे।

क्यां...क्यां...क्यां...क...यां...किसी बालक के रुदन से देवालय में पसरी आध्यात्मिक शान्ति भंग होने लगी। आसपास निहारा, कक्ष में कोई बालक नहीं था। शिव...शिव...शिव...स्मरण करते पुजारी बाहर गये। समझ गये रुदन बाहर से आ रहा है। चाँदनी के उजास में आम्रवृक्ष के नीचे श्वेत रेशमी वस्त्रों में लिपटी सद्यजात बालिका नन्हे–नन्हे लाल गोरे हाथ–पाँव हिला क्यां...क्यां...क्यां...रोये जा रही थी। शि...व...शिव... शि...व...पुजारी जी चिन्तित हो आये। उद्यान का सर्वेक्षण किया। शायद बालिका की माँ आसपास हो। उद्यान विधवा की माँग–सा सूना था। भक्तगणों ने द्वार पर भीड़ लगा दी। किसी के न दिखने पर देवदत्त ने 'समर्पिता...समर्पिता...देवी समर्पिता। ज़रा इधर तो आइए! देखिए कौन इस बालिका को यहाँ अनाथ बना छोड़ गया?'

भीड़ को हटा समर्पिता पुजारी जी के निकट आ खड़ी हुई। समर्पिता के मातृत्व को बालिका के रुदन ने अकुला दिया। आत्मा में वात्सल्य, ममता का ज्वार उमड़ा, तत्काल बालिका को गोद में ले लिया। वात्सल्य भरी देह का स्पर्श, उष्मा मिलते ही रुदन बन्द हो गया। सो गयी। सभी हैरान, परेशान, भय चिन्तित थे।

'कौन दुष्टा, निर्मोही, इसे यहाँ धूल धूसरित भूमि पर छोड़ गयी! शिव...शिव... शि...व...? निश्चय ही यह अवैध सन्तान है? कैसी नारी है? अपने पाप की निशानी प्रभु को सौंप गयी!' देव पुजारी नाराज हो आये।

'पुजारी जी का कथन सत्य है।' कुछ ने समर्थन किया।

समर्पिता तिलमिला आयी। विरोध करने से अपने को रोक न सकी, 'प्रभु! क्षमा करेंगे!! कोई भी सन्तान अवैध, पाप की निशानी नहीं होती। नारी–पुरुष के कामुक पागलपन के लिए सन्तान कैसे दोषी हो सकती है?

दण्ड उसे क्यों मिले?' पुजारी द्वारा नारी समाज पर दोषारोपण ने रोष से भर दिया, 'स्वामी! इस कृत्य में क्या अकेले नारी ही दोषी है?'

प्रश्न की गम्भीरता ने देवदत्त की वाणी छीन ली। पुजारी–देवदासी की दिलचस्प चर्चा, विशेषकर बालिका को देखने की उत्सुकता से प्रेरित भक्त चारों ओर आ खड़े हुए।

'स्वामी, महान वैद्य जीवक जी के बारे में आपका क्या विचार है?'

बात को सहसा जो नया मोड़ समर्पिता ने दिया उसे देवदत्त समझ नहीं पाये, 'वे तो साक्षात् धन्वन्तरि का अवतार हैं। मगध सम्राट बिम्बिसार के राजवैद्य होने के बावजूद वत्सराज उदयन, उज्जयिनी नरेश चण्डप्रद्योत, हमारे गणाध्यक्ष महानाम ही नहीं मगध की राजनर्तकी शालवती, कौशाम्बी की राजनर्तकी मांगधिया, उज्जयिनी की पद्मावती और अनेक नगरश्रेष्ठी, सामान्यजन भी उनके मरीज़ हैं। वे तो भगवान धन्वन्तरि और ऋषि चरक का समन्वित रूप हैं।' पुजारी की प्रशंसा का पारावार नहीं था।

समर्पिता मुस्करायी, 'स्वामी सम्मान्य जीवक जी की जीवनकथा से तो परिचित होंगे ही? अवैध सन्तान को उनकी माँ घूरे पर फेंक आयी थी। तेजस्वी कौशिक गोत्रिय ब्राह्मण श्वेतकेतु ने न केवल लालन–पालन किया वरन् कौशिक गोत्र प्रदान किया। बालक जीवक की प्रतिभा–मेधा से प्रभावित हो मगध सम्राट हर्यश्व ने उन्हें अध्ययन हेतु तक्षशिला भेजा। उनकी जीवनकथा प्रेरणादायी नहीं?' कुछ पल रुकी, 'प्रभु। कौन जाने इस बालिका के भाग्य में नियति के देवता ने इतिहास की प्रसिद्धि लिख दी हो? बालिका भगवान शिव का प्रसाद है। वे ही इसे यहाँ लाये हैं। प्रार्थना है मुझे इसकी यशोदा माँ बन पालन–पोषण का अधिकार दें।'

'शिवेच्छा बलियसि। भगवान् शिव की जो इच्छा। ठण्ड बढ़ रही है। बालिका अस्वस्थ न हो जाये। चलो मन्दिर में चलो।'

उनके शिवालय में जाते ही भक्तों की भीड़ छँट गयी। बालिका के आने से शिवालय का सन्नाटा समाप्त हो गया। रौनक आ गयी। बालिका चन्द्रकला–सी दिन–प्रतिदिन बढ़ने लगी। समर्पिता अधिक व्यस्त हो गयी। बालिका कोख जायी नहीं थी। लेकिन उसमें जगह बना ली।

मातृत्व को तृप्ति मिली। घुटनों के बल चलने, फिर खड़े हो नन्हे–नन्हे प्यारे गोरे–लाल गुलाबी हाथों को आगे बढ़ा लड़खड़ाते चलने का प्रयत्न। उसका...मा...मा...मा...और बा...बा...बा...सम्बोधित करना देवदासी और ब्रह्मचारी पुजारी की आत्मा को सुख–शान्ति–तृप्ति प्रदान करने लगा। उद्यान पक्षियों की चहचहाहट से गुंजरित था। बालिका की किलकारियों से मन्दिर हँसने लगा। उसके साथ खेलने आने वाले बालक–बालिकाओं की हँसी–खिलखिलाहट, बाल–लीलाओं से देवालय सराबोर रहने लगा। स्नेह, वात्सल्य, ममता ने देवदासी–पुजारी जी के जीवन में बहार ला दी। बढ़ती आयु के साथ बालिका के दैहिक लक्षण (फीचर्स) स्पष्ट होने लगे। गोरी–गुलाबी सुचिक्कण काया, बड़े–बड़े मत्स्य नयन, कमल पुष्प की पँखुरियों–सी कोमल पलकें। शुक–सी सुन्दर नासिका, लाल पतले अधर, हँसने–मुस्कराने पर कपोलों पर उभरने वाला आकर्षक मनोहारी गड्ढा, गोल चिबुक। बालिका के सौन्दर्य से प्रभावित, प्रेरित, सौन्दर्य पारखी पुजारी ने घोषणा की, 'देवी समर्पिता! बालिका दैवी अलौकिक रूप–लावण्य की स्वामिनी बनेगी। लगता है इन्द्र लोक की शापित अप्सरा उर्वशी स्वयं देवालय में अवतरित हुई है।'

'देव का मन्तव्य समीचीन है।' प्रसन्नवदन समर्पिता ने समर्थन किया, 'हम भाग्यवान हैं जो भगवान शिव की कृपा से उसकी सेवा का अवसर मिल रहा है।'

'देख लेना देवी। अपने सौन्दर्य के बल पर निश्चय ही बालिका किसी सम्राट, राजप्रासाद की सम्राज्ञी बनेगी।'

'शिव ऐसा ही करें।' नेत्र बन्द कर हाथ जोड़ समर्पिता ने महादेव से कामना की, 'आपका आशीर्वाद निश्चय ही फलित होगा।'

देवदत्त विद्वान, कर्मकाण्डी ब्राह्मण थे। सोलह संस्कारों में विश्वास था। लगा बालिका का नामकरण संस्कार करने का समय आ गया है। समर्पिता से कहा, 'देवी समर्पिता। जात–कर्म संस्कार का तो प्रश्न ही नहीं। यहाँ जन्म जो नहीं हुआ है। हाँ, नामकरण संस्कार करना पड़ेगा। बसन्त पंचमी निकट है। क्यों न शुभ मुहूर्त पर नामकरण कर दिया जाय?'

'देव का विचार सर्वोत्तम है।' देवदासी ने समर्थन किया।

सारे धार्मिक त्योहार–पर्व मन्दिर द्वारा देवालय में मनाये जाते थे। कभी–कभी ग्रामवासी अपने बच्चों के मुण्डन एवं यज्ञोपवीत संस्कार भी मन्दिर में पुजारी जी की अनुमति से आयोजित करते थे। आयोजनों के बाद प्रसाद–भोजन वितरण भी होता था। पहली बार मन्दिर की ओर से बालिका का नामकरण संस्कार हो रहा था। ग्रामीणों ने भी पूरे उत्साह से भाग लिया। शिवालय को आम्रपत्रों, फूलों के बन्दनवार से सजाया गया। पूजा–पाठ और पूरे कर्मकाण्ड के साथ हवन आदि के बाद बालिका का नामकरण हुआ। नाम क्या रखा जाए, इस बारे में पुजारी जी ने देवदासी से पूछा, 'देवी समर्पिता! आप अपनी लाड़ली बेटी का कौन सा नाम रखना चाहेंगी?'

'स्वामी! बिटिया तो आपकी भी है। आप ही ने उसे मुझे प्रदान किया था।' समर्पिता ने मीठी चुटकी ली।

'ये तो है। फिर भी नाम पसन्द करने में नारियाँ अधिक पटु होती हैं। नाम सुझायें?'

'प्रभु! बिटिया आम्रवृक्ष के नीचे प्राप्त हुई है। अतः अम्बपाली के बारे में क्या विचार है?'

'आह! समर्पिता!! हुई न सुन्दर बात। माँ जगदम्बा पार्वती भी अम्बा हैं। जगदम्बा। अम्बपाली के ज़रिये माँ जगदम्बा का नामस्मरण भी होगा।' समर्पिता की गोद में बैठी हँसती–मुस्कराती बालिका का कपोल थपथपाते कहा, 'ठीक है ना रानी बिटिया अम्बपाली।'

अम्बपाली...अम्ब...पाली...अम्बपाली नाम पर उपस्थितों की ताली ने स्वीकृति की मुहर लगा दी। वसन्त ऋतु की संवाहक आम्र मंजरियों की बेटी बन गयी अनाथ लावारिस बच्ची। नारी माया और बच्चे मोह हैं। इनका बन्धन मृत्युपर्यन्त रहता है। अम्बपाली तो दोनों का समन्वय थी। ब्रह्मचारी पुजारी और ब्रह्मचारिणी देवदासी को बालिका की बाल लीलाओं ने मोहपाश में ऐसा बाँधा कि अपनी आत्मजा से अधिक प्यार करने लगे। सदैव उसी का ध्यान रहता। समर्पिता नहलाने–धुलाने, सजाने–सँवारने, खिलाने–पिलाने में लगी रहती। पुजारी जी गोद में लिए फिरते। दोनों को अच्छा खिलौना मिल गया था।

शिव–अर्चना, पूजा–पाठ के बाद काफ़ी समय बचता था। उस पर अम्बपाली ने अधिकार जमा लिया। अम्बपाली को लेकर कभी–कभी उनमें विवाद भी हो जाता। अनुभव कर रहे थे कि अम्बपाली ने उनके मन के ही नहीं शिवालय के सूनेपन को भी समाप्त कर दिया। उनकी और सारे ग्राम के बालकों, विशेषकर सौभद्र बालक की विशेष रूप से लाड़ली थी। सारे समय लादे–लादे घूमता। विशेषकर सान्ध्य आरती के समय अम्बपाली उसी की गोद में रहती। रोती अम्ब को नाना प्रकार की हास्य मुद्राएँ बना हँसाता। शिवालय में ग्राम पाठशाला भी थी। जहाँ गाँव के बालक–बालिकाओं को पढ़ना–लिखना, गणित, साहित्य पुजारी जी पढ़ाते थे। सौभद्र वहीं पढ़ने आता था। सुन्दरता में तीखा आकर्षण होता है। दर्शक को आकर्षित ही नहीं करती उसे छूने, पास आने को उकसाती भी है। अम्ब के रूप से सौभद्र बँध गया। मौक़ा पा एकान्त में चूम लेता। देह गन्ध मनभावन लगती।

प्रतिदिन बढ़ने वाली चन्द्रकला के समान अम्ब की रूप–राशि में प्रतिवर्ष वृद्धि हो रही थी। उसके नाक–नक्श अधिक स्पष्ट और मनोहारी लगने लगे। पाँच वर्ष की होते ही देवदत्त ने पूरे समारोह के साथ वसन्त पंचमी के शुभ मुहूर्त पर उसका शिक्षण आरम्भ कर दिया। उन्हें अनुभव हुआ कि बालिका अलौकिक रूपसी तो है ही कुशाग्र बुद्धि भी है। एक बार में ही पाठ याद हो जाता था। व्यक्ति परिवेश, परवरिश, वातावरण और संस्कारों की उपज और युग की देन होता है। मन्दिर में धार्मिक वातावरण था। अतः बचपन से ही अम्बा के मन–मस्तिष्क पर धार्मिक आस्था के संस्कार पड़े। शिवभक्त बनी। माँ समर्पिता भगवान शिव की देवदासी ही नहीं नृत्य–गायन की श्रेष्ठ कलाकार थी। शिवस्त्रोत्र एवं अन्य भक्ति गीतों को गा नृत्य की मुद्राओं के ज़रिये भगवान महादेव की अभ्यर्थना करती थी। मन्त्रमुग्ध बालिका अपनी माँ के नृत्य और गायन को भावविभोर अपलक ताका करती और एकान्त में नक़ल करने का प्रयत्न करती। देवालय के परिवेश, परवरिश, वातावरण तथा संस्कारों ने बालमन पर धार्मिक आस्था, शिवभक्ति तथा नृत्य–गायन के संस्कारों की अमिट छाप छोड़ी। देवदत्त और समर्पिता भी इसका अनुभव कर रहे थे।

वे ही नहीं मन्दिर में कार्यरत देवदासी के गुरु संगीताचार्य काशी के पण्डित सुदत्त और उत्कल प्रदेशवासी अपने समय के श्रेष्ठतम नृत्याचार्य गुरु रमाचरण महापात्र की पारखी दृष्टि अम्बपाली में छिपी प्रतिभा को पहचान गये थे। चाहते थे कि पुजारी देवदत्त बालिका के गायन–वादन और नृत्य की शिक्षा देने की अनुमति प्रदान करें। योग्य शिष्य को ही अपनी शिक्षा प्रदान कर गुरु को आत्म–सन्तुष्टि मिलती है। उसे श्रेष्ठ उपलब्धि मानते हैं।

दोनों को साथ आया देख पुजारी चौंके, 'गुरुश्रेष्ठों ने कैसे कष्ट किया?' मुस्कराते हुए खड़े हो स्वागत किया। देवदत्त कलाकारों का मन से आदर करते थे।

'एक निवेदन करने आये हैं!' ससंकोच रमाचरण जी ने कहा।

'निवेदन क्यों, आदेश दीजिए!'

'देवदत्त जी। अम्बपाली अलौकिक दैवी सौन्दर्य की स्वामिनी ही नहीं कुशाग्र बुद्धि और प्रतिभाशाली भी है। ऐसा मणिकांचन समन्वय शिव कृपा से ही सम्भव है। उसकी प्रतिभा को सँवारना प्रत्येक गुरु का कर्तव्य है। हम उसे गायन–वादन, नृत्य की शिक्षा देना चाहते हैं।'

'यही नहीं!' पण्डित सुदत्त भारद्वाज ने बात आगे बढ़ायी, 'एक दोपहरी जब सभी विश्राम कर रहे थे, एकान्त का लाभ उठा अम्बा को हमने वीणा बजाने का प्रयत्न करते देखा।'

'खंह...खं...ह...।' कण्ठ की खखार से अम्बा चौंकी। डरकर खड़ी हो गयी। गुरु सुदत्त को मुस्कराते पाया। चुपचाप सिर नीचा किये रही।

'बजाना बन्द क्यों कर दिया हमारी बिटिया ने?'

मौन।

'गायन–वादन सीखना चाहोगी?'

सिर हिला स्वीकृति दी।

'रानी बिटिया। देवाधिदेव ने आपको सुमधुर कण्ठ दिया है, जो भजन, गीत को जीवन्त बनाने की क्षमता रखता है। आपकी आत्मा से निःसृत गीत–भजन सीधे भगवान शंकर के चरणों में ही अर्पित होगा। पुजारी जी से शीघ्र अनुमति ले आपका शिक्षण शुभ मुहूर्त पर आरम्भ करेंगे।'

प्रसन्नविभोर अम्बा चरण स्पर्श कर भाग खड़ी हुई।

'देवदत्त जी! भगवान शिव नटराज जो नृत्य कला के प्रवर्तक, अधिष्ठाता और आदि गुरु हैं। बिटिया की छरहरी, लचीली काया नृत्यकला के सर्वथा योग्य है। नृत्यकला को सर्वोत्तम सोपान पर वह न केवल पहुँचाएगी बल्कि अपने अलौकिक रूप लावण्य के साथ कला की श्रेष्ठतम् कला नेत्री के रूप में इतिहास भी उसे सदियों तक याद रखेगा।' श्रेष्ठ गुरुओं द्वारा दी गयी प्रशंसोक्ति ने देवदत्त को अभिभूत कर दिया। अस्वीकृति का प्रश्न ही नहीं था।

'आप श्रेष्ठ गुरुओं की अनुशंसा भला मैं कैसे टाल सकता हूँ। फिर देवाधिदेव ने तो स्वयं अपनी देवदासी का चयन पहले ही कर लिया है। आप लोग दीक्षा दें, प्रशिक्षण आरम्भ करिए।' देवदत्त ने स्वीकृति दे दी।

शुभ दिन, शुभ मुहूर्त पर अम्बपाली से गुरुओं ने भगवान नटराज की पूजा–अर्चना करायी। बाद में वेदोक्त मन्त्रोच्चार के साथ चाँदी के घुँघरुओं, वाद्य–यन्त्रों का पूजन किया गया। देवदत्त जी के निर्देश पर अम्बा ने दोनों गुरुओं का तिलक लगा पूजन, माल्यार्पण कर दक्षिणा प्रदान की। गुरुओं ने भी शिष्या को तिलक लगा काण्डात बाँध शिष्या बना लिया। प्रशिक्षण आरम्भ हुआ।

अम्बा की मेधा, कुशाग्र प्रज्ञा ने गुरुओं को चमत्कृत किया। एक ही बार में शास्त्रीय गायन, भजन को समझ सीख लेती। वीणावादन के पाठ भी सीखने में उसे कठिनाई नहीं आयी। आरम्भ में जूही की कली–सी कोमल अँगुलियों से रक्त निकल आया। सुदत्त गुरु की आत्मा पीड़ा से विकल हो आयी। मगर शीघ्र ही अँगुलियाँ वादन की अभ्यस्त हो गयीं। कण्ठ स्वर मधुरतम था। तन्मय हो वीणा के सुरों तथा मृदंग, वंशी आदि वाद्यों के साथ तालमेल बिठा गाती तो बड़े–बड़े श्रोताओं–पारखियों के नयन स्वतः मुँद जाते। आत्मा से निःसृत बोल सीधे भारद्वाज जी की आत्मा में उतर जाने पर उनके नेत्र भी स्वतः मुँद जाते। भावविभोर सुनते रहते। अधिक परिश्रम नहीं करना पड़ा। गुरु सुदत्त ने पहला पाठ पढ़ाते हुए कहा था, 'बिटिया!

गायन गान्धर्व विद्या पंचम वेद है। नाद ब्रह्म की उपासना है। ऊँ नाद से ही ब्रह्माण्ड और सृष्टि का सृजन हुआ है। संगीत तो आत्मा को परमात्मा से जोड़ने का साधन है। वह मात्र मनोरंजन की वस्तु नहीं है। गायन गायक को ही नहीं श्रोता को भी भावविभोर कर उसकी आत्मा को चैतन्य कर प्रभु से जोड़ देता है। सांसारिक छल–छद्मों, भय–चिन्ता, अवसाद से मुक्ति दिलाने का सर्वोत्तम माध्यम है। इसे साध लेने पर श्रोताओं का मन जीत लोगी।' कालान्तर में वैसा ही हुआ।

नटराज की मूर्ति की पूजा उपासना के बाद नृत्याचार्य श्री रमाचरण महापात्र ने नृत्य के इतिहास, विशेषता से शिष्या को परिचित कराया। 'अम्बा बेटा! देवाधिदेव नटराज शिव ही नृत्य कला के प्रवर्तक–आदि गुरु हैं। नृत्य कला का ज्ञान भरत मुनि ने उन्हीं से प्राप्त किया। नाट्यशास्त्र लिखकर उसे शास्त्रोक्त आधार और गरिमा प्रदान की। नृत्य तो योग है। देह को स्फूर्तिवान और तरोताज़ा रखने का साधन। योग तो फिर भी अंगविशेष के व्यायाम तक सीमित रहता है। हर अंग के लिए एक आसन करना पड़ता है जबकि नृत्य में देह के सभी अंगों का व्यायाम होता है। कुशल नर्तकी नयनों–भौंहों को भी नचाने की क्षमता रखती है।

'नृत्य से लोक जीवन भी अछूता नहीं। शास्त्र से अलग लोक ने नृत्य की नयी लोककला शैली विकसित की। नृत्य उल्लास, आनन्द और प्रसन्नता की अभिव्यक्ति है। उसमें अभिनय भी निहित है। इसीलिए नृत्य को नृत्याभिनय कला भी कहा जाता है।'

अम्बपाली ने सारा प्रवचन बड़े मनोयोग से सुना ही नहीं मन में उतार भी लिया। रमाचरण उसके मनोहारी नयनों व मुख के भावों के उतार–चढ़ाव का अध्ययन कर भाँपने को प्रयत्नशील थे कि शिष्या समझ भी रही है या प्रवचन उसके सिर के ऊपर से जा रहा है। अम्बपाली की मुखमुद्रा ने सन्तोष प्रदान किया।

'बिटिया! आपको शिवालय, जैतग्राम ही नहीं, वैशाली की श्रेष्ठतम नर्तकी बन इतिहास में अपना नाम युगों–युगों के लिए अंकित करना है।' भारद्वाज संगीताचार्य के समान महापात्र जी ने भी अम्बपाली के

मन में एक सपना रोपा, जिसे उसने अपनी प्रतिभा, परिश्रम से साकार किया। नृत्य शिक्षा देते समय संगीताचार्य गुरु सुदत्त के समान रमाचरण महापात्र को भी अनुभव हुआ कि शिष्या को ईश्वर ने विलक्षण दैवी सम्पदा की स्वामिनी बनाया है। शिव ने उसे न केवल अलौकिक काया प्रदान की है वरन् कला, संगीत की गहरी समझ भी दी है। वह तो नृत्य के देवता का देवालय है। गुरु जो भी मुद्रा संगत कर रहे वाद्यों के साथ पद–हस्त संचालन प्रस्तुत करते अम्बपाली तत्काल अधिक अच्छी तरह से प्रस्तुति कर देती। दूसरी बार बताने की आवश्यकता नहीं पड़ती। गुरु ने अनुभव किया अप्रतिम सुन्दर नारी होने से उसकी मुद्राओं में एक अद्वितीय लास्य व चित्ताकर्षक सौन्दर्य ही नहीं कोमल, मृदु कमनीयता भी है। देह की चपलता, स्फूर्ति नृत्य मुद्राओं को साकार ही नहीं जीवन्त बना देती है। कारण! उसकी प्रज्ञा–शक्ति अद्भुत है। पूरे मनोयोग से गुरु द्वारा प्रस्तुत भाव मुद्राओं को देख तत्काल नक़ल न कर अधिक सुरुचिपूर्ण रूप में व्यक्त कर देती है। देह पर अद्भुत नियन्त्रण है। जिस अंग को चाहती है वही नृत्य करता है। यहाँ तक कि बड़े–बड़े नयनों को और भ्रूविलास को भ्रमरी–सा नचा लेती है। वाद्य यन्त्रों के साथ दैहिक मुद्राओं का ताल मेल एवं गीत–भजन के बोलों के साथ अंगों की भावाभिव्यक्ति आश्चर्यजनक थी। योग्य शिष्या को अपनी कला–सम्पदा सौंप गुरु की आत्मा सन्तोष से भर उठी।

नृत्य ने अम्बपाली की कमनीय काया के ढीलेपन में कसावट ला दी। प्रतिदिन के अभ्यास से शिल्पकार नृत्य ने उसकी देह को तराश सुन्दरतम सुडौल काया में बदल दिया। सुरभि और सौन्दर्य की चर्चा को बन्दी नहीं रखा जा सकता। वायु के अश्व पर सवार हो वे दिगन्त में स्वतः भ्रमण करती हैं। स्वप्न सुन्दरी अम्बपाली एवं श्रेष्ठतम गायिका–वादिका नृत्यांगना की चर्चा जैतग्राम की सीमाओं तक सीमित न रह सकी। अन्य ग्रामों, क़स्बों ही नहीं नगरवासी भी जैतग्राम की उस रूपसी के लिए आने लगे। मेला–सा लगने लगा।

जैतग्राम की कला–रूप लावण्य की सम्राज्ञी का समाचार लिच्छवि गणतन्त्र की राजधानी वैशाली पहुँचने के पहले गणाध्यक्ष महानाम ने अत्यन्त महत्त्वपूर्ण विषय पर चर्चा हेतु गण परिषद् के सदस्यों की बैठक आमन्त्रित कर ली।

सभागार सदस्यों की आपसी चर्चा से गुंजरित था। दो–चार के दल में, कुछ मखमली आसंदियों पर बैठ और अन्य चलते–फिरते बतिया रहे थे।

'नगरश्रेष्ठी अनाथ पिण्डक कुछ अनुमान है महामहिम ने किस विषय पर चर्चा हेतु आमन्त्रित किया है?' सुदीप्त ने जानना चाहा।

'ना!' अनाथ पिण्डक ने दाहिने हाथ से नकारा। अनाथ पिण्डक न केवल लिच्छवि गणराज्य का नगरश्रेष्ठी था वरन् समस्त भारत ही नहीं गान्धार से लेकर यवन (यूनानी) देशों में भी उसका व्यापारी साम्राज्य फैला था। देश के प्रमुख महत्त्वपूर्ण सोलह महाजनपदों की राजधानियों, प्रमुख नगरों यथा–मगध की राजधानी राजगृह, वत्स की कौशाम्बी, अवन्तिराष्ट्र की उज्जयिनी, काशी, कौशल, विदिशा, माहिष्मति, मथुरा, पुरुषुर, दक्षिण के चेर, चोल, पाण्ड्य राज्यों में भी उसके व्यापारिक संस्थान, पेढ़ियाँ थीं। उसके पास अपने सैनिकों से रक्षित अनेक सार्थवाह थे। वह बैंकिंग का काम भी करता था। लोग उसकी व्यापारिक पेढ़ी में रक़म जमा कर

लिखित रुक्का प्राप्त कर गन्तव्य के इच्छित नगर में सेवा शुल्क दे निश्चित यात्रा करते थे।

अनाथ पिण्डक के पास अकूत धन–सम्पदा, सम्पत्ति, जायदाद थी। लिच्छवि गणराज्य के गणाध्यक्ष के प्रासाद से स्पर्धा करने वाले राजप्रासादों को भी मात देने वाले भव्य विशाल पिण्डक प्रासाद में निवास करता था। पिण्डक भवन कई एकड़ में फैला था। यह बड़े उद्यान से घिरा था। नाना प्रकार के रंग–बिरंगे पुष्पों के पौधे, फलदार वृक्ष, फव्वारे, पुष्करणियों में किल्लोल करती रंग–बिरंगी मछलियाँ। उद्यान में खरगोश, मोर, मृग छौने तथा पक्षियों की मीठी, मधुर, संगीतमय कर्णप्रिय चहचहाहट वाले पक्षी घूमते, प्रासाद प्रहरियों से रक्षित था। अश्वशाला में अनेक अश्वरथ थे। यहाँ तक कि राजा–महाराजाओं के समान हाथियों का भी स्वामी था। अनेक दास–दासियाँ सेवा में चौबीस घण्टे हाथ बाँधे शीश झुकाये आज्ञा पाने हेतु खड़े रहते थे। वैशाली ही नहीं प्रत्येक महाजनपद की राजधानी में उसके अपने भव्य प्रासाद थे।

धन–सम्पत्ति की शक्ति का प्रतीक था अनाथ पिण्डक। अंगरक्षकों से घिरा नगरश्रेष्ठी अनाथ पिण्डक जब किसी भी सामाजिक, धार्मिक, राजनीतिक अथवा शासकीय समारोह में आमन्त्रित होकर जाता तो सारी सभा ही नहीं आयोजक भी खड़े हो अभ्यर्थना करते। मगध सम्राट बिम्बिसार, पाण्डव वंशी वत्सराज उदयन, अवन्ति नरेश चण्डप्रद्योत, काशीराज प्रसेनजीत, भगवान तथागत गौतम बुद्ध के पिता कपिलवस्तु के शाक्य गणराज्य के अधिपति महाराजा शुद्धोधन भी उसके मित्र थे। इन महाजनपदों में व्यापार के सिलसिले में जाने पर सरकारी अतिथि के रूप में उसका स्वागत होता था। उसे इस बात का घमण्ड था कि राजा–महाराजा ही नहीं सम्राट भी उसका सम्मान करते हैं। इन महामहिमों से मिलने के लिए उसे पूर्वानुमति लेने की आवश्यकता नहीं पड़ती थी। बहुत अभिमानी और मगरूर था। अपने सामने किसी को कुछ नहीं समझता था। उसकी मान्यता थी कि पैसे से सभी कुछ ख़रीदा जा सकता है।

अकूत धन–सम्पत्ति, उससे प्राप्त शक्ति, धनवान को बहकाने और बेईमान बनाने का साधन बनती है। सुरा और सुन्दरी धन का अनुगमन करती है। नगरश्रेष्ठी स्त्रैण और कामुक था। भोग–विलास के सारे साधन पिण्डक प्रासाद में जुटा रखे थे। पत्नी के अलावा मनपसन्द उपपत्नी भी थी। वैशाली ही नहीं जिन–जिन राजधानियों, नगरों में उसके प्रासाद थे वहाँ भी उपपत्नियाँ थीं। नारी उसके लिए भोग का सामान थी।

'सा...व...धा...न....स...त...र्क...रहें...महामहिम...लिच्छ...वी...गण...तन्त्र के...अधिपति...गणाध्यक्ष...महा...महिम...महानाम...पधार...रहे...हैं...सा... वधान...। सभागार में सन्नाटा पसर गया। व्यक्तिगत चर्चाएँ बन्द हो गयीं। प्रत्येक सभासद अपनी–अपनी आसन्दी के सामने शीश झुका सादर खड़ा हो गया। गणतन्त्र होते हुए भी लिच्छवियों ने राजसी शिष्टाचार व मर्यादाएँ लागू की थीं। गणराज्य के सम्मान हेतु यह आवश्यक था। अंगरक्षकों से घिरे महामहिम गणाध्यक्ष महानाम ने मन्थर गति से सभागार में प्रवेश किया। दुन्दुभीवादक ने दुन्दुभी बजा प्रवेश की सूचना दी।

'स्वा...गतम...स्वागतम...स्वागतम...महामहिम का स्वागत है।' समवेत स्वरों में सदस्यों ने अभ्यर्थना की। मंच की ऊँची मखमल मढ़ी रजत आसन्दी पर महामहिम के आसन ग्रहण करते ही सचिव ने निवेदन किया, 'सभासद गण आसन ग्रहण करें।'

सभासदों के आसन ग्रहण करते ही सचिव ने पुनः घोषित किया, 'महामहिम गणाध्यक्ष महोदय सदन के विचारार्थ प्रस्ताव प्रस्तुत करेंगे। महामहिम।'

महानाम ने खड़े हो प्रस्ताव रखा, 'सम्मान्य सभासदगण। आप जानते ही हैं कि गण का गौरव, कला–संगीत, गायन–वादन, नृत्य की महान सेविका गणनर्तकी गत चार से अधिक दशकों से निःस्वार्थ सेवा कर रही हैं। सोलह वर्ष की आयु में देवी सर्वोत्तमा का चयन गणनर्तकी के लिए सर्वानुमति से किया था। समर्पण, त्याग और सम्पूर्ण लगन के साथ देवी ने लिच्छवि गणराज्य की सेवा कर उसके गौरव में वृद्धि की।

अब वे साठ वर्ष की होने आयीं। हमारा प्रस्ताव है कि लिच्छवि गण परिषद् जो लिच्छवियों का प्रतिनिधित्व करती है। उनकी षष्ठिपूर्ति का समारोह आयोजित कर उनकी सेवाओं का सम्मान कर आभार प्रगट करे।'

'स्वीकार है...स्वीकार...है...प्रस्ताव...सर्वोत्तम...है...देवी का लिच्छवि गणराज्य की ओर से निश्चय ही अभिनन्दन, अभिवादन और अभिवन्दन होना चाहिए।' समवेत स्वर में सभा ने समर्थन किया।

'धन्यवाद। हमें सभासदों से यही उम्मीद थी। देवी एक और निवेदन करना चाहती हैं?'

'महामहिम आदेश दें देवी क्या चाहती हैं?' सभासद शिवानन्द ने जानना चाहा।

'देवी सेवानिवृत्ति चाहती हैं। वृद्धावस्था के अन्तिम वर्ष काशी में भगवान विश्वनाथ की सेवा-पूजा और माँ भागीरथी के सान्निध्य में बिताना चाहती हैं।'

सभा में सन्नाटा पसर गया। इसकी उम्मीद नहीं थी।

'जिस देवी के कारण लिच्छवि गणतन्त्र के गौरव में ऐतिहासिक वृद्धि हुई उन्हें काशी के लिए समारोहपूर्वक विदाई दी जाये। माँ भागीरथी के किनारे उपयुक्त भू-खण्ड पर उनके पद की गरिमा के अनुरूप प्रासाद बना, दास-दासियों, अंगरक्षकों की जो सेवा उन्हें यहाँ प्राप्त होती है, वह भी यथावत् रहे।'

'महामहिम का प्रस्ताव स्वीकार्य है....स्वीकार्य है।'

बहुमत के समर्थन का शोर समाप्त होते ही अनाथ पिण्डक खड़ा हुआ, 'महामहिम! अनुमति हो तो दास कुछ निवेदन करे।'

सभागार निहारने लगा।

'नगरश्रेष्ठी! आपको अनुमति की आवश्यकता नहीं है। बताइए, क्या सुझाव देना चाहते हैं?'

'देव! दास का एक भवन माँ भागीरथी के तट पर है। दास-दासियाँ, प्रहरी और अन्य सेवक वहाँ पूर्व से ही सेवारत हैं। नये भवन की क्या आवश्यकता है? देवी वहाँ सुखपूर्वक रह सकती हैं। उनकी इच्छानुसार अन्य सुविधाएँ जुटा दी जायेंगी।'

श्रेष्ठी धनपति नगरश्रेष्ठी का प्रतिद्वन्द्वी और प्रतिस्पर्धी था। पिण्डक को नीचा दिखाने का अवसर खोने को तैयार नहीं था। उसे पिण्डक और गणनर्तकी देवी सर्वोत्तमा के अन्तरंग सम्बन्धों की जानकारी थी। अनाथ पिण्डक ने पारसीक, यूनान, चीन आदि देशों से बहुमूल्य वस्तुएँ मँगा देवी सर्वोत्तमा को उपहारों से लाद उपकृत कर रखा था। कोई व्यक्ति, यहाँ तक कि गणाध्यक्ष महानाम भी देवी सर्वोत्तमा को पूर्व सूचना दिये गणनर्तकी के प्रासाद में प्रवेश नहीं कर सकते। अनाथ पिण्डक को खुली छूट थी। अनेक रातें उसने देवी के साथ बितायी थीं।

श्रेष्ठी धनपति पिण्डक की कुटिल चाल को तत्काल भाँप गया। उसने प्रतिवाद किया, 'महामहिम! दास भी कुछ निवेदन करना चाहता है। अनुमति दें।'

'अनुमति है।'

'देव! अनाथ पिण्डक के प्रस्ताव से गणशासन और प्रजा अपमानित होगी।'

महामहिम समेत सभागार चौंका।

'कैसे?'

'गणराज्य भर में ही नहीं समस्त सोलह महाजनपदों में ग़लत सन्देश जायेगा। सभी सोचेंगे कि लिच्छवि गणशासन की इतनी आर्थिक हैसियत नहीं है कि वे अपने गण के गौरव की व्यवस्था कर सकें? इसलिए नगरश्रेष्ठी की शरण में गये।'

अनाथ पिण्डक तिलमिला गया। शत्रु ने कमर के नीचे प्रहार कर बुरी तरह से आहत–अपमानित किया था।

सभागार के नगरश्रेष्ठी के विरोधियों ने समर्थन किया, 'श्रेष्ठी धनपति का सुझाव विचारणीय है। गणराज्य का सम्मान सर्वोपरि है।' वे अनाथ पिण्डक की चाल समझ गये थे। सेवानिवृत्ति के बाद भी गणनर्तकी को अपने पास रखने की योजना है। निकृष्ट आदमी।

अनाथ पिण्डक श्रेष्ठी धनपति के द्वारा अपमानित नहीं होना चाहता था। घाघ पिण्डक ने तत्काल चाल चली, 'महामहिम श्रेष्ठी धनपति का सुझाव स्वीकार करने योग़्य है। गणराज्य का सम्मान सर्वोपरि।

दास अपना प्रस्ताव वापस लेता है।' सार्वजनिक अपमान से वणिक का चेहरा तमतमा आया। कुचले सर्प सा मन–ही–मन फुँफकारने लगा। विवाद बढ़ाना वणिक को उचित नहीं लगा। चुपचाप मन मार बैठ गया।

धनपति खड़ा रहा।

'और कोई सुझाव देना चाहेंगे श्रेष्ठी धनपति?'

'हाँ महामहिम! प्रभु!! निवेदन है कि नयी गणसुन्दरी के चयन के बाद ही देवी सर्वोत्तमा सेवानिवृत्त हों। काशीवास की अनुमति तभी दी जाये। जाने के पूर्व वे नयी गणनर्तकी को गणराज्य की परम्पराओं–संस्कारों, राजकीय मर्यादाओं से परिचित ही नहीं करायें वरन् अच्छी तरह से प्रशिक्षित भी करें। नयी गणसुन्दरी किसी भी रूप में मगध महाजनपद की सर्वोत्तम सुन्दरी राजनर्तकी शालवती, कौशाम्बी की रूपसी राजनर्तकी मांगधिया और उज्जयिनी की रूप–लावण्य एवं कला की प्रतिमा पद्मावती से किसी भी तरह गुण–सौन्दर्य, नृत्य और संगीत में कम न हो। उनसे इक्कीस ही हो। यह लिच्छवि गणराज्य के सम्मान और गौरव का प्रश्न है।'

'श्रेष्ठी धनपति का सुझाव विचारणीय है। हम सभी समर्थन करते हैं।' एक स्वर में परिषद् ने करतल ध्वनि से समर्थन किया।

'परिषद् निश्चिन्त रहे। ऐसा ही होगा। नवीन गणनर्तकी के चयन हेतु हम समिति का गठन किये देते हैं। गणनर्तकी देवी सर्वोत्तमा समिति की अध्यक्ष होंगी। मृदंगाचार्य वेणुगोपाल जी, संगीताचार्य पण्डित रविशंकर, पण्डित देवप्रिय, श्रेष्ठी धनपति, नृत्य विशारद सीतापति चरणदास उसके सदस्य होंगे। समिति ही सर्वश्रेष्ठ सुन्दरी का चयन करेगी। समिति को सुझाव दिये जा सकते हैं। और कोई सुझाव?'

नया प्रस्ताव न आने पर गणाध्यक्ष के संकेत पर सचिव ने घोषणा की, 'परिषद् के सदस्यों के आने, कष्ट करने के लिए महामहिम गणाध्यक्ष जी आभारी हैं। वे कृतज्ञता ज्ञापित करते हैं। उनके आदेश से सभा समाप्त की जाती है।'

दुन्दुभीवादक के बजाते ही सभा समाप्त हो गयी। महामहिम के प्रस्थान के बाद सदस्यों ने श्रेष्ठी धनपति को घेर ढेरों बधाई दी।

अन्य सभासदों के समान पिण्डक भी घर के लिए चल दिया। पर्याप्त दूर पहुँचने के बाद उसके आदेश पर सारथी ने रथ रोक दिया। शातिर दिमाग़ में नयी योजना थी। चतुर वणिक व्यवसाय–व्यापार से सम्बन्धित छोटी–बड़ी सभी प्रकार की जानकारी रखता था। मगर अन्य जानकारियाँ भी रखता था। जाने कब कौन–सी काम आ जाये। अम्बापाली की नृत्य–गीत–संगीत और रूप–लावण्य की चर्चा से वैशाली अपरिचित थी। लेकिन पिण्डक को अपने स्रोतों से इसकी जानकारी मिल गयी थी। उसकी सहायता और प्रभाव से अम्बपाली के गणनर्तकी बन जाने पर सारी ज़िन्दगी आभारी रहेगी। सर्वोत्तमा के जाने के बाद भी गणनर्तकी के प्रासाद में किसी भी समय आना–जाना रहेगा। पिण्डक को लगा कि सभी सभासद अपने–अपने निवास पहुँच गये होंगे। सारथी को आदेश दिया, 'दारूक! महामहिम गणाध्यक्ष के प्रासाद चलो।'

'जो आज्ञा स्वामी।' रथ शीघ्र गणाध्यक्ष प्रासाद पहुँच गया।

'आह! नगरश्रेष्ठी अनाथ पिण्डक। कहिए कैसे कष्ट किया?' ज़रूर कोई महत्त्वपूर्ण चर्चा एकान्त में करना चाहते हैं, इसीलिए आये हैं।' वैसे भी गणाध्यक्ष महानाम अनाथ पिण्डक से प्रभावित थे। अति साधारण व्यापारी, चन्द्र पिण्डक के बेटे ने कठोर परिश्रम, प्रतिभा, वणिक बुद्धि के बल पर न केवल व्यावसायिक साम्राज्य क़ायम किया वरन् नगरश्रेष्ठी भी बना। अधिकांश महाजनपदों के सम्राट, राजे–महाराजे, अधिपति और उद्योगपति उसके मित्र, समर्थक एवं संरक्षक हैं। उसने लिच्छवि गणराज्य को गौरव प्रदान किया है। इसलिए अभिनन्दनीय है।

'अनाथ पिण्डक जी आसन ग्रहण कीजिए।' दोनों बैठे, 'हाँ! बताइए क्या सुझाव है?'

'देव! हमारे गणराज्य के ग्राम जैत के शिवालय में, अम्बपाली नाम की कन्या गणनर्तकी के सर्वथा योग्य है।' अनाथ पिण्डक ने अम्बपाली की नृत्य, गायन, संगीत में महारत और सर्वोपरि उसके अप्सरा सम सौन्दर्य से महानाम को अवगत कराया। वे विस्मित हुए। किसी गाँव में भी ऐसी अलौकिक कन्या हो सकती है!

निश्चय ही यह चौंकाने वाली बात थी। कुछ काल विचारमग्न रहे। ख़ुर्दबीनी नज़रों से निहारता पिण्डक स्वीकृति की प्रतीक्षा करने लगा।

'बन्धु अनाथ पिण्डक। आपका सुझाव विचारणीय है। लेकिन आप जानते हैं। हम गणतन्त्र के वासी हैं। सबका समर्थन, सहयोग वांछनीय ही नहीं आवश्यक है। सबको साथ लेकर चलना पड़ता है। फिर संसद ने गणरूपसी के लिए चयन समिति बना ही दी है। आप बालिका को बुलवा अतिथिशाला में ठहरा दें। प्रतियोगिता होगी। उसमें भाग लेने दें। गणनर्तकी देवी सर्वोत्तमा आपकी अभिन्न अन्तरंग मित्र हैं ही। निश्चय ही वे आपकी प्रत्याशी की सहायता करेंगी।' वाक्पटु महानाम ने पिण्डक–सर्वोत्तमा की अन्तरंगता पर कटाक्ष किया। कुछ पल रुक आपत्ति प्रस्तुत की, 'अनाथ पिण्डक जी। यदि बालिका देवदासी हुई तो कठिनाई आयेगी?'

'ना देव! उसे देवदासी नहीं बनाया है। अभी प्रशिक्षण ही चल रहा है जो समाप्ति की ओर है।'

'तब ठीक है।'

'देव जाने की अनुमति दें।' सादर प्रणाम कर चल दिया।

ब्रह्ममुहूर्त के शीतल वातावरण के कारण राजधानी वैशाली गहरी नींद में ग़ाफ़िल थी। ठण्डी बयारों के प्रभाव से नगर प्रहरी 'जागते रहो' की चेतावनी देने के बजाय भालों के साथ लुढ़क गये। स्वामी के संकेत पर पर्दे लगे रथ को सारथी निःशब्द हाँक निर्धारित स्थान पर पहुँच सवारी की प्रतीक्षा हेतु रुका। अँधेरे से एक छाया निकल रथ पर आ बैठी। उसके बैठते ही रथ चल पड़ा।

नगर सीमा के मुख्य द्वार पर द्वाररक्षक सजग थे। प्रत्येक आने–जाने वालों के पारपत्रों की जाँच के बाद ही अनुमति दे रहे थे। सारथी स्वामी को इससे बचाना चाहता था। उसे उस स्थान की जानकारी थी जहाँ से स्वामी को बिना पारपत्र के ले जाया जा सकता था। उसी का उपयोग कर राजधानी से बाहर आ गन्तव्य की ओर रथ दौड़ा दिया।

सटकर बैठने से जंघाओं के स्पर्श के कारण मादक रूमानी सनसनाहट से देह आलोढ़ित हो आयी। स्वामी ने बायें हाथ से पतली

कटि को आवेष्टित कर मनभावन सुरभि निःसृत करने वाली कमनीय चीनांशुक–सी काया को निकटतम खींच लिया। साँसें भारी हो आयीं। रक्त का दौर तेज़ हो आया। तत्काल हाथ हटा परे सरकी।

'जब आपने उन्हें देख–परख लिया है फिर हमें ले जा दिखाने की क्या आवश्यकता? हमारे लिए आपकी अनुशंसा पर्याप्त है।'

'आवश्यक है। अनुशंसा और प्रत्यक्ष प्रमाण में ज़मीन–आसमान का अन्तर होता है। अनुशंसा पक्षपात भरी भी हो सकती है। प्रत्यक्ष प्रमाण को किसी अनुशंसा की ज़रूरत नहीं पड़ती।'

'वो तो है। लेकिन आप जैसा कला और नारी देह का पारखी लिच्छवि गणराज्य तो क्या किसी भी महाजनपद में नहीं। व्यवसाय में भी आप कला और सौन्दर्य के समन्वय का ध्यान रख ग्राहक की अभिरुचि को भी देखते हैं। इसीलिए सफलतम व्यवसायी हैं। फिर यूनानी, रोमन, पारसीक, गान्धार से लेकर समस्त सोलह महाजनपदों की रूपसियों का आपको अनुभव है।' उसने छेड़ा।

मुस्कराया। अँधेरे में दिखाई नहीं दी, 'मीठी चोट करना कोई तुमसे सीखे।' कुछ पल रुका। गम्भीर स्वर में उत्तर दिया, 'देवी! ये न भूलो मैं भी लिच्छवि हूँ। गण परिषद् का सभासद। गणतन्त्र का गौरव मेरे लिए भी पहले सोपान पर है। चाहता हूँ आपके स्थान पर ऐसी कला–रूप की सम्राज्ञी का चयन हो जो राजनर्तकी शालवती, मांगधिया और उज्जयिनी की पद्‌मावती से इक्कीस नहीं तो उन्नीस भी न हो। यह राष्ट्र गौरव का प्रश्न है।'

'आपके आगे नतमस्तक हूँ!'

पर्दे हटा दिये। प्रातः की ठण्डी देहभावन वायु बयारों ने उन्हें वायु स्नान करा प्रफुल्लित कर दिया। च्वीई...च्वीई...च्वी...ई...च्वीई... पक्षियों के चहचहाहट भरे संगीत ने ब्रह्ममुहूर्त के स्थान पर प्रातः के आगमन की सूचना के साथ जैतग्राम में प्रवेश किया। गाँव के पास के खेतों के मालिक किसान, परिवार की महिलाओं के साथ निराई–गुड़ाई में लगे थे। खेत के बीच के मचान पर खड़ी लड़की...हुर्र...र्र...हु...र्र... हुर्र...चिल्लाते गोफन से पत्थर फेंक पक्षियों को उड़ा रही थी।

हुर्र...र्र...र्र...हु...र्र...र्र...के साथ गोल–गोल घूमने पर लहँगा हवा में ऊपर उड़ा। गोरी पिण्डलियाँ बिजली–सी चमक दिखा पुनः लहँगे के घेरे में गुम हो गयीं।

शि...व...शिव...शिव...अपने आराध्य का स्मरण ध्यान करते, प्रतिदिन के समान पुजारी देवदत्त ब्रह्ममुहूर्त में उठे। नित्यकर्म, स्नान आदि से निवृत्त हो गर्भगृह में पहुँच पूरे सांगोपांग रीति के साथ शिवलिंग, नागदेवता, नन्दीगण, देवी पार्वती एवं गणेश की पूजा करने लगे। शिव की अगरू, चन्दन, कुमकुम, बिल्वपत्र, धतूरे, अगरबत्ती, धूप–दीप, नैवेद्य के साथ पूजा की। साथ ही शंखध्वनि और घण्टी भी बजाते जा रहे थे। मन्दिर भी उठ पूजा–अर्चना में सम्मिलित हो गया। देवदासी समर्पिता, अम्बपाली, गुरु रमाचरण, पण्डित भारद्वाज, सौभद्र तथा गाँव के कुछ भक्तगण भी आ जुटे। ओम...ओम...नमः...शिवाय...ओ...म...ओम ...मन्त्र का जाप भी करते जा रहे थे। पूजा समाप्ति के बाद ओम...जय शिव ओंकारा, ब्रह्मा विष्णु सदाशिव...की आरती करने लगे। भजन के बोल आत्मा को पवित्र करने लगे। नेत्र स्वतः बन्द हो गये। शिव छवि आ खड़ी हुई। आरती की समाप्ति के बाद, 'कर्पूर गौरं, करुणावतारं, भुजगेन्द्रहारं सदावसन्तं... के साथ आरती समाप्त हुई। तीन बार उसे शिव को समर्पित कर आरती भक्तों हेतु सौभद्र को दे दी। ताम्र लोटे के पवित्रतम जल के छींटों से भक्तों को शिव का आशीष दिया।

प्रसाद वितरण के बाद शिव नाम का स्मरण करते देवदत्त मन्दिर के बाहर आ प्रतिदिन के समान चबूतरे पर बैठ सुमरिनी के साथ शिव नाम का जाप करने लगे। दोनों गुरुओं, माँ समर्पिता के मार्गदर्शन में वीणा ले अम्बपाली मृदंग, वंशी एवं अन्य वाद्यों के साथ तालमेल स्थापित कर भैरवी राग द्वारा शिवार्चन करने लगी। प्रतिदिन किसी–न–किसी राग का अभ्यास करती थी। सुमधुर कण्ठ से निकले बोलों ने श्रोताओं को आनन्दमग्न कर दिया। मन्दिर का कक्ष और वायु भैरवी के माधुर्य से आप्लावित हो आया।

मन्दिर के आँगन में रथ रुका। देवदत्त का ध्यान भंग हुआ। रथ में बैठे भव्य व्यक्तियों से प्रभावित पुजारी उठ खड़े हुए।

रथ से उतरते वक़्त पुरुष फुसफुसाया, 'देवी! परिचय मत दीजिएगा।'

मन्दिर की सीढ़ियों के निकट पहुँचते ही दोनों ने झुक सीढ़ियों को स्पर्श प्रणाम किया। देवदत्त ने आगे बढ़ स्वागत में प्रणाम किया, 'आईए! पधारिए!'

दोनों ने शीश झुका प्रणाम का उत्तर दिया, 'इधर से गुज़र रहे थे। शिवालय की ध्वज पताका देख दर्शनार्थ आ गये।'

'देवाधिदेव ने स्वयं आमन्त्रित कर लिया।' पुजारी अपने आराध्य के अनन्य भक्त थे। प्रत्येक घटना–कार्य में शिव को ही कारण रूप मानते थे।

विशिष्ट अतिथियों को आया देख गायन रुक गया। स्वागतार्थ उठ खड़े हुए।

'रुक क्यों गयी, गायन जारी रखिए!' देवी ने मनुहार की, आपके कण्ठ में तो माँ शारदा की वीणा स्वयं विराजित है, अम्बपाली के पास आ ममता–वात्सल्य से सिर पर हाथ फिराया।

अम्बा ने चरण स्पर्श किये।

देवी संगीताचार्य भारद्वाज और नृत्य गुरु महापात्र को पहचान गयीं। उनकी ख्याति की जानकारी थी। उनकी प्रशंसा की, 'योग्य गुरुवर अपनी शिष्या को गायन–वादन ही नहीं सिखा रहे हैं राग–रागिनियों शास्त्रीयता की बारीकियों में भी निष्णात कर रहे हैं।'

'सब शिव का अनुग्रह है। अकिंचन किस योग्य है!' भारद्वाज ने प्रणाम किया।

'यह आपकी विनम्रता है। अम्बपाली का आरोह, अवरोह, आलाप, स्वयं आपकी श्रेष्ठता से परिचित करा रहे हैं।'

भारद्वाज संकुचित हो आये। देवी की पारखी दृष्टि को पुनः प्रणाम किया।

'देवी! देवाधिदेव के दर्शनार्थ पूजन हेतु चलें।'

पुजारी के साथ गर्भगृह में पहुँच पूजन किया।

'देवदत्त जी एक निवेदन है।'

'आदेशित कीजिए।'

कुछ स्वर्ण मुद्राएँ सौंपते हुए कहा, 'कृपया हमारी ओर से भगवान शिव का रुद्राभिषेक अवश्य कर दीजिएगा।'

मुद्राएँ लेने में संकोच हुआ, 'इनकी क्या आवश्यकता! अभिषेक हो जायेगा।'

'हाँ, लेकिन दक्षिणा दिये बिना पुण्य फल प्राप्त नहीं होता।'

'जैसी शिव इच्छा।' यजमान को काण्डात बाँध अभिषेक का संकल्प कराया।

पूजा–अर्चना कर लौटने पर कलाकारों को प्रतीक्षारत पाया।

'अरे आप लोग अभी तक खड़े ही हैं? बिराजिए।' अम्बपाली की ओर मुख़ातिब हो देवी ने कहा, 'अम्बा बिटिया, हमने सुना है आप गायन–वादन ही नहीं नृत्य कला में भी पारंगत हैं!'

लज्जा संकोच से अम्बा के मुख की लालिमा दुगनी हो आयी।

'हमें अपने नृत्य से उपकृत करेंगी?'

'बिटिया! अतिथियों की इच्छा पूरी करना हमारा कर्त्तव्य है।' स्वीकृति समर्पिता ने दी। गोरे लाल पगों को समर्पिता ने घुँघरुओं में क़ैद कर दिया। गुरु भारद्वाज ने मृदंग पर थाप दी घनन...घ...नन... घन...सौभद्र ने वीणा के तारों से संगत की। देवी समर्पिता के सुमधुर कण्ठ से गीत के बोल झरने लगे। वाद्यों की ताल पर अम्बपाली के पग ताल मेल बिठाते थिरकने लगे। नृत्य में ऐसी तन्मय हुई कि अतिथियों की उपस्थिति पूरी तरह से भूल गयी। वाद्यों से तालमेल बिठाते गीत के बोलों को विभिन्न अंगों के ज़रिये नृत्याभिनय के द्वारा साकार करने लगी। पग, हस्त, नयन एवं भ्रू संचालन पर नियन्त्रण ग़ज़ब का था। अतिथिद्वय की सूक्ष्म दृष्टि से प्रशंसा स्वतः झरने लगी। नृत्याभिनय में ऐसे डूबे कि समय का पता ही नहीं चला। गीत के अन्तिम बोलों पर जूही कली सी गोरी लाल अँगुलियों, लाल हथेलियों को जोड़ गर्भगृह के देवता के साथ अतिथियों को प्रणाम निवेदित किया। मृदंग की थाप के साथ घुँघरू थम गये।

कुछ काल स्तब्ध बैठे रहे। सर्वोत्तम नृत्याभिनय ने वाणी छीन ली थी। नर्तकी के गोरे–गुलाबी मनोहारी मुख पर स्वेद कण मोती से दिखाई दिये। जिन्हें उत्तरीय के पल्ले से सुखाने लगी। संज्ञा लौटते ही हार्दिक प्रसन्नता तालियों की गड़गड़ाहट में व्यक्त हुई। सुन्दर...अति...सु...न्दर...ना...सर्वश्रेष्ठ...अतिथि देवी स्वयं को रोक न सकीं, 'बिटिया! अप्सरा उर्वशी का अवतार हो...प्रशंसा के लिए शब्द नहीं हैं...अम्बपाली के पास खिंची चली गयीं। उसके सिर पर आशीर्वाद हेतु हाथ रखा। प्रणाम हेतु झुकती अम्बा को गले लगा लिया। अपने कण्ठ से रत्नजड़ित हार निकाल अम्बा के गले में डाल दिया। सभी चौंके।

'य...य...क्या...क्या...कर रही हैं?' समर्पिता ने आपत्ति ली।

'ये तो कुछ भी नहीं है? बिटिया तो इससे भी अधिक के योग्य है।'

'ये इन दोनों गुरुओं और देवी समर्पिता के प्रशिक्षण का कमाल है। आप से निवेदन है कि दास की इस तुच्छ भेंट को प्रणाम सहित स्वीकारें।' कई स्वर्ण मुद्राएँ भेंटकर प्रणाम किया, 'और आप! देवी अम्बपाली इसे स्वीकार कर उपकृत करें।' कलाई से माणिक्य जड़ित कड़ा निकाल अपने हाथ से अम्बपाली को अनाथ पिण्डक पहनाने लगे। नारियाँ स्नेहदृष्टि, स्नेहस्पर्श और कामदृष्टि, कामस्पर्श में अन्तर करना अच्छी तरह से जानती हैं। आगन्तुक अतिथि की कामुक दृष्टि अम्बपाली के प्रत्येक अंग का पान कर रही थी। कड़ा पहनाने के बहाने कामस्पर्श से उसकी कमनीय काया सिकुड़ने लगी। धड़कन बढ़ आयी। शीघ्र कलाई पीछे कर हट गयी।

'देवदत्त जी! आपने गणशासन की गणनर्तकी की चयन प्रतियोगिता की मुनादी सुनी तो होगी?' पुजारी से प्रश्न पूछ लिया।

'जी सुनी है।'

'देवी अम्बपाली को प्रतियोगिता में भाग लेने हेतु भेजना है।'

'ग़रीब पुजारी की बिटिया कहाँ इस योग्य है?'

'आप अपनी बिटिया को कम क्यों आँक रहे हैं? यह विशेषज्ञों की चयन समिति का काम है।'

'उसकी कला श्रेष्ठता का मूल्यांकन हमने कर लिया है। आपको लाना ही है।' मनुहार अतिथि देवी ने की, 'एक हीरे की चमक को क्यों छिपाये रखना चाहते हैं?'

'सोचूँगा।'

'सोचने–विचारने का प्रश्न ही नहीं है। आपको इन्हें लाना पड़ेगा। बिटिया की प्रतिभा के साथ हम अन्याय नहीं होने देंगे।' देवी ने दबाव डाला।

'प्रतियोगिता की तिथि एवं दिन से कुछ दिन पहले रथ भेजेंगे। आप सभी पधारेंगे।' अतिथि ने अनुरोध के स्थान पर आदेश दिया, 'अच्छा चलने की अनुमति दें। चलें देवी।'

उन्हें छोड़ने बाहर तक आये।

रथ पर बैठते–बैठते देवी ने पुनः मनुहार की, 'बिटिया रानी सब को लेकर आना, अच्छा!'

सहसा देवदत्त को याद आया, 'देव! अभिषेक किस नाम गोत्र से करना है?'

'दास का नाम अनाथ पिण्डक है। गोत्र गार्गेय है।'

देवदत्त चौंके...अ...नाथ...पिण्ड...क...अनाथ...पिण्डक...वैशाली के नगरश्रेष्ठी...अनाथ पिण्डक।'

स्वीकृति में नगरश्रेष्ठी मुस्कराये भर।

'और देवी!'

'देवी लिच्छवि गणराज्य की गणनर्तकी देवी सर्वोत्तमा हैं। दारूक चलो।' रथ वैशाली की ओर उड़ चला।

ठगे से देखते रह गये देवराज। मन्दिर में गहरी चुप्पी पसर गयी। कुछ समझ नहीं आ रहा था। लाख स्वर्ण मुद्राओं वाला सवाल हल करने छोड़ गये थे। अनिर्णय के चौराहे पर खड़ा कर दिया था। प्रतियोगिता में अम्बपाली को भेजें या नहीं? देश–भर की रूपसियाँ भाग लेने आयेंगी। बिटिया कहाँ टिकेगी? चुन ली गयी तो चिर विदाई! मन पशोपेश में पड़ा था। अनाथ पिण्डक उनकी वाणी ही नहीं विचार

और निर्णय क्षमता भी छीन ले गया था। वह तो लेने रथ भेजने का आदेश तक दे गया है। अम्बा को समर्पिता के स्थान पर देवदासी बनाने का संकल्प धरा रह जायेगा?

गुरुद्वय भेजने के पक्ष में थे। उन्हें राष्ट्रीय मंच पहचान और सम्मान मिलने का पूरा विश्वास था। उनकी कला को राष्ट्रीय मान्यता मिलेगी। सुअवसर छोड़ना मूर्खता होगी। सौभद्र पक्ष में नहीं था। भय था यदि अम्बा प्रतियोगिता जीत गयी तो सदा–सर्वदा के लिए दूर चली जायेगी।

'क्या निर्णय है देव?' सौभद्र ने जानना चाहा।

'कुछ समझ नहीं पड़ रहा? अतिविशिष्ट, नगरश्रेष्ठी और गणसुन्दरी का आदेश कैसे टालूँ?' असमंजस स्पष्ट था।

'वे होते कौन हैं आज्ञा देने वाले? अम्बा आपकी बेटी है। आपका निर्णय अन्तिम रहेगा?'

'सो तो है।'

'अम्बा उनके अकेले की ही नहीं मेरी भी बिटिया है। उसके भाग्य का निर्णय करने का मुझे भी अधिकार है।' समर्पिता ने हस्तक्षेप किया।

'इससे किसे इनकार है देवी समर्पिता।' महापात्र जी ने समर्थन किया, 'पुजारी जी! देवाधिदेव ने बिटिया को स्वर्ण अवसर प्रदान किया है। इसका सदुपयोग करना चाहिए।'

'देवदासी बन मुझे क्या मिला? पाषाण देवता के लिंग के लिए अपना यौवन, सपने, मातृत्व का बलिदान करने की एवज में दो जून की रोटी और दो जोड़ी कपड़े मन्दिर और ग्रामवासियों ने दिये। ईश्वर के नाम पर नारी का शोषण ही तो किया गया।' समर्पिता की आत्मा में धधक रही ज्वालामुखी फट पड़ी। लावा बहने लगा। क्रोध से समर्पिता का कमनीय गोरा मुख तमतमा आया, 'देव! ग्राम प्रधान ने भगवान शिव का निर्माल्य मान आपकी मौन सहमति से मेरा दैहिक शोषण आरम्भ किया। आप चुप रहे। देवदासी बना हमारी बेटी के जीवन में भी वही गाथा लिखना चाहते हैं?'

मन्दिर स्तब्ध। सबकी जुबान को लकवा मार गया। देवदासी जीवन की जिस त्रासद व्यथा को समर्पिता ने प्रस्तुत किया था,

लज्जा से सिर झुक गये। तो बीच–बीच में माँ रात के समय उस नराधम के पास जाती थीं। डर से अम्बा काँपने लगी।

'पुजारी देवदत्त जी कान खोलकर सुन लें। अपनी बेटी को देवदासी हरगिज़–हरगिज़ नहीं बनने दूँगी। नगरश्रेष्ठी का रथ आने पर उसे ले वैशाली चली जाऊँगी।' अम्बा का हाथ पकड़ उठी, 'चलो बिटिया।'

'देवी समर्पिता, हम भी आपके साथ हैं।' दोनों गुरु भी साथ चल दिये। जिसके भाग्य का फ़ैसला होना था उससे किसी ने पूछा तक नहीं।' बड़े–बड़े नयनों से बोलने वालों को टुकुर–टुकुर निहारती रही। साथ में उठ कर चल दी।

अपराध–बोध से पीड़ित, अपमानित, तिरस्कृत देवदत्त शीश झुकाये बैठे रहे।

अपनी प्रत्याशी अम्बा को गणनर्तकी के पद पर चयनित करा अनाथ पिण्डक विरोधी श्रेष्ठी धनपति को नीचा दिखाने में जुट गया। प्रतियोगिता के एक माह पहले दारूक को भेजा। दोनों गुरु, देवदासी समर्पिता और अम्बा पुजारी जी के चरण स्पर्श कर रथ में जा बैठे। न तो उन्होंने, न ही देवदत्त ने एक–दूसरे से कुछ कहा–सुना। नाराज़ी दोनों ओर थी। पुजारी की अनुमति भी नहीं ली। वर्षों का साथ क्षण भर में टूट गया। अबोले के बाद भी चिर विदाई के उस पल में न चाहते हुए भी उनके दिल भर आये। बड़ी कठिनाई से देवदत्त ने आँसू रोके। एक प्रश्न आत्मा को कचोट रहा था। स्वार्थ प्रेरित महत्त्वाकांक्षा के लिए व्यक्ति हृदयहीन हो वर्षों के सम्बन्ध तोड़ने में क्षण–भर भी नहीं लगाता। स्वार्थ सर्वोपरि है। सम्बन्ध, प्रेम से भी ऊपर। छोड़ने जाने की इच्छा नहीं हुई। फुसफुसाये, 'शिव इच्छा बलियसि।'

वैशाली जाने के निर्णय के दिन से ही सौभद्र के मन में विकल कर देनी वाली उथल–पुथल मची थी। कुछ भी अच्छा नहीं लग रहा था। न ही किसी काम में मन लग रहा था। उसकी अम्बा सदा के लिए चली जायेगी! आशा की क्षीण डोर थामे था। शायद साथ चलने का कहे!

आदिदेव महादेव को प्रणाम कर वे रथ में बैठे। अम्बा के नयनों के दायरे में आ सकने वाले स्थान पर खड़ा था। वैशाली में उज्ज्वल भविष्य की कामना से अम्बा का दिल धड़क रहा था।

अम्बा के उसे देखते ही सौभद्र की धुकधुकी बढ़ गयी। बुलाये जाने की प्रतीक्षा करने लगा। अम्बा के नयनों में सौभद्र के लिए जगह खाली नहीं थी। उन पर गणनर्तकी की शानदार, वैभवशाली सुखद ज़िन्दगी के सपनों ने क़ब्ज़ा जमा लिया था। देखकर भी अनदेखा कर रही थी।

'चलें देवी! दारूक ने समर्पिता से अनुमति माँगी।'

'हाँ।'

दारूक ने पर्दा गिरा रथ हाँक दिया। सौभद्र का दिल विदीर्ण हो आया। रथ के चक्के उसकी आत्मा–प्यार को कुचलते आगे बढ़ गये। रथ की बढ़ती गति के साथ बचपन की मैत्री अँधेरे गलियारे में गुम होने लगी। चक्कों से उड़ती धूल से सौभद्र की धुँधलायी आँखें बरसने लगीं। मौन प्रेमी बेबस था।

रथ को दारूक निर्धारित स्थान पर ले आया। वैशाली से पर्याप्त दूरी पर पिण्डक ने कई एकड़ कृषि भूमि ख़रीद रखी थी। यहाँ सर्वसुविधा सम्पन्न, सेवक, दास–दासियों सहित बड़ा–सा भव्य भवन बना रखा था, जो बड़े उद्यान से घिरा था। ख़ास–ख़ास परिजनों–मित्रों के साथ महीना–दो माह में आनन्द मनाने आता था। इसकी जानकारी बहुत कम लोगों को थी। यह उसके मनोरंजन का गुप्त स्थान था। भव्य भवन सघन वृक्षों–लताओं से आच्छादित था। मार्ग से दिखाई नहीं देता था। दारूक वहीं आया।

'आइए! स्वागतम!! मार्ग में कोई कष्ट तो नहीं हुआ?' भवन के प्रांगण में हँसते–मुस्कराते पिण्डक ने स्वागत किया।

'देव ने इतनी अच्छी व्यवस्था की थी कि कष्ट होने का प्रश्न ही नहीं था।' रथ से उतरते ही समर्पिता के साथ सभी ने चरण स्पर्श किये। अम्बा को चिपका लिया। उसे पसन्द नहीं आया। बतियाते हुए उन्हें सजे–सँवरे कक्ष में ले गया, 'बिराजिए।'

'यात्रा से थक गये होंगे। विश्राम करिए। महत्त्वपूर्ण चर्चा हेतु महामहिम गणाध्यक्ष ने हमें आमन्त्रित किया है।' अपना रोब जमाने हेतु झूठ बोलने में कोई संकोच नहीं किया, 'उनसे भेंट करना अति आवश्यक है। अतः अनुमति दें। आगे की योजना पर सन्ध्या समय चर्चा करेंगे?'

उठ खड़ा हुआ। भवन के प्रबन्धक को आवाज़ दी, 'चणक...ओ... चणक... ।'

तत्काल उपस्थित हो चणक ने प्रणाम किया, 'आज्ञा देव!'

'ये हमारे अतिविशिष्ट अतिथि हैं। इन्हें किसी प्रकार का कष्ट न हो। इन्हें जलपान करायें। जब भी जिस वस्तु की आवश्यकता हो अवश्य उपलब्ध करायें।' अतिथियों का परिचय कराया, 'ये देवी समर्पिता श्रेष्ठ गायिका–नर्तकी और ये दोनों वैशाली के श्रेष्ठतम कलागुरु द्वय रमाचरण महापात्र एवं संगीताचार्य भारद्वाज हैं।' चणक ने बारी–बारी प्रणाम किया।

'और ये रूपसी अम्बा हैं। वैशाली गणराज्य की भावी राजनर्तकी।' लज्जा संकोच से अम्बा का सिर अधिक झुक गया।

'तो चलूँ देवी समर्पिता।' प्रणाम कर चलते–चलते कहा, 'देवी समर्पिता! गणराज्य की राजनर्तकी देवी सर्वोत्तमा आपसे विशेषकर अम्बा से भेंट करने शीघ्र आयेंगी। वे अम्बा को नृत्य, गायन, वादन सम्बन्धी विशेष प्रशिक्षण देंगी। साथ ही राजकीय शिष्टाचार एवं मर्यादा के बारे में भी प्रशिक्षित करेंगी। प्रतियोगिता जीतने हेतु यह अत्यन्त आवश्यक है।'

'जैसी देव की आज्ञा!'

'यही नहीं वे अम्बा के सौन्दर्य को अधिक चुम्बकीय आकर्षक–मनोहारी, मोहक, मादक बनाने सम्बन्धी सुझाव भी देंगी। नारी सौन्दर्य को अधिक प्रभावी बनाने के लिए सोलह शृंगार की जानकारी अत्यन्त आवश्यक है। राजनर्तकी के लिए चलने, घूमने, उठने, बैठने और तिर्यक दृष्टि से प्रभावित करना भी एक कला है। देवी अम्बा ग्रामीण पृष्ठभूमि और परिवेश में पली–बढ़ी हैं। वैशाली राजकीय परिवेश से ओत–प्रोत है। राजसी शिष्टाचार की थोड़ी–सी भी चूक, अनदेखी भारी पड़ेगी। इसमें कोई सन्देह नहीं कि आज की तिथि में अम्बा सर्वश्रेष्ठ दैवी रूप–लावण्य की स्वामिनी है। शिष्ट व्यवहार, उन्हें सर्वगुणसम्पन्न, सम्पूर्ण नारी बनायेगा। देवी सर्वोत्तमा ही आपको इसकी शिक्षा प्रदान करेंगी।'

'जो आज्ञा देव! अम्बा पूरे मन से देवी सर्वोत्तमा के निर्देशों का पालन करेगी। आप निश्चिन्त रहें।' समर्पिता ने आश्वस्त किया।

स्वामी इस काल कहाँ जायेंगे दारूक को इसकी जानकारी थी। रथ राजनर्तकी के प्रासाद जा पहुँचा। नगरश्रेष्ठी को आया देख द्वार प्रहरियों ने झुककर प्रणाम किया, 'पधारें महाप्रभु!' प्रणाम स्वीकार हेतु थोड़ा सा शीश झुका सगर्व अन्दर चले गये।

रात्रि के स्वागत की तैयारी में दासियाँ व्यस्त थीं। अगरू चन्दन के धूम्र से कक्ष की वायु को सुरभित किया जा रहा था। देवी के श्रृंगार के लिए मोगरे के पुष्पों की वेणी गूँथी जा रही थी। एक दासी सुन्दर वस्त्रों का चयन कर रही थी। दर्पण के सामने रखी चाँदी की कटोरियों में नाना प्रकार के सुगन्धित अंगराग थे। देवी सर्वोत्तमा उनका उपयोग कर रही थीं। चाँदी की एक कटोरी से चन्दन, हल्दी, मलाई मिश्रित सुवासित अंगराग ले मुख की प्रौढ़ता को छिपाने हेतु मलकर उसकी कमनीयता में वृद्धि करने में व्यस्त थीं। विश्वस्त दासी नयनिका आभूषण मंजुषा लिए थी। एक पंखा झल रही थी।

नगरश्रेष्ठी को कक्ष में प्रवेश करते देख दासियाँ प्रणाम कर बाहर चल दीं। दर्पण में पिण्डक का प्रतिबिम्ब दिखाई दे गया। मुख को मलते–मलते प्रतिबिम्ब से जानना चाहा, 'आह! नगरश्रेष्ठी!! कैसे कष्ट किया?'

'आपकी शिष्या पधार गयी है। आप जानती हैं देवी। अम्बा ग्रामीण पृष्ठभूमि और परिवेश से आयी है। राजकीय शिष्टाचार और मर्यादा से अपरिचित है। इनका प्रशिक्षण देवी को देना है।'

'मेरी शिष्या! या आपकी भावी प्रियतमा अंकशायिनी!' खड़े हो तीखा आघात किया।

वार को खाली जाने दिया।

'किस बात की नाराज़गी है देवी।' स्वर अत्यन्त मृदु और चाटुकारिता से भरपूर था। सर्वोत्तमा की अनावृत्त कटि में हाथ डाल निकटतम खींच लिया, 'प्रिया तो आप ही हैं। प्रथमा देवी का स्थान कोई नहीं ले सकता। इसे तो अपनी पत्नी को भी नहीं दिया है।'

प्यार भरी चाटुकारिता अच्छी ही लगी, 'झूठे! भ्रमर पुरुष नारी के कली बने रहने तक ही चिपका रहता है। फूल बनते ही उड़कर दूसरी कली के पास जा पहुँचता है।'

'आपके साथ ऐसा नहीं है। आप सदाबहार रहने वाली कली हैं। ख़ैर! शिकायतें फिर कभी। अम्बा को आपका स्थान दिलाना है। उसी के माध्यम से गणशासन की नीतियों को अपने अनुरूप प्रभावित कर पाऊँगा। इसी उद्देश्य से उसे लाया हूँ। वो तो एक मोहरा है। आप भी इसे इच्छी तरह से जानती हैं। इस कार्य में आपके द्वारा दी गयी सहायता मरते दम तक याद रहेगी। कृतघ्न व्यापारी नहीं हूँ। काशी भी आया करूँगा। अतिथि बन कर।'

सर्वोत्तमा, पिघल गयी, दैहिक स्पर्श से रोमांचित हो आयी, 'निश्चिन्त रहें। लड़की में सौन्दर्य और कला का अद्‌भुत दैवी, समन्वय है। प्रतिभावान भी है। तर्कबाज। तत्काल समझ जाती है। अलौकिक दैवी सौन्दर्य ही उसे निर्वाचित करा देगा। हमारी अनुशंसा की भी ज़रूरत नहीं पड़ेगी।'

'कब जा रही हैं?'

'कल ही।'

'एक बात का ध्यान रखिएगा!'

प्रश्नात्मक दृष्टि से सर्वोत्तमा निहारने लगी।

'प्रासाद के मुख्य द्वार से दासी नयनिका, अंगरक्षकों और राजकीय ध्वज–पताका वाले रथ से मत जाना। पिछले द्वार पर पर्दे वाला हमारा रथ आपकी प्रतीक्षा करेगा।' निकटतम खींच चुम्बन की मुहर लगा प्रफुल्ल मन चल दिया। सारी चालें सही पड़ रही थीं।

प्रचार के फलस्वरूप न केवल लिच्छवि गणराज्य के गाँवों, क़स्बों, नगरों वरन् मगध की राजधानी राजगृह, कौशल, कौशाम्बी, श्रावस्ती, काशी तथा सोलह महाजनपदों से अनेक रूपसी कलाकार कन्याएँ प्रतियोगिता में भाग लेने वैशाली आयीं। उज्जयिनी, विदिशा, महिष्मति, विदर्भ, पुरुषपुर ही नहीं सुदूर दक्षिण भारत के चेर, चोल, पाण्ड्य राज्यों की कलानेत्रियाँ भी आयीं। वैशाली में सुन्दरी कलानेत्रियों का मेला लग गया। लिच्छवि गणराज्य की राजनर्तकी बनना गर्व और गौरव की बात थी। अधिकारियों, कर्मचारियों और नगररक्षकों का काम बढ़ गया, क्योंकि इनके रहने–खाने की व्यवस्था राज्य ने की।

चयन के लिए गायकों, वादकों और नृत्य–विशारदों की समितियाँ गठित की गयीं। कई दिनों तक प्रतियोगिता चली। अन्तिम चयन के लिए मृदंगवादक गजधर, वीणा के श्रेष्ठ गुरु रविशंकर तथा अन्य श्रेष्ठ गुरु रखे गये। अध्यक्षता राजनर्तकी देवी सर्वोत्तमा को सौंपी गयी। सहायता के लिए न्यायाधिपति विश्वमूर्ति नगरश्रेष्ठी अनाथ पिण्डक एवं श्रेष्ठी धनपति को नामित किया गया। व्यावसायिक कार्य से पुरुषपुर जाने का बहाना बना अनाथ पिण्डक ने अपना नाम निरस्त करा लिया। श्रेष्ठी धनपति का नाम स्वीकृत कराया। राजनीति की चौसर पर चतुर बनिया जीतने वाली चाल चल रहा था।

पहले ही दौर में अनेक सुन्दरियाँ बाहर हो गयीं। उन्हें सम्मानित कर मार्ग व्यय दे विदा कर दिया। अन्तिम चयन हेतु तीन रूपसियाँ–बंग सुन्दरी नर्तकी सुवर्णकान्ता, उज्जयिनी की चारूमित्रा एवं जैतग्राम की अम्बा का चयन हुआ। उनके लिए अलग से विशेष व्यवस्था की गयी। इन्होंने चयन समिति के अतिरिक्त गणाध्यक्ष महानाम, उपगणाध्यक्ष, न्यायाधिपति, सेनाध्यक्ष एवं चुनिन्दा गण परिषद् के सदस्यों के सामने अपनी कला का प्रदर्शन किया। अम्बा ने भरतनाट्यम की शास्त्रोक्त परम्परा का निर्वहन करते हुए वाद्ययन्त्रों से तालमेल बिठा गीत के बोलों के अनुरूप नाट्य अभिनय द्वारा जो भाव मुद्राएँ प्रस्तुत कीं वे अद्वितीय थीं। उसके अलौकिक रूप–सौन्दर्य ने भी परीक्षकों को गहरे तक प्रभावित किया। भरत मुनि नाट्यशास्त्र के शास्त्रीय एवं सुगम संगीत पर पूछे गये प्रश्नों का सटीक उत्तर तो दिया ही संगीत–नृत्य को पंचमवेद भी बताया। जिस शिष्टाचार का प्रदर्शन किया, उसने सबका मन मोह लिया। फिर वो लिच्छवि थी।

अन्तिम निर्णय हेतु समिति गणाध्यक्ष के कक्ष में पहुँची। इधर दौवारिक ने घोषणा की, 'कला के उपासकों एवं मनीषियों! लिच्छवि गणराज्य ने आपके स्वागत–सत्कार में कोई कमी नहीं रखी है। यदि कमी रह गयी हो तो गणशासन क्षमाप्रार्थी है। चयन समिति कुछ ही काल में अपने निर्णय से प्रतियोगियों एवं समस्त उपस्थित जनों को अवगत कराएगी। एक निवेदन है, जिनका चयन नहीं होगा वे

कम श्रेणी के कलाकार नहीं हैं। चयन तो एक का ही करना पड़ेगा। अचयनिता का भी गणराज्य समुचित सम्मान कर विदा करेगा। अतः निवेदन है कि आप अन्यथा न लें।'

प्रतिभागी कलाकार रूपसियाँ अपने–अपने समर्थकों, गुरुओं के साथ बैठी थीं। चयन समिति के परीक्षक और गण परिषद् के विशिष्ट सदस्य परीक्षार्थी प्रतिभागियों का क्या निर्णय लेते हैं, किस भाग्यवान का चयन होगा, ऐसा चिन्ताजनित भय कलाकार सुन्दरियों के कमनीय मनोहारी आकर्षक मुखों पर आवाजाही कर रहे भावों के उतार–चढ़ाव से स्पष्ट परिलक्षित हो रहा था। दिल की धुकधुकी तेज़ थी। अम्बा और उसके समर्थक, नगरश्रेष्ठी एवं राजनर्तकी के अप्रत्यक्ष समर्थन एवं अम्बा के श्रेष्ठतम प्रदर्शन से आश्वस्त थे। फिर भी चयन समिति क्या निर्णय लेगी, ऊँट किस करवट बैठेगा, की चिन्ता तो थी ही। सब कुछ नियति पर छोड़ दिया।

प्रतीक्षा का हर क्षण, पल, घड़ी प्रत्याशियों पर ही नहीं सभागार और बाहर खड़ी भीड़ पर भारी पड़ रहा था। कौन बनेगी हम लिच्छवियों की राजनर्तकी? ईसा पूर्व की छठी सदी के उस काल के भारत के सोलह महाजनपदों के अधिपति लिच्छवियों से सम्बन्ध रखना चाहते थे। मगध सम्राट बिम्बिसार की सम्राज्ञी एवं सम्राट अजातशत्रु की माँ महारानी चेलना लिच्छवि गण परिषद् के राजा चेटक की पुत्री थीं। सम्राट बिम्बिसार और उनकी राजनर्तकी अनिंद्य सुन्दरी शालवती भी लिच्छवियों की राजनर्तकी का नाम जानने को उत्सुक थी। पाण्डव वंशी वत्सराज उदयन और उनकी राजसभा की शोभा राजनर्तकी मांगधिया ही नहीं अवन्ति नरेश चण्डप्रद्योत एवं राजनर्तकी पद्मावती भी लिच्छवियों की राजनर्तकी में गहरी रुचि रखते थे। इन महाजनपदों के गुप्तचर वेश बदल भीड़ में घुले–मिले थे।

तु...तु...तुत...तुत...तु...तुरहीनाद की ध्वनि से सभागार में सन्नाटा पसर गया। 'सा...वधान...साव...धान...सावधान..सुने...सु...ने...सुने... महामहिम गणाध्यक्ष, समिति सदस्यों,अमात्यों एवं गणमान्यों के साथ पधार रहे...हैं...ऽऽ...सावधान।' अभ्यर्थना में सभागार खड़ा हो गया।

अंगरक्षकों से घिरे समिति सदस्यों के साथ गणाध्यक्ष ने प्रवेश किया। प्रणाम...प्र...णा...म...स्वीकारें महामहिम...प्रणाम...समवेत स्वर में सभागार ने प्रणाम निवेदित किया। प्रणाम से ही प्रतिउत्तर मिला। मंच के मध्य की ऊँची आसन्दी पर महामहिम के बैठते ही शिष्टाचार के अनुरूप दायीं ओर प्रधान न्यायाधिपति, बायीं ओर सेनाध्यक्ष, महामात्य, अमात्य आदि के आसन ग्रहण करते ही महामहिम के सचिव ने अनुमति माँगी, 'महाप्रभु की अनुमति हो तो कार्यवाही आरम्भ हो!'

'अनुमति है!'

'सभागार में उपस्थित सम्मानित महानुभावों, नागरिकों, प्रत्याशियों, लिच्छवि गणराज्य के अनुरोध को मानकर समस्त देश की कलानेत्रियों ने गणराज्य की राजनर्तकी के पद हेतु पधारकर हमें जो गरिमा प्रदान कर उपकृत किया है उस हेतु गणराज्य मन से आभारी है। सभी कलानेत्रियों ने अपनी क्षमता के अनुरूप श्रेष्ठतम प्रदर्शन किया। लेकिन पद एक ही है। इसका अर्थ यह नहीं कि चयनित देवी के अलावा अन्य योग्य नहीं हैं! या उनकी कला में कोई कमी है। गणराज्य की ओर से महामहिम सभी कलाकारों को प्रणाम करते हैं।' सभागार की प्रतिक्रिया जानने हेतु कुछ पल रुके। रुका पल भारी पड़ गया। सभागार की दृष्टि एवं पूरा ध्यान मंच पर केन्द्रित था।

'चयन समिति ने गम्भीर सोच–विचार के बाद सर्वसम्मति एवं महामहिम गणाध्यक्ष की स्वीकृति से...सभागार एवं भीड़, जिसमें सौभद्र और जैतग्राम के कुछ वासी भी थे, की उत्सुक धुकधुकी चरम पर जा पहुँची, '...निर्णय लिया है कि जैतग्राम के शिवालय की शिवपुत्री देवी अम्बा लिच्छवि गणराज्य के गौरवशाली पद की अधिष्ठात्री एवं राजनर्तकी के पद पर... तालियों की गड़गड़ाहट जय...हो...ज...य...हो...से गुंजायमान हो आया। बात पूरी नहीं हो पायी। शोर में डूब गयी। भीड़ नाचने, उछलने, कूदने एवं एक–दूसरे को बधाई देने लगी। 'सुनिए...सु...निए...शान्त हो जाइए...अभी वक्तव्य पूरा नहीं हुआ है।' दौवारिक की तेज़ आवाज़ से सभागार में शान्ति पसरी...देवी अम्बा का अभिनन्दन एवं अभिवन्दन... समिति एवं गणाध्यक्ष ने गणराज्य की राजनर्तकी को आज से नया

नाम राजनर्तकी देवी आम्रपाली दिया है।' आम्रपाली...आ...म्र...पाली... आम्रपाली से सभागार गूँजने लगा। भीड़ ने दुहराया। सभागार और भीड़ की प्रसन्नता चरम पर थी।

अम्बा का नाम घोषित होते ही मंच पर टिकी सभागार की दृष्टि मंच की दृष्टियों के साथ अम्बा पर आ टिकी। इसका भान होते ही अम्बा की धड़कने तेज़ हो आयीं। देह काँपने लगी। शीश झुक गया। लज्जा से गोरे–गुलाबी कमनीय मुख की लाली दुगनी हो जाने से वह अधिक मोहक हो आया। प्रसन्नता के अतिरेक में समर्पिता ने गले लगा लिया। आँखें भर आयीं। गुरुद्वय भी प्रसन्नता से भर गये। एक–दूसरे को बधाई दी। शिवकृपा से साधना–परिश्रम सफल जो हुआ था। राजनर्तकी के अंगरक्षकों ने समर्पिता एवं गुरुद्वय को सादर परे सरका राजनर्तकी देवी आम्रपाली को अपनी अभिरक्षा में ले लिया।

'शान्ति...शान्ति...शान्ति...रखिए ताकि आगे की कार्यवाही सम्पादित की जा सके। कृपया शान्ति बनाइए।' दौवारिक की ललकार के साथ ही सभागार में शान्ति पसर गयी। लिच्छविगण अपने अनुशासन, शिष्टाचार एवं सद्व्यवहार के लिए प्रसिद्ध थे।

'देवी आम्रपाली से नम्र निवेदन है कि मंच पर पधारकर महामहिम के हाथों गणराजनर्तकी के सम्माननीय पद का नियुक्ति–पत्र प्राप्त करें। देवी नयनिका उन्हें सादर मंच पर लिवा लायें।'

गणराजनर्तकी सर्वोत्तमा के पीछे खड़ी नयनिका शीश झुका महामहिम और सभागार को प्रणाम कर अम्बा को लिवाने चल दी। साँस रोक कर सभागार सारी कार्यवाही देख रहा था। अम्बा की कुछ समझ नहीं आ रहा था। सिर नीचा किये लज्जा–संकोच–भय से पीड़ित थी।

'दासी का प्रणाम स्वीकारें। पधारिए देवी।' नयनिका ने शीश झुका प्रणाम किया।

नयनिका की उपस्थिति ने आश्वस्त किया। खड़ी होने के साथ माँ समर्पिता को निहारा। नेत्रों के संकेत से माँ ने जाने की अनुमति दी। सभागार की दृष्टि उस पर केन्द्रित है, का भान था। जिसने घबराहट बढ़ा दी।

मन्थर गति से शीश झुकाये नयनिका के साथ मंच पर पहुँची। महामहिम समेत मंचासीन सारे अतिविशिष्ट गणमान्य राजनर्तकी के सम्मान एवं अभ्यर्थना में खड़े हो गये। सीखे शिष्टाचार के अनुसार शीश झुका आम्रपाली ने प्रणाम किया। गणमान्यों ने भी प्रणाम द्वारा प्रतिउत्तर दिया। सभागार तालियों की गड़गड़ाहट से गूँजने लगा।

महामहिम के संकेत पर चाँदी की तबाक लिए दासी पहुँची। महामहिम ने माला पहनायी। झुके शीश पर मुकुट रखा और गणराज्य की राजनर्तकी का नियुक्ति–पत्र दिया। अम्बा ने शीश झुकाकर चरण स्पर्श कर प्रणाम किया। पलटकर सभागार को भी प्रणाम किया। अम्बा अपनी रूप माधुरी की मोहिनी से मोहित कर चुकी थी। उससे एवं भावना के उद्रेक में बहकर महामहिम ने 'लिच्छवि गण की राजनर्तकी की...' सभागार ने जय...जय...जय से प्रतिसाद दिया। पगलाये लोग आम्र...पाली... आ...म्र...पाली...आम्रपाली का कुछ देर जाप करते रहे।

'कृपया शान्ति बनाये रखें। महामहिम कुछ निवेदन करना चाहते हैं।' दौवारिक के निवेदन पर सभागार शान्त हो गया।

'लिच्छवियों के गौरव में वृद्धि हेतु उन्हें उनकी राजनर्तकी मिल गयी है। विश्वास है वे गणराज्य में कला के विकास में सहायक होंगी। इससे गण का सम्मान बढ़ेगा।' कुछ पल रुके, 'हम देवी सर्वोत्तमा के आभारी हैं, जिन्होंने लिच्छवियों के सम्मान को देश में सर्वोच्च शिखर प्रदान किया। देवी का गणराज्य अभिनन्दन करता है।' दासी नयी तबाक ले उपस्थित हुई। महामहिम ने रत्नजड़ित माला देवी सर्वोत्तमा को पहना प्रणाम किया। देवी ने भी मंचस्थ तथा सभागार को प्रणाम कर निवेदन किया, 'मैं लिच्छवियों की मन से आभारी हूँ जो उन्होंने मुझे देश की सेवा का अवसर दिया। पुनः प्रणाम। शीश झुका प्रणाम किया। चिर विदाई की उस बेला में आँखें और गला भर आया। अधिक नहीं बोला गया। प्रणाम कर आसन्दी पर जा बैठीं। क्षण भावुक था। सभागार भी द्रवित हो आया। कुछ पल मौन पसरा रहा। महामहिम ने भंग किया, 'देवी सर्वोत्तमा से प्रार्थना है वे देवी आम्रपाली को राजनर्तकी के प्रासाद ले पधारें।'

'जो आज्ञा देव!'

तुरही ने कार्यक्रम समाप्त होने की घोषणा की। मंचस्थ गणमान्यों समेत महामहिम ने प्रस्थान किया। अंगरक्षकों की अभिरक्षा में दोनों रूपसियों ने पुनः प्रणाम कर प्रस्थान किया। सभागार की भीड़ से दोनों को सुरक्षित बाहर ले जाने में बड़ा परिश्रम करना पड़ा। पगलाई भीड़ पास से देखना ही नहीं स्पर्श भी करना चाहती थी। समर्पिता एवं गुरुद्वय ने साथ जाना चाहा मगर भीड़ के धक्कों ने उन्हें काफ़ी पीछे धकेल दिया। बाहर भी यही स्थिति थी। भीड़ घेरना चाहती थी। आम्र...पाली... आ...म्र...पाली...आम्र...पाली चिल्ला रही थी। लज्जा से अम्बा का शीश झुक गया। इस प्रकार के स्वागत की कल्पना नहीं की थी। भीड़ की धक्का–मुक्की से कड़े परिश्रम के बाद देवियों को रथ में बैठाने में अंगरक्षक सफल हुए।

भीड़ से लड़ते–झगड़ते, धक्का–मुक्की का लाभ उठा सौभद्र रथ के थोड़ा पास पहुँचने में सफल हुआ। अम्बा...अ...म्बे...मैं...मैं...सौभद्र... सुन रही हो अम्बा...। शोर इतना था कि सौभद्र की आवाज़ उसमें डूब गयी। सामने वाले को धकेल रथ के पास पहुँचने का प्रयत्न किया। प्रहरी ने पीछे धकेला, 'क्यों गड़बड़ कर रहे हो। पीछे हटो।' भीड़ पुनः सबसे पीछे ले गयी। अश्वारोही सैनिकों ने रथ को अपनी अभिरक्षा में ले लिया। उनके भालों के भय से भीड़ स्वयं हटकर मार्ग देने लगी। भीड़ से बाहर आते ही रथ राजनर्तकी के प्रासाद की ओर दौड़ पड़ा। दुःखी, निराश सौभद्र के पास आँसुओं के सिवा कुछ न बचा।

अम्बा, देवदासी समर्पिता और गुरुद्वय के चले जाने से मन्दिर सूना हो आया। देवदासी, गुरुद्वय और अम्बा के न होने से सान्ध्य आरती का नृत्य बन्द हो जाने से अधिकांश ग्रामवासियों ने आना बन्द कर दिया। कभी एक–दो भक्त तो कभी अकेले देवदत्त शिव आराधना करते। चौबीसों घड़ी बिटिया अम्बा के लौट आने की प्रार्थना करते रहते। सौभद्र ने अम्बा के गणराज्य की राजनर्तकी होने की सूचना दी, 'देव! हमारी अम्बा सदा के लिए हम से दूर चली गयी। गणराज्य ने उसे छीन लिया।'

'कुछ पल मौन बैठे रहे। मुख गम्भीर हो आया। मौन के पीछे पीड़ा दुःख–दर्द का लावा खदबदा रहा था, 'शिव इच्छा बलियसि' भर कह पाये। आँसुओं को सौभद्र से छिपाने हेतु सुमरिनी ले अन्दर चले गये। निराश, लुटा–पिटा सौभद्र निर्निमेष दृष्टि से लिंग को निहारता रहा।

राजनर्तकी का ध्वजा–पताकाओं वाला रथ उद्यान से घिरे भव्य द्वार पर पहुँचा। द्वार प्रहरियों ने झुककर सादर प्रणाम किया। भूतपूर्व राजनर्तकी देवी सर्वोत्तमा ने हाथ थाम आम्रपाली को उतारा। भव्य द्वार की सीढ़ियों की ऊपरी सीढ़ी पर खड़ी प्रधान दासी नयनिका ने माला पहनायी। 'स्वागतम्! स्वागतम्!! लिच्छवि गणराज्य की राजनर्तकी देवी आम्रपाली का स्वागत है। पधारिए स्वामिनी।' झुक कर प्रणाम किया।

सगर्व आम्रपाली ने प्रवेश किया। गलियारे के दोनों ओर दासियाँ थाल में पुष्प पँखुरियाँ लिए खड़ी थीं। प्रणाम कर पुष्पवर्षा से स्वागत किया। आरती उतारी। उनमें कुछ प्रौढ़ाएँ और एक दासी तो माँ समर्पिता की आयु से भी बड़ी थी। उसे प्रणाम करते देख संकोच और लज्जा से भर आयी। उसे बड़ों को प्रणाम करना सिखाया गया था। बड़ों का प्रणाम स्वीकारना नहीं। लेकिन! समय के साथ इसकी अभ्यस्त हो गयी। उसका सामना होने पर प्रौढ़ा दासी जब भी उठकर प्रणाम करती मात्र शीश झुका स्वीकारती।

प्रासाद के वैभव–विलास ने चकित किया। मुख्य विशाल कक्ष, जहाँ उसे नृत्य, गायन, वादन, प्रस्तुत करना था, अत्यन्त भव्य था। सभी कक्ष सजे थे। भूमि पर चारों कोनों को छूते नरम गलीचे, द्वारों और गवाक्षों पर झीने पर्दे लटक रहे थे। चाँदी के दीप स्तम्भ, भोजन, जलपान हेतु चाँदी की थालियाँ, कटोरियाँ, तबाक। श्रृंगार कक्ष के बड़े से दर्पण के सामने रखी अनेक कटोरियों में नाना प्रकार के त्वचा के रंग के अनुरूप अंगराग। रजत मंजुषाओं में मनोहारी रत्नजड़ित स्वर्णाभूषण। समस्त वक्ष को ढँकने वाला अनेक रत्नों और लड़ियों वाला हार। कर्णफूल, बाजूबन्द और कटिमेखला। कदली–सी जंघाओं की शोभा में वृद्धि करने वाली मेखला की लड़ियाँ। पेटिका में मोती जड़ी रंग–बिरंगी कंचुकियाँ, उत्तरीय एवं अधोवस्त्र। हर युग की नारी वस्त्राभूषण प्रेमी होती है।

आम्रपाली अपवाद नहीं थी। इतने सारे विविध वस्त्राभूषणों ने अभिभूत कर दिया। इनको उस ग्रामीण बाला ने देखना तो दूर सुना भी नहीं था। आज उनकी स्वामिनी थी। रोम–रोम प्रसन्नता के अतिरेक से आनन्दित हुआ। मुख की चमक दुगनी हो गयी। पास खड़ी नयनिका से किशोरी सुलभ जिज्ञासा से जानना चाहा, 'नयनिका जी! ये सब हमारे हैं?'

'हाँ स्वामिनी! आपके ही हैं। आप ही इनकी स्वामिनी हैं।' अधरों–नयनों में व्यंग्य मुस्कान उभरी। स्वामिनी को नहीं मालूम कि राजनर्तकी के प्रासाद की प्रत्येक वस्तु गणराज्य की सम्पत्ति है। सेवानिवृत्ति के समय यहाँ से अपनी व्यक्तिगत वस्तुओं के अलावा एक कौड़ी भी नहीं ले जा सकेंगी। प्रासाद की प्रत्येक वस्तु व्यक्तिगत नहीं होती। गणशासन की सम्पत्ति होने से उत्तराधिकारी राजनर्तकी की धरोहर है।

प्रासाद के दास–दासियों विशेषकर सखी सम प्रधान दासी नयनिका की बेरुखी से सर्वोत्तमा को मर्मान्तक पीड़ा हुई। मन विदीर्ण हो आया। चुपचाप अपने कक्ष के लिए खिसक ली। पर्यंक पर औंधी गिर निःशब्द अश्रुपात करने से चौड़ी पीठ और नितम्ब काँपने लगे। प्रासाद में एक क्षण भी ठहरना अपमानजनक लगा। विदाई हेतु विश्वस्त दास चन्दनक को महामहिम से निवेदन करने हेतु भेजा।

कुछ विश्वस्त एवं विशिष्टों को बिना पूर्वानुमति के महामहिम से भेंट करने की अनुमति थी। अतः चन्दनक को सीधे महामहिम के कक्ष में पहुँचा दिया। महामहिम अपने सचिव एवं शिक्षा–संस्कृति अमात्य से सेवानिवृत्त राजनर्तकी के भव्य विदाई समारोह के आयोजन पर चर्चारत थे। कक्ष प्रहरी ने चन्दनक के आने की सूचना दी।

'भेज दो!'

कटि तक झुक चन्दनक प्रणाम कर हाथ बाँध सादर खड़ा हो गया।

'कहो चन्दनक? देवी सर्वोत्तमा क्या चाहती हैं?'

'महास्वामी! यथाशीघ्र काशीवास हेतु प्रस्थान करने की अनुमति चाहती हैं।'

'इतनी भी क्या जल्दी है?' महानाम मुस्कराये।

चन्दनक मौन खड़ा रहा।

'बन्धु चन्दनक! हम उसी पर चर्चा कर रहे थे। यथाशीघ्र भव्य विदाई समारोह के साथ देवी को शुभ दिन, शुभ मुहूर्त पर विदा करेंगे। वे निश्चिन्त रहें। शीघ्र उन्हें सूचित कर दिया जायेगा। उनकी सेवाओं के प्रति लिच्छवि मन से आभारी है। गणराज्य के नियम–परम्परानुसार भरे मन से विदा करना पड़ रहा है। गणशासन के स्थायी पदों पर व्यक्ति आते–जाते रहते हैं। हमें भी समय आने पर जाना पड़ेगा। देवी को हमारा प्रणाम निवेदित करें। उनकी सेवाओं के लिए हम व्यक्तिगत रूप से कृतज्ञ हैं।'

व्यवस्थाओं के पूरा होते ही सभागार में आम्रपाली समेत गणाध्यक्ष एवं सारे विशिष्टगण भी उपस्थित थे। शिक्षा–संस्कृति अमात्य ने ही नहीं सभी ने गणतन्त्र की सेवाओं के लिए देवी सर्वोत्तमा की भूरि–भूरि प्रशंसा की। गणशासन के गौरव हेतु उन्होंने जो अवदान दिया वह अविस्मरणीय माना गया। महामहिम ने गणराज्य की ओर से उन्हें प्रणाम किया। अमूल्य उपहार और स्मृति चिह्न भेंट किये। पुष्पाहारों से लाद दिया। आम्रपाली माल्यार्पण कर चरण स्पर्श करने झुकी। सर्वोत्तमा ने अधबीच में रोक गले लगाया। महामहिम समेत समस्त सभागार ने खड़े हो तालियों की गड़गड़ाहट से स्वागत किया। देवी सर्वोत्तमा ने विदाई भाषण में लिच्छवियों द्वारा दिये गये स्नेह, आदर, प्रेम के लिए आभार प्रकट करना चाहा, किन्तु भावावेश के कारण आँखें भर आयीं और गला रुँध गया। साँस भारी हो आयी। धन्यवाद...आभार से अधिक नहीं बोल पायी। बैठ गयी। सभागार उपस्थित लोग भी भावोद्वेलक हो आये। कुछ काल सन्नाटा पसर गया।

सन्नाटा महामहिम ने भंग किया, 'देवी सर्वोत्तमा नगर से विदा हो रही हैं। हमारे दिलों से नहीं। इनका स्थान वहाँ सुरक्षित रहेगा। यदि लिच्छवियों से देवी के प्रति कोई अवज्ञा, अवमानना हुई हो तो वे माँ समान क्षमा करेंगी।' कुछ पल रुक कहा, 'देवी सर्वोत्तमा की...।' सभागार ने 'जय...जय...जय' की।

जाने के पूर्व सर्वोत्तमा की दृष्टि एक व्यक्ति को खोजने लगी। वह अनुपस्थित था। मन कड़ुवाहट से भर गया। अनुपस्थित व्यक्ति नगरश्रेष्ठी अनाथ पिण्डक था। रसपान कर भ्रमर उड़ गया था। मन कुढ़ गया। अंगरक्षकों से घिरे रथ में बैठा देवी को लिच्छवि गणराज्य की सीमा तक सारा अमात्य मण्डल विदा करने गया। संस्कृति अमात्य तो काशी तक गये।

जाने के पहले आम्रपाली देवी सर्वोत्तमा से भेंट करने उनके व्यक्तिगत कक्ष में पहुँची। एक दासी की मदद से वे अपना व्यक्तिगत सामान समेटने में व्यस्त थीं। राजनर्तकी को आया देख दासी प्रणाम कर बाहर चली गयी।

'प्रासाद की स्वामिनी का स्वागत है। आइए, पधारिए।' आगे बढ़ कलाई थामी, 'बोलिए! दासी के लिए क्या सेवा...।'

आम्रपाली की गोरी–गुलाबी रेशमी हथेली ने देवी सर्वोत्तमा के अधरों को आगे बोलने से रोक दिया।

'माँ! आप ये क्या कह रही हैं! हम तो आपकी पुत्री समान हैं। आज जो कुछ भी हैं आपके कृपा–अनुगृह से।'

माँ शब्द ने वर्षों से प्रतीक्षारत आत्मा को तृप्त कर दिया। मातृत्व नारी जीवन का सर्वश्रेष्ठ सोपान है। हर नारी जिसे पाना चाहती है। चाहे गणिका ही क्यों न हो। सन्तान विशेषकर बेटी में उसका पुनर्जन्म होता है। कलाई थाम आम्रपाली के साथ पर्यंक पर जा बैठी।

'माँ! आप रुक नहीं सकतीं।' अकेलेपन की अनुभूति डरा रही थी। माँ समर्पिता साथ नहीं थी। और अब सर्वोत्तमा भी जा रही थी।

'ना! यह सम्भव नहीं? नियम–क़ानून इसकी अनुमति नहीं देते। अपवादस्वरूप नगर में रुक भी गयी तो आकर्षण के दो केन्द्र हो जायेंगे। स्वार्थी तत्त्व इधर की उधर कर उलझनें पैदा करेंगे। माँ–बेटी में वैमनस्य पैदा होगा। हमारे जाने में ही समझदारी और भलाई है।'

'माँ! हम अनुभवहीन हैं। ग्रामीण परिवेश से आये हैं। हमारे क्या कर्तव्य और अधिकार हैं। कृपा कर बताइए?'

आम्रपाली का बार–बार माँ सम्बोधन सर्वोत्तमा की वात्सल्य के लिए व्याकुल आत्मा को सुख प्रदान कर रहा था। बिलकुल निकट खींच लिया, 'बिटिया। शासन द्वारा मनाये जाने वाले उत्सवों में नृत्य और वादन के साथ गायन प्रस्तुत करना पड़ता है। धार्मिक पर्व, त्योहारों और उत्सवों पर भी सांस्कृतिक कार्यक्रम आयोजित होते हैं। वसन्त ऋतु के मदनोत्सव पर विशेष आयोजन होते हैं। मगध सम्राट बिम्बिसार की ससुराल वैशाली में हैं। वे अक्सर सम्राज्ञी चेलना के मायके राजा चेटक के यहाँ आते रहते हैं। अतः शासन उनके सम्मान में आपके नृत्य–गायन का कार्यक्रम रखेगा।'

'जहाँ तक अधिकारों का प्रश्न है गणराज्य ने आपको प्रचुर अधिकार दे रखे हैं। आप इस प्रासाद की स्वामिनी हैं। महामहिम गणाध्यक्ष को छोड़ कोई आपकी पूर्वानुमति के प्रासाद में प्रवेश नहीं कर सकता। आपके प्रासाद में आने के पूर्व महामहिम को भी सूचना देनी पड़ती है। मनोरंजनार्थ वे यदा–कदा आपका नृत्य देखने, गायन सुनने आते रहेंगे। विदेशी अतिथियों के आगमन पर भी नृत्य, गायन, वादन करना पड़ता है।'

कुछ पल रुक बात बढ़ायी, 'इसमें कोई सन्देह नहीं आप अप्रतिम, अद्वितीय रूपसी हैं। आपके रूप की प्रशंसा में शब्द भी कम पड़ रहे हैं। इसे न केवल बनाये रखना है, बल्कि वृद्धि भी करनी है। कहावत बताती हूँ एक नूर नारी, नारी अपने आप में दिल को सुकून देने वाली आभा है। वस्त्राभूषण इस आभा में सौ गुना वृद्धि करते हैं। और शृंगार! हज़ार गुना तथा नाज़ नखरा नारी के प्रभाव आभा में लाख गुना वृद्धि करता है। तुम चौबीस घड़ी सार्वजनिक दृष्टियों के घेरे में रहोगी। तुम्हारा उठना, बैठना, चलना, फिरना, बतियाना सभी सर्वजन की निगाह में रहेगा। तुम गण की सम्पत्ति हो। नृत्य, गायन, वादन का अभ्यास प्रतिदिन करना। तुम्हारी कला, तुम्हारे सौन्दर्य में चार चाँद लगाएगी। अब तुम्हारी देह तुम्हारी नहीं गण की सम्पत्ति है। तुम गण की बेटी हो। लिच्छवियों की राजनर्तकी पर सोलह महाजनपदों की राजनर्तकियों, अधिपतियों की दृष्टि रहती है।

तुम्हारा रूप–लावण्य तुम्हें इतिहास की थाती बनाने की क्षमता रखता है।' पुनः कुछ पल रुकी, 'स्मरण रहे पुरुष के लिए नारी भोग्या है। उसके कौमार्य के रसपान हेतु सदा लालायित–प्रयत्नशील रहता है। कौमार्य नारी की अमूल्य सम्पत्ति है। अतः सावधान रहना विशेषकर...।' अधूरी छोड़ी बात से आम्रपाली जानने को उत्सुक हो आयी। उत्सुक दृष्टि से जानना चाहा 'कौन?'

'नगर...श्रे...ष्ठी...!'

चौंकी।

'हाँ। कुटिल बनिए ने तुम्हें राजनर्तकी बनाने हेतु लम्बी पारी खेली है। अवसर की ताक में है। किये गये उपकार की क़ीमत समय आने पर वसूलेगा। सावधान रहना।' अनाथ पिण्डक द्वारा किये गये दैहिक शोषण और सर्वोत्तमा के माध्यम से गणशासन को अपने लाभ हेतु प्रभावित करने के प्रयत्नों से सर्वोत्तमा मन–ही–मन घृणा करती थी। लेकिन भावनात्मक कमज़ोरी के क्षण में नगरश्रेष्ठी को देह सौंप देने से उसने कठपुतली बना लिया। घृणा का लावा आज फूट पड़ा।

स्तब्ध! कुछ पल बाद, 'हम तो उनकी पुत्री समान हैं।'

'पुत्री तो नहीं!'

उत्तर ने अनुत्तरित कर दिया। उस दिन से चौकन्नी रहने लगी।

'हाँ! व्यवहार सावधानीपूर्वक करना। एकदम शत्रु मत बना लेना! ईश्वर ने नारी को पुरुष को मूर्ख बनाने हेतु मोहक मीठी मुस्कान, वीणा विनन्दित स्वर, कटाक्ष, अदाएँ प्रदान की हैं। इन हथियारों का उपयोग सावधानीपूर्वक समय–समय पर करती रहना। अपने कौमार्य की तुम ही स्वामिनी हो। इस अमूल्य निधि को मनपसन्द व्यक्ति को ही सौंपना। सपनों का एक राजकुमार ही इसके सर्वथा योग्य है।'

व्याकुल मन सपनों के राजकुमार का नाम जानने को उत्सुक हो आया। लज्जा की लाली से मोहक मुख–नयन झुक गये। सर्वोत्तमा के रसीले अधरों पर मुस्कान खिली 'नाम नहीं जानना चाहोगी!'

नयनों ने स्वीकृति दी।

'वे हैं पाण्डव एवं यदुवंशी भगवान कृष्ण की बहन अर्जुन पत्नी सुभद्रा के वंशज, सुदर्शन व्यक्तित्व के धनी, अपनी वीणा के वादन से मदमस्त जंगली हाथियों को वश में करने वाले, सदी के सर्वश्रेष्ठ वीणावादक, महाराजाधिराज वत्सराज उदयन।'

'देश–भर के राजपरिवारों की रूपसी राजकुमारियाँ उनकी पत्नी बनने को आतुर हैं। उनके पिता महाराज भी उन्हें दामाद बनाने को लालायित हैं।'

साँस रोककर सुन रही थी। मन तेज़ी से धड़कने लगा।

'लेकिन...।'

'लेकिन क्या?'

यह सौभाग्य अवन्ति नरेश चण्डप्रद्योत की दुहिता रूप–लावण्य की स्वामिनी राजकुमारी वासवदत्ता को मिला। उनकी प्रणयगाथा की जानकारी है कि नहीं?'

'उड़ते–उड़ते ग्रामवासियों की चर्चा से पता चला कि महाराज उदयन अवन्ति की राजकुमारी वासवदत्ता को भगाकर कौशाम्बी ले गये थे। इस काम में उन्हें उनके महामात्य यौगन्धरायण की अमूल्य सहायता मिली थी। कौशाम्बी में ही प्रेम विवाह सम्पन्न हुआ था। बाद में सम्राट चण्डप्रद्योत ने अपने पुत्रों राजकुमार गोपालक एवं कुमारसेन के हाथ प्रचुर दान, दहेज दे विवाह को मान्य कर लिया।'

'इतना ही नहीं आम्रपाली कथा इतनी–सी नहीं है। घमण्डी, गर्वीले चण्डप्रद्योत की दिली इच्छा उदयन को दामाद बनाने की थी। लेकिन झूठा गर्व आड़े आ रहा था। उदयन के हस्ती प्रेम से वे परिचित थे। उन्होंने यन्त्रचालित हाथी बना वन में स्थापित किया। यन्त्रचालित हाथी सूँड–पूँछ ही नहीं हिलाता था, चिंघाड़ता भी था। हाथी में सैनिक छिपा दिये। महामात्य यौगन्धरायण की आपत्ति के बाद भी उदयन अकेले वीणा ले वन में पहुँचे। तन्मय हो जब वे वीणावादन में डूबे थे। अवन्ति के सैनिक बन्दी बना उज्जयिनी ले आये। पद के अनुरूप प्रद्योत ने उन्हें श्रेष्ठ मणिकांचन प्रासाद में रख बेटी राजकुमारी वासवदत्ता को वीणावादन सिखाने का काम सौंपा।

वीणावादन के पाठ पढ़ाते–पढ़ाते दोनों ने प्रणय के पाठ पढ़ लिए। महामात्य यौगन्धरायण की सहायता से सुन्दरी वासवदत्ता को कौशाम्बी भगा लाये। बाक़ी की कथा से परिचित हो!'

वासवदत्ता–उदयन की प्रणयगाथा के रोमांच, रोचकता, रूमान और रहस्य ने भाव–विभोर कर दिया। अपने लिए भी उदयन सम रोमानी नायक की प्रतीक्षा करने लगी। ईसा पूर्व की छठी सदी के विश्व इतिहास की इस पहली प्रेमकथा पर कालान्तर में महाकवि भास ने दो नाटक–'प्रतिज्ञायौगन्धरायण' एवं 'स्वप्नवासवदत्ता' लिख प्रेमकथा को साहित्य में स्थायी जगह दिला अमर कर दिया। चिर विदाई के पहले सर्वोत्तमा युवती राजनर्तकी के मन में रोमान/प्रणय के बीज बो गयी।

पद सत्ता और अधिकार देता है। अधिकार शक्ति। शक्ति सरल, सीधे, सज्जन को भी बहकाने की क्षमता रखती है। ग्रामीण परिवेश में जन्मी, पली, बढ़ी आम्रपाली के साथ यही हुआ। समय के साथ अधिकार और शक्ति ने उपयोग हेतु उकसाया। जो कुछ कमी थी प्रधान सहायिका नयनिका ने पूरी कर दी। उसे अधिकारों के उपयोग का परामर्श देती रहती। सरलमना समय के साथ राजनर्तकी बनती चली गयी। इच्छा के अनुरूप प्रासाद की नये सिरे से सजावट की। दास–दासियों में कार्य विभाजन पुनः किया। अनुभव हुआ प्रासाद का हर कर्मचारी उसकी कृपा पाने को लालायित रहता है। अधिकार को परखने हेतु सारथी पालक को माँ समर्पिता और गुरुद्वय को लेने ध्वज–पताका से सजा राजनर्तकी का रथ जैतग्राम भेजा। गणाध्यक्ष से अनुमति के बजाय मात्र सूचित किया। महानाम मुस्कराकर रह गये।

गुरुद्वय बुलाने की आतुरता से प्रतीक्षा कर रहे थे। प्रसन्नता से उछल पड़े। गणराज्य के सम्मानित कलाकार बनने का सुअवसर बिटिया ने प्रदान किया था। पुजारी देवदत्त विकल हो आये। शिवालय का सूनापन खाने को दौड़ेगा। उनकी दयनीय दृष्टि ने जानना चाहा, 'तुम भी जा रही हो देवी समर्पिता?'

'मेरा ऐसा भाग्य कहाँ? देवाधिदेव की दासी अपने आराध्य और आपसे संरक्षक को इस वृद्धावस्था में छोड़कर जाने का पाप कैसे कर सकती है?'

देवदत्त ने छुटकारे की साँस ली। राजसी रथ को देख सौभद्र दौड़ा–दौड़ा आया। सारथी से पता चलने पर उत्सुकता से जानना चाहा, 'और किसी को भी बुलाया है?'

''ना! देवी ने सिर्फ़ गुरुद्वय और देवी समर्पिता को ही लेने भेजा है।'

सौभद्र व्याकुल हो आया। भोली आशा ने पुनः जानना चाहा, ''याद करिए। शायद सौभद्र को भी बुलाया हो?'

'ना! ऐसे किसी को नहीं बुलाया?'

निराशा के गर्त में डूब गया। बचपन का साथी इतना बेईमान हो सकता है। विश्वास नहीं हो रहा था। विकल मन रोने लगा। उदास दृष्टि गुरुद्वय को जाता देखती रह गयी।

नयनिका से कब–कब नृत्य–गायन–वादन प्रस्तुत करना पड़ता है, की पुनः जानकारी ली। प्रत्येक पर्व, उत्सव, त्योहारों पर विशेषकर वसन्त पंचमी के मदनोत्सव के अवसर पर। कभी–कभी विदेशी अतिथियों के आगमन पर गणाध्यक्ष के प्रासाद कार्यक्रम के लिए जाना पड़ता है। महामात्य, अमात्य, परिषद्, सेनापति, न्यायाधीश, नगरश्रेष्ठी भी मनोरंजनार्थ आते रहते हैं। नियमित आने वालों में नगरश्रेष्ठी अनाथ पिण्डक प्रमुख हैं। देवी सर्वोत्तमा के अनुरोध पर वे रात्रि विश्राम भी करते थे। देवी सर्वोत्तमा यदा–कदा सप्ताह बिताने नगरश्रेष्ठी के फार्म हाउस भी चली जाती थीं। इससे राजनर्तकी की प्रतिष्ठा का अवमूल्यन हुआ। आम्रपाली को धक्का लगा। देवी आम्रपाली को अनाथ पिण्डक़ से सावधान रहना चाहिए। नयनिका ने अलगाव के बीज बो दिये। वैसे भी अनाथ पिण्डक की कामुक दृष्टि और स्पर्श से कमनीय काया में भय के काँटे चुभने लगते। डर–लज्जा से लाजवन्ती के पौधे के समान सिकुड़ जाती। आम्रपाली ने प्रासाद रक्षकों के अधिकारी जयनक को तत्काल बुला आदेश दिया, 'अब से कोई भी व्यक्ति बिना पूर्व सूचना और अनुमति के प्रासाद में प्रवेश नहीं करेगा।''

चकित जयनक ने जानना चाहा, 'नगरश्रेष्ठी भी?'

'वे भी नहीं?'

भ्रमित जयनक सादर प्रणाम कर चला गया। लोकस्मृति अल्पजीवी होती है। समय के साथ लोग घटनाएँ ही नहीं अपने प्रियजनों को भी भूल सांसारिक दन्द–फन्द में व्यस्त हो जाते हैं। संसार का यही नियम है। नियमों में अपवाद भी होता है। श्रेष्ठी धनपति को अनाथ पिण्डक और सर्वोत्तमा के अन्तरंग सम्बन्ध काँटे की तरह चौबीस घड़ी चुभते रहते थे। उसकी उलूक दृष्टि आम्रपाली और अनाथ पिण्डक का सतत पीछा कर रही थी। राजनर्तकी को सावधान करना चाहता था। चतुर बनिए ने समय की प्रतीक्षा करना उचित नहीं समझा।

अनाथ पिण्डक ने भी अवसर की प्रतीक्षा नहीं की। भेंट करने जा धमका। द्वाररक्षकों के भालों ने रोक दिया।

'ये क्या उद्दण्डता है?' इस प्रकार के प्रतिबन्धित अपमान की कल्पना नहीं की थी। गुस्से से उद्वेलित हो आया, 'जानते नहीं हम कौन हैं?'

'क्षमवस्य प्रभु! आप गणमान्य नगरश्रेष्ठी अनाथ पिण्डक हैं। लेकिन श्रेष्ठी धनपति, श्रेष्ठी सुदत्त एवं श्रेष्ठी शतानन्द जी सौजन्य भेंट हेतु पधारे हैं।' शीश झुका नम्रतापूर्वक जयनक ने प्रणाम किया।

चाण्डाल चौकड़ी पहले ही पहुँच गयी है? मन कड़ुवाहट से भर गया। चुपचाप वापस चल दिया।

'देवी स्वस्थ और प्रसन्न तो हैं? कोई कष्ट तो नहीं?' कुछ पल, रुका, 'देवी जिस परिवेश से पधारी हैं, वहाँ और यहाँ में बड़ा अन्तर है। कभी–कभी भीड़ में भी अकेलेपन का अनुभव होता है। विश्वास है आपके साथ ऐसा नहीं है। वैसे तो गणशासन आपकी सुख–सुविधा का पूरा ध्यान रख रहा है। फिर भी किसी वस्तुविशेष की आवश्यकता हो तो निस्संकोच आदेशित करें। दास को सेवा कर प्रसन्नता होगी।' सुन्दर नारी की चाटुकारिता में धनपति कुशल था।

'हाँ...हाँ...हम सभी को प्रसन्नता होगी।' समवेत स्वर में अन्य चाटुकारों ने समर्थन किया।

आम्रपाली मन–ही–मन हँसी। चाटुकारिता में छिपे उद्देश्य को भाँप गयी।

'महती कृपा के लिए दासी आभारी है। साधुवाद! गणशासन किसी वस्तु की कमी नहीं होने दे रहा। महामहिम गणाध्यक्ष जी स्वयं ध्यान दे रहे हैं। उनकी कृपा से एक अधिकारी प्रतिदिन आकर जानकारी ले तत्काल उसकी पूर्ति कर देता है।'

कुछ ही समय में मुख्य परिचारिका नयनिका ने सीधी, सरलमना ग्रामीण बालिका को वाक्, राजकीय शिष्टाचार में पारंगत कर दिया था। वैशाली की राजनीतिक चालों से परिचित करा दिया। बाक़ी कमी आने वालों ने पूरी कर दी। ईश्वर ने वैसे भी नारी को सुन्दरता के साथ अधिक समझदारी और तर्कशीलता प्रदान कर रखी है। पुरुष के नयनों की भाषा पढ़ उनके उद्देश्य को पकड़ने में माहिर है। आने वाले हर अतिथि के मन्तव्य को तत्काल भाँप लेती थी। समय बहुत कुछ सिखाने, शिक्षित करने लगा। नयनिका के अलावा भी प्रासाद में कार्यरतों से जानकारी जुटाने लगी।

'अरे हाँ! देवी से अपने मित्रों का परिचय कराना तो भूल ही गया। देवी! आप हैं श्रेष्ठी सुदत्त प्रसिद्ध वस्त्र व्यवसायी। देश भर के प्रसिद्ध वस्त्रों–परिधानों का व्यवसाय करते हैं। चीन से रेशमी कपड़े विशेष रूप से मँगवाते हैं। उन वस्त्रों पर काशी के श्रेष्ठ कशीदाकारों से सोने–चाँदी के तारों से कशीदाकारी करा कशीदों के अनुरूप मोती भी टँकवाते हैं। मगध, वत्स, अवन्ति, विदिशा के वस्त्र शौक़ीन विशेषकर राजपरिवार की सुन्दरियाँ उत्तरीय, कंचुकि, शॉल आदि इनसे ख़रीदना पसन्द करती हैं। इनके वस्त्र रूपसियों की सुन्दरता में चार चाँद लगाते हैं।'

'देवी! दास की तुच्छ भेंट स्वीकार कर उपकृत करें।' रेशमी थैली से अत्यन्त मनोहारी मोती–माणिक्य टँकी, कशीदों से युक्त कंचुकि निकाल खड़े हो सादर झुककर पेश की।

कंचुकि की सुन्दरता ने आम्रपाली को चमत्कृत ही नहीं मोहित भी किया। 'इसकी क्या आवश्यकता है।' ललचाये मन ने औपचारिकता निभायी।

'हे देवी! आपकी रेशमी त्वचा को सुशोभित करने वाली ये तुच्छ कंचुकि देवी को दास की सदा याद दिलाती रहेगी।' कहना तो चाहता था कि कंचुकि के ज़रिये मैं भी आपकी कमनीय काया से चिपका रहूँगा।

'साधुवाद।' खड़े हो शीश झुका उपहार को सिर से लगा सादर स्वीकार किया।

समर्थन में श्रेष्ठियों ने तालियाँ बजायीं।

'देवी! देश–भर में प्रसिद्ध सोने–चाँदी के आभूषणों के लिए ही नहीं हीरे, जवाहरात, मोती, मुक्ता, माणिक्य के लिए विख्यात जौहरी श्रेष्ठी शतानन्दजी से मिलिए। मेरे ये मित्र मगध, वत्स, कपिलवस्तु आदि राजघरानों के राज जौहरी हैं। स्वर्णाभूषणों के मामले में वे इन्हीं के परामर्श पर ख़रीद करते हैं।'

शतानन्द ने खड़े हो शीश झुकाया, 'दास का प्रणाम स्वीकारें सौन्दर्य सम्राज्ञी! श्रेष्ठी धनपति का मैं अत्यन्त ही प्रिय मित्र हूँ। अतः स्नेहातिरेक में कुछ अधिक ही प्रशंसा कर बैठे। दास अत्यन्त छोटा व्यापारी है। पेट भर कमा लेता हूँ। ये तो राजपरिवारों की महती कृपा है जो दास को सेवा का अवसर देते हैं।'

खुली मखमली मंजुषा में चमक रहे हीरे–मोती जड़े स्वर्णहार से बड़े–बड़े नयन खुले रह गये। उपहार राजनर्तकी के गौरवशाली पद के अनुरूप था। मीठी–मोहक मुस्कान से उत्तर दिया, 'इसकी क्या आवश्यकता है। यह तो बहुत क़ीमती है। गणराज्य ने पर्याप्त वस्त्राभूषण दे रखे हैं।'

'आवश्यकता है देवी' आपके गौरवशाली पद के सामने यह अत्यन्त तुच्छ उपहार है। गणशासन प्रदत्त वस्त्र–आभूषण शासकीय सम्पत्ति हैं। सेवानिवृत्त होने पर यहीं धरे रह जायेंगे। प्रशसंकों द्वारा दिये गये उपहार व्यक्तिगत सम्पत्ति होने से आप साथ ले जा सकेंगी। कृपया अस्वीकार न करें। स्वीकार कर हमें उपकृत करें।'

चतुर वणिक ने कठोर नग्न सच्चाई से अवगत कराया। स्मरण हो आया विदाई की वेला में निवर्तमान राजनर्तकी सर्वोत्तमा ने गणशासन द्वारा दिया गया सारा सामान ही नहीं क़ीमती वस्त्राभूषण सौंपकर

पावती ली थी। भेंट–उपहार में प्राप्त वस्तुएँ मात्र ही ले जा सकी थीं। अधिकांश बहुमूल्य वस्त्राभूषण तो नगरश्रेष्ठी अनाथ पिण्डक ने ही दिये थे। तत्काल शीश झुका हार स्वीकार कर श्रेष्ठी शतानन्द के प्रति आभार प्रकट किया, 'साधुवाद। उपहार के लिए दासी कृतज्ञ है।'

धनपति ने आम्रपाली की कृतज्ञ देह भाषा को भाँप तत्काल भुनाया, 'देवी हम आपके शुभचिन्तक हैं। आप अत्यन्त सज्जन और सरलमना हैं। लिच्छवि गणराज्य की राजधानी होने से वैशाली राजनीतिक षड्यन्त्रों, उठापटक, दाँव–पेंच का अखाड़ा है। हर व्यक्ति दूसरे का इस्तेमाल कर अधिकतम लाभ उठाने को प्रयत्नशील रहता है। स्वार्थपूर्ति के बाद पहचानता भी नहीं। राजनर्तकी के जिस गौरवशाली सम्माननीय पद पर आप आसीन हैं, वह गणराज्य का अत्यन्त प्रभावशाली पद है। निष्पक्ष एवं स्वार्थ से परे मान आपकी किसी भी अनुशंसा, प्रस्ताव को शासन अत्यन्त गम्भीरता से लेगा। आपका सुझाव निःस्वार्थ होगा। स्वार्थी तत्त्वों से सावधान रहियेगा।' चतुर बनिया निष्पक्षता, तटस्थता, शुभचिन्तक होने का ढोंग कर रहा था। ख़ुर्दबीनी दृष्टि आम्रपाली के मुख–भावों का आकलन भी कर रही थी। आम्रपाली चिन्तित हो आयी।

कुछ पल रुका, 'देवी सर्वोत्तमा यहीं मात खा गयीं। व्यक्ति विशेष के प्रति अनुराग प्रगट कर प्रतिष्ठा को धूमिल कर बैठीं। भावुक संवेदनशील नारी होने से कुटिल वणिक की चालों को समझ नहीं पायीं।'

यद्यपि धनपति ने प्रतिद्वन्द्वी अनाथ पिण्डक का स्पष्ट उल्लेख नहीं किया किन्तु संकेत को आम्रपाली समझ रही थी।

'उसकी कठपुतली बन गयीं। समाज और शासन उसकी रखैल मानने लगा। अपनी ही नहीं राजनर्तकी के पद की प्रतिष्ठा–गरिमा गिरा दी। आप सावधान रहियेगा।'

'श्रेष्ठी धनपति सही कह रहे हैं देवी राजनर्तकी। किसी नारी को बदनाम करने, उसके चरित्र को कलंकित करने का सरल उपाय उसका सम्बन्ध किसी पुरुष से जोड़ देने पर पूरा हो जाता है। देवी सर्वोत्तमा तो स्वयं अनाथ पिण्डक से जुड़ गयीं। कलंकित तो होना ही था।' समर्थन कर शतानन्द ने धनपति की बात को पक्का कर दिया।

'आप निश्चिन्त रहें। राजनर्तकी के गरिमामय पद की मान–प्रतिष्ठा पर दासी आँच नहीं आने देगी?' मुख की दृढ़ता ने आश्वासन को पक्का कर दिया।

कुछ पल मौन पसरा रहा।

'क्या प्रस्तुत करूँ? दासी भजन प्रस्तुत करने की अनुमति चाहती है।' वातावरण को हल्का करने हेतु इससे बढ़िया प्रस्ताव दूसरा नहीं हो सकता था।

'देवी का सुझाव स्वीकार्य है।' धनपति ने मान्य किया।

वादक तैयार थे। वीणा के तारों को छेड़ते ही कर्णप्रिय, मनभावन स्वर लहरी से कक्ष की वायु तरंगायित होने लगी। सुमधुर कण्ठ से श्रीराम स्तवन की भक्ति से ओतप्रोत शब्द 'हे राम... हे...राम...' आत्माओं को पवित्र करने लगे। भजन के समाप्त होते ही श्रेष्ठियों ने आम्रपाली के कोमल गोरे लाल पगों को स्वर्ण मुद्राएँ समर्पित कीं।

'दासों को जाने की अनुमति दें देवी।' शीश झुका प्रणाम कर उलटे पग लौट गये।

उस दिन से अधिक सावधान रहने लगी। अनाथ पिण्डक की वासनात्मक दृष्टि, उसका देह को स्पर्श कर बतियाना सख़्त नापसन्द था। वह इतना प्रभावशाली था और उसके चयन में प्रमुख भागीदार होने से दरकिनार करना सम्भव नहीं था। धनपति के प्रभाव को समाप्त करने अनाथ पिण्डक कुछ समय बाद राजनर्तकी के प्रासाद पहुँचा। प्रासाद में प्रवेश हेतु जैसा ही आगे बढ़ा द्वाररक्षकों के अधिपति जयनक ने प्रणाम करते हुए रोका, 'क्षमवस्य देव! दास की अविनय को क्षमा करें। पूर्व सूचना–अनुमति के स्वामी प्रवेश नहीं कर पायेंगे!'

'नगरश्रेष्ठी को भी पूर्वानुमति लेनी पड़ेगी मित्र जयनक?' एक गणिका का यह साहस! तमतमाये अपमान ने जानना चाहा।

जिस नगरश्रेष्ठी का देवी सर्वोत्तमा के काल में राजनर्तकी के प्रासाद में एकछत्र राज था उसकी जो दुर्गति आम्रपाली कर रही थी। उससे उत्पन्न पिण्डक की मनःस्थिति को जयनक समझ रहा था। तभी अनुमति आ गयी, 'पधारिए देव।' स्वामिनी आतुरता से प्रतीक्षा कर रही हैं।'

वापस जाना चाहता था। लेकिन वह अधिक अपमानजनक होता। कड़ुवाहट भरे मन से प्रवेश किया।

अनाथ पिण्डक के आगमन की सूचना मिलते ही आम्रपाली ने तत्काल जमावट की। पंखा झलने को दासियाँ नियुक्त कीं। नयनिका को बुलवा लिया। जलपान और सुरापान की व्यवस्था की।

'पधारिए देव! स्वामी के आगमन से दासी उपकृत हुई।' शीश झुका सादर प्रणाम किया, 'आसन ग्रहण कीजिए प्रभु।'

'साधुवाद!' नक़ली मुस्कराहट के साथ धन्यवाद दिया, 'देवी अम्बा कुशल तो हैं! क्षमा करना प्रिय अम्बा व्यस्तता के कारण पहले न आ सका। काशी से अभी ही लौटा हूँ।'

'आह! मातृतुल्य देवी सर्वोत्तमा कैसी हैं?'

'सानन्द हैं। प्रतिदिन गंगा स्नान। काशी के स्वामी देवाधिदेव भगवान विश्वनाथ के दर्शन–पूजन, अर्चना, दान, धर्म द्वारा पुण्य अर्जन कर रही हैं।'

'आपकी महती कृपा के कारण ही काशीवास में पुण्य लाभ अर्जित कर रही हैं।'

'हमने कोई विशेष कार्य नहीं किया। प्रियजनों के लिए कुछ करना प्रत्येक परिजन का कर्तव्य है। आप देवी सर्वोत्तमा की प्रिय हैं। आपका विशेष ध्यान रखने का देवी ने आदेश दिया है।'

'दासी आपकी और उनकी मन से आभारी है। इसमें कोई सन्देह नहीं कि आप दोनों की कृपा से ही मुझ अकिंचन को यह गौरवशाली पद प्राप्त हुआ है।'

'ऐसी तो कोई बात नहीं है। आप इस पद के सर्वथा योग्य हैं। एक योग्य व्यक्ति को उसके योग्य पद पर नियुक्त करना राष्ट्रसेवा और प्रत्येक नागरिक, प्रशासक, राजनेता का कर्तव्य है। अयोग्य सिफ़ारिशी व्यक्ति राष्ट्र को हानि पहुँचाएगा।'

दोनों कुशलतापूर्वक नाटक कर रहे थे।

'देवी की जय हो।' शीश झुका दासी ने प्रणाम किया–'देवी गुरुद्वय नृत्य के अभ्यास हेतु रंगशाला में प्रतीक्षा कर रहे हैं।'

पिण्डक तत्काल उठा, 'दास को अनुमति दें।' सोने–चाँदी, मोती, टँका रेशमी उत्तरीय सादर प्रस्तुत किया, 'दास की तुच्छ भेंट स्वीकारने की महती कृपा करें देवी। काशी में भी हमारा व्यापारिक प्रतिष्ठान है। काशी के कारीगर रेशमी वस्त्रों पर बढ़िया कारीगरी करते हैं। काशी के वस्त्रों की पारसीक, यूनानी, ग्रीक, रोमन सुन्दरियों में बड़ी माँग है। इन देशों से वस्त्रों का व्यापार कर दास अच्छा मुनाफ़ा कमाता है। हमारी ओर से तुच्छ भेंट स्वीकारने की कृपा करें देवी राजनर्तकी।'

आम्रपाली ने आगे बढ़ झुककर उत्तरीय ग्रहण कर शीश को लगा आभार प्रगटा, 'साधुवाद! दासी उपकृत हुई।'

चलते–चलते चेताया, 'देवी एक परामर्श है।'

आम्रपाली की उत्सुक दृष्टि ने निहारा, 'श्रेष्ठी धनपति से सावधान रहियेगा। चलने की अनुमति दें।' सादर प्रणाम कर चल दिया।

चकित भ्रमित अम्बा सोचने लगी। कुछ दिन पूर्व धनपति और उसके मित्रों ने नगरश्रेष्ठी से सतर्क रहने और आज पिण्डक ने? जैतग्राम में तो ऐसा नहीं होता। सभी हिल–मिल प्रेम से रहते हैं। समझ न पाने पर नयनिका से पूछा, 'प्रिय नयनिके! एक बात हमारी समझ में नहीं आयी? यहाँ आने वाला हर अतिथि अनुपस्थित, परिजन, मित्र, सहकर्मी से सावधान रहने का कह निन्दा करता है। साथ में रहने पर झूठी प्रशंसा?'

आत्मा में बैठी भोली ग्रामीण बालिका भ्रमित थी। 'नयनिके! ये सब क्या है?'

'निन्दा रस में जो आनन्द है अन्य रस में नहीं है स्वामिनी। आपके मन में बैठी प्रतिद्वन्द्वी की उज्ज्वल छवि पर कालिख पोतकर आपका मन–देह जीते जा सकते हैं। पिण्डक जी की सफलता, सम्पन्नता, समाज, नगर, गणराज्य ही नहीं देश–विदेश में है उनका मान–सम्मान, यश, प्रतिष्ठा, ईर्ष्या, द्वेष का कारण हैं। प्रत्येक सफल प्रतिष्ठित व्यक्ति के साथ यही होता है। प्रशंसा, गुण ग्राहकता के लिए उदार मन लगता है। वह मात्र गुणीजनों के पास है।'

आम्रपाली वितृष्णा से भर गयी। इनसे अच्छे तो जैतग्राम के भोले–भाले, सरलमना, एक दूसरे के सुख–दुःख में मदद करने वाले

किसान–मज़दूर हैं। इनसे लाख गुना श्रेष्ठ ग़रीब संगीतज्ञ, गायक, साहित्यकार, चित्रकार संस्कृतधर्मी हैं। उसके प्रति आदर, श्रद्धा, कृतज्ञता उनकी मुख–मुद्राओं एवं देह–भाषा में स्पष्ट दिखाई देती है। संगीत, नृत्य, गायन–वादन, साहित्यिक चर्चा का रसवर्षण उसकी देह–आत्मा को तृप्ति से भर देता है। इन्हें पूर्वानुमति की आवश्यकता नहीं रह गयी। प्रासाद के द्वार खोल दिये। आगमन की सूचना मात्र पर्याप्त थी।

संगीतकार शारंगदेव एवं स्वप्न सुन्दरी

पुष्प की सुगन्ध और नारी के रूप–लावण्य के प्रचार को किसी अनुशंसा की आवश्यकता नहीं पड़ती। चर्चाएँ स्वतः प्रचारित करती हैं। आम्रपाली के साथ ऐसा ही हुआ। उसके अलौकिक दैवी सौन्दर्य के साथ नृत्य, गायन, वादन में निपुणता की चर्चा से सोलह महाजनपद गुंजरित होने लगे। सौन्दर्य–प्रेमी, कलापारखी, सदी के श्रेष्ठतम वीणावादक, पाण्डववंशी, सुदर्शन एवं रोमानी व्यक्तित्व के स्वामी वत्सराज उदयन भेंट हेतु उतावले हो आये। सुन्दरता के इतने दीवाने थे कि राजमहल में दास–दासियाँ, अन्तर्वाशिक, दौवारिक यथासम्भव सभी सुन्दर नियुक्त कर रखे थे। जानना चाहते थे उनकी राजनर्तकी मांगधिया, मगध सम्राट बिम्बिसार की राजनर्तकी शालवती और उज्जयिनी के अधिपति महासेन चण्डप्रद्योत की रूपसी पद्मावती से कितनी श्रेष्ठ है आम्रपाली! चारों उस युग की सर्वश्रेष्ठ रूपसियाँ और कलानेत्री थीं। इतिहास ने उनकी सौन्दर्य वन्दना की है।

रूमानी गीत गुनगुनाते दासी निपुणा की सहायता से दर्पण में अपनी छवि का आकलन करते तैयार हो रहे थे।

'महाराज की जय हो। महादेवी वासवदत्ता एवं महामात्य यौगन्धरायण दर्शनार्थ पधार रहे हैं,' दौवारिक ने प्रणाम कर निवेदन किया।

द्वार को निहारा।

रूपसी महादेवी वासवदत्ता की मीठी–मोहक मुस्कान ने, 'दासी का प्रणाम स्वीकारें देव। वस्त्र क्यों बदल रहे हैं? किसी गुप्त कार्य के

सम्पादन हेतु पधार रहे हैं?' आसन्दी ग्रहण करते महादेवी वासवदत्ता ने जानना चाहा।

'दास का प्रणाम स्वीकारें देव। बाहर जाने की तैयारी है अथवा प्रजा का हाल जानने हेतु वेश बदल रहे हैं महाप्रभु?' यौगन्धरायण ने वही प्रश्न नये तरीक़े से पूछा।

'वैशाली।'

'वै...शाली?' दोनों चौंके।

'ऐसा क्या काम आ पड़ा जो स्वामी अचानक वैशाली पधार रहे हैं?' प्रश्न वासवदत्ता का था।

'देव! वहाँ हमारे राजदूत माननीय देवभूति हैं। उनसे गुप्त सूचना प्राप्त की जा सकती है।' उदयन के उत्तर देने के पहले ही यौगन्धरायण ने सुझाया।

'यौगन्धरायण! मित्र काम उनके बस का नहीं है।' हमें ही निपटाना पड़ेगा। हम स्वयं जानना–देखना चाहते हैं कि लिच्छवियों की बहुचर्चित बहुप्रशंसित राजनर्तकी देवी आम्रपाली हमारी राजनर्तकी मांगधिया से रूप–गुण और कलात्मक उपलब्धियों में किन कारणों से श्रेष्ठ है? यह मूल्यांकन तो हम ही कर सकेंगे न।'

'तो ये बात है। कला की परख ही क्यों? नारी सौन्दर्य–प्रेमी महाराज आम्रपाली के रूप–लावण्य का भी मूल्यांकन कर लेंगे?'' वासवदत्ता का व्यंग्य तीखा था।

उदयन ने ध्यान नहीं दिया। गुनगुनाना जारी रखा।

'देव! इस हेतु वेश बदलकर जाने की क्या आवश्यकता? देवभूति के ज़रिये राजकीय यात्रा की व्यवस्था कर लेते हैं।'

'मित्र यौगन्धरायण! राजकीय शिष्टाचार और औपचारिकताओं में उलझकर रह जायेंगे। सही मूल्यांकन नहीं हो पायेगा। नगरश्रेष्ठी चन्द्रवदन व्यापार के सिलसिले में वैशाली जा रहे हैं। उन्हीं के साथ चला जाऊँगा।'

'जैसा महाप्रभु उचित समझें।' चतुर यौगन्धरायण ने सम्राट को बताये बिना श्रेष्ठी चन्द्रवदन के सार्थवाह में वेश बदलकर विश्वस्त अंगरक्षक एवं गुप्तचर भेज दिये।

'देवी की जय हो। महिष्मति से पधारे कलाकार शारंगदेव स्वामिनी के दर्शनों के अभिलाषी हैं।' प्रणाम कर दासी कुणिका ने निवेदन किया।

'कुणिका! कैसे पहचाना कि वे कलाकार हैं?'

'स्वामिनी अपने साथ हाथी दाँत से सज्जित अति सुन्दर वीणा जो लाये हैं।'

'उन्हें सादर लिवा लाये।' बीतते समय के साथ साहस की मुखरता में वृद्धि हो रही थी। आत्मविश्वास से आदेशित कर रही थी, 'पधारिए शारंगदेव जी। नर्मदा पुत्र का स्वागत है।'

राजनर्तकी की गरिमा के अनुकूल सजी आम्रपाली कक्ष के मध्य में थी। शारंगदेव देखते ही रह गये। पलकें झपकाना और प्रणाम करना भूल गये।

नृत्य के दैनिक अभ्यास से देवालय की तराशी मूर्ति–सी अलौकिक गोरी–गुलाबी सुडौल मरमरी चाँदनी देह। कमान की सी भौंहों से आवेष्टित बड़े–बड़े रतनारे भावप्रवण नयन, चाँद–सा गोल मुख। सुतवाँ नासिका, मुस्कराते बिम्बाधर से लाल अधर, चिकना गोल चिबुक। मोती टँकी कंचुकि की अवमानना करते नुक़ीले पीन पयोधर, रत्नजड़ित माला से सुशोभित वक्षस्थल। भुजबन्धों से सजी मृणाल–सी भुजाएँ। पतली कटि से आरम्भ होती कदली–सी जंघाओं नितम्बों के सौन्दर्य में वृद्धि करती कटि मेखला। लगा मरमरी चाँदनी आम्रपाली बन स्वागतार्थ उपस्थित है। चर्चा से अधिक रूपसी है। कला की परख बाक़ी है।

सुरुचिपूर्ण वस्त्रों से सजे, हस्तीदन्त की क़ीमती वीणा एवं कलावन्त के राजसी व्यक्तित्व ने प्रभावित किया। मीठी–मोहक मुस्कान अधरों पर खिल उठी, 'प्रणाम स्वीकारें शारंगदेवजी।' कमल करों ने हाथ जोड़े।

संज्ञा लौटी। अशिष्टता पर लज्जित हुए। किसी नारी को इस प्रकार घूरना शिष्टाचार के विरुद्ध है, 'ओ...हाँ...क्षमवस्य! दास का भी प्रणाम स्वीकारें देवी।' प्रणाम हेतु हाथ ऊपर करते ही वीणा भी मस्तक से जा लगी। शारंगदेव की हड़बड़ाहट ने मोहक मुस्कान को खिलखिलाहट में बदला, 'सँभलिए! वीणा से भाल कहीं चोटिल न हो जाये?' कर्णप्रिय मीठी मधुर खिलखिलाहट वीणा से झरी स्वर लहरी–सी लगी।

'आसन ग्रहण कीजिए। बड़ी लम्बी यात्रा कर पधारे हैं। कैसे आना हुआ?'

''देवी! दास कला तीर्थाटन यात्रा पर है। आपका कला–सौन्दर्य का यश खींच लाया। सदी की श्रेष्ठ कलावन्त के रूप में देश–भर में आपकी चर्चा है। अवन्ति सम्राट महासेन चण्डप्रद्योत की राजनर्तकी एवं देवाधिदेव भगवान महाकाल की देवदासी रूपसी पद्मावती, महाराजाधिराज मगध सम्राट बिम्बिसार की राजसभा की शोभा देवी शालवती एवं वत्सराज उदयन की कलानेत्री अनिंद्य सुन्दरी मांगधिया के रूप–लावण्य विशेषकर कला साधना को कलाप्रेमी, कलासाधक दास को आप सबके दर्शनार्थ एवं कला साधिकाओं की कला का दर्शन, प्रणाम कर जीवन सार्थक करने आया हूँ।'

'आह! तो ये बात है। इन महान कलानेत्रियों के पासंग में बैठने की योग्यता दासी में नहीं है। हम तो अभी सीख रहे हैं। ये आपका सौजन्य एवं उदारता है जो हमें इनके समकक्ष मान रहे हैं। महान गुरुओं से जो कच्चा–पक्का सीखा है आपकी सेवा में प्रस्तुत कर प्रसन्नता होगी। हम अनुभव कर रहे हैं आप न केवल श्रेष्ठ कलाकार हैं, वरन् वाक्पटु साहित्यविद् भी। प्रशंसा के लिए अक्षर–शब्द रत्नों का कोष है आपके पास। साधुवाद! पुनः निवेदन करूँगी दासी तो गान्धर्व कला देवता की साधना के मार्ग की प्रशिक्षु मात्र है। लम्बी यात्रा से थक गये होंगे। जलपान कर कुछ काल विश्राम कर दासी का आतिथ्य स्वीकारने की कृपा करें।

'नयनिका!'

'देवी।'

'शारंगदेव जी को विश्रान्ति हेतु अतिथिशाला में ले जायें।'

'जो आज्ञा।'

शारंगदेव अच्छी तरह से जानता था अपनी कला प्रवीणता सिद्ध करने हेतु उसे ही पहले वादन करना पड़ेगा। मानसिक रूप से तैयार हो गया। समागम भी आज की रात्रि में ही होगा। शायद देवी के शिक्षकगण भी उपस्थित रहें। देवी न केवल श्रेष्ठ नृत्यांगना होगी वरन्

गायिका–वादिका भी होगी। छोटी–सी भी त्रुटि वर्षों की साधना को धूल में मिला देगी। अन्य वाद्य वादक अवश्य संगत करेंगे। सिद्धहस्त कलाकार होते हुए भी विचारों की ऊहापोह से तनाव में आ गया। योगाभ्यास से तत्काल तनाव पर क़ाबू पा लिया। मन–मस्तिष्क में प्रसन्नता पसरी। शान्तचित्त समय की प्रतीक्षा में विश्राम करने लगा।

रात्रि के स्वागत में सुगन्धित तेल के चाँदी के नन्दा दीपों से कक्ष जगमगाने लगा। दासियों ने अगरू–चन्दन के धूम्र से कक्ष की वायु को सुरभित कर दिया। गवाक्षों से प्रवेश करती मादक मरमरी चन्द्रकिरणों से रूमानी वातावरण सृजित हो गया। सुरुचिपूर्ण वस्त्राभूषणों, प्राकृतिक अंगरागों की सहायता से कमनीय काया और मनभावन सौन्दर्य में वृद्धि कर नयनों को सुकून देने वाली मरमरी चाँदनी से सौन्दर्य की साम्राज्ञी ने सगर्व प्रवेश किया। शारंगदेव को लगा आचार्यों ने सम्पूर्ण नारी के जिन गुणों का निरूपण किया है वह सम्पूर्ण नारी आम्रपाली ही है। मादक देह एवं सुगन्धित पुष्पों से सज्जित जूड़े से निःसृत सुगन्ध ने कक्ष की सुरभि में वृद्धि की। आम्रपाली के व्यक्तित्व से प्रभावित स्वामिनी की अभ्यर्थना में वादक सादर उठ खड़े हुए। वातावरण के प्रभाव के कारण शारंगदेव भी सभ्रम न केवल उठे बल्कि अन्य वादकों के समान कटि झुका सादर प्रणाम किया। मीठी–मोहक मुस्कान के साथ सुगन्धित पुष्पों, मोती की लड़ियों से सज्जित शीश को थोड़ा–सा झुका सौन्दर्य सम्राज्ञी ने स्वीकारा।

'आसन ग्रहण करिए।'

'जो आज्ञा देवी!' आम्रपाली के बैठने के बाद बैठे।

'कहिए! क्या सुना रहे हैं?'

'जो आदेशित करें!'

'अपनी सर्वश्रेष्ठ रचना से उपकृत करें।'

शारंगदेव के सिद्धहस्त हाथों द्वारा तारों को हल्के से छेड़ते ही आज्ञाकारी वीणा से निःसृत कर्णप्रिय रस लहरियों से कक्ष और श्रोताओं के मन तरंगायित हो आये। आम्रपाली, गुरुद्वय समझ गये शारंगदेव उच्चतम पाये के कलावन्त हैं। जोड़–झाला की भूमिका में वातावरण

सृजित करने के बाद शास्त्रीय राग आरम्भ किया। मृदंग–वंशी और अन्य वाद्यों के साथ शीघ्र तालमेल बिठा लिया। आह! ये तो राग शिवरंजनी है। कलावन्त शिव आराधना कर रहे हैं। आरोह–अवरोह, जुगलबन्दी, वीणा और मृदंग की प्रश्नोत्तरी ने समा बाँध दिया। शिवरंजनी श्रोताओं की अँगुली पकड़ संगीत के स्वर्गीय संसार की सैर करने लगी। शीश झुका सभी नेत्र बन्द कर राग–रागिनी की रसमयी दुनिया में डूब गये। शारंगदेव के नेत्र भी मुँद गये। आम्रपाली जंघा पर ताल देने लगी। बैठे–खड़े, स्तम्भों–भित्ति से टिके दास–दासियाँ राग के सम्मोहन से चित्रलिखे से स्थिर हो आये। दिव्य अनिर्वचनीय आनन्द में रूमानी चन्द्रकिरणें मादकता घोल रही थीं, इतने खो गये कि कितनी घड़ियाँ बीत गयीं पता ही नहीं चला। जोड़–झाला के साथ राग की समाप्ति के बाद भी कई पल कक्ष की वायु से अन्य वादकों एवं श्रोताओं के हृदय तरंगायित होते रहे। राग से अभिभूत शारंगदेव भी कुछ पल नेत्र बन्द किये बैठे रहे। कक्ष में आनन्ददायी दैवी नीरवता कई पल पसरी रही। संज्ञा लौटते ही तालियों की गड़गड़ाहट से खड़े हो श्रोताओं ने अभिनन्दन किया। संज्ञा लौटते ही हल्के से वीणा को छेड़ा। तारों ने मधुर प्रतिसाद ही नहीं दिया 'दिव्यानन्द में डूबो' की संज्ञा को जगा दिया।

मृदंग वादक सुरथ के साथ अन्य वादक स्वयमेव उठे और शारंगदेव के चरण स्पर्श किये, 'शारंगदेव जी! इसमें कोई सन्देह नहीं आप महान कलाकार हैं। आपके साथ संगत कर हम और हमारी कला धन्य हुई।'

भावविभोर आम्रपाली उठी। राग के दैवी आनन्द ने शारंगदेव की ओर खींच लिया। शारंगदेव के पास पहुँची। देवी के सम्मानार्थ वे भी उठे। उनकी हथेली थाम चूमते हुए, 'आह! शारंगदेव...शारंगदेव जी। आप सदी के महानतम् कलाकार हैं। हम धन्य हुए।'

'साधुवाद! आपकी प्रशंसा से मेरा परिश्रम सफल, धन्य हुआ।' आम्रपाली की कोमल रेशमी हथेली के स्पर्श से शारंगदेव की देह रोमावली मीठी सिहरन से रंगायित हो आयी। श्रेष्ठ रूपसी की हथेली चूमने को दिल मचलने लगा। शराफ़त ने लक्ष्मण रेखा खींच दी।

उस कोमल हथेली को भाल से लगाया, 'साधुवाद। प्रशंसा के लिए दास उपकृत है। दास की साधना सफल हुई।'

'आप इतना श्रेष्ठ बजाते हैं तो आपके महान् गुरु कितना सर्वश्रेष्ठ बजाते होंगे? किससे सीखा? कौन हैं आपके प्रणम्य गुरु?'

'वो एक लम्बी कथा है।' कान को हाथ लगा गुरु के प्रति श्रद्धा प्रकट की।

राग से गहरे तक प्रभावित, प्रेरित आम्रपाली ने पुरस्कार देने हेतु सुराहीदार गले से रत्नजड़ित हार निकाल शारंगदेव के गले में डाल प्रणाम किया।

'साधुवाद! दास उपकृत हुआ।' शारंगदेव ने भी शीश झुका प्रणाम किया।

आम्रपाली की रूप–माधुरी, शिष्ट एवं सौम्य व्यवहार से शारंगदेव गहरे तक प्रभावित थे। उनकी कला का रसपान एवं मूल्यांकन शेष था। रूप सौन्दर्य में वत्सराज उदयन की राजनर्तकी मांगधिया भी कम नहीं थी। वह शारंगदेव की कला एवं दिव्य, दीप्त व्यक्तित्व पर मर मिटी थी। वे अन्तरंग मित्र बन गये। मांगधिया रूपगर्विता है। उसका अहं उसकी लोकप्रियता में आड़े आता है। गर्व ने उसके व्यक्तित्व पर ग्रहण लगा रखा है। शारंगदेव इससे परिचित ही नहीं पीड़ित भी था।

उज्जयिनी की रूपसी मृदुभाषी अवन्ति सम्राट चण्डप्रद्योत की राजनर्तकी पद्मावती आम्रपाली–मांगधिया की समकालीन के रूप सौन्दर्य एवं कला–साधना के अवलोकन का अवसर स्वयं महाराज चण्डप्रद्योत ने उपलब्ध कराया था। बन्दी बना कर। इसमें कोई सन्देह नहीं कि आम्रपाली और मांगधिया के समान देवी पद्मावती अप्रतिम रूपसी हैं। अपने समय की अलौकिक सौन्दर्य की स्वामिनियों को ही राजनर्तकी के प्रतिष्ठित पद पर नियुक्त किया जाता है। यह सम्माननीय पद है। राजनर्तकियाँ एक प्रकार से कला–संस्कृति की अमात्या, मन्त्री हैं। जिनका कर्त्तव्य जनमानस में सांस्कृतिक चेतना जगाना है। लेकिन दुर्भाग्य से लोकमानस में उनकी छवि गणिका की प्रचलित कर दी गयी है। अन्य अमात्यों के समान उनकी भी नियुक्ति और सेवानिवृत्ति होती है।

लोकधारणा में राजनर्तकी ही नहीं नृत्य–गायन–वादन, संगीत से जुड़े हर कलाकार को सामाजिक प्रतिष्ठा नहीं दी जाती। कलाओं का स्थान समाज के निचले पायदान पर है। कलाकारों ख़ासकर कलावन्त नारियों को सार्वजनिक सम्पत्ति, मनोरंजन करने वाली मानहीन दृष्टि से देखा जाता है, जबकि ऐसा होना नहीं चाहिए। लेकिन सत्य यही है। कलावन्तों की साधना की त्रासदी।

अवन्ति राष्ट्र की राजनर्तकी पद्मावती अत्यन्त ही भावप्रवण और गायन–नृत्य में निपुण हैं। सुकोमल, कमनीय देहयष्टि की स्वामिनी थोड़ी स्थूलांगी हैं लेकिन नृत्य के अभ्यास से देह में स्फूर्ति है। अंग संचालन विशेषकर हस्त और पग संचालन में नृत्य का लास्य एवं सौन्दर्य है। देवाधिदेव, काल के स्वामी, नियन्ता महाकाल शिव की अनन्य भक्त हैं देवी पद्मावती। उनकी शिव भक्ति से प्रभावित हो प्रबल, दुर्धर्ष चण्डप्रद्योत जैसे लड़ाकू घमण्डी ने महाकाल मन्दिर के निकट का प्रासाद देवी को प्रदान किया है। वे ख़ुद को राजनर्तकी के बजाय भगवान महाकाल की देवदासी, उपपत्नी अधिक मानती हैं। चौबीस घड़ी शिव–आराधना, ध्यान में डूबी रहती हैं। नारी प्रिय शृंगार, सांसारिक माया–मोह से विरक्त पद्मावती की कमनीय काया विशेष रूप से आकर्षक मुख शिव भक्ति की दीप्ति से आलोकित रहता है। मन को विचलित करने वाले दैहिक आकर्षण पर आध्यात्मिकता है। लेकिन है तो आकर्षण से भरपूर नारी!

भारत प्रसिद्ध तीन रूपसियों से तो मिल लिया। एक शेष है।

शालवती!

रूप–सौन्दर्य, नृत्य–संगीत की बहुप्रशंसित, बहुचर्चित कला साधिका। मगध सम्राट बिम्बिसार की राजसभा की शोभा। देखूँ समकालीन सुन्दरियों की तुलना में उनमें क्या विशेषता है? कोई–न–कोई तो होगी? तभी ना महामात्य, प्रधान सेनापति, प्रधान न्यायाधीश जैसे महत्त्वपूर्ण पद के समकक्ष राजनर्तकी के पद पर हैं। कला, साहित्य, संस्कृति की उन्नायक एवं सौन्दर्य चेतना–विधान की स्वामिनी हैं। हम भूल जाते हैं नारी ईश्वर की सृजन यात्रा की सहायिका, विधायिका है।

इसलिए ईश्वर सम पूजनीय है। चारों कला–सौन्दर्य की तीर्थ है। तीन धामों की यात्रा कर धन्य हो आया। चौथी यात्रा शेष है। समय आने पर उसे भी अवश्य पूरा करूँगा।

कलानेत्रियों के प्रति श्रद्धा, आदर, सम्मान की भावना होते हुए भी अवचेतन में कहीं–न–कहीं उनकी रेशमी कमनीय काया को भोगने, अंकशायिनी बनाने की अदमनीय भावना अनजाने में सोयी है। अभी तो अलौकिक रूपसी की संगति का आनन्द उठाया जाय। शालवती को बाद में देखेंगे।

आगामी दिवस नृत्य–संगीत के स्वर्ग में बिताने लगे। आम्रपाली के सुरीले कण्ठ ने वीणा के साथ शास्त्रीय राग–रागनियो पर आधारित भक्ति रस से ओतप्रोत भजन प्रस्तुत कर शारंगदेव की आत्मा को अवगाहित कर दिया। शारंगदेव ने अनेक बार संगति की। संगत पर भरतनाट्यम, कुचिपुड़ी आदि नृत्याभिनय के साथ प्रस्तुत कर स्वयं को आम्रपाली ने श्रेष्ठ गायिका–नर्तकी–अभिनेत्री सिद्ध किया।

राजनर्तकी से भेंट एवं मनोरंजन हेतु अश्वारोही सैन्यरक्षकों से घिरे रथ से उतर प्रधान सेनापति भद्रसेन आगे बढ़े।

जयनक ने शीश झुका सादर प्रणाम कर निवेदन किया, 'क्षमवस्य स्वामी! देवी अति व्यस्त हैं।'

भद्रसेन चौंके। इनकार सुनने की आदत नहीं थी। सम्मान को ठेस पहुँची। इसकी उम्मीद नहीं थी। उन्हें विशेषाधिकार प्राप्त था। कभी भी, किसी बड़े–से–बड़े पदाधिकारी यहाँ तक कि गणाध्यक्ष महानाम जी से भी बिना पूर्वानुमति के चाहे जिस समय मिल सकते थे।

राजनर्तकी की एक झलक पाने प्रशंसकों, चाहने वालों की भीड़ आधी रात तक प्रासाद के सामने जमी रहती थी। पवन झकोरों पर सवार भटककर सुमधुर गीतों के बोल, घुँघरूओं की रुनझुन उन्हें आनन्दित कर देती। उनके सामने रोक दिये जाने पर भद्रसेन का गोरा–गुलाबी मुख तमतमा आने से अधिक लाल हो आया। रणकुशल सेनापति ने तत्काल परिस्थिति को सँभाल पैंतरा बदला, 'जयनक! हमसे भी अधिक महत्त्वपूर्ण अन्दर कौन है?'

'महाप्रभु! महिष्मति से पधारे प्रसिद्ध संगीतकार, श्रेष्ठ वीणावादक शारंगदेव से स्वामिनी नृत्य–संगीत की चर्चा, शिक्षण प्राप्त कर रही हैं। साधना में किसी प्रकार का व्यवधान न आये। इसी हेतु कुछ काल के लिए भेंट–मुलाक़ात स्थगित है देव। क्षमवस्य!'

स्थिति को तत्काल सँभाला, 'बढ़िया! जनता और गणमान्यों का मनोरंजन करने के लिए नाचने–गाने वालियों (कहना तो गणिका चाहता था) ने कुछ–न–कुछ नया सीखते रहना चाहिए।' इस कथन द्वारा भद्रसेन सार्वजनिक अवमानना का बदला ले लौट गये।

'क्या समाचार है दमनक?' अनाथ पिण्डक की उत्सुकता ने जानना चाहा। आम्रपाली के व्यवहार से अत्यन्त क्रोधित था। बदला लेने हेतु अवसर की ताक में था। थोड़ी–सी भी ग़लती पकड़ में आने पर गणाध्यक्ष ही नहीं गण परिषद् में शिकायत कर सार्वजनिक रूप से प्रताड़ित, अपमानित करने की योजना थी। इसी हेतु विश्वस्त गुप्तचर को गणिका पर निगाह रखने नियुक्त कर रखा था। दमनक नियमित रूप से सूचनाएँ दे जाता। प्रधान सेनापति के साथ जो घटित हुआ, बता दिया। ओह; यह तो बढ़िया बात हुई। उस गणिका का साहस तो देखो! भद्रसेन को अपमानित करने का दुस्साहस कर बैठी! उसके विरुद्ध भद्रसेन अवश्य सहयोग करेंगे। एक से भले दो। गणाध्यक्ष अवश्य गम्भीरता से लेंगे। मन प्रसन्न हो आया।

'एक सूचना और है देव!'

पिण्डक की प्रश्नात्मक दृष्टि ने निहारा।

अंगरक्षकों से घिरे प्रधान न्यायाधिपति शास्त्री शिवमूर्ति के रथ की ध्वज पताकाओं को देखते ही जयनक सावधान हो आया। तत्काल सूचना भिजवायी। पितृतुल्य शास्त्री जी के आगमन के समाचार से आम्रपाली प्रसन्न हो उठी। स्वागतार्थ तेज़ी से द्वार पर पहुँची। शारंगदेव ने सावधान हो स्वयं को व्यवस्थित किया। रथ के पहुँचते ही जयनक पास पहुँचा। शास्त्री जी के उतरते ही चरण स्पर्श किये।

गहन गम्भीर स्वर ने आशीष दिया, 'कल्याणमस्तु!' धीर पग आगे बढ़े। द्वार पर राजनर्तकी को पा प्रसन्नवदन कहा, 'बिटिया! आपने कष्ट क्यों किया? हम आ ही रहे थे।'

'आपका आगमन दासी को सदैव प्रसन्नता प्रदान करता है देव! लगता है जैतग्राम के हमारे पिताश्री ही हमारी कला एवं हमें आशीष देने पधारे हैं!' चरणधूलि लेने झुकी।

'अरे...रे...य...क्या कर रही हैं देवी राजनर्तकी? आप तो सरस्वती की वरद पुत्री हैं। लिच्छवि गणतन्त्र की गौरव–प्रतिष्ठा। आप के कारण ही देश को कला–संस्कार, कला–चेतना मिल रही है।' अजानबाहु फैला झुकी आम्रपाली के चौड़े कन्धों को थाम रोकने लगे। स्नेह–ममता से भरपूर शास्त्री जी के खड़ज स्वर ने आम्रपाली को आनन्दित किया। आँखें डबडबा आयीं। वर्षों बाद किसी के वात्सल्य ने आत्मा को तृप्ति दी थी। रुकी नहीं चरणधूलि ले नयनों, शीश को लगा पवित्र हुई।

'आदेश देते तो दासी स्वयं देव के प्रासाद पर उपस्थित हो जाती?' आम्रपाली के कन्धे पर हाथ रख बतियाते हुए कक्ष की ओर चल दिये, 'ना! माँ सरस्वती की आराधिका को बुलाने का साहस इस वृद्ध में नहीं है। भजन सुने लम्बा अरसा बीत गया था। आत्मा की पवित्रता हेतु बिटिया के पास आया हूँ।' कुछ पल रुके, 'सुना है महिष्मति से श्रेष्ठ वीणावादक, सरस्वती के वरदपुत्र शारंगदेव जी पधारे हैं! सोचा भजन श्रवण के साथ सरस्वती की वीणा का भी रसपान क्यों न किया जाये!'

'सच पिताश्री! आपका कथन सत्य है। जब वे तन्मय हो वादन करते हैं लगता है वीणा से माँ सरस्वती की वन्दना निःसृत हो रही है।' आत्मा प्रशंसा कर रही थी।

'तभी ना हम आये हैं दुहरा लाभ लेने!' शास्त्री जी के कक्ष में पहुँचते ही उनके तेजोमय व्यक्तित्व से प्रेरित शारंगदेव चरण वन्दना हेतु झुका। शास्त्री जी ने अधबीच में टोका, 'अरे...रे...अ...आप...य...ये क्या कर रहे हैं? कलाकार सदैव वन्दनीय है। आपकी कला को प्रणाम करने आये हैं हम!' कन्धे थाम खड़ा कर लिया। निर्निमेष निहारा। सामने राजकीय गरिमा का सुदर्शन व्यक्ति खड़ा था। अवश्य किसी राजपरिवार से सम्बन्धित है।

'आपकी महती कृपा के लिए दास आभारी है! आसन ग्रहण करें देव! दास अपनी कला एक क़द्रदान के समक्ष प्रस्तुत कर स्वयं और कला को धन्य मानेगा।'

'ओ! हाँ।'

'विराजें प्रभु।'

तीनों बैठे।

अर्द्धरात्रि तक देवी राजनर्तकी द्वारा प्रस्तुत भजनों एवं शिव आराधना में प्रस्तुत नृत्य तथा शारंगदेव द्वारा देवाधिदेव भगवान् महादेव के चरणों में प्रस्तुत शिवरंजनी से न्यायाधिपति की आत्मा तृप्त होने के बाद वे अपने प्रासाद को पधारे।'

शास्त्री जी की दिव्य छवि पिण्डक के सामने आ खड़ी हुई। श्वेत–श्याम केशों को गरिमा प्रदान करने वाली गाँठ लगी मोटी शिखा, मोटी भौंहों से आवेष्टित वात्सल्य करुणा से ओत–प्रोत दीर्घ नयन, गोल मुख, मोटी नासिका, थोड़े मोटे अधर, दीर्घ कर्ण, गोल चिबुक, अजानबाहु, चौड़ी छाती की शोभा बढ़ाने वाला मूँज का मोटा यज्ञोपवीत। सोना जड़ित रुद्राक्ष की माला। त्रिमुण्ड से सुशोभित दिव्य भाल। श्रद्धा उत्पन्न करने वाला भव्य दिव्य व्यक्तित्व। एक देव पुरुष।

'देवाधिदेव भूतभावन भगवान् शिव का आभार! उस गणिका ने कम–से–कम उन देव पुरुष को अपमानित नहीं किया।' जुड़ी हथेलियाँ भाल से लगा नेत्र बन्द कर अनाथ पिण्डक ने भगवान शिव को श्रद्धापूर्वक प्रणाम किया।

शील सम्बोधि : बुद्धम् शरणम् गच्छामि

केवल गुरुद्वय को ही अम्बा द्वारा वैशाली बुला लेने पर सौभद्र अपमान–अवमानना से तिलमिला गया। राजनर्तकी के प्रासाद के वैभव–विलास, गणाध्यक्ष, प्रधान सेनापति, प्रधान न्यायाधिपति, गण सदस्य, राजाओं, नगरश्रेष्ठी एवं गणमान्यों की संगति ने इतना बौरा दिया कि बचपन के मित्र को भूल गयी! सदा चिपकी रहती थी।

नृत्य, गायन, वादन में गुरुद्वय, माँ समर्पिता, पुजारी पिता की प्रशंसा के बाद भी मन नहीं भरता था। सीधे मेरे पास आ प्रश्नाकुल नयनों से पूछती, 'कैसा नृत्य किया हमने? गाना, वीणावादन पसन्द आया?'

सौभद्र की प्यार–प्रशंसा से छलकती दृष्टि अपलक निहारती। उत्साह से छलकता अम्बा का पसीने की नन्ही–नन्ही बूँदों से सज्जित चित्ताकर्षक, मोहक गोरा–गुलाबी मुख, वाणी छीन लेता था।

'चुप क्यों हो?' कन्धा हिलाती, 'बोलते क्यों नहीं? रूठना अधिक बाँध लेता।'

'क्या बोलूँ! अद्भुत! अति प्रशंसनीय!! नृत्य–संगीत के गन्धर्व देवताओं की प्रियतम पुत्री हो तुम। इन कलाओं पर महारत ने तुम्हारे रूप–लावण्य में चार चाँद लगाये हैं।'

लज्जा की लाली से अम्बा के गोरे मुख की लाली दुगुनी हो उठती। भाग खड़ी होती।

हैरान–परेशान सौभद्र का मन कहीं नहीं लग रहा था। मधुर स्मृतियाँ बेचैन कर देतीं। छुटकारा पाने के लिए खेत पर चला जाता। हल चलाता। मगर थोड़ी देर बाद पिता को सौंप चल देता।

'काम में ध्यान क्यों नहीं लगाते? कहाँ जा रहे हो?''

'पता नहीं?' गलियों में भटकते हुए देवालय जा पहुँचता। शिवजी के ध्यान की असफल कोशिश। लगता देवमूर्ति तो है। आत्मा अम्बा के साथ चली गयी है। देवालय का श्मशानी सन्नाटा आत्मा में पसर जाता।

वैसे भी प्रिय बेटी के चले जाने से देवदासी का मन उचट गया था। किसी काम में मन न लगता। सान्ध्य आरती के बाद नृत्य बन्द कर दिया था। मात्र भजनों से उपासना कर औपचारिकता निभाती। भक्तों की संख्या भी कम हो गयी। दो–चार ही आते। भगवान शिव भी अधिक देर उसे बाँध नहीं पाते। निरुद्देश्य चल देता भटकने। अनुपस्थित अम्बा उसके वजूद, मन–मस्तिष्क ही नहीं, सपनों, हर साँस पर कुण्डली मार बैठी थी।

ये क्या हो गया है मुझे? कहीं अम्बा से प्यार तो नहीं कर बैठा? कितनी छोटी है? गोद में खिलाया है। प्रेम आयु नहीं देखता।

फिर समाज छोटी उम्र की वधू से ही विवाह करने की अनुमति देता है। लिच्छवियों के गणराज्य की राजनर्तकी के सामने सड़क पर खड़े भिखारी के प्रेम का क्या मूल्य? ख़ुद को सँभाल सौभद्र! प्रेम की भूल–भुलैया से निकले। मार्ग नहीं सुझायी दे रहा। कैसे निकलूँ? ये कौन–सा रोग पाल लिया? प्यार भी एक बीमारी है। छुटकारा पाना ही पड़ेगा।

घटनाएँ, व्यक्ति को कब, कहाँ, कैसे प्रभावित, प्रेरित कर जीवन को नया मोड़ देती हैं, जीवन को भी नहीं मालूम। भविष्य को भी नहीं पता। शायद जानकारी हो!

'बुद्धम् शरणम् गच्छामि
धम्मम् शरणम् गच्छामि
संघम् शरणम् गच्छामि'

भगवान् तथागत के धम्मचक्कप्पक्तन हेतु संघ सहित वत्स राज्य की राजधानी कौशाम्बी की ओर विहार का समाचार सुन सारा ग्राम सम्बोधि श्रवण हेतु मार्ग की ओर दौड़ पड़ा। उन्हें रोकने ग्राम प्रधान, पालक, ग्राम समिति के सदस्य, ग्राम श्रेष्ठी बीच मार्ग में हाथ जोड़ खड़े हो गये। तथागत सदैव ही संघ समेत पैदल ही विहार करते थे। भीड़ में सौभद्र भी था। भगवान् की कीर्ति–यश आगे–आगे चलते थे। शाक्य राजपरिवार और शाक्य गणतन्त्र के महाराज शुद्धोधन के उत्तराधिकारी पुत्र राजकुमार सिद्धार्थ द्वारा लोक–कल्याण हेतु वैभव–विलासमय जीवन, दैवी सौन्दर्य की स्वामिनी मायारूपी यशोधरा एवं प्रिय पुत्र राहुल का मोह त्याग प्रव्रज्या ग्रहण करना ऐतिहासिक क़दम था। कठोर तप द्वारा उन्होंने बुद्धत्व प्राप्त किया। धम्मचक्कप्पक्तन (धर्म चक्र के प्रवर्तन) द्वारा धर्म का सच्चा मर्म समझा। मोक्ष के द्वार जन–जन के लिए खोलना चाहते थे। लोक कल्याण की इसी भावना से प्रेरित तथागत घूम–घूम कर प्रचाररत थे।

ईसा पूर्व की छठी शताब्दी धार्मिक रूढ़िवाद, ख़र्चीले कर्मकाण्डों, यज्ञ–हवन में पशु ही नहीं नरबलि द्वारा पुनरपि जन्मम् पुनरपि मरणम्, पुनरपि जननी जठरे शयनम् से मुक्त होना चाहती थी।

धर्मभ्रमित समाज को पुरोहितों, पुजारियों, पण्डों, धर्मगुरुओं ने धर्म के नाम पर भ्रमित, शोषित कर रखा था। साधारण जन अनेक धर्म, सम्प्रदायों में बँटा मानव धर्म के सच्चे मर्म मार्ग से वंचित था। तथागत बौद्ध धर्म द्वारा लोक चेतना और चित्त को सच्चे, सरल, व्यावहारिक नीतिपरक धर्म से परिचित कराने में लगे थे।

पूजनीय चरण रुक गये। श्रद्धा–भक्ति से विह्वल, ग्रामीणों की भीड़ के साथ–साथ हाथ जोड़े पालक भगवान को निहार रहे थे। दैवी, दिव्य आभा, मीठी–मोहक मुस्कान से आलोकित दीर्घ नयन, अधर, सिर पर घुँघराले केशों का जूड़ा। चित्ताकर्षक मुख के अनुरूप सुन्दर नासिका। दीर्घ कर्ण। गैरिक उत्तरीय से सज्जित अजानबाहु वाली राजसी गरिमा एवं संन्यासी की आत्मा की शान्ति को अभिव्यक्त करने वाली काया मन्त्रमुग्ध कर रही थी।

'भगवन्! हम दीन–हीनों की प्रार्थना स्वीकार कर हमारे उद्धार हेतु कुछ काल ग्राम में संघ सहित विहार कर कृपादृष्टि एवं सम्बोधि द्वारा उपकृत करें।' पालक की बगल में खड़े सौभद्र ने निवेदन कर चरण स्पर्श किये। देवालय की पाठशाला में पढ़ा वही गाँव का सर्वाधिक पढ़ा–लिखा युवा था। तथागत के करुण स्नेह दृष्टिपात ने उसके नयनों से आत्मा में उतर अम्बा की वासना ग्रन्थि से मुक्त कर दिया। विरह वेदना, बेचैनी, मन में पसरा श्मशानी सन्नाटा तिरोहित हो गये। मलिन आत्मा में पवित्र, निर्मल शान्ति पसर गयी। सौभद्र को नया जन्म मिला।

'शास्ता। दास को प्रव्रज्या प्रदान कर संघ में सम्मिलित करने की महती कृपा करेंगे तो दास उपकृत होगा।' कुछ पल रुका, कहे–ना–कहे? कहना उचित लगा, 'भगवन! दास शूद्र, अछूत है।'

तथागत के करुण नयनों ने निहारा। सौभद्र के कन्धे पर हाथ रखा। सौभद्र की देह में विद्युत प्रवाह हुआ, 'प्रिय वत्स। शूद्र क्या मनुष्य नहीं होते? हमारी देह अलग अवश्य है। दोनों में आत्मा एक ही है। आत्मा न तो शूद्र होती, न अछूत, न ब्राह्मण, न क्षत्रिय। संघ में आपका स्वागत है।'

'महती कृपा के लिए दास चिर ऋणी रहेगा।' दण्डवत प्रणाम हेतु धूल–धूसरित मार्ग पर लेट गया।

'उठो वत्स। आनन्द।'

'प्रभु!'

'संघ शूद्र बस्ती के निकट ही विहार करेगा और भिक्षा वहीं से माँगना प्रारम्भ करेंगे।'

'जो आज्ञा देव।'

वैतरणी नदी से पर्याप्त दूरी पर शूद्रों की बस्ती थी। घास–फूस के झोंपड़े। कुक...डूँ...कूँ...कुकडू...कूँ...घूमते मुर्गे–मुर्गियाँ, भोंकते कुत्ते–सूअर। नंगे, अधनंगे, पेट निकले, गन्दगी से भरी नासिकाएँ, धूल–धूसरित, तेलहीन बाल वाले बालक–बालिकाएँ। लँगोटी के ऊपर की नंगी–काली–कलूटी, धूल–धूसरित पदत्राण हीन देहें। देह की लज्जा को ढँकने के प्रयत्न के बाद भी शूद्राओं के संवेदनशील उभार स्पष्ट दिखाई देते थे।

भीख माँगने गाँव में जाने पर लकड़ी ठोंक उपस्थिति दर्ज कराना अनिवार्य। न करने पर पिटाई। उनके निकल जाने के बाद पानी डाल सड़क को स्वच्छ पवित्र किया जाता।

शूद्रों, अन्त्यजों में भी जातिगत भेदभाव। सुतारों, बहेलियों, मज़दूरों, कुम्भकारों, मरे जानवरों की खाल उतारने वाले शूद्रों, चाण्डालों की अपनी–अपनी बस्तियाँ। मार्गों–सड़कों की झाडू लगाने वाले, घरों से कचरा, गन्दगी साफ़ करने वाले अलग। अन्त्यजों में भी वर्ग भेद, ऊँच–नीच, छुआछूत। ब्राह्मण सर्वश्रेष्ठ पूजनीय, दूसरे पायदान पर क्षत्रिय और तीसरे पर वैश्य। रूपसी अछूत, शूद्र नारियों, बहू–बेटियों, बहनों को भोगना, यौन–शोषण उनका विशेषाधिकार था। मानते थे कि दूध और योनि अस्पृश्य अछूत नहीं होती। उनकी अवैध सन्तानें शूद्रों में पलतीं।

जैतग्राम ही नहीं देश के सभी सोलह महाजनपदों के गाँवों, क़स्बों, नगरों यहाँ तक कि राजधनियों में भी शूद्रों की दयनीय, शोचनीय हालत थी। क्रान्तिचेता तथागत का करुणाद्र मन भर आता था।

इसीलिए उन्होंने बौद्ध धर्म के द्वार सभी वर्गों, वर्णों, जातियों यहाँ तक कि शूद्रों–अछूतों, अन्त्यजों के लिए भी खोल दिये। मोक्ष को सर्वजन सुलभ बना दिया। सम्बोधि में तथागत शूद्रों को पहला स्थान देते थे। मोक्ष पर सभी का अधिकार है। ईमानदार, सत्यनिष्ठ ही धर्मनिष्ठ है। मानव–मानव में भेद करने वाला बेईमान, द्रव्य चोर अधर्मी है। मोक्ष का वह अधिकारी नहीं। सामाजिक–धार्मिक भेदभाव, छुआछूत के कारण शूद्रों, अन्त्यजों में जो हीनग्रन्थि विकसित हो गयी थी, तथागत धार्मिक–सामाजिक क्रान्ति द्वारा उसे दूर करने का प्रयत्न कर रहे थे।

'आनन्द!'

'भगवन्!'

'संघ जैतग्राम में कुछ काल विहार करेगा।'

'जो आज्ञा देव!' वैतरणी नदी के तट पर शूद्र बस्ती के निकट संघ ने विहार किया। तथागत ने बोधिवृक्ष के नीचे आसन ग्रहण किया। दूध, दही, छाछ, फल, भोजन सामग्री ले ग्रामवासी उपस्थित हुए।

'भन्ते पालक! ये कष्ट क्यों किया।'

'भगवन्! संघ की सेवा कर ग्राम धन्य होना चाहता है।'

'संघ भिक्षा अवश्य ग्रहण करेगा। भिक्षु स्वयं आपके द्वार आयेंगे। प्रत्येक द्वार जा भिक्षा माँगने से अहंकार, गर्व की शुद्धि होती है। अभिमान अनेक विकृतियों, अवगुणों की जननी है। मानव–मानव के बीच भेदभाव, वर्ग भेद, जाति भेद, ऊँच–नीच, छुआछूत, अस्पृश्यता का भाव उत्पन्न करती है। अहंकार का उन्मूलन आवश्यक है। इसे हटाना है। सारे मानवों में ही नहीं प्राणिमात्र में एक ही आत्मा निवास करती है। पात्र भेद से जल में भेद होता है। लेकिन हर पात्र में जल तो एक ही है। इसी प्रकार से विभिन्न देहों में आत्मा निवास करती है तो प्रत्येक के साथ सद्व्यवहार, सौजन्य, दया, करुणा, प्रेम ही धर्म है।' 'आत्मवत् सर्वभूतेषु' जिस प्रकार हम अन्यों से सम्माननीय प्रेम, श्रद्धा, आदर से पूर्ण मृदु सद्व्यवहार की अपेक्षा करते हैं, हमें भी अन्य के साथ वही करना चाहिए। मानव सृजित भेदभाव, छुआछूत, अपमानजनक व्यवहार अधर्म है। नैतिक सद्व्यवहार में किसी कर्मकाण्ड,

यज्ञ, हवन, बलि की आवश्यकता कहाँ है। आचरण, सद्व्यवहार की सभ्यता धर्म की पहली सीढ़ी है। प्रत्येक प्राणी सुख चाहता है। दुःख से छुटकारा। दुःख सर्वजनीन, सर्वयुगीन है। हर कोई इससे त्राण पाना चाहता है। शुभ आचरण और सद्व्यवहार से ही इससे मुक्त हुआ जा सकता है। 'लोका समस्ता सुखिनो भवन्तु' का आदर्श ही सभी को सुखी बनायेगा।

'कृपया सामग्री वापस ले जायें। भिक्षुओं समेत हम स्वयं भिक्षा प्राप्त करने आयेंगे।' आचरण की सभ्यता सम्बन्धी प्रथम सम्बोधि तथागत ने प्रदान की।

प्रणाम कर ग्रामवासी लौट गये। तथागत ने न केवल आदेश दिया, बल्कि भिक्षा हेतु सबसे पहले अछूतों की बस्ती में संघ समेत गये। प्रसन्नता से अछूत रोने लगे। भगवान् तथागत की चरणधूलि से देहों को पवित्र किया। संघ में भिक्षु सौभद्र को देख ग्रामवासी गर्व–प्रसन्नता से फूल उठे। सम्बोधि में सारा ग्राम काम छोड़ उपस्थित रहता था। तथागत और संघ की उपस्थिति तक गाँव में छुआछूत, अस्पृश्यता स्थगित रहे। उनके प्रस्थान करते ही ग्रामीण समाज कुत्ते की दुम–सा फिर टेढ़ा हो गया।

जुगल बन्दी

शरद पूर्णिमा!

पूरे चन्द्रमा की रात!!

मोहक, मादक, मधुर, मनभावन, रोचक, रूमानी, रोमांचक चन्द्रकिरणों ने वातायन से उतर प्रेमिका धरा को आलिंगन में कस लिया। चाँदनी के नशीले जाल से कलाकारद्वय बच न सके। तय किया शारंगदेव के वीणावादन पर आम्रपाली नृत्य करेगी। गणनर्तकी के प्रासाद में नहीं। प्राकृतिक सौन्दर्य से भरपूर किसी नैसर्गिक स्थान पर। साथ में तीसरा नहीं होगा। अन्तरंग सखी, सहायिका, नयनिका भी नहीं। अंगरक्षकों का तो प्रश्न ही नहीं उठता।

राजधानी से अर्नातदूर के वनप्रान्त में ऐसा स्थान था सोनगिरि। प्राकृतिक सौन्दर्य से भरपूर। छोटी–छोटी पहाड़ियों से झरते झरने। लगता झरना नहीं चाँदनी झर रही है। वन के मध्य में गलीचे–सा बिछा नरम हरी घास का मैदान। जंगली पौधों, लताओं को सुशोभित करने वाली कलियों–पुष्पों की सुरभि को चुम्बन द्वारा चुराने वाले मादक, मनमोहक, मीठे, मधुर पवन झकोरे। प्रकृति का दिव्य कुँआरा सौन्दर्य बिखरा पड़ा था।

'सारथी साथ नहीं रहेगा।' शारंगदेव ने सुझाया।

'रथ कौन हाँकेगा?'

'दास यह काम बख़ूबी कर लेगा!' कुछ काल दास महिष्मिति के प्रान्ताधिकारी का सारथी रह चुका है।'

'तब ठीक है।' चोरी–चुपके गलीचे, सोने के घुँघरू, पेय–खाद्य एवं आवश्यक सामग्री रथ में रख दी। हलचल से पता चल ही गया। नयनिका चौंकी, 'स्वामिनी कहाँ पधार रही हैं?'

'कुछ नहीं। सोनगिरि की प्राकृतिक सुषमा की पृष्ठभूमि में शारंगदेव वीणावादन करेंगे।'

'दासी को क्या आदेश है?'

'प्रिय नय...निके...न...यनिके।' प्यार से कन्धे पर हाथ रखा, 'इसकी आवश्यकता नहीं। शारंगदेव एकान्त में वादन करना चाहते हैं।'

'जैसी स्वामिनी की इच्छा।' दुराव से मन खट्टा हो आया।

सोनगिरी की सुषमा ने गहरे तक प्रभावित किया। कल...कल...कलल... कलल के मधुर संगीत के साथ चाँदनी–सा गिरता झरना। लगा झरना नहीं चाँदनी झर रही है। वीणा के तारों को हलका–सा छेड़ते ही मीठी–मधुर स्वर लहरी झरती चाँदनी, झरने से घुलमिल झरने लगी। आम्रपाली के मेहँदी रचे गोरे–गुलाबी कमल पगों के घुँघरू स्वतः थिरकने लगे। कुशल सिद्धहस्त वादक की हर ताल का श्रेष्ठ नर्तकी के पग साथ दे रहे थे। हस्त, नेत्र, भ्रू–विलास अद्वितीय था। वादन के साथ शारंगदेव कब गाने लगा, दोनों को पता न चला। देव का कण्ठ अत्यन्त मधुर और कोमल था। गीत के बोल भावप्रवण थे।

गीत के हर बोल को प्रत्येक अंग के माध्यम से अभिनीत कर व्यक्त कर रही थी। नृत्य भावाभिनेय था। यदि आम्रपाली ने अपने अब तक के जीवनकाल में इतना श्रेष्ठतम् वीणावादन नहीं सुना था। वीणा की हर झंकार उसकी देह की प्रत्येक इन्द्री ही नहीं रक्त के अणु–अणु को उद्वेलित कर रही थी। मादक चाँदनी शिराओं में नशा भर रही थी और शारंगदेव, अभिभूत था! वीणा की मोहक स्वर लहरी ख़ासकर शास्त्रीय राग जयजयवती के रसोद्रेक से स्वतः बन्द हो जाने वाले नेत्र आम्रपाली की अप्सराओं से भी श्रेष्ठ नृत्य मुद्राओं ने उन्हें न केवल बरबस खोले रखा बल्कि रूपीले आकर्षण में बाँध लिया। उज्जयिनी की राजनर्तकी पद्मावती एवं वत्स की मांगधिया की नृत्यकला से मन–ही–मन तुलना कर बैठा। सन्देह नहीं आम्रपाली अद्वितीय नर्तकी है। नृत्य–सम्राज्ञी। सौन्दर्य–कला के मणिकांचन समन्वय का नाम है आम्रपाली। इतिहास की थाती। जब भी सौन्दर्य, नृत्य, गायन, वादन की चर्चा होगी, आम्रपाली को याद किया जायेगा। रूप–लावण्य, कला की कसौटी। नृत्य के आराध्य नटराज थे। वैशाली की जनपद कल्याणी ने नटराज की नृत्य कला को कला के सर्वश्रेष्ठ सोपान पर पहुँचाया। सम पर जब वीणा और पग थमे हरसिंगार के सुरभित पुष्प झर गये।

प्रशंसा एवं भावातिरेक में सम पर नृत्य मुद्रा में खड़ी आम्रपाली की कला को प्रणाम कर पग चूमने झुका।

'अरे...रे...रे...ये...ये...क्या...कर...रहे हैं शारंगदेवजी?'

'दास श्रेष्ठतम् कलानेत्री को प्रणाम करने का दुस्साहस कर रहा है।'

'प्रणाम तो हमें आपके हाथ चूम कर करना है। लगा साक्षात् नारद और तुम्बरू वादन कर रहे हैं। आपके वादन के आकर्षण से देखिए कई मन्त्रमुग्ध मृग छौने खिंचे चले आये हैं।'

एक–दूजे का हाथ थामे कुछ पल मादक चाँदनी में नहाते रहे। प्रेमातिरेक के भावावेश में एक–दूसरे को प्रगाढ़ आलिंगन में ले पुरस्कृत करने लगे। आम्रपाली के जिस कौमार्य को पाने हेतु गणश्रेष्ठी, अनाथ पिण्डक वर्षों से पगलाया था। जिसे पाने की तीव्र लालसा प्रौढ़ गणाध्यक्ष, सुगठित सुदर्शन व्यक्तित्व के स्वामी प्रधान सेनापति

भद्रसेन ही नहीं अनेक गणमान्यों की साँसों, सपनों में भोग लालसा की तीव्र भावना थी। लेकिन! गणनर्तकी को गणशासन ने नियम, क़ानूनों के विशेषाधिकार रूपी सुरक्षा कवच की लक्ष्मण रेखाओं में सुरक्षित कर रखा था। इन्हें लाँघने का दुस्साहस करने वालों को न केवल सार्वजनिक रूप से प्रताड़ित, अपमानित किया जाता था। वरन् प्रधान न्यायाधिपति कठोर दण्ड से आजीवन कारागार में डाल देते थे। नारी मन की चंचलता पुरुष के भाग्य को 'नारी चरित्रम्, पुरुषस्य भाग्यम्, देवो न जानति कुतो मरण धर्मा मनुष्यम्।' अपने कौमार्य को देवी ने दीन–हीन कलाकार को सौंप दिया।

कौशाम्बी की आत्मगुग्धा रूपगर्विता की असफल प्रेम कथा

'आनन्द!'

'भगवन्।'

'संघ कौशाम्बी के लिए विहार करेगा।'

'जो आज्ञा देव!'

अपने–अपने भिक्षापात्रों, वस्त्रों आदि के साथ संघ तैयार हो गया। तथागत अपरिग्रही थे। दो वस्त्रों एवं भिक्षापात्र के अतिरिक्त किसी अन्य वस्तु का संग्रह नहीं किया था। प्रत्येक भिक्षु ने उनका अनुकरण किया। प्रव्रज्या के पूर्व सौभद्र का मुण्डन कर मुण्डित भिक्षु बनाया गया। उसने 'बुद्धम् शरणम् गच्छामि, धम्मम शरणम गच्छामि संधम् शरणम् गच्छामि' की दीक्षा ली। बौद्ध धर्म, संघ और शास्ता की प्रतिदिन दी जाने वाली सम्बोधि के प्रति सच्चे मन से विश्वास की प्रतिबद्धता एवं आस्था प्रकट की। संघ ने उसे भी दो गैरिक वस्त्र एवं भिक्षापात्र प्रदान किये। अन्य भिक्षुओं और तथागत के समान वह भी भिक्षा हेतु गाँव में जाता था। भिखारी के समान बेटे को भीख माँगने आया देख माँ वैदेही का मन भर आता था। वात्सल्य, ममता के आँसुओं से नयन भर आते लेकिन मन को सन्तोष था कि भगवान् ने एक शूद्र लड़के को अपने श्रीचरणों और संघ में स्थान दे चाण्डालों

के लिए भी मुक्ति का मार्ग खोल दिया था। सवर्ण जातियाँ बुद्ध के इस कृत्य से मन–ही–मन नाराज थीं। सड़क की धूल को सिर पर जगह दे दी थी। लेकिन सदी के महान् श्रमण के सामने खुला विरोध करने का साहस उनमें नहीं था।

जैसे ही आसपास के गाँवों, कस्बों, नगरों को पता चला कि तथागत संघ समेत जैतग्राम में विहार कर सम्बोधि प्रदान कर रहे हैं, लोग दौड़ पड़े। प्रत्येक मृत्यु के भय, जन्म–मरण के चक्कर से मुक्ति चाहता था। जैतगाँव में मेला लग गया। ग्रामवासियों ने आगत अतिथियों का जलपान, भोजन आदि से स्वागत किया और जब पता चला कि तथागत संघ सहित कौशाम्बी के लिए विहार कर रहे हैं तो विदा करने आ गये।

संघ के तैयार होते ही बुद्ध धीर पग प्रस्थान हेतु आगे बढ़े। जैतग्राम प्रधान और अन्य गाँवों, क़स्बों के ग्राम भोजक चरण स्पर्श, प्रणाम करने लगे। दायें हाथ से तथागत आशीर्वाद दे रहे थे। सड़क के दोनों ओर लोग प्रणाम मुद्रा में खड़े थे। विदाई दुःखदायी होती है। सभी की आँखें भर आयीं। कुछ उत्साही भक्त कुछ दूर जा प्रणाम कर लौट आये। कई दिनों तक तथागत, भिक्षु सौभद्र और सम्बोधि की चर्चा होती रही। शीघ्र ही ज़िन्दगी पुराने ढर्रे पर लौट आयी। सवर्णों ने शूद्रों, चाण्डालों, अन्त्यजों को पुनः छुआछूत की लक्ष्मण रेखाओं के भीतर धकेल दिया।

मार्ग के जिस भी ग्राम, क़स्बे, नगर में सन्ध्या समय संघ पहुँचता, वहीं किसी जलस्रोत के निकट और सम्भव हो तो बोधिवृक्ष की छाया में संघ विहार करता। ग्रामवासी स्वयं भिक्षा दे जाते। ग्राम के दूर होने पर संघ भिक्षा हेतु स्वयं जाता। आने वाले ग्रामवासियों को तथागत के दर्शन के साथ सम्बोधि का भी लाभ मिलता। ज्यों ही संघ वत्स राज्य की सीमा पर पहुँचा, सीमारक्षकों ने गुप्तचर के द्वारा महामात्य यौगन्धरायण को सूचना भेज दी।

'महामात्य की जय हो।'

'क्या समाचार है इन्द्रवदन?'

'देव! भगवान् तथागत संघ समेत कौशाम्बी में विहार हेतु सीमा पर पहुँच रहे हैं।'

'यह तो शुभ समाचार है। तथागत सदी के महान् श्रमण ही नहीं शाक्य राजकुल के हैं। उनकी रक्षा की तत्काल ऐसी व्यवस्था की जाये कि उन्हें पता न चले। अंगरक्षक भक्त बन सादे वस्त्रों में संघ के आसपास रहें। हम भी महादेवी एवं गणमान्यों के साथ शीघ्र पहुँचते हैं।'

'जो आज्ञा देव!' तीर की तरह इन्द्रवन रवाना हो गया।

'महादेवी की जय हो! दास शुभ समाचार लाया है।' यौगन्धरायण ने सादर प्रणाम किया।

'महाराज आ गये क्या?'

'उससे भी अधिक महत्त्वपूर्ण सूचना है।'

'कौन सी?'

'महादेवी! भगवान् तथागत संघ सहित विहार हेतु कौशाम्बी पधार रहे हैं।'

'सच! ये तो अत्यन्त शुभ समाचार है। काश महाराज यहाँ होते तो हम भी स्वागत हेतु साथ चलते!'

'स्वागत–सत्कार, पूजन हेतु आपको चलना ही है। आपके नेतृत्व में राजकीय प्रतिनिधिगण, मैं, सेनापति, न्यायाधीश, नगरश्रेष्ठी चन्द्रवदन एवं अन्य गणमान्य चलेंगे। महाराज की अपेक्षा अवन्ति राष्ट्र की राजकुमारी एवं वत्स की महारानी वासवदत्ता द्वारा तथागत की अभ्यर्थना पूजन का ऐतिहासिक महत्त्व रहेगा महादेवी।'

'ठीक है हम ही चलेंगे।'

तथागत के आगमन के समाचार से भक्ति से उद्वेलित भक्तों की भीड़ उमड़ पड़ी। अन्त्यज जातियाँ अपने उद्धारक के दर्शन हेतु सीमा की ओर चल दी। ब्राह्मणों में असन्तोष था। राजपुरोहित पुरंजय महामात्य के आमन्त्रण के बाद भी व्यस्तता का बहाना बना बहिष्कार कर बैठे। श्रमण ने वैदिक परम्परा का उल्लंघन जो किया था। वत्स की राजनर्तकी मांगधिया का प्रासाद भी अछूता न रह सका।

'स्वामिनी की जय हो। एक सुसमाचार है!'

विशाल दर्पण के सामने विभिन्न अंगरागों वाली तीस प्यालियाँ, काजल, अनेक सुगन्धित इत्र आदि सजे थे। प्रत्येक अंगराग देह के विभिन्न अंगों, त्वचा के वर्ण के अनुरूप था। भाल, कपोल, नासिका, कर्ण, चिबुक, पलकों, ग्रीवा आदि के सौन्दर्य में वृद्धि के लिए अलग–अलग सुगन्धित अंगराग थे। पहले राजनर्तकी मांगधिया ने कमल पुष्प की पाँखुरियों–सी कोमल पलकों को गुलाबी अंगराग लगा अधिक चित्ताकर्षक रूप दिया। सुराहीदार गर्दन को हल्का–सा मोड़ा, 'कौन सा सुसमाचार है भई दिव्या? महाराज पधारने वाले हैं?'

'ना देवी! भगवान तथागत बुद्ध संघ सहित विहार हेतु कौशाम्बी पधार रहे हैं। महादेवी वासवदत्ता, महामात्य यौगन्धरायण गणमान्यों के साथ उन्हें सादर लिवाने राज्य सीमा पधारे हैं।'

'श्रमण राजपरिवार से जो हैं। इसीलिए राजकीय शिष्टाचार निभाने महादेवी, महामात्य गये हैं। सुना है बुद्ध का अत्यन्त ही मोहक आकर्षक व्यक्तित्व है।'

'इतना ही नहीं एक दैवी आभा से आलोकित मुख मन में श्रद्धा, पूजनीय भाव जगाता है।'

'वीतराग संन्यासी जो हैं। मिलने चलना पड़ेगा भई दिव्या।'

संघ जिस काल वत्स की सीमा पर पहुँचा महारानी वासवदत्ता, महामात्य यौगन्धरायण, शिष्टमण्डल सहित स्वागतार्थ खड़े थे। अति दूर दलित भी हाथ जोड़े अधनंगे उपस्थित थे।

'आह! महादेवी ने कष्ट क्यों किया? हम आ ही रहे थे। महामात्य यौगन्धरायण भी हैं।' बुद्ध की स्मित मुस्कान अधिक खिल उठी।

'दासी अपना कर्तव्य पालन कर रही है देव!' तथागत के दिव्य भाल पर कुकुम तिलक तन्दुल लगा माला पहना आरती उतार चरण स्पर्श किये।

'दासी को स्वागत प्रणाम का अवसर प्रदान कर भगवान ने महती कृपा की है। इस अवसर को हाथ से कैसे जाने देते?'

यौगन्धरायण और स्वागतकर्ताओं ने पुष्पाहार पहना बारी–बारी चरण स्पर्श किये।

'रथ तैयार है देव।' यौगन्धरायण ने हाथ जोड़े।

मीठी–मोहक मुस्कान ने उत्तर दिया, 'साधुवाद महामात्य साधुवाद! हम और संघ किसी वाहन का उपयोग नहीं करते। संघ पैदल ही विहार करता है। आप पधारें देवी। संघ यथाशीघ्र राजधानी में प्रवेश करेगा।'

'जो आज्ञा देव।' पुनः प्रणाम कर अपने–अपने वाहनों से प्रस्थान किया। नगर में पहुँचने के बाद संघ ने यमुना नदी के तट के निकट के सुरम्य स्थान बोधिवृक्ष के नीचे विहार किया।

तथागत के आगमन से कौशाम्बी में नयी लोक चेतना के युग का आरम्भ हुआ। परिवारों, समाजों, पण्य–बाज़ारों विशेषकर दलित शूद्र–चाण्डालों में नयी जागृति करवट लेने लगी। वत्स राजपरिवार भी उनका अनन्य भक्त था। राजधानी ही नहीं आसपास दूर तक के भक्तगण बहु–श्रद्धा, पूजाभाव के साथ देवत्व का उनमें दर्शन करने लगे थे क्योंकि मुक्ति का मार्ग सर्वसाधारण के लिए खोल दिया था। सामाजिक, जातिगत, उच्च निम्नतम वर्गों, धार्मिक भेदभाव, ख़र्चीले धार्मिक कर्मकाण्डों, जो शूद्रों, चाण्डलों, दलितों के लिए वर्जित थे, उनका बहिष्कार करने का उपदेश दिया। सरल, बोधगम्य जीवन में पालन करने योग्य, आचरण की नैतिक सभ्यता पर ज़ोर दे उसे धर्म का दर्जा देने वाले तथागत बुद्ध पहले प्रवर्तक थे। मूर्तिपूजा, यहाँ तक कि सृष्टि के कर्ता सर्जक का भी इसमें कोई स्थान नहीं था।

'दिव्ये। तुम्हारे तथागत के क्या समाचार हैं? सुना है राजपरिवार से लेकर दलित, शूद्र, अछूत, चाण्डाल तक में उनका अनुयायी बनने की होड़ लगी है?'

तथागत के प्रति मांगधिया की अवमानना का स्वर दिव्या की आत्मा को दुखित कर गया। इतनी भी क्या मगरूरी! ठीक है आप वत्स साम्राज्य की राजनर्तकी और सम्राट उदयन की चहेती हैं। वत्स राज्य का गौरव। अप्रतिम रूपसी नृत्य, गायन, वादन कला की श्रेष्ठ कलाकार। राज्य को आप पर गर्व है। वैशाली की आम्रपाली, मगध की शालवती एवं उज्जयिनी की पद्मावती के समकक्ष। शायद उनसे एक सोपान ऊपर भी हों। इतना घमण्ड किस काम का! ये क्यों भूल रही हैं

कि अस्थि चर्ममय इस देह का प्रत्येक अणु दुर्गन्ध निःसृत करता है। उसकी सुन्दरता पर इतना गरूर! देश पूजनीय महाप्राण भगवान तथागत के प्रति मन के पाप का प्रगटीकरण तो नहीं! विरोध जताना चाहती थी। लेकिन दासी में साहस नहीं था। औकात ही कितनी? कठिनाई से आँसू रोके।

'दिव्ये।'

'आज्ञा स्वामिनी!'

'सुना है नारियों से तेरे महाश्रमण को वितृष्णा है। इसीलिए उन्हें प्रव्रज्या नहीं देकर भिक्षुणी नहीं बनाते हैं। ये क्यों भूल गये कि नारी रूपी माँ मायादेवी ही उनकी जननी और मौसी माँ प्रजापति गौतमी ने पालन–पोषण कर सिद्धार्थ गौतम को बुद्ध भगवान बनने में मदद की थी।'

उत्तर दिव्या के पास नहीं था। मौन रही।

'हम जायेंगे। देखें कौन रोकता है?'

'भगवती भिक्षां देहि।'

'देख तो कौन भिखारी आया है! जा कुछ दे दे।' दर्पण में निहारते हुए चुम्बन आकर्षित बनाने हेतु गोरे कमनीय रसीले अधरों कपोलों को अंगराग से गुलाबी बनाते आदेश दिया।

'जो आज्ञा स्वामिनी!' भिक्षु के प्रति अनादर से मन कुढ़ गया। भगवान तथागत भी हो सकते हैं! गृहस्थ से तीन बार भिक्षा माँगने के बाद न मिलने पर आगे जाने के निर्देश थे। इसकी जानकारी दिव्या को थी। प्रणाम कर तेज़ी से जाने लगी।

'और सुन!'

पग बँध गये।

'प्रधान आरक्षक जीवदत्त को कहना देवी का आदेश है कि वे सन्ध्या समय अंगरक्षकों सहित रथ तैयार रखें। तुझे भी हमारे साथ चलना है। हम उस भिक्षु का प्रवचन सुनने जायेंगे।'

'जो आज्ञा देवी!'

सुगन्धित जल से सान्ध्य स्नान के बाद सोलह शृंगार किया। आध्यात्मिक–धार्मिक सत्संग में सोलह शृंगार क्यों? सवाल ने दिव्या को परेशान किया। लेकिन दासी को सवाल पूछने का अधिकार नहीं था। पूरे लवाज़िमा, शान वैभव के साथ कदम्ब वन के सम्बोधि स्थल पहुँची।

कदम्ब वन में पसरी शान्ति, मौन निस्तब्धता। यमुना में स्नान कर देह–मन को सुकून देने वाली ठण्डी बयारें और भगवान का दिव्य, दैवी व्यक्तित्व, दीर्घ नयनों से झरती करुणा, स्नेह, वात्सल्य। सम्बोधि के माध्यम से मुखारविन्द से झरती मेघ सदृश्य गहन गम्भीर आत्मा से निकल रही अमृतवाणी भक्तों की आत्मा में सीधे प्रवेश कर शान्ति प्रदान कर रही थी। ज्ञान, स्नेह, सांसारिक बन्धनों, छल–कपट से मुक्त करने वाली सम्बोधि की तरंगें चारों ओर फैल कर सम्मोहित कर रही थीं। तन्मय श्रोता मन्त्रमुग्ध थे। भक्ति रस से ओतप्रोत। तथागत की अमृतवाणी के अपनत्व ने मुमुक्षुओं का मन अपने अधिकार में ले लिया था।

'शील धर्म की पहली सीढ़ी, सोपान है। धर्म कर्म का सारतत्त्व। शील निद्वेष इतना महत्त्वपूर्ण है कि उसके बिना किया गया धार्मिक कर्मकाण्ड, हवन, यज्ञ यहाँ तक कि दान भी पुण्य प्रदान नहीं करता। वह शुद्ध आचरण, व्यवहार की पहली शर्त है। पुण्य प्राप्ति का पहला साधन। सांसारिक जीवन में मानव को अनेक कठिनाइयों, दुःखों का सामना करना पड़ता है। यह दुःख कठिनाई उस काल में किये गये कर्म का फल है। यह कर्मफल मनुष्य के शील अर्थात आचरण के सुचारु परिचालन पर आश्रित है। सुख लाभ, मधुर वाणी, मन की परिशुद्धता और निर्मलता शील के यथासम्भव, अनिवार्य रूप से पालन करने पर मानव को पुण्य फल की प्राप्ति होती है। मन की पवित्रता के लिए शुद्ध आचरण आवश्यक है। शील निद्वेष से मनुष्य की काया, वाचा, मन की सजगता, मानसिकता और संयम का सम्यक् प्रयास करने पर ही सफलता निश्चित है। शील समता, निर्मलता, बन्धुता, मैत्री और करुणा के मानवीय गुणों को जाग्रत कर उचित प्रकार से मानव जीवन को नया मोड़ देता है। यही शीलनिद्वेष माने शील उपदेश का सार है।' सम्बोधि में किस शब्द, वाक्य, किस भाव पर कितना ज़ोर दें

उसकी अभिव्यक्ति हेतु कब, कहाँ, हस्त, नयन चालन करना चाहिए, इसकी गहन जानकारी गौतम बुद्ध को थी।

कदम्ब वन हेतु प्रस्थान करने के पूर्व ही मांगधिया ने अपने आगमन की सूचना भिजवा दी ताकि उसके पद और मान–प्रतिष्ठा के अनुरूप आसन मिले। प्रधान भिक्षु आनन्द ने उसे कोई महत्त्व नहीं दिया। तथागत गौतम का आदेश था कि सम्बोधि में हर मुमुक्ष समान है न कोई विशिष्ट न कोई अतिविशिष्ट। राजा, रंक सभी से एक–सा व्यवहार किया जाये। जो पहले आये उसे प्रथम पंक्ति में बिना किसी भेदभाव के स्थान मिले। रथ से उतर अंगरक्षकों से घिरी मांगधिया सगर्व आगे बढ़ी। उसकी राजसी छवि से प्रभावित हो कुछ ने स्वागत में खड़े हो सादर प्रणाम किया, हलचल मच गयी। संघ प्रमुख द्वारा जिस अभ्यर्थना की उम्मीद राजनर्तकी कर रही थी वैसा कुछ न होने पर अपमान की अनुभूति के आक्रोश से गोरे–गुलाबी मुख की लालिमा दुगनी हो आयी। तुरन्त लौटना चाहती थी। सम्भव नहीं था। वह अधिक अपमानजनक होता।

व्यवधान ने तथागत का ध्यान खींचा। मांगधिया की मुखमुद्रा के आक्रोशित भाव को ताड़ गये। मीठी–मोहक मुस्कान ने आदेश दिया, 'आनन्द।'

'आज्ञा देव!'

'देवी राजनर्तकी को सादर लिवा लायें।'

'जो आज्ञा प्रभु!'

सन्तोष की आभा से मांगधिया के कमनीय मोहक मुख की दीप्ति लौट आयी। रसीले मधुर अधर, चंचल नयन मुस्कराने लगे।

'पधारें देवी!'

गजगामिनी शिकार की ओर सगर्व चल दी।

प्रथम पंक्ति में पहुँचते ही मधुर मुस्कान ने निवेदित किया, 'देवी यहाँ आसन ग्रहण करिए।' तथागत ने खड़े हो रूपसी का स्वागत कर अहं को सन्तुष्ट किया।

मांगधिया के आसन ग्रहण करते ही शान्ति पसर गयी। बुद्ध ने नेत्र बन्द कर कुछ काल ध्यान किया। मन–आत्मा स्थिर होते ही

पुनः सम्बोधि आरम्भ की, 'शील निद्वेष के लिए छह बातों का पालन आवश्यक है–(1) शील का अर्थ, (2) शील को किस अर्थ में समझना, (3) शील की विशेषता, उसका सार एवं प्रगट रूप में उसका अर्थात् व्यावहारिक रूप में उसका पालन, (4) शील के पालन से होने वाला सुपरिणाम, (5) शील का धार्मिक महत्त्व, और (6) अन्तिम अशुद्ध, अपवित्र शील एवं उससे होने वाले कुपरिणाम। ये छह तत्त्व धर्म का सार हैं। यदि शील अर्थात आचरण, व्यवहार, शुद्ध न हो तो वह धर्म की श्रेणी में नहीं माना जायेगा।'

मांगधिया का चंचल मन सम्बोधि से भटकने लगा। शास्ता की पुण्यमय अमृतवाणी जो प्रत्येक श्रोता की आत्मा को दैवी शान्ति प्रदान कर रही थी वहीं मांगधिया के मन को गौतम बुद्ध का सुदर्शन व्यक्तित्व प्रणय रस से उद्वेलित कर रहा था। उसका ध्यान बुद्ध के आकर्षक व्यक्तित्व पर केन्द्रित था। आह! कितनी सुदर्शन काया। सुचिक्कण गोरी–गुलाबी कमनीय देह। दिव्य मुख। चमकीला भाल। शीश पर केशों का मनोहारी जूड़ा। यदि पुष्प अथवा मोतियों की लड़ियों को सजा दिया जाये तो केशों की शोभा दुगनी हो जायेगी। दीर्घ नयनों के गुलाब की पाँखुरियों–सी कोमल पलकें। लम्बे मुख के अनुरूप सुन्दर नुकीली नासिका। पतले रसीले अधर। दीर्घ कर्ण और चिकना चिबुक। मनोहारी मुख के निरीक्षण–परीक्षण के बाद प्रणय निवेदन करते नयन नीचे उतरे। वृषभ से स्कन्ध, आलिंगन को आनन्दित करने वाली आजानुबाहु। चौड़ी छाती में समा जाने को प्रेरित करती। सुगठित देह। बहुचर्चित सुदर्शन महाराज उदयन इनके सामने कहीं भी नहीं टिकते। आह! लगता है कामदेव गौतम बुद्ध बन अवतरित हुए हैं। चंचल नारी मन वासना से उद्वेलित, रोमांचित होने लगा। गौतम क्या बोल रहे हैं? कानों ने सुनने से इनकार कर दिया। मन, नेत्र जो बुद्ध के रूप का रसपान कर रहे थे।

'शील का अर्थ सदाचार, सद्व्यवहार का आचरण में व्यावहारिक रूप में पालन करना है जो व्यवहार आप अपने लिए पसन्द नहीं करते उसे अन्य के साथ क्यों करते हैं? दुर्व्यवहार, कदाचरण, अधर्म पाप है।

अन्य की आत्मा को दुःखी करना अधर्माचरण है। 'सदाचरण पुण्याय कदाचरण पापाय। सदाचार की ओर अधिकतम प्रयास करने से मानव जीवन दुःख से मुक्त होगा।'

बुद्ध का दैवी व्यक्तित्व, मन–प्राण को आध्यात्मिक चेतना से जगाने वाली सम्बोधि। भक्तों के लिए वे मुक्तिदाता, मुक्तिमार्ग पर अग्रसर करने वाले मुक्ति के देवदूत थे। वहीं काम पीड़ित मांगधिया के लिए दैहिक आनन्द प्रदान करने वाले कामदेव। उसका मन देह केन्द्रित था।

''शील दुःखमुक्ति का मार्ग है। संसार का प्रत्येक प्राणी दुःखी है। दुःख सर्वत्र है। दुःख के कारण की जानकारी भी है और मुक्ति का मार्ग भी। शील–सदाचार ही वह मार्ग है।

'पापो सब परिसो कचिरा न तं कमिरा पुनप्पुनं।
न तो हो छुन्दं कचिराथ दुक्खो पापस्य उच्यतो।'।।92।।

मनुष्य यदि पाप करता है तो उसे बार–बार दुहराना नहीं चाहिए। यह अनुचित है। क्योंकि पाप सदैव दुःख का कारक है। इसीलिए मनुष्य को हमेशा सदाचारी बने रहने की कोशिश करते रहना चाहिए।' मन, कर्म और वचन से शील का पालन करना चाहिए। सद्व्यवहार मन, विचारों को पवित्र करता है। किसी के प्रति दुर्भावना कुविचार नहीं रखें। मन–विचार शुद्धि से व्यवहार शुद्धि होती है। कटु वचन न बोलें। वे भी दुःख का कारण हैं। आत्मा इससे दुःखी होती है। अतः उनसे दूर रहें। मन, वचन, कर्म से शील का पालन किया जाये। इसीलिए मनुष्य को सतत सदाचारी बने रहने हेतु प्रयत्नशील रहना चाहिए।

अभित्येथ कल्याणे, पापं चित्तनिवारये।
दंध हि करोतो पञ्यं पापस्मि रमे मनो।।91।।

'कल्याणकारी पुण्य कार्य तत्काल जल्द–से–जल्द करें। पाप से चित्त का रक्षण करें। क्योंकि मन्द गति से पुण्य करने वाले मानव का मन, पाप करने के लिए प्रेरित होने लगता है।'

तारों की उजास को चीर मचलती मरमरी चाँदनी कदम्ब वन के सघन वृक्षों, डालियों पत्तियों, बेलों को भेद प्रिया धरा को आलिंगन में लपेटने लगी।

भिक्षु सौभद्र ने प्रभु के सामने दीप स्तम्भ रख प्रणाम किया। गौतम बुद्ध का मुख आलोक में जगमगाने लगा।

ओ...म...शा...न्ति...शान्ति...नेत्र मूँद कर–कमलों से प्रकाश को प्रणाम कर सम्बोधि समाप्त की। श्रद्धावनत भक्त क़तारबद्ध हो भगवान के चरण स्पर्श करने लगे। दायीं हथेली आशीष देने लगी। जाने के पूर्व देवी राजनर्तकी को भी प्रणाम निवेदित करने लगे। संघ भी प्रणाम कर प्रस्थान करने लगा। कुटिया में प्रवेश हेतु तथागत उठे।

'देव! दासी एकान्त में कुछ निवेदन करना चाहती है!' मांगधिया ने निवेदन किया।

पुनः पलटे। दयाद्र दृष्टि निहारने लगी, दैवी मुस्कान ने अनुमति दी, 'पधारे देवी!'

आनन्द, सौभद्र चौंके। कुटिया में प्रवेश करते ही द्वार बन्द हो गया। चिन्ता रेखाएँ भिक्षुओं के भाल पर उभरीं।

आसन्दी पर बैठने वाले थे।

'सिद्धार्थ।'

कामुक स्वर ने चौंकाया। संन्यास पूर्व के नाम से परिचित हैं? पलटे। करुणाद्र दृष्टि निहारने लगी। अभिसारिका रति मौन आमन्त्रण दे रही थी।

'देवी जिस उद्देश्य से पधारी हैं वह निष्फल है। देवी यशोधरा आपसे भी अधिक दैवी रूप–लावण्य की सम्राज्ञी जब बाँध नहीं सकीं तो आप...?' अधूरा संवाद सब कुछ कह गया।

'सिद्धार्थ यशोधरा एक गृहिणी है और मांगधिया मांगधिया है, सदी की श्रेष्ठ कलाकार नर्तकी। जिसकी एक झलक पाने के लिए सैकड़ों चाहने वाले प्रासाद की बालकनी के सामने आधी रात तक खड़े रहते हैं। यह अन्तर तो रहेगा ही।' अभिमान से चेहरा चमकने लगा।

'सि...द्धार्थ...सिद्धा...र्थ...' काम ज्वर में बड़बड़ायी। मांगधिया के दीर्घ नयनों, लरजते रसीले बिम्बाधर से अधरों, मादक देहे से निःसृत कामाग्नि की लपटें लपकीं। मौन निवेदन 'आज सजन मोहे अंग लगा लो जनम सफल हो जाये। देह की पीड़ा हृदय की अग्नि सब शीतल हो जाये।'

अप्सरा तप, ब्रह्मचर्य भंग करने को उतावली थी। मुखारविन्द पर दृढ़ निश्चय उभरा। नेत्र मुँदे। चित्त की चंचल वृत्तियों को खींच नियन्त्रण में ले लिया। पूर्व के योगाभ्यास तप के पुण्य फल के प्रभाव से संयम के प्रतिकार के आवरण ने कवच बन संरक्षण में ले लिया। शीश के पीछे तेजोमय आभा वलय उभरा।

मांगधिया भयभीत हो आयी। तिरस्कृत, अपमानित, ठुकराई; काम विह्वलता रोते–रोते आँसू बहाते गिरते–पड़ते भागी। आँसुओं ने आनन्द, सौभद्र को भगवान तथागत की विजयगाथा सुना दी। श्रद्धा–भक्ति से मन भर आया। दौड़ कर अन्दर पहुँचे। तपस्या में लीन भगवान के तेज से कुटिया जगमगा रही थी। दण्डवत प्रणाम किया।

विकल वेदना से तिलमिलाने लगी। भव्य मखमली पर्यंक पर व्याकुलता से बार–बार करवटें बदल रही थी। रुदन से पीठ नितम्ब काँप रहे थे, कभी उठ बैठती। पास रखी तिपाई से जल का पात्र उठा पानी पीती। पुनः लेट जाती। लम्बी–लम्बी साँसें ले रही थी। कुछ समझ नहीं पड़ रहा था। आज तक इस प्रकार किसी ने अपमानित नहीं किया था। सम्राट उदयन ने भी नहीं। उसका सान्निध्य पाने, सौन्दर्य का रसपान करने प्रशंसकों ने सदैव चाटुकारिता ही की। इसी की अभ्यस्त थी। चाटुकार उसके अहं को सहलाते ही थे। सिद्धार्थ ने न केवल उसकी प्रार्थना को ठुकराया बल्कि मादक यौवन रस से भरपूर रूप–लावण्य का भी तिरस्कार किया। महाराज उदयन अपनी प्रिया महादेवी वासवदत्ता की अपेक्षा अपना अधिकांश समय उसके नृत्य, गायन, रूप–लावण्य का आनन्द उठाने में बिताते थे। सदैव प्रशंसा करते। रूठ जाने पर गोरे–लाल चरणों में शीश तक नवा देते।

उसके सौन्दर्य और कला श्रेष्ठता की चर्चा वत्स राज्य तक ही सीमित नहीं थी। अन्य सोलह महाजनपदों के रसिक क़तारबद्ध प्रासाद के बाहर खड़े रहते। जिसे चाहती उपकृत करती। मगध की राजधानी राजगृह से लेकर अवन्ति राष्ट्र की उज्जयिनी महिष्मति तक के रसिक उसकी चौखट पर प्रणाम कर स्वयं को धन्य पाते। उसकी एक झलक पाने को भीड़ प्रासाद के बाहर समय को भूल खड़ी रहती।

क्रोध, अपमान, अवमानना से प्रतिशोध लेने, शिकार को डसने हेतु नागिन–सी फुँफकारने लगी। जीवदत्त को बुला भेजा।

'आज्ञा स्वामिनी!' शीश झुका प्रणाम किया।

'व्यक्तिगत गोपनीय कार्य है।'

'आदेश दें।'

'वैदेहक को बुला लाओ।'

जीवदत्त चौंका। वैदेहक राजधानी का नामी गुण्डा था। हत्या, लूटपाट, चोरी, धमकी आदि अनेक अपराधों में दण्ड भोग चुका था। बदमाशों का उसका अपना दल था। स्वामिनी को उससे क्या काम? कारण पूछने का साहस नहीं हुआ, जाने के लिए मुड़ा।

'सुनो! रात्रि के दूसरे प्रहर के बाद प्रथम तल के हमारे निजी कक्ष में पिछले द्वार से लाना है।'

स्वीकृति में शीश हिला प्रणाम कर चल दिया।

चकित वैदेहक ने जानना चाहा, 'रूपसी राजनर्तकी ने शूद्र को कैसे याद किया?'

'ये तो वे ही जानें!'

भेंट के दिन के सारे कार्यक्रम अस्वस्थता के बहाने निरस्त कर दिये।

'स्वामिनी की जय हो!' वैदेहक ने झुककर प्रणाम किया, 'दास के लिए क्या आदेश है?' काली आबनूस–सी सुगठित देह। तेल ने घुँघराले बालों की चमक में वृद्धि कर रखी थी। मदिरा के मद से गरगराती छोटी–छोटी चालाक, डरावनी आँखें। भरे–भरे कपोल। बिच्छू के डंक–सी मूँछें। मोटे–मोटे ओंठ और फैले फूले नथुने। दाहिनी भुजा और गले में किसी देवता के आशीष का काले धागे में लटका तावीज़। मोटी कमर से लिपटे अधोवस्त्र में छिपा छुरा।

एक पल के लिए ठिठकी। कहे ना कहे। सिद्धार्थ देश के सम्मानित, पूजनीय महाश्रमण हैं। सभी राजवंश हर महाजनपद का गणमान्य उनके प्रति श्रद्धा, भक्ति, पूज्य भाव रखता है। मन आगा–पीछा करने लगा। तभी रात के अपमानजनक दृश्य की स्मृति मानसपटल पर सजीव हो आयी। अमर्ष प्रतिशोध भाव से भर गयी।

'मालूम है ना वो क्या नाम है उसका तथा...गत...बुद्ध।'

'जो कदम्ब वन में ठहरे हैं।'

'हाँ! वो ही।'

'क्या करना है?'

स्वर्ण मुद्राओं से भरी थैली फेंकी। भूमि पर गिरने के पहले लपक ली। स्वर्ण के स्पर्श से आँखें चमकने लगीं।

'स्वामिनी! वे बहुत बड़े संन्यासी हैं। हत्या का उद्देश्य है। क्या!

'ना...ना...सिर्फ़ सबक सिखाना है।'

'हो जायेगा।' जीवित देह की मरी आत्मा ने आश्वस्त किया। प्रणाम कर चल दिया।

'न्याय, समानता और सत्य को जानने के लिए शील के विस्तारित तत्त्वों को जानना अति आवश्यक और महत्त्वपूर्ण है। शील चेतना, शील चैतसिक, शील सँवर मुख्य अंग हैं। शील अनउल्लंघनीय है। शील चेतना का मतलब व्यभिचार से दूर रहना, जीव हिंसा न करना, झूठ से परहेज, चोरी तथा मादक पदार्थों, मदिरा सेवन का बहिष्कार। कल्याणकारी कार्यों का व्यवहार में पालन करना। चेतना अर्थ सजगता जागरूकता। स्वयं को निर्गमित करना है। अक्रोध का पालन शील का प्रमुख लक्षण, तत्त्व है। क्रोध का त्याग अतिआवश्यक है। वह विवेक का हरण करता है। जिस पर क्रोध किया जा रहा है वही नहीं क्रोध क्रोधी को भी जलाता है। 'परोपकाराय पुण्याय, पापाय परपीडनम्।' परोपकार से पुण्य की प्राप्ति होती है और परपीड़ा दूसरों को दुःख देना पाप है। क्रोध पर पीड़क होने से दुःख वाची है। वह दुःख का कारण है। शील चेतना क्रोध के शमन में सहायक होती है।

अचानक अपशब्दों के साथ गिट्‌टी, रेती, गोबर, गीली मिट्‌टी की बौछार होने लगी। पहले तो कुछ समझ में नहीं आया। गर्दनें पीछे मुड़ीं। वैदेहक और उसके साथी अपशब्दों के साथ हमला कर रहे थे। 'ओ ढोंगी साधु। भोले–भाले लोगों को क्यूँ बरगला रहा है? तेरे जैसे कई साधु सन्त का वेश धारण कर बहकाते हैं। कौशाम्बी छोड़ शीघ्र भाग जा! अन्यथा वो दुर्गति करेंगे कि सारे जीवन रोएगा। चल निकल।'

वैदेहक ने भयभीत कर दिया। जान बचाने में भगदड़ मचा दी। तथागत के मन–मस्तिष्क की शान्ति यथावत् अविचल थी। शील चेतना की परीक्षा का सही समय आ गया था। मौन करुणाद्र नयन निहारने लगे। आनन्द, सौभद्र और भिक्षुओं ने कुछ काल सहन किया। शीघ्र ही सहनशक्ति जवाब देने लगी। गुण्डों द्वारा भगवान् तथागत के प्रति किये जा रहे हिंसक दुर्व्यवहार से विचलित हो उबलने लगे। संयम का बाँध टूट गया। शील चेतना, अक्रोध की सम्बोधि भूलने लगे। सन्तप्त आनन्द स्वयं को रोक न सका, 'भगवन्। वैदेहक की गुण्डागर्दी के प्रतिकार की अनुमति दें।'

'आनन्द! यदि कोई मुझे कोई वस्तु दे। मैं लेने से इनकार कर दूँ। तो वह वस्तु किसके पास रहेगी?'

'देने वाले के पास।'

'मांगधिया द्वारा भेजे अपशब्दों को लेने से इनकार करता हूँ। कुछ पल रुके। आनन्द शील चेतना का और अभ्यास करो।' लज्जित आनन्द ने शीश–नेत्र झुका लिए।

तथागत ने उनकी मन–स्थिति को ताड़ लिया, 'आनन्द! सौभद्र!!' जल्द गम्भीर स्वर ने चेताया। हथेली निषेध करने लगी। पाँव बँध गये। क्रोध शान्त हो गया। शीश झुका शान्त बैठ गये।

महामात्य यौगन्धरायण ने सादे वस्त्रों में कुछ आरक्षक, गुप्तचर नियुक्त कर रखे थे। वैदेहक को देख माथा ठनका। उपद्रव आरम्भ करते ही दौड़कर मुश्कें कस हिरासत में ले लिया। घटनास्थल से मारते–पीटते ले जा बन्दीगृह में डाल दिया। कड़ाई से पूछने पर सारा राज उगल दिया। चूँकि प्रकरण राजनर्तकी, अति विशिष्टतम से सम्बन्धित था अतः चुप्पी ओढ़ ली। मगर समाचार से महामात्य को अवगत करने एक दास को भेज दिया। लेकिन महामात्य को सारी जानकारी व्यक्तिगत गुप्तचर से पहले ही मिल गयी थी। यौगन्धरायण स्तब्ध रह गये। कुछ काल मौन बैठे रहे। महादेवी को बताने राजप्रासाद पहुँचे। मामला बड़ों से सम्बन्धित था।

वासवदत्ता दंग रह गयी। कमनीय मुख उतर गया। 'य...ये क्या कर बैठी वो गणिका?' उसका इतना साहस कि भगवान को, राजकीय अतिथि को अपमानित करे! अकल्पनीय दुर्व्यवहार! दौवारिक'

'महादेवी!'

'राजनर्तकी मांगधिया को तत्काल हमारे समक्ष उपस्थित करें!' विरोध करने या न आने पर बन्दी बना लायें।'

'जो आज्ञा स्वामिनी!'

कुछ काल बाद पलायन की सूचना दी।

वासवदत्ता हैरान रह गयी, 'देखा महामात्य! महाराज के न रहने पर हर कोई मनमानी कर रहा है। महाराज वैशाली की उस गणिका के रूप–जाल में ऐसे फँसे हैं कि प्रजापालन का कर्तव्य भी भूल गये। तत्काल वैशाली जा प्रतिज्ञापूर्वक वापस लायें।'

'जो आज्ञा महादेवी।' प्रणाम कर यौगन्धरायण चल दिये। दारूक को मांगधिया द्वारा सौंपे गये कार्य ने जीवदत्त को गहरी चिन्ता में डाल दिया। वेश बदल वहाँ जा पहुँचा। वैदेहक के पकड़े जाने पर चिन्तित हो आया। पिटने पर सारा राज उगल देगा। स्वामिनी मुसीबत में आ जायेंगी। भागकर मांगधिया को गम्भीर स्थिति और अपने आकलन से अवगत कराया। भय से मांगधिया का गोरा–गुलाबी मुख पीला पड़ गया। सोचा नहीं था बात इतनी दूर तक जायेगी। घबड़ा गयी। अपराध–बोध का अहसास होते ही आत्मा धिक्कारने लगी। क्रोध–प्रतिशोध में क्या कर बैठी! महादेवी, महामात्य का सामना कैसे करेगी? क्या उत्तर देगी? तत्काल आवश्यक उपयोगी सामान एकत्र किया। पिछले द्वार पर रथ बुलवाया। चोरी–चुपके भाग खड़ी हुई।

उदयन कथा

कक्ष में अकेले मखमली गोल तकिये के सहारे शारंगदेव अधलेटे थे। दायाँ हाथ दायें घुटने पर था। उनकी केशयुक्त चौड़ी छाती पर शीश टिकाये आम्रपाली अधलेटी थी। बायें हाथ की हथेली के लाल नाख़ून

से कुछ लिख रही थी। शायद अपने प्यार की इबारत शारंगदेव की छाती पर सदा के लिए अंकित कर रही थी। उसके केशों से निःसृत सुरभि शारंगदेव को आनन्दित रोमांचित करने लगी।

उठ बैठी।

'अब क्या हुआ?'

कक्ष में प्रवेश के पूर्व नयनिका ने खँखारकर सावधान किया। आम्रपाली पास की आसन्दी पर जा बैठी। शारंगदेव भी सँभलकर बैठ गये।

'देवी की जय हो!'

प्रश्नाकुल नज़रों ने निहारा।

सारथी द्वारा वल्गाएँ खींचते ही अश्वों ने अगले पग उठा भूमि पर पटके। धूल का छोटा–सा गुबार उठा। फैला, पुनः धरती पर बैठ गया। रथ रुक गया। सावधान जयनक आगे बढ़ा। उतरने वाले अतिथि की सैनिक के समान सुगठित बलिष्ठ, सुन्दर, वस्त्राभूषणों से सजी देह, विशेषकर तेजोमय मुख।

जयनक ने झुककर प्रणाम किया, 'क्षमवस्य देव! स्वामी कहाँ से पधारे हैं?'

'उज्जयिनी के स्वर्णाभूषणों के संघ के अध्यक्ष कीर्तिवर्मन।' आगे बढ़कर स्नेह से जयनक के कन्धे पर हाथ रखा, 'बात ये है मित्र।' रथ से उतरते हुए सुदर्शन व्यक्ति की ओर इंगित करते कहा, 'ये हमारे अभिन्न श्रेष्ठ बाँसुरीवादक देवरायण हैं। देवी आम्रपाली कलाकारों की क़द्रदान हैं। अतः अपनी कला का उनके सामने प्रदर्शन करने के आकांक्षी हैं। यदि आप भेंट करा दें तो महती कृपा होगी।'

'मान्यवर ने सही सुना है। इन दिनों वे महिष्मति के श्रेष्ठ वीणावादक श्रीमान् शारंगदेव की कला का आनन्द ले रही हैं। देवरायण जी का वंशीवादन प्रसन्नता ही प्रदान करेगा। आपके आगमन की सूचना तत्काल देता हूँ।'

'देवी! महिष्मति से प्रसिद्ध वंशीवादक देवरायण जी पधारे हैं। देवी के दर्शन एवं कला प्रदर्शन की अनुमति चाहते हैं।'

'क्या बात है भई! लगता है महिष्मति कलाकारों की जननी है?' आम्रपाली की मीठी चितवन ने छेड़ा।

'आह! मित्र देवरायण भी आ गये। देवी इसमें कोई सन्देह नहीं वे श्रेष्ठ वंशीवादक हैं। उनकी वंशी में वंशीवादकों के आराध्य भगवान् कृष्ण– सा सम्मोहन है। नयनिके! उन्हें सादर लिवा लायें।'

'पधारिए देव!' जयनक ने निवेदन किया।

'अच्छा मित्र देवरायण दास को आज्ञा दीजिए।' कीर्तिवर्मन ने अनुमति माँगी।

'आप नहीं पधार रहे हैं!' जयनक ने जानना चाहा।

'ना! हमें अत्यन्त ज़रूरी काम से मगध की राजधानी राजगृह जाना है। आप तो इनकी भेंट देवी राजनर्तकी से करा दें। हमारी ओर से क्षमा माँग लेना।' रथ पर बैठते ही सारथी के वल्गाओं को झटका देते ही अश्व दौड़ पड़े।

राजनर्तकी के प्रासाद के वैभव, विलास, ठाठ–बाट ने देवरायण को चौंकाया। भित्तियों के चारों कोने को स्पर्श करते रंग–बिरंगे गलीचे। झीने पर्दों एवं वन्दनवारों से सजे द्वार–गवाक्ष। स्थान–स्थान पर सजी मखमली आसन्दियाँ। तिपाइयों पर सुशोभित पुष्पों के गुलदान, मध्य की चौपाई पर सजी ताम्बूल, लवंग, इलायची, सुपारी, ताम्बूल आदि की प्यालियाँ। स्थान–स्थान पर रखे चाँदी के नन्दादीप और भित्तियों पर उकेरे देवी आम्रपाली की विभिन्न नृत्य मुद्राओं के चित्र। सभी कुछ मनोहारी एवं चित्ताकर्षक। लिच्छवियों के कलाप्रेम एवं सुरुचि की मन–ही–मन प्रशंसा की। मन मुग्ध हो उठा।

कक्षद्वार पर आम्रपाली एवं अन्तर दे पीछे खड़े शारंगदेव ने स्वागत किया, 'पधारिए! श्रेष्ठ वंशीवादक देवरायण जी आपका स्वागत है, स्वागतम्! दासी का प्रणाम स्वीकारें देव!' मीठी–मोहक मुस्कान ने अभ्यर्थना की।

'दास का भी!' देवरायण ने भी झुककर प्रणाम किया, 'देवी के कला, सौन्दर्य की जो चर्चा दास ने सुनी उससे भी कई गुना अधिक पाया। देवी! आप तो दैवी रूप–लावण्य की सम्राज्ञी हैं।'

'कलाकार महोदय! कम–से–कम आप तो चाटुकारिता न करें तो ही उचित होगा।' लज्जा की लाली से मुख अधिक मोहक हो आया। मुस्कान ने हल्का–सा प्रतिवाद किया, 'आपकी उज्जयिनी की देवी पद्मावती की दासी बनने की भी योग्यता हम में नहीं है! आसन ग्रहण कीजिए।'

'देवी के सौजन्य के लिए दास आभारी है।' तीनों बैठे।

'मित्र शारंगदेव! आप तो देवी आम्रपाली के कला–सौन्दर्य संसार में ऐसे डूबे कि शिव पुत्री, सौन्दर्य की नदी माँ रेवा के कलकल कर बहते मधुर, कर्णप्रिय, आत्मा को शान्ति देने वाले संगीत एवं अमृत जल को भी भूल गये।' देवरायण ने शिकायत की।

'आम्रपाली उठी, 'क्षमा! लम्बे अन्तराल के बाद अभिन्न कलाकारों की भेंट हुई है। चर्चा करिए। हम अभी आये।' द्वार टिका दिये।

कुछ पल देवरायण ने शारंगदेव को निहारा। उनकी दीप्ति सब कुछ कह गयी, 'दास का प्रणाम स्वीकारें देव। देवी की उपस्थिति के कारण राजकीय मर्यादाओं का उल्लंघन कर बैठा।'

'उसकी आवश्यकता भी नहीं थी महामात्य यौगन्धरायण। अकेले आये या कोई साथ था?'

'देव! प्रधान सेनापति महासेन उज्जयिनी के स्वर्णाभूषणों के संघ के अध्यक्ष कीर्तिवर्मन बन आये थे। हमें छोड़ प्रस्थान कर गये।' एक पल रुके, 'दास ने आपको भी नगरश्रेष्ठी चन्द्रवदन के साथ अकेले थोड़े आने दिया। गुप्तचराध्यक्ष देवदत्त ने कुछ विश्वस्तों को देवी के प्रासाद पर निगाह रखने भेजा था।'

'इसका अनुमान था।'

'एक शिकायत तो है देव!'

शारंगदेव की प्रश्नानुकूल दृष्टि निहारने लगी।

'आप तो देवी आम्रपाली की कलात्मकता का मूल्यांकन करने पधारे थे। लेकिन यहाँ ऐसे उलझे कि महादेवी वासवदत्ता, राजपरिवार, राजकीय कार्यों हीं नहीं प्रजाहित के कार्यों को भी भूल गये।

राजधर्म का उल्लंघन कर रहे हैं!' बात ख़त्म करते–करते महामात्य का स्वर तिक्त हो आया। एक पल रुके, 'देव के न रहने से राजनर्तकी मांगधिया बड़ा भारी अपराध करने का दुस्साहस कर बैठी।'

'कौन–सा अपराध?'

यौगन्धरायण ने घटना दुहरा दी।

कुछ पल स्तब्ध बैठे रहे शारंगदेव। क्रोध से गोरा–गुलाबी मुख तमतमा आया, 'उस गणिका का ये दुस्साहस! हमारे प्रेम का दुरुपयोग कर देशपूज्य भगवान् तथागत का अपमान कर बैठी। आपने तत्काल बन्दी बना कठोर दण्ड क्यों नहीं दिया? तत्काल राजनर्तकी के पद से निष्कासित क्यों नहीं किया?'

'किसे निष्कासित करता महाप्रभु? दण्ड और सार्वजनिक प्रताड़ना के भय से मांगधिया उसी रात प्रासाद छोड़ पलायन कर गयी।'

'किधर गयी?'

'मालूम नहीं? देव तुरन्त कौशाम्बी पधारिए। अन्यथा महादेवी वासवदत्ता से भेंट होने पर मनाना–मनुहार करना भारी पड़ेगा।'

जलपान की अपने सामने व्यवस्था करा लौटी। अन्दर जाने हेतु पग बढ़ाया था कि पवन झकोरों से थोड़े खुले द्वार से कोपभवन की बात सुनायी दे गयी। पग बँध गये। तो शारंगदेव महिष्मति के वीणावादक नहीं वत्सराज उदयन हैं! इतना बड़ा विश्वासघात! कलाकार बन ऐसा छल! हमारी भावुकता, संवेदनशीलता, कला प्रेम का ऐसा शोषण! क्रोध से श्वास भारी हो आयी। नारी की भावुकता, संवेदनशीलता की कमज़ोरी का पुरुष ने सदैव से शोषण किया है। आगे भी करता रहेगा। भावनाओं के उद्वेलन को बड़ी कठिनाई से नियन्त्रित कर सामान्य अवस्था में आयी।

'कौन कोपभवन में जा रहा है कलाकारद्वय? रँगे हाथों पकड़ लिया था। सकपका गये। एक–दूसरे का मुँह ताका। कौन उत्तर दे?'

शारंगदेव जी! हमें आपसे एक कलाकार से यह उम्मीद नहीं थी। न ही वत्सराज उदयन से। यह सब करने की आपको क्या आवश्यकता थी? सारे देश में आपकी, पाण्डववंश की कीर्ति है।'

'आवश्यकता थी देवी!' चतुर राजनेता महामात्य यौगन्धरायण ने दाँव चला, 'पहले आसन ग्रहण करें देवी। सब बताते हैं।' हाथ जोड़, 'क्षमवस्य देवी! शारंगदेव! एवं दास आपके अपराधी हैं। महाराज कला–सौन्दर्य के अनन्य भक्त हैं। आपकी कला–साधना एवं रूप–लावण्य की कीर्ति से प्रभावित हो शारंगदेव बने। राजकीय यात्रा, औपचारिकताओं, शिष्टाचार, सुरक्षा बन्धनों में उलझ कर रह जाती। शारंगदेव बन आपकी श्रेष्ठतम् कला–साधना को प्रणाम करने का जो अवसर मिला वह न मिलता। देखिए! अपराध–बोध से महाराज लज्जित हैं कि नहीं!' कुछ पल रुके, 'जहाँ तक राजमद की बात है श्रेष्ठ पाण्डववंशी होते हुए भी एक साधारण अनाथ बालक की तरह उदयगिरि के वन ग्राम में जन्मे हैं। वे पिता महाराज शतानीक पाण्डव नहीं वरन जैविक पिता ऋषिकुमार हैं। वे ही मित्र और वीणा शिक्षा प्रदान करने वाले गुरु हैं। जन्मकथा सुनना–जानना चाहेंगी!' महामात्य यौगन्धरायण की वाक् चातुरी से आम्रपाली का क्रोध शान्त हो गया। अपराध–बोध पीड़ित लज्जित उदयन सिर नीचे किये बैठे रहे।

गहरी साँस ली, 'बतायें! महाराज की जन्म कथा।'

जल प्रलय में इन्द्रप्रस्थ

इन्द्रप्रस्थ। त्रासद जल प्रलय कथा और चतुर्थी के चन्द्रमा का उजास तारागणों के सामने फीका पड़ गया था। उनकी टिमटिमाहट में कई गुना वृद्धि हो आयी थी। राजपुरोहित, राजज्योतिषी, खगोलज्ञ, वैज्ञानिक, आचार्य ब्रह्मदत्त अपने राजकीय भवन की छत से ग्रह–नक्षत्रों का दूरबीन से अध्ययन कर रहे थे। वेद, वेदांग के निष्णात पण्डित तो थे ही सदी के महानतम वैज्ञानिक भी थे। राजपरिवार के धार्मिक कर्मकाण डों, नवजातों की जन्मपत्री बनाने, भविष्यवाणी, समस्त धार्मिक संस्कारों के पुरोधा थे। अमात्य मण्डल, अन्य अधिकारीगण, कर्मचारी, वणिक समाज ही नहीं सर्वसाधारण में भी उनके प्रति अगाध श्रद्धा थी। उनकी ज्योतिष की भविष्यवाणी सटीक होती थी। कहीं कोई मीन–मेख नहीं।

खगोलीय अध्ययन ग्रह–नक्षत्रों की युति एवं गति की गणितीय गणना, चिन्तन, मनन, विश्लेषण के बाद ही सही–सही भविष्य बिना लाभ, लोभ के निर्भय हो निस्संकोच बताते। प्रति रात्रि का अध्ययन कई जानकारी देता। उन्हें अद्यतन (अपडेट) रखता। कुछ प्रश्न उन्हें भी अनबूझ थे। सप्तऋषीय ग्रहों के साथ ब्रह्मर्षि वशिष्ट पत्नी अरुन्धति ही क्यों? महर्षि अत्रि पत्नी अनसूया क्यों नहीं? वैदिक गायत्री मन्त्र स्रष्टा राजर्षि विश्वामित्र पत्नी का नाम क्यों नहीं? सवाल अनुत्तरित।

खगोल वैज्ञानिक, ज्योतिषविद् ब्रह्मदत्त अपने विषय के प्रकाण्ड विद्वान् पण्डित तो थे ही उनका व्यक्तित्व भव्य था। सुगन्धित चन्दन त्रिपुण्ड से सुशोभित दिव्य भाल। गाँठ लगी मोटी शिखा। गोल मुख, मोटी भौंहों से आवेष्टित करुणा स्नेह से पूरित बादामी नयन। रुद्राक्ष कुण्डलों से सुशोभित दीर्घ कर्ण। चौड़े फैले नथुनों वाली नासिका, मोटे अधर, गोल चिबुक। मोटे श्वेत यज्ञोपवीत एवं सोने के तारों में गठित रुद्राक्ष एवं नक्षत्रों के शमन हेतु ग्रहों के अनुरूप हीरों की माला। मोटी अँगुलियों में भी हीरे–पन्ने जड़ित ग्रह–नक्षत्रों के अनुरूप स्वर्ण अँगूठियाँ। सुगन्धित भुजाओं में लिपटी रुद्राक्ष की छोटी मालाएँ शोभनीय थीं। सुचिक्कण साँवली काया तेजोमय थी। दायें हाथ में छोटे रुद्राक्षों एवं स्फटिक मोतियों की सुमरिनी से निरन्तर अर्हिनिश आराध्य देवाधिदेव महादेव का स्मरण। ऋषितुल्य जीवन। व्यक्तित्व की दिव्यता से प्रभावित राजपरिवार, अमात्य मण्डल, राज कर्मचारी, सैन्य अधिकारी ही नहीं वणिक समाज और सामान्यजन भी आदर, श्रद्धा ही एवं पूजा भाव से अभ्यर्थना, अभिवन्दन, अभिनन्दन में तो खड़ा ही रहता था, पवित्र चरणरज ले स्वयं को धन्य मानता था।

'शि...व...शिव...शिव...त्राहिमाम्...त्राहिमाम्...रक्षा करना देवाधिदेव... त्राहिमाम्!...।' किसी भी आकस्मिक दुर्घटना, संकट से अविचलित, धैर्यशील, संयमी मन न केवल विचलित हुआ, बल्कि अपने आराध्य का स्मरण सहायतार्थ करने लगा। कहीं ग़लत गणना, विश्लेषण तो नहीं कर बैठा? पट्टी पर लिखे अंकों का पुनः गुणा–भाग, जोड़–घटाव किया। उत्तर पहले जैसा ही था। दूरबीन से एक बार और निहारा।

मंगल, राहु, शनि, केतु की युति–गति का सूक्ष्म निरीक्षण–परीक्षण करने लगे। विश्लेषण से प्राप्त अंकों को पट्टी के दूसरी ओर लिखने लगे। गुरु और शुक्र का भी एकाग्रता से निरीक्षण किया। गुरु पाप ग्रह में प्रवेश के कारण उनका मंगलकारी प्रभाव निस्तेज रहेगा। शुक्र का अस्त होना अवश्यम्भावी है। मन धक् से रह गया। पुण्य नगरी आर्यवर्त की राजधानी इन्द्रप्रस्थ का भविष्य डरावना था। भयोत्पयादक। अट्टालिका की ऊँचाई से राजधानी को निहारा। राजधानी के दीपों से सजे राजप्रासाद से ग़रीब की झोपड़ी तक जगमगा रही थी। दिन–भर की भाग–दौड़ में किये गये कठोर परिश्रम, बहाये गये पसीने से अर्जित सूखी रोटियाँ, प्याज़ नमक यदा–कदा प्रभु से प्राप्त दाल–सब्ज़ियाँ राजप्रासाद के और धनिकों के छप्पन भोग से अधिक तृप्तिदायक लग रही होंगी। ऋषि ब्रह्मदत्त का कोमल मन भर आया। जानते थे कभी–कभी दलित, अछूत, शूद्र, अन्त्यज, वनवासी, अधनंगे आदिवासी इनसे भी वंचित रहते हैं। कभी–कभी रोटी न मिलने पर चावल का माड़, पानी, जंगली फलों से भूख बुझाने का प्रयत्न करते हैं। भूख चिरस्थायी है और भोजन आकाश कुसुमवत्। अनेक बार दान–दक्षिणा में प्राप्त आय से अनाज, वस्त्र, फल और नंगे आदिवासी बालक–बालिकाओं के लिए दूध आदि वितरित कर आया करते थे। ऋषि की आत्मा में वात्सल्यमयी माँ जो निवास करती थी। मानते थे दरिद्रनारायण की सेवा ही नारायण की सेवा है। पाण्डववंशी सम्राट वैभव–विलास रनिवास की रूपसियों में ऐसे आकण्ठ डूबे हैं कि दृष्टि की ओट में छिपे ग़रीबों–दीनों से अधिक दीन–ग़रीब दिखाई नहीं देते।

कहीं कोई ग़लती तो नहीं कर बैठा। एक बार और जाँचना उचित समझा। एकाग्रचित्त दूरबीन से आकाश को निहारने लगे। आसन्न संकट यथावत् लग रहा था। कभी–कभी भावी या अचानक आया संकट, त्रासदी बड़े से बड़े धैर्यवान को क्षणार्ध के लिए विचलित कर निर्णय पर सन्देह पैदा कर देता है।

'सुनिए! भोजन तैयार है। परोस रही हूँ। ठण्डा न हो जाये। शीघ्र पधारिए।' ऋषि पत्नी धारिणी ने सोपान (चढ़ाव) से आवाज़ दी। लेकिन वैज्ञानिक अध्ययन, मनन, विश्लेषण में इतने डूबे थे कि पत्नी का बुलावा सुन नहीं पा रहे थे।

'क्या आदमी हैं, ग्रह–नक्षत्रों में ऐसे मगन हो जाते हैं कि खाने–पीने तक की सुध नहीं रहती!' धारिणी मन–ही–मन बड़बड़ायी, 'अजी सुनते हैं! कब से बुला रही हूँ, नीचे आइए। अन्नदेव प्रतीक्षा कर रहे हैं।'

प्रतीक्षा की शिकायत से संज्ञा लौटी, 'आया देवी आया!' आकाश से परे निवासरत् आराध्य देव को प्रणाम किया 'हरि इच्छा बलियसि। त्राहिमाम्...त्राहि...माम्...पुण्य नगरी की रक्षा का भार आप पर ही है, देव। त्राहिमाम्...।' सामग्री समेत नीचे पहुँचे।

'खगोल में इतना क्या डूबे रहना कि भोजन–भजन भी भूल जाना, चलिए।' उलाहने का उत्तर नहीं दिया। भोजनकक्ष में पहुँच अच्छे से हाथ–पाँव धोये। पीढ़ें पर बैठ परोसी थाली के चारों ओर जल छिड़का। भोजन सामग्री का छोटा अंश नैवेद्य मान इष्टदेव को समर्पित कर प्रणाम कर चुपचाप देव को अर्पित भोजन को प्रसाद मान ग्रहण करने लगे। धारिणी की सावधान दृष्टि थाली पर थी। पति की रुचि का पता होने से उनकी रुचि का ही भोजन, जलपान प्रतिदिन बना यथासमय परोसती थी। पति की गम्भीर मुखमुद्रा और मौन ने चौंकाया, भोजन के समय दत्त जी अन्तरिक्ष अध्ययन से मिली जानकारी, राजसभा और दुनिया जहान की बातें भूलकर, भोज्य पदार्थ की प्रशंसा करते। आज मौन के गाम्भीर्य में गोते लगा रहे थे।

'क्या बात है? ग्रहों ने कोई चिन्ताजनक समाचार दिया है?'

तत्काल उत्तर नहीं दिया। थोड़ी देर बाद गहरी साँस ली, 'देवी! घर, नगर छोड़ हम सामान समेत काशी जा रहे हैं?'

धारिणी चौंकी, 'काशी! सामान समेत क्यों? महाराज से विवाद तो नहीं हो गया?'

'ना, कोई विवाद नहीं? समस्त ग्रह विपरीत चाल चल रहे हैं। शीघ्र ही इन्द्रप्रस्थ पर महान संकट आने वाला है। जलप्रलय।

पुण्यमय पृथ्वी के निर्माण के समय जो भयंकर जलप्रलय हुआ था, वैसा ही। माँ यमुना का प्रलयंकारी ताण्डव, घनघोर वर्षा, आँधी—तूफ़ान इन्द्रप्रस्थ का सर्वनाश करेगा। कोई नहीं बचेगा!' एक पल रुके। भोजन रोक दिया, 'वासुदेव कृष्ण के मार्गदर्शन में युधिष्ठिर और पाण्डवों के निर्देश पर देवताओं के अभियन्ता विश्वकर्मा ने इन्द्रप्रस्थ बसाने हेतु खाण्डव वन में भयंकर आग लगायी थी। उस अग्नि में अनेक निरपराध पशु, पक्षी, सरीसृप की हत्या हुई। उन निर्दोष प्राणियों के शवों पर ही इन्द्रप्रस्थ बसाया गया। कुरुक्षेत्र की विजय के बाद हस्तिनापुर के स्थान पर इन्द्रप्रस्थ भारत की राजधानी बना। इन्द्रदेव की अमरावती को लज्जित करने वाला नगर। लेकिन।' पुनः गहरी साँस ली।

धारिणी एकाग्र मन बीते इतिहास की नयी व्याख्या सुन रही थी। 'लेकिन क्या?'

'लेकिन उन निष्पाप प्राणियों की हत्या के पाप का प्रायश्चित्त तो करना पड़ेगा ना? ऋषियों के श्राप के ज़रिये वासुदेव कृष्ण और यादव वंश का प्रभास तीर्थ में समूल नाश उसी पाप के कारण हुआ।'

धारिणी भय चिन्तित हो आयी।

'पाण्डव वंश के लिए उस पाप का दण्ड भोगने का समय आ गया है। इन्द्रप्रस्थ डूबेगा। कोई नहीं बचेगा। यमुना, जलप्रलय सबको खा जायेंगे। सब की बलि लेंगे। यही ग्रहों की चेतावनी है।' कुछ पल फिर रुके, 'लेकिन!'

'फिर लेकिन?' धारिणी का धड़कता भय चिन्तित मन दृष्टि निहारने लगी और क्या कहेंगे स्वामी?

'लेकिन हमारी बात पर कोई विश्वास नहीं करेगा? विनाश काले विपरीत बुद्धि।'

हुआ भी वैसा ही। ब्रह्मदत्त जी द्वारा सन्देह प्रगट करने पर सम्राट सर्वदमन, राजपरिवार, राजसभा ही नहीं प्रजा के बड़े वर्ग ने हँसी में उड़ा दिया। पहली बार गुरुदेव की भविष्यवाणी को गम्भीरतापूर्वक नहीं लिया।

महामात्य जयनन्दन ने हँसते हुए कहा, 'गुरुदेव! प्रकृति और आकाश कितने सौम्य और शान्त हैं। सौन्दर्य की नदी कृष्णप्रिया

जीवनदायिनी यमुना, कलकल के मधुर संगीत के साथ मन्थर गति से प्रवहमान है। भगवान सूर्यदेव, चन्द्रमा तथा तारागणों से जगमगाता अन्तरिक्ष हम धरावासियों के मनों में प्रति रात्रि रूमानी भाव जगाता है। मन्द–मन्द बहने वाली बयारें देहों को प्रतिदिन वायु स्नान करा उन्हें तरोताज़ा, स्वस्थ रख रही हैं। प्रलय का कोई चिह्न दिखाई नहीं दे रहा।'

'गुरुदेव फिर भी यदि ग्रह–नक्षत्रों की शान्ति के लिए यज्ञ–हवन करना हो तो आदेश दीजिए। तत्काल कर देंगे।' महाराज ने हाथ जोड़ निवेदन किया।

'इस बार यज्ञ–हवन से कुछ होने वाला नहीं है?' ब्रह्मदत्त ने मन–ही–मन उत्तर दिया। प्रत्यक्ष में, 'महाराज। कुछ काल के लिए काशीवास हेतु जाना चाहता हूँ सपरिवार। यदि अनुमति देंगे तो महती कृपा होगी!

'अवश्य जाइए। काशी विश्वनाथ भगवान् का ज्योतिर्लिंग द्वादश ज्योतिर्लिंगों में श्रेष्ठ है। भगवान् भूतनाथ, माँ भागीरथी मोक्षदायिनी गंगा तट के वासी हैं। काशी मोक्षनगरी है। 'पुनरपि जन्मम् पुनरपि मरणम्। पुनरति जननी जठरे शयनम्' जन्म–मृत्यु के चक्कर से छुड़ाने वाली। अवश्य पधारिए। शिवाराधना, शिवाभिषेक, प्रतिदिन गंगा स्नान से पुण्य लाभ लीजिए। हमारी ओर से भी रुद्राभिषेक अवश्य करें।'

रथों पर आवश्यक सामान के साथ अंगरक्षकों से घिरे राजपुरोहित ने सपरिवार काशीवास हेतु प्रस्थान किया। जिन कुछ भक्तों को उन पर अटूट विश्वास था उन्होंने भी सपरिवार पलायन किया। लेकिन अधिकांश अपने घरों में ही रहे।

'कहना न होगा देवी आम्रपाली! मनुष्यों को जब दारुण दुःख भोगना होता है प्रभु, ग्रहों का चक्कर अथवा उनके भाल पर विधाता द्वारा लिखे अंक, बुद्धि का हरण कर लेते हैं। मानवों के समान, नगर, गाँव, क़स्बों का भाग्य भी उनसे बँधा होता है। इन्द्रप्रस्थ और उसके निवासियों की नियति भी पाण्डववंश से बँधी थी। जिस आसन्न संकट की सूचना ग्रहों से खगोल वैज्ञानिक ब्रह्मदत्त ने पहले ही प्राप्त कर ली थी

उसे दुर्लक्षित किया गया। राम ने जिसकी रचना पहले ही कर रखी है उसका घटना अवश्यम्भावी है।' यौगन्धरायण ने दर्दीली साँस ली।

गोरी–गुलाबी रेशमी हथेली पर चिबुक टिकाये आम्रपाली ध्यानमग्न उदयन कथा सुन रही थी। प्रश्नाकुल दृष्टि प्रलय कथा जानने को उत्सुक थी। रूपसी की नयनभाषा को महामात्य यौगन्धरायण ने पढ़ लिया। कथा का हाथ थाम आगे की यात्रा आरम्भ की।

कई माह बीत गये। कहीं कुछ नहीं। प्रकृति–इन्द्रप्रस्थ का जीवन व्यापार सामान्य गति से चलते रहने से राजपुरोहित की भविष्यवाणी विस्मृति के गर्भ में खो गयी। लोग उन्हें भी भूल गये। भविष्यवाणी को भूले नहीं तो ब्रह्मदत्त। काशी में बसने के बाद अहर्निश भगवान शिवशंकर से इन्द्रप्रस्थ की कुशलता की कामना हेतु प्रार्थना, यज्ञ, हवन में डूबे रहते। महामृत्युंजय जाप की मदद से रुद्राभिषेक करते। ग्रहों के कोप की शान्ति हेतु यज्ञ–हवन करते। प्रति रात्रि ग्रहों की गति–युति का अध्ययन राहत नहीं दे रहा था। मुक्तिदायिनी भागीरथी में ब्रह्ममुहूर्त में उठ शिवस्तोत्र के साथ स्नान कर भगवान् सूर्य को अर्ध्य प्रदान करते। काशी विश्वनाथ मन्दिर में जा अश्रुपूर्ण नेत्रों से इन्द्रप्रस्थ की मंगलकामना हेतु अनुनय–विनय करते। शिवलिंग को दोनों हथेलियों से स्पर्श कर कई घड़ी शिवस्तोत्र पाठ द्वारा उनकी कृपा हेतु निवेदन करते। प्रभु! हमारी पुण्यनगरी की रक्षा करना। त्राहि...माम्...त्राहिमाम् अश्रु–अभिषेक करने लगते।

मणिकर्णिका घाट से थोड़ी दूर कमर तक जल में खड़े हो भगवान् सूर्यनारायण को सूर्य स्तोत्र से जलांजलि अर्पित कर रहे थे। अचानक जलस्तर बढ़ने लगा। छाती को पार कर कन्धों तक जा पहुँचा। एकाग्रता भंग हुई। नेत्र खुल गये। चारों ओर निहारा। आसपास नहा रहे, तैर रहे, कपड़े धो रही नारियाँ, बालक, पुरुष, तीर्थयात्री घबराकर घाट की ओर तेज़ी से भागने लगे। मोक्षदायिनी भागीरथी का स्वच्छ, श्वेत, जल मटमैला हो रहा था। शान्त मन्थर गति में सागर–सी हरहराती लहरें उठने लगीं। मणिकर्णिका, दशाश्वमेघ ही नहीं, सभी घाटों की सीढ़ियों पर माँ गंगा चढ़ने लगीं। गंगा बाढ़ का रौद्र रूप धारण कर रही थी।

दत्त जी ने उत्तर–पश्चिम दिशा की ओर निहारा। रौद्ररूपी यमुना का जल तेज़ी से गंगा को ढकेल रहा था। झाड़, झंखाड़, जीवित–मृत पशु, मानव, शव, घर–गृहस्थी का सामान बहते चले आ रहे थे। भयभीत नेत्रों ने अन्तरिक्ष को निहारा। समझ गये अनहोनी घट गयी। इन्द्रप्रस्थ पर जलप्रलय का कहर टूट पड़ा। 'शि...व...शिव... शिव...' जाप करते बाहर आये।

इन्द्रप्रस्थ की मनभावन ऋतु अचानक बदलने लगी। काया को सुख, जीवन देने वाला पवन जानलेवा बन रहा था। उसकी उग्रता–तीव्रता बढ़ने लगी। पैरों की धूल, मिट्टी आँखों, सिरों पर बैठने लगी। मार्ग का कचरा, गन्दगी सिरों के ऊपर उड़ने लगे। आकाश ने रूप बदला। काले मेघों ने श्वेत नीलिमा लिए सूर्य प्रकाश से चमकते बादलों को ही नहीं स्वयं सूर्य देवता को ढँक लिया। हवा की प्रखरता से खिड़की, दरवाज़ों के पल्ले खड़खड़ाने लगे। हवा बवण्डर में बदली। त...ड़...तड़...तड़... तड़तड़ाती बिजली रह–रह कर डराती, धमकाती नगर की ओर लपकती लौट जाती। गरजते बादलों की आरम्भ की बूँदाबाँदी शीघ्र ही धुआँधार बारिश में बदली। गरज–चमक के साथ घनघोर वर्षा होने लगी। अँधेरा छा गया। प्राण बचा कर लोग घरों की ओर दौड़े। वणिकों ने झटपट दुकानें बन्द कर दीं। बाज़ार, सड़कें, गलियाँ सुनसान हो आये। पशु भी छिपने का स्थान ढूँढ़ने लगे। पक्षियों की सुमधुर चहचहाहट को गर्जन–तर्जन ने खा लिया। घरों में शरण लेने के बाद भी लोग सुरक्षित नहीं रहे। तड़तड़ाती बिजली अनेक मकानों, राजप्रासाद के कँगूरों को ध्वस्त करने लगी। यमुना ने विकराल रूप धारण कर लिया और तटबन्धों, घाटों को तोड़ नगर के मार्गों, गलियों, वीथियों में ही नहीं घरों में घुसने लगी। झोंपड़ों, पशुओं, मनुष्यों को बहा ले जाने लगी। भयभीत लोग प्राण बचाने नगर, घर, छोड़ पैदल, बैलगाड़ियों, अश्वों, रथों पर पलायन करने लगे।

ज़ोर से कड...कड़ड़...कड़ड़ड़...घनघोर भयभीत कड़कड़ाहट के साथ बिजली राजसभा भवन पर गिरी। भवन का एक हिस्सा ढह गया। पर्दे, गलीचे, आसन्दियों ने आग पकड़ ली। भवन जलने लगा। दास, दासियाँ, प्रहरी, रक्षक प्राण बचा भाग खड़े हुए।

राजप्रासाद में भगदड़ मच गयी। गिरी बिजली में कुछ लोग जल मरे। महाराज सर्वदमन भयभीत हो आये। महारानी रूपल ने बच्चों को अंक में छिपा लिया। राजगुरु के शब्द ज़िन्दा हो आये, 'स्वामी! ग्रहों की गति–युति इन्द्रप्रस्थ विरोधी है। भयंकर रूप से कुपित है। शीघ्र ज़लज़ला आयेगा। जलप्रलय अवश्यम्भावी है। अनेक मारे जायेंगे। राजधानी शापित है। पाण्डववंश भी। अनेक मूक, निरीह, निर्दोष प्राणियों के जले शवों पर इन्द्रप्रस्थ का निर्माण हुआ है। पाप का फल तो भोगना ही पड़ेगा ना?' भविष्यवाणी पर ध्यान न देने पर पछता रहे थे। बहुत देर हो चुकी थी।

'देवी आम्रपाली! हर कोई अपने प्रियजनों को छोड़ अपने प्राण बचाने में लगा था। प्रत्येक व्यक्ति को अपने प्राण अत्यधिक प्यारे हैं। ख़ुद के बचने के बाद ही अवसर मिलने पर दूसरों को बचाने का प्रयत्न कर रहे थे। सभी भाग रहे थे। राजपरिवार ने भी पूर्व की ओर पलायन किया। तूफ़ान, जलप्रलय कई दिन इन्द्रप्रस्थ को प्रताड़ित करता रहा।' भरेमन से महामात्य यौगन्धरायण पूर्व घटित जलप्रलय की कथा सुना रहे थे।

'इसमें उदयन कहाँ हैं?' आम्रपाली का प्रश्न तीखा था।

'महाराज के जीवन की त्रासद कथा की ये पृष्ठभूमि है देवी।' यौगन्धरायण ने सफ़ाई दी।

अपराध–बोध पीड़ित लज्जित शारंगदेव। (उदयन) सिर नीचा किये बैठे थे।

सोलह महाजनपदों के शत्रु तक महाराज सर्वदमन की सहायतार्थ दौड़ पड़े। मगध सम्राट हर्यश्व ने कौशाम्बी में उन्हें व्यवस्थित रूप से बसाया। लिच्छवि गणाध्यक्ष सत्यदेव ने आर्थिक और अन्य प्रकार की सहायता दी। अंग, वंग, कौशल, मल्ल, गान्धार, चेदी, पांचाल ही नहीं उज्जयिनी के अवन्ति नरेश ब्रह्मद्रथ ने भी आर्थिक ही नहीं सभी प्रकार की सहायता प्रदान की। वत्स राज्य की नींव पड़ी। कौशाम्बी राजधानी बनी। इन्द्रप्रस्थ से जान बचाकर जो कर्मचारी, अधिकारी, अमात्य, महामात्य, प्रधान सेनापति भागकर कौशाम्बी आये थे।

उन्होंने भी महाराज सर्वदमन एवं राजपरिवार का शासन व्यवस्थित रूप से स्थापित करने में कड़ा परिश्रम किया। सब कुछ योजनानुसार चल रहा था लेकिन महाराज सर्वदमन अन्दर से टूट चुके थे। जलप्रलय ने हिला दिया था। गहरा सदमा पहुँचा था। किसी से कुछ नहीं कहते थे। सुनते ही सुनते थे। लोगों के परामर्शानुसार भरे मन से काम कर रहे थे। उदास, गुमसुम रहते थे। महाराज की उदासी महारानी रूपल को विकल कर देती। युवराज शतानीक ही अधिकांश राजकाज सँभाल रहे थे। इन्द्रप्रस्थ की मधुर स्मृतियाँ सर्वदमन को आकुल–व्याकुल कर देतीं। दैनन्दिन कार्य आधे मन से करते। अन्य राजा–महाराजाओं की कृपा पर जीना रास नहीं आ रहा था। महान, विश्व प्रसिद्ध देशपूज्य पाण्डववंश के इन दुर्दिनों ने गहरा आघात पहुँचाया। अन्दर की घुटन का दुष्परिणाम शीघ्र हुआ। एक रात सोते ही रह गये। हृदयाघात से मृत्यु हो गयी।

संकट की इस घड़ी में मगध सम्राट हर्याश्व राजपरिवार का सम्बल बने। महाराज की अन्तिम क्रिया पूरे राजकीय सम्मान से सम्पन्न करायी। श्राद्ध आदि क्रियाकर्म भी राजकीय स्तर के अनुरूप किये गये और समय आने पर अपनी सुपुत्री अपूर्व रूपसी राजकुमारी रत्नसारी का विवाह युवराज शतानीक से सम्पन्न करा उनके संरक्षक बन गये। सुन्दरता यदि नारी के लिए वरदान है तो अभिशाप भी। अलौकिक रूप–सौन्दर्य की सम्राज्ञी राजकुमारी रत्नसारी की सुन्दरता ही अभिशाप बन गयी। अनेक राजवंश उसे अपने राजपरिवार की राजलक्ष्मी बनाने को उत्सुक थे। रत्नसारी सुन्दर तो थी ही मगध सम्राट हर्याश्व सोलह महाजनपदों में अग्रणी थे। सम्राट हर्याश्व के राजपरिवार से सम्बन्ध प्रतिष्ठा, राजनीतिक प्रभाव और सैन्य शक्ति में वृद्धि करता अवन्ति नरेश चण्डप्रद्योत भी मगध सम्राट का दामाद बनाने को उत्सुक थे। लिच्छवि गणाध्यक्ष भी समधी बनने के आकांक्षी थे। लेकिन पाण्डववंशी क्षत्रियों में शिरोमणि थे। अतः सम्राट ने पुत्री का सम्बन्ध शतानीक से किया।

राजकुमारी रत्नसारी बहुचर्चित बहुप्रशंसित रूपसी थी। गरुड़ कुमार जयवर्मन उससे पागलपन की सीमा तक एकतरफ़ा प्रेम करने लगा था। लेकिन जानता था कि सम्राट हर्याश्व अपनी बेटी उससे नहीं ब्याहेंगे। उसके पिता सत्यवर्मन एक छोटे राज्य के स्वामी थे। राजकुमारी के शतानीक से विवाह के समाचार से उसका दिल टूट गया। लेकिन अवसर की प्रतीक्षा में था। मौक़ा मिलते ही उसने सादे कपड़ों में हथियारों के साथ गरुड़ सैनिकों की सहायता से कौशाम्बी के राजमहल और नगर के प्रमुख ठिकानों को घेर लिया। हमला हुआ। रात में हमलावरों का सामना करने अंगरक्षकों के साथ शतानीक दौड़ा। भीषण संघर्ष में बुरी तरह से घायल हुआ। अंगरक्षक एक ओर ले गये। शतानीक के हटते ही वत्स सेना ने पलायन कर दिया। विजेता जयवर्मन राजकुमारी रत्ना का अपहरण कर साथ ले गया। मगध सेना सहायता हेतु आती उसके पहले वत्स सेना भा़ग खड़ी हुई। अभी तक हस्तिनापुर के कुरुवंशी ही अन्य राज्यों की सुन्दर राजकुमारियों का बलात् अपहरण करते थे। इस बार एक छोटे ठिकानेदार ने पाण्डववंशी रूपवती महारानी का अपहरण किया।

राजवैद्य देवभूति ने महाराज शतानीक का उपचार किया। कई मास बाद वे स्वस्थ हुए। हर्याश्व ने दामाद की सहायतार्थ अनुभवी अमात्यों एवं बेटी की खोज हेतु सैन्य टुकड़ी भेजी। शतानीक रत्ना से उत्कट प्रेम करते थे। किसी काम में मन नहीं लग रहा था। सारे देश में लज्जित हो रहे थे। सार्वजनिक लज्जा, पत्नी विरह से पीड़ित शतानीक ने 'विषय विरक्त चित्तो राजा संन्यास ग्रहणम्।' प्रिया के वियोग में व्याकुल राजा ने संन्यास ग्रहण कर हिमालय के लिए प्रस्थान किया। सभी ने विशेषकर महामात्य रुद्रायण, सेनापति, सत्यशील, राजपुरोहित वशिष्ठ न्यायाधिपति रुद्रदत्त के समझाने पर भी वे नहीं माने। वत्स के अधिकारियों ने मगध के अधिकारियों की मदद से इस उम्मीद में शासन सँभाला कि किसी–न–किसी दिन महारानी रत्ना को खोज निकालेंगे। गुप्तचर चारों दिशाओं में फैला दिये। गरुड़ कुमार ने पुनः हमला कर राज्य पर क़ब्ज़ा कर लिया। वत्स के अमात्यों, अधिकारियों ने राजगृह में शरण ली।

गरुड़ कुमार अतिप्रसन्न था। उसकी प्रिय नारी (Lady Love) बिना अधिक रक्तपात के योजनानुसार क़ब्ज़े में आ गयी थी। शतानीक के सैनिकों को भुलावा दे कुछ विश्वस्त सैनिकों के साथ महारानी रत्ना को डोली में बिठा भाग खड़ा हुआ। कुछ कोस चलने के बाद जंगल का मार्ग पकड़ा। सघन वन में शबरों पुलिन्दों की अनेक आदिवासी बस्तियाँ थीं। आदिवासियों का मुख्य धन्धा लूटमार था। जंगली कन्दमूल फल, शिकार एवं थोड़ी–बहुत खेती से पूरा नहीं पड़ता था। कुछ आदिवासी लड़कों को वन में आने वाले यात्रियों का ख़बरी बना छोड़ रखा था। गोकुल पुलिन्द आदिवासियों का सरदार था।

जंगल में गरुड़ कुमार की टुकड़ी के डोले के साथ प्रवेश करते ही तत्काल गोकुल को सूचना भेजी, सरदार कुछ सैनिक एक पालकी में ख़ज़ाना लेकर जा रहे हैं। साथ में कोई सामन्त भी है।'

'जैसे ही उदयगिरि के घने जंगल में पहुँचे आदिवासी सरदार पुलिन्द ने आदेश दिया, घेर कर लूट लो। साथियों को इकट्ठा करो। गोकुल का आदेश मिलते ही सांकेतिक भाषा में आवाज़ लगाने लगे 'आ...सो...आ...सी...तत्काल अनेक आदिवासी तीर–कमान, पत्थर से मार करने वाली गोफन, तलवार आदि आदिम हथियार ले बड़ी संख्या में इकट्ठे हो गोकुल सरदार की कमान में गरुड़ कुमार और उसके सैनिकों पर भैरमदेव भै...र...व...दे...व...भै...रम...भैरव...देव का जयघोष करते टूट पड़े। गरुड़ों की संख्या कम थी दस–पन्द्रह। थोड़ी देर असफल मुक़ाबला किया। जान पर गम्भीर ख़तरा देख पालकी ज़मीन पर रख दी। प्राण बचा भागे। रोकने का प्रयत्न असफल होता देख गरुड़ कुमार भी भाग खड़ा हुआ।

मारकाट, चीख़–चिल्लाहट से डरी रत्ना ने धीरे से पालकी का पर्दा एक ओर सरकाया। उस ओर कोई नहीं था। लड़ाके लड़ते–लड़ते पालकी से काफ़ी दूर निकल गये थे। चुपके से उतर उस ओर तेज़ी से चल दी जिधर युद्ध का ख़तरा नहीं था। थोड़ी दूर जाने पर कुछ आदिवासी औरतें, लड़कियाँ, बच्चे मिले। रानी–महारानी के समान सुन्दर क़ीमती कपड़ों, आभूषणों में सजी रूपवती को देख ग़रीब अधनंगी,

दरिद्र औरतें सहम गयीं। कमर तक झुककर प्रणाम किया। उनमें से जो प्रौढ़ा थी, उसने ने डरी–सहमी रत्ना से इशारे में बात की कि वह यहाँ कैसे आयी? रत्ना ने भी संकेत में सारा माजरा बताया। अपनी अभिरक्षा में ले अपनी कुटिया में ले आयी। गोकुल एवं अन्य आदिवासियों की समझ में सारा माजरा आया। महारानी रत्ना का सुदर्शन व्यक्तित्व एवं राजसी गरिमा ने उन्हें भयचिन्तित कर दिया। उदयगिरि के उस सघन वन में ऋषिकुमार मित्रावरुण का आश्रम था। वे आदिवासियों की मदद करते थे। बच्चों को पढ़ाते, साफ़–सफ़ाई से रहना सिखाते। ऋषिकुमार उनके आराध्य, मार्गदर्शक, सरपरस्त थे। गोकुल को लगा जो भी उचित होगा ऋषिकुमार तद्नुसार कार्य करेंगे।

सहजीवन रिश्ता आरम्भ (Live in Relationship)

घबराहट, भय, चिन्ता, क्या होगा? ने रत्ना की हालत बुरी कर रखी थी। अपहरण के समय से ही रो–रोकर बुरा हाल था। गरुड़ी सेना जिस काल संघर्षरत थी, मौक़ा पाते ही गरुड़ कुमार जयवर्मन विश्वस्त सैनिकों के साथ सीधे प्रासाद में जा घुसा था। विरोध करने वालों को मार डाला। रत्ना को गोद में उठाया। कोमलांगी के देहस्पर्श ने प्यार के ज्वार में तीव्रता ला दी। दौड़कर पालकी में बिठा भाग खड़ा हुआ। रत्ना का कड़ा विरोध काम न आया। पालकी में क़ैद रत्ना का भयाकुल मन पिंजरे में बन्द पंछी–सा फड़फड़ाने लगा। आदिवासियों के हमले ने और बुरी तरह से भयभीत कर दिया। हमले का लाभ भी हुआ। जयवर्मन के चंगुल से बच निकलने में सफल हुई। प्राण ही नहीं दैहिक अस्मिता भी सुरक्षित हो आयी। आदिवासी महिलाओं के बीच अपने को पा भय कम हुआ। दिल की धड़कनें कम हुईं।

वृक्षों, लताओं, झुरमुटों से छन कर आ रही चन्द्र किरणों, वन, प्रान्तर की सुरभित देह, मन को सुकून देने वाली शीतलता और आदिवासी नारियों का साथ आश्वस्ति देने लगा। युद्ध स्थल से बढ़ती दूरी भय को कम कर रही थी। जंगली पथ पर आगे बढ़े जा रहे थे।

पवन झोंकों पर सवार वीणा की सुमधुर स्वर लहरी से भय के बादल छँटने लगे। आदिवासियों के इस अंचल में भी सभ्य, सुशिक्षित, सुसंस्कृत कलाकार हैं। उनसे संवाद क़ायम कर अपनी व्यथा–कथा से परिचित करा सहायता प्राप्त की जा सकेगी। आश्वस्ति से भय भागने लगा। उसे भगाने में आदिवासी बाला सगुणा का भी सहयोग था। रत्ना का हाथ थामे थी। अपनी हथेली के ज़रिये रत्ना की हथेली को आश्वासन का कवच प्रदान कर रही थी।

पूर्व दिशा के दिगन्त से धरा पर प्रवेश करती भोर की लाली का आलोक चाँदनी के सौन्दर्य पर हावी हो निस्तेज करने लगा। पुष्प–लताओं, पौधों से सज्जित, गोबर से लिपा–पुता स्वच्छ आँगन, आश्रम का शान्त–सुन्दर, सुखद वातावरण और नेत्र बन्द किये, सिर झुकाये वीणा द्वारा भोर का स्वागत करती भैरवी के मधुर, कर्णप्रिय, आनन्दित करने वाली स्वरांजलि स्वर्गिक वातावरण का सृजन कर रही थी। वीणा से निःसृत सुमधुर भैरवी ने कुछ काल पूर्व के भय सन्त्रास, अवसाद, घुटन को हर लिया। मन निर्मल, स्वच्छ, तरोताज़ा हो आया। गौरवर्णीय वादक युवक अत्यन्त ही सुन्दर, मनमोहक, सुदर्शन व्यक्तित्व का स्वामी था। विशाल कन्धों की शोभा बढ़ाते घुँघराले भ्रमर–सी केशराशि। सुडौल बाँहें। यज्ञोपवीत एवं रुद्राक्ष माला से सुशोभित चौड़ी छाती। उन्नत भाल। तेजस्वी मुख। मुग्ध नयनों से निहारती ही रह गयी।

च्वीई...च्वी...ई...च्वीई...कुक...डूँ...कूँ...कुकडूँ...कू...गुटर...गूँ...गुटरगूँ... गू...गू...च्वीई...च्वीई...च्वीई...चिड़ियों के कर्णप्रिय संगीत से पूरित चहचहाहट, मुर्गे–मुर्गियों द्वारा सुबह के स्वागत में दी जा रही बाँग और कपोतों की गुटरगूँ सूर्य का स्वागत कर रही थी। सूर्य किरणें वन प्रान्तर के साथ आश्रम को भी नहलाने लगी। चिड़ियों की चहचहाहट और मुर्गों की बाँग ने प्रातः के आगमन की सूचना थमा दी। प्रकृति के नैसर्गिक प्राणियों की उत्फुल्लता और रत्ना कमनीय की सुगन्धित देह से निःसृत सुरभि ने कलाकार ऋषिकुमार की एकाग्रता भंग की। उनके अलावा भी आश्रम में कोई है। धीरे–धीरे पलकें खुलने लगीं। दीर्घ नयनों के सामने सगुणा और अन्य आदिवासी नारियों से घिरी

अपूर्व रूपसी प्रशंसा भरे नयनों से अपलक निहार रही थी। धीमे से वीणा एक ओर सरका खड़े हुए।

सगुणा ने आगे बढ़ प्रणाम किया। रत्ना का परिचय देना ज़रूरी था। ऋषि मित्रावरुण की प्रश्नाकुल आँखों का उत्तर आदिवासी बोली में दिया। सारी कथा, जितनी मालूम थी, कह सुनायी। बाक़ी की कथा रत्ना ने भरे गले से बतायी। सगुणा के अनुसार आश्रम ही देवी के रहने योग्य स्थान था। क्योंकि आदिवासियों की विपन्न और ग़रीबी से भरी ज़िन्दगी राजपरिवार की महारानी के योग्य नहीं है। फिर भाषा की समस्या थी। ऋषिकुमार मित्रावरुण आदिवासी बोली न केवल जानते–समझते थे, बोल भी लेते थे। ऋषिकुमार की स्वीकृति मिलते ही आदिवासियों ने आश्रम में एक पर्णकुटी और बना दी।

'देवी आम्रपाली! महादेवी रत्नसारी के हाथ से निकल जाने पर चोटिल साँप के समान गरुड़ कुमार जयवर्मन फड़फड़ाने लगा। महाराज शतानीक का स्वर्गवास हो चुका था। वत्स महाजनपद की स्थिति लावारिस–सी हो गयी थी। जंगली आदिवासियों ने उसकी प्रिया छीन ली थी। उसने कौशाम्बी और वत्स राज्य पर ही नहीं मगध के सारे मार्गों, सम्पर्कों पर शिकंजा कस दिया। उसके गुप्तचर महादेवी को खोजने में असफल हुए। कारण। जंगल में सरदार का एकछत्र राज्य था। किसी भी अपरिचित अनजान व्यक्ति के पकड़े जाने पर तत्काल उसकी हत्या कर दी जाती थी। ऋषिकुमार मित्रावरुण से उन्हें महारानी रत्ना के पद, गरिमा और महत्त्व का पता चल गया। जयवर्मन द्वारा उनके अपहरण की कथा से परिचित हो गये। उनकी सुरक्षा का उत्तरदायित्व उन्होंने सँभाल लिया। आश्रम भी उनकी अभिरक्षा में था।

व्यक्ति हर स्थिति–परिस्थिति से न केवल समझौता करता है उसमें ख़ुद को समायोजित भी कर लेता है। मगध के प्रसिद्ध राजपरिवार की लाड़ली बेटी, देशप्रसिद्ध पाण्डववंश की कुलवधू रत्ना ने भी जंगल के आदिवासी जीवन के साथ समझौता कर लिया। ऋषिकुमार मित्रावरुण ने आश्रम में आदिवासी बालक–बालिकाओं के लिए पाठशाला खोल रखी थी। पढ़ाई के साथ वीणावादन भी सिखाते थे।

रत्ना उनके कामों में सहयोग करने लगी। राजसी पर्यंक से उतर भोजन–जलपान हेतु सीधे रंजनपाट पर बैठ चाँदी के बर्तनों में भोजन करती थी। नियति ने उसे भोजन बनाने वाली रसोईदारिन बना दिया। भोजन कभी बनाया नहीं था। न रोटी बेली थी न सब्ज़ी बघारी थी। आटा गूँथने पर कभी पानी अधिक हो जाने पर लपसी बन जाती। सब्ज़ी–दाल कभी फ़ीकी तो कभी खारी, तेज़ मिर्च वाली बन जाती। तब ऋषिकुमार हँसते, कहते, 'आप रहने दें देवी। हम कर लेंगे।' मदद करने आयी सगुणा हँसते–हँसते लोट–पोट हो जाती। उनसे काम वापस ले स्वयं भोजन पका देती। कभी–कभी ऋषिकुमार भोजन बना लेते। रत्ना का गोरा–गुलाबी कमनीय मुख लज्जा से अधिक लाल हो उठता। समय बीतने के साथ रत्ना परिस्थिति के अनुरूप ढल स्वादिष्ट भोजन, जलपान बनाने लगी। ऋषिकुमार की दिनचर्या के अनुरूप स्वयं को ढाल लिया। मित्रावरुण की पर्णकुटी की साफ़–सफ़ाई, वस्त्र धोना, लीपने का काम सगुणा करती थी। शीघ्र ही रत्ना ने सँभाल लिया।

योगी, ब्रह्मचारी, संयमी कलाकार ऋषिकुमार मित्रावरुण का वैरागी मन कोमलांगी, आकर्षक, सौन्दर्य सम्राज्ञी नारी का चौबीस घड़ी साथ मिलने से डोलने लगा। नारी पुरुष के जीवन में कोमल अनुभूतियों की सर्जिका है। उसे अनुशासित रखती है। दूसरों के विशेषकर नारियों के प्रति सौम्यतापूर्ण व्यवहार करना सिखाती है। वीणावादन के अभ्यास के समय नर्तकी के लास्य में रत्ना हथेली पर चिबुक टिका मन्त्रमुग्ध, भावप्रवण नेत्रों से सुनने आ बैठती। ऋषिकुमार का ब्रह्मचारी मन अतिरिक्त ऊर्जा और प्रेरणा अनुभव कर बजाने लगता। भाव तन्मयता, राग–रागिनी में अतिरिक्त रसवर्षण करने लगती। रत्ना का मन मयूर नृत्य करता। रागिनी के रसाकर्षण से मृग छौने ही नहीं जंगली हाथी भी खिंचे चले आते। राग–रागिनी की समाप्ति तक मन्त्रबिद्ध सर्प से खड़े रहते। वीणा द्वारा वन्य प्राणियों को वश में कर लेने के कलावन्त के चमत्कार ने रत्ना को चमत्कृत ही नहीं किया। बल्कि ऋषिकुमार के प्रति उसके

हृदय में प्रणय रस का संचार करने लगा। ऋषिकुमार का व्यक्तित्व अत्यन्त मनोहारी था। ब्रह्ममुहूर्त में उठ योगाभ्यास, अनुलोम–विलोम, कपालभाति, सर्पासन, शीर्षासन के बाद व्यायाम से गौरवर्णी देह अत्यन्त सुगठित हो आयी थी। अपनी पर्णकुटी के पर्दे को थोड़ा हटा लुभावनी नज़रों से निहारा करती। स्नान, ध्यान, सन्ध्या पूजा के बाद वीणावादन।

मन विशेषकर नारी मन अत्यन्त चंचल ही नहीं शैतान और नटखट भी है। न चाहते हुए व्यक्तियों में तुलना करता है। रत्ना का नटखट मन यही करने लगा। पति शतानीक की बगल में ऋषिकुमार मित्रावरुण को खड़ा कर लिया। महाराज शतानीक अत्यन्त सुदर्शन व्यक्तित्व के धनी हैं। भगवान् कृष्ण की बहन सुभद्रा, वेदों, अठारह पुराणों, भागवत, महाभारत के रचयिता भगवान वेदव्यास और पाँचों पाण्डवों का रक्त और पाण्डववंशी गरिमा उनमें है और ऋषिकुमार मित्रावरुण में वशिष्ठ, विश्वामित्र, अत्रि, गौतम, ऋषि परशुराम के गुण तो हैं ही वेदों की पुण्यता भी उन्हें प्राप्त है। जब भी किसी क्षत्रिय राजपरिवार को वंशवृद्धि की आवश्यकता पड़ी वे विद्वान ऋषियों की शरण में गये। नियोग के ज़रिये ही महर्षि वेदव्यास ने कुरुवंश को उपकृत किया। पाण्डव नियोग की सन्तान हैं। पाण्डवों में गोत्र–रक्त की पवित्रता कहाँ है! वे शान्तनु के कुरुवंशी नहीं व्यास की सन्तान हैं। योग एवं ब्रह्मचर्य से दैदीप्यवान गौरवर्णी देह कितनी मनमोहक है। आजानुबाहु में समा जाने को चंचल मन मचलने लगा। महाराज जीवित भी हैं? यह...सोच न सकी। शांतम् पापम्...शांतम् देह सिहरन से कँपकँपा गयी। मगर! एक बड़ा सवाल सामने आ खड़ा हुआ। सारा जीवन अकेले कैसे काटूँगी। जल बिन नदी पुरुष बिन नारी। ऋषिकुमार से श्रेष्ठतम कौन मिलेगा? अपने ग़लत निर्णय को सही साबित करने को मन मनपसन्द तर्क ढूँढ़ ही लेता है। मित्रावरुण वैदिक ऋषि परम्परा के प्रतीक हैं।

देवी रत्ना आश्रम ही नहीं मेरे जीवन में वेद की ऋचा, सुन्दर, भावप्रवण कोमलकान्त पदावली–सी अवतरित हुई है। ईश्वरीय प्रेरणा, योजना विधान के अन्तर्गत आयी है। मित्रावरुण का बैरागी, संयम–नियम

से रहने वाले ब्रह्मचारी मन में निवासरत संवेदनशील सौन्दर्य प्रेमी कलाकार का मन डाँवाँडोल होने लगा। रूपसी रत्ना के आगमन ने आश्रम एवं ब्रह्मचारी के मन के सूनेपन को भर दिया था। नारी की उपस्थिति मात्र वातावरण, परिवेश और स्थान को सौन्दर्य की कोमलता, कमनीयता से भर देती है। पुरुष के मन में संवेदनाएँ जगा देती है। उसे अनुशासित करती है।

'चौबीस घड़ी नारी–पुरुष के साथ रहने के परिणाम से आप अच्छी तरह से अवगत होंगी देवी आम्रपाली। परिचय मैत्री में, मैत्री घनिष्ठता में और घनिष्ठता स्वतः प्यार में बदल जाती है। प्यार की प्रगादता में नारी पहले पुरुष को मन सौंपती है और मन, तन सौंपने को उकसाता है। हाव–भाव से नारी कामेच्छा प्रगट कर पुरुष से पहल की इच्छा रखती है। न समझने वाले अनाड़ी होते हैं।' उदयन कथा कहने की यौगन्धरायण की शैली अत्यन्त रोचक, रहस्य, रसपूर्ण और रोमांचक थी।

मित्रावरुण सब समझ रहे थे। ब्रह्मचारी का मन पहल करने को हिचकिचा रहा था। नया मार्ग अपनाया। सोलह कलाओं के साथ पूर्णिमा का चाँद खिल आया। वातायन तारों की हँसी से खिलखिलाने लगा। मदहोश करने वाली चन्द्रकिरणों की मादकता ने छटा को आलिंगन में ले लिया। पवन झकोरों पर सवार जंगली फूलों की सुरभि ने वातावरण में रूमान घोल दिया। बेचैन मन की शान्ति हेतु मित्रावरुण बाहर आये। बहती शीतल मन्द पवन देह को नहला सुकून प्रदान करने लगी। देवी रत्ना की पर्णकुटी के द्वार बन्द थे। उस प्रातः का स्मृति दृश्य सजीव हो आया।

स्नान हेतु कोई रागिनी गुनगुनाते झरने पर पहुँचे। देवी रत्ना को स्नान करते देख ठिठके। झरने के स्वच्छ, शीतल जल में नहा रही चाँदनी देह से गीले पारदर्शी झीने वस्त्र चिपक जाने से प्रत्येक अंग का सौष्ठव साफ़ दिखाई देने लगा। सुडौल नितम्बों को स्पर्श करती भ्रमर–सी केशराशि। छरहरी देह के चौड़े महीन कन्धे, मृणाल–सी भुजाएँ। पुष्ट जंघाएँ, पिण्डलियाँ। लगा देवालय की भित्ति पर उकेरी,

तराशी अप्सरा सजीव हो आयी है। सजग, सतर्क हो आया ब्रह्मचारी मन धिक्कारने लगा। य...ये...पाप है मित्रावरुण। आँखें हटाने, बन्द करने का प्रयत्न। नयनों ने मुँदने से इनकार कर दिया। वैरागी मन पर नियन्त्रण नहीं रह गया।

एकान्त में मिली बेफ़िक्री से रत्ना मन मगन, देह को रगड़–रगड़ नहा रही थी। झरने का शीतल, स्वच्छ जल देह, मन को सुकून दे रहा था। नारी देह अत्यन्त संवेदनशील होती है। दृष्टि की भाव चुभन को भी भाँप लेती है। रत्ना को सहसा किसी की उपस्थिति का आभास हुआ। पलटने के पहले तत्काल पास रखे वस्त्र से देह को ढँकने लगी। ब्रह्मचारी सावधान हो आये। देवी रत्ना के पलटने के पहले त्वरित गति से वापस चल पड़े। पलटकर निहारने पर ऋषिकुमार जाते दिखे। हैरानी से निहारती रह गयी। जल्दी से स्नान समाप्त कर आश्रम पहुँची। ऋषिकुमार को वेदाभ्यास करते पाया।

स्नानरत रूपसी की मनोहारी छवि वैदिक ऋचाओं को पीछे सरका जीवन्त हो उठती। मन विचलित हो आया जितनी बार हटाने का प्रयत्न करते वह छवि ऋषिकुमार के प्रयत्न को परे ढकेल बार–बार जबरन आ खड़ी होती। असफल होने पर विवश मित्रावरुण आँखों पर हाथ रख निढाल से न केवल लेट गये बल्कि नटखट मन को खुला छोड़ दिया।

'देवी आम्रपाली शेष कथा कहना आवश्यक नहीं लगता। आपकी बुद्धिमत्ता उसका आकलन कर सकती है। दोनों तरफ़ थी आग बराबर लगी हुई।'

मन की विकल बेचैनी से निजात पाने के लिए चिरप्रिया वीणा की मदद ली। पूरे चाँद की नशीली रात में पर्णकुटी के आँगन में चिर–परिचित स्थान पर आसन जमा तारों को छेड़ा। वीणा के तार महान कलाकार की अँगुली पकड़ रस से परिपूर्ण तिलक कामोद रागिनी को सैर कराने निकल पड़े। विकल मन धीरे–धीरे रागिनी के प्यार में इतना डूबता चला गया कि विकलता के बादल छँट गये। रागिनी के मधुर स्वरों में नयन मुँद गये। शीश झुका मन मगन एवं एकाग्र हो आया।

वेद की ऋचा–सी सोयी कोमलांगी रत्ना को सपने में मीठी–मनोहर संगीत की मनमोहिनी स्वर लहरी रेशमी हथेली से सहसा जगाने लगी। कुछ देर सुनती रही। रागिनी ने नींद हर ली। रत्ना की हथेली थाम पर्णकुटी के बाहर ले आयी। मनमोहन चाँदनी रस बरसा रही थी। वीणा ने उसे गाढ़ा और दुगना कर दिया। देह को सकून देने वाली शीतल बयारों ने आनन्दित किया। सम्मोहित–सी सामने आ बैठी। मन मगन ऋषिकुमार नेत्र बन्द किये तन्मय बजा रहे थे। रत्ना के आ बैठने का पता ही नहीं चला। रागिनी रत्ना की रक्त शिराओं में, मन में कामोद्वेग जगाने लगी। देह उन्मादित होने लगी। भारतीय राग–रागिनियों, शास्त्रीय संगीत में ग़ज़ब की शक्ति है। दीपक राग दिये जला सकता है। मेघ मल्हार में वर्षा करने की क्षमता है। अतः तिलक कामोद रागिनी रत्ना की देह, मन में कामभावना जगाने लगी। असहनीय उन्माद से प्रेरित दोनों भुजाएँ और शीश वीणा पर टिका दिये। रागिनी थम जाने से नेत्र खुले। एकाग्रता भंग हुई, वादन रुक गया। रूपसी रत्ना मादक चाँदनी में नहा रही थी। कुछ पल अपलक निहार समर्पिता को गोद में उठा लिया। पर्णकुटी में ले जा पर्यंक पर लिटा पार्श्व में लेट गये। रागिनी एवं अतुलनीय रूपसी नारी देह के सम्पर्क ने ऋषिकुमार के विश्वामित्री मन को बहका दिया। वर्षों से संचित संयम, ब्रह्मचर्य के बन्धन टूट गये। वासना का लावा दोनों देहों में उद्दाम रूप में बहने लगा। ऋषिकुमार ने ब्रह्मचर्य के तेज को रत्ना की देह गर्भ में स्थापित कर दिया। उस रात के बाद विवाह किये बिना पति–पत्नी के रूप में सह–जीवन का रिश्ता (Live in Relationship) क़ायम हो गया। विश्व का यह पहला सहजीवन रिश्ता था।

'देवी आम्रपाली। महाराज उदयन या शारंगदेव, ऋषिकुमार मित्रावरुण के जैविक पुत्र हैं। उनकी माँ देवी रत्ना अपूर्व सुन्दरी थीं और मित्रावरुण भी सुदर्शन थे। अतः कामदेव–सा रूप उदयन को विरासत में मिला है जिस पर अनेक रूपवान राजकुमारियाँ और उनके

पिता महाराज उन्हें अपना दामाद बनाने को लालायित थे। सफलता अवन्ति नरेश चण्डप्रद्योत को मिली। इस कथा से तो परिचित ही होंगी?' यौगन्धरायण सफ़ाई दे रहे थे।

'पूरी तरह से नहीं?' आम्रपाली पूरी कहानी जानने को उत्सुक थी। कथा में रस होता है। चाहे वह दादी–नानी की हो या साहित्यकार की। कथा कल्पना का प्रतिसंसार रच आनन्दित करती है।

ऋषिकुमार का रक्त उदयन में आया। अतः कला प्रेम स्वाभाविक था। उस युग में सन्तान विशेषकर पुत्र माँ के नाम से जाने जाते थे। कृष्ण देवकी और यशोदानन्दन तथा पाण्डव कुन्ती पुत्र थे। पितृत्व नहीं मातृत्व निश्चित था। उदयन माँ के कारण पाण्डववंशी कहलाये। मित्रावरुण जब भी अभ्यास करते, रत्ना आ बैठती। ऋषिकुमार उन्हें शास्त्रीय संगीत के महत्त्व, राग–रागिनियों की बारीक़ी, वीणा के इतिहास और श्रेष्ठ वीणावादकों के बारे में बताते। अभिमन्यु के समान उदयन भी गर्भ में वीणावादन के पाठ सीखने लगे। अतः स्वाभाविक रूप से शिशु के मन में वीणा के प्रति गर्भ में ही अनुराग पैदा हो गया। ऋषिकुमार जानते थे कि उनका बेटा होते हुए भी पाण्डववंशी होने से उदयन वत्स राज्य का स्वामी है। उसे उसी रूप में क्षत्रियोचित शिक्षा दे तैयार करने लगे। अस्त्र–शस्त्र चालन, रणनीति, शासन चलाने के शिक्षण के साथ वीणावादन भी सिखाया। वीणावादन में इतना सिद्धहस्त हो गया कि बजाने पर मृग ही नहीं हाथी भी आने लगे। तब आदिवासी सरदारों नवलव्य, वैकुण्ठ, सन्तन, सुदायन, दमनक के सहयोग से हाथियों एवं आदिवासियों की सेना तैयार की। कई आदिवासी गुप्तचर राजधानी कौशाम्बी और वत्स राज्य में फैला दिये। वहाँ उनकी भेंट मगध में निवासरत वत्स के महामात्य रुद्रायण एवं यौगन्धरायण के गुप्तचरों से हुई। यौगन्धरायण अपने स्वामी उदयन से मिलने वन में आये। मित्रावरुण, यौगन्धरायण, नवलव्य एवं आदिवासी सरदारों ने वत्स विजय की योजना बनायी।

गरुड़ राज जयवर्मन की नीतियों से प्रजा, वैश्य संघ, श्रमिक संघ, राजकीय कर्मचारी व अधिकारी त्रस्त थे। अवसर अनुकूल था,

योजनानुसार एक ओर से उदयन के सेनापतित्व में आदिवासियों की हाथी सेना, दूसरी ओर से मगध की सेना और यौगन्धरायण एवं मगध सेनापति दिव्यसेन ने हमला कर दिया। नागरिकों ने भी विद्रोह कर मदद पहुँचायी। गरुड़ सेना, गरुड़ राज जयवर्मन बुरी तरह से पराजित हुए। जयवर्मन के मारे जाते ही गरुड़ सेना जान बचा भाग खड़ी हुई। उदयन को वत्स राज्य का सम्राट घोषित किया। माँ एवं पिता को सादर कौशाम्बी ले जाने हेतु आश्रम पहुँचे। मगध सम्राट महामात्य यौगन्धरायण, अन्य अमात्यों, प्रधान सेनापति दिव्यसेन नगरश्रेष्ठी चन्द्रवदन, गणमान्य नागरिकों के प्रतिनिधिमण्डल तथा सैन्य अंगरक्षकों, आदिवासी सरदारों से घिरे पुत्र को राजसी वस्त्राभूषणों में देख माँ रत्ना, पिता मित्रावरुण की आँखें स्नेह, वात्सल्य से भर आयीं। पिताश्री के चरण स्पर्श हेतु उदयन झुकने लगे, ऋषिकुमार ने अधबीच में रोक छाती से लगा आशीर्वाद दिया, 'आयुष्मान भव! यशस्वी भव!' माँ के चरण स्पर्श हेतु झुके इसके पहले खींच रत्ना ने गले लगाया। ममता के आँसुओं से अभिषेक किया, 'चिरंजीव भव! पिता के राज्य को आततायी से छीन हमारा सपना पूरा करने के लिए कोटिशः आशीष।'

'तात! माताश्री!! आपको लेने आये हैं हम।' हाथ जोड़ उदयन ने निवेदन किया।

'हाँ देवी! हमारे साथ कौशाम्बी चल राजप्रासाद को पवित्र करें।' मगध सम्राट ने समर्थन किया।

'राजमाता एवं ऋषिदेव से हम सब करबद्ध प्रार्थना करने आये हैं।' यौगन्धरायण ने हाथ जोड़े।

'हाँ राजमाता निवेदन स्वीकारें।' समवेत स्वर में सभी ने हाथ जोड़े।

'वत्सराज उदयन आप साक्षी हैं कि हमने अपना जीवन संगीत, कला एवं वनवासी, दलित, शोषित, ग़रीब, अछूत आदिवासियों की सेवा को समर्पित कर रखा है। मेरे एक आदेश पर इन दलितों ने प्राणों को दाँव पर लगा आपको वत्स राज्य का मुकुट एवं सिंहासन भेंट कर दिया। मैं इन्हें और इनके बच्चों को छोड़ कैसे जा सकता हूँ! आप जानते हैं मेरे जाते ही आश्रमशाला बन्द हो जायेगी। अतः मुझे क्षमा करें।

आमन्त्रण के लिए साधुवाद! यदि देवी रत्ना जाना चाहें तो मुझे कोई आपत्ति नहीं। वे अपने पुत्र के साथ जा सकती हैं। मुझे तो आप महानुभाव क्षमा करें।' मित्रावरुण ने हाथ जोड़ लिए।

आशा भरी निगाहों से उपस्थित जन माँ रत्ना को निहारने लगे।

'वत्स उदयन! हम आपके पिता को इस आयु में छोड़ कर कैसे जा सकते हैं? उनके सेवा कार्य में हम भी सहभागी हैं। अपनी माँ को क्षमा करना पुत्र। फिर कुशल, चतुर, राजनेता यौगन्धरायण आपकी सेवा में हैं। शूरवीर सेनापति दिव्यसेन, नगरश्रेष्ठी चन्द्रवदन हैं। सर्वोपरि मगध सम्राट का संरक्षण आपको प्राप्त है। आप निश्चिन्त होकर प्रस्थान करें। प्रजा की सेवा कर इतिहास में स्थान सुरक्षित करें। हमारा आशीर्वाद आपके साथ है।' उदयन को खींच पुनः गले लगा आशीष दिया।

'जैसी आपकी आज्ञा!' प्रणाम कर विदा हुए।

मगध की राजधानी राजगृह में शास्ता

आनन्द! सौरभ!!

भगवन्!

'संघ मगध की राजधानी राजगृह हेतु विहार करेगा।'

'जो आज्ञा देव!' प्रस्थान की तैयारी व्यवस्था में व्यस्त हो गये।

मगध! राजधानी राजगृह!!

समकालीन सोलह महाजनपदों में महाजनपद मगध साम्राज्य के रूप में विकसित हो रहा था। मगध के शासक सम्राट हर्याश्व नाम से जाने जाते थे। पाली ग्रन्थ, पुराण एवं अन्य ऐतिहासिक सामग्री ईसा पूर्व की छठी शताब्दी में हर्याश्व को मगध का शासक बताती है। जीवन की सन्ध्या में वे भगवान बुद्ध से मिले थे। उनके पुत्र सम्राट बिम्बिसार, सम्राज्ञी वासवी तथा उनके पुत्र सम्राट अजातशत्रु गौतम बुद्ध के समकालीन थे। मगध के महत्त्व की वृद्धि के लिए हर्याश्व ने अपने पुत्र युवराज बिम्बिसार का विवाह देश के अत्यन्त ही महत्त्वपूर्ण

महाजनपद लिच्छवि गणराज्य के गण परिषद् के सदस्य राजा चेटक की बहिन राजकुमारी वासवी से किया था। गौतम बुद्ध ने लिच्छवि गणराज्य की बड़ी प्रशंसा की है। अजातशत्रु सम्राट बिम्बिसार और सम्राज्ञी वासवी का अत्यन्त महत्त्वाकांक्षी पुत्र था। ये तीनों बुद्ध के समकालीन थे। बिम्बिसार–वासवी के मन में बुद्ध के प्रति अगाध श्रद्धा–भक्ति थी, जबकि अजातशत्रु के मन में अवमानना थी। वह अत्यन्त दुर्धर्ष और दबंग था। अत्यन्त उतावला, दुर्दान्ता और बेमुरव्वत था। मगध का असली साम्राज्य निर्माता अजातशत्रु था। बिना हिचक, साम्राज्य विस्तार हेतु अपनों–परायों के विरुद्ध साम, दाम, दण्ड, भेद का उपयोग किया। मगध में धर्म प्रचार हेतु बुद्ध ने प्रस्थान का आदेश दिया।

'महादेवी की जय हो! अमात्य पुरंजय ने सादर प्रणाम किया।

'क्या समाचार है अमात्य पुरंजय? महामात्य यौगन्धरायण महाराज को लेकर पधार गये?' वासवदत्ता आतुर व्याकुलता से प्रियतम के आगमन की प्रतीक्षा कर रही थी। हर बीता दिन विकलता को बढ़ा रहा था।

'क्षमवस्य देवी! ऐसा कोई समाचार दास को प्राप्त नहीं हुआ है। हाँ एक और समाचार है।'

वासवदत्ता ने प्रश्नाकुल दृष्टि से निहारा।

'भगवान तथागत बुद्ध संघ सहित विहार हेतु मगध के लिए प्रस्थान करने वाले हैं।'

'ससम्मान राजकीय शिष्टाचार के अनुसार विदाई की तैयारी करें। मन्त्रिमण्डल के सभी सदस्य, सेनापति, प्रधान न्यायाधिपति, नगरश्रेष्ठी, सभी संघों के अध्यक्ष एवं गणमान्य नागरिक उपस्थित रहें।' एक पल रुकी, 'काश! यदि आपके महाराज एवं महामात्य भी उपस्थित होते तो विदाई समारोह अधिक गरिमामय होता।' गहरी दर्दीली साँस ली।

भगवान् तथागत राजगृह हेतु मंगल विहार करेंगे। समाचार से राजधानी विदाई हेतु उमड़ पड़ी। आँखें भरी थीं। दिव्य भाल पर वासवदत्ता ने चन्दन तिलक लगा माल्यार्पण कर आरती उतार चरण स्पर्श किये।

तथागत के नेत्रों में करुणा थी और अधरों की मोहक मुस्कान से मुख आलोकित था।

'देव! कुछ समय और ठहर कर दासी और नगरवासियों को अपने सान्निध्य, दर्शनों एवं सम्बोधि से उपकृत करते तो कौशाम्बी धन्य हो जाती। आपकी उपस्थिति मात्र से कौशाम्बी पवित्र हो रही थी। दासी महाराज की अनुपस्थिति के लिए क्षमा प्रार्थी है।'

'इसकी आवश्यकता नहीं है देवी वासवदत्ता।' मोहक मुस्कान ने उत्तर दिया।

कहें? ना कहें? कहना उचित लगा, 'देव! उस दुष्टा...?'

तथागत तत्काल समझ गये वासवदत्ता मांगधिया प्रकरण के लिए अपराध–बोध का अनुभव कर क्षमा प्रार्थी हैं। सार्वजनिक रूप से राजनर्तकी मा़ंगधिया, एक नारी को अपमानित नहीं करवाना चाहते थे। उनके लिए नारी गरिमा सर्वोपरि थी।

तुरन्त निषेध हेतु तर्जनी अधरों पर रख रोका, 'देवी हम जानते हैं। अशिष्ट व्यवहार ने आपकी पवित्र आत्मा को दुःखी और व्यथित किया है। आप व्यर्थ में अपराध–बोध से पीड़ित हैं। कभी न चाहते हुए भी व्यक्ति ग़लत कार्य कर बैठता है। काम–क्रोध का आवेग आवेश सद्बुद्धि हर लेता है। वासना, क्रोध का ज्वार इतना तीव्र होता है कि मनुष्य परिणाम का सही आकलन नहीं कर पाता। 'कामातुराणाम् भयं न लज्जा।' हमने तो उसी क्षण क्षमा कर दिया था। ये विकार है। संयम से ही इन्हें जीता जा सकता है। हमारा स्नेह आशीष सदैव पाण्डववंशी राजपरिवार एवं वत्स राज्य पर यथावत रहेगा।'

मन पर पड़े बोझ के उतर जाने से वासवदत्ता प्रसन्न हो आयी। शीश झुका पुनः प्रणाम किया। बुद्ध की उड़ती दृष्टि गणमान्यों के काफ़ी पीछे खड़े दीन–हीन शूद्रों, अन्त्यजों, चाण्डालों, अछूतों पर पड़ी। भाव विकल, तथागत की दया–आशीष के आकांक्षी अपनी दयनीय स्थिति से समझौता कर सारे जीवन उच्च वर्णों की प्रताड़ना, अपमान सहने को अभिशप्त लोगों के लिए तथागत जीवनदायी किरण बनकर आये थे।

सारे प्रवचन, धर्म परिवर्तन काल में बुद्ध ने अनुभव किया कि उच्च तथा मध्यम वर्ण के भक्त सम्बोधि में पहले दिन बड़ी भीड़ के साथ आ श्रद्धा, पूजा भाव प्रकट करते। लेकिन धीरे–धीरे उनकी संख्या को सांसारिक कामकाजों के द्वन्द्व कम कर देते अतः समय मिलने पर ही आते। हाँ मुक्तिकामी वृद्ध, वृद्धाएँ अवश्य प्रतिदिन आते। इनकी तुलना में शूद्र, अन्त्यज, अछूत वर्ग पूरी आस्था, श्रद्धा से उपस्थित रहता। अतः तथागत का उनके प्रति विशेष अनुराग था। 'आप लोग दूर क्यों खड़े हैं? हमारे निकट आइए। कृपया इन्हें मार्ग दीजिए।' उच्च वर्णों की तुलना में शूद्र बड़ी संख्या में भिक्षु बनते थे।

'आनन्द! सौभद्र!!'

'देव!'

'सर्वप्रथम हमारे उन भक्तों के दर्शन प्रणाम की व्यवस्था करें!'

'जो आज्ञा देव।'

तथागत ने आनन्द, सौभद्र के माध्यम से उच्च वर्णों को उन्हें मार्ग देने का आदेश, सन्देश दिया। चतुर वासवदत्ता, अमात्य मण्डल, सेनाध्यक्ष तथा न्यायाधिपति ने तत्काल विदा लेना उचित समझा।

'देव दासी को आज्ञा दीजिए।' झुक कर चरण स्पर्श किये।

'आयुष्मति, सौभाग्यवती भव। वासवदत्ता, सुकीर्ति।'

'देव!'

'मेरे इन बच्चों का ध्यान रखना। इनकी देहों में भी वही अत्मा है जो मुझ में आप में सब में है। व्यक्ति का अपमान निरादर आत्मा का निरादर है। आत्मवत सर्वभूतेषु।'

'देव के आदेश का पालन होगा।' राजमण्डल ने तुरन्त प्रणाम किया। कई गणमान्य बिना प्रणाम किये खिसक गये। तथागत द्वारा अछूतों, शूद्रों को अधिमान्यता ने व्यथित, अपमानित किया था। श्रद्धालु बने रहे।

तथागत एवं संघ के प्रस्थान के साथ ही वचन भुला दिया गया। कारण! ग़रीबी, अर्थाभाव की कमी के कारण शूद्रों की विपन्न, दुर्गन्धयुक्त जीवनशैली जिसे नियति मान स्वीकार लिया था, लक्ष्मण रेखा बन गयी थी। सदियों से ऐसा ही चला आ रहा था और चलता रहा।

कौशाम्बी और राजगृह के बीच बसे गाँवों, क़स्बों, नगरों में विहार करते जा रहे थे। तथागत और संघ के आगमन की सूचना मिलने पर श्रद्धालु बड़ी संख्या में दर्शन एवं सम्बोधि हेतु उपस्थित होते। ये ही उनके असली श्रोताभक्त थे।

व्यथा-कथा मगध राजनर्तकी शालवती की

कौशाम्बी–राजगृह के बीच पड़ने वाले गाँवों, क़स्बों, नगरों में विहार करते श्रद्धालुओं को दर्शन–सम्बोधि देते लम्बी यात्रा के बाद मगध की सीमा पर पहुँचे। मगध सम्राट बिम्बिसार, सम्राज्ञी वासवी, राजपरिवार के अन्य सदस्यों, अमात्य मण्डल, प्रधान सेनापति, न्यायाधिपति, राजधानी के गणमान्य स्वागतार्थ उपस्थित थे।

'स्वागतम्! भगवान् तथागत का मगध में स्वागत है। देव ने पधार कर हम अकिंचनों को उपकृत किया।' माल्यार्पण के साथ बिम्बिसार ने चरण स्पर्श किये।

'जीवेम् शरद् शतम्। यशस्वी भव! आपकी कीर्ति यश इतिहास की थाती बने।' दायीं हथेली से आशीष दिया, 'आह! सम्राज्ञी भी पधारी हैं? युवराज अजातशत्रु दिखाई नहीं दे रहे?' बिम्बिसार, वासवी, उपस्थितों के मौन ने कह दिया कि उद्दण्ड अजातशत्रु मनमर्ज़ी का मालिक है। तथागत एवं बौद्ध धर्म में उसकी श्रद्धा, आस्था नहीं है। तथागत ने ही बात सँभाल वातावरण को हल्का किया, 'सम्भवतः किसी महत्त्वपूर्ण कार्य में व्यस्त होंगे। अवसर मिलते ही भेंट करने आयेंगे।'

दासी से आरती का थाल ले महादेवी वासवी ने चन्दन, रोली, तिलक लगा माल्यार्पण कर तथागत की पूजा कर उनके चरण स्पर्श किये।

'अखण्ड सौभाग्यवती भव!' सहसा उड़ती दृष्टि राजपरिवार के सदस्यों की भीड़ के बीच में खड़ी ध्यानमग्न, उदास रूपसी पर पड़ी, 'आह! देवी राजनर्तकी शालवती भी आयी हैं! आप वहाँ क्यों खड़ी हैं। यहाँ निकट आइए।'

भीड़ से मार्ग मिलते ही ससंकोच लज्जित शालवती पहली क़तार में महादेवी वासवी की बगल में आ खड़ी हुई। लज्जा से मोहक मुख की लाली दुगनी हो आयी।

'महादेवी वासवी! स्वागतार्थ इन्हें आरती का थाल दें।'

दासी ने थाल दे दिया। शालवती ने श्रद्धा–भक्तिपूर्वक चन्दन–तिलक रोली लगा चरण स्पर्श किये।

'अशान्त आत्मा को शान्ति, सुख, सुकून मिले। सारे दुःख दूर हों। आत्मा पर पड़ा दुःख का बोझ उतरे। देवी शालवती संघ जहाँ विहार करेगा अवश्य आना।' तथागत के मन में दुःखी, दीन–हीन, तिरस्कृतों, समाज द्वारा अवहेलितों, अपमानितों के प्रति अपार ममता, स्नेह, दयाभाव था। उन्हें वे अधिमान्यता देते थे, 'देवी शालवती, अपने को गणिका न मानें। आप तो कला–संस्कृति की अधिष्ठाता उन्नायिका देवी हैं। देवी सरस्वती के समान पूजनीया। अवसर मिलते ही विन्ध्य वन में जहाँ संघ विहार करेगा, अवश्य पधारियेगा।' शीश पर हाथ रख मन आत्मा से आशीर्वाद दिया। तथागत का यह कार्य अद्वितीय था। राजपरिवार के किसी भी सदस्य यहाँ तक कि सम्राट–सम्राज्ञी को भी यह अनुग्रह तथागत ने प्रदान नहीं किया था। चमत्कार हुआ। एक ऊर्जा बुद्ध की देह से निकल शालवती की देह में स्थानान्तरित हो उसकी दुःखी आत्मा को निर्मल बना गयी। स्तब्ध, चकित उपस्थितों के लिए शालवती प्रशंसा ईर्ष्या का कारण बनी। पुनः चरण स्पर्श कर शालवती परे हट गयी। हटते ही अन्य श्रद्धालुओं ने चरण स्पर्श कर आशीर्वाद लिया।

'प्रतीक्षा ने थका दिया होगा। आप सब पधारें।'

'देव रथ उपस्थित है। आपको विन्ध्य वन छोड़ देगा।' नम्रतापूर्वक बिम्बिसार ने हाथ जोड़ प्रार्थना की, 'लम्बी यात्रा से देव एवं संघ थक गया होगा?'

'राजन्! मार्ग में अनेक श्रद्धालु सपरिवार, बाल–बच्चों समेत प्रतीक्षा कर रहे होंगे। रथ से जाने पर निराश, दुःखी होंगे। अतः क्षमा करें।'

'देव की जैसी इच्छा!' पुनः प्रणाम कर राजपरिवार एवं उपस्थितों ने प्रस्थान किया।

'दौवारिक सुबल।'

'आज्ञा देव।'

'हम, महादेवी एवं युवराज अजातशत्रु भगवान् तथागत का प्रवचन सुनने विन्ध्य वन जायेंगे। संघ सहित तथागत वहाँ विहार कर रहे हैं। रथ का प्रबन्ध करें।'

सुबल द्वार के पास पहुँचा ही था कि सुनायी दिया, 'मुझे तो क्षमा करें देव। महत्त्वपूर्ण मन्त्रणा हेतु महामात्य चणक, अमात्य परिषद्, प्रधान सेनापति सामन्त भद्र, अन्य सेनापतियों, गुप्तचराध्यक्ष आदि को युवराज ने आमन्त्रित किया है। वहाँ उनकी उपस्थिति अपरिहार्य है।' अजातशत्रु ने स्पष्ट इनकार किया।

सम्राट बिम्बिसार और महादेवी वासवी को गहरा आघात लगा। राजसी शिष्टाचार और मर्यादा का पालन न करने पर बिम्बिसार दुःखी हो आये। परम्परानुसार सम्राट इस धरा पर ईश्वर का प्रतिनिधि है। उसकी देह में ईश्वर का वास है। महारानी तक महाराज के समक्ष स्वयं को दासी मानती थीं। राजपरिवार, अमात्य मण्डल, सैन्य अधिकारियों, कर्मचारियों की भी यही स्थिति थी। बिम्बिसार जब युवराज थे तो पिता सम्राट हर्याश्व के सामने स्वयं को दास सम्बोधित करते थे। बिम्बिसार अनुभव कर रहे थे कि पुत्र का व्यवहार दिन–प्रतिदिन अशोभनीय होता जा रहा है। अजातशत्रु की उद्दण्डता महाराज–महारानी को सख्त नापसन्द थी किन्तु पुत्र मोह से विवश थे।

'जैसी आपकी इच्छा। मन्त्रणा का विषय क्या है?'

'विषय गोपनीय है।' प्रणाम कर चल दिया।

सम्राट–सम्राज्ञी भी चुपचाप चल दिये। विधि की विडम्बना थी कि एक ओर तथागत शील, शान्ति, अहिंसा की अनुशंसा कर रहे थे, तो दूसरी ओर महत्त्वाकांक्षी, दुर्धर्ष अजातशत्रु रक्तपात, हत्या, आगजनी, लूटपाट, बलात्कार, अपहरण का इतिहास रचने मगध साम्राज्य की सीमा विस्तार को आतुर, उतावला था।

बोधिवृक्ष के नीचे पद्मासन में बैठे तथागत का दिव्य, भव्य, शान्त व्यक्तित्व श्रोताओं के आत्मा–मन को सुकून प्रदान कर रहा था।

आत्मा को आप्लावित कर रही शान्ति–करुणा मुखमण्डल को आलोकित किये थी। बड़े–बड़े नयनों से निःसृत वात्सल्य, ममता का अनुभव प्राणिमात्र कर रहा था। आश्रम की शान्ति, वन का नैसर्गिक सौन्दर्य, वृक्षों के स्पर्श से सुरभित शीतल पवन झकोरे सुखद वातावरण की सृष्टि कर रहे थे। बुद्ध की उपस्थिति मात्र से वातावरण में आनन्ददायी सृष्टि निर्मित हो गयी थी।

चुस्ती, फुर्ती के साथ अजातशत्रु के मन्त्रणागृह में प्रवेश करते ही वय में वरिष्ठ महामात्य चणक, अमात्यों, सैन्य अधिकारियों ने खड़े हो, 'प्रणाम स्वीकारें देव!' निवेदित किया। शीश को मात्र थोड़ा झुका प्रणाम स्वीकारा। हाथ जोड़ने की सौम्यता नहीं दिखाया।

'क्या आज्ञा है देव?' महामात्य चणक ने सभी की ओर से जानना चाहा।

'आप महानुभाव मगध के स्वामिभक्त शुभचिन्तक हैं। आपके परिजनों ने भी तन, मन, धन से सेवा की है।' हमें विश्वास है कि आप सब मगध राज्य की सीमा विस्तार कर उसे साम्राज्य में परिवर्तित कर गौरव प्रदान करने हेतु प्राणों की बाज़ी लगा देंगे। इसमें कोई सन्देह नहीं कि हमारे पिता महाराज सम्राट कहलाते हैं। लेकिन! जानबूझकर उत्सुकता बढ़ाने रुका।

उपस्थितों में भी जानने की भावना तीव्र हो आयी।

'लेकिन! वह सिर्फ़ सम्माननीय हैं। आदरणीय! उसे वास्तविकता में बदलना होगा और ये काम आप...' तर्जनी प्रधान सेनापति सामन्त भद्र व अन्य सेनापतियों की ओर घुमायी, 'और आप...आप...आपको करना है, सैन्य अभियान, कूटनीतिक चालों, गुप्तचरों का जाल फैला कर। मगध आप से आपकी सेवाएँ ही नहीं सपने और बलिदान माँग रहा है।'

भाषण ज़ोरदार और नाटकीयता से भरा था। युवराज का वक्तव्य ऊर्जा बन न केवल उनकी आत्माओं को अनुप्राणित कर गया बल्कि उन्हें जोश से भी भर दिया। कक्ष की वायु जोश की ऊर्जा से तरंगायित होने लगी। युवराज अजातशत्रु जो सपना देख रहे थे उसे श्रोताओं के मन–मस्तिष्क और आत्मा में बो दिया।

इसमें कोई सन्देह नहीं कि वर्तमान में भी मगध सोलह जनपदों में अग्रणी, श्रेष्ठ व सिरमौर है। सम्राट भी समकालीन शासकों में अग्रगण्य है। युवराज की इच्छा ही नहीं संकल्प है महाराज को भारत के चक्रवर्ती सम्राट के पद पर अधिष्ठित करना एवं मगध के इतिहास को भारत का इतिहास बनाना। इतिहास जब भी पढ़ाया जाय वह मगध से प्रारम्भ हो। हमें विश्वास है हमारी इच्छा आपकी भी इच्छा है।' अजातशत्रु ने जोश भर दिया। वो इतना घमण्डी था कि स्वयं को तृतीय पुरुष युवराज रूप में सम्बोधित करता था।

'क्या आदेश है आपका देव?'

अजातशत्रु का उत्साह, सपना श्रोताओं में स्थानान्तरित हो जाने से सभी ने हाथ उठाया, 'हम सब युवराज के साथ हैं। मगध के इतिहास को भारत का इतिहास बनाने हेतु प्राण न्योछावर कर देंगे।'

अजातशत्रु का मुख प्रसन्नता से चमकने लगा। इनकी सहायता से इतिहास पुरुष, उसका प्रेरक अवश्य बनेगा। आगे कहा, 'हमारे पास विशाल चतुरंगिणी सेना है। हमारे सेनापति सामन्त भद्र श्रेष्ठतम् रणकुशल, रणनीतियों में सर्वश्रेष्ठ हैं और महामात्य चणक सर्वश्रेष्ठ राजनेता, कूटनीतिज्ञ, कपट चालों में माहिर। बात को वजन दे नाटकीयता से पूछा, 'कोई संशय?'

सारे समय धीरता के साथ सारे कार्य–व्यापार पर गम्भीरता से एक व्यक्ति विचार कर रहा था वो था रक्षामन्त्री दिवाकर। आपत्ति जतायी, 'युवराज, आपके कुशल नेतृत्व एवं मार्गदर्शन से मगध निश्चय ही साम्राज्य में परिवर्तित होगा। सम्राट बिम्बिसार चक्रवर्ती सम्राट बनेंगे। लेकिन बात को वजन देने रुका। उत्सुक नज़रें उसे ही निहार रही थीं, 'लेकिन अनगिनत शव गिरेंगे, धरती रक्त स्नान करेगी। अनेक माताओं की गोद सूनी होगी, पत्नियों की माँगें उजड़ेंगी, उन्हें जीवन भर वैधव्य भोगना पड़ेगा। बच्चे अनाथ होंगे। अपंग, घायल, जीवनभर युद्ध के अभिशाप को झेल पीड़ित रहेंगे। शत्रु को ही नहीं?' कुछ पल रुका, 'मगध को भी यह सब भोगना पड़ेगा।'

जो चित्र दिवाकर ने खींचा उससे सन्नाटा पसर गया। पलटी बाज़ी को रास्ते पर लाने के लिए अजातशत्रु ने तत्काल पूरे अभिनय के साथ प्रतिवाद किया, बायें हाथ को हिलाया, 'आपकी आपत्ति सही है दिवाकर जी। ज़रा इतिहास के पन्ने पलटिए। महाभारत के कुरुक्षेत्र में क्या हुआ? भगवान् कृष्ण ने नरसंहार कराया। अगिनत लाशें बिछीं उनमें भीष्म पितामह, आचार्य द्रोण और उनका भानजा अभिमन्यु भी था।' बात को वजन देने रुके, पुनः हाथ हिलाया, 'हम नहीं करेंगे तो वत्सराज उदयन भारत सम्राट बनने हेतु करेंगे। काशीनरेश प्रसेनजीत, उनके पुत्र विदुदम्भ क्या शान्त बैठे रहेंगे? तब क्या मगध में लाशें नहीं बिछेंगी? बिछेंगी ही नहीं मगध वासी काशी का दास बनेगा। बोलिए, क्या आप इसके लिए तैयार हैं?' पुनः रुका, 'रक्षामन्त्री जी आप क्या समझते हैं हमारे युद्ध न करने से क्या वो सदा के लिए रुक जायेगा? बन्धुवर वह नहीं रुकेगा। युद्ध महत्त्वाकांक्षी मानव की मनोवृत्ति है। आज भी होगा हर युग में होगा।' पुनः रुका। खुर्दबीनी दृष्टि ने वातावरण का आकलन किया। मुख मुद्राएँ उसके पक्ष में थीं। बाज़ी पलटने में सफल हुआ था।

'क्या निर्णय है आपका?'

'हम सब युवराज के साथ हैं। मगध के गौरव की वृद्धि के लिए प्राण भी न्योछावर कर देंगे।' समवेत स्वर में सम्पूर्ण बहुमत से प्रस्ताव पारित हुआ। पहला दौर जीतने से अजातशत्रु के उत्साह में बढ़ोतरी हुई।

जिस काल में अजातशत्रु राजप्रासाद के मन्त्रणागृह में समकालीन भारत को युद्ध द्वारा रक्तपात, रुदन, चीत्कार, घायलों और शवों में बदलने की ओर बढ़ रहा था। भगवान् तथागत बुद्ध, प्रेम, सौहार्द, स्नेह, धर्म के वास्तविक मर्म शील, अहिंसा, सत्य, अस्तेय और अपरिग्रह का सन्देश सम्बोधि द्वारा दे रहे थे। इतिहास की यह विडम्बना थी।

सम्राट से लेकर शूद्र तक मुक्ति कामना से प्रवचन में उपस्थित थे। मुक्ति कामना के बाद भी शूद्रों के प्रति सवर्णों की घृणा यथावत थी। तथागत के बौद्ध धर्म के अनुशासन ने लाचार कर रखा था। शाक्य गणराज्य के महाराज शुद्धोधन के युवराज की भयभीत करने

वाली गरिमा को सदियों पीछे संन्यासी तथागत छोड़ आये थे। भक्तों के सामने श्रद्धा, पूजा, भाव जगाने मुक्तिदाता विराजमान थे। अधरों पर सदा खिली रहने, सम्मोहित करने वाली भीनी मुस्कान से दीप्त मुख सम्बोधि के माधुर्य प्रभाव को दुगना कर रहा था। क्योंकि धर्म के गूढ़ मर्म को ज्ञाता ने आचरण में उतारा था। शील तथागत के जीवन व्यवहार का स्थायी भाव होने से भक्तों, अनुयायियों, संघ को गहरे तक प्रभावित करता था।

'कामना, लालसाएँ छलती हैं। चंचल मन को बहका अपने वश में कर लेती हैं। जीवन को क्या चाहिए? मन की शान्ति। अशान्ति, अभाव, कामनाएँ दुःख का कारण हैं। दीन–हीन दरिद्रता ग़रीबी से दुःखी हैं। धन, सत्ता, राजपद सम्पन्न भी दुःखी हैं। कामनाएँ समान रूप से हर एक को दुःखी करती हैं। आनन्द, सुख, सन्तुष्टि, पूर्णता मानव की आकांक्षा का प्रकटीकरण है। इन्हें पाने की लालसा में उलझ मानव दुःख को आमन्त्रित कर बैठता है। कामना विकार है। उसकी पूर्ति न होने पर क्रोध, अहंकार उपजते हैं। मन को विकार अस्थिर करते हैं। शील ही इनसे छुटकारा दिलाता है। क्योंकि वह धर्मसम्मत ही नहीं धर्म है। जिसका पालन, गृहस्थ, उपासक, श्रमण, भिक्षु तथा गृहिणियों, उपासिका तथा भिक्षुणियों को भी करना चाहिए। नारी–पुरुष दोनों द्वारा शील का पालन करने पर ही धर्म का पालन होगा। शान्ति बनी रहेगी। गृहस्थ–गृहिणियों ने पंचशील–प्राणतिपाता वेरमणी सिक्खापदं समादियामि–हिंसा न करें, वचन हिंसा से भी दूर रहें, अदिन्नदाना वेरमणी सिक्खापदं समादियामि–न दी हुई वस्तु ग्रहण करेंगे, कामेसु मिच्छाचारा वेरमणी सिक्खापदं समादियामि–व्यभिचार से दूर रहें, मुमेरयवादा वेरमणी सिक्खापदं समादियामि–झूठ न बोले, सुरा–मेरय–मज्ज–पमादट्ठाना वेरमणी सिक्खापदं समादियामि–मादक वस्तुओं सुरा आदि का सेवन न करें। ये पंचशील दुःखों से दूर रखेंगे। ये ही सच्चा आचरणीय धर्म हैं। गृहस्थ–गृहिणियों मूर्खों से दूर रह सज्जनों से मित्रता करें। ओ...म... शान्ति...शान्ति...शान्ति...।' सम्बोधि समाप्त हुई। तथागत खड़े हुए

'बुद्धम् शरणम् गच्छामि, धम्मम शरणम् गच्छामि, संघम शरणम् गच्छामि' के साथ उपासक तथागत के चरण स्पर्श कर प्रस्थान करने लगे।

प्रवचन समाप्त हो गया था। तथागत की अमृतवाणी ने धर्म के सच्चे मर्म मार्ग को सुझाया था। मन को बन्धनों से मुक्ति का मार्ग भी बताया, जो अत्यन्त सरल और करणीय था। सरल और करणीय ही कठिन है। बुद्ध की उपस्थिति संघ में उनके द्वारा निर्मित वातावरण का प्रभाव वहाँ रहने तक ही रहा। प्रवचन की अतृप्ति ने कुछ को दूसरे दिन आने को प्रेरित किया था।

बिम्बिसार की देह सम्बोधि एवं बुद्ध के सान्निध्य में थी, लेकिन मन मन्त्रणागृह में था। अजातशत्रु क्या खिचड़ी पका रहा होगा? पुत्र की उद्दण्डता सारे समय भय चिन्तित किये रहती। पुत्र न हो तो दुःख, होने के बाद नालायक निकल जाये तो दुगना दुःख। नालायक सन्तान को प्यार करना उसकी कल्याण कामना माँ–पिता की मजबूरी है। सन्तान इसी कमज़ोरी का फ़ायदा उठाती है। प्रवचन पल्ले नहीं पड़ रहा था। देवी वासवी एकाग्र मन से सुन रही थीं। महाराज समाप्ति की प्रतीक्षा आतुरता से कर रहे थे। समाप्ति पर तत्काल चरण स्पर्श कर तेज़ी से प्रासाद जा पहुँचे। मन्त्रणा समाप्त हो जाने से सभी जा चुके थे। बिम्बिसार जानते थे कि बेटे की निगाह सिंहासन पर है। प्रासाद ही नहीं अन्तःपुर के उसके शुभचिन्तक उसे सूचनाएँ देते रहते थे। मन्त्रणागृह में उनके भी विश्वस्त थे। समय पर अवश्य चर्चाओं से अवगत करायेंगे। अवसर की प्रतीक्षा करने लगे।

व्यक्ति की आत्मा, मन पर उसके गोपनीय क्रियाकलाप बोझ बन छाये रहते हैं। इन्हें सबसे छिपाये रखता है। गोपनीय बोझ से छुटकारा पाने के लिए माँ के सामने दिल खोलता है। पूरा नहीं। माँ की डाँट पड़ती है, 'तुझसे यह उम्मीद नहीं थी'। मित्र से भी गोपनीयता का एक अंश बाँटने पर वह पुनः ग़लती न दुहराने की सलाह देता है। सब नहीं बताता पत्नी–प्रेमिका को बताने पर नाराज़गी, अलग होने की धमकी का सामना करना पड़ता है। आत्मा, मन पर पड़े बोझ से पूरी तरह से मुक्त होने के लिए गुरु–ईश्वर के पास जा गोपनीय बुरे

कर्मों को समर्पित कर देता है। जानता है वे क्षमा कर पुनः न दोहराने की राय देंगे। मगध राजनर्तकी गत कई वर्षों से जो सन्त्रास, घुटन और गोपनीय बोझ ढो रही थी उसे तथागत बुद्ध के चरणों में समर्पित कर मुक्त होने दौड़ पड़ी।

'आपो दीपो भव। अपना दीपक स्वयं बनने का प्रयत्न करो। उधार के माँगे गये दीपक से मन प्रकाशित नहीं होता। प्रज्ञा, ज्ञान के आलोक में स्वयं का धर्मसम्मत मार्ग चुनो।' दूसरों के द्वारा बनाये गये मार्ग का अनुसरण कहीं ग़लत मार्ग पर ग़लत दिशा में न ले जाये। सच्चे धर्म के ज्ञान के लिए स्वाध्याय, आत्मचिन्तन, विचारमन्थन विश्लेषण आवश्यक है। सही सच्चा धर्म है प्रज्ञा जो ज्ञान, शील एवं करुणा को जीवन में उतारने से ही पाया जा सकता है। स्वाध्याय प्रज्ञावान जीवन का अनिवार्य अंग है। इसमें प्रमाद नहीं करना चाहिए।' मेघ गम्भीर गहरी, आत्मा को सुकून देने वाली वाणी तथागत की आत्मा से निकल उपासकों की आत्मा को बन्धनों से मुक्त कर रही थी। उपासकों की संख्या में दिन–प्रतिदिन वृद्धि हो रही थी। राजगृह ही नहीं दूर–पास के ग्रामों, नगरों, अन्य जनपदों से भी उपासक दिव्य विभूति, जीवित ईश्वर के दर्शनार्थ आ रहे थे।

रथ से उतर कुछ पल असमंजस में खड़ी रही।

'देवी आदेश दें तो भगवान् तथागत तक पहुँचने हेतु मार्ग की व्यवस्था की जाये।' अंगरक्षक देवभूति ने सादर निवेदन किया।

'ना! ऐसा कुछ न करें जिससे भगवान् की सम्बोधि में व्यवधान पैदा हो। देख रहे हो ना। सभी भक्त एकाग्रचित्त भगवान की अमृतवाणी, वचनों से आप्लावित हो रहे हैं।'

चुपचाप खड़ी रही। पीछे हट अन्तर दे देवभूति भी सादर खड़ा हो गया।

'जीवन को चाहिए क्या? धन, सम्पत्ति, अधिकार, देह को सुख देने वाले साधन? ये बाहरी तत्त्व हैं। क्षणभंगुर। आनन्द, सन्तुष्टि, सुख देने वाले साधन मानव की सांसारिक आवश्यकताओं की अभिव्यक्ति हैं। वे कामनाओं का प्रतीक हैं, छलना हैं। एक पूरी होते ही दूसरी

चंचल मन पर हावी हो जाती है। कामनाएँ अन्तहीन हैं। विकारों को बढ़ाने वाली। प्रज्ञा सत्य–ज्ञान का स्रोत है। कामनाओं पर विजय पाने का साधन। ज्ञान और चेतना मानव के विकारों पर विजय पाने का साधन। अन्तश्चेतना में प्रज्ञा और शील जाग्रत करना धर्म और जीवन का लक्ष्य होना चाहिए। ऐसा न करने पर मानव मन छली कामनाओं के चक्रव्यूह में फँसा रहता है।

प्रवचन के साथ गौतम की कारुण्य दृष्टि उपासकों की भावमुद्रा का आकलन भी करती जा रही थी कि सम्बोधि का कितना प्रभाव श्रोताओं पर पड़ रहा है। सहसा राजनर्तकी शालवती उड़ती दृष्टि के दायरे में आ गयी। नेत्र वात्सल्य, ममता के उद्रेक से भर आये, 'आह! देवी शालवती!! क्षमवस्य देवी! सम्बोधि में ऐसे डूब गये कि ध्यान नहीं दे पाये।'

'दासी को लज्जित न करें देव!'

'आनन्द!'

'भगवन!'

'देवी राजनर्तकी को सादर लिवा लायें।'

'जो आज्ञा देव!'

'चलिए देवी शालवती।' उपस्थितों की दृष्टि शालवती पर जा अटकी। अधिकांश ने उनकी और उनकी सौन्दर्य कला उपलब्धियों की चर्चा भर सुनी थी। सामान्य आमजन के लिए वे आकाश कुसुमवत् थीं। तथागत के कारण निकट से दर्शन लाभ का सुअवसर मिला। ससंकोच सलज्ज शालवती सिर नीचा किये आनन्द के पीछे अग्रिम क़तार में पहुँची। आनन्द ने सादर बैठाया। देवी के आसन ग्रहण करते ही मीठी करुणा मिश्रित मुस्कान के साथ सम्बोधि प्रारम्भ हुई।

'प्रज्ञा के साथ शील धर्म का महत्त्वपूर्ण अंग है। उपासक–उपासिकाओं को अष्टशील का पालन करना चाहिए। पंचशील के साथ तीन अन्य शीलों का पालन ज़रूरी है। छठा शील है–विकाल भोजना वेरमणी सिक्खापदं समादियामि–किसी भी समय भोजन करने से बचे। सातवाँ शील–नच्च–गित–वादित–विसुक–दस्सन माला गन्ध–विलेपण धारण मन्कन विभुषण ठठाना वेरमणी सिक्खापदं

समादियामि—नृत्य, गायन, वादन किसी भी तरह के शारीरिक श्रृंगार से दूर रहना चाहिए। ये चंचल मन को भटकाने वाले तत्त्व हैं। शील को भंग कर सकते हैं। आठवाँ शील—ऊँची बड़ी नरम शैया पर न सोयें। धम्म के अनुसार अष्टशील उपोस्थ शील हैं। ओम...शान्ति...शान्ति...।' तथागत ने खड़े हो उपासकों को प्रणाम कर सम्बोधि समाप्त की। कतारबद्ध उपासक—उपासिकाओं ने चरण स्पर्श किये। दायें हाथ से तथागत से आशीर्वाद मिलते ही भीड़ छँटने के बाद शालवती चरण स्पर्श कर एक ओर खड़ी हो गयी। मीठी, ममतामयी दृष्टि राजनर्तकी की आत्मा के अन्तर्द्वन्द्व को समझ गयी। कुटी में प्रवेश करते समय, 'देवी शालवती हमारे साथ आयें।'

'जो आज्ञा देव!'

कुटिया में प्रवेश के बाद आसन पर बैठते तथागत ने कहा, 'आसन ग्रहण करें देवी।'

अन्तर दे शालवती चरणों में बैठी। राजनर्तकी के कमनीय मुख, बड़े—बड़े नयनों में छायी उदासी ने दुःख को जीतने वाले तथागत के मन को भाव विगलित कर दिया। समझ गये देवी शालवती की आत्मा अशान्त है। स्नेह, वात्सल्य पगी वाणी ने जानना चाहा, 'देवी शालवती! आपकी आत्मा की पीड़ा ने भावप्रवण मुख, नयनों पर उदासी का ग्रहण क्यों लगा रखा है? अपनी आत्मा के दर्द, दुःख, पीड़ा को तथागत को सौंप दो।'

'वही करने आयी हूँ देव! अपनी व्यथा—कथा पूजनीय चरणों में अर्पित करने की अनुमति दें भगवन्?' अश्रुपूरित नयनों ने आगे बढ़, झुककर श्रीचरणों में शीश रख दिया।

करुणा, स्नेह, ममत्व के साथ तथागत ने शालवती का शीश सहलाया। वर्षों से आत्मा में जमा दुःख—पीड़ा का दर्दीला, बर्फ़ीला पाषाण पिघलने लगा।

'स्वामिनी की जय हो। देवी राजवैद्य आपके स्वास्थ्य के परीक्षण हेतु पधारे हैं। सम्राट ने स्वयं उन्हें भिजवाया है।' बड़े आदर से प्रणाम करते दास भवनाग ने निवेदन किया।

राजवैद्य जीवक ने कोमल शैया पर अड़तालीस वर्षीया प्रौढ़ा राजनर्तकी को लेटी पाया। बन्द नेत्रों के नीचे काले घेरे फैल गये थे। गौरवर्णी मुख की लालिमा पीली पड़ गयी थी। देह की कमनीयता में फीकापन आ गया था। केशों में कई दिनों से तेल न होने से सूख गये थे। अंगराग के बिना मगध की श्रेष्ठतम अलौकिक रूपसी श्रीहीन लगी। वय ढलान पर होने से गात शिथिल था। इतने पर भी उनमें एक आकर्षण तो था। दो–तीन दासियाँ हाथ बाँधे पर्यंक के दोनों ओर खड़ी थीं। एक पंखा झल रही थी। तिपाइयों पर सुस्वादु फल, स्वर्णझारी में सुस्वादु जल एवं प्याले थे।

जीवक नाम अमृत बिन्दु–सा कर्णफूल से सजे दीर्घ कानों से आत्मा में टपक आप्लावित कर गया। चेतना लौटने लगी। पँखुड़ियों–सी बड़ी–बड़ी पलके धीरे–धीरे खुलीं। सामने खड़ा तरुण अत्यन्त ही सुदर्शन मोहक था। कन्धों तक फैली सुन्दर केशराशि, कानों में हीरे जड़ित कुण्डल, भुजबन्ध, चौड़ी छाती पर रत्नजड़ित हार चमक रहा था। उन्नत नासिका। अँगुलियों में ग्रह–नक्षत्रों के अनुरूप रत्नजड़ित अँगूठियाँ, बड़े बड़े नेत्र। लगा युवराज बिम्बिसार खड़े हैं। सभ्रम उठ बैठने का प्रयत्न करने लगी। देह की दुर्बलता साथ नहीं दे रही थी। फिर भी अधलेटी सी बैठने में सफल हो आयी। निर्मिमेष दृष्टि से मगध ही नहीं देश–भर के बहुचर्चित बहुप्रशिक्षित वैध युवक की सुन्दरता का पान करने लगी।

'देवी कष्ट न करें। लेटी रहें।' राजवैद्य की सुमधुर वाणी ने रोक दिया, 'हम ऐसे ही परीक्षण कर लेंगे।'

'स्वा...मि...नी...' दासी चन्दना ने सहायता करना चाही।

हाथ के हलके संकेत से रोक दिया। 'हमारा प्रणाम स्वीकारें, राजवैद्य' राजनर्तकी की वाणी शिथिल थी।

'आप ये क्या कह रही हैं देवी? आप हमारे लिए मातृ–तुल्य हैं। किसी औपचारिकता की आवश्यकता नहीं है देवी राजनर्तकी।' बड़ी श्रद्धा से जीवक ने उत्तर दिया।

मातृ शब्द सुनते ही शालवती की आत्मा में ममत्व का ज्वार उमड़ आया। लगा वक्ष में दूध उतर आयेगा। नेत्र चमक उठे। तृप्ति के सुख से मुख आलोकित हो आया। तीव्र इच्छा उस शीश को खींच वक्ष से लगाने की हुई। जिस मातृत्व सुख के लिए इतने वर्षों से अतृप्त आत्मा में विकलता का ज्वालामुखी धधक रहा है, उसे शान्त कर ले। क्या यह सम्भव था? शीघ्र ही अपनी भावनाओं को नियन्त्रित किया। थकी–सी लेट गयी। अधखुले नेत्रों से जीवक के सुदर्शन व्यक्तित्व का पान करने लगी।

छोटी–सी हलचल से जीवक समझ गये राजनर्तकी की जिजीविषा प्रबल है। शीघ्र स्वास्थ्य लाभ की सम्भावना है। झुक कर नाड़ी, नेत्र, उदर आदि का परीक्षण करने लगे। जीवक का हर स्पर्श शालवती की आत्मा में अमृत वर्षा कर रहा था। मातृत्व की स्निग्ध आभा मुख पर उभरी।

'अब जीने की इच्छा नहीं रह गयी है पुत्र...?' शालवती ने जीभ काटी '...व...त...स'। बात पूरी की।

मीठी मोहक मुस्कान जीवक के अधरों पर फैल गयी। नाड़ी परीक्षण करते बोले, 'आप हमें पुत्र कह सकती हैं देवी राजनर्तकी'। जानते थे हर नारी की आत्मा में माँ निवास करती है चाहे वह गणिका ही क्यों न हो! मातृत्व का सुख उठाने को विकल शालवती की सबसे बड़ी औषधि यही है। उन्होंने बात आगे बढ़ाई, 'यह हर नारी का अधिकार है। यही तत्त्व उसे श्रेष्ठ बनाता है।'

शालवती ने उत्तर नहीं दिया। कुछ अश्रुबिन्दु कपोलों पर लुढ़क आये। जीवक ने बड़े स्नेह से अपने रेशमी उत्तरीय से उन्हें पोंछा। जीवक को अपलक निहारती शालवती इतना ही कह पायी, 'हम आपके आभारी हैं वत्स।'

'आप तो राज्य का गौरव, उसकी सम्पत्ति, अमूल्य थाती हैं देवी। आपकी रक्षा करना प्रत्येक का कर्तव्य है।' परीक्षण कर रहे जीवक ने उत्तर दिया।

'राज्य...का...गौरव...उसकी...अमूल्य...सम्पत्ति...थाती...हाँ...' शालवती बुदबुदायी, राजनर्तकी राज्य की सम्पत्ति ही तो होती है। राज्य ने वर्षों पहले उसे उसके माता–पिता से ख़रीद लिया था। कब? स्मरण नहीं। शायद, जन्म लेने के कुछ माह बाद ही। विषकन्या, गणिकाएँ, राजनर्तकी, राज्य, गणराज्य का विशेषाधिकार जो है। राज्य रूपी यन्त्र का एक पुर्जा मात्र है वह। कौन उसके माता–पिता थे? किस ग्राम–नगर से है? इसका पता आज तक नहीं है। जो व्यक्ति ख़रीद कर लाया उसका भी अता–पता नहीं। वे मर गये? मार दिये गये? पता नहीं! वो राजनर्तकी चित्रावली को ही अपनी माँ और राजनर्तकी के प्रासाद को ही अपना घर समझती रही। समझदार होने पर उड़ती–उड़ती चर्चाओं ने सत्य से साक्षात्कार कराया। कई दिन व्याकुलता में बिताये। अनेक बातें अपनी शक्ति, क्षमता, अधिकार और सीमा से परे होती हैं। मन धीरे–धीरे परिस्थिति, परिवेश से समझौता कर उनके साथ जीने को विवश हो जाता हैं, एक कड़ुवाहट के साथ।

वह तो राज्य की महती कृपा थी जो विषकन्या नहीं बनाया। वरना अपना ही जीवन जल्लाद–सा लगता। राज्य की इस कृपा के लिए क्या उसका ऋणी, कृतज्ञ नहीं होना चाहिए?

एक विष के साथ जी रही थी। अपनी देह से ऋण चुका रही थी। कड़ुवाहट सुन्दर आनन पर फैल गयी। परीक्षण में डूबे जीवक उस बुदबुदाहट को पकड़ नहीं पाये। शालवती ने आँखें मूँद लीं।

परीक्षण समाप्त करने के बाद जीवक के मुख पर हलकी चिन्ता की रेखाएँ उभरीं। पर शीघ्र दबा स्मित मुस्कान से कहा, 'चिन्ता की कोई बात नहीं है देवी राजनर्तकी! हम औषधि भेज देते हैं। ईश्वर की कृपा हुई तो आप शीघ्र स्वास्थ्य लाभ करेंगी। अन्तर दे भवनाग जी हमारे साथ आइए। पथ्य, भोजन आदि के विषय में भी सूचना भेज दूँगा देवी।' बड़ी श्रद्धा से जीवक ने प्रणाम किया।

'चिरंजीवी भव। जीवेम् शरद शतम्। आपका यश इतिहास की धरोहर बने। यही हमारा आशीष है...पुत्र।' इस बार अपने को रोक न सकी। जीवक का हाथ थाम एक झिझक के साथ आशीर्वाद दिया।

एक बार पुनः आदर श्रद्धा के साथ शीश झुका जीवक प्रणाम कर चल दिये। जाते हुए जीवक की चौड़ी पीठ, रेशमी वस्त्रों और गौरवर्णी देह की आभा को अपलक निहारती रही। भवनाग सादर अनुगमन कर रहा था।

लगा जीवक नहीं युवराज बिम्बिसार पधारे हैं। वह दिन आज भी स्मृति में जीवित है। वह तो जीवन का सुनहरा पृष्ठ है। नृत्य के अभ्यास में डूबी थी। राजनर्तकी चित्रावली प्रत्येक भंगिमा, पग, हस्त संचालन, वाद्यों की ताल, गायन पर नृत्याभिनय का बारीकी से निरीक्षण कर रही थी। नृत्याचार्य वैदेही चरण, गायक कुमार गन्धर्व की सतर्क दृष्टि भी शालवती पर थी। बीच–बीच में वे भी ताल दे रहे थे। भावी राजनर्तकी को तैयार जो कर रहे थे।

शालवती की लगन, परिश्रम ने सभी को प्रभावित किया। कठोर परिश्रम के कारण रेशमी कंचुकि पसीने से तर हो आयी। और सुन्दर, मनमोहक, गोरे–गुलाबी आनन और नासापुटों पर पसीने की नन्ही–नन्ही बूँदें मोती–सी चमकने लगीं। नृत्य भंगिमा में घूम जैसे ही गायक कुमार गन्धर्व के बोलों, ताल, वीणा, वंशी, मृदंग की थाप के साथ सम पर, घुँघरुओं से सजे लाल गोरे पग रुके शालवती की कटि, नितम्ब, वक्ष लहराए समस्त देह चित्र लिखी–सी खड़ी हो गयी।

'वाह...वा...ह...आ...ह....सुन्दर, अतिसुन्दर बिटिया शालवती' वीणा, मृदंग पर अन्य संगीतज्ञों, उपस्थित दास–दासियों ने समवेत स्वर में ताली बजा प्रशंसा व्यक्त की। शालवती का वक्ष फूल आया। आनन चमकने लगा। प्रसन्नता की लहर से देह लहरा गयी।

प्रशंसात्मक स्वरों की समाप्ति के पहले ही प्रशंसा के नये स्वर ने ध्यान आकर्षित किया, सुन्दर ही नहीं सर्वश्रेष्ठ...सर्वोत्तम. ..हृदयग्राही...साधुवाद...साधु...वाद...धन्य हैं देवी शालवती...आपकी ...कला और आप प्रणम्य हैं।

अचकचा गयी।

'देवी चित्रावली, बधाई! आपने भावी राजनर्तकी का चयन एवं प्रशिक्षण सर्वोत्तम रीति से किया है। स्वर्ग की अप्सरा उर्वशी से कम

नहीं हैं देवी शालवती।' अंगरक्षकों से घिरे युवराज बिम्बिसार की प्रशंसा, उपस्थिति ने चौंकाया। भयभीत भी किया। सादर खड़े हो झुककर प्रणाम किया। लज्जा की लाली से शालवती के गोरे–गुलाबी मुख की लाली दुगनी हो उठी। प्रणाम करना भूल शीश झुकाये खड़ी रही।

'पधारिए युवराज। स्वागतम्। आपका मन से स्वागत है। कैसे कष्ट किया देव? आदेश देते तो दासी स्वयं उपस्थित हो जाती?' अचानक के धक्के को चतुर चित्रावली ने तत्काल सँभाला। चतुर गणिका ने लाल अधरों, चितवन में फैली मीठी मोहक मुस्कान से स्वागत किया, 'अरी मदनिका। खड़ी क्या है? देव के लिए आसन्दी तो ला। फल, तांबूल, द्राक्षासव का तत्काल प्रबन्ध कर। चित्रावली ही नहीं राजनर्तकी का प्रासाद भाग–दौड़ में व्यस्त हो गया। चित्रावली स्वागत तो कर रही थी। मन–ही–मन डर भी रही थी। मगध सम्राट हर्याश्व का कठोर आदेश था जब तक समस्त शास्त्रों, शस्त्रों, राजनीति, कूटनीति, शासन प्रबन्ध, प्रजा कल्याण की नीतियों में युवराज पारंगत न हो जायें नृत्य, संगीत, मनोरंजन विशेषकर राजनर्तकी का प्रासाद उनके लिए वर्जित, प्रतिबन्धित था। वे एक कठोर प्रशिक्षण के दौर से गुज़र रहे थे।

चित्रावली के प्राण सांसत में थे। एक ओर सम्राट के कड़े आदेश, दूसरी ओर युवराज बिम्बिसार मगध के भावी सम्राट। एक बात का सन्तोष था। राजनर्तकी बनने के पहले ही शालवती के रूप–लावण्य, गुण, नृत्य और संगीत की सुरभि राजधानी राजगृह में फैलने लगी थी जो उसकी सफलता का प्रतीक था। युवराज के आगमन को गोपनीय बनाये रखने के उद्देश्य से चित्रावली उचित व्यवस्था में लग गयी। दास–दासियों, प्रहरियों, अंगरक्षकों को कड़े आदेश दिये गये कि युवराज के आगमन की चर्चा कहीं न की जाये। समझ गयी कि शालवती के सौन्दर्य जाल में फँसने के बाद युवराज का उनके भवन में आगमन पहला और अन्तिम नहीं रहेगा। जल्दी–जल्दी आया करेंगे।

कक्ष में दोनों अकेले थे। अपरिपक्व संकोच में डूबे बिम्बिसार साहस कर आ तो गये, पर समझ नहीं पा रहे थे पहल कैसे करें? शालवती वैसे ही खड़ी थी नतशिर। मखमली आसन्दी पर बैठे युवराज चोर दृष्टि

से उसके दैहिक सौन्दर्य का पान कर रहे थे। अतृप्ति थी कि बढ़ती जा रही थी। मदनिका कब चुपके से फल और द्राक्षासव रख गयी पता नहीं चला। साहसपूर्वक पहल बिम्बिसार ने की, ख...ह...गला साफ़ किया, स्वर को कोमलतम बनाते हुए बोले, 'देवी। आसन ग्रहण करें।'

शालवती लज्जा से गड़ गयी। सुन्दरता कमनीय हो आयी। इच्छा हुई कक्ष से तुरन्त भाग जाये और द्वार बन्द कर ले। मन ज़ोरों से धड़क रहा था। डर भी रही थी। कहीं राजपुरुष के प्रति अशिष्टता अविनय न हो जाये! किसी परपुरुष के साथ एकान्त में रहने का पहला अवसर था चुपचाप पुतली–सी खड़ी रही।

'आसन ग्रहण करिए न?' निवेदन का कोई असर न होने पर उठ कोमल कलाई थामी। शालवती घबरा गयी देह में बिजली दौड़ गयी। इसकी तो कल्पना भी नहीं की थी! हाथ छुड़ा अपने कक्ष में भाग गयी। द्वार बन्द कर शैया पर औंधी गिर पड़ी। न रो रही थी, न प्रसन्न थी। घबराहट से देह काँपने लगी।

युवराज मुस्कुराये। शालवती की ये भंगिमा भी भा गयी। चुपचाप चल दिये। बाहर बैचेन चहलक़दमी करती चित्रावली ने जब इतने शीघ्र युवराज को जाते देखा तो डर गयी, 'इतनी शीघ्र जा रहे हैं देव?'

'हाँ देवी राजनर्तकी, हमें एक आवश्यक कार्य का स्मरण हो आया। पुनः आयेंगे।' बड़ी शालीनता से बिम्बिसार ने जाते–जाते उत्तर दिया।

चतुरा चित्रावली समझ गयी कि शालवती की लज्जा और नारीयोचित संकोच मार्ग में बाधक बन गये। तुरंत शालवती के कक्ष में पहुँच समझाने लगी, 'देख बेटी शाल। युवराज का तेरे जीवन में पर्दापण शुभ संकेत है। यह बताने की आवश्यकता नहीं कि वे मगध के सम्राट बनेंगे। देख पगली, यदि अभी से वे तुम से बँध जाते हैं तो निश्चय ही तुम्हारा कल्याण ही होगा। तुम्हारे जीवन में वे सान्ध्य तारे से उदित हुए हैं। इसका भरपूर लाभ उठाना चाहिए।'

बड़े प्यार से पीठ सहलाने लगी। वैसे भी शालवती अपने से सम्बन्धित निर्णयों के लिए पूरी तरह से चित्रावली पर निर्भर थी। दो अपरिपक्वों को निकट लाने में चित्रावली ने महत्त्वपूर्ण भूमिका निभायी।

जो काम बिम्बिसार को पर्वत पर चढ़ने–सा दुरूह लग रहा था। चित्रावली की चतुराई से सरल हो गया। युवराज का चोरी–चुपके गुप्त रूप से राजनर्तकी के यहाँ आना–जाना बढ़ गया। शालवती स्वप्न स्वर्ग में विचरण करने लगी। लेकिन यह स्थिति अधिक दिन चल न सकी। अपने व्यक्तिगत गुप्तचरों से सम्राट हर्यांश्व को युवराज के प्रणय व्यापार का पता चल ही गया। स्थिति नियन्त्रण से बाहर हो इसके पहले ही युवराज को उच्च अध्ययन हेतु विश्वस्त सेवकों के साथ तक्षशिला भिजवा दिया गया।

एक झटके में शालवती का सुन्दर सपना बिखर गया। उस सुख को आकण्ठ भोग पाती उसके पहले ही राजनीति के क्रूर हाथों ने छीन लिया। सम्राट एक गणिका, राजनर्तकी को राजप्रासाद की शोभा कैसे बना सकते थे? टूटते–टूटते भी यह सम्बन्ध अपनी निशानी कोख में छोड़ गया। चित्रावली चिन्तित हो आयी। सम्राट को पता चल जाने पर भंयकर परिणाम हो सकता था। भय, व्यग्रता सतत घेरे रहती। और शालवती? भावी सन्तान सुख में डूबी अपने में ही मगन थी। सब से छिपा उसे एक कक्ष में बन्द कर दिया गया। प्रसव वेदना से मूर्च्छित शालवती को पता भी नहीं चला कि वह पुत्री या पुत्रवती बनी है। उसे तो मरे बालक की सूचना मात्र दी गयी। कई दिन अपनी कोख और आत्मा में एक तीव्र टीस और पीड़ा का अनुभव कर रोती रही। विद्रोह करना चाहती थी। सम्भव नहीं था। कसक ज़िन्दगी–भर का कांटा बन गयी।

शालवती को लगा उसकी सन्तान जीवित होती तो राजवैद्य जीवक की आयु जितनी ही होती। विचारों के भँवर में डूब–उतर रही थी कि अचानक तन्द्रा टूटी।

'स्वामिनी। अशिष्टता, अविनय विशेषकर अपराध क्षमा करें।' भवनाग ने भाव विगलित भरे गले से कहा। शालवती की उदास पीड़ा उसकी आत्मा को मथ रही थी। शालवती की दर्दीली दृष्टि निहारने लगी।

बड़े साहस के साथ मन पर पड़े अपराध के बोझ को हल्का करने लगा, 'स्वामिनी। दास कु...कुछ...निवेदन करना चाहता है। बात अत्यन्त ही महत्त्वपूर्ण एवं अति गोपनीय है। अनुमति हो तो द्वार बन्द कर दूँ।'

शालवती के संकेत पर दासियों के बाहर जाते ही भवनाग ने द्वार ठीक से बन्द कर दिये। पर्यंक के अत्यन्त निकट आ खड़ा हुआ। आज दिनाँक तक उसने इस प्रकार की अशिष्टता और दुस्साहस नहीं दिखाया था बात अत्यन्त गम्भीर थी इसलिए शालवती ने सह लिया।

'स्वामिनी क्षमवस्य। दास आपका अपराधी है। दास की अपराध बोध से पीड़ित आत्मा गत कई वर्षों से कष्ट व पीड़ा सह रही है। आपके समक्ष उसे स्वीकार कर आपसे क्षमा मिलने के बाद ही उसे मुक्ति मिलेगी।' बात समाप्त करते–करते रो पड़ा।

स्तब्ध शालवती दर्दीली दृष्टि से निहारती रही।

रुदन वेग कम होने पर भरे गले से भवनाग ने स्वीकारा, 'स्वामिनी। उस रात आपने मृत नहीं जीवित बालक को जन्म दिया था। स्वा... मि...नी...क्ष...मा...राज...वैद्य...मेरा मतलब...राजवैद्य जीवक...ही आपके पुत्र हैं।' चरण पकड़ लिए।

'य...ये...क...क्या...कह रहे हो भवनाग।' लगभग चीख़ती–सी सारी दुर्बलता फेंक उठ बैठी। भवनाग का कन्धा हिलाते हुए बोली, 'जो कह रहे हो उसकी गम्भीरता और महत्त्व को समझ भी रहे हो ना?'

'हाँ स्वामिनी। यह सत्य है। राजनर्तकी बनने के पूर्व आपने जिस बालक को जन्म दिया था वे जीवक ही हैं। प्रसव के बाद असहनीय पीड़ा और दर्द से आप मूर्च्छित हो गयी थीं। उस अवसर का लाभ उठाते हुए स्वामिनी चित्रावली ने चुपके से एक वस्त्र में लिपटे बालक को राजधानी राजगृह से पर्याप्त दूर घूरे पर फेंकने हेतु मुझे दे दिया था। उन्हें भय था सम्राट हर्याश्व को पता चलने पर कठोर दण्ड मिलेगा। बालक के मोहक रूप ने मुझे बाँध लिया। मैंने उसे सन्तानहीन विद्वान् ब्राह्मण श्वेतकेतु जी को पालने हेतु दे दिया। असाधारण प्रतिभाशाली एवं सुदर्शन व्यक्तित्व के स्वामी हैं जीवक देव। राजगृह में सम्पूर्ण शिक्षा अल्पायु में अल्प समय में प्रतिभा के बल पर प्राप्त कर ली। उनकी प्रतिभा से प्रभावित सम्राट ने उच्च अध्ययन हेतु राजकीय ख़र्च पर उन्हें तक्षशिला भिजवा दिया। वहाँ उन्होंने आयुर्वेद, औषधि विज्ञान, शल्य चिकित्सा में प्रथम स्थान पाया।

राजगृह लौटने पर सम्राट ने राजवैद्य के पद पर नियुक्त किया। जीवक न केवल मगध सम्राट के वरन् भगवान् बुद्ध, तीर्थंकर महावीर स्वामी लिच्छवि गणाध्यक्ष महानाम गणनर्तकी देवी आम्रपाली, काशीराज प्रसेनजीत, अवन्ति नरेश चण्डप्रद्योत, राजनर्तकी पद्मावती, वत्स के राजा उदयन की महादेवी वासवदत्ता, उनकी राजनर्तकी मांगधिया के साथ जनसाधारण के प्राणरक्षक हैं। सम्राट प्रद्योत ने उन्हें दुगने वेतन का प्रस्ताव दिया था। जिसे उन्होंने नम्रतापूर्वक अस्वीकार कर दिया। सोलह महाजनपदों के शासक, श्रेष्ठीगण सामान्यजन उनके मरीज हैं। समकालीन प्रसिद्ध व्यक्तियों, सम्राटों से उनकी कीर्ति स्पर्धा करती है देवी राजनर्तकी।' एक पल रुका, 'अपने पिता सम्राट बिम्बिसार से किसी प्रकार कम नहीं हैं।'

भवनाग का प्रत्येक शब्द शालवती की आत्मा को मथ ही नहीं रहा था, आलोकित भी कर रहा था। दिल की धड़कन तेज़ हो गयी। रक्तचाप बढ़ गया, विकलता से लम्बी–लम्बी श्वास ले पर्यंक पर लोटने लगीं। थोड़ी देर बाद दीर्घ श्वास ले बोली, 'हमारी एक प्रार्थना स्वीकारोगे भवनाग!'

'आदेश दें देवी!'

'एक बार पुनः जीवक, अपने पुत्र को देखना चाहती हूँ। पर उन्हें विदित न हो कि हम उनकी जननी हैं।' शालवती की मनुहार और मर्मभेदी दृष्टि ने भवनाग की आत्मा को हिला दिया।

'जीवन की सन्ध्या में अपने कलंकित जीवन के साथ उन्हें जोड़ सारे जीवन तड़पने के लिए छोड़ना नहीं चाहती।' आँसुओं से गला रूँध गया।

'जो आज्ञा स्वामिनी।' उत्तरीय से अश्रु पोंछते प्रणाम कर चल दिया।

यथाशीघ्र राजवैद्य को ले आया। शालवती के आँसुओं का वेग बढ़ गया।

'अधिक कष्ट है देवी राजनर्तकी?' परीक्षण हेतु जीवक का हाथ बढ़ गया।

शालवती ने उसे थाम वक्ष में दबा लिया। असीम अवर्णनीय मातृत्व सुख से नयन मुन्द हो गये। एक शीतलता आत्मा में उतरने–पसरने लगी।

जीवक शान्त मौन खड़े रहे। हाथ को वैसे ही रहने दिया। शालवती की ममतामयी आत्मा की ऊर्जा ने उन्हें अपने आँचल में ले लिया।

कुछ काल मौन पसरा रहा। ममतामयी माँ की आत्मा से निःसृत दुःख, पीड़ा, दर्द की तरंगों से वह भारी हो आया। दुःख–सुख समकृत्वा दुःख और सुख की भावनाओं के उद्वेलन से परे उसे जीत चुके स्थितप्रज्ञ गौतम की आत्मा दुःखी नारी की पीड़ा से क्षणार्थ के लिए विचलित हो आयी। शीघ्र नियन्त्रित करने में सफल हुए। पुत्र बिछोह भोग रही शालवती का वात्सल्य घनीभूत पीड़ा बन कमनीय मुख पर स्पष्ट दिखाई दे रहा था।

'पुत्र है। लेकिन उसके वात्सल्य से माँ वंचित हैं देव।'

सार्वजनिक रूप से उसे बुला नहीं सकतीं। एक नारी और माँ के लिए इससे बड़ी त्रासदी और विडम्बना क्या हो सकती है भगवन्! सोलह महाजनपदों के इतिहास प्रसिद्ध अति विशिष्टों द्वारा सम्मानित, लोकमान्य, लोकप्रिय, श्रद्धेय पुत्र, माता–पिता के होते हुए भी स्वयं को अनाथ मान रहा होगा! मिलने पर सार्वजनिक रूप से एक दूसरे को माँ–पुत्र के रूप में सम्बोधित नहीं कर सकते, कैसी विडम्बना है देव! दुःखिया माँ, मार्गदर्शन, आशीष हेतु श्रीचरणों में आयी है। दुःख के आवेग से आँसू छलक पड़े। आँसुओं से पूज्य चरणों का अभिषेक कर दिया।

करुणापूरित नेत्रों ने चमत्कार किया। शालवती की आत्मा को दृष्टि सहलाने लगी। अमृतवाणी झरी, 'देवी। माँ शालवती। तथागत आपकी मोहजनित पीड़ा, दुःख को समझते हैं। पुत्र से मिलन हो सकता है। लेकिन...? कहें ना कहें? कहना उचित लगा, लेकिन परिवेश, परिस्थिति, मिलन के सम्भावित परिणाम का भी स्वयं आकलन करें! कहीं वह महान दुःख का कारण न बन जाये! कभी–कभी अज्ञान वरदान साबित होता है। क्योंकि हम उसे स्वीकार कर समझौता कर लेते हैं।

भेंट के बाद पुनः बिछड़ने पर अधिक दुःख–पीड़ा होगी। फिर सामने वाला उसे किस सीमा तक स्वीकारता है!' एक–एक शब्द अन्तराल दे बोल रहे थे। अन्तराल शब्द गाम्भीर्य एवं सम्भावित दुष्परिणाम की सम्भावना को रेखांकित कर रहा था। 'जहाँ तक पिता का प्रश्न है! जिस पद को वे सुशोभित कर रहे हैं उसकी गरिमा–गौरव सर्वोपरि है। उसे बनाये रखने में ही सबका, राष्ट्र का कल्याण है।' कुछ पल रुके, 'कल्याणी, माँ और नारी त्याग, वात्सल्य की मूर्ति है। सन्तान और पतिसुख के लिए प्राणों की बलि भी दे देती है?'

इसकी अपेक्षा नारी–माँ से ही क्यूँ? तथागत से प्रश्न पूछने का साहस नहीं जुटा पायी।

'यथास्थिति में ही सभी का कल्याण है। विकल मन, आत्मा की शान्ति के लिए प्रतिदिन सम्बोधि में अवश्य पधारें। समय आने पर प्रव्रज्या दे धम्म संघ में प्रवेश दिया जा सकता है।'

'जैसी देव की आज्ञा।' अनेक अनुत्तरित प्रश्नों के साथ चरण स्पर्श कर शालवती विदा हुई।

* * *

देवी आम्रपाली। प्रेम शाश्वत है। प्राणिमात्र की थाती। वह सर्वजनीन, सर्वयुगीन और सार्वदेशिक है। समय, आयु, वर्ग, वर्ण, सीमा से परे है। परिवेश, परिस्थितियों का दास भी नहीं। प्राणी ही नहीं प्रकृति से भी प्रेम किया जाता है। पेड़, पौधे, पुष्प, नदी, पहाड़ों प्रकृति के हर उपादान से हम प्रेम कर बैठते हैं। बहुत सुन्दर जीवन और जगत् तीव्र आकर्षण लिए है। यहाँ वे हैं जिन्हें हम प्यार करते हैं। जो हमें प्यार करते हैं। उन्हें छोड़ कर अकेले चिर विदाई लेने से बड़ी पीड़ा, कष्ट से बड़ा दुःख संसार में दूसरा नहीं! सुन्दरता में तीखा आकर्षण है। वह प्रेम की पहली सीढ़ी है! और, सौन्दर्य प्रेमी महाराज उदयन भी तो प्रेम की ही देन हैं। अतः सौन्दर्य और प्रेम उनके रक्त ही नहीं रग–रग में है।' वाक्य चातुर्य के ज़रिये यौगन्धरायण रूपसी आम्रपाली के क्रोध को शान्त करने को प्रयत्नशील था। उदयन को निर्दोष साबित करना चाहता था।

* * *

महामात्य यौगन्धरायण ने कठोर परिश्रम द्वारा राज्य शासन का पुनर्गठन किया। अमात्यमण्डल, प्रान्तों, ज़िलों से लेकर गाँव तक विश्वस्त स्वामिभक्त ग्राम प्रधानों की नियुक्ति की। सेना के प्रधान सेनापति रूमण्वान ने नये सिरे से सेना का पुनर्गठन किया। पदाति (पैदल), अश्वारोही, रथ और हाथी सेना के लिए अलग–अलग सेनापति नियुक्त किये गये। वीणावादन की सहायता से उदयन ने अनेक हाथियों को मोहित कर लिया था। उसके आदिवासी मित्रों ने उन्हें युद्धकला सिखा उसमें प्रवीण कर दिया। उदयन के पास रणकुशल हाथियों की विशाल सेना स्थापित हो गयी। देशभर में उदयन के संगीत द्वारा जंगली हाथियों को वश में करने की चर्चा आम हो गयी। उदयन के हस्ती प्रेम की कमज़ोरी का फायदा कालान्तर में अवन्ती नरेश चण्डप्रद्योत ने उठाया।

प्रशासन और सैन्य पुनर्गठन के साथ यौगन्धरायण ने सभी सोलह महाजनपदों ही नहीं विदेशों में भी राजदूत नियुक्त किये। सम्राट उदयन के नाम की स्वर्ण मुद्राएँ ढाली गयीं। कुछ ही वर्षों में वत्स राज्य की गणना शीर्ष राज्यों में होने लगी। आदिवासी सरदारों की कृपा सहायता से ही उदयन को उसका खोया राज्य वापस मिला था। इसलिए उन सरदारों को शासन में महत्त्वपूर्ण सम्मानजनक स्थान दिया गया। वे उदयन तथा वत्स राज्य के शक्तिशाली आधार स्तम्भ साबित हुए।

उदयन अत्यन्त ही सुन्दर, आकर्षक और मनमोहक व्यक्तित्व के स्वामी थे। पिता ऋषि कुमार मित्रावरुण पुरुष सौन्दर्य का प्रतिमान थे। गोरी–गुलाबी, तेजस्वी देह योगाभ्यास एवं कसरत से अत्यन्त सुगठित हो गयी। रोमन देवता के समान अत्यन्त रूपवान दिखाई देते। फिर पाण्डववंश की गरिमा पृष्ठभूमि में थी। गरुड़ों के विरुद्ध जिस रणकुशलता का परिचय दिया। उसने सभी शासकों को गहरे तक प्रभावित किया और सर्वोपरि वे सदी के श्रेष्ठतम महान कलाकार वीणावादक राजा थे। उनके जैसी कलात्मक योग्यता समकालीन किसी राजा–सम्राट के पास नहीं थी। जिनके वादन से आकर्षित मोहित हो मृग, मृग छौने ही नहीं पर्वत से विशाल हाथी खिंचे चले आते थे।

वे एक कलाकार सम्राट थे। अपने जीवनकाल में जीवन्त किंवदन्ती बन गये। इस प्रकार की विशेषता और गौरव मगध सम्राट बिम्बिसार, काशी नरेश प्रसेनजीत, शाक्य महाराज शुद्धोधन एवं अवन्तिराज चण्डप्रद्योत को प्राप्त नहीं थी। कलाकार उदयन अत्यन्त संवेदनशील, सौन्दर्य प्रेमी और रोमांटिक प्रकृति के थे। रूपसी राजकुमारी वासवदत्ता के साथ के प्रेम प्रकरण के कारण अनेक प्रेमकथा, नाटकों के महानायक बनाये गये। पुराणों ने भी इसका उल्लेख किया। क्योंकि समकालीन शासकों में उदयन ईसा पूर्व की छठी शताब्दी के रोमान के राजकुमार थे। उदयन–उनकी प्रेमिका वासवदत्ता जैसे ऐतिहासिक चरित्र और उनकी प्रेमकथा साहित्यकारों, नाटककारों की पहली पसन्द थी। साहित्यकारों–नाटककारों ने उन्हें महानायक–नायिका बना अमर रचनाएँ लिखीं। आइए, अब प्रेम कहानी प्रस्तुत की जाये।

देवी गणनर्तकी। फूल की ख़ूबसूरती और सुगन्ध को तथा नारी–पुरुष के रूप–लावण्य को प्रचार के लिए किसी सिफ़ारिश की आवश्यकता नहीं है। जिस प्रकार आपका रूप–सौन्दर्य एवं कलात्मक श्रेष्ठता स्वप्रचारित है। उसी प्रकार महाराज उदयन के सुदर्शन और कलाकार व्यक्तित्व की चर्चा समकालीन राजघरानों की रूपसी राजकुमारियाँ उन्हें पति रूप में वरण करने को आतुर थीं। और उनके पिता महाराज दामाद बनाने को लालायित। उनमें अवन्ति नरेश प्रद्योत प्रमुख थे। वे भी अपनी अलौकिक रूपसी बेटी राजकुमारी वासवदत्ता को महाराज उदयन से ब्याहना चाहते थे। उनकी तीन सन्तानें थीं राजकुमार गोपालक, राजकुमार कुमारसेन एवं वासवदत्ता। वासवदत्ता के अत्यन्त लाड़ली होने से प्रेम से उसे वासुला सम्बोधित करते। महाराज प्रद्योत का राजघराना न तो क्षत्रिय है न ही वे ख़ानदानी राजपरिवार से हैं। उनके पिता पुणिक अवन्ति महाजनपद के वीतिहोत्र शासकों के सेवक थे। अन्य महाजनपदों की तुलना में वीतिहोत्र महाजनपद विशाल था। उत्तरपूर्व में उसकी सीमा वत्स राज्य से मिलती थी। दक्षिण में नर्मदा नदी उसकी दक्षिणी सीमा थी। सम्पूर्ण अनूप देश (निमाड़) और मालवा उनके अधीन थे।

नर्मदा के दक्षिण में चेर, चोल और पाण्ड्य वंशी राजा राज करते थे। उस विशाल महाजनपद की तीन राजधानियाँ थीं। उत्तर–पूर्व में विदिशा, मध्य में शिप्रा तट और बारह ज्योतिर्लिंगों में प्रमुख महाकालेश्वर की नगरी उज्जयिनी तथा दक्षिणापथ में महिष्मति थी।

पुणिक अत्यन्त महत्त्वाकांक्षी, चालाक और धूर्त था। वीतिहोत्र नरेश देवभूति उस पर अन्धविश्वास करते थे। जिसका अनुचित लाभ पुणिक ने उठाया। प्रधान सेनापति महासेन को अपनी ओर मिला पुणिक ने षड्यन्त्र द्वारा अन्तिम वीतिहोत्र नरेश देवभूति की हत्या कर दी। आश्चर्य की बात तो यह है कि समकालीन किसी भी राजा–महाराजा ने उसके इस हीन कृत्य का विरोध नहीं किया। पुणिक हत्यारा था। ख़ून से रँगे हाथों के साथ अवन्ति महाजनपद का शासक नहीं बन सकता था। प्रजा हत्यारे को कभी मान्यता नहीं देती। उसे अपना राजा स्वीकार नहीं करती धूर्त पुणिक इसे अच्छी तरह से जानता था। इसलिए उसने अपने नाबालिग बेटे प्रद्योत को अवन्ति महाजनपद का राजा घोषित कर दिया।

पिता पुणिक के समान बेटा प्रद्योत अन्त्यत ही महत्त्वाकांक्षी और षड्यन्त्रकारी था। सोलह महाजनपदों में अवन्ति की स्थिति मज़बूत करने के लिए उसने पदाति (पैदल सैनिकों), अश्वारोहियों, रथारोहियों और हाथियों की विशाल सेना का गठन किया। इसलिए वह महासेन कहलाने लगा। प्रद्योत अत्यन्त उग्र, धूर्त एवं अत्यन्त घमण्डी था। अपने सामने बड़े–से–बड़े सम्माननीय व्यक्ति को कुछ भी नहीं समझता था। इसलिए लोग उसे चण्डप्रद्योत सम्बोधित करने लगे।

अन्तःपुर के सजे भव्य कक्ष में टहल रही महारानी देवप्रिया का गोरा–गुलाबी कमनीय आनन चिन्ता रेखाओं से मुरझा गया था। एक दासी पंखा झल रही थी। अन्य हाथ बाँधे खड़ी थीं।

'महादेवी की जय हो। महाराज पधार रहे हैं।' प्रणाम कर दासी ने सादर निवेदन किया।

टहलना रुक गया। बड़े–बड़े नयन द्वार निहारने लगे। बलिष्ठ, सुगठित, कसरती बदन। हीरे–जवाहरात से सजी बालों से भरी चौड़ी छाती।

कानों में रत्नजड़ित कुण्डल, बड़ा–सा गोल मुख, साँवला वर्ण, छोटी चालाक आँखें, फूले नथुनों वाली नासिका के नीचे मोटे अधर, ऊपरी अधर पर आवेष्टित घनी मूँछें। नीचे का अधर भी मोटा। भुजबन्ध और स्वर्ण कड़ों से सजी भुजाएँ। मोटी अँगुलियों में रत्नजड़ित अँगूठियाँ। अधोवस्त्र माने रेशमी धोती पर लटकता उदर। घमण्ड प्रगट करने हेतु गाहे–बगाहे मूँछें मरोड़ने की आदत। सही अर्थों में प्रद्योत सदी का चण्ड खलनायक था।

'पधारिए देव। दासी का प्रणाम स्वीकारें।' देवप्रिया ने शीश झुकाया।

प्रणाम कर पंखा झलने वाली दासी को छोड़ बाकी दासियाँ बाहर चली गयीं।

'आसन ग्रहण करें स्वामी!'

'चिन्ता की बदली ने देवी के चन्द्रानन को ग्रहण क्यों लगा रखा है?' बैठते हुए प्रद्योत ने जानना चाहा, 'देवी आप भी विराजिए।'

'जो आज्ञा देव।' सामने वाली आसन्दी पर देवप्रिया बैठी।

'महादेवी ने हमारे प्रश्न का उत्तर नहीं दिया!'

'स्वामी। महादेवी भी पहले माँ होती है। हर माँ के समान महारानी का भी बेटी को लेकर चिन्तित होना स्वाभाविक है।'

'क्यों? क्या हुआ हमारी लाड़ली बेटी वासुला को?' प्रद्योत के माथे पर बल पड़ गये।

'स्वामी। अठारह वर्षीय वासवदत्ता विवाह योग्य हो गयी है और आप हैं कि निश्चिन्त बैठे हैं?'

'बेफ़िक्र तो नहीं हैं। विचार अवश्य कर रहे हैं।'

'विचार ही करते रहेंगे या प्रस्ताव भी भेजेंगे! मगध सम्राट बिम्बिसार के युवराज अजातशत्रु, काशी नरेश प्रसेनजीत के पुत्र विदुदम्भ, तथागत गौतम बुद्ध के चचेरे भाई एवं शाक्य वंशी नरेश शुद्धोधन के भतीजे देवदत्त और वत्सराज उदयन वर बनने योग्य हैं। इनमें से किसी को भी प्रस्ताव भेजिए।'

'महादेवी देवप्रिया। विदुदम्भ दासी पुत्र है। काशीराज प्रसेनजीत देशपूज्य तथागत गौतम बुद्ध के इतिहास प्रसिद्ध क्षत्रियों में श्रेष्ठ शाक्य

राजपरिवार की किसी राजकुमारी से विवाह कर सोलह महाजनपदों में श्रेष्ठता हासिल करना चाहते थे। महाराज शुद्धोधन सम्बन्ध करने के पक्ष में नहीं थे। मना करने का साहस नहीं था। अतः रनिवास की एक सुन्दर दासी को राजकुमारी बना प्रसेनजीत को ब्याह दिया। विदुदम्भ उसी दासी का पुत्र है। दासी पुत्र से अपनी अलौकिक रूपसी बेटी वासवदत्ता को कैसे ब्याह दें?'

'और अजातशत्रु? अत्यन्त महत्त्वाकांक्षी, धूर्त, चालाक, घमण्डी और अशिष्ट है। अपने पिता महाराज बिम्बिसार के साथ अपमानजनक व्यवहार कर रहा है। उसकी निगाह पिता के सिंहासन पर है। महारानी चेलना भी पुत्र के व्यवहार से त्रस्त हैं। अजातशत्रु भी हमारी वासुल के योग्य नहीं है। दामाद बनने के बाद यदि अजातशत्रु ने आपके और हमारे साथ अभद्र व्यवहार किया तो क्या हम सहन कर सकेंगे? अजातशत्रु श्रेष्ठता उच्चता की भावना से ग्रस्त है। मगध और अपने क्षत्रिय बौम्बिक वंश को क्षत्रियों में श्रेष्ठतम् मानता है। किसी दिन अपने पिता महाराज बिम्बिसार से विश्वासघात करेगा। पुत्र मोह में महाराज बेटे की कुटिलता को समझ नहीं रहे हैं।'

'इसमें कोई सन्देह नहीं महादेवी राजकुमार देवदत्त प्रसिद्ध शाक्य वंशीय क्षत्रिय है। युवराज सिद्धार्थ के संन्यास ग्रहण कर तथागत गौतम बुद्ध बन जाने से वही महाराज शुद्धोधन का एकमात्र उत्तराधिकारी है और शाक्यों का राजा भी बनेगा। लेकिन आपको ही नहीं सारे देश को मालूम है। देवदत्त ईर्ष्या–द्वेष के अवगुणों से भरा है। अपने अग्रज युवराज सिद्धार्थ को नीचा दिखाने हेतु उसने उनके साथ घटिया व्यवहार किया। उसके कुकृत्यों से सारा देश परिचित है। उदारमना दयालु, करुणा से ओतप्रोत युवराज सिद्धार्थ ने उसे सदैव क्षमा किया। सुरापान का शौक़ीन है। अनेक गणिकाओं से सम्बन्ध है। सुन्दर नारी उसकी सबसे बड़ी कमज़ोरी है।

ऐसे ईर्ष्यालु चरित्रहीन लम्पट शराबी को हम अपनी सरलमना भोली–भाली ममतालु सुन्दर बेटी वासुला को कैसे ब्याह सकते हैं?'

कुछ देर मौन रह विचारमग्न हो गये।

'क्या सोच रहे हैं?'

'आपने हमें बिटिया के विवाह के बारे में सचेत कर एक नयी चिन्ता में डाल दिया। अभी तक तो हम उसे खेलने–खाने–आनन्द मनाने वाली नन्ही बिटिया ही समझ रहे थे। कब, कैसे अठारह वर्षीय हो विवाह के लायक बन गयी, पता ही नहीं चला। आप सचेत न करतीं तो भूले रहते! गौतम ने यदि संन्यास न लिया होता तो निश्चय ही वासवदत्ता को उनसे ब्याह देते?'

'लेकिन वे तो रूपसी यशोधरा को पत्नी बना चुके थे।'

'महादेवी। राजपरिवारों में बहु–विवाह की प्रथा है। आप ये क्यों भूल रही हैं। राजे–महाराजे, सरदार, सामन्तों को यह विशेषाधिकार समाज और धर्म ने दे रखा है। प्रत्येक शासक का अपना रनिवास होता है कि नहीं! पत्नियों के अलावा भी शासक उपपत्नियाँ, रक्षिताएँ रखते हैं। सुन्दरता इसकी पहली शर्त है। एक हम ही हैं जो आपके रूप–लावण्य से अभी भी बँधे हैं।' प्रद्योत ने छेड़ा।

लज्जा की लाली और मीठी मोहक मुस्कान से देवप्रिया का मनोहारी गोरा–गुलाबी मुख आलोकित हो आया।

'जहाँ तक वत्सराज उदयन का प्रश्न है वर्तमान सभी राजकुमारों, युवराजों में वे सर्वश्रेष्ठ और अग्रणी हैं। सुदर्शन व्यक्तित्व के स्वामी तो हैं ही सदी के श्रेष्ठतम वीणावादक कलाकार भी हैं। कलाकार होने से अत्यन्त संवेदनशील होंगे। सौन्दर्य प्रेमी भी। फिर पाण्डववंशी क्षत्रिय की गरिमा की पृष्ठभूमि है। हमारे विचार से हमारी वासुला के वे सर्वथा योग्य हैं।'

'फिर देर किस बात की? युवराज गोपालक एवं कुमारसेन के ज़रिये प्रस्ताव भिजवाइए।'

'प्रिये देवप्रिया? वो लड़का वय, पद, सम्मान में हम से छोटा है।' घमण्ड उभरा, 'सारे देश में सोलह महाजनपदों में हम शीर्ष पर हैं। सभी राजे–महाराजे हमसे दबते हैं। विशाल चतुरंगिणी सेना हमारी सबसे बड़ी ताक़त है। हम कैसे अपनी ओर से झुक कर पहल करें? यह हमारे सम्मान के विरुद्ध है।'

'महाराज हम लड़की वाले हैं। प्रस्ताव हमें ही रखना चाहिए। आप तो सामाजिक रीति–रिवाज और धार्मिक परम्पराओं के विपरीत बात कर रहे हैं। लड़की वाले होने से हमें न केवल पहल करनी होगी। वरन् कन्यादान के अवसर पर वर पूजन के साथ वर के चरण भी पूजने पड़ेंगे?'

'न हम प्रस्ताव रख पहल करेंगे न ही वर के चरण पाद पूजेंगे।'

'फिर महाराज उदयन को दामाद कैसे बनायेंगे? कहीं आपका घमण्ड, अहं सम्बन्ध स्थापित करने के पहले ही आड़े न आ जाये?'

प्रद्योत के शातिर कुटिल दिमाग़ में अचानक षड्यन्त्र की रूपरेखा कौंधी कुटिल मुस्कान अधरों–नयनों पर खिली, देखती जाइए महादेवी देवप्रिया। बिना प्रस्ताव रखे, पाद पूजन किये वत्सराज उदयन प्रद्योत राजपरिवार के दामाद बनेंगे।' और जानबूझकर बात अधूरी छोड़ी।

देवप्रिया के बड़े–बड़े चकित नयन निहारते रहे, 'मानो पूछ रहे हों और क्या?'

'हमारा कार्य इतिहास की थाती बनेगा।' वह इतिहास की थाती बना।

* * *

उज्जयिनी, कौशाम्बी, वैशाली, राजगृह, काशी, कपिलवस्तु आदि सोलह महाजनपदों में ही नहीं दक्षिण के चेर, चोल और पाण्डय राज्यों में जन साधारण के साथ ही राजपरिवारों में भी एक ही चर्चा थी। विन्ध्याचल पर्वतश्रेणी और नर्मदा नदी के बीच फैले सघन नागवन में एक विशालकाय, मदमस्त बिगड़ैल हाथी विचरण कर रहा है। कोई बिरला राजा, महाराजा या सम्राट ही भाग्यवान हुआ तो उसे पकड़ अपने हाथीखाने में सम्मिलित कर अपने गौरव में वृद्धि कर सकेगा। हाथी पशुओं का राजा है। उससे राजाओं की शोभा और गौरव में वृद्धि होती है।

उज्जयिनी के पण्य बाज़ार में दो मित्र मिले तो हाथी को ले बैठे।

'गोपाल, मित्र! उस मदमस्त हाथी को कौन पकड़ सकता है?' मोहन ने जानना चाहा।

'भई! यह क्षमता और योग्यता तो सिर्फ़ एक ही राजा में हैं। वे हैं वत्सराज उदयन। वीणावादन की श्रेष्ठ कला के ज़रिये बड़े से बड़े, बिगड़ैल जंगली हाथी को मोहित कर पकड लेते हैं।'

'मगर हमारे महाराज प्रद्योत क्या इसकी अनुमति देंगे? वैसे देखा जाये तो उस विशालकाय हाथी पर पहला अधिकार तो हमारा, अवन्ति महाजनपद का है। क्योंकि वह हमारी–राज्य सीमा में है।'

'हाँ। ये तो है। लेकिन हमारे महाराज हाथी सेना की अपेक्षा घुड़सवार और रथ सेना में अधिक विश्वास करते हैं। हाथी के बजाय अश्व रथ की गति अधिक तेज़ होती है।'

'चलो यार घोड़े–हाथी को लेकर क्या समय बरबाद करें। चलो, जो ख़रीदना है ख़रीद लो।'

'हाँ भाई। ये बड़े लोगों से सम्बन्धित है हमारी राय का क्या मूल्य?'

कौशाम्बी। वत्स की राजधानी। नागवन का हाथी कौशाम्बी वासियों के दिल–दिमाग़ पर छाया था। नगर से लेकर राजमहल तक सर्वत्र उसी की चर्चा थी।

'माधव! उस बिगड़ैल विशाल हाथी को वीणा द्वारा मोहित कर पकड़ लाने की क्षमता और योग्यता सिर्फ़ और सिर्फ़ हमारे महाराज में ही है।' गणपत ने राय प्रगट की।

'तुम्हारा कथन उचित है मित्र। ये योग्यता न मगध युवराज अजातशत्रु, काशी के राजकुमारों विदुदम्भ और न ही महाराज प्रद्योत के दो राजकुमारों गोपालक और कुमारसेन में है। इसीलिए हमारे वत्सराज देशभर में सर्वश्रेष्ठ हैं। मोहक व्यक्तित्व के कलाकार सम्राट। देखना ये ही उसे पकड़कर लायेंगे।'

'महाराज प्रद्योत ऐसा करने देंगे?'

'उन्हें उसे हस्तगत करना होता तो ऐसा कब का कर लेते।'

'कहीं कोई चाल तो नहीं? बड़ा फितूरी दिमाग़ है अवन्ति नरेश का।'

'ये तो सुना है। सुना है नागवन के उस हाथी का नाम नलगिरि है।'

'हाँ, मैंने भी सुना है। चलो यार! फालतू पचड़े में क्यों पड़ें। ये बड़ों का मामला है।' दोनों चल दिये।

नलगिरी हाथी की चर्चा सर्वत्र सुन महामात्य यौगन्धरायण चिन्तित हो आये। हाथी, वीणा और रूपसी नारी रसिक महाराज उदयन की सबसे बड़ी कमज़ोरी है। उन्हें पाने के लिए दुस्साहस की सीमा तक जोखिम उठा लेंगे। कूटनीति और राजनीति में निष्णात यौगन्धरायण को इसमें कुटिल चण्डप्रद्योत की कोई चाल लगी। उदयन कोई जोखिम न उठा लें, इसलिए समझाने महल जा पहुँचे।

अपने स्वप्नागार के शयन मन्दिर के विशाल मुलायम राजसी पर्यंक पर अपूर्व सुन्दरी राजनर्तकी मांगधिया की गोद में सिर रखे उदयन लेटे थे। मांगधिया भोली आशा पाले थी। महाराज उदयन उसके नृत्य, गायन के दिल से प्रशंसक थे। उसकी चीनांशुक कमनीय काया से मिलने वाले अवर्णनीय आनन्द से प्रभावित हो नारी सौन्दर्य प्रेमी कुँवारे, अविवाहित उदयन उसे महादेवी बना सकते हैं। भूल गयी पण्य बाज़ार में बैठी सुन्दरी से दिल बहलाया जा सकता है। मनोरंजन के साथ दैहिक सुख भी प्राप्त किया जा सकता है किन्तु गृहलक्ष्मी का दर्जा नहीं दिया जा सकता, गृहलक्ष्मी नहीं बनाया जा सकता। वह बाज़ार पण्य के लायक ही है। उसे वहीं रहना चाहिए। उसे वहीं रखा जायेगा। बाज़ार में बैठी औरत बाज़ार में ही अच्छी लगती है।

वे छेड़छाड़, चुहल कर रहे थे। प्यार, प्रणय का आनन्द अकेले एकान्त में है और भोजन, मनोरंजन का मज़ा समूह में। सोलह शृंगार से शृंगारित रूपगर्विता कामातुर मांगधिया का गोरा–गुलाबी कमनीय मुख, अधरामृतपूर्ण, रसीले लाल अधरों, मछली से चंचल दीर्घ नयनों से ही नहीं अंग–प्रत्यंगों से वाराना झर रही थी। कामातुर देह किसी को भी बेईमान बनाने को पर्याप्त थी।

जानबूझकर परिवेश, परिस्थिति और पद का फ़ायदा उठाना जानती थी। मांगधिया उदयन इस समय रूमानी मनोदशा में हैं। तत्काल प्रश्न पूछा, 'आपने क्या सोचा हमारे बारे में?' राजकीय शिष्टाचार के अनुसार स्वयं को दासी कह सम्बोधित करना था। लेकिन गर्व ने रोक दिया।

'आपके बारे में क्या सोचना? अच्छी–भली राजनर्तकी का पद सुशोभित तो कर रही हो और क्या चाहिए?'

'वो नहीं? अपने बारे में भी तय क्यों नहीं करते?' उदयन की उदारता और प्रेम सम्बन्ध का भरपूर अनुचित लाभ उठा रही थी।

'अपने एकाकी तन–मन, इस शयन मन्दिर रनिवास के सूनेपन को भरने के लिए हम से अधिक योग्य, सर्वगुण सम्पन्न रूप–लावण्य एवं कला निष्णात दूसरी आपको कहाँ मिलेगी? महादेवी, महारानी बनने की सारी योग्यता क्या हम में नहीं है?'

मांगधिया एक नर्तकी है। स्पष्टता और मुँहफट प्रस्ताव से स्तब्ध उदयन उठ बैठे। कुछ पल चुपचाप निहारते रहे। मांगधिया के दर्प से दीप्त मुख को देखते रह गये। बिना पलक झुकाये उदयन को निहार रही थी। उदयन को तत्काल कोई उत्तर देते नहीं बना।

राजप्रासाद के प्रहरियों, दास–दासियों का हँसते–मुस्कुराते प्रणाम स्वीकारते महामात्य यौगन्धरायण महाराज के कक्ष की ओर धीर पग बढ़ रहे थे।

उदयन तत्काल उस रूपसी को अपमानित नहीं करना चाहते थे। राजसी गरिमा, मर्यादा, शिष्टाचार की लक्ष्मण रेखा आड़े आ रही थी। दीर्घ श्वास ले उत्तर दिया, 'इसमें कोई सन्देह नहीं देवी राजनर्तकी, देश की लोकप्रसिद्ध, लोकमान्य अलौकिक रूपवती मगध की राजनर्तकी शाल वती, उज्जयिनी नरेश प्रद्योत की राजसभा की शोभा देवी पद्मावती और वैशाली की गणनर्तकी दैवी रूप–लावण्य की आम्रपाली के आप समकक्ष हैं। इतिहास चर्चित रूपवती हैं आप और आप पाण्डववंश की महादेवी, महारानी का छोटा पद स्वीकारना चाहती हैं?'

स्वीकृति की प्रत्याशा में मांगधिया मोहक भावना से भरपूर कमनीय मुख, नयनों में मीठी मधुर मुस्कान भर खिलखिला रही थी। कमल पुष्प की पँखुड़ियों के समान कोमल पलकों को धीरे से स्वीकृति में बन्द कर लिया।

तो यह बात है! कुछ पल मौन पसरा रहा। मांगधिया के दिल की धड़कन तेज़ हो आयी।

'प्रिय मांगधिया। राजनर्तकी का गौरवशाली देशमान्य पद त्याग महारानी महादेवी के छोटे सीमित पद पर क्यों सिमटना चाहती हो? बहुसंख्यक प्रशंसकों का प्यार, सम्मान त्याग सिर्फ़ और सिर्फ़ एक व्यक्ति के प्यार तक क्यों सिमटना चाहती हो? जिस पण्य बाज़ार में बैठी हो वहाँ असंख्य चाहने वाले हैं।' अपने को अधिक देर रोक न सके। मन में उबलते खदबदाते क्रोध अपमान के लावे को उगल दिया, 'बाज़ार की शोभा बाज़ार में ही शोभनीय लगती है। रनिवास में नहीं?'

शानदार शब्दों में लिपटा अस्वीकार अन्त में स्पष्ट हो आया। अपने तिरस्कार, अवमानना से तिलमिलायी सुन्दरी आँसुओं को रोक न पायी। रोते–रोते तत्काल पर्यंक से उतर बाहर के लिए दौड़ पड़ी। मार्ग में शयन मन्दिर की ओर आते महामात्य यौगन्धरायण आँसुओं की बाढ़ में दिखाई नहीं देने से शिष्टाचार भूल प्रणाम नहीं किया। यौगन्धरायण ठिठके। अपमान से गरगराये राजनर्तकी के कमनीय मुख को चकित निहारते ही रह गये। राजनर्तकी मांगधिया के आँसुओं ने चतुर महामात्य यौगन्धरायण को बहुत कुछ कह दिया। इसका मतलब है महाराज की राजनर्तकी से किसी बात को लेकर गरमागरम चर्चा हो गयी है। नारी अतिरक्ति संवेदनशील होने से तत्काल रो पड़ती है। महाराज की मनोदशा भी ख़राब हो गयी होगी? मिलूँ? न मिलूँ? मिलना उचित लगा। वाक् चातुर्य से उनका मन हल्का कर लूँगा।

यौगन्धरायण पर्याप्त अनुभवी थे। महाराज उदयन के सेवक होते हुए भी उनके अभिन्न और अन्तरंग मित्र थे। वत्सराज को शासक बनाने में उनका महत्त्वपूर्ण योगदान था। अन्तरंगता के बाद भी अपनी ओर से सदैव राजकीय शिष्टाचार का पालन करते थे। महाराज मानसिक तनाव में होंगे! छुटकारा दिलाना उचित होगा। दुःख, पीड़ा, मानसिक तनाव, त्रासद विचारों को यदि अपनों, अपने शुभचिन्तकों से बाँट लिया जाये तो मन हल्का हो जाता है। अपनों की सहानुभूति उसे सहनीय बना देती है। दुःख बाँटने से कम और सहनीय होता है और प्रसन्नता बाँटने से दुगनी होती है।

महामात्य को आता देख द्वारदासी ने तुरन्त सूचित किया, 'देव! महामात्य दर्शनार्थ पधार रहे हैं।' चहलक़दमी रोक उदयन ने दासी को निहार शीश हिला आने की अनुमति दी।

'देव की जय हो। दास का प्रणाम स्वीकार करें महामहिम।' कक्ष में प्रवेश के साथ शीश झुका दोनों हाथ जोड़ सादर प्रणाम किया। सूक्ष्म दृष्टि ने उदयन की उद्विग्न मुखमुद्रा, देहभाषा को भाँप लिया। रोष से उदयन का आर्कषक गोरा–गुलाबी मुख तमतमा आया था। दीर्घ नयन सिकुड़ गये थे। चमकीले भाल पर आक्रोश की रेखाएँ स्पष्ट दिखाई दे रही थीं।

'आइए, महामात्य यौगन्धरायण। आसन ग्रहण करिए।' क्रोध को कुशल अभिनेता के समान सफलतापूर्वक नियन्त्रित कर मीठी मुस्कान से स्वागत किया।

'देव! पहले आप आसन पर विराजिए।' आगे बढ़ उदयन का हाथ थाम बैठाने के बाद सामने की आसन्दी पर स्वयं बैठे। यौगन्धरायण के स्नेह स्पर्श से अमर्ष तिरोहित हो गया।

'देव! सुन्दरी मांगधिया का अविनय मूर्खतापूर्ण व्यवहार–विचार क्षमा योग्य है। वैसे भी स्वार्थ लालच विवेक हर लेता है। आप अनुभवी हैं, दुनिया का उतार–चढ़ाव देख चुके हैं। दूसरे की मूर्खता के लिए स्वयं को दुःखी क्यों कर रहे हैं! चतुर राजनेता व कूटनीतिज्ञ ने अँधेरे में भी सटीक तीर मारा था।

'आपका कथन सही है मित्र। लेकिन कोई भी प्रस्ताव बात रखने के पहले व्यक्ति को दो–एक बार सोच–विचार तो करना चाहिए न?' उदयन ने घटित बात सुना दी। मन हल्का हो आया।

यौगन्धरायण हँसने लगे, 'इसमें उसका दोष नहीं है। स्वामी! दोषी आप स्वयं हैं। उसके प्रति आपकी तीव्र आसक्ति और प्यार तथा आपके कुँवारेपन ने उसे उकसाया। वो ही नहीं। महाजनपदों की राजकुमारियाँ तक अवसर मिलने पर ऐसा ही कर बैठतीं। आपको पति रूप में पाने को वे लालायित, आतुर हैं। ख़ैर, छोड़िए यह अमहत्त्वपूर्ण नज़रअन्दाज़ करने वाली बात है।' चतुर योगन्धरायण विषय बदल

अपने स्वामी की मनोदशा बदलना चाहता था। 'देव! आपने नागवन के विशालकाय नलगिरी हाथी के बारे में तो सुना ही है और हाथी देव की सबसे बड़ी कमज़ोरी है। उसे पकड़कर लाये बिना आप मानेंगे नहीं!' दास का निवेदन है–

उदयन प्रश्नाकुल नज़रों से निहारने लगे।

'नलगिरी महाराज प्रद्योत के क्षेत्र में है और वे अत्यन्त घमण्डी, अस्थिर बुद्धि, कब क्या कर बैठें, कहा नहीं जा सकता! इसमें कोई चाल भी हो सकती है। उनका कोई भरोसा नहीं। पहले दास गुप्तचरों से सारी जानकारी जुटा लूं। उसके बाद ही स्वामी का रक्षा प्रबन्धकों के साथ जाना उचित रहेगा?'

'मित्र यौगन्धरायण! महाराज प्रद्योत का, आपका आकलन उचित है। लेकिन हाथियों में क्या उनकी कोई रुचि नहीं है। फिर भी कुछ अंगरक्षकों के साथ अवश्य जाऊँगा। आप निश्चिन्त रहें।'

'कुछ सैनिकों के साथ ही नहीं बाक़ायदा सैन्य बल ले जायें?'

'पहले अपने गुप्तचरों से जानकारी तो हासिल कर लो। उसके बाद निर्णय लेंगे।' नलगिरी हाथी की चर्चा से उदयन का सारा तनाव व आक्रोश तिरोहित हो गया। प्रसन्नता से मुख चमकने लगा।

कौन बना शिकार उदयन या प्रद्योत

'विश्वरूप'

'देव!'

'नक़ली हाथी असली से अधिक असली दिखना चाहिए। आप देश के सर्वश्रेष्ठ यान्त्रिक अभियन्ता हैं। आपके द्वारा निर्मित हाथी को सूँड़–पूँछ तो हिलाना ही चाहिए। चिंघाड़ना भी चाहिए। चिंघाड़ इतनी ज़ोरदार हो कि चार कोस तक सुनाई दे। विशाल भी इतना हो कि उसके पेट और चारों पाँव में दो–तीन सौ सैनिक मय हथियारों के आराम से छिप सकें। ख़र्च की चिन्ता न करें। वित्त अमात्य और कोषाध्यक्ष आप जितनी रक़म माँगेंगे, तत्काल उपलब्ध करा देंगे।

यदि आपने महाराजाधिराज के निर्देशानुसार काम किया तो इतना पुरस्कार मिलेगा कि आपकी सात पीढ़ियाँ आराम से आनन्दमय जीवन बिता सकेंगी और कोताही करने पर मृत्युदण्ड।

'निश्चिन्त रहें देव! दास के काम से आप तो प्रसन्न होंगे ही इतिहास में भी मेरे द्वारा निर्मित यान्त्रिक हाथी नलगिरी की चर्चा होगी। साहित्यकार भी उसका उदाहरण देंगे। उनके लिए वह माया मातंग होगा। उसकी चिंघाड़ विन्ध्याचल और नर्मदा पार भी सुनाई देगी।'

'बढ़िया। कोषाध्यक्ष लक्ष्मीधर।'

'देव!'

'अभियन्ता विश्वरूप को पाँच हज़ार स्वर्ण मुद्राएँ प्रदान करें। विश्वरूप, प्रसन्न होने पर पुरस्कार अवश्य मिलेगा। इतना मिलेगा कि आपकी सात पीढ़ियाँ आराम से जीवन यापन कर सकेंगी।' पुनः आश्वस्त किया।

'साधुवाद देव!' प्रणाम कर स्वर्ण मुद्राएँ ले प्रसन्न वदन विश्वरूप साथियों के साथ सामग्री ले नागवन जा पहुँचा। जब तक यान्त्रिक हाथी का निर्माण होता रहा। प्रद्योत स्वयं निरीक्षण हेतु नागवन जाते रहे। महाकवि नाटककार भास प्रतिज्ञा यौगन्धरायण में लिखते हैं, 'वह माया मातंग (जादुई) हाथी इतना सम्पूर्ण था कि देखने वाला धोखा खा जाता था। उसकी विशालता। उसका सूँड़–पूँछ हिलाना तथा चिंघाड़ ने प्रद्योत को मुग्ध कर दिया। सैनिक छिपा सफल प्रयोग किया। प्रसन्न और सन्तुष्ट प्रद्योत ने वायदे के अनुरूप एक बड़ी राशि विश्वरूप को प्रदान की। सम्राट के चरण स्पर्श कर विश्वरूप ने आभार प्रकट किया।

यौगन्धरायण के गुप्तचरों ने महाराज उदयन के सामने उस माया मातंग का ऐसा वर्णन प्रस्तुत किया कि उसे पकड़ने को वे बैचेन हो आये।

'देव! हाथी इतना विशाल एवं सुन्दर है कि पकड़ लाने और हमारी हस्ती सेना में शामिल कर लेने पर उसकी ताक़त में निश्चय ही अभूतपूर्व वृद्धि होगी। वह ख़ुद हाथियों का नेता बन बैठेगा। स्वामी जब उस पर आरूढ़ होंगे तो महामहिम की शोभा अद्वितीय होगी।' हाथ जोड़ गुप्तचर दिवोदास ने निवेदन किया।

'अगर ऐसा है तो उसे पकड़ने तत्काल जाना पड़ेगा।' अति आत्मविश्वास से पीड़ित उत्साह के अतिरेक में उदयन तैयार हो यौगन्धरायण को बताये बिना घोषवती वीणा और नाममात्र के अंगरक्षकों के साथ नागवन चल दिये।

प्रद्योत के गुप्तचर उदयन पर निगाह रखे थे। तुरन्त उज्जयिनी समाचार भेज दिया। उदयन के नागवन पहुँचने के पहले प्रद्योत के सशस्त्र सैनिकों ने नलगिरी के पेट और पैरों में छिप मोर्चा सँभाल लिया। नागवन से लेकर उज्जयिनी के राजमहल तक गुप्तचरों का जाल बिछाया गया, ताकि पल–पल की सूचना मिलती रहे। तद्नुसार क़दम उठाया जा सके।

चिं...घा...ड़...चिंघा...ड़ चिंघाड़...नागवन की सीमा में प्रवेश के पहले ही नलगिरी की तेज़ चिंघाड़ सुनाई देने लगी। वन में प्रवेश के साथ उसमें तेज़ी आ रही थी। हाथी की विशालता को अनुभवी उदयन भाँप गये। नलगिरी के बारे में महाकवि कालिदास 'मेघदूत' में लिखते है, 'अचोद भ्रान्तः किल नलगिरि स्तम्भ मुत्पाटय दर्पादि त्यागन्तनहमपति जनो यत्रं बन्धुनभिज्ञा।। उस राजा (प्रद्योत) का स्वर्णताल वन वहीं था। और वहीं उसका नलगिरी नामक हाथी मदमस्त होकर अपने बन्धन के सभी लौह खम्भों को उखाड़ क्रोध में घूमता था। यहाँ (उज्जयिनी) के जानकार यह कथा अपने आगन्तुक सम्बन्धियों को सुना कर उनका मनोरंजन करते थे।'

उदयन का बचपन, किशोरावस्था और जवानी का पहला चरण पिता ऋषिकुमार, मित्रावरुण और आदिवासियों के बीच में बीता था। अतः जंगली पशु–पक्षियों, मृग छौनों और हाथियों ही नहीं सिंह शावकों से भी गहरे तक परिचित था। आदिवासी ओझा, वैद्यों ने उसे जानवरों की जीवन–शैली से परिचित ही नहीं कराया अपितु बीमार पडने पर जड़ी बूटियों से उनका इलाज करना भी सिखाया। उन्हें प्रशिक्षित करना, पकड़ना भी सिखाया। अतः वह हाथियों का अच्छा जानकार था। मोटी लौह साँकलों से बँधे नलगिरी के विशाल डील–डौल और मदमस्त हो झूमते देख उदयन मन्त्रमुग्ध हो आया। उसकी तीव्र इच्छा पास जा थपथपाने की हुई।

लेकिन मन को रोका। सूँड उठा नलगिरी ज़ोर से चिंघाड़ा। वन–प्रान्तर काँप उठा। चारों ओर घूम निरीक्षण किया। सूँड़ के साथ पूँछ भी हिला रहा था। अंगरक्षकों ने एक स्थान साफ़–सुथरा कर दिया ताकि महाराज वहाँ बैठ नलगिरी को मोहित करने हेतु वीणावादन करने लगें। आसन ग्रहण कर उदयन के हल्के से तारों को छेड़ते ही सुमधुर स्वर लहरी से वन प्रान्तर तरंगायित हो आया। कुछ काल जोड़ झाला बजाने के बाद राग मोहिनी बजाने लगे। नलगिरी झूम रहा था। नलगिरी की अपेक्षा मोहिनी रागिनी अंगरक्षकों को मोहित करने लगी। वृक्षों से टिक नेत्र बन्द कर रागिनी के रसोद्रेक में डूब गये। नेत्र मुँद गये। रागिनी का हाथ थाम आनन्द के संसार में विचरण करने लगे।

नलगिरी में छिपे सैनिकों को वत्सराज को बन्दी बनाने के अवसर का विश्वास हो जाने पर महाकवि बाणभट्ट के 'हर्षचरित' के अनुसार 'माया मातंग त्रिगर्ता महासेन सैनिका वत्स पति न्याय सिंषु' महासेन के सैनिकों ने हाथी से निकल संघर्ष के बाद वत्सपति को बन्दी बना लिया। उदयन ने प्रद्योत के सैनिकों से युद्ध किया। वे घायल हो गये। 'त्रिषिष्टि शलाका पुरुष चरित' के लेखक लिखते हैं, 'प्रद्योत सुभटा नितृत्य दिव्योदरात पात विज्या गज स्कदंपाद वत्सराज बंधनम्।' लड़ते–लड़ते घायल हो जाने एवं थक जाने पर ही वत्सराज को बन्दी बनाया गया।

उदयन के बन्दी बनाये जाने का समाचार तुरन्त प्रद्योत को मिल गया। 'प्रतिज्ञायौगन्धरायण' के अनुसार 'प्रद्योत के आदेश पर सैनिक वत्सराज को 'नागवन विहारशील' से उज्जयिनी ले आये। प्रद्योत के आदेश पर अमात्य पुष्पदन्त ने 'कुमार विशिष्टेन, सत्कारेण वत्सराज मग्रतः'। उदयन वत्सराज थे। एक राजकीय पुरुष, एक देश के शासक। वत्स की सोलह महाजनपदों में गणना थी। प्रद्योत राजकीय शिष्टाचार से पूरी तरह अवगत था। अतः पूरे राजकीय सम्मान के साथ उनका स्वागत–सत्कार किया गया। मणिकाँचन भूमिकाया प्रवेश्यम–उनका मणिकाँचन प्रासाद में प्रवेश हुआ। अर्थात् ठहराया गया। सेवा में दास–दासियाँ नियुक्त किये गये। राजपरिवार के राजवैद्य से उनका इलाज कराया गया।

उदयन के आराम और सुख–सुविधा का पूरा ध्यान रखा गया। इस हेतु एक अमात्य की भी नियुक्ति की गयी।

महाराज उदयन के बन्दी बनाये जाने का समाचार लेकर कुछ अंगरक्षक कौशाम्बी पहुँचे और महामात्य यौगन्धरायण को समाचार से अवगत कराया। हमारा सन्देह सच हुआ। प्रद्योत ने विश्वासघात किया। योगन्धरायण ने प्रतिज्ञा की कि वो अपने सर्वप्रिय महाराज को न केवल ससम्मान छुड़ा कर लायेंगे वरन् प्रद्योत के घमण्ड को चूर–चूर भी करेंगे। ऐसी चाल चलेंगे कि प्रद्योत देखता ही नहीं हाथ भी मलता रह जायेगा। सारी योजना बना ली।

वत्सराज के बन्दी बनाये जाने के समाचार से राजगृह, काशी, वैशाली, कपिलवस्तु ही नहीं समस्त सोलह महाजनपदों के राजघरानों ही नहीं जनता में भी हड़कम्प मच गया। प्रद्योत के दुस्साहस से हैरान रह गये। सभी स्तब्ध थे। मगर महासेन प्रद्योत की सैन्यशक्ति की धौंस इतनी थी कि पत्ता भी नहीं खड़का। आलोचना निन्दा तक ही सीमित रह गये। कौशाम्बी की जनता शोक में डूब गयी। अमात्यमण्डल, गणमान्य श्रेष्ठी वर्ग यौगन्धरायण को शोक संवेदना प्रगट करने आये। अमात्यमण्डल सेनाधिकारियों की आपात्कालीन बैठक बुलाई गयी। क्रोध से उबलते प्रधान सेनापति रूमणवान ने प्रस्ताव रखा, 'महामात्य जी महाराज को ससम्मान छुड़ा लाने हेतु अवन्ति पर हमला करने की अनुमति प्रदान करें। यह वत्स देश और उसकी जनता के राष्ट्रीय सम्मान का प्रश्न है।'

'हम सब सेनापति जी के साथ हैं। उनके प्रस्ताव का समर्थन करते हैं। सर्वप्रिय महाराज के लिए प्राण देने को तैयार हैं।'

'शान्त...शान्त हम आपके क्रोध, दुःख को समझते हैं। हम भी वही चाहते हैं। लेकिन...!' जानबूझकर रुके।

'लेकिन क्या?'

'युद्ध से मामला उलझ जायेगा। प्रद्योत ने कूटनीतिक चाल चली है। हम भी उसका उत्तर कूटनीति से ही देंगे। फिर आप सभी देख रहे हैं सोलह महाजनपदों के किसी शासक ने मौखिक विरोध तक

नहीं किया है। कहीं हम अलग–थलग न पड़ जायें। रुका! साँस रोक सभी सुन रहे थे।'

'आप निश्चित रहें। हम ऐसी कूटनीतिक चाल चल महाराज को ससम्मान लायेंगे कि प्रद्योत का घमण्ड न केवल चूर–चूर हो जायेगा, बल्कि वह हाथ भी मलता रह जायेगा। युद्ध तो अन्तिम हथियार है। कभी भी अपनाया जा सकता है।'

'हमें आप पर पूरा विश्वास और आस्था है।' विश्वास प्रगट कर सभा समाप्त हुई।

'यौगन्धरायण के सौभाग्य से उज्जयिनी में महाकाल उत्सव प्रारम्भ हो गया। इसका लाभ उसने उठाया। तीर्थयात्री बना गुप्तचरों का जाल उज्जयिनी और आसपास के इलाक़ों में फैला दिया। ख़ुद भी वेश एवं नाम बदल गुप्तचर अध्यक्ष शिवनन्दन के साथ उज्जयिनी जा धमका।

वत्सराज के बन्दी बनाये जाने की चर्चा से उज्जयिनी और राज प्रासाद भी अछूता नहीं था। महासेन के डर के मारे लोग दबी ज़बान में चर्चा कर रहे थे।

'सुना है महाराज ने वत्सराज को बन्दी बना लिया!'

'हाँ! मुझे भी पता चला है।'

'महाराज उदयन से तो हमारी कोई शत्रुता नहीं! वे अत्यन्त उदार, सत्यनिष्ठ, भावुक कलाकार हैं। महाराज ने ऐसा क्यों किया?'

'क्या जाने? ज़रा पास आओ मित्र। उसके पास आते ही कान में फुसफुसाया, 'जिसके बाप पुणिक ने विश्वासघात कर अपने स्वामी अन्तिम वीतिहोत्र सम्राट की हत्या कर राज्य हथियाया उसका बेटा अकारण यदि वत्सराज को बन्दी बना लेता है तो क्या आश्चर्य है?'

'तुम ठीक कहते हो मित्र नन्दन।' सतर्क दृष्टि से चारों ओर निहारा, 'उचित होगा हम चल दें। दीवारों के भी कान होते हैं। पकड़े जाने पर आजीवन कारावास या मृत्युदण्ड। चुपचाप चल दिये। बाज़ार की चहल–पहल यथावत् थी।

राजपुरोहित महाकात्यायन को पता चलने पर भागे–भागे महल पहुँचे। प्रद्योत रनिवास जाने की तैयारी में थे।

'आइए, राजपुरोहित जी। कैसे कष्ट किया?'

'देव! आपने ये क्या कर डाला?' प्रणाम के साथ निवेदन किया, 'वत्सराज छोटे–मोटे राजा या सामन्त नहीं हैं! वे पाण्डववंशी श्रेष्ठ क्षत्रिय हैं। कृपा कर उन्हें तत्काल बन्धन मुक्त कर राजोचित उपहार भेंट प्रदान कर सादर विदा करें। क्षमवस्य देव! सारा देश आपके कुकृत्य की कटु आलोचना निन्दा कर रहा होगा। दास आपका राजपुरोहित एवं परामर्शदाता है। न्यायोचित परामर्श देना दास का कर्तव्य है।" सारे समय प्रद्योत मन्द–मन्द मुस्कराते रहे। राजपुरोहित की बात समाप्त होने पर धीरे से कहा, 'साधुवाद! आपके श्रेष्ठ वंश का हमें ज्ञान है। भगवान् कृष्ण, सुदामा, बलराम के प्रणम्य गुरुवर महर्षि सांदिपनि के आप वंशज हैं। आप भी हमारे लिए श्रद्धेय हैं। कृपया पहले आसन ग्रहण करिए। क्रोध को शान्त करिए। महाराज उदयन को बन्दी बनाने पर देश भर में होने वाली निन्दा, आलोचना से भी अवगत हैं। उसका पूर्वानुमान और आकलन करने के बाद ही यह क़दम उठाया है। वत्सराज के साथ राजोचित व्यवहार ही किया जा रहा है। मणिकांचन प्रासाद में उन्हें ठहराया गया है। अनेक दास–दासियाँ ही नहीं शिष्टाचार अमात्य भी उनकी सेवा में हैं।' एक पल रुक ख़ुर्दबीनी नज़रों से महाकात्यायन को निहारा, राजपुरोहित की आक्रोशित मुद्रा से हँसी आ गयी, 'महाकात्यायन जी एक शुभ मंगलकारी योजना के अन्तर्गत ही महाराज उदयन को बन्दी बनाया गया है। उन्हें बन्दी बनाये बिना हमारी मंगल योजना सफल नहीं होती! सफल होने के बाद आप ही हमें शत्–शत् बधाइयाँ देंगे।

'वत्सराज को बन्दी बनाने में ऐसा कौन–सा मंगल होगा? शिव जानें? शिव इच्छा बलियसि।' मन–ही–मन महाकात्यायन बड़बड़ाये। प्रगट में इतना ही कहा, 'जैसी देव की इच्छा! दास तो तत्काल रिहाई की प्रार्थना करने आया था। फिर भी आप जैसा उचित समझें, करें? दास का एक निवेदन और है।'

'कहिए!'

'दास को तथागत के दर्शन हेतु राजगृह के जाने की अनुमति दे।'

'यह तो शुभ संकल्प है अवश्य जाइए। हमारी ओर से भी तथागत को उज्जयिनी पधारने का निवेदन करिएगा, ताकि राजपरिवार और हमारी प्रजा भी उनकी सम्बोधि से लाभ उठा सके। हमारा प्रणाम भी निवेदित करें।'

'जो आज्ञा देव!' प्रणाम कर महाकात्यायन बड़बड़ाते हुए बाहर आये, 'शिव शिव शिव भूतभावन भगवान् महाकालेश्वर दया करना प्रभु। विनाश काले विपरीत बुद्धि।'

रनिवास में भी हड़कम्प मचा था। महाराज ऐसा अविवेकी कार्य कर बैठेंगे इसकी उम्मीद नहीं थी। उनके इस काम से देश भर में अकीर्ति हो रही होगी।

'माताश्री। महाराज ने क्या सोच कर वत्सराज को बन्दी बनाया! उनसे हमारे राजवंश की शत्रुता नहीं है। सारे देश में वे सिरमौर हैं। कलाकार, भावुक, सुदर्शन व्यक्तित्व के स्वामी। सर्वप्रिय सम्राट।' राजकुमारी वासवदत्ता ने नम्रतापूर्वक विरोध जताया।

महारानी देवप्रिया भयचिन्तित थीं। उन्हें भी अपने पति महाराज से इस प्रकार के अदूरदर्शी क़दम उठाने की उम्मीद नहीं थी, 'आप ठीक कह रही हैं, बिटिया वासुला। महाराज ने ये क़दम उठाने के पहले न तो हमें या किसी को भी बताया न ही परामर्श किया। सारी योजना गोपनीय तरीक़े से स्वनिर्णय द्वारा क्रियान्वित की। राजपरिवार के शुभचिन्तक, राजपुरोहित महाकात्यायन, महामात्य वर्षाकार से भी शायद परामर्श नहीं किया।'

एक दासी पंखा झल रही थी। अन्य हाथ बाँधे शीश झुकाये आदेश की प्रतीक्षा में थीं। अन्य द्वार पर थीं। महाराज–महादेवी अपनी लाड़ली राजकुमारी वासवदत्ता को प्यार से वासुला बुलाते थे।

'क्षमवस्य महादेवी! अनुमति हो तो दासी कुछ निवेदन करे।' वासवदत्ता ने प्रार्थना की।

महादेवी की प्रश्नात्मक दृष्टि ने कुछ पल निहारा, 'कहो!'

'महादेवी दादा महाराज पुणिक ने अपने स्वामी की षड्यन्त्रपूर्वक हत्या कर सत्ता हथियायी। इस पाप का प्रक्षालन हुआ नहीं कि पिता महाराज ये कृत्य कर बैठे! अभी हमारे राजवंश को अन्य सोलह महाजनपदों के शासकों की मान्यता मिले कुछ ही काल बीता है।' वासुला ने चिन्ता प्रगट की।

'आपका कथन सत्य है बिटिया वासुला। लेकिन महाराज को कौन समझाये? उनके पधारने पर बात छेड़ूँगी कि अभी भी कुछ बिगड़ा नहीं है। वत्सराज को सम्मानसहित विदा करें।'

'महादेवी की जय हो! महाराज अन्तःपुर में पधार रहे हैं।' द्वारदासी ने सविनय निवेदन किया।

'वत्सराज को लेकर क्या चिन्ता प्रगट की जा रही है?' प्रद्योत ने रागर्व महादेवी देवप्रिया के कक्ष में प्रवेश किया। बिना रक्तपात के वत्सराज को सफलतापूर्वक बन्दी बना लेने का सन्तोष एवं गर्व मुख पर स्पष्ट झलक रहा था।

'दासियों का प्रणाम स्वीकारें देव!'

स्वीकृति में मात्र शीश हिलाया।

प्रिय पुत्री वासुला को उपस्थित पा मन प्रसन्नता से भर गया। सुख चमकने लगा, 'आह! हमारी लाड़ली राजकुमारी वासुला भी यही है। आपको देख मन प्रसन्न हो आया। वैसे भी हम आपको बुलाने वाले थे। वत्सराज को लेकर अधिक चिन्तित होने की आवश्यकता नहीं है। पूरे राजकीय शिष्टाचार के साथ उनकी सेवा–चाकरी की जा रही है। एक शुभ मंगल कार्य हेतु उन्हें बन्दी बनाया गया है।'

चकित दृष्टियाँ निहारने लगीं।

'समय आने पर बन्दी बनाये जाने के कारण और उससे सम्पादित कार्य से आपको अवगत करा दिया जायेगा। बेटी वासवदत्ता आपके लिए सुसमाचार है।' आसन्दी पर बैठते प्रद्योत ने कहा, 'देवियो! आप भी आसन ग्रहण करें।'

'साधुवाद!' सभी ने आसन ग्रहण किया। वासवदत्ता से सम्बन्धित समाचार जानने को उत्सुक थी, 'वासुला के लिए क्या शुभ समाचार है?

देव को कोई वर पसन्द आया क्या?' देवप्रिया ने उत्सुकता से जानना चाहा। वासवदत्ता का गोरा–गुलाबी मोहक मुख लज्जा से अधिक लाल हो कमनीय हो आया। उठकर जाने लगी।

'आप कहाँ जा रही हैं? शुभ समाचार तो सुनिए।'

वासवदत्ता पुनः बैठी।

'हमारे साम्राज्य के दक्षिणापथ की राजधानी महिष्मति में सर्वश्रेष्ठ वीणावादक शारंगदेव निवास करते हैं। अपनी कला के प्रदर्शन हेतु उत्तर भारत के महाजनपदों की यात्रा पर हैं। इसकी अनुमति हेतु वे उज्जयिनी आये हैं। हमने उन्हें रोक लिया है, ताकि आपको वीणावादन का प्रशिक्षण प्रदान करें। वे सुदर्शन तो हैं ही मगर?'

'मगर क्या?' प्रश्नाकुल नज़रों से जानना चाहा।

'उन्हें चर्म रोग है। देह पर सफ़ेद दाग हैं। मगर कुष्ठ नहीं है।'

दोनों ने राहत की साँस ली।

हमारी इच्छा है कि राजकुमारी उनसे वीणावादन का प्रशिक्षण लें।'

'महाराज का प्रस्ताव स्वीकार योग्य है।' महादेवी ने प्रस्ताव का समर्थन किया, 'शारंगदेव के कुष्ठ रोग से क्या लेना–देना? वासुला को उनसे वीणावादन अवश्य ही सीखना चाहिए।'

'वासुला! आप हमारी बेटी हैं इसलिए नहीं कह रहा। आप अलौकिक ही नहीं दैवी सौन्दर्य की स्वामिनी है। सोलह महाजनपदों के राजपरिवारों की राजकुमारियों में सर्वश्रेष्ठ। वैशाली की गणनर्तकी आम्रपाली, मगध, कौशाम्बी और हमारी राजनर्तकी शालवती, मांगधिया और पद्मावती की सुन्दरता आपके सामने कहीं नहीं ठहरती। रूप–लावण्य के साथ कला का समन्वय आपको सर्वश्रेष्ठता प्रदान करेगा। वह अतिरिक्त योग्यता मानी जायेगी।

'महाराज ठीक कह रहे हैं वासुला बिटिया। फिर संगीत तो आत्मा को परमात्मा (भगवान् शिव) से जोड़ता है। नटराज शिव संगीत नृत्यकला के प्रवर्तक अधिष्ठाता हैं। वीणा के माध्यम से आप उनकी आराधना करेंगी।' महारानी देवप्रिया ने समर्थन किया।

'दासी कहाँ मना कर रही है। आज्ञा शिरोधार्य है।' वासवदत्ता की स्वीकृति से प्रद्योत प्रसन्न हो उठे।

मणिकांचन प्रासाद के सजे–धजे कक्ष में चिन्तित उदयन चहलकदमी कर रहे थे। चलते–चलते रुक जाते थे। पुनः टहलने लगते। महाराज प्रद्योत ने वत्सराज के लिए कौशाम्बी के महल से भी अधिक सुख–सुविधाएँ जुटा रखी थीं। फ़र्श पर सुन्दर, नरम कालीन, दरवाज़ों, गवाक्षों पर वन्दनवार एवं पारदर्शी पर्दे। विशाल पर्यंक पर भी रेशमी गाव तकिए रज़ाइयाँ। स्थान–स्थान पर सुगन्धित तेल वाले नन्दादीप, नाना प्रकार की मदिराएँ (आसव), फल, उनके रस, सुस्वादु भोजन। चौबीस घड़ी सेवा में तत्पर दास–दासियाँ ही नहीं समय–समय पर अमात्यगण भी उपस्थित हो आदेश प्राप्त कर उनकी पूर्ति करने को तत्पर। लेकिन बिता तो रहे हैं बन्दी जीवन।

एक सम्राट को अकारण बन्दी बना लेने के महासेन प्रद्योत के दुस्साहस पर चकित हैरान थे। किस कारण बन्दी बनाया? क्यों क़ैद कर रखा है? क्या उद्देश्य है? कुछ समझ में नहीं आ रहा था। बाहर का नज़ारा देखने गवाक्ष पहुँचे। पक्षियों के झुण्ड वातायन में किल्लोल कर रहे थे। थक जाने पर या धरती पर बिखरे दानों को चुगने हेतु चक्कर लगा सुरक्षित स्थान पर उतर पड़ते। अति दूर भगवान महाकाल के भव्य मन्दिर का स्वर्ण कलश, चमकते शिखर, वायु के साथ नर्तन करती ध्वजा पताकाएँ। श्रद्धापूर्वक भगवान् महाकाल को प्रणाम किया। दृष्टि धरा पर उतरी। प्रासाद के उद्यान में माली कार्यरत थे। फौव्वारे चल रहे थे। फूलों–फलों के वृक्षों तथा नरम हरी दूब के मैदान, सभी मनोहारी था। प्रासाद के सामने मार्ग पर प्रहरी यातायात को नियन्त्रित करने में व्यस्त थे। दीर्घ साँस ली। जीवन का प्रवाह कितना सुन्दर है।

'महाप्रभु की जय हो। देव महामात्य वर्षाकार दर्शन–प्रणाम की अनुमति चाहते हैं।' द्वार प्रहरी ने सादर निवेदन किया।

उदयन पलटे। कुछ पल प्रहरी को अपलक निहारा, 'भेज दीजिए'।

'देव की जय हो! दास का प्रणाम स्वीकारें महाप्रभु।' कक्ष में प्रवेश के साथ वर्षाकार ने प्रणाम निवेदन किया।

'आइए, पधारिए महामात्य जी। क़ैदी को कैसे याद किया?' व्यंग्य तीखा व मारक था, 'आसन ग्रहण करिए।'

'पहले आप विराजिए देव!' दोनों बैठे।

'महाप्रभु आप बन्दी नहीं अवन्ति देश के अति विशिष्ट सम्मानीय अतिथि हैं। कुशल राजनेता व कूटनीतिज्ञ ने आरोप को हल्का किया।

'अवन्तिराज का अतिथियों को बन्दी बना स्वागत–सत्कार का तरीक़ा अनोखा एवं ऐतिहासिक है। प्रशंसा करनी पड़ेगी।'

'महाराज सच्चे मन से क्षमा प्रार्थी है। इसी हेतु दास को भेजा है। एक मंगल उद्देश्य के लिए ही महाराज को न चाहते हुए भी यह पग उठाने को मजबूर होना पड़ा। पुनः क्षमा प्रार्थना के साथ महाराज की एक प्रार्थना है।'

बात को अधिक बढ़ाना भावुक हृदय को उचित नहीं लगा, 'महाराज प्रद्योत हमारे लिए पितातुल्य होने से पूजनीय हैं। प्रार्थना नहीं दास को आदेश दें।'

'महाराज स्वयं निवेदन करने आने वाले थे। लेकिन दास ने रोक दिया। दास आपका अपराधी है। महाराज के अन्त पुर में अत्यन्त सेवाभावी एक विकलांग दासी है। विकलांगता के कारण आत्महीनता की भावना से पीड़ित होने से सदा दुःखी रहती है। महाराज का निवेदन है कि यदि महाप्रभु उसे वीणावादन का प्रशिक्षण दें तो उस दुःखिया की जीने की इच्छा को बल मिलेगा। संगीत उसकी पीड़ा और दुःख दूर कर देगा।'

'विकलांग के हाथ तो ठीक हैं न?'

'वो सब तो ठीक है। कुब्जा होने से दुःखी रहती है। कभी–कभी कुबड़ी कह अन्य दासियाँ–दास मज़ाक़ उड़ाते हैं।'

कलाकार होने से उदयन अत्यन्त भावुक, संवेदनशील सरल एवं उदारमना थे। दूसरों का दुःख विशेषकर नारियों की पीड़ा उनकी आत्मा को विकल कर देती थी। दूसरों का दुःख–दर्द दूर करने को

तत्पर रहते थे। फिर संगीत और वीणा तो उनकी आत्मा थे। जब से क़ैद हुए थे, वीणा को हाथ नहीं लगाया था। नागवन के संघर्ष के समय से उनकी प्रिय घोषवती वीणा जाने किसने इधर–उधर कर दी थी। उसे पाने का अवसर कैसे खो देते। तत्काल स्वीकृति दी।

'बस इतनी–सी बात! इस हेतु महाराज का आना ज़रूरी नहीं था। हाँ, हम उस दुःखिया को वीणा अवश्य सिखायेंगे, ताकि वह ज़िन्दगी की ओर लौटे। लेकिन हमें अपनी प्रिय घोषवती वीणा चाहिए। न जाने किसके पास है?

'क्षमवस्य देव! वह दास के पास सुरक्षित है। संघर्ष में दलनायक सैनिक ने उसे दास को सौंप दिया था। अभी सेवा में प्रस्तुत करता हूँ।'

'तब आप प्रशिक्षण की व्यवस्था करिए।'

'एक प्रार्थना और है देव!'

उदयन की प्रश्नात्मक दृष्टि?

'प्रशिक्षण के समय महाप्रभु का ध्यान भंग न हो इसलिए आपके और दासी के मध्य एक पर्दा रहेगा।'

'कोई समस्या नहीं!'

उदयन की स्वीकृति ने प्रद्योत को प्रसन्नता से भर दिया। योजनानुसार सफलता मिल रही थी। हर चाल सीधी पड़ रही थी।

घोषवती वीणा के मिलते ही आत्मा प्रसन्नता से भर गयी। बिछड़ी प्रेमिका से पुनर्मिलन हुआ था। प्रशिक्षण के पहले उसकी साफ़–सफ़ाई कर तारों को कसा, ढीला किया। कई घड़ी अभ्यास किया। अनिर्वचनीय आनन्द से आत्मा हल्की हो गयी। बन्दी जीवन का दुख, पीड़ा भूल गये। वीणा के कई चुम्बन लिए।

प्रद्योत के आदेश पर राजसी रंगशाला को नये सिरे से सज्जित किया गया। वीणा, मृदंग, वंशी, ढोलक, तम्बूरा आदि से सजाया गया। फ़र्श पर नया कालीन बिछाया। दरवाज़ों, गवाक्षों पर भी नये पर्दे टाँगे गये। नयी मखमली आसंदिया रखी गयीं। रजतनन्दा दीप स्तम्भ भी रखे गये। सब कुछ चाक–चौबन्द था। भित्तियों पर राजनर्तकी पद्मावती की नृत्य मुद्राओं के चित्र थे। एक ओर नटराज की धातु की सुन्दर मूर्ति थी।

शिक्षण हेतु जाने के पहले प्रद्योत ने लाड़ली बेटी वासुला को बड़े प्यार, ममता से समझाया, 'रानी बिटिया पण्डित शारंगदेव आपके शिक्षा गुरु हैं। उनके प्रति सदैव आदर प्रगट करना। वे सदी के श्रेष्ठतम कलाकार हैं। कलाकार, साहित्यकार, विद्वतजन्, सन्त, साधु, संन्यासी सदैव प्रणम्य होते हैं। विद्वान् सर्वत्र पूज्यते। शिक्षण के दौरान आपके उनके बीच पर्दा रहेगा।

वासवदत्ता के काजल रचित प्रश्नाकुल दीर्घ नयन जानना चाहते थे, 'ऐसा क्यों देव?'

'बिटिया! आपके गुरु कुष्ठी हैं। देह व मुख पर सफ़ेद दाग हैं। वे कहीं वितृष्णा से न भर दें! सीखने से मन उचट न जाये! संगीत के लिए एकाग्रता पहली शर्त है।'

'उनके सफ़ेद दागों से हमारा क्या लेना–देना?'

सोलह शृंगार ने षोडशी वासवदत्ता के अलौकिक सौन्दर्य को दैवी लावण्य में बदल दिया। दर्पण में ख़ुद को बार–बार निहार रह गयी कमी को अंगरागों का स्पर्श दे पूरा करने लगी। सन्तुष्ट हो जाने के बाद भी अन्तरंग सखी व दासी रमणिका से जानना चाहा, 'रमणिका! कैसी लग रही हूँ? कोई कमी तो नहीं?'

'नज़र न लग जाये! देवी का सौन्दर्य लावण्य स्वर्ग की उर्वशी, रम्भा, मेनका को भी लज्जित कर देगा।' रमणिका की चाटुकारिता वासवदत्ता को गद्‌गद कर गयी।

'ज़रा मोगरे की सुरभि तो देना रमणिका?' मोगरे की सुरभि ने यौवन रस की मदमाती सुगन्ध को दुगना कर दिया। पुनः दर्पण में निहारा। सन्तुष्ट हो जाने पर रंगशाला के लिए प्रस्थान किया। कुछ पग चल ठिठकी।

'अब क्या हुआ?'

'वीणा। वीणा लायी ना?'

'हाँ, ये देखिए।' पलटकर वीणा देख सन्तुष्ट हुई। नितम्बों के भार से गति मन्थर हो आयी। नर्तकी–सी पग रखने लगी। तुन...तुन... तुनन...तुन...। लम्बे अर्से बाद प्यारी घोषवती से मिलना हुआ था।

पुनः साफ़–सफ़ाई कर तारों को छेड़ा तुन...तु...तुनन...तुन...तुनन... तुनन...मन ही नहीं कक्ष की वायु भी तरंगायित हो आयी। तभी कंकण किंकिण नूपुर ध्वनि रुन...झुन...झूम...झूम...छम...छम...छून की कर्णप्रिय ध्वनि घोषवती की झंकार को आच्छादित करने लगी। घोषवती को प्यार करने वाले हाथ रुक गये। ध्यान से सुनने लगे। रुन...झुन की ध्वनि रून...झुन वासवदत्ता के कक्ष में प्रवेश और आगे बढ़ने के साथ पास आ रही थी। पर्दे से थोड़ी दूर थम गयी। निहारने लगे। पर्दा दीवार बन रास्ता रोक रहा था। पर्दे ने वासवदत्ता को भी ठिठकाया। श्रृंगार प्रदर्शन का उत्साह ठण्डा पड़ गया। गहरी साँस ली। प्रशंसक सामने नहीं था। कंकण किंकिण नुपूर की सुमधुर ध्वनि सुनी तथा मोगरे मिश्रित यौवन से भरपूर देह गन्ध ने शिष्या की उपस्थिति दर्ज करा दी। संवेदनशील कलाकार का मन बहका, कौन आया मेरे मन के द्वारे पायल की झंकार लिए! फिर ध्यान आया अरे, ये तो कुब्जा है। कुबड़ी है बड़ी शौकीन। देह विकंलाग है। मन थोड़े ही। नारी मन श्रृंगार एवं प्रदर्शनप्रिय होता है।

वासवदत्ता आसन्दी पर बैठने ही वाली थी कि रोका, 'देवी! आसंदी पर नहीं भूमि पर विराजें। वीणा में दोनों ओर बड़े–छोटे तुम्बे होते हैं। आसंदी पर विराजने पर सन्तुलन नहीं बन पायेगा। वादन में दिक्क़त होगी। कालीन पर विराजने पर वादन में सहूलियत रहेगी। हम भी नीचे ही बैठे हैं।'

वीणा हेतु रमणिका को निहारा। दोनों ओर तुम्बे थे। गलीचे पर बैठी। रमणिका ने सादर वीणा दी।

'हमारा प्रणाम स्वीकारें गुरुदेव।' पर्दे को हाथ जोड़े।

'आयुष्मति भव! चिरंजीव भव! आपका परिचय प्राप्त कर सकते हैं।'

लगता है शारंगदेव राजकीय शिष्टाचार से अपरिचित हैं (तभी न स्वयं को दास कहने के बजाय हम कह रहे हैं।

'हम वास...जीभ काटी। पिताश्री ने वास्तविक परिचय नहीं देने का निर्देश दिया था। वे देवयानी।

मगरूर है तभी दासी नहीं कहा! शायद राजपरिवार विशेषकर महाराज की मुँहलगी दासी है। इसीलिए हम कह बतिया रही है। ख़ैर।

'देवी देवयानी! शिक्षण सारस्वत साधना आरम्भ करने के पूर्व भगवती सरस्वती का ध्यान कर प्रणाम करें। वे कला, संस्कृति, साहित्य, शिक्षा की आराध्या हैं। वीणा और पुस्तक उन्हें अत्यन्त प्रिय है। वे 'वीणा–पुस्तक धारिणी' हैं। वीणा के तारों को स्पर्श कर किया गया प्रणाम भगवती शारदा स्वीकार लेंगी।

'जो आज्ञा गुरुदेव।' वासवदत्ता ने नयन मूँद तारों को स्पर्श कर माँ शारदा का ध्यान कर श्रद्धा–भक्ति पूर्वक प्रणाम किया। हाथ बाँधे खड़ी रमणिका ने भी सरस्वती का ध्यान कर मन–ही–मन प्रणाम किया।

'ध्यान–प्रणाम हो गया।'

'जी गुरुदेव।'

'देवयानी! हमारा संगीत सात सुरों पर आधारित है। वीणा के तारों को स्पर्श करते ही सा...रे...ग...म...प...ध...नी...सा... स्वर झरने लगे, 'वीणा में भी सात तार हैं, गिनिए।'

वासवदत्ता ने गिना, 'हाँ गुरूदेव सात तार हैं। लेकिन आप ने जो सुर प्रस्तुत किये वे तो आठ हैं। सा दो बार आया है।'

'सा के दो बार आने के बाद भी सुर सात ही हैं। दो सा के बीच बाकी के छह सुर हैं। वीणा के सातवें तार के नी पर पहुँचने के तत्काल बाद पहले सा पर पहुँचना है। द्रुत गति से पहुँचने पर ही गीत, भजन झरने लगेगा। ठीक है।'

'जी गुरुदेव!'

'शिक्षण आरम्भ करने के पहले माँ शारदा की वदना करें।'

या कुन्देन्दुतुषारहारधवला या शुभ्रवस्त्रावृता।
या वीणावरदण्डमण्डितकरा या श्वेत पद्मासना।।
या ब्रह्माच्युतशंकरप्रभृतिभिर्देवैः सदा वन्दिता।
सा मां पातु सरस्वती भगवती निःशेषजाड्यापहा।।
शुक्लाम् ब्रह्म विचार सार परमांद्याम्् जगद्त्यापिनीं।
वीणा पुस्तकधारिणीम् भयदां जाड्यान्धकारापाहम्।

सरस्वती महाभागे विद्ये कमल लोचने।

विद्यारूपे विशालाक्षी विद्यां देहि...।

वन्दना के स्वर वासवदत्ता रमणिका की आत्मा के तारों को झंकृत करने लगे। नयन स्वयं मुँद गये। कक्ष की वायु प्रार्थना से पवित्र हो आयी वातावरण शुद्ध हो गया। वीणा का प्रत्येक तार प्रार्थना के हर शब्द को साफ़–साफ़ प्रस्तुत, अभिव्यक्त कर रसवर्षण कर रहा था। किसी सिद्धहस्त गायक/गायिका की अपेक्षा भावरस से ओतप्रोत माधुर्य वीणा प्रस्तुत कर रही थी। भगवती शारदा की छवि मानसपटल पर साकार होने लगी थी। वादक उदयन को इसका श्रेय था जो डूबकर पूरी तन्मयता से वादन कर रहे थे। सहसा उन्हें लगा वे नहीं माँ शारदा की कोमल अँगुलियाँ घोषवती का वादन कर रही हैं। वीणा उनकी गोरी–गुलाबी हथेलियाँ को थाम संगीत के स्वर्ग की सैर कराने निकल पड़ी है। अन्तिम पंक्ति के साथ परिजात के सुवासित पुष्प झर गये। कई पल भक्ति रस की भागीरथी में डूबते–उतराते रहे।

'अद्भुत। अवर्णनीय। अकल्पनीय। हमारा सादर प्रणाम स्वीकारें गुरुदेव।'

तन्द्रा लौटते ही प्रशंसा भक्तिभाव स्वतः प्रस्तुत हो गया।

वेश बदल कर रुद्रादित्य बने महामात्य यौगन्धरायण वत्सराज को लेकर चिन्तित परेशान थे। प्रद्योत ने ऐसी सुगठित सुरक्षा व्यवस्था कर रखी थी कि कहीं से कोई ख़ास ख़बर नहीं मिल रही थी। इतना भर पता चला था कि महाराज के निवास हेतु राज्योचित प्रबन्ध कर रखा था। सम्राटों के योग्य समस्त सुविधा सम्पन्न मणिकांचन राजप्रासाद में ठहराया है। महल के आसपास नियुक्त गुप्तचरों से भी विशेष जानकारी नहीं मिल रही थी। एकमात्र सहारा रमणिका ही बची थी। जिसके सम्पर्क में खुद थे। भगवान महाकाल के दर्शन–पूजन–अभिषेक के बाद हमेशा की तरह रमणिका अपने मुँह बोले पिता रुद्रादित्य से भेंट–प्रणाम करने पहुँची।

'प्रासाद में सब कुशल तो है? विशेषकर आपकी स्वामिनी सखी राजकुमारी वासवदत्ता। इन दिनों क्या कर रही हैं?'

'तात! वे वीणावादन सीख रही हैं।'

रुद्रादित्य चौंके, 'कौन सिखा रहे हैं? महिष्मति से देश प्रसिद्ध वीणावादक पण्डित शारंगदेव उन्हें शिक्षित कर रहे हैं।'

आह! ये चाल चली है चतुर महाराज प्रद्योत ने। राजकुमारी को वत्सराज का वास्तविक परिचय नहीं दिया?

'वे उत्तर भारत के महाजनपदों के दरबारों में अपनी कला का प्रदर्शन करने जा रहे थे। महाराज ने रोक लिया। उस महान् कलाकार के साथ ईश्वर ने एक अन्याय कर रखा है।'

चौंके। रुद्रादित्य ने प्रश्नाकुल निगाह से निहारा।

'वे कुष्ठी हैं। देह पर सफ़ेद दाग हैं। देवी राजकुमारी को वितृष्णा न हो इसलिए उनके और राजकुमारी के बीच एक पर्दा टाँग दिया है।'

हे भगवान्! प्रद्योत कपट चाल चलने में माहिर है। कुटिल चाल से वत्सराज को बन्दी बनाया। अब उन्हें कुष्ठी कलाकार बना अपनी बेटी के सामने पेश कर दिया। पर्दे का नाटक कितने दिन चलेगा? कभी–न–कभी तो साक्षात्कार होगा ही! गहरी साँस ली।

रुद्रादित्य के व्यक्तित्व को हटा कूटनीतिज्ञ राजनेता महामात्य यौगन्धरायण का दिमाग़ तेज़ी से अगला पग उठाने के लिए सक्रिय हो आया। अत्यन्त महत्त्वपूर्ण सूचना मिली। रमणिका के ज़रिये प्रद्योत के महल में सेंध लगायी जा सकती है। उसका पिता बन प्रद्योत के महल में प्रवेश कर किसी तरह से वत्सराज से सम्पर्क करना पड़ेगा। इसके पहले वे मणिकांचन महल के दो–चार चक्कर लगा आये थे। शायद खिड़की पर खड़े वत्सराज दिख जायें।

'राजकुमारी भाग्यशाली हैं जो शारंगदेव जैसे बड़े कलाकार से वीणावादन का प्रशिक्षण प्राप्त कर रही हैं।' एक पल रुके, 'बिटिया। एक निवेदन है!'

'कहिए!'

'महामहिम प्रद्योत के राजमहल के वैभव–विलास की बड़ी प्रशंसा सुनी है। अपना पिता बना अपने संरक्षक अन्तर्वाशिक की सहायता से एक बार महल दिखला दो।'

रमणिका सोच में पड़ गयी। महाराज के कठोर अनुशासन से परिचित थी। पकड़े जाने पर मृत्युदण्ड। भय–चिन्ता से कमनीय मुख फीका पड़ गया।

यौगन्धरायण ने भाँप लिया, 'ऐसा कोई ज़रूरी नहीं।' कोई परेशानी न हो तो ही।'

'अन्तर्वांशिक जी से पूछ उनकी अनुमति के बाद ही कुछ कर सकूँगी।'

'जोखिम उठाने की ज़रूरत नहीं? हमने तो ऐसे ही जिज्ञासावश कह दिया।'

'देवी देवयानी! जैसा पहले बताया जा चुका है। सात सुर...स... रे...ग...म...प...ध...नी...सा...संगीत गायन–वादन इन्हीं पर आधारित है। वीणा के ये सात तार इन्हीं को अभिव्यक्त करते हैं। संगीत विशेषकर वीणावादन आरोह–अवरोह पर आधारित है। स रे ग म प ध नी सा आरोह है तथा सा नी ध म म ग रे सा अवरोह है। अवरोह में नी के तत्काल बाद सा हो जाता है। बजाकर बताया।

वासवदत्ता सावधानी से सुन रही थी।

'आरोह–पहला सबक है। अवरोह बाद में आता है। आप पहले आरोह का अभ्यास करें। हाथ जम जाने पर अवरोह लीजिएगा। आरोह के अभ्यास के समय सा रे ग म का उच्चारण भी करिएगा।

'जो आज्ञा गुरुदेव!' राजकुमारी की देह ही नहीं गोरी–गुलाबी हथेलियाँ ख़ासकर अँगुलियाँ और उनके पोर अत्यन्त नाजुक, मुलायम और नरम थे। वासवदत्ता ने कभी कोई काम किया नहीं था। वीणावादन दोनों हाथों से करना था। दायें में मिज़राब पहनना था और बायें से तारों को दबाना था, ताकि वांछित स्वर निःसृत हो सके। दोनों के सन्तुलन पर ही सब निर्भर था। हाथ बाँधे खड़े आदेश, संकेत मात्र पर सेवा में तत्पर दास–दासियों से सेवित राजकुमारी वासवदत्ता के लिए पहाड़ चढ़ने जैसा था। प्रयत्न करने लगी। मिज़राब से पहले तार से स की ध्वनि निकली मन प्रसन्न हो आया। अन्तर दे रे...ग...म...प...ध ...नी...सा...का वादन प्रसन्नता से भर गया। उदयन ने संगत की।

'बढ़िया।' उदयन ने उत्साहित किया।

दो–तीन बार पुनः आरोह बजाने के बाद रुक गयी।

'अब क्या हुआ?'

'अँगुलियों में दर्द हो रहा है।'

'थोड़ा विश्राम करें।' स्वयं अभ्यास करने लगे। बजाने के बजाय वासवदत्ता उदयन द्वारा प्रस्तुत राग के सौन्दर्य में खो गयी। राग की समाप्ति के बाद उन्होंने गहरी साँस ली। सहसा देवयानी की ओर ध्यान गया, 'आप अभ्यास नहीं कर रहीं।'

'गुरुदेव! आपका वादन हमारी कलाई थाम राग–रागिनी के अवर्णनीय स्वप्न संसार में ले गया। हम अभ्यास करना भूल गये। क्षमवस्य! आप इतना सुन्दर वादन करते है कि श्रोता की आत्मा–मन संगीत रस से ओत–प्रोत हो जाते हैं। हमारा प्रणाम स्वीकारें गुरुदेव!'

'साधुवाद! अब अभ्यास आरम्भ करें।'

'जो आज्ञा!' वासवदत्ता बोलों के साथ वादन का अभ्यास सावधानीपूर्वक करने लगी।

गवाक्ष के पास जा खड़े हुए। वातायन में स्वतन्त्र पक्षियों का किल्लोल, मार्ग पर इच्छानुसार आते–जाते लोग। मन अवसाद से भर उठा। महाराज प्रद्योत ने कौशाम्बी के महल से अधिक सुख–सुविधाएँ प्रदान कर रखी है। लेकिन इच्छानुसार आने–जाने, बोलने, बतियाने की आज़ादी नहीं है। उनके द्वारा भेजे व्यक्तियों से ही बात करनी पड़ती है। अकेलापन और एकान्त अशान्त कर देता। वीणा भी कब तक बजायें, महामात्य यौगन्धरायण शान्त नहीं बैठे होंगे। महाकाल उत्सव का फ़ायदा उठा तीर्थयात्री बन वेश बदल गुप्तचरों के दल के साथ उज्जयिनी आ धमके होंगे। ध्यान से नीचे सड़क पर इच्छानुरूप आते–जातों को ख़ुर्दबीनी दृष्टि निहारने लगी। शायद यौगन्धरायण दिख जायें। भीड़ में एक व्यक्ति की टकटकी गवाक्ष को ही निहार रही थी। पहचान गये। यौगन्धरायण ही हैं। प्रणाम हेतु यौगन्धरायण ने पलके मूँदी। स्वीकृति में उदयन ने शीश हिलाया। उदासी व अवसाद के बादलों के छँटते ही मन हल्का हो प्रसन्नता से भर आया। आशा की नयी भोर से मन प्रफुल्लित हो उठा। मुक्ति शीघ्र मिलेगी।

वत्सराज की मनःस्थिति डाँवाँडोल थी। यौगन्धरायण को उज्जयिनी में देख प्रसन्नता से भर उठे थे। लेकिन चार दिन बाद प्रद्योत के कड़े पहरे ने अवसाद से भर दिया। यौगन्धरायण कैसे छुड़वा पायेंगे? हमला कर नहीं सकते? वत्स के मुट्ठी भर सैनिक बेमौत मारे जायेंगे।

ऊहापोह की इसी मनःस्थिति में वादन में ग़लती करने पर देवयानी पर नाराज़ हो आये। आरोह–अवरोह वादन करते समय ग़लती से वासवदत्ता सा... रे...ग के बाद म...प...बजाने के बजाय नी...सा...बजा बैठी।

'देवयानी! ये क्या कर रही हो? म...प...ध...कहा है?'

'क्षमवस्य गुरुदेव! अँगुली ग़लती से फिसल गयी।' स्वर पछतावे से भरपूर था।

प्रद्योत का गुस्सा देवयानी पर निकला, 'अरे कुबड़ी, वीणावादन सीखना तुम्हारे बस का नहीं है। कुबड़ के कारण ठीक से बैठ नहीं पाती होगी। बैठक सही नहीं होने पर वीणा का सन्तुलन कैसे रख पाओगी?'

कुबड़ी शब्द द्वारा किये गये अपमान से राजपरिवार, पिता महाराज, महादेवी देवप्रिया, दोनों भाई युवराज गोपालक, राजकुमार कुमारसेन महामात्य, अमात्यमण्डल की लाड़ली ने स्वयं को अपमानित महसूस किया। आज तक इस प्रकार से बात करने का किसी का साहस नहीं हुआ था और आज ये दो टके का कोढ़ी उसे कुबड़ी कह अपमानित कर रहा है। क्रोध से तमतमा गयी। पारा सातवें आसमान पर, देह काँपने लगी। वीणा को परे सरका उठी। क्रोध से दहाड़ी, 'तूने हमें कुबड़ी कहा! अरे ओ कोढ़ी। राजकुमारियों से कैसे बात करते हैं? इसकी तमीज़ है कि नहीं है? हमें... ह...में राजकुमारी वासवदत्ता को कुब्जा कहने का साहस तुझे कैसा हुआ?

उदयन स्तब्ध। तो हम कुब्जा देवयानी को नहीं राजकुमारी वासवदत्ता को प्रशिक्षण दे रहे थे। महाराज प्रद्योत ने हमें राजकुमारी के सामने कुष्ठी शारंगदेव के रूप में पेश किया। इतना बड़ा छल–कपट! इसीलिए पर्दा लगाया कि हम एक–दूसरे के वास्तविक परिचय से दूर रह सकें।

इस छल–कपट का क्या कारण हो सकता है? वे सन्न थे। वास्तव में ये नारी राजकुमारी वासवदत्ता ही है या देवयानी? जानने को पर्दे की ओर हाथ बढ़ाया। कोढ़ी शांरगदेव को डाँटने हेतु वासवदत्ता की कोमल रेशमी हथेली भी पर्दे को खींचने आगे बढ़ी। दोनों ने साथ पर्दा पकड़ा। रेशमी, मुलायम कलाई उदयन के हाथ में आ गयी। कोमल रेशमी स्पर्श से देह लहरा गयी। पर्दा हटा। दोनों आमने–सामने थे।

अपने रूप–लावण्य के लिए सोलह महाजनपदों के राजपरिवारों में चर्चित प्रशंसित। जिसे अपनी युवराज्ञी बनाने का मगध के युवराज अजातशत्रु, काशी के राजकुमार विदुदभ्भ, शाक्यों के राजकुमार देवदत्त आतुर व लालायित थे। अवर्णनीय अलौकिक अनिंध रूपसी, इन्द्र सभा की अप्सरा उर्वशी, कामदेव की रति, न महर्षि गौतम की अर्धांगिनी नारी अप्सराओं के सौन्दर्य को लज्जित करने वाली, मानवी सौन्दर्य का प्रतिमान, जिसे भोगने स्वयं अविवेकी इन्द्र इस धरा पर गौतम ऋषि का वेश बना आये, ऐसी देवी अहल्या। उनके रूप–सौन्दर्य का सम्मिलित सौन्दर्य है रूपसी वासवदत्ता।

सामने खड़ा व्यक्ति कहीं से भी कोढ़ी शारंगदेव नहीं लगता। फिर ये हैं कौन? निर्दोष सुगठित, कसरती, सुदर्शन देह। स्वर्ण रत्नों रेशमी वस्त्रों से सजे दीर्घ कानों में रत्नजड़ित कुण्डल, वृषभ स्कन्धों को स्पर्श करती भ्रमर–सी घुँघराली केश राशि, गौरवर्णी, चौड़ी छाती को सुशोभित करता शुभ्र यज्ञोपवीत, उन्नत भाल एवं नासिका। तेजस्वी भाल एवं मुख पर भावप्रवण बड़े–बड़े नयन। मन्दिर की देव गन्धर्व मूर्ति–सी तराशी देह। राजपुरुष की गरिमा–सा मनोहारी व्यक्तित्व सोलह महाजनपदों की रूपसी राजकुमारी के सपनों का राजकुमार। उसके सपने से निकल सदेह सामने था। कुछ काल पूर्व बोले गये कटु वचनों और दुर्व्यवहार का अहसास होते ही शर्म से गड़, सहम गयी।

'देव! आप शारंगदेव तो हैं ही नहीं! हम परिचय प्राप्त करने की घृष्टता कर सकते हैं?'

'उदयन!' मुस्कराते शरारती नयनों से परिचय दिया। वासवदत्ता की उलझन का आनन्द लेने लगे।

'हे भगवान्! देव वत्सराज हैं! जिन्हें पिता महाराज ने बन्दी बनाया। दासी के अविनय एवं अपराध को क्षमा करने की महती कृपा कर उपकृत करें स्वामी। क्षमा हेतु चरण स्पर्श करने झुकी। रोमान की भावना से अलोकित चंचल मन शरारत पर उतर आया। वासवदत्ता की यौवन रस से छलकती मदमाती देह ने उकसाया। मृणाल–सी चीनांशुक भुजाएं अधबीच में थाम खींच हृदय से चिपका आलिंगन में ले लिया। किसी पुरुष ने पहली बार कुँवारे सपनों में विचरण करने वाली को बाहुपाश में लिया था। साँस भारी हो आयी। दिल तेज़ी से धड़कने लगा। नेत्र मुँद गये। लज्जा की लाली से आरक्त मुख की लालिमा दुगनी हो उठी। अवर्णनीय आनन्द भय से देह काँपने, रोमांचित होने लगी। कितने पल उस अनिर्वचनीय अवस्था में बीते पता ही नहीं चला।

खुले गवाक्ष से पंख फड़फड़ाता कबूतर अन्दर घुस आया। कक्ष में चक्कर काट घोषवती पर जाकर बैठा ही नहीं एक तुम्बे से दूसरे तक फुदकने के बाद कक्ष के चक्कर लगा गवाक्ष के बाहर उड़ गया। प्रणय रस की उष्मा में ऐसे खोये थे कि कबूतर के आने और घूमकर फिर उड़ जाने का पता नहीं चला।

मुँहबोले पिता रुद्रादित्य को प्रासाद दिखाने की अनुमति के लिए रमणिका स्वामिनी वासवदत्ता से अनुमति ले अन्तर्वाशिक चन्द्रवदन के पास पहुँची। कक्ष में जब यह घटना घटी उस समय अनुपस्थित थी।

'कैसे आयीं रमणिका?' अन्तर्वाशिक ने जानना चाहा। उसके जीवन में घटी त्रासद एवं दुखद गाथा से वे परिचित थे। अच्छे परिवार की बिटिया के प्रति सहानुभूति थी।

'देव। मेरे पिताश्री वामदेव आये हैं। महाकाल उत्सव के अवसर पर भगवान् महाकालेश्वर के दर्शन–पूजन के बाद मेरी इच्छा उन्हें प्रासाद दिखाने की है। अनुमति प्रदान करेंगे तो महती कृपा होगी।' रमणिका ने याचना की।

अन्तर्वाशिक सोच में पड़ गये। कुछ देर बाद बोले, 'देखो बिटिया, महाप्रभु दो दिन बाद पन्द्रह दिन के लिए आखेट हेतु नर्मदा नदी

से लगे विन्ध्य वन में शिकार हेतु जाने वाले हैं। महादेवी भी साथ जायेंगी। तब ले आना।'

'जो आज्ञा देव! साधुवाद!' सादर प्रणाम कर रमणिका प्रशिक्षण कक्ष में पहुँची। प्रणय दृश्य ने अभिभूत कर दिया। प्रेम रस में डूबे जोड़े के नयन मुँदे होने से रमणिका के आने का पता नहीं चला। मीठी मुस्कान से नयन–मुख आलोकित हो आया। तो शारंगदेव कुष्ठी नहीं हैं। कोई राजपुरुष हैं। सम्भवतः वत्सराज उदयन। कुछ काल चुपचाप प्रणय दृश्य का आनन्द लेती रही। उसका मन भी उद्वेलित हो आया। किसी के आने, पकड़े जाने के पूर्व सचेत करना चाहिए, 'ख...ह...खह...खँखारा। अनिर्वचनीय आनन्द छोड़ना तो नहीं चाहते थे। तीसरे की उपस्थिति ने रस भंग डाल दिया। शीघ्र अलग हुए। लज्जा से वासवदत्ता के मोहक गोरे–गुलाबी मुख की लालिमा दुगनी हो आयी। नतशिर खड़ी रही दासी रमणिका से नज़र मिलाने का भी साहस नहीं हुआ। स्थिति को उदयन ने सँभाला, 'रमणिका!'

'महाप्रभु!'

'तुम्हारा अनुमान सही है। हम वत्सराज उदयन ही हैं।'

'दासी का प्रणाम स्वीकारें महाप्रभु!'

'यहाँ जो घटित...।'

'निश्चिन्त रहे देव! सब गोपनीय रहेगा। देवी हमेशा के समान वीणा के पाठ सीखने, अभ्यास करने आती रहेंगी।' मुस्कराते हुए रमणिका ने बात पूरी की।

'साधुवाद! दासी चतुर व समझदार है, प्रसन्न उदयन ने गले से हार निकाला, ये पुरस्कार स्वीकार करो।'

'इसकी कोई आवश्यकता नहीं देव?' दासी पर राजकुमारी जी का पर्याप्त अनुग्रह–अनुकम्पा है।'

'फिर भी हमारी अनुकम्पा निशानी के तौर पर।'

रमणिका के निहारने पर वासवदत्ता के मुस्कुराते नयनों की स्वीकृति का संकेत मिलने पर उसने शीश झुका हार ले प्रणाम किया।

'चलें देवी!'

स्वीकृति में वासवदत्ता ने शीश हिलाया। प्रियतम् को अनुराग भरे नयनों से निहारा। स्वीकृति में उदयन की पलकें बन्द हुईं। रमणिका के साथ वासवदत्ता की देह जा अवश्य रही थी। हृदय प्रियतम् को सौंपे जा रही थी। ना, बदले में उनका हृदय भी तो लिए जा रही थी। हृदय की अदला–बदली हो गयी थी। पृष्ठ भाग भी सुन्दर था। सुचिक्कण कन्धे, चौड़ी पीठ, पतली कटि, सुडौल नितम्बों का नर्तन। तृषित नज़रों से निहारते रहे। रूपसी वासवदत्ता की खातिर महासेन चण्डप्रद्योत के जीवन भर क़ैदी बनने को तैयार थे।

शिव पूजन हेतु रमणिका ज्यों ही महाकाल मन्दिर के आँगन में पहुँची, कक्ष के बरामदे में आतुर से उसकी प्रतीक्षा में चहलक़दमी करते रुद्रादित्य को पाया। उसे आता देख तत्काल उसके पास जा पहुँचे। बीच में तीन–चार बार मणिकांचन महल का चक्कर लगा इशारों–इशारों में वत्सराज से बात तो कर ली थी। इशारों में उन्होंने अपने और राजकुमारी वासवदत्ता के प्रणय–व्यापार के बारे में भी बतलाया लेकिन यौगन्धरायण समझ नहीं पाये।

रमणिका के मिलते ही मन प्रसन्न हो आया। व्यग्रतापूर्वक उसकी कोमल हथेली हाथ में ले पूछा, 'कोई शुभ समाचार है?'

'सब शुभ ही शुभ है। प्रसन्नता से रमणिका का मुख आलोकित था। महाप्रभु महादेवी के साथ पन्द्रह दिन के लिए शिकार हेतु नर्मदा तट के सघन विन्ध्य वन में पधार हैं। अन्तर्वाशिक जी ने अनुमति दे दी है।'

'युवराज गोपालक एवं राजकुमार कुमारसेन का क्या?

'उनकी चिन्ता नहीं। वे अपने–अपने महलों में रहते हैं। आप चाहे जब चल सकते हैं!'

'शुभस्य शीघ्रम्। शुभ काम में देरी क्यों? तुम्हारे शिव पूजन से लौटने पर साथ चलूँगा।'

'जो आज्ञा!'

शिव पूजन से लौटने के बाद रुद्रादित्य बने यौगन्धरायण साथ हो लिए। अन्तर्वाशिक के कड़े आदेश थे बिना पूर्व अनुमति के कोई

भी अनजान, अपरिचित महल में प्रवेश न करे। रमणिका ने पहले ही अनुमति प्राप्त कर ली थी। अतः रुद्रादित्य को किसी ने रोका, टोका नहीं। फिर वे रमणिका के साथ थे।

प्रासाद के वैभव–विलास ने चौंकाया। बरामदों से लेकर द्वार तक लाल कालीन। कक्षों के चारों कोनों को छूते मुलायम गलीचे। भित्तियों पर प्राकृतिक दृश्यों पशु–पक्षियों, नदी, पर्वत, वृक्ष, लताएँ, पुष्पों तथा राजनर्तकी पद्मावती की मनोहारी नृत्य मुद्राओं के चित्र उकेरे थे। तीन खण्डों वाले रजत नन्दा दीप नक़्क़ाशीदार द्वार और खिड़कियाँ। उन पर टँगे रेशमी पारदर्शी पर्दे। तिपाइयों पर सजे मौसमी फूलों के गुलदान। मखमल मढ़ी रजत आसन्दिया स्थान–स्थान पर सजी थीं। राजपुरुषों एवं देवियों के लिए सिंहासन। प्रत्येक द्वार पर द्वारदासियाँ। महाराज प्रद्योत की सुरुचि को मन–ही–मन प्रणाम किया। रुद्रादित्य के भव्य व्यक्तित्व से प्रभावित दास–दासियाँ, प्रहरी उन्हें सादर प्रणाम करने लगे।

उस दिन की प्रणय अभिव्यक्ति के बाद वासवदत्ता राजदार रमणिका के साथ गम्भीर मुखमुद्रा में वीणा के प्रशिक्षण हेतु निर्धारित समय पर आती थी। रमणिका चुपके से द्वार बन्द कर कक्ष से लगे दूसरे छोटे कक्ष में चली जाती थी, ताकि प्रेमियों को भरपूर एकान्त मिले। वैसे भी प्रेम, प्रणय क्रीड़ा का आनन्द एकान्त में दुगुना हो जाता है। वीणा के तारों को बजाते रहने के साथ उदयन प्रियतमा से प्रणय व्यापार भी करते जाते। वीणा की अपेक्षा प्रेम शिक्षा का प्रशिक्षण ज़ोरदार रीति से चल रहा था।

राजप्रासाद के कमरों में घूम ज़रूर रहे थे किन्तु उनकी गिद्ध दृष्टि केवल अपने स्वामी वत्सराज का कमरा खोजने में लगी थी। उस कमरे का उढ़का दरवाज़ा हवा में थोड़ा खुल जाने से उदयन की झलक दिख गयी। तुरन्त उधर बढ़े।

'पिताश्री? ये क्या कर रहे हैं? उधर जाना वर्जित है।'

'क्यों?'

'वहाँ वीणावादन का प्रशिक्षण चल रहा है। महाराज उदयन स्वामिनी वासवदत्ता को सिखा रहे हैं।'

'तो ये बात है। हम उन्हीं से मिलने आये हैं।' बात को अधिक छिपाना उचित नहीं लगा। रमणिका की मुणाल भुजाएँ थाम उसकी गहरी आँखों में आँखें डालीं, 'पुत्री। हम रुद्रादित्य नहीं वत्सराज के महामात्य यौगन्धरायण हैं। झूठ बोलने के लिए क्षमा प्रार्थी हैं।' हाथ जोड़े, 'तत्काल मिलना ज़रूरी है। उन्हें छुड़ाने आये हैं।'

पुनः छली गयी। राजपुरुष से क्या कहे?

'देव! राजकुमारी वासवदत्ता का क्या होगा?'

'क्यों! उन्हें क्या हुआ है?'

'वे एक–दूसरे से प्रेम जो करते हैं?'

प्रसन्नता से यौगन्धरायण का मुख चमक उठा। आह! यह तो सर्वश्रेष्ठ बात हुई। प्रद्योत बड़ा चतुर बनता है। उसकी लाड़ली को भगा कर अपमान का बदला ही पूरा नहीं होगा, वत्सराज की प्रतिष्ठा में भी चार चाँद लगेंगे। 'पुत्री सर्वश्रेष्ठ सूचना के लिए साधुवाद एवं आभार! उन्हें, तुम्हें और वत्सराज को कौशाम्बी ले जायेंगे। कौशाम्बी में तुम्हारा विवाह किसी योग्य वर से कर गृहस्थी बसा देंगे। दासत्व से छुटकारा मिलेगा।'

ख़ुशी से रमणिका की आँखें भर आयीं। राजकुमारी के पलायन के बाद रह जाती तो महाराज मार ही डालते। मुक्तिदाता के चरण स्पर्श किये।

प्रणय क्रीड़ा में मग्न प्रेमियों को खाँस कर सचेत किया। उदयन की चौड़ी छाती पर सिर टिकाये अधलेटी वासवदत्ता तत्काल परे हट कुछ दूर बैठ गयी।

'महाराज की जय हो! दास यौगन्धरायण का प्रणाम स्वीकारें देव!'

चकित उदयन प्रसन्नवदन उठ आगे बढ़े, 'आह! यौ...गन्ध...रायण आप। मित्र। देवदूत से अवतरित होने के लिए मन से आभारी हैं। हमें पूर्ण विश्वास था कि महाराज प्रद्योत की कड़ी सुरक्षा योजना में सेंध लगाने की योग्यता, सिर्फ़ और सिर्फ़ आप में, हमारे महामात्य में ही है। यह सब कैसे किया? हाथ पकड़ बगल में बैठाया। 'यौगन्धरायण, ये राजकुमारी वासवदत्ता। महाराज महासेन की लाड़ली।'

'दास का प्रणाम स्वीकारें वत्स की महादेवी', मुस्कराते हुए प्रणाम किया।

वासवदत्ता का गोरा–गुलाबी आनन लज्जा की लाली से मोहक हो आया। नयन–शीश झुक गये मुस्कुरायी, 'हमारा भी...।'

'जहाँ तक महाराज महासेन के लौह क़िले में सेंध का सवाल है, यह सब मेरी इस पुत्री के कारण ही सम्भव हो सका।' रमणिका शरमा गयी। कथा सुनाने लगे :

उत्तरवाहिनी शिप्रा तटवासी देवाधिदेव भगवान् महादेव–महाजनपद अवन्ति ही नहीं देश भर के शिव भक्तों के आराध्य हैं। बारह ज्योतिर्लिंगों में उनकी गणना है। काल, समय एवं मृत्यु के स्वामी होने से वे प्रधान हैं। श्रावण मास और महाशिवरात्रि पर असंख्य भक्तों की भीड़ उज्जयिनी में उमड़ती है। पावन शिप्रा में स्नान कर भगवान् शिव का दर्शन–पूजन, रुद्राभिषेक कर शिव भक्त पुण्य लाभ प्राप्त करते हैं। राज्य की ओर से तीर्थयात्रियों की जलपान, फलाहार आदि द्वारा पूरी सहायता की जाती है।

पिता पुणिक के कलंक को मिटाने हेतु सम्राट प्रद्योत ने दीपावली के बाद महाकाल उत्सव आरम्भ किया। उत्सव का सारा प्रबन्ध राज्य की ओर से किया जाता। जलपान, फलाहार, भोजन और तीर्थयात्रियों के निवास की सारी व्यवस्था शासकीय कर्मचारी–अधिकारी करते। अवन्ति महाजनपद के गाँवों, क़स्बों, नगरों की नहीं काशी, राजगृह, वैशाली, मथुरा, कौशाम्बी, पुरुषपुर, तक्षशिला, गान्धार और दक्षिण के चेर, चोल, पाण्ड्य एवं गुर्जर देश के शिव भक्त भी आने लगे। वणिक व्यापारी भी पीछे नहीं रहे। महाकाल उत्सव ने मेले का रूप धारण कर लिया। लाभ कमाने वे भी उज्जयिनी आ धमके। मनोरंजन करने वाले काल बेलिए, सपेरे, नट, बाज़ीगर, बन्दर का नाच दिखाने वाले भी पीछे नहीं थे। नर्तक, नर्तकियों, खेल–तमाशा दिखाने वालों ने भी अपने–अपने तम्बू गाड़ लिए। उज्जयिनी में रेलमपेल मच गयी। श्रद्धालुओं में किसानों की संख्या सबसे अधिक थी। अपनी आर्थिक हैसियत के अनुसार वे बच्चों को गोद में, कन्धे पर बिठा, अँगुली पकड़,

सिर पर पोटलियाँ लिए सपरिवार उज्जयिनी के महाकाल उत्सव में पुण्य लाभ कमाने पूरी भक्ति के साथ जा रहे थे। भक्ति से ओतप्रोत ग्रामीण महिलाएँ शिव, माँ पार्वती और शिव पुत्र गणेश की आराधना में लोक भजन गा पैदल चलने से उत्पन्न थकान मिटाते जा रहे थे। आर्थिक दृष्टि से सम्पन्न, बैलगाड़ियों, घोड़ों, घोड़ा गाड़ियों पर थे। सारे रास्ते तीर्थयात्रियों को उज्जयिनी ले जा रहे थे। महाकाल उत्सव के कारण राजधानी उज्जयिनी में तीर्थयात्रियों का सागर उफनाने लगा। पाथशालाओं, सार्वजनिक भवनों, यात्रियों के परिजनों के घरों में तिल रखने की जगह नहीं बची।

महाराज प्रद्योत के राजप्रासाद के इलाक़े को छोड़ जिसे जहाँ जगह मिली बसेरे हेतु वहीं डेरा डाल दिया।

ब्रह्ममुहूर्त में आराम से सोयी पतित पावनी शिप्रा को जगा स्नान–ध्यान द्वारा देह–आत्मा को पवित्र कर ताँबे के लोटे में जल ले शिव पूजन हेतु मन्दिर जा पहुँचते। मन्दिर से लगे पूजन सामग्री बेचने वाले पण्य बाज़ार प्रातःकाल ही खुल जाते। धर्म का धन्धा करने वाले पण्डे, पुजारी, शुक्ल अबीर, चन्दन, कुमकुम, तन्दुल, दूध, दही, बिल्व पत्रों, आँकड़े के पुष्पों, धतूरे, नारियल, धूप, दीये से सजी थालियों के साथ सम्पन्न यजमानों का शिकार करने में लगे थे। गर्भगृह से लेकर मन्दिर के विशाल आँगन के पार बाज़ार तक उपासकों की क़तार लगी थी। जिसे अनुशासित रखने में भालों से सज्जित सैनिक व्यस्त थे। हर...हर...महा...देव...ओम...नमः...शिवाय...जय...शिव...हर...हर... महादेव...द्वारा आराध्य के पवित्र नाम का स्मरण कर मन को पवित्र कर रहे थे।

क़तार में लगना विशिष्टों–अतिविशिष्टों के लिए ज़रूरी नहीं था। पुजारी, शुक्ल, पण्डे उन्हें सीधे विशेष द्वार से गर्भगृह ले जा पूजन, अभिषेक करा रहे थे। छत में अटकी ज़ंजीर से जुड़े ताँबे के लोटे से जलधारी पुष्पों, बिल्ब पत्रों से ढँकी शिव पिण्डी पर सतत जलाभिषेक हो रहा था। गर्भगृह के एक ओर के आले में शिवपुत्र गणेश दूसरे में शिव पत्नी माँ पार्वती विराजित थीं। पूजन सामग्री एवं

ऊँ त्रयम्बकं यजामहे सुगन्धिं पुष्टिवर्धनम्... के महामृत्युंजय जाप के साथ पण्डे–पुजारी उपासक से अभिषेक, पूजन करा दक्षिणा ले रहे थे। पूजन के बाद शिव पिण्डी पर चढ़ाये पुष्प बिल्व पत्र, नारियल, फल आदि उठा यजमान को शिव का आशीर्वाद प्रदान कर देते।

धार्मिक कोलाहल, भीड़–भाड़ से दूर महाकाल आँगन के एक ओर के अश्वत्थ पीपल वृक्ष के संरक्षण में सुरक्षित खड़े हो तटस्थ एवं निरपेक्ष भाव से धार्मिक क्रियाकलाप व उससे जुड़े पाखण्ड से पूर्ण कर्मकाण्डों को ही नहीं अपनी पसन्द के किसी उपयोगी व्यक्ति को मोटी भौंहों से आवेष्टित बड़ी–बड़ी ख़ुर्दबीनी निगाहें टटोल रही थीं। गौरवर्ण, त्रिपुण्ड से सज्जित दिव्य भाल। भरे कपोल। सुतवा नासिका। सोने में गठे रुद्राक्ष की माला। शुभ पवित्र यज्ञोपवीत, बालों से भरी चौड़ी छाती। वृषभ से कन्धे रुद्राक्ष कुण्डलों से सुशोभित दीर्घ कान। तराशी देह को रेशमी उत्तरीय ढँके था। मुख पर तेजोमय चुम्बकीय गरिमामय गाम्भीर्य। जो यात्रियों को शीश झुका सादर चरण स्पर्श हेतु प्रेरित करता था। वे अकेले थे, नहीं भी थे। उनका व्यक्तित्व इतना भव्य, गरिमामय, तेजस्वी, आकर्षक और चुम्बकीय था कि देवाधिदेव के आराधक दर्शनार्थ जाते समय और पूजन के बाद लौटते समय चरण स्पर्श कर स्वयं को धन्य मानते थे। दायें हाथ से मौन आशीर्वाद प्रदान कर देते।

महाकाल मन्दिर का स्वर्ण कलश एवं वायु के झकोरों में नर्तन करती ध्वजा–पताकाओं से सुशोभित शिखर। मन्दिर के आकाश में शिखर की परिक्रमा के बाद कपोतों का झुण्ड प्रांगण में बिखरे दानों को चुगने धरा पर उतर आया। थोड़ी–सी भी आशंका होने पर झुण्ड पुनः उड़ जाता दो–तीन बार शिखर की परिक्रमा कर सुस्ताने बैठ गया। स्वर्ण कलश की चमक, ध्वज का नर्तन और कपोतों का गुटर... गूँ...गु...टगूँ...गुटरगूँ का संगीत गान मनोहारी था।

वन्दनवारों–पुष्पाहारों से सजे विशिष्टों के भव्य द्वार से साँवली, सलोनी लावण्यमयी रूपसी के पीछे पूजा–प्रसाद की थाली लिए पुजारी एवं सशस्त्र अंगरक्षक बाहर आये। शिव भक्तों ही नहीं भव्य व्यक्तित्व की दृष्टि के दायरे में क़ैद हो गयी। साँस रोक देखने लगे।

नितम्बों को स्पर्श करती पुष्पों से सज्जित वेणी, बिन्दी से शोभित ललाट। गोल मुख के अनुरूप सुन्दर–सी छोटी नासिका। कमल पुष्प की पँखुड़ियों से आवेष्टित नग्यन। सुन्दर ग्रीवा। कंचुकि के बन्धन की अवमानना करते पुष्ट उन्नत उरोजों से सुशोभित वक्ष। रूप–लावण्य की दर्शनिया कवि के शब्दों में–

'तन्वी श्यामा शिखरिदशना पिक्व बिम्बाधरोष्ठी
मध्ये क्षामा चकित हिरणी प्रेक्षणाम् निम्ननाभि।

शीश झुकाये मन्थर गति से आँगन पार कर रही थी। आसपास का जायज़ा लेने को निहारने लगी। अधिकांश आराधक उसे ही निहार रहे थे। हल्की–सी मीठी–मोहक मुस्कान अधरों पर खिल जाने से कमनीय मुख मोहक हो आया। सहसा सामने निहारा, दिव्य पुरुष उसे ही देख रहे थे। चार नयन मिले। उनके नेत्रों के सम्मोहन ने खींच लिया। 'दासी का प्रणाम स्वीकारें देव!' चरण स्पर्श हेतु झुकी।

जिस समय निकट आ रही थी। भाँप गये लड़की राजपरिवार से सम्बन्धित है। प्रणाम करती मृणाल–सी भुजाओं को अधबीच में थाम, 'ये क्या कर रही हो पुत्री? रुको।' सस्नेह खड़ा कर लिया।

'आप पिता तुल्य हैं। प्रणाम कर आशीर्वाद प्राप्त करना दासी का अधिकार है।'

'आयुष्मति भव! हाँ। आशीष पर छोटों का स्वाभाविक अधिकार है पुत्री। नाम जानने की धृष्टता कर सकता हूँ?'

'दासी रमाणिका है। राजकुमारी वासुला माने वासवदत्ता की दासी। ये राजकुमारी की महती कृपा है कि वे मुझ दासी को अपनी अन्तरंग सखी मान व्यवहार करती हैं।'

'यही तो बड़े लोगों के बड़प्पन की निशानी है। निश्चय ही आदरणीया राजकुमारी वासवदत्ता बड़े दिल की हैं। उन्हें काशी के कौशिक गोत्रीय ब्राह्मण रुद्रादित्य का प्रणाम निवेदित करना और कहना महाकाल उत्सव में भगवान् शिव शम्भु की पूजार्थ आये हैं। इन दिनों देवी राजकुमारी क्या कर रही हैं?'

'महिष्मति से शारंगदेव नामक श्रेष्ठ वीणावादक पधारे हैं। वे उत्तर भारत की यात्रा पर हैं। महाराज ने उन्हें राजकुमारी को वीणावादन सिखाने रोक लिया है। उन्हीं से सीख रही हैं।'

'सुन्दर, अति सुन्दर। शारंगदेव इस सदी के श्रेष्ठ वीणावादक हैं। देवी वासवदत्ता भाग्यवान हैं। जो ऐसे शिक्षा गुरु प्राप्त हुए।'

'दासी को जाने की अनुमति प्रदान करें देव! प्रणाम हेतु रमणिका पुनः झुकी।'

अधबीच में रोका, 'आयुष्मति भव! चिरंजीव भव!'

भगवान् महाकालेश्वर की महती कृपा के लिए प्रणाम कर रुद्रादित्य ने आभार प्रगट किया। रमणिका के ज़रिये वे राजप्रासाद विशेषकर महाराज प्रद्योत की योजना में सेंध लगाने में सफल हुए थे। रमणिका के ज़रिये राजमहल की सारी ख़बरें यथासमय मिलने पर तद्नुसार महाराज प्रद्योत के बन्दीगृह से महाराज उदयन को छुड़ा ले जाने का प्रयास करेंगे। यद्यपि उन्होंने सारी उज्जयिनी के बाज़ारों, शिप्रा तट से लेकर विशेषकर राजप्रासाद को विश्वस्त गुप्तचरों के पहरे में रखा था। कहीं से कोई विशेष सूचना नहीं मिल रही थी। इसलिए उन्होंने महाकाल मन्दिर के आँगन में ख़ुद मोर्चा सँभाला। मन्दिर में सम्पन्न यात्रियों के लिए सजे कक्ष थे। उन्हीं में से एक में रुद्रादित्य ने आसन जमाया।

'रुद्रादित्य अत्यन्त चतुर, चालाक, कुशल कूटनीतिज्ञ और कपट चालों में निष्णात थे। रमणिका का विश्वास एवं मन जीतने के लिए उन्होंने पहले अपने बारे में बताना उचित समझा। अनुभव किया कि रमणिका प्रति सोमवार शिवपूजन हेतु नियमित रूप से आती है। पूजन के बाद कुछ समय पितातुल्य रुद्रादित्य के साथ अवश्य बिता सुख–दुःख बाँटती है। प्रति सोमवार की भेंट उन्हें एक–दूसरे के निकट ले आयी। कभी–कभी किसी अपरिचित के व्यक्तित्व, मृदु बातचीत एवं मधुर अपनत्व भरे व्यवहार से प्रभावित–प्रेरित हो उसे न केवल अपना बना लेते हैं, बल्कि अपने दिल की घुटन से छुटकारा पाने हेतु मन उसके सामने खोल देते हैं। रमणिका का विश्वास पूरी तरह से जीतने के लिए रुद्रादित्य ने पहले ख़ुद पहल की।

'बिटिया रमणिका। मैं बचपन से अनाथ हूँ। पिता कृष्णनन्दन संस्कृत, वेद, उपनिषद् एवं शास्त्रों के प्रकाण्ड विद्वान थे। कौशाम्बी नरेश शतानीक के राजपुरोहित थे। ख़ुशहाल परिवार था। राजसभा ही नहीं राजधानी में सम्मान, मान–प्रतिष्ठा थी। मेरे जन्म के बाद माँ कनकदेवी प्रसूती ज्वर में चल बसीं। पिता ने माँ बन लालन–पालन किया। पाँच वर्ष का भी नहीं था कि गरुड़ों ने आक्रमण कर पाण्डव सेना को परास्त किया। महारानी रत्नसारी का सौन्दर्य अभिशाप बना। उन्हें पाने के लिए ही गरुड़ कुमार ने हमला किया था। महाराज युद्ध में घायल हुए। वत्स सेना बुरी तरह से परास्त हुई। महादेवी का अपहरण हुआ। पत्नी विरह में शतानीक संन्यासी बन हिमालय चले गये। मेरे पिताश्री ने उनका साथ दिया। मामा जयदेव ने पालन–पोषण किया।' एवं गहरी साँस ली।

रुद्रादित्य की करुण कथा ने रमणिका को भाव विगलित कर दिया। संवेदनशील भावुक नारी अश्रुपात करने लगी। वातावरण एवं आसपास की हवा भारी हो आयी। स्नेह–ममता से रुद्रादित्य का हाथ सहलाया, 'पिताश्री धैर्य रखिए। महाकाल सब ठीक करेंगे।'

स्नेह स्पर्श ने रुद्रादित्य को सच में प्रभावित किया, 'भगवान् महाकाल का ही सहारा है।'

'देवी चलें।' अंगरक्षक ने टोका, 'महामहिम राजकुमारी प्रतीक्षा कर रही होंगी?' 'ओ हाँ। आज्ञा दे पिताश्री।' झुककर प्रणाम किया।

'आयुष्मति भव! चिरंजीवी भव!'

झूठ–सच मिश्रित रुद्रादित्य की त्रासद व्यथा ने मात्र परिचित पिता–पुत्री के रिश्ते को वास्तविक रिश्तेदारी में बदल दिया। गत कई वर्षों से रमणिका अपनी आत्मा में जो घुटन भोग रही थी, उससे यथाशीघ्र छुटकारा पाना चाहती थी। दुःख पीड़ा भोगी अपरिचितों को निकट आ मन को हल्का करने का अवसर देती है।

गत कुछ दिनों की भेंट, मुलाकात ने उन्हें एक–दूसरे के निकट ला दिया। मन से मन की बातें होने लगी थीं। रुद्रादित्य प्रति सोमवार रमणिका की अधीरतापूर्वक प्रतीक्षा करते। अपना सुख–दुःख बाँटने

के साथ अनजाने में रमणिका राजप्रासाद के समाचार भी देने लगी थी। रुद्रादित्य उसमें से अपने काम की बात गाँठ बाँध लेते। गत तीन–चार सोमवार से रमणिका आ नहीं रही थी। रुद्रादित्य बेचैन हो आये। कहीं प्रद्योत के गुप्तचरों ने उनकी भेंट के बारे में बतला तो नहीं दिया! बीमार तो नहीं पड़ गयी! आँगन के द्वार तक अनेक बार देखने आते लेकिन निराशा हाथ लगती।

सोमवती अमावस्या आ पहुँची। महाकाल उत्सव के दौरान विशेष पूजा द्वारा पुण्य लाभ का अवसर। उस दिन सामान्य पण्डे, पुजारियों के स्थान पर राजपरिवार की ओर से राजपुरोहित द्वारा भगवान् महाकालेश्वर का विशेष पूजन एवं रुद्राभिषेक होता है। तद्नुसार राजपुरोहित पण्डित महाकात्यायन पधार कर गर्भगृह में पूजन की व्यवस्था में व्यस्त हो गये।

भाग–दौड़ मच गयी। मन्दिर प्रांगण और महाकाल मन्दिर से लगे बाज़ार को अश्वारोही सैनिक घोड़े दौड़ा–दौड़ा भालों से दर्शनार्थियों को कोंच मार्ग खाली कराने लगे। हटो...भागो...चलो...मार्ग खाली करो... ऐ...भाई...तुम से कह रहा हूँ...! सुनाई नहीं देता? भाले से कोंचते ही वह गिर पड़ा। जान बचा लोग चारों तरफ़ भागने लगे।

सबसे बुरी हालत नारियों, बच्चों, वृद्धों और अपंगों की थी। जिसे जहाँ जगह मिली गिरते–पड़ते भाग चला। भागते दौड़ते साथी से जानना चाहा, 'क्यों भगा रहे हैं? मार्ग क्यों खाली करा रहे हैं? महाराज... राजपरिवार से कोई...दर्शनार्थ...भागने से साँस भर आयी। बात अधूरी रह गयी। हटो...चलो...राह...खाली...करो...देवी...राजनर्तकी...पद्मावती... पधार...रही...हैं। पद्मा...राज...नर्तकी...ओह...हे प्रभु! ...महादेव...देवी के दर्शन हो जाते तो...जीवन धन्य...तभी पास की दुकान के चबूतरे पर कुछ को चढ़ते देख दौड़... धक्का दे चढ़ने लगा। अरे...ओ...धक्का क्यों दे...? बात अधूरी। रेलमपेल मच गयी। राजनर्तकी पद्मावती की एक झलक पाने हेतु होड़ मच गयी। चबूतरों, गलियों के मुहानों, दरवाज़ों, खिड़कियों, छज्जों, छतों पर लोग मधुमक्खी की तरह टूट पड़े।

हटिए...श्रीमान्...आपसे...हाँ...आपसे कह रहा हूँ...राह छोड़िए ...रास्ता साफ़ करने में अश्वारोही सफल हुए। राजकीय ध्वज पताकाएँ फहराता अंगरक्षकों से घिरा रथ मन्दिर के आँगन के द्वार पर आ खड़ा हुआ। दासियों से घिरी रथ की ऊँची आसन्दी पर रूप–लावण्य की सम्राज्ञी मीठी–मोहक, मादक मुस्कान से दर्शकों को उपकृत करती विराजमान थी। सुन्दरता में तीखा आकर्षण होता है। न चाहते हुए भी अपनी ओर बरबस खींचता है। नेत्र बन्द कर लेने पर भी रूपसी मानस पटल पर जबरन क़ब्ज़ा कर लेती है। रूपसी पद्मावती के मांसल मोहक सौन्दर्य से प्रभावित एवं प्रेरित चाहने वालों ने बरबस दे...वी...राज...नर्तकी की...जय...जय...जय। मीठे...मदमाते...भ्रमर... नयनों की मोहकता ने उपकृत किया। प्रशंसकों, प्रेमियों, रसिकों के अभिनन्दन–अभिवन्दन की स्वीकृति में सुनयना ने मोतियों की लड़ियों एवं मोगरे के गजरे से सुशोभित शीश को मात्र हल्के से दो–एक बार सिर्फ़ हिलाया। रथ के मन्दिर के आँगन के द्वार के सामने रुकते ही सावधान अंगरक्षक द्वार व सीढ़ियों के दोनों ओर आ खड़े हुए। दासी शीघ्र रथ से उतर पायदान के पास आ खड़ी हुई। उतरती पद्मावती की रेशमी, गुलाबी हथेली थाम उतरने में मदद की। मयूरी–सी मन्थर गति से आँगन में पहुँची।

अवन्ति महाजनपद की राजनर्तकी सुन्दरी पद्मावती को निहारने रुद्रादित्य बरामदे में आये। सैनिकों ने दर्शनार्थियों से आँगन खाली करा लिया था। उन्होंने रुद्रादित्य को कक्ष में जाने को नहीं कहा। रुद्रादित्य ने महाकाल के पुजारी, पण्डों ही नहीं सेवादारों, व्यवस्थापकों एवं रक्षकों को स्वर्ण मुद्राओं से उपकृत कर रखा था। मगध की राजनर्तकी अलौकिक सुन्दरी शालवती, वैशाली गणनर्तकी आम्रपाली को यद्यपि स्वयं देखा नहीं था। लेकिन उनके रूप–लावण्य, नृत्य, गायन, वादन की कला में श्रेष्ठता से अवगत एवं देखने को लालायित थे। उनके अपने कौशाम्बी की राजनर्तकी मांगधिया से अनेक बार मिल उसके नृत्य, संगीत एवं सान्निध्य का आनन्द ले चुके थे। एक अनुभव अवश्य हुआ। मांगधिया रूपगर्विता थी। रूपगर्वीय व्यवहार ने

सौन्दर्य में चाँद–सा कलंक लगा रखा था। देखें महाराज प्रद्योत की राजनर्तकी एवं देवाधिदेव महादेव की दासी सुन्दरी पद्मावती कैसी हैं। भगवान् महाकालेश्वर ने घर बैठे अवसर प्रदान कर दिया। सोमवती अमावस्या के पुण्य दिवस पर देवी नृत्य आराधना हेतु पधार रही थीं। पद्मावती के आगमन के पूर्व महाराज प्रद्योत को छोड़ अधिकांश अमात्यमण्डल के सदस्य राजसभा के गणमान्य, नगरश्रेष्ठी पधार चुके थे। कुछ जल्दी–जल्दी आ रहे थे।

झूम...झूम...छम...छम...रुन...झुन...छुम...नितम्बों के भार से गति मन्थर हो आयी। गोरी लाल हथेली साड़ी को थामे गिन–गिन सीढ़ियाँ चढ़ रही थी। प्रशंसकों की आह–वाह रूपसी को आनन्दित कर मन को गुदगुदा रही थी। मुख पर सलज्ज मीठी मोहक स्निग्ध मुस्कान खेल रही थी। मोगरे के सुवासित पुष्पों की वेणी से सज्जित जूड़ा भ्रमर से केशों को सुशोभित कर रहा था। मोतियों की लड़ियाँ कमनीय मोहक मुख से होड़ ले रही थीं। कमान–सी भौंहें गुलाब की पँखुड़ियों–सी कोमल पलकों से आवेष्टित हीरे के कर्णफूलों से सज्जित दीर्घ कानों को स्पर्श करती काजल रेखा वाले अमिय हलाहल नद भरे भ्रमर नयनों को चित्ताकर्षक रूप प्रदान किये थी। सुचिक्कण भरे–भरे गुलाबी कपोल। बिम्बाधर से लाल अधरों की शोभा हीरे जड़ी बेसर सज्जित मुखाकृति के अनुरूप सुन्दर नासिका और गोल चिबुक। चौड़ी पीठ, मूसण–सी कोमल भुजाएँ। सोने–चाँदी के तारों में गढ़ी मोतियों वाली रेशमी कंचुकि से झाँकते नुकीले पुष्ट उरोजों की गोलाइयाँ। लगा चाँद के डोले से दूधिया चाँदनी रूप–लावण्य की परी। ना। अप्सरा उर्वशी, पद्मावती महाकाल की अभ्यर्थना, नृत्याभिनय द्वारा प्रस्तुत करने हेतु अवतरित हुई है। शिवालय के आध्यात्मिक भक्तिरस से ओत–प्रोत वातावरण के प्रभाव से रूपसी नारी के मुख की कान्ति भक्ति रस निःसृत कर रही थी। कामुक आकर्षण का स्थान शिव भक्ति, उपासना, श्रद्धा ने ले लिया। यह सौन्दर्य प्रशंसा के साथ श्रद्धा भावना जगाता था। पद्मावती राजनर्तकी ही नहीं अपने आराध्य की शिव–दासी भी थी।

दासियों–अंगरक्षकों से घिरी पद्मावती ने आँगन में पहुँचते ही शिखर को प्रणाम किया। दायीं ओर खड़े दिव्य पुरुष को क्षण भर देखा। उसे ही निहार रहे थे। प्रभावित हो प्रणाम निवेदित किया। प्रतिउत्तर में प्रणाम मिला। राजनर्तकी के सौजन्य से प्रसन्न हो आये। महाद्वार से पद्मावती ने मन्दिर में प्रवेश किया। राजपुरोहित ने उनसे पूजन कराया। पूजन अभिषेक के बाद मंच के पीछे के श्रृंगार कक्ष में पहुँच कर दर्पण के सामने बैठ दासियों की मदद से नृत्य के लिए तैयार होने लगी।

तु...तु...तु...तु...तु...तुरीयनाद ने सभागार में मरमर ध्वनि में चर्चारत प्रेक्षकों को महामहिम के आने की सूचना दे दी। अभ्यर्थना में खड़े हो गये। महामात्य वर्षाकार एवं स्फूर्तिवान सेनापति ने अंगरक्षकों के साथ प्रवेश किया। म...हा...राज...धि...राजा की जय हो...प्रणाम के साथ सभागार ने खड़े हो अभ्यर्थना की। हँसते, मुस्कराते, प्रसन्नवदन प्रद्योत ने स्वीकृति में मात्र शीश झुकाया। महामात्य उन्हें सिंहासन के पास लाये। बैठने के पूर्व उन्होंने पीछे निहारा। रुद्रादित्य प्रणाम मुद्रा में दिखे। ये कौन हैं? पहले कभी नहीं देखा? शायद तीर्थयात्री? पूछते उसके पहले, 'महामहिम! देवी पद्मावती नृत्य आरम्भ करने की अनुमति चाहती हैं?' महामात्य ने निवेदन किया।

'ओ हाँ।' पलटे। हँसती–मुस्कराती अप्सरा प्रणाम मुद्रा में थी।

'आह! देवी पद्मा! महाराज से नहीं? विश्व के सम्राट उज्जयिनी के राजाधिराज भगवान् महाकाल से अनुमति लें।'

'देव! दासी को उन्होंने महामहिम के पास भेजा है।'

'फिर शिवार्चना आरम्भ करें।'

प्रणाम कर यवनिका के पीछे चल दी। मंच यवनिका पर टिकी उत्सुक निगाहों के साथ सभागार में शान्ति पसर गयी।

डम....डम...डिम...डिम...धड़क...धूम डमरू एवं मृदंग की सुमधुर ध्वनि से सभागार तरंगायित होने लगा। यवनिका धीरे–धीरे उठने लगी। राजगायक यशराज ने सुमधुर स्वर में अ...आ...जय...शिव...शंकर...जय... गंगाधर...जयति...जयति...दैवी सौन्दर्य की सम्राज्ञी प्रशंसकों को प्रणाम कर रही थी।

जय...शिव...शंकर...जय...गंगाधर...जय चन्द्रमौली...जयति... जयति...जय शिव....शंकर....भरतनाट्यम के ज़रिये पद्मावती भक्ती बोलों को अभिनय द्वारा साकार करने लगी। गंगाधर के लिए सिर को स्पर्श कर भागीरथी का स्थान बताया। फणीधर हेतु दोनों हथेलियों का सर्प प्रस्तुत किया। नटराज की प्रणयिनी दासी ने नृत्याभिनय से सभागार को ऐसा अभिभूत किया कि नृत्य समाप्ति के बाद कई पल सभी स्तब्ध बैठे रहे। संज्ञा लौटते ही खड़े हो राजनर्तकी और उसकी कला को प्रणाम, अभिनन्दन हेतु तालियों की गड़गड़ाहट से अभिवादन किया। सम्राट मंच पर पहुँचे। गले से रत्नजड़ित हार निकाल प्रणाम करती रूपसी को पहनाया। सभागार ने करतल ध्वनि से समर्थन किया। वादकों व गायक को भी पुरस्कृत करने का आदेश वित्तमन्त्री और कोषाध्यक्ष को दिया।

'रमणिका बिटिया क्या बात है? इतने दिन आयी क्यों नहीं? तबीयत तो ठीक थी ना? चिन्तित हो आया था।'

'अनुपस्थिति के लिए क्षमा करें पिताश्री। मैं नहीं महादेवी की अस्वस्थता के कारण उनकी सेवा में थी।'

'अब कैसी हैं?'

'राजवैद्य जी की औषधि से स्वस्थ एवं प्रसन्न हैं।' मन की उदासी और घुटन ने मुख की कान्ति हर ली थी। गत कुछ वर्षों से मन–ही–मन पछतावे, दुःख, पीड़ा को भोग रही थी उससे छुटकारे की राह खोजने को उतावली थीं। मन की पीड़ा को बाँटने वाला विश्वासपात्र मित्र नहीं मिल रहा था। रुद्रादित्य में उसे पा लिया।

'बिटिया! जो दर्द आपकी आत्मा को साल रहा है। उचित समझो मुझे बता दो तो छुटकारा पा लोगी तो मन को शान्ति मिलेगी।' कुछ पल रुक, 'प्रासाद में किसी ने कुछ कह–सुन तो नहीं दिया?'

'ना। पिताजी! वे लोग बहुत अच्छे हैं। राजकुमारी वासुला सखी से अधिक चाहती हैं?'

'बिटिया! यदि तुम मुझे पिता मानती हो तो अपने मन की पीड़ा, सुख–दुःख को मुझ सौंप मन हल्का कर लो। मुझ में विश्वास तो है ना?'

स्वीकृति में सिर ही नहीं हिलाया। रुद्रादित्य की हथेली सिर पर रख ली। गहरी साँस ले व्यथा परोस दी।

रमणिका के पिता वामदेव नन्दग्राम के प्रधान थे। अच्छी खेतीबाड़ी और पशुधन था। घर में सेवा मदद के लिए दास–दासियाँ थे। सम्पन्न होने से नन्द गाँव में ही नहीं आसपास के दस गाँवों, क़स्बों में दबदबा था। राजकीय कर्मचारियों, अधिकारियों में भी अच्छा परिचय था। पढ़े–लिखे होने से शिक्षा का महत्त्व समझते थे। परिवार के बच्चों को, रमणिका को भी गाँव की मन्दिर पाठशाला में पढ़ने भेजा। उसको लेकर कई सपने बुने थे। किसी सम्पन्न परिवार, ना! राजकीय अधिकारी को ब्याह रुतबे में वृद्धि करना चाहते थे। लेकिन बिटिया ने सपना धूल में मिला दिया।

यौवन की दहलीज़ पर पहुँची स्वप्नदर्शी किशोरवय कुछ नया क्रान्तिकारी कर गुज़रने को उतावली रहती है। मानती है कि उसकी ज़िन्दगी उसकी अपनी है। उस पर उसका ही अधिकार है। अपनी इच्छानुसार जीने का उसे हक़ है। भूल जाती है कि उसे माता–पिता की कृपा से जो जीवन मिला है उन शुभचिन्तकों का भी उस पर हक़ है।

'यही भयंकर भूल मैंने की। उसका ख़मियाजा भुगत रही हूँ।'

'समझ गया। पिता–परिवार द्वारा पसन्द किये गये वर के आगे पसन्द का प्रेमी जो तुम्हारी सम्मान प्रतिष्ठा की हैसियत के अनुरूप नहीं था, अस्वीकृत कर दिया जायेगा। तब तुम एक रात कुछ स्वर्ण मुद्राएँ, वस्त्र–आभूषण ले उसके साथ उज्जयिनी भाग आयीं। है ना...'

चकित नयन पूछ रहे थे आपको कैसे मालूम?

'मुझे कैसे पता चला? यही जानना चाहती हो ना?'

स्वीकृति में सिर हिलाया।

'हर युवा ख़ासकर भावुक संवेदनशील युवती यह भूल इसलिए कर बैठती कि उसे शुभचितन्क पिता–परिवार पर विश्वास नहीं रहता। जब तक तुम्हारे आभूषण, मुद्राएँ थीं उसने तुम्हारे साथ मौज–मस्ती की। तुम्हारा यौन शोषण किया। तुम्हारे विवाह के प्रस्ताव को टालता रहा।

क्योंकि वह विवाह करना ही नहीं चाहता था। सिर्फ़ तुम्हें भोगना ही उसका उद्देश्य था। हाँ। दासी कैसे बनीं?'

'शिप्रा स्नान और महाकाल पूजन के बाद नगर घुमाने के बहाने दास–दासियों की ख़रीदी–बिक्री के पण्य बाज़ार ले गया। पहले से ही किसी दलाल से मेरे बेचे जाने की बात कर रखी थी। अन्तर्वाशिक राजप्रासाद के लिए कुछ दास–दासियाँ ख़रीदने आये थे। दलाल ने मुझे बिकवा दिया।' वातावरण भारी हो आया। बात समाप्त करते–करते रोने लगी। नारी जीवन की विडम्बना ने रुद्रादित्य को दुःखी कर दिया। एक ग़लत क़दम नारी के लिए जीवनभर का अभिशाप बन जाता है। स्नेह ममता से सान्त्वना हेतु पीठ सहलाने लगे।

'मैं कुल कलंकिनी हूँ तात।'

'ऐसा नहीं कहते? इसमें कोई सन्देह नहीं कि तुम अपने प्रेमी द्वारा छली गयी हो? तुम अकेली नहीं हो। आगे भी ऐसा होता रहेगा। समय के साथ सब ठीक हो जायेगा। मनुष्य हर परिस्थिति के साथ समझौता करता है। उसके साथ खुद को समायोजित भी कर लेता है। हम हैं ना। विवाह कर नया जीवन आरम्भ करायेंगे। तब अपने घर भी जा पाओगी।'

उदयन ले भागा वासवदत्ता को

'देवी आम्रपाली मेरे पास समय नहीं था। महाराज प्रद्योत के शिकार से लौटने के पहले वत्सराज ही नहीं राजकुमारी वासवदत्ता, दासी रमणिका, कंचनमाला वसन्तक को भी सुरक्षित कौशाम्बी ले जाना था। तत्काल व्यवस्था में लग गया।' यौगन्धरायण ने कथा आगे बढ़ायी।

वत्सराज से मिलने के बाद यौगन्धरायण प्रसन्नता, उत्साह से छलक रहा था। जानता था महाराज प्रद्योत कभी भी शिकार से लौट सकते हैं। आ जाने पर सारा मामला चौपट हो जायेगा। महाराज प्रद्योत पर विजय हासिल कर प्रतिज्ञा पूरी करने का सुनहरा अवसर खोना नहीं चाहता था। मानचित्र का अध्ययन किया। वत्सराज, वासवदत्ता आदि को सबसे छोटे मार्ग से यथाशीघ्र अवन्ति की सीमा के बाहर

ले जाना था, ताकि प्रद्योत की पकड़ से बाहर हो सुरक्षित कौशाम्बी पहुँच सके। पलायन का पता चलने पर प्रद्योत की अनुपस्थिति में भी उसके पुत्र युवराज गोपालक, राजकुमार कुमारसेन तथा महामात्य वर्षाकार पकड़ने हेतु सैन्य टुकड़ी अवश्य भेजेंगे। सारी सम्भावना तलाश योजना बनायी।

दर्शाण नदी अवन्ति की अन्तिम सीमा थी। उसके बाद भील आदिवासियों के राजा पुलिंदक की राज्य सीमा आरम्भ होती थी। उज्जयिनी से दर्शाण नदी पार करने के बाद गोनर्द, विदिशा, चित्रकूट होते राजा पुलिंदक की राजधानी वनपुर सुरक्षित पहुँचा जा सकता है। भिल्लराज पुलिंदक महाराज उदयन का मित्र होने से पूरी मदद करेगा।

इन्द्रवदन को तेज़गति से कौशाम्बी भेज दर्शाण नदी तक प्रधान सेनापति से वत्स के सैनिक तैनात कराये। तेज़गति से दौड़ने वाली हथिनी भद्रावती एवं कुन्तक हाथी को उज्जयिनी की सीमा पर बुलवा लिया। पर्याप्त स्वर्ण मुद्राओं का प्रबन्ध किया। भिल्लराज पुलिंदक से मदद का आश्वासन प्राप्त किया। उसने भी सैनिक व्यवस्था पक्की कर ली। सारी योजना पक्की हो जाने पर वत्सराज, वासवदत्ता से मिल श्रावण सोमवार का दिन पलायन के लिए तय कर लिया। उन्हें भी सारी योजना समझा दी। उदयन दास के भेष में साथ जायेंगे।

यौगन्धरायण के बार–बार एवं जल्दी–जल्दी मणीकांचन के वीणावादन कक्ष में लम्बे समय तक वत्सराज, राजकुमारी वासवदत्ता, रमणिका के साथ दरवाज़ा बन्द कर रहने पर दासों के प्रबन्धक वसन्तक एवं दासियों की प्रबन्धक कंचनमाला का माथा ठनका। ज़रूर अन्दर कोई खिचड़ी पक रही है। इसने उन्हें भय चिन्तित कर दिया। एक दिन दोनों ने अकेले में रमणिका को घेरा।

'रमणिके! क्या कारण है जो रोज़–रोज़ तुम्हारे पिता वत्सराज से मिलने आ लम्बे समय तक चर्चा करते हैं? वसन्तक ने कड़ाई से पूछा।

'कुछ नहीं। वे वीणा के पाठों, शास्त्रीय राग–रागिनियों पर बतियाते हैं।' उसकी सफ़ाई में दम नहीं था। मुख मुद्रा भी उसके झूठ की चुगली कर रही थी।

'देखो रमणिका, प्रासाद में हमारे–तुम्हारे अलावा और भी दास–दासियाँ, कर्मचारी हैं। एक बार महाराज को हम कुछ न कहें। लेकिन बात अधिक समय तक छिपी नहीं रहेगी। कोई–न–कोई शिकायत कर ही देगा। तुम्हारे साथ हम दोनों भी दण्डित होंगे। हो सकता है तुम्हें अन्तर्वाशिक जी के कारण कुछ न कहें। महाप्रबन्धक होने के नाते हम दोनों मारे जायेंगे।'

वसन्तक और कंचनमाला का कथन सत्य था। प्रद्योत के उग्र व्यवहार से सभी भयभीत रहते थे। लेकिन छुटकारे की राह नहीं थी। रमणिका ने उन्हें यौगन्धरायण, वत्सराज एवं राजकुमारी वासवदत्ता से मिलवा दिया। उनका कथन विचारणीय था।

'महाप्रभु! माननीय अन्तर्वाशिक चन्द्रवदन रात्रि में घर चले जाते हैं। रात्रि से ले दूसरे दिन प्रातः तक रनिवास का उत्तरदायित्व हम दोनों पर रहता है। कृपया ऐसा कोई काम मत करिएगा कि हम ग़रीबों को प्राणदण्ड मिले। अधिक कुछ कहने की आवश्यकता नहीं है।' बात समाप्त करते–करते आँसू बहाते चरण पकड़ लिए।

'अरे...रे...य....ये....क्या कर रहे हो? चिन्ता भय की ज़रूरत नहीं है। आपके प्राणदण्ड के लिए हम किसी प्रकार से जवाबदार नहीं बनेंगे।' उदयन ने आश्वस्त किया, 'प्राणदण्ड नहीं होने देंगे। थोड़ी देर बाहर रुकें। निर्णय से अवगत कराते हैं।'

कक्ष का दरवाज़ा बन्द कर बाहर आ खड़े हुए। 'महादेवी का क्या आदेश है?' यौगन्धरायण ने जानना चाहा। 'पिता महाराज के बारे में वसन्तक, कंचनमाला का कथन सत्य है। अड़चन और परेशानी न हो तो साथ ले चलने में हर्ज़ नहीं?'

'तब ठीक है। वत्सराज, आप रमणिका के साथ कंचनमाला और वसन्तक भी कौशाम्बी चलेंगे।' सारी बातें तय हो जाने के बाद ठिकाने पहुँच यौगन्धरायण इन्द्रवदन की प्रतीक्षा करने लगे।

'देव की जय हो। दास का प्रणाम स्वीकारें प्रभु।' कक्ष में इन्द्रवदन ने प्रवेश किया।

'क्या समाचार है बन्धु?'

'देव की आज्ञानुसार सब प्रबन्ध हो गया है। वत्स के सैनिकों ने दर्शाण नदी के उस पार मोर्चा सँभाल लिया है। नदी के किनारे से लेकर भिल्ल राज्य की सीमा तक का इलाक़ा वत्स सैनिकों के नियन्त्रण में है। भिल्लराज पुलिन्दक हमारे महाराज उदयन के परम मित्र हैं। पूरी मदद का वचन दिया है। भिल्ल सैनिक हमारे सैनिकों के साथ हैं। भद्रावती हथिनी और कुन्तक हाथी उज्जयिनी की सीमा पर आ गये हैं। कब प्रस्थान करना है?'

'शुभस्य शीघ्रम्! शुभ काम में देरी नहीं करनी चाहिए। कल श्रावण सोमवार है। भगवान् महाकालेश्वर के पूजन अभिषेक हेतु भक्तों की भीड़ रहेगी। उसका लाभ लेंगे। तत्काल मणिकांचन प्रासाद जा व्यवस्था करता हूँ। तुम यहाँ सँभालना।' यौगन्धरायण ने महल पहुँच योजना समझा दी। सारा कार्य इतनी गोपनीयता से हुआ कि प्रद्योत के महल की दीवारों के कान भी असफल रहे।

योजनानुसार भोर में राजकुमारी वासवदत्ता भगवान् महाकाल (शिव) के पूजन–अभिषेक हेतु निकली। पूजा की थाल लिए दास के वेश में उदयन थे। दासी रमणिका प्रसाद, कंचनमाला दान सामग्री लिए थी। वसन्तक साथ था। उसने एक दिन पहले ही द्वाररक्षकों को सूचना दे दी थी। बिना रोक–टोक के सुरक्षित बाहर आ गये। भद्रावती एवं कुन्तक कुछ दूर तैयार थे। भद्रावती पर उदयन, वासवदत्ता, कंचनमाला, रमणिका बैठे। कुन्तक पर यौगन्धरायण, इन्द्रवदन एवं वसन्तक के बैठते ही हाथी तेज़ चाल से दौड़ने लगे। एक साधारण प्रेमी–प्रेमिका के समान उदयन के साथ राजकुमारी प्रेम की ख़ातिर, पिता महाराज महादेवी देवप्रिया और राजपरिवार का सम्मान दाँव पर लगा भाग खड़ी हुई। महल से सुरक्षित निकल तो आये थे। लेकिन पकड़े जाने के डर से धड़कनें तनाव में थीं। रास्ते भर भगवान् शिव से सुरक्षित पहुँचने की मन–ही–मन प्रार्थना कर रहे थे। प्रसन्नता में पकड़े जाने का ज़हर मिला था।

हर दिन के समान सुबह अन्तर्वाशिक महाराज उदयन का हालचाल जानने मणिकांचन पहुँचे। वह खाली था। हर कमरा छान मारा न

तो महाराज थे न ही घोषवती वीणा। घबरा गये। तभी एक दासी ने सूचित किया, 'स्वामी! राजकुमारी जी, कंचनमाला, रमणिका और वसन्तक भी प्रासाद में नहीं हैं।'

अन्तर्वाशिक डर के मारे काँपने लगे। चेहरे पर हवाइयाँ उड़ने लगीं। दौड़कर ख़ुद ने सारा महल छान मारा। कबूतर, चिड़िया उड़ गये थे। प्रासाद में श्मशानी सन्नाटा पसरा था। विधवा की माँग के समान दोनों महल सूने थे। सारे दास–दासियाँ भय चिन्तित थे।

डरते–काँपते अन्तर्वाशिक ने जानना चाहा, 'राजकुमारी जी कब गयीं।'

'स्वामी! सुबह भगवान् महाकालेश्वर के पूजन–अभिषेक हेतु वसन्तक, कंचनमाला एवं रमणिका के साथ गयी थीं।'

'पता करो क्या अभी भी महाकाल मन्दिर में है?'

प्रधान पुजारी ने बताया वे मन्दिर पहुँचीं ही नहीं। निश्चित हो गया कि वत्सराज राजकुमारी को भगा ले गये हैं। तत्काल युवराज गोपालक, राजकुमार कुमारसेन, महामात्य वर्षाकार को सूचित करने पर वे भाग कर आये। फिर से महल छान मारा। डर रहे थे कि महाराज के शिकार से लौटने पर क्या जवाब देंगे? दण्ड के भय से चेहरे पीले पड़ गये।

'महामात्य जी। तत्काल पकड़ने हेतु सैन्य टुकड़ी भेजें। अधिक दूर नहीं गये होंगे।' गोपालक ने आदेश दिया।

'जो आज्ञा। सैन्य दल तत्काल रवाना कर दिया। सैनिकों के जाने के बाद भी महल में हड़कंप, डर फैला था।

दिन काफ़ी निकल आया था। रास्ता साफ़ दिखाई दे रहा था। कुन्तक और भद्रावती पूरी ताक़त से दौड़ रहे थे। उज्जयिनी से बढ़ती दूरी डर, चिन्ता को कम कर रही थी। पूरी तरह से खत्म नहीं हुई थी। गोनर्द नगर काफी पीछे छोड़ दिया था। विदिशा और दर्शाण नदी पार करने पर ही सुरक्षित हो पायेंगे। दूर पीछे धूल उड़ती दिखाई दी। अश्वारोही सैनिकों के दल की धूप में चमकती तलवारों ने चौंकाया। डर साक्षात् अश्वों पर बैठ दौड़ा चला आ रहा था। सावधान हो गये।

'भद्रक! गति बढ़ाओ।' महावत को आदेश मिलते ही हाथी को अंकुश से कोंचने लगा। हाथी की दौड़ बढ़ गयी। मगर अश्व तेज़ गति से पास आ रहे थे।

'यौगन्धरायण लगता है सामना करना पड़ेगा।' वत्सराज उत्तेजित थे।

'शान्ति से बैठें देव। बिना लड़े सकुशल अवन्ति की सीमा पार कर लेंगे।' यौगन्धरायण ने आश्वस्त किया।

अश्वारोही सैनिकों के पास आते ही यौगन्धरायण ने थैली से एक मुट्ठी सोने की मुद्रा निकाल सामने और दूसरी मुट्ठी पीछे फेंकी। सूरज की किरणों में चमकती सोने की मुद्राओं से सैनिकों की आँखों में लालच। यौगन्धरायण की चाल काम कर गयी। भगोड़ों को पकड़ने के बजाय अश्वों से उतर मुद्राएँ लूटने में लग गये। विदिशा और दर्शाण नदी तक यौगन्धरायण मुद्राएँ फेंकते रहे। नदी के उस पार वत्स और भिल्लराज की सेनाएँ प्रतीक्षा कर रही थीं। नदी में हाथियों के उतरते ही उन्होंने तीन–चार मुट्ठी मुद्राएँ एक साथ फेंकी। सैनिकों के लूटने में व्यस्त होते ही नदी उस पार पहुँचते ही वत्स और भिल्ल सैनिकों ने अपने संरक्षण में ले लिया। वत्स और भीलों की बड़ी सेना के सामने अवन्ति के सैनिकों का नदी पार करने का साहस नहीं हुआ। चुपचाप लौट गये।

शिकार से लौटने पर महल में फैली श्मशानी शान्ति से महाराज प्रद्योत चौंके। गोपालक, कुमारसेन, वर्षाकार सहित सारे दास–दासियाँ डरे–सहमे थे। घटना से अवगत कराने का साहस किसी में नहीं था। फिर भी बताना पड़ा। कब तक छिपाते? वर्षाकार ने घटना से महाराज को क्षमा प्रार्थना सहित अवगत कराया। प्रद्योत मौन बैठे रहे। वह अधिक डरावना लगा।

'आप कुछ कहते क्यों नहीं?' महादेवी देवप्रिया ने मौन तोड़ा, 'सारे देश में बदनामी हो रही होगी?'

'क्या कहूँ? अपनी बेटी ख़ुद वत्सराज के साथ भागी है उदयन जबरन तो नहीं ले गये। पलायन में उसने पूरी मदद की है।' कुछ पल रुके, 'आप भी तो वासुला को उदयन से ब्याहना चाहती थीं?

जहाँ तक देशभर में बदनामी का प्रश्न है? चार दिन चर्चा होगी बाद में सब भूल जायेंगे।'

'वत्सराज से वासुला को ब्याहना चाहती थी। लेकिन इस तरह नहीं। विधिवत वैदिक रीति से कन्यादान करना चाहती थी। वत्सराज बाकायदा बारात लाकर विवाह करते, यही चाह थी।'

'वैसे नहीं तो ऐसे विवाह तो होगा ही। बात एक ही है।' रुके, 'हमने आपसे कहा ही था। न हम वत्सराज के सामने प्रस्ताव रखेंगे, न हम उनके पाँव पूजेंगे और वासुला को उनसे ब्याह देंगे। सो हमने कर दिखाया।'

'धन्य हैं महाराज! हे भगवान्! आपकी चालों को देवाधिदेव भगवान् महाकालेश्वर भी नहीं भाँप सकते? अब तो कौशाम्बी में उसके विवाह के अवसर पर राजकुमारों के हाथ दान–दहेज भिजवा मान्यता दे दीजिए?

'निमन्त्रण तो आने दो।'

भिल्लराज पुलिन्दक ने अपनी राजधानी वनपुर में प्रेमी जोड़े का भव्य स्वागत–सत्कार किया। कुछ दिन आराम कर कौशाम्बी रवाना हुए। सीमा पर प्रधान सेनापति रूमणवान, अमात्यमण्डल नगर श्रेष्ठियों, गणमान्यों और नगर वासियों ने भव्य स्वागत किया। पुष्पमालाओं, तिलक, आरती, पण्डितों द्वारा स्वस्तिवाचन, मंगल वाद्यों से स्वागत हुआ। नगर में तोरणद्वार बना जिसे फूलों, वन्दनवारों से सजाया गया, राजमहल का भी श्रृंगार किया गया। सारे रास्ते पुष्प वर्षा की गयी। राजपुरोहित ने लग्न का शुभ मुहूर्त निकाला। निमन्त्रण पत्र के साथ इसकी सूचना अवन्तिराज और राजपरिवार को दे आमन्त्रित किया गया। घमण्ड के चलते महाराज प्रद्योत तो नहीं पधारे लेकिन युवराज गोपालक एवं राजकुमार कुमारसेन के द्वारा प्रचुर दान–दहेज अपनी राजकीय हैसियत के अनुसार अवश्य भिजवाया। जिसमें अनेक दास–दासियाँ, हाथी–घोड़े, अमूल्य रत्नाभूषण, सोने–चाँदी के तारों में टँके सूती, रेशमी, ऊनी वस्त्र थे। इस प्रकार उन्होंने मान्यता दी। मंगल विवाह में सोलह महाजनपदों के राजपरिवारों ने भी सम्मिलित हो अपनी–अपनी हैसियत के अनुसार भेंट कर उपहार प्रदान किया।

महाराज उदयन एवं देवी वासवदत्ता का विवाह ईसा पूर्व की छठी सदी की महत्त्वपूर्ण ऐतिहासिक घटना बनी। विश्व का पहला प्रेम विवाह।

'हम समझे कि विजय हमारी हुई है वास्तव में ऐसा था नहीं। विजयी तो महाराज प्रद्योत ही हुए थे। उन्होंने सारा जाल इतनी सफ़ाई और गोपनीयता से बुना कि हम ख़ुद उसमें फँसते चले गये। हम हारे ज़रूर लेकिन हार के बाद भी उनकी दैवी सौन्दर्य की रूपसी बेटी हमें पुरस्कार रूप में मिली। रसीली पराजय रूमान से ओतप्रोत है।' यौगन्धरायण ने मिठास के साथ रोचक–रोमांचक कथा समाप्त की। कुछ पल रुक चेताया, 'महाराज! देवी आम्रपाली में इतना माधुर्य है कि सारा जीवन उनके चरण कमलों में बिताया जा सकता हैं पर सम्भव नहीं। तत्काल वापस वत्स चलिए। यदि महादेवी वासवदत्ता लेने आ गयीं तो हमारे ही नहीं देवी आम्रपाली के जीवन में भी बदनामी और विसंगति आ जायेगी। लिच्छवी गणराज्य के मैत्री सम्बन्धों में खटास पैदा होगी। कूटनीति का तगादा है आप तत्काल प्रस्थान करें।

'देव! महामात्य का परामर्श विचारणीय है आपके तत्काल पधारने में ही सबका कल्याण है? कृपया दासी की प्रार्थना स्वीकारें।' आम्रपाली का मन भारी था।

'आपके सुमधुर साहचर्य की यादें मरते दम तक रहेंगी देवी जनपद कल्याणी! भारी मन से विदा हो रहे हैं।' प्रणाम कर चल दिये।

राजनर्तकी के अपहरण की योजना

'दास का प्रणाम स्वीकारें भगवन्।' महाकात्यायन ने चरण स्पर्श किये।

'आह! अवन्ति के राजपुरोहित पधारे हैं। स्वागतम्।' मीठे मोहक करुणापूरित नयनों से तथागत ने आशीष दिया, 'चिरंजीवी भव! आयुष्मान भव!'

राजगृह से लगे नन्दन वन में तथागत संघ सहित विहार कर रहे थे। बिम्बिसार उन्हें राजकीय अतिथि का दर्जा दे सारी सुविधाएँ देना चाहते थे। तथागत ने नम्रतापूर्वक मना कर दिया।

भिक्षुओं को सुविधाभोगी और परजीवी बनाने के पक्ष में नहीं थे। तथागत के मना करने के बाद भी सम्राट ने मांगधिया प्रकरण से सबक ले उनकी सुरक्षा हेतु सादे वस्त्रों में सैनिक तैनात कर रखे थे। उनमें कुछ गुप्तचर भी थे।

'कैसे कष्ट किया?'

'साधु–सन्त दर्शनम् पुण्यम्–साधु–सन्तों के दर्शन मात्र से पुण्य की प्राप्ति होती है देव। आप तो अवतारी महाश्रमण हैं। आपकी सम्बोधि, संत्संग आत्मा की मुक्ति का मार्ग प्रशस्त करता है। आपका शील उपदेश धर्म के सच्चे मार्ग को परिभाषित करता है। ऐसा पुण्य अवसर दास कैसे छोड़ सकता था।' भाव विगलित कात्यायन ने याचना की।

'ऐसा कुछ नहीं है महाकात्यायन जी। आज का मानव धर्म मार्ग से भटक रहा है। मोक्ष के लिए मनुष्य यज्ञों में पशु–पक्षी ही नहीं मानव की बलि भी दे रहा है। कर्मकाण्ड अत्यन्त ख़र्चीले हो गये हैं। मुक्तिकामी मानव भूल गया है कि पशु या मानव बलि पाप हैं। प्रत्येक प्राणी में एक ही आत्मा निवास करती है। बलि में भी आत्मा का अंश है। दया, अस्तेय, अपरिग्रह एवं ब्रह्मचर्य का पालन करने वाले को ही मोक्ष की प्राप्ति होती है। ईमानदार, सत्यनिष्ठ ही सच्चा धर्मनिष्ठ धार्मिक है। शील, सद्व्यवहार, धर्म की आत्मा है। प्रेम, दया, करुणा से ओत–प्रोत धीर–गम्भीर वाणी में प्रस्तुत शास्ता का प्रत्येक शब्द महाकात्यायन, उनके परिवार और उपस्थित प्रत्येक भक्त को प्रेरित, प्रभावित कर रहा था।

'महाकात्यायन जी अवन्ति नरेश राजपरिवार सहित सानन्द तो हैं?'

'भगवन् और सब तो कुशल मंगल है। भगवान् जानते हैं महाराज उग्र स्वभाव के एवं अस्थिर चित्त हैं। कब क्या कर बैठें कहा नहीं जा सकता? अब देखिए, उन्होंने वत्सराज उदयन को अकारण ही बन्दी बना लिया। अवन्ति की उनसे कोई शत्रुता नहीं है। दास का समझाना भी व्यर्थ सिद्ध हुआ। दुःखी हो आपकी शरण में आया हूँ।' प्रत्येक शब्द महाकात्यायन की पीड़ा को व्यक्त कर रहा था। 'वैसे भी दास आने ही वाला था। घटना बहाना बन गयी।'

‘राजपुरोहित जी राजनेता, कूटनीतिज्ञों का प्रत्येक क़दम निरुउद्देश्य नहीं होता। कोई–न–कोई कारण अवश्य होता है। जो हम साधारण जनों को दिखाई नहीं देता। उसे हम समझ नहीं सकते। कितने दिन रुकेंगे?

‘अब वापस नहीं जाऊँगा भगवन्। आपके सान्निध्य में रह सम्बोधि एवं सत्संग का लाभ उठाऊँगा।’

‘स्वागत है!’

तथागत गौतम से भेंट, दर्शन एवं प्रतिदिन सम्बोधि–सत्संग ने शालवती की अन्तरात्मा में वैराग्य की भावना जगा दी। विचारों में मन्थन होने लगा। अपने रूप–लावण्य और कमनीय काया से वितृष्णा हो आयी। प्रत्येक पुरुष की कामुक–लोलुप दृष्टि की चुभन का अनुभव होता था। राजनर्तकी का पद अत्यन्त ऊँचा है, गौरवशाली अमात्यों के समकक्ष माना जाता है। लेकिन है तो गणिका? सार्वजनिक सम्पत्ति। उसकी एक झलक पाने को पागल हैं लोग। रूप–यौवन और कलात्मक उपलब्धियों के बदले में ही तो राज्य ने वैभव–विलास से भरपूर राजप्रासाद–सा महल दिया। युवराज बिम्बिसार के यौवन के पहले पायदान की प्रेमिका भर थी। राजनर्तकी से आनन्द, दैहिक सुख लिया जा सकता है। राजरानी, पत्नी का दर्जा बाज़ार में बैठी नारी को नहीं दिया जा सकता। राजधर्म, राजकीय गरिमा और शिष्टाचार के विरुद्ध आचरण अधार्मिक आचरण माना जायेगा। देश प्रसिद्ध क्षत्रिय वैम्बिक वंश की गरिमा, मर्यादा, रक्षा पहले पायदान पर है। तथागत गौतम बुद्ध के प्रसिद्ध शाक्य वंशीय राजपरिवार की दासी का विवाह काशी नरेश प्रसेनजीत से होने से दासी महारानी बनी। लेकिन उससे उत्पन्न युवराज विदुदम्भ कहलाया तो दासी पुत्र ही न? राजकीय गरिमा से ताज़िन्दगी वंचित रहा। समाज ने मान्यता नहीं दी। सवाल रक्त की शुद्धता–पवित्रता का है। राजनर्तकी सम्राट की रखैल बन सकती है महारानी नहीं। चित्रावली भी महाराज हर्याश्व की रखैल थी। उपपत्नी भी नहीं बन सकी।

राजवंश की ताक़त और सम्मान बढ़ाने के लिए सम्राट हर्याश्व ने युवराज बिम्बिसार का विवाह सदी के सर्वश्रेष्ठ, ताक़तवर लिच्छवियों के वैशाली गणराज्य के सदस्य राजा चेटक की पुत्री राजकुमारी चेलना से किया।

सम्राट बनने के बाद भी बिम्बिसार का विशेष अनुराग राजनर्तकी के प्रति था। वह उनका पहला प्यार थी। पत्नी के पद को छोड़ उसे सब कुछ मिला। सभी प्रकार के दैहिक सुख मिले। लेकिन आत्मा तो खाली है। तथागत गौतम के दर्शन, सत्संग एवं सम्बोधि श्रवण ने आत्मा में पसरे सन्नाटे और शून्य से परिचित कराया। अब और नहीं? वर्तमान जीवन और भोग–विलास से वितृष्णा हो आयी।

'भवनाग' मुख्य प्रबन्धक को बुलाया।

'आज्ञा स्वामिनी!'

'बाज़ार जाकर एक जोड़ी गेरुए वस्त्र और कंचुकियाँ ख़रीद लाओ। ध्यान रहे वे भिक्षुओं के समान मोटे सादे वस्त्र ही हों।'

'जो आज्ञा स्वामिनी!' एक पल रुक कर पूछा, 'किसके लिए लाऊँ स्वामिनी?'

'हमारे लिए। हम तथागत से प्रव्रज्या ग्रहण कर भिक्षुणी बनेंगे।'

भयभीत घबराया भवनाग कुछ काल असमंजस में मौन खड़ा रहा। तत्काल पूछने का साहस नहीं हुआ। फिर हिम्मत जुटा पूछ ही लिया, 'स्वामिनी! महामहिम महाराज से अनुमति...?'

'वह हम जानें। इसके लिए आपको चिन्तित होने की ज़रूरत नहीं। आदेश का पालन करो।'

'जो आज्ञा!' प्रणाम कर चल दिया। भगवे वस्त्रों में रथ एवं अंगरक्षकों के बिना भिक्षुणी बन शालवती धूल भरे मार्ग पर पैदल महाराज बिम्बिसार से मिलने और अनुमति लेने चल पड़ी। दास–दासियाँ, कर्मचारी भय चिन्तित हो आये। आँसू भरे नेत्रों से विदा किया। सड़क पर आ–जा रहे नर–नारी, आबाल, वृद्ध आकाश कुसुमवत रूपसी राजनर्तकी को चकित नयन निहारने लगे। कुछ भीड़ बना पीछे–पीछे हो लिए। यद्यपि शालवती ने भवनाग एवं अंगरक्षकों को साथ चलने से मना किया था।

दण्ड के भय से वेश बदल भीड़ से रक्षा हेतु घेरा बना चल रहे थे। कपड़े ख़रीदने के पहले भवनाग ने सम्राट को सूचित कर दिया। चिन्तित बिम्बिसार ने अमात्यमण्डल, सेनाध्यक्ष, गुप्तचराध्यक्ष की आपात् बैठक बुला ली। सभी राजसभा में एकत्र हुए।

'दासी का प्रणाम स्वीकारें महाप्रभु।' राजसभा में शालवती ने प्रवेश किया। द्वाररक्षक सैनिकों ने भीड़ को रोक भगा दिया।

'आपका स्वागत है देवी राजनर्तकी!' भगवे वस्त्रों से प्रभावित सम्मान में राजसभा सम्राट समेत खड़ी हो गयी, 'आसन ग्रहण करें देवी।'

'क्षमवस्य देव! ऐसे ही ठीक हूँ। एक याचना करने आयी हूँ।' एक पल रुकी, 'दासी राजनर्तकी के पद से मुक्त होना चाहती है। भगवान् तथागत से प्रव्रज्या ले भिक्षुणी बनने का निश्चय कर लिया है।'

राजसभा स्तब्ध। तत्काल उत्तर देने का साहस नहीं हुआ। मामला देशपूज्य तथागत गौतम से जुड़ा था। मौन महामात्य ने तोड़ा, 'देवी नयी राजनर्तकी के चयन तक रुक जातीं तो राज्य पर महती कृपा होती।'

'सम्मान्य महामात्य जी, भगवान् तथागत कब संघ सहित विहार कर जायें कह नहीं सकती। इस स्वर्ण अवसर को दासी छोड़ना नहीं चाहती।' मौन पसर गया। 'मौन सम्मित लक्षणम्' उस मौन को स्वीकृति मान अवसर का लाभ उठा प्रणाम कर शालवती उलटे पग बाहर आ तथागत की शरण में जा पहुँची।

गैरिक वस्त्रों में राजनर्तकी को आया देख तथागत के अधरों, नयनों में स्मित मुस्कान खिल आयी, 'आओ देवी शालवती! संघ में आपका स्वागत है!'

बुद्धम् शरणम् गच्छामि
धम्मम् शरणम् गच्छामि
संघम् शरणम् गच्छामि

मन्त्र जाप करते शालवती भगवान् गौतम की शरणागत हुई।

तथागत के दर्शन, सत्संग एवं सम्बोधि श्रवण के बाद राजसी शिष्टाचार का पालन करने महाकात्यायन सम्राट बिम्बिसार को प्रणाम करने पहुँचे। उन्हें चिन्तामग्न पाया। तत्काल कारण पूछना उचित नहीं लगा।

'दास का प्रणाम स्वीकारें महाप्रभु!'

'आइए। पधारिए। अवन्ति के राजपुरोहित महाकात्यायन जी का स्वागत है। कृपया आसन ग्रहण कीजिए।' शालवती की चिन्ता को परे सरका मीठी मुस्कान से स्वागत किया, 'आपके आगमन का समाचार मिल गया था। विश्वास था भेंट किये बिना जायेंगे नहीं?'

'दास में इतना साहस कहाँ। भगवान् तथागत के दर्शन के बाद एक आप ही तो हैं जिनके दर्शन–भेंट से मन को प्रसन्नता मिलती है। फिर समकालीन सोलह महाजनपदों में मात्र आप और मगध महाजनपद शिखर पर हैं। आपका उदात्त चरित्र, प्रजा–वत्सलता, आपके द्वारा राजधर्म का पालन प्रशंसनीय एवं अनुकरणीय है।' कुछ रुक कर पूछा, 'क्षमा करें देव। दास महाप्रभु की चिन्ता का कारण जानने की धृष्टता कर सकता है? दास महाप्रभु का शुभचिन्तक है।'

'हम जानते हैं। आपको अपनी व्यथा सुनाने पर मन हल्का हो जायेगा। फिर आप वयोवृद्ध, ज्ञानवृद्ध और अनुभवसिद्ध हैं। आपकी परिपक्व राय अवश्य ही हमारी समस्या हल कर देगी।' बिम्बिसार ने शालवती के प्रव्रज्या लेने की बात सुना दी, 'आपको भी जानकारी तो मिल ही गयी होगी।'

'हाँ देव।'

'ब्राह्मण देवता आप जानते हैं। राजनर्तकी राज्य का गौरव, कला, संस्कृति की उन्नायक होती है। पद को अधिक समय तक खाली नहीं रखा जा सकता। नयी राजनर्तकी के चयन–प्रशिक्षण में कई साल लग जायेंगे? तब तक पद खाली रखना उचित नहीं?'

'देव का कथन सत्य है।' एक पल रुके, 'महाप्रभु यदि किसी महाजनपद की प्रसिद्ध राजनर्तकी सहर्ष मगध की राजनर्तकी के पद को सुशोभित करने को राज़ी हो जाये तो कैसा?'

'क्या कह रहे हैं महाकात्यायन जी? कौन राज़ी होगी? महाजनपद के शासक स्वीकृति देंगे?'

'उनकी स्वीकृति की ज़रूरत नहीं पड़ेगी। आप नयी राजनर्तकी के चयन, प्रशिक्षण से भी बच जायेंगे।'

'आप किसे लायेंगे?'

'अवन्ति की राजनर्तकी पद्मावती। ये उत्तरदायित्व दास का।'

'तब महासेन प्रद्योत से युद्ध अवश्यम्भावी।'

'वे युद्ध नहीं करेंगे। उनके पिता पुणिक हत्यारे थे। हत्या के ज़रिये ही राज्य हथियाया। वह कलंक अभी भी है। वत्सराज को अकारण बन्दी बनाने से देश भर में•बदनाम हो गये हैं। कोई उनकी मदद नहीं करेगा। आप राजाओं के शिखर पर हैं। युवराज अजातशत्रु का दबदबा सभी मानते हैं। तीसरे राजगृह की दूरी उज्जयिनी से बहुत अधिक है, हमले में भौगोलिक दूरी आड़े आयेगी। मगध–अवन्ति के बीच वत्स, कौशल काशी के महाजनपद हैं। वे मार्ग नहीं देंगे। चूँकि देवी पद्मावती मर्ज़ी से आयेंगी। अतः युद्ध का कारण नहीं बनेंगी। महाराज प्रद्योत के अस्थिर चित्त, उग्र स्वभाव और व्यवहार की विसंगति से देवी राजनर्तकी त्रस्त हैं। सदा भयभीत रहती हैं। वे जानती हैं दास उनका शुभचिन्तक है। निवेदन करने पर तत्काल राज़ी हो जायेंगी।'

'अद्भुत विश्लेषण। हम तो समझे थे आप राजपरिवार में पूजा–पाठ, यज्ञ, हवन, यज्ञोपवीत, विवाह, कर्मकाण्ड कराने वाले पण्डित–पुरोहित मात्र हैं। आप तो श्रेष्ठ राजनेता व कूटनीतिज्ञ हैं। आपके परामर्श से हम सहमत हैं। एक समस्या आयेगी?'

'कौन–सी देव?'

'देवी पद्मावती को भगा लाने के बाद आपका उज्जयिनी में रहना सम्भव नहीं रहेगा। दुष्ट प्रद्योत मृत्युदण्ड अवश्य देगा। आपसे निवेदन है, आप भी देवी के साथ राजगृह आ जायें। आपकी योग्यता एवं सेवा के अनुरूप मगध पद देगा।'

'पद की दास को चिन्ता...'

'महाप्रभु की जय हो।' अन्तर्वाशिक के कक्ष में प्रवेश करने से महाकात्यायन की बात अधूरी रह गयी।

'व्यवधान के लिए दास क्षमाप्रार्थी है। समाचार अत्यन्त महत्त्वपूर्ण है। उज्जयिनी में पदस्थ हमारा गुप्तचर अत्यन्त गोपनीय सूचना लेकर आया है। देव की सेवा में तत्काल प्रस्तुत करना ज़रूरी है।'

'प्रस्तुत करें।' बिम्बिसार की आक्रोशित मुखमुद्रा शान्त हो आयी।'

'महाप्रभु वत्सराज उदयन अवन्ति की राजकुमारी वासवदत्ता को भगाकर कौशाम्बी ले गये हैं।'

सदी की बहुत बड़ी घटना घट गयी थी। समाचार बिजली की तरह गिरा। घटना ने वाणी छीन ली। दोनों स्तब्ध।

उज्जयिनी-कालभैरव की तन्त्र साधना

क्षत्रिय के रूप में अपने राजघराने को मान्यता दिलाना प्रद्योत को ज़रूरी लगा। इसके लिए किसी प्रसिद्ध राजघराने से वैवाहिक सम्बन्ध आवश्यक था। काशी राजपरिवार से अधिक सम्माननीय दूसरा नहीं था। अतः प्रद्योत ने राजकुमारी देवप्रिया का हाथ माँग लिया। काशी नरेश प्रसेनजीत संकट में आ गये। ना करते नहीं बन रहा था। प्रस्ताव को लेकर गम्भीर चिन्तन करने लगे। इसमें कोई सन्देह नहीं प्रद्योत जन्मना क्षत्रिय नहीं हैं। लेकिन कर्म से क्षत्रिय हैं। विशाल अवन्ति महाजनपद के स्वामी हैं। जिसकी सीमाएँ उत्तर–पूर्व में विदिशा से आगे दर्शाण नदी तथा दक्षिण में नर्मदा नदी हैं। इस विशाल महाजनपद की तीन राजधानियाँ हैं। उत्तर पूर्व में विदिशा, मध्य में उज्जयिनी और दक्षिणा पथ में महिष्मति। विशाल चतुरंगिणी सेना होने से महासेन की उपाधि से विभूषित हैं। देश के सभी राजे–महाराजे उनसे भय खाते हैं। लाभ–हानि का गणित लगाने के बाद प्रसेनजीत ने प्रद्योत को बहनोई बना लिया। इस वैवाहिक सम्बन्ध से उज्जयिनी की ताक़त, सम्मान में बढ़ोतरी हुई। वत्सराज उदयन को कुटिल चाल से दामाद बना लेने पर प्रद्योत की प्रतिष्ठा कई गुना बढ़ गयी।

माता–पिता के गुणसूत्र सन्तान को विरासत में मिलते हैं। प्रद्योत–देवप्रिया की तीन सन्तानें–युवराज गोपालक, राजकुमार कुमारसेन एवं राजकुमारी वासवदत्ता थे। गोपालक को सुदर्शन व्यक्तित्व ही नहीं माँ देवप्रिया से सद्व्यवहार, गरिमा, शालीनता व सुसंस्कृत व्यवहार भी प्राप्त हुआ था। महादेवी देवप्रिया ने उनके पालन–पोषण

व चरित्र निर्माण की ओर विशेष ध्यान दिया। युवराज होने से अवन्ति के भावी सम्राट थे। अपनी सन्तान को आदर्श बनाना चाहती थीं। गोपालक व्यक्तित्व ही नहीं सद्व्यवहार में भी माँ का प्रतिरूप बन जाने से अत्यन्त लोकप्रिय थे।

प्रद्योत दुहिता वासवदत्ता दुर्लभ दैवी रूप–लावण्य की सम्राज्ञी होने से देश भर में चर्चित हो उठीं। महादेवी माँ से अद्वितीय सौन्दर्य ही नहीं मृदु व्यवहार, शालीनता, राजसी गरिमा और मृदु भाषण आदि भी विरासत में मिले। महादेवी देवप्रिया राजरानी होने के बाद भी पहले माँ थीं। जानती थीं राजकुमारी होने के बाद भी बेटी पराये घर जायेगी। तद्नुरूप उसके प्रशिक्षण पर विशेष ध्यान दिया। माँ से रूप–सौन्दर्य, यौवनरस से भरपूर तराशी सुचिक्कण काया एवं गरिमामय व्यवहार के साथ ही पिता से भी कुछ गुणधर्म विरासत में मिले थे। घमण्डी पिता के समान अपने रूप–लावण्य तथा राजकुमारी होने की उच्च भावना पर गर्व था। अतः व्यवहार में रोब गाँठने की आदत थी। लेकिन नारी होने से भावुकता, संवेदनशीलता, स्नेह, ममता भी थी। अतः ग़लती का अहसास होते ही क्षमा माँग दिल जीत लेती थीं। इन गुणों ने सर्वप्रिय बना दिया। परिवार में सबसे छोटी होने से सब की ख़ासकर पिता महाराज की लाड़ली थीं।

और कुमारसेन। दोनों से विपरीत था। पिता के दैहिक गठन, चेहरे–मोहरे के साथ ही व्यवहार का प्रतिरूप, प्रतिमूर्ति। उनके सारे गुणसूत्र विरासत में मिले। शारीरिक घमण्ड भी पिता समान। चाल–ढाल से ही घमण्ड, दर्प, रोबदाब साफ़ दिखाई देता। आवाज़ में कड़कपन। रूखा–सूखा व्यवहार। उच्चता की भावना प्रबल होने से दूसरों को तुच्छ मानना। प्रासाद के सभी कर्मचारी अन्तर्वाशिक, दौवारिक, महामात्य, वर्षाकार, अमात्यमण्डल एवं अन्य सभी उनसे घबराते और मिलने–बतियाने को टालते थे। राजपरिवार का यह सदस्य अत्यन्त अलोकप्रिय था। राजघराने का होने से उसका सम्मान करना मजबूरी थी। उदण्ड व्यवहार और वाचा अकाल मौत का कारण बनी।

उज्जयिनी एवं शिप्रा से पर्याप्त दूरी पर चकतीर्थ मुक्तिधाम श्मशान घाट था। जहाँ अन्तिम संस्कार किया जाता था। चकतीर्थ से आगे से सघन महाकाल वन आरम्भ होता था। पेड़ों, पौधों, लताओं के झुरमुट इतने सघन थे कि भरी दोपहरी में भी अँधेरा पसरा रहता था। शिप्रा एवं चकतीर्थ घाट निकट होने से अलौकिक सिद्धियाँ पाने के लिए कापालिकों, कालमुखों, अघोरियों ने भगवान् शिव के अघोर अवतार कालभैरव के मन्दिर का निर्माण कर रखा था। जहाँ वे शवसाधना के ज़रिये भूत–प्रेत, पिशाच, डाकिन तथा श्मशान जगाने की साधना आधी रात के बाद करते थे। इनसे प्रभावित कुछ नारियाँ इनकी मुद्रा कापालिका, कालमुखी आदि सहर्ष बन गयी थीं। अघोर साधना में भगासन मुद्रा में सहायिका का रोल निभाती थीं। पंचमकार साधना के ज़रिये भगवान् कालभैरव की पूजा–उपासना करते थे। इनके अपने मठ, साधना कक्ष थे। इनकी सिद्धियाँ लोगों के आर्कषण का केन्द्र थीं। मनवांछित फल पाने हेतु उज्जयिनी ही नहीं दूर–पास के भक्तगण भी भीड़ लगाये रखते थे।

कापालेश्वर भैरवानंद।

कसरती सुगठित देह। विशाल कन्धे, चौड़ी छाती। पतली कमर, गोल मुख पर फैली चौड़े नथुनों वाली नासिका। मोटे अधर। दाढ़ी–मूँछों से भरे कपोल। काले चन्दन से सजा चौड़ा भाल। मदिरा, गाँजे के नशे में गरगराती लाल डोरे वाली बड़ी–बड़ी डरावनी आँखें। गले में काले डोंरे में गठी रुद्राक्ष माला। कानों में भी रुद्राक्ष कुण्डल। सिर को सुशोभित करने वाली एड़ियों तक लम्बी जटाजूट। मुर्दे के भस्म का अंगराग। कमर से घुटनों तक की काली धोती अथवा बाघम्बर। देह पर भी काला उत्तरीय। काले वर्ण वाली काया और सम्मोहित करने वाला सर्पीला आर्कषण। किसी को भी विशेषकर रूपसी की आँखों में आँखें डाल दिल में उतर वशीकरण मन्त्र द्वारा वश में करने की क्षमता महागुरु कपालेश्वर भैरवानन्द में थी।

सिद्धियों को पाने हेतु श्मशान में शव की छाती पर बैठ, खोपड़ी में मदिरा पान करते, ताकि ध्यान अच्छी तरह से लगे। 'ऊँ भैरवाय नमः, ऊँ भैरवाय नमः' का मन्त्र जाप करते। पास दूसरी चिताएँ जलती रहतीं।

निडर भैरवानन्द बैताल, भूत–प्रेत को वश में करने को तत्पर। पंचमकार क्रिया के ज़रिये अनेक सिद्धियाँ पाने में सफल हुए। अलख निरंजन, भव भय भंजन, ऊँ भैरवाय नमः, जय भैरव मन्त्र के साथ हवा में हाथ घुमाने पर फूल, फल, मिष्ठान, काजू, बादाम, अखरोट, किशमिश, लवंग, इलायची ही नहीं सोने, चाँदी, ताँबे की मुद्राएँ, आभूषण आ जाते। भक्त को उसकी हैसियत के अनुसार प्रदान करते। सिद्धियों व आर्कषक व्यक्तित्व ने मठों, अखाड़ों, सिद्धपीठों का अध्यक्ष बनाया। कीर्ति ने नगर के भक्तों का ताँता लगा दिया। इनमें नारियाँ अधिक थीं।

शवसाधना के अलावा भैरवानन्द पंचमकार साधना के अनुरूप भगासन मुद्रा द्वारा भी भगवान् कालभैरव की उग्र तपस्या करते थे। इसके लिए कापालिका जयन्ती को मुद्रा बना रखा था। ग्रामीण परिवेश से आयी इस लड़की को वशीकरण मन्त्र से वशीभूत किया था। उज्जयिनी के पास के गाँव से अपने परिवार के साथ शिप्रा स्नान एवं भगवान् शिव महाकालेश्वर के दर्शन–अभिषेक हेतु गाँव के किसान परिवारों के साथ सोमवती अमावस्या पर आयी थी। भगवान् भैरवानन्द का यश कालभैरव खींच लाया। अपने व्यक्तित्व और हवा में हाथ लहरा सभी को फल प्रदान कर प्रभावित करने लगे।

जयन्ती को पहली ही नज़र में भाँप लिया। लड़की कापालिका बनने योग्य है। पिता करसन जब चरण स्पर्श के लिए झुका, भैरवानन्द ने टोका, 'करसन! बेटे की आस ले आया है ना?'

करसन चौंका, 'भगवन् को मेरा नाम और दिली इच्छा कैसे मालूम?'

'हाँ देव! आशीष मिल जाये तो वंश चले।'

'चलेगा। तेरा वंश ज़रूर चलेगा। ले।' हाथ लहराते ही भभूत आ गयी। करसन को देते कहा, 'ले। इसे दूध में डाल घरवाली को पिला देना। भगवान् काल भैरव अवश्य बेटा देंगे। लेकिन...।'

भाव विगलित करसन चरणों में लोट गया, 'आदेश दें भगवन्।'

'जयन्ती को भगवान् कालभैरव की सेवा में छोड़ जा।'

ठिठका, 'गाँव वालों को क्या मुँह दिखाऊँगा?'

'तेरी बेटी भाग्यवान् है जो भगवान् की सेवा का अवसर मिल रहा है।'

पुत्र मोह में बेटी की बलि दे दी।

उस दिन से जयन्ती कापालिका मुद्रा बन भगवान् काल भैरव के पटट महन्त की सेवा में जीवन धन्य करने लगी। गत कुछ माह से कपालिका जयन्ती अस्वस्थ थी। जिस कारण से भैरवानन्द की साधना में व्यवधान आ गया। उसे जल्द अच्छा करने के लिए उस पर तन्त्र–मन्त्र का असफल प्रयोग किया। महाकाल वन जड़ी–बूटियों का अखण्ड भण्डार था। भैरवानन्द ने जड़ी–बूटियों का ज्ञान युग के महान वैद्य मगध परिवार के राजवैद्य जीवक से प्राप्त किया था। अनाथ जीवक बचपन से तीव्र प्रतिभा के धनी थे। उनकी प्रतिभा से प्रभावित हो महाराज हर्याश्व ने राजकीय ख़र्च पर उच्च अध्ययन हेतु ईसा पूर्व की छठी सदी के विश्व प्रसिद्ध तक्षशिला विश्वविद्यालय में पढ़ने हेतु भेज दिया। जीवक ने देह विज्ञान, रोग विज्ञान, औषधि विज्ञान के साथ ही शल्यक्रिया का गहन अध्ययन किया। जीवक की अध्ययनशीलता एवं रोग निदान के तरीक़े से सभी आचार्यगण प्रसन्न थे। अध्ययन की समाप्ति के बाद आचार्य शिरोमणि चरक ने सभी शिष्यों की अन्तिम परीक्षा ली।

'छात्रो! तक्षशिला वन से ऐसी वस्तु लायें जो औषधि न हों।'

'जो आज्ञा गुरुदेव!' चरण स्पर्श कर सभी छात्र जंगल चले गये। कुछ काल बाद अपनी–अपनी समझ के अनुरूप घास, पत्ते, डण्ठल आदि लेकर आये। जीवक खाली हाथ लौटा।

'जीवक! आपको कोई ऐसी वस्तु नहीं मिली जो औषधि न हो।'

'क्षमवस्य गुरुदेव! वन में प्रकृति द्वारा दी गयी प्रत्येक वस्तु यहाँ तक की घास, फल, पत्ते भी औषधि हैं।'

'साधुवाद। तुमने गहरे तक औषधि विज्ञान का अध्ययन किया है। हमारा आशीष तुम्हारे साथ है। रोगों सम्बन्धी सारी विद्या का गहन अध्ययन और उस पर अधिकार के साथ राजगृह लौटने पर जीवक को सम्राट ने राजवैद्य के पद पर नियुक्त कर महल, दास–दासियाँ,

रथ, अंगरक्षक सेवा में प्रदान किये। युग के श्रेष्ठतम् वैद्य के रूप में जीवक का यश सारे देश व सोलह जनपदों में ही नहीं फैला, बल्कि उनके राजपरिवार के सदस्य भी उनके मरीज़ बन न गये।

महाराज प्रद्योत उदरशूल की तीव्रता से बैचेन हो आये। राजवैद्य शान्तिशील रोग का निदान करना तो दूर बीमारी क्या है, ये भी पकड़ नहीं पा रहे थे। तब महामात्य वर्षाकार के परामर्श पर जीवक इलाज हेतु उज्जयिनी आये। बीमारी के लक्षणों को फौरन पहचान गये कि तीव्र उदरशूल मूत्रनली में पथरी के कारण है। पीड़ा इतनी तेज़ थी कि महाराज को उठते, बैठते, खाते, पीते, सोते, जागते चैन नहीं मिल रहा था। रोग का ज्ञान होते ही शहद के साथ औषधि की पहली खुराक लेते ही पीड़ा कम हो गयी। महाराज को चैन मिला। दर्द से राहत मिलते ही प्रद्योत ने बड़े स्नेह, आदर से जीवक की हथेली थामी, 'माननीय जीवक जी, एक निवेदन है।' बीमारी ने सारा घमण्ड समाप्त कर दिया। बीमारी मौत की सन्देशवाहिका है। बड़े–से–बड़े घमंडी उग्र तुर्रम खाँ को भी घुटने टेकने पर मजबूर कर देती है। उग्र स्वभाव, रावण–सा अक्खड़पन, घमंड के शिखर पर बैठे प्रद्योत को मौत के भय ने डरा, भयविगलित कर नम्र ही नहीं बनाया बल्कि घुटने भी टिका दिये।

'आप आदेश दीजिए महाप्रभु दास पालन करेगा।'

'हमारे पूरी तरह से स्वस्थ होने के बाद ही आप राजगृह के लिए प्रस्थान करिएगा, वैद्यराज।'

'जो आज्ञा देव!'

विशाल राजसी पर्यंक के पास खड़े महामात्य को आदेश दिया, 'वर्षाकार। मगध के राजवैद्य महामात्य की सुख–सुविधा का पूरा ध्यान रखें। वे हमारे व्यक्तिगत राजकीय अतिथि हैं। राजकीय अतिथिशाला जहाँ वे निवास कर रहे हैं, में किसी प्रकार की कमी न हो। उनकी सुरक्षा का विशेष ध्यान रखें। आप व्यक्तिगत रूप से ध्यान दें।'

'जो आज्ञा देव! प्रणाम कर दोनों चल दिये। महामात्य के आदेश पर राजवैद्य जीवक की सुरक्षा का कड़ा बन्दोबस्त किया गया। राजकीय अतिथिशाला सैनिकों द्वारा सुरक्षा में ले ली गयी। युग के सर्वश्रेष्ठ वैद्य

जीवक के आगमन के समाचार से प्रभावित हो अपने–अपने मरीज़ों को ले उज्जयिनी ही नहीं आसपास के गाँवों, क़स्बों, नगरों के लोग भी पहुँचने लगे। सुरक्षाकर्मियों ने उन्हें रोक लिया। लोगों में आक्रोश फैलने लगा। हल्ला–गुल्ला, कोलाहल जीवक को बरामदे में खींच लाया। भीड़ में मरीज़ों की उपस्थिति ने उन्हें द्रवित किया।

'उन्हें क्यों रोक रहे हैं?' जीवक ने दलनायक से जानना चाहा।

'देव! आपकी सुरक्षा का ऊपर से आदेश है।'

'ना। उन्हें आने दीजिए। हमें उनसे कोई ख़तरा नहीं। इनमें से जो अधिक बीमार हैं उन्हें पहले भेजें। विशेषकर बच्चों–वृद्धों को।'

'जो आज्ञा देव!' भीड़ को क़तार में लगा अधिक बीमारों, वृद्धों और बालकों को पहले भेजने लगे।

आचार्य भैरवानन्द को भी जीवक के आने का समाचार मिलने पर भेंट करने गये। वे वैद्यकी की विस्तृत जानकारी हासिल करना चाहते थे। अभी तक अन्दाज़ से इलाज कर रहे थे। भैरवानन्द के दिव्य प्रभावशाली व्यक्तित्व से प्रभावित हो सैनिकों ने बिना रोके जाने दिया। भैरवानन्द को देख जीवक मुस्कराये, 'आइए। आसन ग्रहण करिए। क्या तकलीफ़ है?'

जीवक को प्रभावित करने हेतु अलख निरंजन, भव भय भंजन के साथ भैरवानन्द के हवा में हाथ लहराते ही हथेली में कुछ स्वर्ण मुद्राएँ आ गयीं, 'लीजिए।' मुद्राएँ जीवक की ओर बढ़ायीं।

'तान्त्रिक महोदय! दास के पास इनकी कमी नहीं है। मगधराज बिम्बिसार न माँगने पर भी भेज देते हैं। जिन्हें हम ग़रीबों, दीन–दुखियों में बाँट देते हैं। कृपया इन्हें अपने पास ही रखिए।' भैरवानन्द की चमत्कृत करने वाली क्रिया से अप्रभावित जीवक ने स्पष्ट नकार दिया, 'आप आने के उद्देश्य से अवगत करायें। आसन ग्रहण करें।'

खिसियाये भैरवानन्द ने बैठते हुए कहा, 'लोकमान्य जीवक जी हम भी छोटी–मोटी बीमारियों का इलाज करते हैं। यदि आपकी महती कृपा होगी तो बीमारों की सेवा का अधिक लाभ ले सकेंगे। हमारा महाकाल वन औषधीय जड़ी–बूटियों का खजाना है।

मगर हमें उनकी अधिक जानकारी नहीं है। आपका आशीष मिलने पर लोक कल्याण के लिए उपयोग कर सकेंगे।'

'यह तो शुभ संकल्प है। रोगों और औषधियों का ज्ञान आपको देकर हमें प्रसन्नता होगी। इस प्रकार के वैद्यकी प्रशिक्षण द्वारा मगध में हमने वैद्य तैयार किये हैं। इस हेतु कार्यशालाएँ भी लगायी हैं। आज तो नहीं कल दोपहर बाद आपके मठ पर आऊँगा। महाकाल वन की जड़ी–बूटियों का अवलोकन कर आपको प्रशिक्षित कर स्वयं को धन्य मानूँगा। नर–मानव की सेवा नारायण सेवा है। महामान्य तान्त्रिक जी।'

दूसरे दिन दोपहर बाद जीवक ने महाकाल वन पहुँच भैरवानन्द के साथ सारे जंगल को छान मारा। रोगों व उनसे सम्बन्धित औषधीय जड़ी–बूटियों की जानकारी भैरवानन्द को लिखा भी दी। जीवक के औषधि एवं बीमारियों के ज्ञान से प्रभावित भैरवानन्द प्रणाम करने झुके।

'अरे...रे...रे...य...ह आप क्या कर रहे हैं आचार्य जी! दास आयु में आप से छोटा है। दास को पाप में मत डालिए।' अधबीच में रोक भैरवानन्द को गले लगाया।

'महामान्य जीवक जी आप सदी के धन्वन्तरि हैं। प्रणम्य। दास आयु को नहीं आपके औषधीय ज्ञान, दैवी चरित्र एवं गरिमामय शालीन व्यवहार को प्रणाम निवेदित कर रहा है। उससे दास को वंचित न करें। दास आपको दक्षिणा प्रदान करने की अनुमति चाहता है। कृपया अनुमति दें।'

'ना। आप प्रणम्य साधु–संन्यासी हैं। हम समाज पूजितों से दक्षिणा नहीं लेते। आप तो बीमारों के कष्ट पीड़ा दूर करें। यही दास की दक्षिणा होगी।' जीवक की चारित्रिक श्रेष्ठता, औषधीय एवं रोग ज्ञान से गर्वीले तान्त्रिक का घमंड चूर–चूर हो आया। पुनः शीश झुका प्रणाम किया।

पूरी तरह से स्वस्थ हो जाने के बाद महाराज प्रद्योत ने जीवक के प्रति आभार प्रगट करने के लिए राजसभा में सम्मान समारोह का आयोजन किया। दरबार में अपने सिंहासन की दायीं ओर की आसंदी पर जीवक को बैठाया। महादेवी देवप्रिया ने तिलक लगा, रत्नजड़ित माला पहना आरती उतारी। सोने से मढ़ा नारियल व सोने, चाँदी,

मोतियों टँका अंगवस्त्र समर्पित किया। चाँदी की थाली में अन्य उपहार प्रदान किये। प्रशस्ति–पत्र भी दिया गया।

महामात्य वर्षाकार ने महाराज की ओर से वैद्य शिरोमणि एवं देशिकोत्तम की उपाधि प्रदान कर निवेदन किया, 'अवन्तिराज की तीव्र इच्छा है कि महामान्य, सदी के श्रेष्ठतम् वैद्य जीवक जी, अवन्ति राष्ट्र के राजवैद्य का पद सुशोभित कर महाराज को उपकृत करें तो महती कृपा होगी। मगधराज बिम्बिसार जो वेतन देते हैं उससे दुगना वेतन अवन्ति महाजनपद प्रदान करेगा। निवास के लिए भव्य प्रासाद, रथ, अंगरक्षक एवं सेवा में दास–दासियाँ चौबीस घड़ी उपस्थित रहेंगे। अतः महाराज एवं राजसभा का नम्र निवेदन है कि हम सबकी प्रार्थना स्वीकार कर उपकृत करें।

करतल ध्वनि से राजसभा ने समर्थन किया। तालियाँ समाप्त होते ही सभा में शान्ति पसर गयी। सम्मान का उत्तर देने जीवक खड़े हुए तो उत्सुक नज़रें निहारने लगीं।

'महामहिम महाराज प्रद्योत, महादेवी देवप्रिया, महामात्य वर्षाकार एवं अवन्ति महाजनपद के सम्मानीय सदस्यगण। दास को महामहिम ने जो अल्प सेवा का अवसर प्रदान किया उसके लिए दास ह्रदय से आभारी है। क्षमा प्रार्थना के साथ अवन्ति के श्रेष्ठपद के प्रस्ताव को दास भरे मन से मानने में असमर्थ है। आप सभी को विदित है कि मुझ अनाथ बालक को राजगृह के श्रेष्ठ कौशिक ब्राह्मण श्वेतक़ेतुजी एवं माता सावित्र ने अपना पुत्र बना पालन–पोषण किया। वे अत्यन्त वृद्ध हो चुके हैं। मेरे अलावा उनका कोई नहीं है। उनकी सेवा मेरा कर्तव्य है। मुझ अनाथ की शिक्षा का सारा ख़र्च मगधराज हर्यश्व ने उठाया है। आज मैं जो भी हूँ, उनकी महती कृपा से हूँ। मुझ अकिंचन को तक्षशिला के प्रसिद्ध विश्वविद्यालय में शिक्षा दिलायी। मगध का मुझ पर क़र्ज़ है। उसे चुकाना दास का कर्तव्य है। अतः विन्रमतापूर्वक, दुखी मन से महाराज प्रद्योत एवं आप सबको इनकार कर रहा हूँ। क्षमवस्य। अवन्ति के प्यार का ऋण कैसे चुकाऊँगा नहीं जानता। महाराज जब भी आदेश देंगे दास सेवा में उपस्थित हो जायेगा।'

बात समाप्त करते हुए जीवक का गला भर आया। सभा और राजपरिवार भी भावविगलित हो आया।

'जैसी आपकी इच्छा।' घमंडी प्रद्योत, राजपरिवार, अमात्यमण्डल, सभासद जीवक को उज्जयिनी की सीमा तक छोड़ने गये।

प्रशिक्षण के बाद भैरवानन्द ने जयन्ती का इलाज व दवाइयाँ बदलीं। नये तन्त्र–मन्त्र का उपयोग किया। मगर लाभ नहीं हुआ। तन्त्र, मन्त्र, दवाइयाँ तीनों काम नहीं कर रही थीं। महागुरु हैरान–परेशान हो आये। समझ गये, जयन्ती जल्द स्वस्थ नहीं होगी। मनुष्य के क्रियाकलापों, भाग्य को तीसरी अद्‌भुत ताक़त नियन्त्रित करती है। वह इतनी प्रभावशाली है कि सदी के देशमान्य, श्रद्धेय जीवक जैसे वैद्य शिरोमणि को भी दुनिया से चिर विदाई लेनी पड़ी। बड़े–से–बड़े वैद्य, तान्त्रिक, सन्त, संन्यासी, त्यागी, शौर्यवान, धनपति, सम्राट, सामन्त भी उस तीसरी शक्ति के सामने बेबस हैं। मानव नर धर्मा हैं। मौत के सामने महागुरु ने घुटने टेक दिये।

महागुरु के मठ में भक्तों श्रद्धालुओं का ताँता लगा रहता था। हर किसी को किसी–न–किसी वस्तु की ज़रूरत रहती थी। उनकी लालसा, इच्छा महागुरु ही पूरी कर सकते थे। भैरवानन्द उनकी कमज़ोरी का निस्संकोच फायदा उठाते। कुछ पाने के लिए कुछ देना पड़ता है। भक्त भी इसे जानते थे। जयन्ती की जगह दूसरी कापालिका की व्यवस्था करना अत्यन्त आवश्यक था। आने वाले भक्तों में से ही किसी परिवार की सुदर्शन, कापालिका के लक्षणों से युक्त, कन्या का चयन किया जाना था। भक्तों की भीड़ में उनकी तीखी दृष्टि योग्य कन्या की खोज में लगी रहती। शीघ्र ही पूरी हुई।

उज्जयिनी का श्रेष्ठी देवीदत्त उनका अनन्य भक्त था। भैरवानन्द की भी उस पर महती कृपा थी। समय निकाल महागुरु के आशीर्वाद हेतु मठ आया करता था। इस बार पत्नी तारा और बेटी रेवती को भी आशीष दिलाने साथ लाया। रूपसी, गौरवर्णा, षोडशी रेवती कापालिका की खोज में चिन्तित महागुरु के दृष्टिपथ पर आ खड़ी हुई। कई पल अपलक निगाहें ताकती रह गयीं। तरुणी रेवती का गोरा–गुलाबी वर्ण,

रूमानी दीर्घ नयन, चौड़ा भाल और पुष्ट, उन्नत नुकीले उरोज, कमनीय कन्धे, पतली कटि और भरे–भरे गोल नितम्ब। ऊपर से अक्षत योनि। भगासन साधना के अत्यन्त उपयुक्त कापालिका। मोहिनी वशीकरण मन्त्र शक्ति को जगाया।

महागुरु को माल्यार्पण कर नारियल, फल, मिष्ठान, गुरुदक्षिणा अर्पित कर भावविगलित देवीदत्त ने करबद्ध प्रार्थना की, 'भगवन्! दास की तुच्छ श्रद्धा भक्ति स्वीकारें।' चरण स्पर्श किये। बेटी रेवती को प्रणाम करने हेतु आगे किया, 'महाप्रभु! ये आपकी दासी रेवती, प्रणाम करो बिटिया।'

नेत्रों की मोहिनी रेवती के कजरारे–रतनारे नयनों में डाली। प्रणाम के लिए लता–सी झुक रही कमनीय काया के रेशमी कन्धे थामे। भैरवानन्द के कामुक स्पर्श से रेवती की इन्द्रियाँ मादक सिहरन से झनझनाने लगीं। बड़े प्यार से 'आयुष्मती भव, चिरंजीव भव! भगवान् कालभैरव का कृपा आशीष तुम पर सदा बना रहे।' हवा में हाथ लहराते ही कमल, मोगरे, जूही के फूलों की सुरभित माला हथेली में आ गयी। प्यार से रेवती के गले में पहनाई। मन्त्रमुग्ध तरुणी देखती ही रह गयी।

'आसन ग्रहण करो देवीदत्त!'

'जो आज्ञा देव!' अगली क़तार में बैठ गये। श्रेष्ठी देवीदत्त की आँखों में आँखें डाल उसके मन की हलचल उजागर करने लगे, 'तुम नगरश्रेष्ठी बनना चाहते हो? इतना ही नहीं वैशाली गणतन्त्र के नगरश्रेष्ठी अनाथ पिण्डक के समान देशमान्य बनने की इच्छा है, ताकि प्रद्योत की राजसभा के सम्मानीय सदस्य बन सको? हम ठीक कह रहे हैं ना देवीदत्त?'

'मेरी मन की इच्छा का पता भगवन् को कैसे चल गया?' देवीदत्त मन ही मन चौंका। आख़िर भगवन् हैं उनके लिए सब सम्भव है।

'होगी। तेरी ये दिली इच्छा अवश्य पूरी होगी। भगवान् महाकाल भैरव से कुछ पाने के लिए उनकी सेवा में कुछ भेंट देनी पड़ेगी। कुछ लेने के लिए कुछ देना पड़ेगा। संसार लेन–देन पर ही चलता है।'

'महाप्रभु जो आदेश देंगे। दास पूरा करने की भरसक कोशिश करेगा।'

'तुम्हारी इच्छापूर्ति के लिए भगवान् कालभैरव की विशेष साधना–पूजा करनी पड़ेगी।'

'देव। जो भी व्यय होगा दास यथाशक्ति देने को तैयार है।'

'मूर्ख। भगवान भैरव के होते तू हमें क्या ख़र्च देगा? ले। अलख निरंजन, भव भय भंजन, जय कालभैरव।' हवा में हथेली लहराते ही वह कुछ स्वर्ण मुद्राओं से भर गयी। उन्हें देवीदत्त की ओर फेंका, 'ले, सँभाल।'

भयभीत वणिक अभिभूत हो आया, 'क्षमवस्य देव! आप कृपालु उदारमना है। भक्तों के प्रति स्नेह रखते हैं। दास की मूर्खता क्षमा करें देव।' चरण पकड़ लोट गया।

'बस...बस...उठ। भगवान् कालभैरव तेरी दिली इच्छा अवश्य पूरी करेंगे। लेकिन...। तू जानता है प्रद्योत घोर घमंडी, गुस्सैल, उग्र, अस्थिर चित्त है। रास्ते पर लाने हेतु अर्धरात्रि में श्मशान जगाने हेतु विशेष साधना करनी पड़ेगी।' रुके, 'इस हेतु साधना संगिनी लगेगी।'

'दास प्रबन्ध कर देगा महाप्रभु। दासियों के पण्य बाज़ार से ख़रीद लाऊँगा।'

'वज्र मूर्ख है तू देवीदत्त।' मनोबल तोड़ने हेतु जानबूझ कर अपमानजनक शब्दों का उपयोग कर रहा था, 'चाहे जो लड़की साधना संगिनी नहीं बन सकती। सोलह लक्षणों से युक्त, अक्षत योनि, उच्च कुल वर्ण की षोडशी ही सफलता दिलाएगी। और...। रुका आँखों में आँखें डाल वशीकरण द्वारा वशीभूत करने लगा, 'इस हेतु रति उपयुक्त है।'

'रति...? कौन रति महाप्रभु?'

'तेरी बेटी। सर्वगुण सम्पन्न होने से साधना संगिनी बनने के सर्वथा योग्य है। अलख....निरं...जन...जय...कालभैरव।'

'महाप्रभु का आदेश शिरोधार्य है।' वातावरण वशीकरण से प्रभावित देवीदत्त ने हाँ तो कह दिया। फिर घबराया, परिवार, समाज को क्या उत्तर देगा?

'अलख...निरंजन...भव...भय...भंजन...जय...कालभैरव ने मनोबल तोड़ दिया। हथेली लहराते ही भभूति से भर गयी। फूँक से देवीदत्त की ओर उड़ायी, नगरश्रेष्ठी बनने की तेरी इच्छा भगवान् कालभैरव अवश्य पूरी करेंगे।' इच्छापूर्ति हेतु बेटी रेवती को भगवान के चरणों में समर्पित कर दिया। मठ और भैरवानन्द को अपनी नियति मान रेवती ने न चाहते हुए भी मंजूर कर लिया। नारी गाय होती है। मालिक जिसे उसकी डोरी थमा दे वहाँ जाना पड़ता है। एक पिता ने अपनी महत्त्वाकांक्षा की पूर्ति के लिए बेटी को दाँव पर लगा द्रौपदी बना दिया।

भैरवानन्द की सुगठित देह, प्रखर व्यक्तित्व, लोक में भगवान रूप में पूजित, तान्त्रिक सिद्धियों ख़ासकर मदिरा से गरगराते बड़े–बड़े सम्मोहित करने वाले लाल नयनों ने रेवती को भयजनित मोहाविष्ट कर लिया। उसकी आँखों में आँखें डाल देखते तो अवश मन न चाहते हुए भी उनकी ओर खिंचा चला जाता। इन्द्रियाँ तनतनाने लगतीं। उन्हें भगवान् कालभैरव का अवतार मान भक्ति करने लगी। चतुर, घाघ योजनाबद्ध तरीक़े से रेवती को कापालिका बनाने में लग गया। भगवान् कालभैरव की पूजा के समय साथ रखने लग। ब्रह्ममुहूर्त में उठा टिमटिमाते तारों के उजास में शिप्रा स्नान हेतु जाने लगे। रास्ते भर ॐ... भैरवाय...नमः मन्त्र का जाप चलता रहता। स्नान के बाद पूजन प्रारम्भ होता। धूप, दीप, कुमकुम, अबीर, गुलाल, सिन्दूर, पुष्पमाला से घण्टी बजाते पूजन करते। भगवान् कालभैरव को मदिरा का प्रसाद अर्पित किया जाता। उसे गुरुदेव कापालिका को प्रदान करते। प्रसाद का अपमान नहीं किया जाता। बचपन से मिली शिक्षा का पालन न चाहते भी करना पड़ता। मदिरा की कडुवाहट से जीभ, कण्ठ, आहार नली और उदर तक कडुवाहट की रेखा जलन पैदा करती। उल्टी करने को जी मचलाता, लेकिन देव दण्ड के भय से मन मार ध्यान लगाने का असफल प्रयत्न करती। कडुवाहट धीरे–धीरे ख़त्म हो जाती। मदिरा रक्त में घुल जाने पर इन्द्रियाँ सनसनाने लगतीं। कमनीय गोरा–गुलाबी मुख अधिक लाल हो गरगराने लगता। बड़ी–बड़ी आँखों में मादकता छा जाती।

मदिरा प्रसाद के ज़रिये चालाक भैरवानन्द मदिरापान का अभ्यस्त बना रहा था। मदिरा देते समय कहता, 'कपालिके रति। प्रसाद ग्रहण करते समय भगवान् कालभैरव की छवि का ध्यान करो।'

'जो...जो...आ...आज्ञा...गुरु...देव...जो...आज्ञा!' मदमाते नयनों से मूर्ति को निहार नेत्र बन्द कर ध्यान में छवि उभारने का असफल प्रयत्न। भगवान् कालभैरव तो नहीं हाँ गुरु...भैरवानन्द की छवि अवश्य मन–मस्तिष्क पर क़ब्ज़ा कर लेती। नारी मनोविज्ञान का जानकार भैरवानन्द बिल्ली, लोमड़ी–सा सावधानी, सतर्कतापूर्वक क़दम बढ़ा रहा था। झपट्टा मार दबोचने के लिए। जब विश्वास हो गया कि रति मदिरापान की अभ्यस्त हो गयी है विरोध नहीं करेगी, तब झपट्टा मारा। यदि सन्तान माता–पिता की कमज़ोरी है तो माता–पिता व परिवार की कल्याण कामना भी सन्तान की कमज़ोरी है। हमलावर इसका पूरा फायदा उठाता है।

भैरवानन्द जानता था रति कमसिन है। भय से विरोध भी करेगी। उसके भयभीत मन पर समय बीतने के साथ विजय पा लेगा और विजय पा ली।

तान्त्रिक साधना के लिए अमावस्या की गहन काली रात उपयुक्त होती है जो आ पहुँची।

'रति!'

'भगवन्!'

'प्रद्योत तेरे पिता देवीदत्त को नगरश्रेष्ठी की उपाधि प्रदान करे। साथ ही उसे राज्यसभा का सदस्य नामित करे, इस हेतु आज रात भगवान् कालभैरव की साधना, उपासना कर आशीष लेना पड़ेगा। तैयार रहना!'

'जो आज्ञा देव।'

रति को मानसिक रूप से तैयार करने के बाद आधी रात के कुछ पहले रति को जगाया। दोनों ने स्नान कर नये वस्त्र धारण किये। रति को पत्नी के समान बायीं ओर बैठा पूरे विधि–विधान एवं सांगोपांग रीति द्वारा तान्त्रिक पूजा नियमों से मन्त्रोचार के साथ पूजा आरम्भ की।

हवन में ओम...भैरवाय...नमः...स्वाहा...ओ...म...भैरवाय...नमः...स्वाहा... मांस–मदिरा की आहुतियाँ दीं। मूर्ति कक्ष एवं अमावस्या के अँधेरे, दीप, यज्ञ की अग्नि के उजाले, हवन–सामग्री की गन्ध ने रहस्यमय वातावरण निर्मित कर दिया। हवन की समाप्ति के बाद मदिरा का भोग लगा थोड़ी देर ध्यान किया। रति आँखें मूँदे ध्यानमग्न थी। भैरवानन्द ने एक पात्र में रति को मदिरा का प्रसाद देने के पहले कामेच्छा जगाने वाला चूर्ण मिला दिया।

'रति!'

'महाप्रभु....!'

'भगवान् कालभैरव का प्रसाद ग्रहण करो।' पात्र थमा दिया।

आँखें मूँदे रति ने मदिरापान किया। भैरवानन्द ने भी प्रसाद ग्रहण किया। मदिरा के उदर में पहुँचते ही रति की इन्द्रिया कामेच्छा से सनसनाने लगीं। कामुक निगाहों से भैरवानन्द को निहार देह भोगने हेतु आमन्त्रित करने लगी। भैरवानन्द इसी की राह देख रहे थे। तुरन्त रति को निर्वस्त्र किया। उसकी गोरी गुलाबी कमनीय चाँदनी देह की उजास से पूजा कक्ष और भैरवानन्द की कामवासना आलोकित, उत्तेजित हो आयी। ऊँ...भैरवाय...नमः मन्त्र का जाप करते रति के योनि द्वार से उसकी रेशमी काया में प्रवेश कर भगासन मुद्रा में साधना करने लगे। सुमरिनी ले, नेत्र मूँद, चित्त की वृत्तियों विशेषकर इन्द्रियों को खींच भगवान् कालभैरव की छवि पर ध्यान केन्द्रित किया ताकि स्खलन न हो सके। रसभंग के अभ्यस्त भैरवानन्द सफल हुए। परन्तु रति विकल हो आयी। इन्द्रियों में व्याकुलता फैल गयी। जल्द छुटकारा पाना चाहती थी। मगर कुछ नहीं सूझ रहा था। लाचार पड़ी रही। ऊँ भैरवाय...नमः...ओ...म...भैरवाय...नमः ही सुनाई दे रहा था। चंचल मन पर क़ाबू पाने ख़ासकर वर्तमान दशा से छुटकारा पाने हेतु आँख मूँद मन्त्र जाप करने लगी। उस रात के बाद सम्बन्धों के समीकरण बदल गये।

* * *

संयम व शील निद्देश्य का अनिवार्य एवं पहला महत्त्वपूर्ण सोपान है। इन्द्रिय निग्रह संयम से ही सम्भव हैं। संयम से ही इन्द्रियों को अनुशासित किया जा सकता है। आलस्य, प्रमाद को भी नियन्त्रित किया जा सकता है। वाणी संयम विश्व मैत्री की पहली एवं महत्त्वपूर्ण सीढ़ी है। जिह्वा संयम सभी प्रकार की विसंगतियों, यहाँ तक कि वाणी हिंसा से रक्षा करता है। जिह्वा के दो तत्त्व हैं स्वाद एवं वाचा। स्वाद का असंयम दैहिक कष्ट एवं दुःख का कारण बनता है। इसी प्रकार वाचा का असंयम परपीड़क है। क्रोध, ईर्ष्या, घृणा वाचा संयम के मूल में होते हैं। ये वाणी के माध्यम से व्यक्त होते हैं। शत्रुता के जनक हैं। अतः वाणी जिव्हा मानव देह का महत्त्वपूर्ण अंग है। देह के स्वास्थ्य एवं बातचीत के व्यवहार दुख से रक्षा हेतु संयमशील निद्देश्य महत्त्वपूर्ण अंग है। ...सन्तुष्टि, सत्यनिष्ठ भयमुक्त होता है। भय भी दुःख का कारण है। कटु वचन भयभीत दुःखी करते हैं। उनसे बचना चाहिए।

मनमोहक आभा से आलोकित मुखमण्डल। स्नेह, वात्सल्य, करुणा से ओत–प्रोत दीर्घ नयन। सम्बोधि के सारे समय अधरों पर खिली रहने वाली मोहक मुस्कान। आत्मीय, मीठी मधुर वाणी आत्माओं को शान्ति प्रदान कर रही थी। तथागत के प्रवचनों का माधुर्य एवं धर्म की कर्मकाण्ड विहीन आचरणीय नयी परिभाषा पीड़ित, दुःखी, मृत्यु से भयभीत मानव को आश्वस्ति का नया मार्ग सुझाती थी। इससे प्रभावित एवं प्रेरित राजधानी राजगृह की जनता, महाराज बिम्बिसार, महारानी चेलना, अवन्ति के राजपुरोहित महाकात्यायन से लेकर नगर के गणमान्य ही नहीं तथागत बुद्ध के अत्यन्त प्रिय अछूत भी प्रतिदिन आत्मा की शान्ति एवं सांसारिक छल–छद्म से मुक्ति पाने हेतु हर दिन सत्संग के लिए आते थे। लेकिन सांसारिक चिन्ताएँ इतनी जल्दी पीछा नहीं छोड़तीं। प्रवचन में भी साथ चली आती थीं। महाराज बिम्बिसार अपवाद नहीं थे। आत्मा की शान्ति के लिए हर दिन आते ज़रूर थे। मगर पुत्र राजकुमार अजातशत्रु की चिन्ता साथ आ जाती। उनकी अनुपस्थिति में मन्त्रणा में अमात्यों–सेनापति आदि के साथ क्या षड्यन्त्र रच रहा होगा? चिन्ता प्रवचन में मन नहीं लगने देती।

ध्यानमग्न सुनने का प्रयत्न तन्मयता को भंग कर देता था। राज्य का उत्तराधिकारी न हो तो दुःख। होकर अयोग्य निकल जाये तो दुगना दुःख। बिम्बिसार की देह अवश्य प्रवचन में आती थी। लेकिन मन राजमहल में ही छोड़ आते थे।

महादेवी अवश्य तन्मयता से सम्बोधि मोती से एक–एक शब्द को राजहंसिनी–सा आत्मा की सीपी में स्थायी जगह देती थीं। कमल पुष्प के समान उनकी आत्मा कीचड़ से ऊपर रहती। गोरे–गुलाबी मुखमण्डल, रतनारे नयनों की आभा इसकी गवाही देती। श्रद्धा–भक्ति से तथागत के वचनों के साथ उनकी भावप्रवण छवि को भी आत्मा में बसाने का प्रयत्न करतीं। उनकी देह ही नहीं आत्मा भी प्रवचन स्थल में साथ रहती थी।

अपने दुर्धर्ष स्वामी महाराज चण्डप्रद्योत से छुटकारा पाने हेतु तथागत बुद्ध के सान्निध्य का सहारा लेने राजपुरोहित महाकात्यायन राजगृह आये थे। प्रवचन हेतु वे भी हर दिन राजपरिवार के साथ आते। प्रवचन सुनते, पर मन भटक जाता प्रद्योत का भूत आ खड़ा होता। बिम्बिसार को पद्‌मावती को ले आने का वचन तो दे दिया। मगर प्रद्योत के लौह पंजे से लाने की राह दिखाई नहीं दे रही थी। बार–बार मन लगाने की कोशिश करते। मगर उचट जाता। अन्य सामान्य जन मन लगा कर दत्तचित्त प्रवचन सुन रहे थे। उनकी मुखमुद्राएँ परिचायक थीं।

'प्राणिमात्र की आत्मा देह का जाग्रत तत्त्व है। व्यक्ति के असत्य सम्भाषण को पकड़ ही नहीं लेती, रोकती भी है। लेकिन स्वार्थ पराजित कर देता है। बोले जा रहे, किये जा रहे असत्य आचरण से त्रस्त हो उठती है। भय की प्रदाता है। असत्य आचरण से मुखमुद्रा बदल ही नहीं जाती पकड़ में भी आ जाती है। असत्य भाषण व आचरण दुःख का कारण है। उससे छुटकारा पाने के लिए शील निद्देश का पालन करें।'

बिम्बिसार अमृत सम्बोधि में मन लगाने का जितना प्रयत्न करते भटक कर राजमहल जा पहुँचता। उनका सन्देह सही था। पिता सम्राट और महादेवी माँ के प्रवचन हेतु प्रस्थान करते ही अजातशत्रु

तत्काल सेनाध्यक्ष सामन्तभद्र और गुप्तचराध्यक्ष कुमार विजय को मन्त्रणागृह में बुला भेजा।

'महाप्रभु की जय हो!' प्रणाम के साथ कक्ष में प्रवेश किया, 'क्या आदेश है देव!'

'आसन ग्रहण कीजिए!' उनके बैठते ही–'सेनापति सामन्तभद्र।'

'देव!'

सामन्तभद्र आयु में महाराज बिम्बिसार के समकक्ष थे। महाराज भी बड़े आदर से अपने सेनापति को सम्बोधित करते थे। पिता महाराज के विरुद्ध अजातशत्रु घमण्डी, उतावला, अति महत्त्वाकांक्षी एवं युवराज पद की उच्चता की भावना से पीड़ित था। बड़े–से–बड़े पदाधिकारी को भी सेवक मान व्यवहार करता था। उससे सभी त्रस्त थे। लेकिन राजकीय सेवक होने से तथा सम्राट के प्रति श्रद्धा होने से सहन कर रहे थे। महाराज और महादेवी सन्तान–सा स्नेह देते थे।

'सेनाध्यक्ष महोदय, इसमें कोई सन्देह नहीं कि मगध महाजनपद को साम्राज्य एवं पिता महाराज को सम्राट का सम्मान प्राप्त है किन्तु यह शोभा मात्र है। मगध की सीमाओं का विस्तार किये बिना उसका साम्राज्य बनना और पिता महाराज का वास्तविक सम्राट बनना सम्भव नहीं।'

'देव का कथन सत्य है।'

दीवार पर टँगे मानचित्र की ओर अजातशत्रु ने ध्यान आकर्षित किया, 'मगध की सीमाएँ वैशाली गणतन्त्र, काशी, कौशाम्बी, वत्स आदि से जुड़ती हैं।' बात को वजन देने हेतु रुका, 'इन्हें मगध में मिलाने पर ही वह सच्चे अर्थों में साम्राज्य बनेगा।'

सामन्तभद्र, कुमार विजय दंग रह गये।

'देव! ये मगध के मित्र देश हैं।'

'राजनीति, कूटनीति में न तो कोई स्थायी मित्र होता है, न स्थायी शत्रु होता है तो केवल अपने देश का स्वार्थ लाभ। उसके लिए उठाया क़दम जायज़ होता है। मित्रता की चिन्ता छोड़ दें सेनाध्यक्ष महोदय!'

'देव!'

'सैन्य शक्ति ही साम्राज्य विस्तार में सहायक होगी। सेना में नयी भर्ती कर उसकी ताक़त बढ़ायें।'

'जो आज्ञा देव!'

कहना तो चाहते थे कि इसके लिए महामहिम सम्राट, महामात्य, वित्तमन्त्री, अमात्यमण्डल आदि की अनुमति लेनी पड़ेगी। मगर साहस नहीं हुआ। जानते थे सन्तान मोह से लाचार थे सम्राट।

'और आप कुमार विजय, वैशालीगण राज्य में गुप्तचरों का जाल बिछा दें। हमारा पहला निशाना लिच्छवि गणराज्य होगा। छोटी–बड़ी सभी प्रकार की सूचनाएँ एकत्र करें। गण सदस्यों में फूट डालने हेतु साम, दाम, दण्ड, भेद का उपयोग करें।'

'जो आज्ञा देव!'

'और हाँ। आज की चर्चा गोपनीय रहे। सार्वजनिक होने पर प्राणदण्ड।'

ऊहापोह में पड़े रहने की अपेक्षा उज्जयिनी जा देवी पद्मावती के राजगृह चलने हेतु उनका विचार जानना अत्यन्त ज़रूरी है। स्वीकृति के बाद ही परिस्थितियों के अनुरूप योजना बनाना उचित होगा। महाकात्यायन विचार मन्थन करने लगे।

'दास को उज्जयिनी जाने की अनुमति प्रदान करें देव!'

बिम्बिसार चौंके, 'अचानक उज्जयिनी वापस क्यों जा रहे हैं? आप तो स्थायी रूप से रहने आये हैं?'

'रहूँगा तो यहीं। लेकिन दास ने देवी पद्मावती को राजगृह लाने का जो वायदा किया है उसे भी पूरा तो करना है।'

'शेर के जबड़े से छुड़ा पायेगे?'

'प्रयत्न तो करूँगा। देवी पद्मावती के राज़ी हो जाने पर प्रयत्न अवश्य ही सफल होगा। वहाँ की परिस्थिति के अनुरूप योजना बनाऊँगा।'

'सतर्कतापूर्वक काम करिएगा, चण्डप्रद्योत को हमारी अपेक्षा आप अधिक जानते हैं।'

'निश्चिन्त रहें देव। महाकाल प्रभु सब ठीक करेंगे।' प्रणाम कर उल्टे पग चल दिये।

महाकात्यायन के उज्जयिनी पहुँचने के पहले हालात बदल चुके थे। नगर में भंयकर मारकाट, पकड़–धकड़ चल रही थी। भयभीत लोग जान बचाने हेतु घरों में बन्द हो रहे थे। कुछ नगर छोड़ बाहर अपने परिजनों के यहाँ शरण लेने चले गए। किसी भी सन्दिग्ध को तत्काल बन्दी बना लेते। ख़ासकर शिप्रा पार के कालमुखों, कापालिकों तथा अघोरियों तथा उनके शिष्यों–भक्तों, अनुयायियों को खोज–खोज कर बन्दी बना रहे थे। अफ़रातफ़री मची थी। परिज़नों, परिचितों, मित्रों से महाकात्यायन ने जानकारी एकत्र की। अफ़रा–तफ़री में राजनर्तकी को निकाल कर ले जाया जा सकता है। हालात अनुकूल लगे। इसके लिए कापालिका भैरवानन्द को धन्यवाद दिया।

कौलाचार्य महागुरु भैरवानन्द हर सोमवार भगवान् शिव के रुद्राभिषेक, पूजन, अर्चन हेतु महाकाल मन्दिर जाते थे। उनके आराध्य भगवान् कालभैरव शिव के अवतार थे। पंचमकार साधना संगिनी रति साथ रहती। रति के कारण साधना में सफलता की सन्तुष्टि मिल रही थी। शिष्यों, भक्तों से घिरे भैरवानन्द के मन्दिर जाते और दर्शन से लौटते समय उनके व्यक्तित्व की आभा, साधना में मिली सफलता से प्रभावित, प्रेरित आमजन चरण स्पर्श कर आशीष ले रहे थे। दिव्य भाल काले एवं रक्त चन्दन से सुशोभित था। चौड़ी छाती पर रुद्राक्ष एवं फूलों की माला, भुजाओं पर सजे रुद्राक्ष के भुजबन्ध, सिंह की खाल कटि वस्त्र बनी थी। दायें हाथ में त्रिशूल और बायें में खप्पर। श्रद्धालु माल्यार्पण कर चरण छूते। अलख...निरंजन के साथ खप्पर को हवा में हिलाते ही फूल, फल, भस्म से वह भर जाता। भक्तों में बाँट देते। श्रद्धापूर्वक शीश से लगा ग्रहण कर लेते।

भैरवानन्द के कारण मार्ग पर उमड़ी भीड़ से राह रुकने लगी। यातायात बाधित होने लगा। सशस्त्र सैनिकों से घिरे राजपुत्र कुमारसेन शिकार से लौट रहे थे। मार्ग को अवरुद्ध पा नाराज़ हो आये, 'भद्रक'।

'देव!'

'उस पाखण्डी साधू ने मार्ग अवरुद्ध कर रखा है। तत्काल खाली करायें। सीधी तरह से न माने तो तत्काल बन्दी बना लेना।' भद्रक कुछ सैनिकों के साथ आगे बढ़ा। कुमारसेन के अपमानजनक शब्दों ने भैरवानन्द को भी क्रोधित कर दिया। सैनिकों को आते देख लोग स्वयं इधर–उधर होने लगे। अलख...निरंजन के साथ मन्त्र बुदबुदाते खप्पर को हवा में घुमाते ही उसमें की वस्तुएँ गायब हो गयीं। खप्पर दुर्गन्धित मानव मल से भरते ही कापालिका ने भद्रक एवं सैनिकों पर फेंका। गन्दगी से भीग जाने से पीछे हट गये। कुछ छींटे कुमारसेन पर पड़ने से वह आगबबूला हो आया।

'भद्रक! उस उद्दण्ड का तुरन्त सिर काटो।'

भयभीत भीड़ भाग खड़ी हुई। भद्रक के तलवार निकाल आगे बढ़ने के पहले फुर्ती से भैरवानन्द ने त्रिशूल राजकुमार कुमारसेन की ओर फेंका। त्रिशूल सीधा छाती में धँस गया। ख़ून के फव्वारे से छाती व गोरा–गुलाबी आकर्षक मुख नहा उठा। मृत देह धूल में गिर धूसरित हो आयी। तेज़ चीत्कार से वातावरण गूँज उठा। तेज़ी से आगे बढ़ भैरवानन्द भद्रक को घोड़े से खींच ज़मीन पर पटक उछलकर अश्व पर जा बैठे। झुक कर पास खड़ी रति की कमर में हाथ डाल खींच कर सामने बैठा लिया। मन्त्र बुदबुदाते अश्व को एड़ लगायी। वह उछला और उड़ी मारी। रति, सैनिक, भीड़ के चलते लोग कुछ समझते–सँभलते उसके पहले ही पलक झपकते अश्व सैनिकों के सिर के ऊपर से उड़ता दूर सड़क पर उतर शिप्रा की ओर सरपट दौड़ गया। तट पर पहुँचते ही भैरवानन्द के पुनः एड़ लगाते ही अश्व ने उड़ी मारी। हवा में तैरते हुए दूसरे किनारे की ओर उड़ चला। शिप्रा स्नान करते, कपड़े धोते, घाट के देवालयों में पूजा–अर्चना करते तीर्थयात्री भयचकित देखते रह गये। किसी को कुछ समझ में नहीं आया। सारा घटनाक्रम अकल्पनीय व मानव सोच के परे था। सब भय चिन्तित स्तब्ध देखते रहे। दूसरे किनारे पर अश्व के पैर टिकते ही भैरवानन्द के पुनः एड़ लगाते ही घोड़ा उछला, उड़ी मारी और सघन वन में खो गया।

भयभीत लोग, जान बचा भाग लिए। व्यापारियों ने दुकानें फटाफट बन्द कर दी। सड़क पर खेलते बच्चों को घर में खींच खिड़की–दरवाज़े तुरन्त बन्द कर लिए। सारे नगर में डरावना, श्मशानी सन्नाटा पसर गया। एकदम किसी की समझ में कुछ नहीं आया। पलक बन्द होने के पहले सब कुछ तेज़ी से घट गया था। घटना शीघ्र अफ़वाह बन गयी। 'बन्धु मैंने अपनी आँखों से देखा। तुम विश्वास नहीं करोगे। भगवान् भैरवानन्द के मन्त्र पढ़ते ही अश्व के पंख निकल आये। एड़ लगाते ही वह आकाश में उड़ शीघ्र गायब हो गया।'

'क्या बोलते हो तपन? कहीं घोड़े के पंख निकलते हैं? क्यों ऊँची दे रहे हो।' भीड़ में से किसी ने प्रश्न पूछा।

'हाँ। शिप्रा में स्नान करते समय मैंने भी अश्व को आकाश में भगवान् भैरवानन्द के साथ उड़कर गायब होते देखा।'

जिस समय वेश बदल महाकात्यायन नगर में पहुँचे। अफ़रातफ़री मची हुई थी। लोग भाग कर घटना स्थल की ओर जा रहे थे। राजनर्तकी के द्वार रक्षक भी गायब थे। अनेक दास–दासियाँ भी घटना की जानकारी लेने में लगे थे। राजनर्तकी का प्रासाद सूना और अरक्षित था। हालात अनुकूल थे। जानते थे देवी पद्मावती अपने व्यक्तिगत कक्ष में होंगी। सीधे वहीं जा पहुँचे। पद्मावती खिड़की के बाहर सड़क पर भाग–दौड़ करते लोगों को देख रही थी। भालों से सैनिक उन्हें भगा रहे थे। किसी के पकड़ में आने पर दौड़ा–दौड़ा कर पीट रहे थे।

'देवी की जय हो। दास अन्दर आने की अनुमति चाहता है।'

चौंकी पद्मावती पलटी। राजपुरोहित को देख प्रसन्नता से गोरे–गुलाबी मनोहारी मुख की आभा दुगनी हो आयी, 'आह, कात्यायन जी पधारिए। आपको अनुमति की ज़रूरत कब से पड़ गयी?' आगे बढ़ स्वागत किया।

'दास का प्रणाम स्वीकारें।' प्रणाम के साथ प्रवेश किया।

'आसन ग्रहण करिए।' दोनों बैठे, 'आप तो भगवान् तथागत के दर्शनार्थ राजगृह पधारे थे। अचानक वापस?'

'देवी को लेने आया हूँ।'

'कहाँ ले जाना चाहते है?' पुनः चौंकी।

'राजगृह। आप को विदित ही है देवी कि मगध की राजनर्तकी देवी शालवती प्रव्रज्या ग्रहण कर भिक्षुणी बन गयी हैं। मगध की राजनर्तकी का पद रिक्त है। मगधराज चाहते हैं आप उसे सुशोभित कर सम्राट बिम्बिसार को उपकृत करें।'

'अवन्ति नरेश प्रद्योत ऐसा क्यों होने देंगे? पता चलते ही हम दोनों को सूली पर लटका देंगे। ब्राह्मण देवता अपने प्राण संकट में न डालें।'

'देवी का कथन सत्य है। इन दिनों उज्जयिनी के जो हालात हैं उनसे देवी परिचित हैं। कापालिक–कालमुखों, अघोरियों के मठ, संस्थान नष्ट कर दिये हैं। उनमें आग लगा दी है। उन्हें ही नहीं उनके अनुयायियों, भक्तों, उन पर श्रद्धा रखने वालों को भी दण्डित किया जा रहा है। कारागार में डाल रहे हैं। किसी पर थोड़ा–सा भी सन्देह होने पर प्रताड़ित कर रहे हैं।' कुछ पल रुके, 'देवी भी तान्त्रिकों पर श्रद्धा...।'

अधूरी बात सब कुछ कह गयी। भय से, चिन्ता से कमनीय रेशमी काया में काँटे खड़े हो गये।

मनोहारी गोरे–गुलाबी मुख को डर की बदली ने ढँक लिया। तभी समाचार मिला भैरवानन्द के प्रमुख भक्त नगरश्रेष्ठी राजसभा के सम्माननीय सदस्य देवीदत्त की हत्या कर दी गयी। सारे परिवार, परिजनों ही नहीं मित्रों को भी कारागार में डाल दिया है। पद्मावती बुरी तरह घबरा गयी।

'महाकात्यायन जी आप हमारे शुभचिन्तक हैं। जो भी आदेश देंगे दासी पालन करेगी।'

'देवी पद्मावती, इस समय प्रिय पुत्र की मृत्यु से महाराज प्रद्योत अत्यन्त शोकसन्तप्त और दुःखी ही नहीं बदले की भावना से जल रहे हैं। किसी को क्षमा नहीं करेंगे। उचित तो यही होगा कि उज्जयिनी छोड़ दी जाये। राजगृह से अधिक सुरक्षित जगह दूसरी नहीं। फिर वर्तमान में नगर ही नहीं भैरवानन्द के आसमान में गायब हो जाने

की अफ़वाह पलक–झपकने के पहले अकल्पनीय काण्ड घट जाने से नगर में भय, आतंक फैल गया है। जान बचा लोग ही नहीं अंगरक्षक भी भाग खड़े हुए हैं। दुकानें भी फटाफट बन्द हो गयीं। सड़क चलते घर को भाग लिए। बच्चों को घर में ले दरवाज़े–खिड़कियाँ फटाफट बन्द कर लिए हैं। भय, आतंक की सनसनी के सन्नाटे ने उज्जयिनी को आगोश में ले लिया। इसका फ़ायदा क्यों न उठायें?'

समाचार के साथ रक्त सनी धूल–धूसरित देह राजमहल पहुँचते ही हाहाकार मच गया। भयभीत दास–दासियाँ, कर्मचारी एक–दूसरे से मुँह चुराने लगे। अन्तर्वाशिक, दौवारिक दुबक गये। महामात्य वर्षाकार, अमात्यगण, सेनापति प्रासाद दौड़ पड़े। महादेवी देवप्रिया बेहोश हो आयीं। चण्डप्रद्योत का कमनीय मुख पीला पड़ गया। कुमारसेन के शव के रूप में मौत प्रासाद में घुस आयी थी।

'जनपद में भी अव्यवस्था फैली है। चुपचाप निकल जायेंगे। किसी को पता नहीं चलेगा। इस त्रासदी, विपत्ति से महाराज राजपरिवार ही नहीं सारा अमात्यमण्डल, सभी संज्ञाशून्य हो गये हैं।'

महाकात्यायन का मूल्यांकन सटीक था। प्रिय पुत्र की असामायिक, अकाल मृत्यु ने प्रद्योत को झकझोर दिया। अदना–सा कापालिक राजपरिवार के सदस्य वह भी राजकुमार की हत्या करने का दुस्साहस कर बैठेगा, अकल्पनीय था। महादेवी का रो–रो कर बुरा हाल था। बार–बार बेहोश हो रही थीं। प्रद्योत की सबल सुगठित देह दुखावेग एवं क्रोध से काँप रही थी। अधर थरथरा रहे थे। अचानक दुःख का पहाड़ टूट पड़ने से सँभल नहीं पाया। हिमालय ना विन्ध्याचल दरक गया। मन–आत्मा खँडहर हो आयी। प्रिय पुत्र की चिर विदाई ने दुःख का जो ज्वार उठाया वह मन को बार–बार प्रताड़ित करने लगा। सोचा था दोनों बेटों के कन्धों पर अन्तिम विदाई का सौभाग्य मिलेगा। उल्टा हो गया। जवान बेटे को कन्धा देने से बड़ी त्रासदी, दुःख और कष्ट संसार में दूसरा नहीं। गर्व, दुस्साहस से दीप्त रहने वाला गर्वीला मुख मुर्दे–सा सफ़ेद पड़ गया। पुरुष खुल कर रो नहीं सकता। भोगने वाला ही उसे जानता है। सान्त्वना, संवेदना, प्रगट करने महामात्य,

अमात्यमण्डल, प्रधान सेनापति, नगर के गणमान्य उपस्थित थे। किसी की सान्त्वना दुःख और कष्ट को दूर नहीं कर रही थी। दुःख के असहनीय होने पर कटे पेड़ से गिर पड़े। सँभालने सभी दौड़े, सँभाल कर पलंग पर लिटा दिया।

हालात का फायदा उठा महाकात्यायन तथा पद्मावती ने किसान गृहस्थ का वेश धारण किया। बैलगाड़ी से रवाना होने के पहले सन्देशवाहक को तीव्रगति से भेज बिम्बिसार को अवगत करा दिया। प्रसन्नता से भर उठे। राजनर्तकी के महल को नये सिरे से सजाया गया। क़ीमती वस्त्राभूषण, दास–दासियाँ, अंगरक्षकों की व्यवस्था की गयी। सीमा पर किसान दम्पति को किसी ने नहीं रोका। राजगृह की सीमा पर स्वयं सम्राट ने रूपसी पद्मावती का स्वागत–सत्कार कर मगध की राजनर्तकी के पद पर अभिषिक्त किया।

कुमारसेन की हत्या से सारे देश ख़ासकर राजपरिवारों में हड़कंप मच गया। शोक एवं संवेदना सन्देश आने लगे। उदयन और वासवदत्ता व्यक्तिगत रूप से महामात्य यौगन्धरायण के साथ संवेदना प्रगट करने आये। राजपरिवार पुनः रुद्रन, क्रन्दन से भर गया। समय सबसे बड़ा घाव भरने वाला है। धीरे–धीरे सब सामान्य होने लगे। राजनर्तकी पद्मावती के पलायन की सूचना प्रद्योत को देने का किसी में साहस नहीं था। महाराज के क्रोध से परिचित थे। क्या कदम उठायेंगे कोई नहीं जानता था। लेकिन बताना तो पड़ा। महामात्य वर्षाकार ने घुमा–फिरा कर सूचना दी। हाथ बाँध सिर झुका प्रतिक्रिया की राह देखने लगे।

'जब प्रिय पुत्र ही चला गया तो पद्मावती के जाने का क्या महत्त्व?' दीर्घ साँस ली, 'नयी राजनर्तकी का प्रबन्ध करें।' पुत्र की मृत्यु से भाव विगलित थे।

'जो आज्ञा देव!' प्रद्योत के भय से बिम्बिसार कई दिन परेशान रहे। जब कुछ नहीं हुआ तो छुटकारे की साँस ली।

कपिलवस्तु : यशोधरा से भेंट

'मन अति चंचल है। उसकी गति वायु से भी तेज़ है। स्मृतियों के संसार में भटकता रहता है। स्मृतियाँ अच्छी एवं बुरी दोनों प्रकार की होती हैं। सुखद स्मृतियाँ आनन्ददायी एवं दुखद पीड़ा, दुःख का कारण होती हैं। उसमें भी वासना काम की स्मृति में मन रमता है वो आनन्ददायी होती है। मन–स्मृति को नियन्त्रित करने हेतु संयम अत्यन्त आवश्यक है। इसे ज्ञान एवं अभ्यास से ही पाया जा सकता है। स्वाध्याय, निरन्तर अध्ययन से मिलता है। अज्ञान अन्धकार में ज्ञान दीप स्तम्भ है। वह विश्लेषण, चिन्तन, मनन की क्षमता प्रदान कर 'आपोदीपोभव'–स्वयं अपना दीप जलाने की योग्यता देता है। शास्त्रों, पूर्व के विद्वानों, सन्त–महात्माओं से मिले ज्ञान का अन्धानुकरण उचित नहीं। प्रत्येक को आत्मदीप की मदद से अपना मार्ग खोजना चाहिए। अनुभव अध्ययन की अभिव्यक्ति हैं। शील निद्देश्य उचित–अनुचित में भेद करना बताता है। स्वयं के साथ प्राणीमात्र के कल्याण के लिए भी प्रेरित करता है। आत्मवत सर्वभूतेषु–प्रत्येक प्राणी में आपकी आत्मा के समान आत्मा निवास करती है। स्वयं के लिए जो अनुचित है दूसरे के लिए भी अनुचित है। अन्यों के साथ किये जाने वाले व्यवहार में संयम अत्यन्त आवश्यक है। संयम अभ्यास से मिलता है। संयम अभ्यास आदत बन जाता है। आदत चरित्र का निर्माण करती है। संयमित चरित्र शील, आचरण, धर्म पालन का महत्त्वपूर्ण एवं प्रथम सोपान है।

सम्बोधि के साथ तथागत की वात्सल्य दृष्टि श्रोताओं को भी निहार रही थी। सांसारिक पीड़ा, दुःखों से त्रस्त मानव को अमृतवाणी शीतलता प्रदान कर रही थी। सम्बोधि काल सांसारिक आपाधापी, चिन्ताओं व उससे होने वाले दुःखों से मुक्त करता था। तथागत द्वारा प्रवर्तित धर्म ख़र्चीले आडम्बरयुक्त कर्मकाण्डों, पशु ही नहीं कभी–कभी मानव बलि के पाप कर्म का निषेध करता था। बलि से जनित दुःख की भावना से मुक्ति दिलाता था। बौद्ध धर्म अत्यन्त सरल व आचरणीय है। दिव्य आनन्द में विचरण करने लगे थे। तथागत का मोहक व्यक्तित्व भी

आत्मा को शीतलता प्रदान कर रहा था। देश के प्रसिद्ध शाक्य वंश का सदस्य ही नहीं उनका भावी सम्राट सुख, वैभव, विलास,दैवी सौन्दर्य की स्वामिनी पत्नी यशोधरा एवं आत्मा के अंश प्रिय पुत्र राहुल का परित्याग कर पीड़ित मानवता के कल्याण हेतु पैदल–पैदल देशभर में घूम रहा था। उनकी राजसी वैभव के त्याग की पृष्ठभूमि से भी जनमानस गहरे तक प्रभावित था।

'बुरे कर्म और अज्ञान विवेक को ढँक लेते हैं। अज्ञान ही कुकर्मों का जनक है। वह अशील, अश्लील व्यवहार का प्रेरक है। अतः ज्ञान होना आवश्यक है। शील निद्देश्य इसमें सहायक होगा।' प्रवचन देते–देते सहसा करुण दृष्टि श्रोताओं से होते–होते उनसे हट कर खड़े व्यक्ति पर जा टिकी। प्रणाम मुद्रा में दीन दृष्टि भगवान् तथागत की कृपादृष्टि पाने की याचना कर रही थी।

तथागत का मुखमण्डल प्रसन्नता से आलोकित हो आया, 'आह! प्रिय तात कुन्तक?' स्वागतार्थ उठ खड़े हुए। जो मगध सम्राट बिम्बिसार एवं सम्राज्ञी के आगमन पर भी अभ्यर्थनार्थ खड़े नहीं हुए थे उन्हें उठते देख श्रोतावृन्द चौंके। कौन हैं ये कुन्तक? जिसे देख प्रभु गद्गद ही नहीं हो उठे स्वागत में खड़े हो अपलक निहार रहे हैं। उत्सुक श्रोताओं के गर्दन मोड़ पीछे देखने पर दायीं ओर अन्तर दे साँवले रंग का वृद्ध जिसके सिर के बाल, मोटी भौंहें, दाढ़ी–मूँछ ही नहीं देह की रोमावलियाँ तक सफ़ेद हो गयी थीं, करुण याचक–सा भगवान् को करुणापूरित नेत्रों से निहार रहा था।

जिस स्मृति की चर्चा कर रहे थे मानसपटल पर विद्युत–सी चमक जीवन्त हो आयी। कुन्तक बालपन का दास, सेवक सखा। मौसी माँ प्रजापति गौतमी से भी अधिक चौबीस घड़ी का साथी स्वामिभक्त सेवक। पुत्र से अधिक स्नेह करने वाला। बालक सिद्धार्थ को गोद, कन्धे पर बिठा घुमाने वाला। घोड़ा बन हू...ह...ह...हिन हिनाते सवारी कराता। चाबुक मारने पर तेज़–तेज़ दौड़ता। अधिक तेज़ दौड़ने हेतु चाबुक बार–बार फटकार नंगी पीठ लाल कर देने पर भी उफ़ न करता। हाँफते–काँपते तेज़ दौड़ने का प्रयत्न। आँखें पनिया जाने पर

भी हँसता रहता। बन्दर समान पेट छाती को खुजलाते खूँ...खूँ...कर हँसाता। हँसने पर प्यार से छाती से लगा लेता। बालक सिद्धार्थ के लिए कुन्तक ने क्या–क्या नहीं किया?

किशोर सिद्धार्थ के घुड़सवारी सीखते समय अश्व की बल्गाएँ पकड़ साँस भर जाने के बाद भी साथ–साथ दौड़ता। शस्त्र संचालन सीखते समय निशाने पर फेंके गये बाण दौड़ कर उठा लाता। लक्ष्य भेद लेने पर बालसुलभ प्रसन्नता से तालियाँ बजा उत्साहवर्धन करता। उत्तराधिकारी युवराज होने से पिता महाराज शुद्धोधन जो प्रशिक्षण दिला रहे थे, उसमें कुन्तक का योगदान अमूल्य था। किशोर सिद्धार्थ को महाराज ने अलग शयनकक्ष प्रदान कर रखा था। कुन्तक पर्यंक के पास की भूमि पर श्वान–सा सर्तक सोता था। रात्रि में दो–तीन बार उठ कर देख लेता। सावधानीपूर्वक रज़ाई ऐसे उढ़ाता कि उनकी नींद में ख़लल न पड़े।

चचेरे भाई राजकुमार देवदत्त के सिद्धार्थ के प्रति ईर्ष्या–द्वेष से परिचित था। उसके द्वेषपूर्ण व्यवहार से सदैव रक्षा करता। देवदत्त कुन्तक को भी अपना शत्रु मानने लगा। वह जानबूझकर उसका अपमान ही नहीं प्रताड़ित करता। देवदत्त राजकुमार था। राजकीय शिष्टाचार का प्रताड़ित होने के बाद भी कभी उल्लंघन नहीं किया। न ही पिता महाराज से शिकायत की। देवदत्त के साथ सदैव राजकुमारोचित व्यवहार किया। दण्डित, अपमानित होने के बाद भी सदैव मौन रह कर शीश झुका प्रणाम कर परे सरक जाता।

सोलह महाजनपदों में जिसके दैवी रूप–लावण्य की चर्चा थी उस सर्वश्रेष्ठ रूपसी यशोधरा के शाक्य राज परिवार की राजकुलवधू बनकर कपिलवस्तु आने के बाद युवराज्ञी यशोधरा भी कुन्तक की सेवा भक्ति की सीमा में प्रवेश पा गयीं। कुन्तक को युवराज सिद्धार्थ की अर्धांगिनी पुत्रवधू समान लगी। उनकी सेवा, सुरक्षा का दायित्व सँभाल लिया। हमारे शयन मन्दिर के द्वार के बाहर रातभर पहरा देता। राजकुमार देवदत्त की कामुक कुदृष्टि को भाँप लेने पर अधिक सावधान हो गया। उनके साथ ही देवी यशोधरा के पीछे भी छाया

की तरह सतत् रहने लगा। कमर में कटार छिपाये रखता। राहुल के जन्म के बाद तो उसकी सेवा सतर्कता अधिक बढ़ गयी। दास होने के बाद भी कुन्तक ने उन्हें उनके परिवार को पितृतुल्य ममता और स्नेह दिया। लेकिन अपनी सीमाओं का अतिक्रमण कभी नहीं किया। पिता महाराज गणराज्य के शासन में इतने व्यस्त रहते थे कि परिवार की ओर ध्यान देने का अवसर ही नहीं मिलता था। समय निकाल कुशलक्षेम पूछ लिया करते थे। कुन्तक ही स्वामिभक्त दास, संरक्षक, मित्र सभी कुछ था।

कुन्तक की सेवा, त्याग, संरक्षत्व, स्नेह, ममता, वात्सल्य की स्मृति मन को बिजली–सी आलोकित कर गयी। उसका ऋण कैसे चुकाएँगे? मिलने हेतु पग उठाने वाले थे कि 'दे...व...दे...व...भग...वन...महा...प्रभु' लगभग दौड़ते हुए कुन्तक स्वयं तथागत गौतम के पास पहुँचा, 'महाप्रभु ने इस अकिंचन दास को याद रख पहचान कर महती कृपा की है देव!' कहते हुए चरणधूलि एवं चरण स्पर्श हेतु झुका। प्रेम के उद्रेक से भरे गौतम ने कुन्तक की दोनों भुजाएँ थाम अधबीच में रोक छाती से लगाते हुए कहा, 'तात कुन्तक आपका स्थान यहाँ है, हमारी आत्मा में।' दास के प्रति भगवान् गौतम द्वारा किये जा रहे मानवीय व्यवहार ने आनन्द, सौभद्र, भिक्षुओं, सम्राट बिम्बिसार, महादेवी चेलना ही नहीं समस्त श्रोताओं को अभिभूत कर दिया। तथागत मात्र प्रवचन ही नहीं देते आचरण द्वारा प्रस्तुत भी करते हैं। कुछ काल छाती से लगाये रहे। दोनों की आँखें प्रेमाश्रुओं से लबालब हो आयीं। अलग होते ही कुन्तक के कन्धे पर बड़े स्नेह से हाथ रख प्यार से मनुहारा, 'बिराजिए तात।' दोनों बैठने लगे। संकुचित कुन्तक चरणों में बैठना चाहता था। तथागत ने रोका, 'वहाँ नहीं यहाँ।' बगल में बैठाया। ससंकोच लज्जित सिर झुकाये बैठा। तथागत के स्नेह प्रेम ने भाव विगलित कर दिया।

'कैसे कष्ट किया तात?' वाणी स्नेह रस से ओत–प्रोत थी।

'भगवन्! महामहिम आपके पिता महाराज की प्रार्थना दास लाया है।'

'ऐसा मत कहिए? उनका आदेश शिरोधार्य है। उनकी प्रत्येक इच्छा दास के लिए आदेश है। उसका पालन करना दास का कर्तव्य है। बोलिए क्या आज्ञा है?'

'देव! देशभर के मुक्ति–कल्याण हेतु सभी महाजनदों में विचरण कर रहे हैं। राजपरिवार, परिजनों, कपिलवस्तु की प्रजा से ऐसा कौन–सा अपराध हो गया है कि वह आपकी कृपा अनुग्रह से वंचित है?'

कमलनयन मूँद विचारमग्न हुए। उत्सुक दृष्टियाँ निर्णय की प्रतीक्षा करने लगीं। कमल पुष्प की पँखुड़ियों–सी पलकें खुलीं, मधुर नयनों से निहारा, 'पिता महाराज का आदेश शिरोधार्य है।' पुनः विचारमग्न हुए। पिता महाराज का हमारे प्रति पुत्र प्रेम। माँ स्वरूपा महीयसि प्रजापति गौतमी की ममता, वात्सल्य, माया रूपिणी, रूप–लावण्य की स्वामिनी यशोधरा, सर्वोपरि आत्मज पुत्र राहुल का मोहपाश, परिजनों के प्यार से बच पाओगे गौतम? परीक्षा की असली घड़ी तो अब है। प्रश्न लाख टके का था। तपस्या से मिले संयम की विजय हुई। मन–आत्मा में दिव्य शान्ति पसर गयी। कमल समान मुख आलोकित हो आया।

'तात कुन्तक। दास पिता महाराज की आज्ञा का पालन करेगा।'

परिश्रम सफल होने से कुन्तक प्रसन्नता से भर उठा।

'आनन्द।'

'भगवन्!'

'कल संघ कपिलवस्तु हेतु विहार करेगा!'

'जो आज्ञा देव!'

बिम्बिसार ने हाथ जोड़ प्रार्थना की, 'देव। प्रार्थना यद्यपि अनुचित है। फिर भी दुस्साहस कर रहा हूँ। देव कुछ काल और रुक जाते तो बोधिसत्व की सम्बोधि, दर्शन, सान्निध्य से मगध धन्य हो जाता।'

'राजन्! राजतन्त्र में गणतन्त्र का प्रतिनिधित्व करने वाली कपिलवस्तु हमारी मातृभूमि है। 'जननी जन्मभूमिश्च स्वर्गादपि गरियसि', उसका ऋण चुकाना हमारा धार्मिक कर्तव्य है। राजगृह को हम पर्याप्त समय प्रदान कर चुके हैं। फिर भी निश्चिन्त रहें। मगध का स्नेह पुनः आमन्त्रित कर लेगा।'

'जैसी प्रभु की इच्छा!'

अंगरक्षकों के नायक को आदेश दिया, 'प्रस्थान के समय भगवान् बोधिसत्व एवं संघ को राज्य सीमा तक सुरक्षित विदाई दें।'

'इसकी आवश्यकता नहीं है मगध नरेश।'

'मांगधिया प्रकरण...।'

'उसे तो कब का भूल गये। आप भी भूल जायें। उन्हें तो उसी दिन क्षमा कर दिया। शायद पछतावे ने मलिन आत्मा विचारों को पवित्र कर दिया होगा।' तथागत की उदारता, विशाल हृदयता ने सभी को अभिभूत कर दिया।

'जैसी प्रभु की इच्छा!' चरणस्पर्श प्रणाम कर महाराज तथा महादेवी ने प्रस्थान किया। श्रोताओं ने भी अनुसरण किया।

बुद्ध ने ब्रह्ममुहूर्त में शैया त्याग दी। आनन्द ने ताँबे का जलपात्र प्रस्तुत किया। शीतल जल से नेत्र व मुख धो जल ग्रहण किया। कुछ काल योगासन द्वारा अनुलोम–विलोम प्राणायाम, कपालभाति क्रियाएँ सम्पन्न कीं।

'आनन्द!'

'देव!'

'स्नान हेतु चलें। तात कुन्तक!'

'दास तैयार है प्रभु!'

'इतने शीघ्र उठने की क्या आवश्यकता थी। लम्बी यात्रा से थक गये होंगे। कुछ काल और विश्राम कर लेते।' कहना चाहता था दासों के जीवन में आराम कहाँ? नम्र निवेदन किया, 'देव के दर्शन ने थकान हर ली।'

'स्नान करना चाहोगे?'

'हाँ भगवन्।'

स्नान से लौट फलाहार, दुग्धपान किया। कुटिया के बाहर विदा करने सम्राट बिम्बिसार, महादेवी चेलना अमात्यमण्डल, सैन्य अधिकारी एवं भक्तों की भीड़ थी। अनुपस्थित युवराज अजातशत्रु अपनी प्रिय सुन्दरी दासी को आलिंगन में लिए बेसुध सोया था।

रूपसी उषा के आँचल फैलाते ही प्रातःकालीन सौन्दर्य की मनोहारी गुलाबी पीताभ लालिमा की छटा से पूर्वाकाश के छितराये कपासी बादलों के शिखर स्वर्णिम आभा से आलोकित हो आये। पक्षियों के कलख एवं चहचहाहट का मधुर कर्णप्रिय संगीत वातायन में रस घोल रहा था। नदी के शीतल जल में स्नान कर पवन झकोरों के स्पर्श से वृक्षों की पत्तियाँ हल्के–हल्के नर्तन कर रही थीं। पवन झकोरों के वायु स्नान कराने से देह तरोताज़ा हो आयी। सुहावना मनभावन दिन तथागत की उपस्थिति से गरिमामय हो आया।

'महादेवी चेलना, महाराज आपने कष्ट क्यों किया?'

'भगवन् का आशीष पाने दास उपस्थित हुआ है।' राजदम्पति के चरण स्पर्श करने पर तथागत ने 'कल्याणमस्तु, यशस्वी भव, चिरंजीवी भव, सौभाग्यवती भव' का आशीष दिया। उनके बाद सभी ने आशीर्वाद प्राप्त किया। स्नेह दृष्टि से उपस्थितों को उपकृत एवं प्रणाम कर बोधिसत्व ने संघ सहित उत्तर दिशा में स्थित भारतीय धर्म तथा दर्शन के प्रेरक एवं प्रसिद्ध तीर्थ पुण्यसलिला भागीरथी गंगा, कृष्णप्रिया यमुना के जनक नगाधिराज हिमालय, जहाँ भगवान् शिवशंकर और भगवती पार्वती निवास करते हैं, की गोद में बसी जन्मस्थली कपिलवस्तु के लिए प्रस्थान किया।

मानव की कीर्ति–अपकीर्ति उसके आगे–आगे चलती है। 'शास्ता कपिलवस्तु हेतु विहार कर रहे हैं', समाचार के आगे–आगे चलने से मार्ग गाँवों, क़स्बों, नगरों के धर्मपरायण निवासी मार्ग के दोनों ओर हाथ जोड़ सम्बोधि के लिए याचना करने लगे। शास्ता ने उपकृत किया। आचरणीय, कर्मकाण्डविहीन, ख़र्चहीन धर्म के मर्म को समझाते, विहार करते राजधानी कपिलवस्तु की सीमा पर पहुँचे। कुन्तक द्वारा अग्रिम सूचना मिल जाने से पिता महाराज शुद्धोधन, महादेवी माँ प्रजापति गौतमी, युवराज्ञी यशोधरा, राजकुमार राहुल, देवदत्त, राजपरिवार के अन्य सदस्य, परिजन, अमात्यमण्डल, अन्य अधिकारी–कर्मचारी, सैन्य अधिकारी, नगरश्रेष्ठी, श्रेष्ठी समाज, राजपुरोहित लक्ष्मण शास्त्री जी के नेतृत्व में ब्राह्मण पुरोहित समुदाय ही नहीं सारा नगर, जिनमें शूद्रों

की संख्या अधिक थी, उपस्थित थे। आसपास के गाँवों तथा नगर से भी प्रजा भीड़ लगाये थी। जानने के लिए उत्सुक थे कि युवराज सिद्धार्थ संन्यासी बनने के बाद कैसे दिखाई देते हैं? राजपरिवार, उच्चवर्णों से भयभीत सदियों से आत्मा में कुण्डली मार बैठी हीनता की भावना, धार्मिक, शासकीय, सामाजिक प्रताड़ना से पीड़ित अर्धनग्न, मलिनदेह, दीन–हीन हाथ जोड़े उद्धारक महाश्रमण भगवान् के कृपा आकांक्षी थे। बुद्ध उनकी पीड़ा को समझ रहे थे। लेकिन पिता महाराज, महादेवी प्रजापति गौतमी, राजपरिवार, अमात्यमण्डल, राजकीय मर्यादा, शिष्टाचार की लक्ष्मण रेखा से अवतारी पुरुष भी परे नहीं थे। बाद में सम्बोधि में बराबरी का स्थान अवश्य दिया।

शुद्धोधन–प्रजापति गौतमी को लगा, ये उनका बेटा सिद्धार्थ तो नहीं ही है। यशोधरा पति को पहचानने में असफल रही और राहुल। ये अनजान अपरिचित महाश्रमण, भगवान् उसका पिता है? चकित आँखें पिता से परिचित होने का असफल प्रयत्न कर रही थीं। यही हाल उपस्थितों का भी था। बोधिसत्व में युवराज सिद्धार्थ को खोज रहे थे।

गैरिक चीवर से सजी देह, चौड़ी छाती, भुजाएँ, सबल कन्धे को आवेष्टित करता उत्तरीय, अनावृत गोरी–गुलाबी कमनीय देह। शीश पर सुशोभित काले केशों का जूड़ा, दिव्य भाल, दीर्घ कमल नयनों से झरते करुणा, स्नेह, मन आत्मा को सुकून प्रदान करने वाली मरमरी चन्द्र किरणों वाली चाँदनी की दिव्य दैवी आभा से कमल समान मुखमण्डल ही नहीं समस्त काया आलोकित थी। दैवी पुरुष की उपस्थिति मात्र सांसारिक दुःख, पीड़ा, छल छद्म से मुक्ति दिलाने को पर्याप्त लगी। पिता, माँ, पत्नी, पुत्र, सभी वरिष्ठों का मन प्रणाम करने की प्रेरणा दे रहा था। मगर पारिवारिक मर्यादाएँ पिता तथा माँ को रोक रही थीं।

आह! पुत्र वियोग से पिता महाराज की क्या दशा हो गयी है? तेजोमय राजसी गरिमा, दर्प, शौर्य से देदीप्यमान भव्य व्यक्तित्व पुत्र बिछोह में अस्ताचलगामी सूर्य के समान कितना निस्तेज हो आया है? स्थायी उदासीनता की बदली ने तेजस्वी नेत्रों, मोहक मुख पर ग्रहण लगा दिया। श्वेत केशों ने समय से पहले बुढ़ा दिया।

माया, मोह, स्वार्थजनित दुःख, दर्द, पीड़ा पर विजय पा चुके अवतारी पुरुष का मानव मन दुःखी हो आया। शीघ्र नियन्त्रण पा लिया। पुत्र का कर्तव्य निभाने बोधिसत्व चरण स्पर्श हेतु झुके। मन में उमड़े हिलोरे मार रहे पुत्र प्रेम ने अजानु बाँहें थामीं, 'ना। देव आपका स्थान यहाँ है।' कहते हुए छाती से लगाया। मन में उमड़ा प्रेम अश्रु बन बहने लगा। कुछ काल आलिंगनबद्ध रहने के बाद अलग हो एक–दूसरे को अपलक निहारा। पिता–पुत्र के मिलन ने अभिभूत कर दिया। 'बिना बताये गृहत्याग करने के लिए दास क्षमाप्रार्थी हैं।' बुद्ध ने हाथ जोड़े।

शुद्धोधन ने हाथ थामे, 'ना। यह तो होना ही था। आपके जन्म लेते ही राजज्योतिषी से जन्मपत्रिका बना भावी महाराज का भविष्य जानना चाहा।'

उत्सुक आँखें बेटे के भावी जीवन की रूपरेखा राजज्योतिष लक्ष्मण शास्त्री से जानने को उत्सुक थीं, 'पत्रिका के ग्रह–नक्षत्र क्या कहते हैं। शास्त्री जी।'

शुद्धोधन ने लक्ष्मण शास्त्री के मुख पर उभरी झिझक को भाँप लिया, 'ग्रह–नक्षत्रों ने हमारे बेटे के बारे में उसके भाल पर जो लिख दिया है निस्संकोच बतायें।'

शास्त्री कुछ पल रुके, 'महाराज! युवराज या तो चक्रवर्ती सम्राट बन सारे देश पर शासन करेंगे। अथवा...।'

'अथवा क्या?'

'प्राणीमात्र के कल्याण हेतु मुक्तिदाता, युगपुरुष, नये धर्म के प्रवर्तक, प्रचारक, संन्यासी बनेंगे। चक्रवर्ती सम्राट के बजाय मानव कल्याण के मुक्तिदूत की सम्भावना अधिक है।' दण्ड पाने हेतु मन को तैयार कर प्रभु को स्मरण करने लगे।

शुद्धोधन स्तब्ध।

'देव! तर्कतीर्थ, दर्शनशास्त्र ज्योतिष के विशेषज्ञ प्रकाण्ड ज्योतिषाचार्य लक्ष्मण शास्त्री की भविष्यवाणी सही साबित हुई। राजसी भोग–विलास, वैभव, अतुलनीय, अलभ्य, दैवी सौन्दर्य की सम्राज्ञी

यशोधरा और आपका आत्मज राहुल भी आपके बैरागी मन को बाँध नहीं पाये।'

'शास्त्री जी की भविष्यवाणी ने दुःखी अवश्य किया, क्योंकि पिता की इच्छा युवराज पुत्र एवं भावी महाराज को भारत का चक्रवर्ती सम्राट देखना चाहती थी, ताकि शाक्य राजवंश देश में सर्वोच्च स्थान प्राप्त करे। लेकिन...।' कुछ पल का मौन–चक्रवर्ती सम्राट बनने का महत्त्वाकांक्षी मार्ग शवों, रक्त की नदी से गुज़रने से मानव सभ्यता, संस्कृति का शत्रु है और आपका मार्ग–विश्वमानव के कल्याण तथा सत्य, धर्म का प्रवर्तक है देव। आप नये धर्म का प्रवर्तन कर रहे हैं देव। आप बिना भेदभाव के सभी को मोक्षमार्ग प्रदान कर रहे हैं। आपका धर्म सर्वजनीन, सर्वयुगीन है। हम देख रहे हैं बौद्ध धर्म एक दिन विश्व धर्म बनेगा। आप धार्मिक क्रान्ति के प्रणेता हैं। हमारा प्र...णा...।'

पिता महाराज हाथ जोड़ें उसके पहले गौतम ने हाथ थाम आशीर्वाद स्वरूप सिर पर रख लिया। 'पिता महाराज! विश्वास है अपराधी दास को क्षमा करेंगे। आपकी पूर्व अनुमति के बिना गृह त्याग जो किया है।'

'ना देव ना। लोक कल्याण, लोक मंगल के लिए किसी से अनुमति लेना ज़रूरी नहीं।' आँखों में हिलोरे ले रहा पुत्र प्रेम आँसू बन ढुलक पड़ा।

प्रणाम कर माँ प्रजापति गौतमी के पास पहुँचे। गौतमी की आत्मा में उमड़ रही ममता–वात्सल्य आँसुओं में बदलने लगी। स्मृतिपटल पर वह दिन जीवन्त हो उठा जब लुम्बिनी में सहसा असहाय प्रसव वेदना से दीदी मायावती बेहाल हो आयीं। 'आ...ह...उँ...ह...शायद अब ना बचू गौतमी...आ...ह...प्र.....भु...देह काँप रही थीं। प्रसव बाद भी वेदना से छटपटा रही थी। रक्त बहना बन्द नहीं हो रहा था।

'ऐसा न बोलें महादेवी दीदी बालक स्वस्थ है। उसकी ममता और प्रेम, पीड़ा सहन करने की ताक़त देगा।' गौतमी ने धैर्य बँधाने का असफल प्रयत्न किया। सहायता हेतु दासियाँ थीं। अनुभवी दाई, वैद्य नहीं।

प्रयत्न कर नवजात बालक को गौतमी की गोद में डाल दिया, 'आज से आप इसकी माँ। हमारी कमी खलने न देना।' गर्दन लटक गयी।

बालक सिद्धार्थ की बाललीलाएँ जीवन्त हो आयीं। उसका अँगूठा चूसना, घुटनों चलना। डमगमगाते पग चलते–चलते लड़खड़ा कर गिरने के पहले गौतमी का दौड़ गोद में उठा बालक के गोरे–गुलाबी कपोलों को चूम–चूम अधिक लाल कर देना। बड़ा सिद्धार्थ गोद में लेट जाता। मचलता, ज़िद करता। पीठ पर लेट जाता। वही बालक, बेटा सदी का महान् देवत्व प्राप्त कर सामने खड़ा था।

प्रणाम करती हथेलियाँ को थामा, 'माँ! आप ये क्या कर रही हैं। माँ तो ईश्वर से भी बड़ी होती है। यदि ईश्वर की माँ नहीं है तो वो भी भिखारी है। आज हम जो भी हैं आपके कारण। यदि मारने वाले से बचाने वाला बड़ा होता है तो जन्मदात्री से पालने वाली बड़ी होती है। आप तो हमारी यशोदा माँ हैं। यदि कृष्ण यशोदानन्दन थे तो दास भी गौतमी माँ का पुत्र गौतम है।'

प्रजापति का प्यार आँसू बन बहने लगा। गौतम को गले लगाते ही पुत्र वियोग से जल रहे मन को शान्ति मिली। युवराज्ञी यशोधरा नतशिर नारियोचित मर्यादा के अनुरूप पिता महाराज, महादेवी माँ के प्रति सम्मान प्रगट करते अन्तर दे थोड़ा पीछे प्रणाम मुद्रा में थीं। सामने चकित नयन युवराज राहुल था। अपने समय की सर्वश्रेष्ठ सर्वांगरूपसी, यौवन रस से भरपूर दैवी रूप–लावण्य की सम्राज्ञी, जिसे अपने राजपरिवार की कुलवधू बनाने हेतु सोलह महाजनपदों के राजपरिवार लालायित थे। तथागत पास पहुँचे। प्रियतम् के चिर वियोग की विरह–वेदना ने कमनीय मुख तथा काया की मोहकता हर ली थी। कजनारे कमलनयनों के नीचे काली झाईं उभर आयी थी। वियोग ने रूप–सौन्दर्य को ग्रहण लगा दिया था। बिम्बाधरों से रसीले अधरों एवं दैहिक यौवन रस को निचोड़ लिया था। जिन नयनों में प्रियतम् के लिए प्यार का सागर लहराता था उनमें चिर उदासी ने डेरा डाल रखा था।

'हे मुक्तिदाता, देशपूजित भगवन्! दासी ने क्या अपराध किया था जो बिना बताये चुपचाप आधी रात को भाग खड़े हुए। पीड़ादायी सांसारिकता से मानवमात्र के मुक्तिदाता हमें अन्तहीन पीड़ा क्यों दी? ऐसा ही करना था तो दासी से विवाह क्यों किया? उत्तर दो।

मेरी क्या हैसियत है? कुमारी हूँ, विवाहिता हूँ, तलाक़शुदा अथवा विधवा? पति होते हुए भी विधवा का जीवन जीने हेतु परित्याग कर दिया। विकल करने वाली पर्वत सी पीर तथा विरह को मृत्युपर्यन्त मन–आत्मा पर रख चले गये। उसे हटाना तो दूर ये अबला सरका भी नहीं सकती। पिता महाराज, गौतमी माँ के दुःख को सहना दासी के लिए कितना पीड़ादायी है। हे बोधिसत्व आप कल्पना नहीं कर सकते। कृष्ण ने नन्द बाबा और यशोदा माँ के वात्सल्य तथा ममता को जो विकल वेदना दी। उसे आपने ताज़ा कर दिया। शायद भगवान् यही करते हैं। माँ गौतमी के पुत्र गौतम आपका पुत्र जब आपके बारे में सवाल पूछता है, तो क्या उत्तर दूँ?

सान्त्वना बन हमारा पुत्र राहुल यदि नहीं होता तो दासी को जीवित नहीं पाते।

यशोधरा के नयनों से झाँकते मौन आरोप अधिक मुखर थे। मानव व्यवहार के अध्येता बुद्ध ने बिन कहे भी आरोपों की इबारत पढ़ ली। एक दीर्घ श्वास लिया।

'देवी यशोधरे! हम आपकी ही नहीं पूज्यवर पिता महाराज, पूज्या राजमहिषी गौतमी माँ की मरणान्तक पीड़ा, दुःख से अवगत है। इसमें कोई सन्देह नहीं कि हम राजकुमार राहुल के प्रति एक पिता का कर्तव्य निभाने में असफल रहे। आप सबके प्रति सांसारिक रूप में एक पुत्र, पति और पिता के रूप में अपने कर्तव्यों का पालन नहीं कर पाये। उसकी अवहेलना की। लेकिन...। उत्सुकों के कान चौकन्ने थे।

लेकिन सांसारिक छल, छद्मों के भँवर में फँसे, मृत्यु से भयभीत, पाखण्डों से भरे धार्मिक कर्मकाण्डों में मुक्ति का मार्ग खोजने में लगे दुःखी मानव के लोक कल्याण हेतु भी हम सब का कर्तव्य है। लोक देवता को सच्चे धर्म के प्राणतत्त्व की जानकारी देना ज़रूरी लगा। सामाजिक विषमता, ऊँच–नीच, छुआ–छूत के अन्धविश्वासों से ग्रस्त व्यक्ति–समाज को सच्चे मार्ग से अवगत कराना ही धर्म का अनुसरण करना है। इस हेतु किसी–न–किसी को त्याग तो करना पड़ेगा? कदाचित ग्रह–नक्षत्रों, नियति ने यह काम हमें सौंपा।

आप सभी के त्याग–बलिदान के कारण ही हम लोक पीड़ा, वेदना, दुःख के अंश को धर्म के सच्चे मार्ग के माध्यम से कम करने को प्रत्यनशील है। मानवमात्र को 'पंच्चानी आर्य सच्चानी'–सच्चे आर्य धर्म के पाँच महत्त्वपूर्ण तत्त्वों–सत्य, अहिंसा, अस्तेय, अपरिग्रह एवं ब्रह्मचर्य को अपनाने को घूम–घूम कर प्रेरित कर रहे हैं। इनका पालन ही सच्चा धर्माचरण है। संन्यास काल के मनन, चिन्तन विश्लेषण से ही हमने इसे पाया है। गृहस्थ जीवन में यह सम्भव नहीं था। जहाँ तक अनुमति का प्रश्न है तो परिवारिक माया–मोह की लक्ष्मण रेखा को बिन बताये, अनुमति प्राप्त किये बिना ही पाया जा सकता था। वही किया। आपके क्षमा प्रार्थी हैं। शीश झुका प्रणाम किया।

'आपने सही किया देव। क्षमा की आवश्यकता नहीं। लोक सर्वोपरि है। उसकी सेवा नारायण सेवा है।' आत्मा को शान्ति प्रदान करने वाला मौन पसर गया। आत्मज राहुल की आश्चर्य मिश्रित उत्सुक निहार रही दृष्टि की मीठी, मोहक मुस्कान से उपकृत दिया। प्रणाम हेतु झुकने पर चिपका लिया।

'विहार हेतु चलने की आज्ञा दें पिता महाराज।'

'देव। गणराज्य ने संघ के विहार हेतु राज परिसर में व्यवस्था कर रखी है। संघ सहित पधारें!' महामात्य ने हाथ जोड़ सादर निवेदन किया।

'ना। महामात्य जी कष्ट करने की आवश्यकता नहीं। संघ को सुविधाभोगी नहीं बनाना चाहते। संन्यासी, सन्त, महात्मा, भिक्षु को सुविधाओं का बहिष्कार करना चाहिए। सुविधाएँ आलसी बनाती हैं। संघ लुम्बिनी वन की प्राकृतिक सुषमा, एकान्त शान्ति पशु–पक्षियों के बीच विहार करेगा।'

'जैसी देव की इच्छा।'

'और हाँ। संघ भिक्षा ही ग्रहण करता है। इस हेतु भिक्षाटन पर स्वयं जाता है। हम भी अपवाद नहीं है। अतः निवेदन है कि राजपरिवार कष्ट न करे।'

शुद्धोधन, प्रजापति गौतमी, यशोधरा एवं राजपरिवार दुःखी हो आये। प्रणाम कर संघ ने लुम्बिनी हेतु प्रस्थान किया।

लुम्बिनी इतिहास पुरुष की जन्मस्थली। आगामी सदियों में पुण्यप्रदाता तीर्थ स्थान। बौद्धों ही नहीं सामान्य जन का भी श्रद्धा भक्ति का ऐतिहासिक पवित्र स्थल। यहाँ आ प्रत्येक की आत्मा शान्ति पा लेती है। स्मृतिपटल पर तथागत की दिव्य दैवी छवि साकार हो आती है। तथागत के संघ सहित लुम्बिनी पहुँचने के पहले ही कर्मचारियों ने स्थान की साफ़–सफ़ाई कर कुटियों का निर्माण कर सारी सुख–सुविधाएँ जुटा दीं। राजपरिवार ही नहीं जनसामान्य हेतु भी बैठने का प्रबन्ध कर दिया। मात्र शूद्र इससे वंचित थे। बुद्ध की आत्मा व्यथित हो आयी। जिस सामाजिक जातिगत भेदभाव, विषमता को मिटाना चाहते थे उन्हीं के जन्म देश में विद्यमान थी।

लुम्बिनी के जिस बोधिवृक्ष के नीचे राजमहिषी ने अवतारी बालक सिद्धार्थ को जन्म दिया था। उसी के नीचे बोधिसत्व पद्मासन मुद्रा में कमल पँखुड़ियों–सी पलकें मूँद ध्यान मुद्रा में थे। मुक्तिकामियों आकांक्षियों, को प्रहरी यथास्थान बैठा रहे थे। राजपरिवार, अमात्यमण्डल, अधिकारियों, उच्च वर्ग के विशिष्टों को भी आरक्षित स्थान पर सादर बैठाने लगे। निम्न वर्ण उधर झाँक भी नहीं सकते थे। संघ बोधिसत्व के निकट के आरक्षित दायें स्थान पर बैठा था। राजपरिवार के आने पर सादर खड़े हो स्वागत किया। अग्रिम स्थान पर उन्होंने आसन ग्रहण किया। शान्ति पसर गयी। पक्षियों की चहचहाहट आनन्दित कर रही थी। कमल पँखुड़ियों–सी पलकें खुलीं। खड़े हो माता–पिता, गुरुजनों, वरिष्ठों को प्रणाम कर उपस्थितों को स्नेह दृष्टि ने निहारा। अन्त्यजों को दूर खड़ा देख दुःखी हो आये। विषमता दुःख का कारण है। उन्हीं के राज्य में उपस्थित पाया।

'आनन्द! सौभद्र!'

'देव!'

'हमारे प्रिय अन्त्यजों को संघ के स्थान पर बैठायें।'

'जो आज्ञा!'

बड़े संकोच, डरते–डरते अन्त्यज संघ स्थान पर बैठे। उच्च वर्ग लज्जित हो आया। राजपुरोहित, ज्योतिषाचार्य लक्ष्मण शास्त्री

के नेतृत्व में अधिकांश ब्राह्मण वर्ग अनुपस्थित था। मनु के द्वारा निर्धारित शास्त्रसम्मत जाति व्यवस्था के वे कट्टर समर्थक थे, जिसे बुद्ध नकार रहे थे।

तृषित, दुःखी आत्माओं को तृप्त करने वाली मधुर वाणी में सम्बोधि प्रारम्भ हुई—धर्म क्या है? उसका उद्देश्य क्या है? मानव जीवन तथा समाज को संचालित, प्रेरित, अनुशासित करने वाला मुख्य तत्त्व धर्म है। उसका सामान्य अर्थ धारण—धारयति धर्म है। क्या धारण करेंगे? छल—कपट, असत्य भाषण, बिना अनुमति के दूसरे की वस्तु की चोरी, व्यभिचार, दुर्व्यवहार, परपीड़न? ये सभी दुःख का कारण हैं। ईर्ष्या—द्वेषजनित, क्रोध से उत्पन्न हिंसा। सामाजिक, जातिगत व्यवहार की विषमता। उससे जनित छुआछूत, अस्पृश्यता, भेदभाव, प्रतिशोध दुःख की जड़ हैं।'

बुद्ध लोक भाषा पालि में प्रवचन दे रहे थे। यह जनसाधारण की भाषा थी। वे चाहते थे कि आम साधारण अशिक्षित भी बौद्ध धर्म को समझ सकें। संस्कृत श्रेष्ठी वर्ग की भाषा थी। वह लोक की पहुँच से दूर थी। लोक ने बोलचाल के लिए पालि खोज निकाली। लोक के पास पहुँचने के लिए पालि अपनाकर धर्म का सरलीकरण कर लोक धर्म का स्वरूप प्रदान कर रहे थे। उसे सर्वजन सुलभ बना मानवमात्र को मोक्ष का मार्ग बतला रहे थे।

मानवमात्र दुःख से पीड़ित है। राजा हो या रंक सब के अपने—अपने दुःख, पीड़ाएँ हैं। दुःख से मुक्ति पाने हेतु ही मानव धर्म तथा ईश्वर की शरण में जाता है। दुःख सर्वजनीन, सर्वयुगीन है। दुःख का कारण जानना ज़रूरी है। चत्वारी आर्य सच्चानी—चार आर्य सत्यों के ज्ञान से ही दुःख को जाना जा सकता है। पहला तत्त्व दुःख है। वह भेदभाव नहीं करता। दुःख, पीड़ा क्यों भोगनी पड़ती है? दुःख पहला पायदान है तो दूसरे सोपान पर दुःख का कारण है। किन कारणों से मानव दुःखी होता है? दुःख समुच्चय से ही इसे जाना जा सकता है। जन्म, वृद्धावस्था, बीमारी, मृत्यु, प्रियजन से बिछोह, इच्छित वस्तु का न मिलना, सामाजिक—जातिगत विषमता, भेदभाव, ऊँच—नीच, अस्पृश्यता दुःख के मूल कारण हैं। सुख भोगने की लालसा, वासना, तृष्णा,

भव तृष्णा (पुनर्जन्म की इच्छा), मोह, ममता, राग–द्वेष आदि दुर्गुण दुःख का कारण हैं। दुःख समुच्चय में इनकी गणना होगी।

तीसरे सोपान पर दुःख निरोध है। दुःख के कारण को जान लेने पर उससे छुटकारा पाना। उन्हें दूर करना अत्यन्त सरल है। अविद्या, अज्ञान, वासनाएँ, तृष्णा, ईर्ष्या, द्वेष, क्रोध, स्वार्थ, कामवासना, लोभ दुःख का कारण हैं। कारणों का विनाश करने से दुःख का नाश होने पर मोक्ष की प्राप्ति होती है। अन्तिम और चौथे सोपान पर दुःख निरोध मार्ग है। इसके लिए कठोर तपस्या, उपवास, कर्मकाण्ड, यज्ञ, हवन, बलि आवश्यक नहीं। तृष्णा, वासना, ईर्ष्या, द्वेष रखते हुए वेद मन्त्रों का उच्चारण किसी काम के नहीं। इनके करने पर भी वासनाएँ यथावत् जीवित रहती हैं।

साँझ के साये अस्ताचलगामी सूर्य की स्वर्णिम लालिमामयी आभा को आँचल में समेटने लगे। कलरव करते पक्षियों के दल रात्रि विश्राम हेतु घोंसलों को लौट रहे थे। दिवस का अवसान समीप था। सम्बोधि समाप्ति का समय निकट जान आनन्द ने तथागत के चरणों के समीप दीपक रख प्रणाम किया। रससिक्त आनन्दप्रदाता वाणी विश्राम करने हेतु मौन हुई। कुछ काल बाद दीपक को प्रणाम करते ओ...म...शा...न्ति...शान्ति...।

उपस्थित लोक देवता को खड़े हो प्रणाम किया। आशीर्वाद हेतु राजपरिवार निकट पहुँचा। बुद्ध निषेध ने रोक दिया। दूर से प्रणाम कर विदा हुए। बारी–बारी से सभी ने प्रणाम किया। तथागत की दैवी उपस्थिति एवं अन्तरात्मा को तृप्त कर देने वाले प्रवचनों में एक माह कब बीत गया, पता ही न चला। लुम्बिनी वन में मेला–सा लगा रहता। कपिलवस्तु ही नहीं निकट–दूर के धर्मप्रेमी भी तथागत के दर्शन और सम्बोधि हेतु आने लगे थे। एक माह तक शाक्यों को सम्बोधि गंगा में अवगाहन कराने के बाद तथागत गौतम ने वैशाली हेतु विहार करने का निर्णय लिया।

राजपरिवार प्रतिदिन प्रथम क़तार में आसन ग्रहण करता था। पिता महाराज शुद्धोधन पुत्र के देवत्व एवं विद्वतापूर्ण, सरल लोक बोली में आत्मा को मुक्त करने वाली सम्बोधि से अभिभूत थे।

माँ प्रजापति गौतमी की अन्तरात्मा बेटे के प्रति वात्सल्य, ममता से आप्लावित थी। प्रियतम् की पुनः चिर विदाई की आशंका से रूपसी यशोधरा की धड़कन ऊपर–नीचे होने लगी थी। हमसे दूर रहें पर निगाहों के सामने रहने की कृपा करें। क्या ऐसा हो सकेगा? दीर्घ श्वास ली और राहुल के भोले नयन आदर से पिता को निहारा करते। मन गोद में बैठने को मचलता, लेकिन सम्भव नहीं था।

'ब्रह्माण्ड के किस ग्रह से इस धरा पर आकर जन्म लिया है, कोई नहीं जानता? मृत्यु के बाद किस ग्रह चले जायेंगे, इसकी भी जानकारी किसी को नहीं? जन्म–मृत्यु के बीच जो छोटा या बड़ा जीवन बिताते हैं वह सांसारिक दुःखों से भरा है। अष्टांगिक मार्ग ही उससे छुटकारा दिलाएगा। अष्टांगिक मार्ग को अपनाने पर ही दुःख से मुक्ति मिलेगी। पूजा, उपासना, यज्ञ, व्रत, हवन तथा तप के ज़रिये देह को कष्ट देना बेकार है। इनसे अस्थायी छुटकारा मिलता है। सांसारिक वासनाएँ, लालसाएँ, ईर्ष्या–द्वेष, प्रेम, प्रतिशोध की भावनाएँ फिर लौट आती हैं। अष्टांगिक मार्ग का निरन्तर अभ्यास इससें स्थायी मुक्ति दिलाएगा।' अष्टांगिक मार्ग में किसी तप, यज्ञ, हवन, उपवास की ज़रूरत नहीं है। यह आचरणीय है। वह धर्म मार्ग है।

अष्टांगिक मार्ग के मुख्य तत्त्व–समय, प्रज्ञा, ज्ञान और श्रद्धा– को अपनाना पहली शर्त है। ये कल्याणकारक है। सम्यक् ज्ञान सत्य पर आधारित है। वह पाप–पुण्य सदाचार–कदाचार में भेद बतलाता है। सत्याचरण अपनाने को प्रेरित करता है।

दूसरा तत्त्व सम्यक् संकल्प है। सत्यनिष्ठ ही धर्मनिष्ठ है। संकल्पित व्यक्ति को मन, कर्म, वचन की हिंसा से दूर रखना है। कामना, वासना, राग–द्वेष का परित्याग कर प्राणीमात्र की कल्याण कामना करना। परोपकाराय पुण्याय अर्थात् परोपकार पुण्य का प्रदाता और पापाय परपीड़नम् अर्थात् पर पीड़ा पाप का कारण है। तीसरा शील निद्देश्य महत्त्वपूर्ण तत्त्व हैं। सदाचरण उत्तम चरित्र का निर्माण करता है। जो व्यवहार ख़ुद के लिए पसन्द नहीं करते दूसरों के साथ भी उसे नहीं करना चाहिए। देह को स्वस्थ रखने के लिए सम्यक् व्यायाम आवश्यक है।

व्यायाम उतना ही करें, जिससे काया थके नहीं। व्यायाम की अति कष्टप्रद सिद्ध होगी। स्वस्थ शरीर के लिए सम्यक् व्यायाम ज़रूरी है। सम्यक् स्मृति जीवन की क्षणभंगुरता की सदा याद दिलाती है। वह सन्मार्ग पर चलने को प्रेरित करती है। सत्य पुण्य प्रदत्त मार्ग पर चलने से मन पर कदाचरण का बोझ नहीं रहता। सम्यक् स्मृति सदैव सचेत करती रहती है। जीवन चलाने के लिए सम्यक् आवर्जन आवश्यक है। बिना जीविका कमाये जीवन जिया नहीं जा सकता। लेकिन जीविका के लिए कमाया जाने वाला धन अनैतिक, भ्रष्ट, पाप मार्ग से नहीं कमाना चाहिए। सम्यक् समाधि मन, इन्द्रियों, वासना, कामना पर नियन्त्रण कायम करने में सहायता प्रदान करती है।

अष्टांगिक मार्ग सदाचरण पर आधारित है। वह आचरणीय है। इसके अभ्यास में किसी ख़र्चीले यज्ञ, हवन, बलि, कर्मकाण्ड की आवश्यकता नहीं। सदाचरण प्रत्येक मानव के साथ किया जाना चाहिए। सद्व्यवहार की परिधि में मानव मात्र का स्थान है। विषमता, सामाजिक–जातिगत भेदभाव का निषेध करता है सद्व्यवहार। अष्टांगिक मार्ग मानव जाति के लोक कल्याण, लोकमंगल का मार्ग है। व्यक्ति को दुःख, पीड़ा से मुक्त करता है। परिवार, समाज को सुख का प्रदाता है। सम्यक् दृष्टि भी मुख्य तत्त्व है। आपकी दृष्टि में सभी बराबर होने चाहिए। दृष्टिभेद से किया गया व्यवहार भी दुःख का कारण है। इससे बचना चाहिए।

साँझ कब रात्रि में बदलने लगी पता ही नहीं चला। आनन्द के दीपक रखने पर प्रवचन समाप्ति का समय आने लगा। विदा होने के पहले शास्ता ने कहा, 'आनन्द!'

'देव!'

'संघ कल ब्रह्ममुहूर्त में वैशाली के लिए विहार करेगा।'

'जो आज्ञा देव!'

मन धक् से रह गये। शुद्धोधन एवं गौतमी माँ का वात्सल्य विरह–वेदना से व्याकुल हो उठा। तो चिर विदाई की घड़ी पुनः आ पहुँची। यशोधरा का कलेजा और प्राण कण्ठ में आ अटके।

पिंजरे में बन्द पंछी–सा मन फड़फड़ाने लगा। सार्वजनिक लज्जा के भय से उमड़े आँसुओं को बहने से जबरन रोका। दुःखी श्रोताओं ने दर्दीली साँस ली।

वैशाली का देशप्रसिद्ध मदनोत्सव

अपराध–बोध से आत्मा पछतावे से जल रही थी। मन में जलन का अनुभव हो रहा था। वासना से प्रभावित, प्रेरित हो क्या कर बैठी? भयंकर घटना का जो घातक परिणाम होगा। उसका पूर्वानुमान क्यों नहीं लगा पायी? सोचा था उसकी दुर्लभ अलभ्य रूप राशि और चीनांशुक सी रेशमी कमनीय काया पर तथागत का वैरागी मन समर्पण कर देगा। लेकिन हुआ उलटा। वत्सराज ही नहीं समस्त सोलह महाजनपद थू–थू कर रहे होंगे। 'कामातुराणाम् भयं न लज्जा'। वासना का प्रबल वेग बुद्धि का हरण कर क्रोध, ईर्ष्या, बदले की भावना को जन्म दे अमर्यादित आचरण कर बैठता है। हमारे साथ यही हुआ। वर्तमान ही नहीं आने वाली सदियों का इतिहास हमारी कलंक कथा ढोयेगा। दुःख, पीड़ा के आवेग में गोरे–गुलाबी, रेशमी, कोमल, कपोलों पर चाँटे मार अधिक लाल कर लिया। मांगधिया...मांग...धिया....मां...धिया ये क्या कर बैठी? देशपूजित, देवपुरुष, महामानव को कलंकित करने का प्रयत्न? उदार मन, प्राणीमात्र के उद्धारक तथागत ने निश्चय ही इस पापिन के क्षमा न करने योग्य अपराध को भी बिन माँगे क्षमा कर दिया होगा। राजनर्तकी के सम्माननीय वैभवशाली पद को कलंकित कर दिया। कामवासना ने भिखारिन बना दिया। एक तो वैसे ही कलानेत्री के बजाय राजनर्तकी सामान्य जन के बीच गणिका की छवि ढोती हैं, तूने तो सत्य साबित कर दिया। जल बिन मछली–सी तड़पने लगी।

'स्वामिनी कहाँ चलना है?' सारथी ने विचार प्रवाह में व्यवधान डाला? अनेक गाँव, क़स्बे, नगर पीछे छोड़ आये थे। उड़ा जा रहा रथ कौशाम्बी को दूर अति दूर छोड़ता चला जा रहा था। बढ़ती दूरी मन को तसल्ली प्रदान कर रही थी। बार–बार पीछे मुड़ कर देख रही थी

कहीं कुटिल यौगन्धरायण ने पकड़ने हेतु सैनिक तो नहीं भेजे? मार्ग विधवा की माँग के समान सूना था। छुटकारे की साँस ली। सूरज की प्रखर रोशनी ने अँधेरे को पूरी तरह निगल हवा को गरम करना आरम्भ कर दिया। विकल कर देने वाली बेचैनी फिर लौट आयी। सारथी के 'कहाँ जाना है? का क्या उत्तर दे? तथागत की अपराधिनी को कोई भी शरण नहीं देगा। उल्टे बन्दी बना वत्सराज उदयन को सौंप देगा। उनसे शत्रुता मोल लेने का साहस कोई नहीं करेगा। पकड़ने वाले को पुरस्कार देने की घोषणा शातिर यौगन्धरायण ने अवश्य कर दी होगी? पाप–बोध बार–बार प्रताड़ित कर रहा था। रथ चौराहे पर आ खड़ा हुआ।

'तीनों मार्ग कहाँ जाते हैं?'

'सामने वाला मगध की राजधानी राजगृह। दायें वाला लिच्छवि गणराज्य की राजधानी वैशाली और चौथा श्रावस्ती से विदिशा, उज्जयिनी, नर्मदा तट की महिष्मति होते सुदूर दक्षिण के चेर, चोल, पांड्य राज्यों को जाता है।

'श्रावस्ती मार्ग पर चलो।'

सारथी ने रथ मोड़ दिया। सारथी के वापस पहुँचने पर महामात्य अवश्य हमें कहाँ छोड़ा है, जानने का प्रयत्न करेंगे। पर्याप्त दूर पहुँचने पर रथ रुकवा उतर पड़ी। पुरस्कार स्वरूप कुछ स्वर्ण मुद्राएँ सारथी को देते हुए कहा, 'यौगन्धरायण को मत बताना हमें कहाँ उतारा है?'

'आप निश्चिन्त रहें स्वामिनी। दास किसी को कुछ नहीं बतायेगा।' रथ कौशाम्बी की ओर मोड़ दिया। रथ को जाते देखती रही। नज़रों से ओझल होने पर गहरी साँस ली। वास्तविक परिचय छिपाने के लिए पहले क़ीमती वस्त्र आभूषण उतार गठरी में रख अत्यन्त साधारण वस्त्र पहने। कुछ काल खड़ी रही।

मांगधिया के पलायन का समाचार यौगन्धरायण को मिल गया था। बन्दी बनाये जाने के पहले ही चिड़िया उड़ गयी थी। सारथी को पकड़ने सीमा पर सैनिक तैनात कर दिये। सारथी को बन्दी बना पेश कर दिया।

'सारथी!'

'देव!'

'राजनर्तकी मांगधिया को किस गाँव, नगर में छोड़ आये हो?'

'एक चौराहे पर उतरकर देवी ने दास को वापस जाने का आदेश दिया।'

'चौराहा किन–किन दिशाओं नगरों को जाता है वे किस दिशा में गयीं?'

'श्रावस्ती वाले मार्ग पर चल दीं। यह मार्ग विदिशा उज्जयिनी, महिष्मति होते हुए नर्मदा पार दक्षिण के चेर, चोल, पाण्ड्य देशों को जाता है देव।'

'तो मांगधिया अवन्ति नरेश चण्डप्रद्योत के यहाँ शरण लेगीं? राजनर्तकी पद्मावती के मगध पलायन के बाद वहाँ पद खाली है। प्रद्योत मांगधिया का ससम्मान स्वागत ही नहीं करेगा सादर राजनर्तकी के पद पर प्रतिष्ठित भी करेगा। वहाँ से पकड़वा मँगाना असम्भव है।' महामात्य चुप बैठ गये।

धूल–धूसरित, कंटकाकीर्ण मार्ग पर कुछ काल खड़ी रही। फ़र्श पर बिछे नरम आरामदायी गलीचों पर चलने वाली के गोरे–गुलाबी, सोने के पाज़ेबों से सज्जित कोमल चरणों को चूमने, भ्रमर से लालायित प्रेमियों की जगह धूल, कंकड़, घास, तिनके लिपट रहे थे। राजपुरुषों, श्रेष्ठी वर्ग, सैन्य अधिकारी, उच्च वर्गों के बीच उठने–बैठने वाली का भाग्य कहाँ ले आया? ना। क्षणिक यौन सुख, जो मिल न सका उसने सड़क पर खड़ा कर दिया। सूर्य की प्रखर किरणों की गर्मी से हवा–धूल गरम हो आये। मार्ग सुनसान था। चतुर नारी ने दिशा बदली। श्रावस्ती के बजाय वैशाली की ओर चल दी। कुछ दूर चलने के बाद थक गयी।

पिण्डलियाँ दर्द करने लगीं। कदली–सी जंघाएँ भर आयीं। भाल, नासापुट पर पसीने की नन्ही–नन्ही बूँदों ने अधिकार जमा लिया। कंचुकि पसीने से भीग गयी। पेड़ के तने से टिक बैठी। वृक्ष की डालियों, पत्तों से छनकर आ रही धूप परेशान करने लगी। कमलनयन मूँद दुरावस्था पर रोना आ गया। कहाँ जाऊँ? किससे मदद माँगूँ?

क्षमादान हेतु तथागत के पास जाऊँ? उन्होंने तो बिन माँगे ही क्षमा कर दिया होगा। वे अत्यन्त उदारमना हैं। फिर नारियोचित अभिमान आड़े आ गया। सार्वजनिक लज्जा रोकने लगी। विचारों की उधेड़बुन में इतनी खो गयी कि किसी बात का भान नहीं रहा।

टुन...टुन...टु...न टुनटुन बैलगाड़ी के बैलों की घण्टियों की टुनटुनाहट भी ध्यान भंग न कर सकी। तीन–चार बैलगाड़ियों में किसान परिवार थे। पेड़ तले राजसी गरिमा की अपूर्व रूपसी को अकेले बैठा देख बैलगाड़ियाँ रुक गयीं।

'देख भई मोहन! पेड़ के नीचे बैठी देवी कौन है? अकेली क्यों है? कहाँ जाना चाहे?'

मुखिया ने आदेश दिया।

सौन्दर्य में तीखा आकर्षण होता है। भोला–भाला मोहन खिंचा चला गया। उसके पास पहुँचने के बाद भी गहरे सदमे में डूबी, अपने आप में खोयी मांगधिया ध्यान नहीं दे पायी।

'द...द...दे...वी...जी...देवी जी?'

ध्यान भंग हुआ। पग पीछे खींचे। सामने ग्रामीण लड़का खड़ा था। रतनारे नयन अपलक निहारने लगे। सिर हिलाने से घण्टियाँ फिर टुनटुनायीं। ध्यान उधर गया। गाड़ियों में महिलाओं लड़कियों, बच्चों की उपस्थिति ने आश्वस्त किया। उत्तर देने की बजाय प्रतिप्रश्न पूछा, 'आप लोग कहाँ जा रहे हैं?'

'वैशाली। कुछ दिनों बाद वसन्त पंचमी का मेला लगेगा। मदनोत्सव भी मनाया जायेगा। गणनर्तकी देवी आम्रपाली एवं उनकी कलाकार नर्तकी सखियाँ नाच, गाना, गायन, वादन प्रस्तुत करेंगी। मेला भी लगेगा। दूर–पास के व्यापारी सामान बेचने–ख़रीदने आयेंगे। सस्ता मिलने पर हम भी कुछ ख़रीद–बेच लेंगे। आप चलना चाहेंगी?'

'आप लोगों को कष्ट न हो तो?'

'दादा! देवी भी वैशाली चलना चाहती हैं। ले आयें?

'हव। ले आ।'

मानसिक तनाव में इतना डूब गयी थी कि ऋतुओं, पर्वों, उत्सवों का ध्यान ही नहीं रहा। ग्रामीणों के निमन्त्रण ने तनाव से मुक्ति दिलायी।

'आइए। मुखिया ने सादर प्रणाम किया। जिस बड़ी गाड़ी में नारियाँ अधिक थीं उसमें बड़ी कठिनाई से बैठने की कोशिश करने लगी। सारथी–सेवकों की सहायता से रथ में बैठने की आदत थी। पहली बार घास के पूलों पर चुभने वाली मोटी दरी पर बैठी। उसकी परेशानी देख ग्रामीण किसान महिलाएँ दबी हँसी हँसने लगीं। एक ने हाथ पकड़ आराम से बैठा लिया। घण्टियों की टुनटुनाहट के साथ गाड़ियाँ वैशाली के लिए चल दीं। रास्ते में गाँव, खेड़ों, क़स्बों के वासी भी बड़े उत्साह से साथ हो लिए। गाँवों की महिलाएँ लोक गीत गाने लगीं।

मानव उत्सवधर्मी है। ज़िन्दगी की आपाधापी सन्त्रासों से समय चुरा ऋतुओं के बहाने आनन्द व मनोरंजन के अवसरों का सृजन करता रहता है। दिन, तिथि, वार तथा आकाशीय ग्रह–नक्षत्रों की गति और मौसम के अनुरूप उत्सवों, पर्वों तथा त्योहारों को मनाने लगा। वसन्त ऋतु का मदनोत्सव शीत ऋतु की समाप्ति एवं ग्रीष्म के आगमन की सन्धिकाल का उत्सव है।

जब न अधिक ठण्ड पड़ती, न गर्मी, मौसम, समशीतोष्ण। प्रकृति नव शृंगार करती है। वृक्ष–लताएँ पुराने पत्तों को त्याग नये पत्ते धारण करते है। ठण्डी, मनभावन शीतल, देह, आत्मा को सुकून देने वाली गादक बयारे बहने लगती हैं। प्रकृति के शृंगार नवजीवन, नवसौन्दर्य का विधान कर लेने से प्रभावित मानव भी उल्लास से भर उठता है। साहित्य, ज्ञान, संस्कृति, कला–नृत्य, गायन, वादन, संगीत की देवी सरस्वती वसन्त पंचमी और मदनोत्सव की आराधना अधिष्ठात्री की पूजा–उपासना मदनोत्सव के ज़रिये करता है।

लिच्छवि महाजनपदीय गणतन्त्र का मदनोत्सव सारे देश में प्रसिद्ध था। कलानेत्री, रूपसुन्दरी आम्रपाली के रूप–लावण्य ही नहीं उनके सर्वोत्तम नृत्य, लास्य मुद्राओं, मधुर कोमलकण्ठी वीणावादन के साथ गायन की जो रसधार बहती है, वह अविस्मरणीय और ऐतिहासिक है। देवी के सौन्दर्य प्रेमी उनकी एक झलक मात्र पाने के लिए उनके

राजप्रासाद के सामने के मार्ग पर प्रहरियों के भगाने के बाद भी भीड़ लगाये रहते हैं। 'सुना है इस बार के मदनोत्सव में देवी गणनर्तकी ने नृत्य नाटिका तैयार की है। उसे प्रस्तुत करने वाली हैं।'

'लिच्छवि गणराज्य के गाँवों, क़स्बों, नगरों के ही नहीं उसकी सीमा से लगे अन्य महाजनपदों के गाँवों, क़स्बों, नगरों के मदनोत्सव प्रेमियों ने वैशाली का रुख कर लिया।'

'पैदल, बैलगाड़ियों और सम्पन्न लोग अपने–अपने रथों पर सपरिवार वैशाली पहुँचने लगे। सीमा प्रहरियों के लिए उमड़ती भीड़ को रोकना सम्भव नहीं रहा। फिर इस बात का गर्व भी था कि देवी आम्रपाली के कारण लिच्छवियों के मदनोत्सव की चर्चा देशभर में है। उनके कारण गणराज्य के सम्मान में वृद्धि होगी। नगर में बहुत भीड़ और कोलाहल होने लगा। सारी पांथशालाएँ भर गयीं। खुले मैदान में भी परिवारों ने डेरा डाला। चूँकि मधुगाँव के मुखिया गोपालदास के एक पांथशाला के प्रबन्धक से मैत्री सम्बन्ध थे, अतः उन्हें कमरा मिल गया।

गोपालदास जब भी वैशाली सामान ख़रीदने–बेचने आता, इसी पांथशाला में ठहरता था।

प्रबन्धक के लिए गेहूँ, चावल, दाल, घी, मक्खन, सब्ज़ियाँ भेंट में अवश्य लाता था। यद्यपि मांगधिया ने अपने मादक, मांसल रूप–लावण्य को साधारण वस्त्रों और अवगुण्ठन (घूँघट) में छिपाने का भरसक प्रयत्न किया। लेकिन रूपराशि की किरणें वस्त्रों और घूँघट में छिपाना और साँचे में ढले तराशे बदन और मदमाती चाल को छिपाना सम्भव नहीं था। पहचान, परिचय छिपाने के लिए नाम बदल लिया, कपड़े भी बदल लिए। मांगधिया से देवहूति बन गयी। मगर ईश्वर द्वारा दिये गये अलौकिक अलभ्य, दुर्लभ सौन्दर्य को बदलना सम्भव नहीं।

उसी के आशीर्वाद के बल पर वत्स महाजनपद की राजनर्तकी का प्रतिष्ठित पद मिला था। सुन्दरता तो नारी की पूँजी है। आज वही अभिशाप बन रही है। मदनोत्सव के कारण राजधानी वैशाली में जिधर देखो,उधर भीड़ ही भीड़ और कोलाहाल था। सड़कों, पांथशालाओं, गलियों, वीथियों, पण्य बाज़ारों में लोग झुण्ड बना आ–जा रहे थे।

कन्धे से कन्धा टकरा रहा था। कामुक नज़रें तो ठीक भीड़ का फायदा उठा कुछ मनचले जानबूझकर नारी देहों को छूते ही नहीं संवेदनशील अंगों को दबाने, मसलने की कोशिश करते। परेशान हो आयी। स्वाभाविक रूप में लाजवन्ती के पौधे–सी देह सिकुड़ जाती। देह में भय वितृष्णा के काँटे, सिहरन दौड़ जाती। ग्रामीण नारियों के साथ देशप्रसिद्ध लिच्छवियों की राजधानी वैशाली के वैभव को देखने निकली थी। मोहन और अन्य युवक उसे और परिवार की महिलाओं, लड़कियों को घेरा बना सुरक्षित रखने का भरसक प्रयत्न कर रहे थे। फिर भी अवसर मिलते ही बदमाश फायदा उठाने से चूकते नहीं थे। नारी किसी भी युग में कहीं भी सुरक्षित नहीं है। न घर–परिवार में, न समाज में, न बाहर।

वैशाली भव्य आकर्षक नगरी थी। उसे योजनाबद्ध तरीक़े से बसाया गया था। चौड़ी सड़कें उन्हें जोड़ती गलियाँ। भव्य अट्टालिकाएँ, जिनमें वायु तथा प्रकाश की पर्याप्त व्यवस्था थी। मकानों, अट्टालिकाओं से निकलने वाले जल की निकासी का भरपूर ध्यान रखा गया था। धूल न उड़े इसलिए दिन में दो–तीन बार पानी का छिड़काव किया जाता। कहीं कोई गन्दगी नहीं। रात्रि में स्थान–स्थान पर सड़कों ही नहीं गलियों में भी मशालों के ज़रिये प्रकाश की पर्याप्त व्यवस्था की गयी थी। मदनोत्सव के स्वागत के लिए प्रासाद, संसद, गणाध्यक्ष, संसद सदस्यों, गणकर्मचारियों, नगर के गणमान्यों, श्रेष्ठियों के महल ही नहीं आम नागरिकों ने भी अपने घरों को बन्दनवारों, आँगनों को रंगोली से सजाया था। यातायात एवं आगन्तुकों की भीड़ को व्यवस्थित करने के लिए मार्ग भर में प्रहरी तैनात थे। मंगल वाद्यों के सुमधुर संगीत से वायु एवं वातावरण तरंगायित था। रंग–बिरंगे सुन्दर वस्त्राभूषणों, पुष्पों से श्रृंगारित लिच्छवि अतिथियों के प्रति आदर सौजन्य का परिचय दे रहे थे। सभी मनोहारी था। तभी तो तथागत ने ठीक ही कहा था लिच्छवीगण देवताओं के समान प्रशंसनीय हैं।

उत्सव के उल्लसित वातावरण ने ऐसा प्रभावित किया कि कुछ काल के लिए अपनी दुरावस्था, परेशानियाँ भूल गयी।

आकर्षक कमनीय मुख से चिन्ता के बादल छँट गये। प्रसन्नता ने कमनीय मुख, नयनों, अधरों की मोहकता को दुगना कर दिया। राहगीरों की दृष्टियाँ बरबस अटकने लगीं। कौन हैं ये रूपसी? कहाँ से आयी है? कौन भाग्यशाली है जिसकी ये अंकशायिनी हैं। कृषक नारी तो लगती नहीं? चुभती कामुक नज़रों ने सजग कर दिया। अच्छा भी लगा। बुरा भी। हर नारी अपनी सुन्दरता की प्रशंसा पसन्द करती है। कामुक दृष्टि स्पर्श से घृणा। सजग हो आयी। असुरक्षा की भावना, शोचनीय चिन्ता और अवसाद लौट आया। उत्सव की समाप्ति के बाद किसान परिवार अपने गाँव लौट जायेंगे। तब कहाँ जायेगी? कौन सहारा, सुरक्षा देगा? किसान परिवार के साथ चली जा रही थी। मन शरण की चिन्ता में भटक रहा था। देवी आम्रपाली के पास जाऊँ? उनसे शरण, सुरक्षा अवश्य मिलेगी। लेकिन अलौकिक रूप गोपनीय नहीं रहने देगा। अवसाद गहरा गया। तभी पवित्र श्वेत वस्त्रों में जैन साध्वियों को दण्ड, झोला लिए जाते देखा। सिर उनके केशरहित थे। त्याग, तपस्या, संयम, ब्रह्मचर्य की तेजस्विता से मुख अलोकित थे। नयनों से करुणा स्नेह झर रहे थे। कामुक नज़रों में श्रद्धा–पूजा भाव था। बड़े आदर से रक्षा ही नहीं कर रहे थे, आगे–आगे चल मार्ग भी खाली करा रहे थे। कुछ भक्त आगे–आगे चल राह के कंकड़, पत्थर, काँटे आदि साफ़ करते चल रहे थे। जैन साध्वियाँ पद त्राण जो नहीं पहने थीं। नारी का यह रूप पूजनीय लगा। पता चला पूज्या साध्वियाँ सदी के दूसरे महामानव, युगपुरुष चौबीसवें तीर्थंकर भगवान् महावीर के दर्शन एवं प्रवचन हेतु जा रही हैं।

देवी आम्रपाली की स्थिति अच्छी नहीं थी। इसमें कोई सन्देह नहीं कि अपने रूप–सौन्दर्य, नृत्य, गायन, वादन की कला की श्रेष्ठता के बल पर जैतग्राम के ग़रीब दीन–हीन ब्राह्मण पुजारी की पालित पुत्री देशप्रसिद्ध लिच्छवि महाजनपद गणतन्त्र की गणनर्तकी के सर्वोच्च पद पर अधिष्ठित हुई थी। सारे देश में बहुचर्चित, बहुप्रशंसनीय ही नहीं लोकमान्य भी थी। लेकिन उसने एक व्यक्ति को अपना शत्रु बना लिया था। वो था अत्यन्त प्रभावशाली लिच्छवि गणराज्य ही नहीं

देशमान्य वैशाली का नगरश्रेष्ठी अनाथ पिण्डक। पिण्डक वस्तुओं का ही नहीं नारी रत्न का भी पारखी था। रूपसी नारी उसकी कमज़ोरी थी। सामान्य रूपाली नहीं सर्वोच्च पद पर प्रतिष्ठित सुन्दरी को अंकशायिनी बनाने की लालसा से पीड़ित था देशश्रेष्ठी।

पूर्व गणनर्तकी सर्वोत्तमा के स्थान पर आम्रपाली रूपी रत्न को खोज कर गणनर्तकी बनाने में उसका बड़ा हाथ था। अतः उसकी देह पर अपना अधिकार स्वाभाविक रूप से मानता था। पैसा बहुत बड़ी ताक़त है। इसकी मदद से किसी को भी ख़रीदा जा सकता है। ख़रीदा भी था। सर्वोत्तमा की स्थानापन्न आम्रपाली को अपने जीवन में भी स्थानापन्न बनाना चाहता था। चतुर नारी ने इसे असफल कर दिया।

क्रोध, आक्रोश, बदले की भावना से चोटिल सर्प के समान डसने को फड़फड़ाने लगा। स्वर्ण मुद्राओं के बल पर गणनर्तकी के प्रासाद की दासी मदनिका की सेवाएँ गुप्त सूचनाएँ पाने हेतु ख़रीद लीं। आम्रपाली के सुरक्षा कवच में सफलतापूर्वक सेंध लगा दी। मदनिका से महिष्मति के वीणावादक शारंगदेव के साथ आम्रपाली के अन्तरंग सम्बन्धों का पता चलने पर पिण्डक की बाँछे खिल गयीं। राजनर्तकी को बदनाम करने के लिए बड़ा हथियार हाथ लग गया।

ईर्ष्या, द्वेष, शत्रुता की भावना से जलने लगा। सौन्दर्य सम्राज्ञी रीझी भी तो किस पर एक घटिया सितारवादक पर! अपने चमचों से राजनर्तकी छवि धूमिल करने में लग गया। अनेक झूठे तथ्य मिला दिये। सत्य लंगड़ा होता है और झूठ अफ़वाह बन हज़ार पैरों से दौड़ लगाता है।

किसी नारी के चरित्र हनन का सच्चा हथियार किसी पुरुष से उसके सम्बन्ध को जोड़ देना है। यदि नारी रूपवान, प्रतिष्ठित हो तो लोग रस लेकर ऐसी चर्चा से आनन्दित होते हैं। दो–चार सच्ची–झूठी बातें और जोड़ देते हैं। अनाथ पिण्डक आम्रपाली को यौन सुख देने वाली गणिका बना चरित्र हनन करने लगा। नारी देह का अमूल्य अंग योनि है। जाने–अनजाने में किसी पुरुष को उसे सौंप अपनी देह में प्रवेश करने की अनुमति दे देने पर उसका अपना कुछ भी गोपन नहीं रह जाता,

वह पुरुष की यौन दासी बन जाती है। पुरुष निस्संकोच दुरुपयोग करता है।

अनाथ पिण्डक गणाध्यक्ष महानाम को शिकायत करने जा धमका।

'महामहिम अध्यक्ष जी, लिच्छवि गणराज्य की गौरव गणनर्तकी आम्रपाली ने लिच्छवियों की प्रतिष्ठा धूल में मिला दी। महिष्मति के एक घटिया साधारण से सितारवादक की अंकशायिनी बन गयी। छीः। सारे नगर में ही नहीं सारे देश में इस गन्दे सम्बन्ध की कलंक कथा की चर्चा है। लोग थू–थू कर रहे हैं। उस गणिका के अक्षमनीय कृत्य ने गणराज्य को कलंकित किया है।'

पिण्डक ने ज़हर उगला।

महानाम स्तब्ध। सुना तो उन्होंने भी था कि महिष्मति का श्रेष्ठ कोई वीणावादक शारंगदेव देवी गणनर्तकी के यहाँ ठहरा है। गायन, वीणावादन कला की चर्चा उनमें होती रहती है। आम्रपाली कुछ राग–रागिनियों की चर्चा उनसे कर रही है। कुछ सीख भी रही है। शायद शारंगदेव के वादन पर नृत्य भी करती है। मगर अत्यन्त निकट अन्तरंग सम्बन्ध कायम कर लेगी। देह सौंप देगी, इसकी कल्पना नहीं थी। नारी के मनोभावों के बारे में कुछ कहा नहीं जा सकता? 'नारी चरित्रम् देवो न जानति कुतो मनुष्यम्' नारी के चंचल मन के बारे में जब देवता नहीं जान पाये तो हम मानवों की क्या बिसात? फिर आम्रपाली के विपुल दैवी दैहिक रूपराशि से ही नहीं उसके शालीन व्यवहार, मृदु भाषण एवं महामहिम के प्रति राजसी शिष्टाचार के पालन से गहरे तक प्रभावित थे। स्नेह करते थे। आज तक शिकायत का अवसर नहीं दिया। उन्हें अनाथ पिण्डक के नारी प्रेम की भी जानकारी थी। सेवानिवृत्त पूर्व गणनर्तकी सर्वोत्तमा के साथ उसके सम्बन्धों की भी जानकारी थी। अपने पैसे के बल पर समय–समय पर क़ीमती वस्त्राभूषणों से उन्हें उपकृत करते रहने को भी जानते थे। यह भी मालूम था कि आम्रपाली ने उन्हें उपकृत नहीं किया। उनकी रखैल बनने से साफ़ मना कर दिया। अत्यन्त चतुर हैं।

बदला लेने का अवसर नहीं छोड़ रहे। विचारमग्न महानाम ने तत्काल उत्तर नहीं दिया। गम्भीर, भारी मौन पसर गया।

महानाम अनुभवी, दुनियादार, मानव स्वभाव के वयोवृद्ध अध्येता थे। तत्काल प्रतिक्रिया का आश्वासन नहीं दिया।

'महामहिम दास ने आम्रपाली के चरित्र के सम्बन्ध में कुछ निवेदन किया है।' अधीर पिण्डक गणाध्यक्ष से तत्काल दण्डात्मक कार्रवाई चाहता था।

'आपके आरोपों की जाँच अवश्य की जायेगी। न्याय की माँग है कि आरोपी को भी सफ़ाई देने, अपना पक्ष रखने का अवसर दिया जाये। यह धर्मसम्मत है। निष्पक्ष न्याय का मूल आधार।' महानाम धीरे–धीरे एक–एक शब्द उच्चरित कर रहे थे, सत्यता जानने हेतु देवी से भी पूछना पड़ेगा। एक समिति गठित करेंगे जो सच्चाई का पता लगा अपनी अनुशंसा समेत प्रतिवेदन प्रस्तुत करेगी। आम्रपाली साधारण नारी नहीं है उसका भी ध्यान रखें।'

'हमने जो आरोप प्रस्तुत किया है उसकी अच्छी तरह से जाँच–परख कर ली है। फिर दास साधारण आदमी नहीं है। हम देशप्रसिद्ध श्रेष्ठी हैं। हमारी भी कोई साख है।' बात समाप्त करते स्वर में आक्रोश भर गया।

नगरश्रेष्ठी को अपने पद, प्रतिष्ठा, धनशक्ति का बड़ा घमण्ड है। इसीलिए हम पर दबाव डाल तत्काल अपने पक्ष में निर्णय चाहता है। अपमान से महामहिम का मुख ही नहीं कान तक लाल हो आये। लेकिन संयम नहीं खोया। सिर्फ़ इतना कहा, 'आप पधार सकते हैं।' उठ कर कक्ष में चले गये।

इस अपमान की पिण्डक को आशा नहीं थी, कुछ काल गुमसुम बैठा रहा फिर चल दिया। गणाध्यक्ष ने गणनर्तकी को बुला भेजा।

'दासी का प्रणाम स्वीकारें महामहिम। क्या आदेश है?' प्रणाम करते हुए आम्रपाली ने कक्ष में प्रवेश किया।

'आयुष्मति भव, यशस्वी भव। स्वागत है। आसन ग्रहण करो बिटिया।' खड़े हो प्रणाम करते महानाम ने स्वागत किया।

'पहले महाप्रभु विराजें।'

दोनों बैठे।

'कैसा चल रहा है? मदनोत्सव की तैयारी कैसी है? इस बार ऐसा कार्यक्रम प्रस्तुत करें कि सारा देश आपके साथ लिच्छवियों की भी प्रशंसा करे?'

'आपके आशीर्वाद से ऐसा ही होगा महाप्रभु। दासी इस बार भगवान् तथागत पर केन्द्रित नृत्य नाटिका प्रस्तुत करेगी।' प्रसन्नता से आम्रपाली के मोहक मुख की कमनीयता दुगनी हो आयी।

आम्रपाली की प्रसन्नता से महानाम भी प्रसन्न हुए, 'यह तो सर्वोत्तम है। भगवान् तथागत की लिच्छवियों पर विशेष कृपा है। उनकी उपस्थिति कार्यकम को ऐतिहासिक महत्त्व प्रदान कर देगी।'

'सुना है वे वैशाली के लिए प्रस्थान कर चुके हैं।'

'उनकी महती कृपा है।' अबोला तैरने लगा। चतुर नारी समझ गयी। किसी गम्भीर बात को कहने में महामहिम संकोच कर रहे हैं। कमनीय मुख गम्भीर हो आया।

'ख...ह...' महानाम ने कण्ठ साफ़ किया। सीधे कुछ भी कहना, एक नारी की अस्मिता पर सवाल करना कठिन लगा। फिर भी बात को हलका किया, 'बिटिया हमने सुना है कुछ समय महिष्मति के श्रेष्ठ वीणावादक क्या तो नाम है...?'

'शारंगदेव।'

'हाँ, शारंगदेव आपके अतिथि बने थे।'

'हाँ देव।' आम्रपाली सतर्क हुई।

'सुना है आप लोगों ने कला साधना की। और...।' अधूरी बात सब कुछ कह गयी।

महानाम की शंका सच थी। तीर–सी कोमल प्रेमी मन को लहूलुहान कर गयी। मोहक मुख लज्जा से फीका पड़ गया। स्नेह करने वाले से झूठ बोल नहीं सकती थी। सच क़बूल करने का साहस नहीं था। मुखमुद्रा ने सब कुछ कह दिया। कक्ष की हवा भारी हो आयी।

सोचा, 'तो महामहिम को शारंगदेव के साथ अन्तरंग सम्बन्धों का पता चला गया।'

वातावरण एवं आम्रपाली के मन पर पड़े बोझ को हलका करने लगे, 'बिटिया! आप चतुर, सुजान, ममतामयी हैं। हर नारी के समान भावुक और अतिसंवेदनशील हैं। आप राष्ट्र का गौरव हैं। आपके हर पग, कार्य, बोल पर सारे राष्ट्र की ख़ासकर गणसदस्य राजाओं की सतत् निगाहें रहती हैं। आप राष्ट्र की सम्पत्ति हैं। जो सार्वजनिक जीवन में है, वह सार्वजनिक सम्पत्ति बन जाता है। आपका जीवन अपना नहीं रहता। व्यक्तिगत कुछ भी नहीं रहता। अतिरिक्त रूप से सावधान रहना चाहिए।'

'आपका कथन सत्य है। सदा ध्यान रखूँगी।' चरण स्पर्श किये।

'बिटिया! नृत्य–नाटिका इतनी सर्वोत्तम हो कि उसके बारे में सुन तथागत भी प्रसन्न ही न हों आपको तथा हम सब को आशीष दें।'

'ऐसा ही होगा देव!'

* * *

'महाप्रभु की जय हो। दास का प्रणाम स्वीकारें देव।'

'आइए महामात्य पुरंजय। क्या समाचार है आसन? ग्रहण कीजिए।'

'महामहिम लिच्छवि महाजनपद के गणाध्यक्ष माननीय महानाम का आमन्त्रण पत्र आया है। इस वर्ष वसन्त पंचमी के अवसर पर लिच्छविगण भव्य पैमाने पर मदनोत्सव का आयोजन कर रहे हैं। गणाध्यक्ष महानाम इस अवसर पर आपको, परम श्रेष्ठ मगध सम्राट बिम्बिसार को, मुख्य अतिथि बनाना चाहते हैं। महामहिम को देवी चेलना एवं परिवार सहित आमन्त्रित करना चाहते हैं।' पुरंजय की प्रसन्नता छलक पड़ रही थी।

'कौन किसे कहाँ आमन्त्रित कर रहा है भई? कक्ष में प्रवेश करते महादेवी चेलना ने जानना चाहा।'

'दास का प्रणाम स्वीकारें महादेवी।' पुरंजय ने आमन्त्रण दुहरा दिया।

'वाह! यह तो शुभ समाचार है। महाप्रभु द्वारा अस्वीकार करने का प्रश्न ही नहीं उठता। आप तत्काल स्वीकृति भेज दें।'

'महादेवी एक सुसमाचार और है सम्भवतः इस अवसर पर पुण्य प्रदाता भगवान तथागत संघ सहित उपस्थित रह सकते हैं। लिच्छवियों के प्रति उनके मन में विशेष अनुराग है।'

'यह तो और भी प्रसन्नता का विषय है। वैशाली चलने से तीन लाभ होंगे?'

बिम्बिसार की सवालिया नज़रें तीन लाभ जानने को उत्सुक हो आयीं।

'पहला मदनोत्सव जैसे कलात्मक सांस्कृतिक उत्सव एवं गणनर्तकी सदी की रूपसी कलानेत्री आम्रपाली के नृत्य, गायन, वादन का रसास्वादन कर पायेंगे। दूसरे भगवान् तथागत के दर्शन, सान्निध्य एवं सम्बोधि का लाभ मिलेगा। तीसरे हमें अपने पिता महाराज सांसद राजा चेटक, माताश्री तथा अन्य परिजनों के साथ कुछ समय बिताने का अवसर मिलेगा। साथ ही बन्धुवर चौबीसवें तीर्थंकर युग पुरुष वर्धमान महावीर के दर्शनों का लाभ भी मिलेगा।'

'तब तो चलना पड़ेगा मित्र पुरंजय। महादेवी के आदेश को कैसे टाला जा सकता है? आप तत्काल स्वीकृति भेज दें। गणाध्यक्ष के प्रति हमारा आभार भी लिख दें।'

'जो आज्ञा देव!' झुक कर प्रणाम किया और लौट गये।

'सुनिए! हमारे साथ कौन–कौन जायेंगे, इसकी भी व्यवस्था करिएगा।'

'जो आज्ञा देव!'

महामात्य पुरंजय चतुर राजनेता एवं कुशल कूटनीतिज्ञ था। सम्राट के साथ जाने वाले प्रतिनिधिमण्डल में वित्तमन्त्री, रक्षा, उद्योग, गृह एवं व्यापार मन्त्रियों को शामिल किया।

जानता था दोनों महाजनपदों के बीच व्यापार–व्यवसाय सीमा सम्बन्धी मामलों पर द्विपक्षीय वार्ता होगी। युवराज अजातशत्रु के आदेश पर गुप्तचराध्यक्ष को भी सम्मिलित किया गया।

उसे निर्देश था कि लिच्छवियों की सैन्य ताक़त का आकलन करे। सम्भव हो तो लिच्छवि गणराज्य की सीमाओं, सैनिक महत्त्व के ठिकानों आदि की महत्त्वपूर्ण जानकारी भी एकत्र करें।

सम्राट–सम्राज्ञी के साथ जाने वाले अंगरक्षक सैनिकों को भी इस हेतु तैयार किया गया। सम्राट के प्रस्थान की सूचना गणाध्यक्ष को भिजवा दी। लिच्छविगण महाजनपद के मगध महाजनपद से प्रगाढ मैत्री सम्बन्ध थे। गणतन्त्र के अतिविशिष्ट सदस्य राजा चेटक की पुत्री राजकुमारी चेलना मगध की सम्राज्ञी थी। मगध सम्राट बिम्बिसार लिच्छवि गणराज्य के दामाद थे।

तीर्थंकर शरणम् गच्छम्

बावरा चंचल मन विचारों, कर्मों को प्रभावित, प्रेरित कर ग़लत अवांछनीय काम करा बैठता है। परिणाम सार्वजनिक होने पर लज्जा, बदनामी। बिना विचारे जो करे, सो पाछे पछतायें। मांगधिया के साथ यही हुआ। नारी मन वैसे भी चंचल है। जो नहीं करना चाहिए वही काम भावना के उद्वेग से प्रेरित हो कर बैठी। अब दर–दर की ठोकरें खा रही थी। अधिक असुरक्षित हो आयी। उसकी अति सुन्दर काया मुसीबत बन गयी। वैसे भी नारी की कमनीय, मोहित करने वाली काया में यौन आकर्षण निहित रहता है। अतः पुरुषों की कामुक निगाहों से बचना कठिन हो रहा था। नारी पुरुष के लिए हर युग में भोग्या रही है। अपवाद भी देखने को मिल रहा था। धर्म प्रेरित नारी आध्यात्मिक जगत् में प्रवेश कर साध्वी, संन्यासिनी, भिक्षुणी बन जाने पर कामी पुरुष की दृष्टि, विचार, व्यवहार स्वतः बदल जाते हैं। श्रद्धा, पूजा भाव, प्रणम्य आदर एवं भक्ति विकसित हो जाती है। जैन साध्वियों का एक दल युग के अवतारी देवपुरुष महामानव तीर्थंकर वर्धमान महावीर के दर्शन एवं प्रवचन सुनने श्रद्धालु भक्तों के संरक्षण एवं मार्गदर्शन में द्वैतवन जा रहा था। जहाँ तीर्थंकर महावीर संघ सहित विहार कर रहे थे।

विश्व इतिहास साक्षी है कि संसार के अन्य देशों की तुलना में एकमात्र भारत ही ऐसा देश है जहाँ एक ही युग में एक से अधिक महान् विभूतियाँ अवतरित हुईं। वैदिक काल में वेदों–ऋग्वेद, यजुर्वेद, अथर्ववेद एवं सामवेद के स्रष्टा महर्षि वशिष्ठ, अत्रि, अगस्त्य, भृगु, ब्रह्मवादिनी अपारा घोष, विश्वरा तथा कालजयी गायत्री मन्त्र के स्रष्टा सर्जक राजर्षि विश्वामित्र समकालीन थे। ईसा पूर्व की छठी सदी भी अपवाद नहीं थी। धार्मिक क्रान्ति के प्रणेता महामानव तथागत बोधिसत्व गौतम बुद्ध एवं चौबीसवें अन्तिम तीर्थंकर वर्धमान महावीर इस युग की देन हैं। अन्य राजपुरुषों में मगध सम्राट बिम्बिसार, वत्सराज उदयन, अवन्तिराज चण्डप्रद्योत तथा कालजयी सौन्दर्य रूप–लावण्य की सम्राज्ञियाँ वैशाली की गणनर्तकी आम्रपाली, मगध की राजनर्तकी शालवती, वत्स कौशाम्बी की आत्ममुग्धा रूपगर्विता राजनर्तकी मांगधिया तथा अवन्ति महाजनपद की राजधानी उज्जयिनी के सम्राट चण्डप्रद्योत की राजनर्तकी पद्मावती का सौन्दर्य इतिहास की थाती है। यदि तथागत गौतम बुद्ध देशप्रसिद्ध श्रेष्ठ शाक्य राजवंश के राजकुमार थे तो राजकुमार वर्धमान महावीर चौबीसवें एवं अन्तिम तीर्थंकर भी लिच्छवि गणराज्य के ज्ञातृक क्षत्रिय राजपरिवार से थे। लिच्छवि गणराज्य में ज्ञातृक क्षत्रियों का कुण्डग्राम नामक छोटा–सा राज्य था। वह वज्जि संघ का सदस्य था। राजा सिद्धार्थ कुण्ड ग्राम के शासक और वर्धमान के पिता थे। उनकी माता रानी त्रिशला लिच्छवि गणतन्त्र के प्रभावशाली गणसदस्य राजा चेटक की बहन थीं। राजा चेटक की पुत्री राजकुमारी चेलना का विवाह मगध सम्राट बिम्बिसार से हुआ था। चेलना मगध की सम्राज्ञी थी। वे राजकुमार वर्धमान की ममेरी बहन थीं। उनके पुत्र युवराज अजातशत्रु उनके भानजे थे। राजकुमार के बड़े भाई युवराज नन्दिवर्धन अपने पिता के उत्तराधिकारी थे। वर्धमान का विवाह राजकुमारी यशोदा से हुआ था। प्रियदर्शनी अणोज्या उनकी पुत्री थी जिनका विवाह राजकुमार जमाली से हुआ था। इस प्रकार वर्धमान अपने समय के प्रसिद्ध क्षत्रिय राजघरानों से सम्बन्धित थे। वर्धमान ने तीस वर्ष की आयु तक तथागत के समान गृहस्थ जीवन बिताया। परन्तु वे जीवन, जगत्, सांसारिक सुख,

दुःख, कामना, वासना एवं इन्द्रियों की चंचलता से प्रेरित कर्मों पर विचार–चिन्तन करते रहे। उनका परिवार तीर्थंकर पार्श्वनाथ के जैन सम्प्रदाय का अनुयायी था। अतः वर्धमान भी जैन धर्म के सिद्धान्तों से गहरे तक प्रभावित थे। उनकी माता देवी त्रिशला एवं पिता सिद्धार्थ के देवलोक गमन के बाद उनका मन सांसारिक जीवन से उचट गया। बड़े भाई युवराज नन्दिवर्धन कुण्डग्राम के राजा बने। विरक्त एवं उदासीन वर्धमान ने बड़े भाई एवं परिवार से संन्यास ग्रहण करने की आज्ञा माँगी जो मिल गयी। तब उन्होंने संन्यास ले लिया।

वर्धमान और गौतम बुद्ध के संन्यासी बनने में बड़ा अन्तर है। तथागत ने गृहस्थ जीवन का परित्याग करने के पहले न तो अपने पिता महाराज शुद्धोधन, माँ महादेवी प्रजापति गौतमी से अनुमति ली, न इसकी सूचना प्रिय पत्नी यशोधरा तथा पुत्र राहुल को दी। चुपके से आधी रात को पलायन कर गये। जबकि वर्धमान के संन्यासी बनने पर भाई नन्दिवर्धन, पत्नी यशोदा, पुत्री प्रियदर्शनी की सहमति थी। सबकी सहमति एवं समर्थन से ही वे संन्यासी बने। परिवार की सद्भावना उनके साथ थी। नारियों को प्रव्रज्या, भिक्षुणी बनाने के बारे में भी दोनों ने अलग–अलग तरीक़ा अपनाया। बुद्ध भिक्षुओं को नारियों के सम्पर्क से दूर रखना चाहते थे। माँ प्रजापति गौतमी के आग्रह पर ही उन्होंने नारियों को भिक्षुणी बना मोक्ष के द्वार खोले। जबकि प्रगतिशील वर्धमान ने प्रारम्भ से ही नारियों को दीक्षा दे साध्वी बना मुक्ति के लिए सहभागी बनाया। दोनों ने वन प्रान्तर के शान्त एवं मौन वातावरण में वृक्ष के नीचे कठोर तपस्या के ज़रिये ज्ञान प्राप्त किया था। गौतम को बुद्धत्व एवं वर्धमान को कैवल्य प्राप्त हुआ। ज्ञान प्राप्ति में भी अन्तर था। वृक्षों में अश्वत्थ माने पीपल वृक्ष को देववृक्ष एवं पवित्रतम् माना जाता है। अतः बुद्ध को पीपल वृक्ष के नीचे बुद्धत्व प्राप्त हुआ था। कारण पीपल वृक्ष बोधिवृक्ष कहलाने लगा। इस कारण बुद्ध को बुद्धत्व प्राप्त हुआ था, जबकि वर्धमान ने शालवृक्ष की छाया में कैवल्य पाया। वृक्ष की अपेक्षा आत्मिक एवं दैवी चेतना अधिक महत्त्वपूर्ण है। संन्यासी वर्धमान को अगले बारह वर्ष कठिन–तपस्या

चिन्तन और मनन के बाद तेरहवें वर्ष में वैशाख माह की दशमी के दिन जम्भक ग्राम से लगे वन में रिजुपालिका नदी के किनारे शालवृक्ष के नीचे कैवल्य ज्ञान अर्थात मन–आत्मा को निर्मल बनाने वाला पवित्र ज्ञान प्राप्त हुआ। इस श्रेष्ठ ज्ञान के द्वारा चंचल मन तथा इन्द्रियों को वश में कर सांसारिक माया–मोह, कामना, वासना, दुःख, पीड़ा से सदा के लिए मुक्ति पा ली। वे पूज्य केवलिन (सर्वज्ञ) निग्रन्थ (सांसारिक बन्धनों से सदा–सर्वदा के लिए मुक्त) तथा जितेन्द्रिय (चंचल इन्द्रियों के विजेता) माने गये। इन्द्रियजयी होने से जैन कहलाये। तीर्थंकर पार्श्वनाथ द्वारा प्रतिपादित जैन धर्म के सिद्धांतों, आदर्शों का नये सिरे से प्रतिपादन किया। जैन धर्म को कर्मकाण्डविहीन, आचरणीय तथा सर्वजन सुलभ बनाया। इन्द्रियों को वश में करने हेतु ब्रह्मचर्य के आदर्श को जोड़ा। ब्रह्मचर्य के लिए अविवाहित रहना या साधु बनना ज़रूरी नहीं है। एक पत्नी व्रतधारी भी ब्रह्मचारी है। व्यभिचार का निषेध किया। इन्द्रियजयी होने से वे महावीर कहलाये। वर्धमान महावीर तथागत बुद्ध के समकालीन थे। बौद्ध ग्रन्थों ने उन्हें निगंठनाट पुत्र माने निग्रन्थ ज्ञातृ पुत्र कहा। गौतम बुद्ध के समान महावीर भी ज्ञातृक क्षत्रिय राजा के पुत्र थे इसीलिए बौद्ध ग्रन्थों ने उन्हें ज्ञातृ क्षत्रिय पुत्र कहा।

कैवल्य प्राप्ति के बाद महावीर ने तथागत के समान अगले तीस वर्षों तक जैन धर्म का प्रचार किया। मुक्ति के द्वार सर्व साधारण के लिए खोल दिये। उनके दामाद राजकुमार जमाली उनके पहले अनुयायी बने। वे प्रथम गणधर कहलाये। एक महाजनपद से दूसरे महाजनपद तथा मार्ग में पड़ने वाले ग्रामों, क़स्बों तथा नगरों में भी उन्होंने प्रथम तीर्थंकर ऋषभदेव द्वारा प्रवर्तित एवं तेईस तीर्थंकरों द्वारा प्रतिपादित जैन धर्म का प्रचार किया। तथागत के समान उन्होंने भी जैन संघ का गठन किया। जमाली के अलावा सुधर्मन, सम्भूत विजय आदि ग्यारह गणधर थे। उन्होंने नारियों को भी दीक्षा दे साध्वी बनाया। जैन साध्वियों ने भी जैन धर्म के प्रचार में पूरा सहयोग दिया। उन्होंने वैशाली ही नहीं मगध, कौशल, कौशाम्बी तथा पूर्व के अन्य जनपदों में

भी जैन धर्म को प्रचारित किया। मगध सम्राट बिम्बिसार उनके बहनोई थे। सम्राज्ञी चेलना ममेरी बहन। मगध राजपरिवार ने उनका भव्य स्वागत कर उनके धार्मिक विचारों का मनन किया। वे मल्ल गणराज्य भी गये। मल्ल गणराज्य के प्रधान सम्राट इस्तिपाल तीर्थंकर महावीर का अत्यधिक सम्मान करते थे। वे जैन धर्म के अनुयायी बन गये। महाजनपदों तथा मार्ग के श्रावक–श्राविकाओं को जैन धर्म का मर्म समझाने के बाद वैशाली लौटकर द्वैतवन में संघ सहित विहार किया।

मदनोत्सव, विशेषकर गण सुन्दरी आम्रपाली के रूप–सौन्दर्य एवं नृत्याभिनय से आकर्षित हो न सँभाली जाने वाली बड़ी भारी भीड़ वैशाली में एकत्र हो गयी थी। मुख्य मार्ग ही नहीं गलियों, वीथियों, पण्य बाज़ारों में कन्धे से कन्धा टकरा रहे थे। लेकिन अनेक ऐसे भी थे जो सांसारिक बन्धनों जनित माया, मोह, दुःख, पीड़ा से छुटकारा पाना चाहते थे। उनके सौभाग्य से दो मुक्ति दूत उपस्थित थे। तथागत बोधिसत्व कपिलवस्तु से वैशाली के लिए चल पड़े थे। अभी वे वैशाली नहीं पहुँचे थे। जबकि युग के देवपुरुष उनके अपने मुक्तिदाता तीर्थंकर वर्धमान महावीर वैशाली में ही उपस्थित हो राजधानी से अनतिदूर वन में विहार कर रहे थे। अतः वे उनके दर्शन हेतु साध्वी संघ का अनुसरण करने लगे। जिस सांसारिकता से छुटकारा पाना चाहते थे वह साथ लगी थी। भीड़ में से कुछ पूरे भक्ति–भाव से साध्वियों के आगे–आगे चल मार्ग खाली करा रहे थे। साध्वियों की आध्यात्मिक आभा से प्रभावित मांगधिया भी उनका अनुगमन कर रही थी। मगर उसके कान साथ चल रहे व्यक्तियों की चर्चा में ही लगे थे। आदतें मरते दम तक साथ रहती हैं। उन्हें बदलना अत्यन्त कष्टकारक होता है। आत्मा की शान्ति और सांसारिक छल–छद्म से छुटकारा पाने हेतु वे तीर्थंकर महावीर की शरण में जा रहे थे। साथ ही वर्तमान हालात पर टीका। टिप्पणी भी कर रहे थे। निन्दा रस का आनन्द ले रहे थे। 'बन्धु भागीरथ हम अत्यन्त भाग्यवान हैं जो महामहिम गणाध्यक्ष जी ने अन्य महाजनपदवासियों के साथ राजपरिवारों को भी आमन्त्रित कर लिया। जिनका नाम सुनते थे उनके प्रत्यक्ष दर्शन हो जायेंगे।

परम पूजनीय हमारे चौबीसवें तीर्थंकर तो हैं ही। सुना है बोधिसत्व भी पधार रहे है। युग के दो अवतारी महामानव वैशाली में विहार करेंगे। महामहिम मगध सम्राट और सम्राज्ञी के पदार्पण से मदनोत्सव के गौरव में वृद्धि होगी।'

'बन्धुवर जयन्त, तुम्हारा कथन समीचीन है। लेकिन एक बात मगधराज के आगमन में छिपी है।'

'कौन–सी?'

'सम्राट बिम्बिसार रसिक मनोवृत्ति के हैं। राजनर्तकी शालवती के भिक्षुणी बन जाने पर उन्होंने अवन्ति के राजपुरोहित की मदद से महाराज चण्डप्रद्योत की राजनर्तकी रूपसी पद्‌मावती का अपहरण करवा लिया। मदनोत्सव एवं अपने ससुर राजा चेटक से मिलने के बहाने वे ख़ासकर गणनर्तकी अनिंद्य रूपसी आम्रपाली का सान्निध्य तथा एकान्त सहवास पाना ज़रूर चाहेंगे। जहाँ तक तथागत के आगमन का प्रश्न है उस वीतरांगी सन्त को जब दैवी रूप की सम्राज्ञी उनकी पत्नी यशोधरा नहीं बाँध सकी और वत्स की रूपगर्विता के प्रणय निवेदन को उन्होंने नम्रतापूर्वक ठुकरा दिया तो आम्रपाली कहाँ लगी?'

नाम सुनते ही मांगधिया की धड़कनें तेज़ हो आयीं। साँस भारी हो उठी। कमनीय गोरा–गुलाबी मुख अमर्ष से अधिक लाल हो आया।

'कुछ भी कहो बन्धु, हैं तो दोनों गणिकाएँ? मनोरंजन करने वाली। चाहे आम्रपाली हो या मांगधिया, शालवती हो अथवा पद्‌मावती। सरस्वती की साधिकाएँ, बेटियाँ, नृत्य, गायन, वादन, कला, संस्कृति की संरक्षिकाओं की सार्वजनिक लोक छवि गणिका की ही है। अपमान, दुःख, पीड़ा से आत्मा विकल हो आयी।'

अपमानजनक शब्दों की कटार आत्मा में उतरी ही नहीं लहूलुहान कर गयी। गहरी साँस के ज़रिये पीड़ा से छुटकारा पाने का असफल प्रयत्न किया।

भीड़ की निन्दा–स्तुति से निरपेक्ष आत्मजी साध्वियाँ णमोकार, महामन्त्र का जाप बार–बार कर रही थीं–पंच नमस्कार मन्त्र सब

पापों का नाश करने वाला मंगलकारी तथा सब मंगलों में सर्वोपरि है। इसकी महिमा अपरम्पार है।

णमोकार महामन्त्र की महिमा अपरम्पार है यह पाँच नमस्कार मन्त्र सब पापों का नाश करने वाला और सब मंगलो में पहला मंगल है।

णमो अरिहंताणं,
णमो सिद्धाणं,
णमो आयरियाणं,
णमो उवज्झायाणं,
णमो लोए सव्वसाहूणं।

सब पापों का नाश करने वाले मंगल एवं कल्याणकारी णमोकार वाले पाँच नमस्कार मन्त्र ने मांगधिया की आत्मा की विकलता, चंचलता को शान्त कर दिया। घायल, लहूलुहान आत्मा में शीतल शान्ति पसर गयी। सारा उद्वेग समाप्त हो गया। मन ही मन शान्तिदायक णमोकार मन्त्र का जाप करने लगी। कल्याणकारी मन्त्र के प्रभाव से भटकते मन को स्थिरता, शान्ति मिलने से कमनीय मुख्य दीप्त हो आया, तेज़ क़दम साध्वियों के दल में सम्मिलित हो गयी। आत्मा पर पड़ा सांसारिक चिन्ता का बोझ हट जाने से वह हल्का हो आया था। नगर के अशान्त कोलाहल, आपाधापी, भाग–दौड़, भलाई–बुराई से दूर आत्मा को शान्ति प्रदान करने वाली मौन शान्ति द्वैतवन में पसरी थी। नदी में स्नान कर निकली शीतल पवन बयारें, वन–प्रान्तर की वायु को ठण्डक प्रदान कर श्रावक–श्राविकाओं, जैन संघ के साधु–साध्वियों की काया मन को शीतलता एवं सुकून प्रदान कर रही थी। वातावरण मनोहारी था। वातावरण की शान्त–शीतलता से मांगधिया की उद्विग्नता तिरोहित होने लगी। वसन्त ऋतु ने वन, प्रान्तर की सुषमा में वृद्धि कर दी थी। पुराने पत्तों के झड़ जाने से ऋतुराज वसन्त ने नव पल्लवों से प्रकृति को श्रृंगारित कर दिया था। वायु में मादकता थी। यदा–कदा पक्षियों की संगीतमयी चहचहाहट वातावरण में रस घोल रही थी। सदी के अवतारी देवपुरुष चौबीसवें तीर्थंकर भगवान् वर्धमान महावीर शालवृक्ष के नीचे पद्मासन मुद्रा में ध्यानस्थ थे। पँखुरी नयन मुँदे थे।

घुटनों पर आजानुबाँहें टिकी थीं। गोरी–गुलाबी देह से आभा किरणें निसृत हो श्रावक–श्राविकाओं, साध्वियों और मांगधिया की आत्मा को शान्ति प्रदान कर भक्तिरस का संचार करने लगीं। श्रद्धा–भक्ति के उद्वेग में आत्मा को पवित्र करने वाली पंचाक्षरी णमोकार महामन्त्र द्वारा पापों का नाश कर मंगलकारी तथा मंगलों में सर्वोपरि नमस्कार मन्त्र गाने लगी।

णमो अरिंहताणं,
णमो सिद्धाणं,
णमो आयरियाणं,
णमो उवज्झायाणं,
णमो लोए सव्वसाहूणं।

श्रद्धा, भक्ति, सात्विकता के आँचल ने समेट लिया। मांगधिया के कमलनयन मुँद गये। अन्दर की यात्रा आरम्भ हो गयी। पापनाशक मन्त्र पहले गुनगुनाने लगी। गुनगुनाहट कब गायन में परिवर्तित हो गयी, पता ही नहीं चला। मांगधिया के रसीले, सुरीले स्वर के माधुर्य से विभोर साध्वियाँ, श्रावकादि मौन आध्यात्मिक तरंगों में डूब गये। आत्मा की आर्त पुकार से पाँखुरी नयन धीरे–धीरे खुले। करुणा, वात्सल्यपूरित नयन निहारने लगे। उपस्थितों के सर्वेक्षण के बाद पवित्र पापनाशक णमोकार प्रस्तुत करने वाली गायिका पर स्थिर हो गये।

गणधरों ने महा...प्रभु...भग...वान्...वर्धमान...तीर्थंकर...भगवान् महावीर की जय...जय...जय...श्रावकों, साध्वियों ने जय प्रणाम किया। मांगधिया की भक्ति समाधि जय प्रणाम के साथ भंग हुई। भाव विगलित हो आयी। अश्रुपात करने लगी। शीघ्र सँभली। संवेदनाओं को नियन्त्रित किया। निगाहें बचा आँसू पोंछ लिए। श्रद्धा भक्ति से भगवान तीर्थंकर को निहारने लगी। तीर्थंकर भगवान् ने पहचान लिया। अधरों, नयनों पर ममतामयी मुस्कान खेलने लगी। सबके सामने देवी मांगधिया को नीचा न देखना पड़े इसलिए तत्काल श्रावक–श्राविकाओं, जैन संघ को वात्सल्य ममता से निहारा। तीर्थंकर की दिव्य करुणा से पूरित दृष्टि ने मांगधिया के मनःसंताप को हर लिया। आत्मा में स्निग्ध शीतलता पसर गयी।

'जन्म और मृत्यु के दो सशक्त बिन्दुओं के बीच ही जीव यात्रा करता है। आयु की वृद्धि के साथ जीव प्रपंचों एवं चंचल इन्द्रियों में उलझता जाता है। अपने पराये, जीवन में सफलता प्राप्त करने, ख़ुद एवं परिवार के सुख तथा समाज में यश, कीर्ति, सम्मानजनक स्थान हेतु सतत प्रयत्न करता रहता है। फलस्वरूप जीव सफल न होने पर नाना प्रकार के दुःख भोगता है। सुख भी जीवन में आता है। लेकिन क्षणभंगुर है, जबकि दुःख असीम हैं। सांसारिक प्रपंचों के कारण जीवन में सुख शान्ति नहीं हैं जहाँ दुःख है वहाँ अशान्ति है। मानव का सारा जीवन कामना, वासना, लालसा तथा तृष्णा के भँवर में घूमता रहता है। जीवन कभी सन्तुष्टि का अनुभव नहीं करता। एक इच्छा पूरी होने पर तृष्णा उसे दूसरी इच्छा, कामना में उलझा लेती है। इस कारण मन–आत्मा तृष्णा में उलझते चले जाते हैं। सफलता, आर्थिक सम्पन्नता, यश, कीर्ति की तृष्णा जीव से अनेक अच्छे–बुरे, अनैतिक पाप कर्म करा बैठती है। अनैतिक कर्म से प्राप्त उपलब्धि जो सुख, प्रसन्नता देती है वह क्षणिक होती है। दुनिया न जाने मगर आपकी सजग, चेतन आत्मा, अनैतिक आचरण, असत्य कर्म यहाँ तक कि उपलब्धि के लिए मन, कर्म, वचन द्वारा किये गये काम से बख़ूबी परिचित रहती है। वह रोकती भी है। लेकिन लोभ, लोभ की तृष्णा उसे अनसुना करती है। आत्मा रूपी दर्पण भले, बुरे, नैतिक, अनैतिक, पाप–पुण्यमय कर्मों का लेखा–जोखा ही नहीं रखता, देखता ही नहीं दिखाता भी है। लोभ उसे दर किनार करता है।'

'मन, इन्द्रियों की चंचलता सांसारिक प्रपंच के साथ मिल दुःख में इजाफ़ा करती है। रूप–यौन सुख, आकर्षक, कमनीय काया, धन–सम्पत्ति, उच्च पद पारिवारिक, सामाजिक, राजकीय मान्यता, अहंकार की उपज है। अहंकार पतन का मार्ग है। अनुचित अनैतिक आचरण साधनों से मिली सफलता, पापबोध की जनक है। उससे मुक्त होने के लिए धर्म की शरण में ईश्वर की कृपा दीक्षा पाने का प्रयत्न जीव करता है। धर्म क्या है? उसकी परिभाषा क्या है? धर्म का सामान्य अर्थ धारण करना है। क्या धारण करना चाहेंगे?

अधर्म, अनैतिक आचरण, असत्य, सांसारिक प्रपंच, हिंसा, दूसरों को धोखा दे सफलता पाना? ना। ये अधर्म के लक्षण हैं। पाप–बोध से मुक्त होने हेतु धर्म के नाम पर अनेक ख़र्चीले कर्मकाण्डों, यज्ञ, हवन, बलि आदि की व्यवस्था की गयी है। यह धर्म का कर्मकाण्डी, प्रदर्शनकारी स्वरूप है। धर्म के अनेक रूप हैं। हमारा धर्म अनेकान्त छन्द में विश्वास करता है। धर्म के अनेक स्वरूपों, मार्गों, साधनों में आपको सच्चा मार्ग तलाशना और उस पर चलना, उसे आचरण में उतार कर आत्मा को मुक्त करता है। धर्म के सच्चे मर्म को जानने के बाद ही यह सम्भव हो पायेगा।'

सहज, सरल, अनुकरणीय, ख़र्चविहीन, सुगम, धर्मानुशासन का पालन करते हुए, पापहीन नैतिक जीवन जीने की शिक्षा भगवान् महावीर प्रदान कर रहे थे। वे पूर्ववर्ती तेईस तीर्थंकरों प्रवर्तित धर्म के नैतिक स्वरूप और आचरण का प्रतिपादन कर रहे थे। महावीर ने निवृत्त मार्ग का समर्थन किया। वे अच्छी तरह से जानते थे कि सारे समाज को संन्यासी नहीं बनाया जा सकता। इसलिए उन्होंने गृहस्थ श्रावक, श्राविकाओं के लिए अनुकरणीय एवं आचरणीय, सरल, सुगम धर्मानुशासन के पालन का उपदेश दिया। वे आत्मा की अमरता एवं निरन्तरता में विश्वास करते थे। यहाँ तक कि वे चैतन्य ही नहीं वृक्ष–लताओं, जल, पाषाण आदि जड़ वस्तुओं में भी जीवन का अस्तित्व मानते हैं। उनके इस मत का कालान्तर में बीसवीं सदी में भारत के महान् वैज्ञानिक सर जगदीश चन्द्र बसु ने समर्थन किया था। तीर्थंकर मानते थे कि धर्म बन्धनों से बँधी आत्मा बार–बार मृत्यु को प्राप्त हो मोक्ष पाने तक जन्म लेती रहती है। 'पुनरपि जन्मम्, पुनरपि मरणम् पुनरपि जननी, जठरे शयनम्' से छुटकारा पाने में धर्म सहायक होता है।

निर्वाण पाने के लिए संचित कर्मों से छुटकारा पाना ज़रूरी है। वाणी अत्यन्त मधुर, सम्भाषण अत्यन्त प्रिय, स्वर अकंप और अत्यन्त गम्भीर था। वह उनकी आत्मा से निकल सीधे श्रावक–श्राविकाओं, जैन संघ की आत्मा में सीधे स्थान पा रहा था। मांगधिया समेत सभी वचनामृत सुन ही नहीं रहे थे, पी रहे थे। चारों ओर मन आत्मा को

शीतलता प्रदान करने वाली दिव्य शान्ति पसरी थी। मात्र तीर्थंकर की देव वाणी ही उस शान्ति में अमृत घोल रही थीं।

'सांसारिक विषय वासनाओं से प्रेरित मानव स्वार्थ पूर्ति एवं जीवन में सफलता पाने के लिए अच्छे–बुरे कर्म करता है। आत्मा इन कर्मों से बँध जाती है। वर्तमान जन्म में पूर्व जन्मों के संचित कर्म भी आत्मा से चिपके रहते हैं। कर्म बन्धन से मुक्त आत्मा ही जन्म–मरण के चक्कर से छुटकारा पा लेने के बाद ही कैवल्य प्राप्त करती है। कर्म ही पुनर्जन्म का कारण हैं। अतः आत्मा को कर्म बन्धन से मुक्त करना आवश्यक है। जीव के लिए कर्म करना अनिवार्य है। कर्म के बिना वह रह नहीं सकता। इसलिए मानव को सद्कर्म, सदाचरण का पालन करना चाहिए। सद्कर्म, सदाचरण, सद्व्यवहार से ही जीव को पुण्य की प्राप्ति होती है। मन, वचन एवं कर्म की शुद्धता, पवित्रता मानव को कैवल्य प्राप्त करने में सहायक होती हैं। कैवल्य अथवा निर्वाण जीव को जन्म–मृत्यु के चक्कर से छुटकारा दिलाता है। सद्कर्म करने के लिए किसी धार्मिक अनुष्ठान, कर्मकाण्ड की ज़रूरत नहीं है। आचरण धर्मानुशासन की पहली शर्त है। यदि चिन्तन, मनन, साधन, दृष्टि अनैतिक है। शुद्ध एवं पवित्र नहीं है तो धार्मिक आध्यात्मिक की परिभाषा में उसे जगह नहीं मिलेगी। असत्य भाषण, दुर्व्यवहार, धोखा देना, क्रोध कर दूसरे को कष्ट पहुँचाना, हिंसा करना, धर्म की परिधि में नहीं आते। प्रत्येक धर्म ने इन्हें बहिष्कृत कर रखा है। अनेकान्तवाद इसकी शिक्षा नहीं देता।

'कैवल्य पाने के लिए त्रिरत्नों (तीन रत्नों) का पालन करना आवश्यक है। सम्यक् ज्ञान पहला रत्न है। ज्ञान अच्छे–बुरे, नैतिक–अनैतिक, धर्म–अधर्म तथा सत्य–असत्य में भेद बतलाने में सहायक होता है। दूसरा रत्न सम्यक् दर्शन है। सम्यक् दर्शन द्वारा पूर्ववर्ती तीर्थंकरों की दी शिक्षाएँ, जिनके ज़रिये उन्होंने कैवल्य प्राप्त किया है। उसे अपनाने पर आप भी मोक्ष प्राप्त कर सकते हैं। जन्म–मरण, सांसारिक वासनाओं, चंचल इन्द्रियों को नियन्त्रित करने हेतु चारित्रिक शुद्धता, पवित्र आचरण, स्वच्छ विचार ज़रूरी है। तीसरे रत्न सम्यक् चरित्र के

ज़रिये ही इन्द्रियों, वासनाओं पर नियन्त्रण पाया जा सकता है। इन तीन रत्नों के द्वारा जीवन को पवित्र कर्मों से शुद्ध बना सकते हैं।'

'जीवन को चिन्ता, भयमुक्त बनाने के लिए अनेकान्त के सिद्धान्त का पालन आवश्यक है। प्रत्येक जीव का स्वतन्त्र अस्तित्व है। इसलिए प्रत्येक का अपना स्वतन्त्र विचार, चिन्तन, आचरण एवं व्यवहार है। यह आवश्यक नहीं कि हम जो सोचते, व्यवहार करते हैं, वही सत्य हो? और दूसरे के लिए भी अनुकरणीय हो? हमारा आचरण, चिन्तन ही एकमात्र सत्य नहीं है। दूसरे जो सोचते, आचरण करते हैं उसमें भी सत्य निहित हो सकता है। इसलिए सम्पूर्ण सत्य को पाने के लिए अन्य जीवों के सोचे हुए, अनुभवजन्य सत्यांशों को भी महत्त्व देना चाहिए। उसे समझने, निरीक्षण, परीक्षण एवं विश्लेषण के आलोक में अपने सत्य का भी परीक्षण करना चाहिए। सत्य के अन्वेषण हेतु अविचल रुख न अपनाओ वह लचीला होना चाहिए। तभी सत्य का साक्षात्कार होगा। अपनी भूलों, कमियों का पता चलेगा। उन्हें स्वीकार करने का अवसर भी मिलेगा। जीवों के बीच सहयोग, समन्वय, सौहार्द एवं मैत्री स्थापित होगी।'

श्रावक–श्राविकाएँ ध्यान से सुन रहे थे। तीर्थंकर महावीर जीवन को सुखी, भय, चिन्तामुक्त बनाने हेतु किसी कर्मकाण्ड का परामर्श नहीं दे रहे थे। धर्मोपदेश दैनिक जीवन, जीवन व्यवहार तथा आचरण से सम्बन्धित थे। वे पारिवारिक, सामाजिक एवं राष्ट्रीय समन्वय पर आधारित था। प्राणिमात्र के प्रति आदर, स्नेह, सम्मान तथा मैत्री भाव की अनुशंसा करने वाला व्यक्ति जैन धर्म के अनुसार धर्मनिष्ठ है। वे न केवल उपदेश दे रहे थे, वरन् उनके व्यवहार एवं आचरण में भी वह स्पष्ट रूप से परिलक्षित हो रहा था। अतः अधिक प्रभावशाली होने से श्रावकों को गहरे तक प्रभावित कर रहा था। जन्म–मृत्यु के भय, सांसारिक कामनाओं, वासनाओं, दुःखों, पाप–बोध से पीड़ित मोक्ष मानव धर्म की शरण लेता था। लेकिन पुरोहितों, पण्डितों, पुजारियों ने जो धार्मिक प्रपंच फैला रखा था उसने दिग्भ्रमित कर दिया। ऐसे में बोधिसत्व गौतम के समान तीर्थंकर वर्धमान महावीर ने सरल, सुगम कर्मकाण्डविहीन नया मार्ग मानव समाज के लिए प्रस्तुत किया।

दिवस का अवसान समीप था। स्वर्णिम आभा गगन में सौन्दर्य का सृजन करने लगी। कलरव के सुमधुर संगीत के साथ पक्षी दल अपने–अपने घोंसलों को रात्रि विश्राम के लिए लौटने लगे। सूर्यदेव की गरमाहट कम होने लगी थी। पेड़, लता–वृक्ष पंखा बन शीतल बयारों से देहों को नहलाने लगे। भाग–दौड़, सांसारिक कामों से थके लोगों के लिए रात की रानी सान्ध्य आँचल फैलाने लगी। गणधर जमाली ने भगवान् महावीर के चरणों में दीपक रख प्रणाम किया। ज्योतिपुंज एवं लोक देवता को प्रणाम कर तीर्थंकर ध्यानस्थ हुए।

णमो अरिहंताणं–पापनाशक पुण्य मंगल एवं कल्याणकारी पंच नमस्कार मन्त्र का सुमधुर जाप साध्वियाँ सुमधुर स्वर में प्रस्तुत करने लगीं। भक्ति रस से सराबोर वातावरण की आभा श्रावकों के मन को शीतलता प्रदान करने लगी। साध्वियों के साथ वे भी मन्त्र जाप करने लगे। मन्त्र की समाप्ति के साथ आत्माएँ निर्मल हो आयीं। पाँखुरी नयन धीरे–धीरे खुले। वात्सल्य, करुणा, नयनों, अधरों पर खिली मीठी–मोहक चुम्बकीय मुस्कान स्नेहशीष वर्षण करने लगी। चरण स्पर्श कर भक्त विदा हुए। श्रद्धा भक्ति भाव विगलित मांगधिया प्रणाम मुद्रा में खड़ी थी।

स्नेह ममतामयी दृष्टि ने 'आह! देवी मांगधिया।'

तेज़ी से पहुँच पूज्य चरणों पर शीश रख आँसुओं से प्रक्षालन करने लगी।

महामानव द्रवित हो आये, 'कल्याणमस्तु, चिरंजीवी भव।' शीश पर हाथ रख मन–आत्मा से दुःखिया को आशीर्वाद दिया। चमत्कार हुआ। शक्तिपात हुआ। आँसुओं के साथ सारी वेदना, व्याकुलता तिरोहित हो गयी। मांगधिया की देह, आत्मा, मन निर्मल हो गये।

'भगवन् दासी दीक्षा ग्रहण करना चाहती है।'

'देवी की पीड़ा से हम अवगत हैं। सच्चे पछतावे ने मन पर पड़े अपराध–बोध से आपकी आत्मा को मुक्त कर दिया है। वह पवित्र एवं निर्मल हो आयी है। दीक्षा अवश्य मिलेगी।'

'लेकिन...।'

धक से रह गयी ।

'लेकिन कुछ काल आपको साध्वी संघ के साथ बिताना पड़ेगा।'

'साध्वी श्रेयासी।'

'आज्ञा देव!'

'देवी मांगधिया को अपने साथ रख उन्हें साध्वी संघ के नियम, विधि–विधान, पंचमकार मन्त्र, संयम, ब्रह्मचर्य से परिचित करायें।

'देवी मांगधिया।'

'देव!'

'आज आपका पुनर्जन्म हुआ है। आपको साध्वी प्रज्ञाश्री के नाम से जाना जायेगा।'

'दासी उपकृत हुई।' प्रज्ञाश्री ने पुनः चरण स्पर्श किये।

'श्रेयासी!'

'महाप्रभु!'

'देवी प्रज्ञाश्री को उपाश्रय ले जायें।'

'जो आज्ञा भगवन्!'

सौन्दर्य सम्राज्ञी से एक सम्राट का प्रणय निवेदन

'महामहिम गणाध्यक्ष जी की जय हो!' सजे कक्ष में प्रणाम कर सचिव सुरथ ने प्रवेश किया।

'क्या समाचार है सुरथ?'

'देव! कुछ काल बाद महामहिम मगध सम्राट वैशाली महाजनपद की सीमा पर पहुँचने ही वाले हैं। दास ने आपकी पूर्वानुमति मान महामहिम सांसद राजा चेटक, अन्य गण सदस्यों एवं प्रधान सेनापति माननीय भद्रसेन को भी सूचित कर दिया है। माननीय सेनाध्यक्ष जी ने सीमा से लेकर वैशाली नगर तक ही नहीं गण अतिथिशाला एवं माननीय राजा चेटक के राजप्रासाद तक कड़ी सुरक्षा व्यवस्था कर दी है। अन्य कोई आदेश?'

'सुन्दर, अति सुन्दर। सुरथ हम आपकी कार्यकुशलता से अतिप्रसन्न हैं। हम भी तत्काल महामहिम के स्वागतार्थ प्रस्थान करना चाहते हैं।'

'देव! अंगरक्षकों सहित रथ तैयार है।' वस्त्र बदलकर तत्काल रवाना होते हैं।

लिच्छवि गणराज्य की सीमा पर प्रहरियों के साथ सशस्त्र सैनिकों ने भी सुरक्षा व्यवस्था कड़ी कर दी। महामहिम गणाध्यक्ष के पहुँचने के पहले ही प्रधान सेनापति, भद्रसेन अपने सहयोगियों के साथ सीमा पर पहुँच गये। सांसद राजा चेटक भी सपरिवार आ गये थे। अन्य गणमान्य भी उपस्थित थे। नगरश्रेष्ठी अनाथ पिण्डक भी जा पहुँचा। कुछ काल बाद महामहिम महानाम भी पधार गये। सभी ने उनका स्वागत प्रणाम किया। स्वागत एवं शिष्टाचार अधिकारी ने सम्राट–सम्राज्ञी के स्वागत की पूरी व्यवस्था चाक–चौबन्द कर रखी थी। सम्राज्ञी चेलना के लिए सुन्दर पुष्पगुच्छ, मालाएँ तथा सजी–धजी सुन्दर कन्याएँ थाली में दीपक, कुमकुम, चन्दन, तन्दुल, रोली, नारियल लिए प्रसन्न मुद्रा में थीं। दीनहीन, अधनंगे, धूल–धूसरित आसपास के ग्रामीणों की भीड़ भी राजपुरुष सम्राट–सम्राज्ञी के दर्शनार्थ एकत्र हो गयी थी जिन्हें सैनिक भालों से कोंच–कोंच कर मार्ग तथा गणमान्यों से दूर रख रहे थे। वे डरे से पीछे हट जाते। सैनिकों के जाने के बाद फिर आगे आ जाते।

स्वागतार्थियों की उत्सुक दृष्टियाँ राजगृह से वैशाली आने वाले मार्ग पर गड़ी थीं। धूप की चिलक की लहरें मार्ग पर साफ़–साफ़ दिखाई दे रही थीं। वायु की ठण्डक समाप्त हो गयी थी। धूप से बचने के लिए सेवकों ने महामहिम, महाराज चेटक, उनके परिवार की नारियों के सिर पर छाते तान रखे थे। अभिमानी अनाथ पिण्डक की व्यवस्था सर्वश्रेष्ठ थी। अपने साथ अंगरक्षक लाया था। सम्राट–सम्राज्ञी के स्वागतार्थ अन्य के पास पुष्पमालाएँ एवं पुष्पगुच्छ थे और अनाथ पिण्डक अपनी हैसियत के अनुसार तथा सम्राट–सम्राज्ञी को प्रभावित करने हेतु पुष्पमाला के स्थान पर रत्नजड़ित स्वर्ण माला लाया था। महादेवी चेलना को प्रभावित करने हेतु पुष्पगुच्छ के स्थान पर कुशल रोमन कारीगरों द्वारा निर्मित रत्नगुच्छ लेकर आया। धूप से बचने हेतु

रंग–बिरंगे कपड़ों से निर्मित छतरी लिए दास खड़ा था। उसके अपने अंगरक्षक थे। धन के वैभव एवं ताक़त का प्रदर्शन करने से चूकता नहीं था। गोरा–गुलाबी मुख धन–सम्पत्ति के गर्व से चमक रहा था। अन्यों के मन में उसका गुरूर ईर्ष्या जगा देता था।

सहसा धूल उड़ने लगी। रथों और अश्वों के खुरों से उड़ी धूल के गुबार ने धूप की चिलक को आच्छादित कर लिया। शस्त्रों एवं मगध राज्य की ध्वज पताकाओं से सज्जित अश्वरोही सैनिक रथ को अपनी अभिरक्षा में लिए थे। अश्वारोही सैनिकों का अग्रिम दस्ता आगे–आगे चल रहा था। ज्यों–ज्यों गणराज्य की सीमा के निकट आ रहे थे। स्वागतार्थियों के मन हल्के से उत्तेजित हो आये। वे सावधान हो गये। अश्वारोही दल ने तु...तुत...तुत...तु...तुरही बजा मगध सम्राट के आगमन की सूचना स्वागतार्थियों को दी। हलचल तेज़ हो आयी। वे सावधान हो गये। पुष्पमालाएँ ले लीं। कन्याएँ भी सतर्क हो आयीं।

स्वागतार्थियों से एक निश्चित दूरी पर अश्वारोही एवं राजसी रथ रुक गये। अश्वारोही सैनिक दो भागों में बँट दायें–बायें चल दिये। राजकीय रथ एवं राजदम्पति दिखाई दिये। शिष्टाचार पालन हेतु स्वागत अधिकारी ने पास पहुँच सादर प्रणाम किया। उपस्थित प्रजाजनों ने अभिभूत हो लिच्छवियों के दामाद सम्राट बिम्बिसार एवं बेटी सम्राज्ञी चेलना के स्वागत में नारा लगाया।

स...म्राट...बिम्ब...सार...की जय महादेवी...चेलना...की...जय वातावरण प्रसन्नता से भर गया। सभी के मुख ख़ुशी से चमक रहे थे। प्रसन्नवदन सम्राट रथ से उतरे। दासी का हाथ थाम महादेवी चेलना भी उतरीं। पिता राजा चेटक, माँ रानी सुप्रभा एवं अन्य परिजनों को उपस्थित पा ख़ुशी से पतले लाल अधर एवं दीर्घ नेत्र खिल उठे। स्वागत अधिकारी के संकेत पर बालिकाओं ने आगे बढ़कर प्रणाम कर चन्दन तिलक, कुमकुम रोली, तान्दुल लगा महामहिम बिम्बिसार एवं महादेवी चेलना की आरती उतारी और पुष्पगुच्छ भेंट किये। सम्राट के संकेत पर सचिव ने कुछ स्वर्ण मुद्राएँ दीं जिन्हें बिम्बिसार ने थाली में डाल बालिकाओं के कपोल थपथपा आशीष दिया।

सम्राट भेंट हेतु आगे बढ़े। महामहिम महानाम ने आगे बढ़ सम्राट को माल्यार्पण कर गले लगाया, 'महामहिम को मार्ग में कष्ट तो नहीं हुआ?'

'ना। आप लोगों के स्नेहशीष से सकुशल आ गये।' आगे बढ़ गणाध्यक्ष देवी चेलना को पुष्पगुच्छ भेंट कर प्रणाम करने लगे।

'न...न...न देव आप ये क्या कर रहे हैं। आप तो पितृ तुल्य हैं।'

'दास बिटिया को नहीं मगध की सम्राज्ञी को शिष्टाचार पालन हेतु प्रणाम कर रहे हैं।'

गणाध्यक्ष के बाद राजा चेटक ने राजदम्पति दामाद–बिटिया का स्वागत किया। शिष्टाचार तोड़, सम्राट–सम्राज्ञी ने ससुर (पिता) सास (माँ) को प्रणाम किया। राजा चेटक ने उन्हें आलिंगन में ले आशीष दिया। यह चेटक परिवार के लिए गौरव का क्षण था। उनके हटते ही अन्य गणमान्यों ने माल्यार्पण, प्रणाम कर स्वागत किया। हँसते–मुस्कराते बिम्बिसार और चेलना मालाएँ, पुष्पगुच्छ स्वीकार कर रहे थे। मालाओं तथा पुष्पगुच्छों को पास खड़े दास–दासी को सौंपते जा रहे थे।

चालाक अनाथ पिण्डक जानबूझकर एक ओर ऐसी जगह खड़ा था कि बिम्बिसार की दृष्टि उस पर पड़ना अनिवार्य थी। ऐसा हुआ भी बिम्बिसार की उड़ती नज़र उस पर पड़ ही गयी।

'आह! नगरश्रेष्ठी अनाथ पिण्डक। वहाँ क्यों खड़े हैं?' बिम्बिसार की मोहक मुस्कान ने पूछ लिया।

'दास अपनी बारी की प्रतीक्षा कर रहा है!'

'आप की बारी तो पहले स्थान पर है!'

'महामहिम की महती कृपा के लिए दास आभारी है।' माल्यार्पण के लिए आगे बढ़ा। भीड़ ने मार्ग दे दिया। पास पहुँच पहले महादेवी चेलना को रत्नजड़ित स्वर्ण गुच्छ भेंट कर चरण स्पर्श किये। चेलना ही नहीं सभी चौंके।

'आह! कितना सुन्दर आकर्षक है। काफ़ी मूल्यवान लगता है। इसकी क्या आवश्यकता थी?' चेलना मन–ही–मन प्रसन्न थी।

'महामहिम महादेवी के पद के सामने यह अत्यन्त तुच्छ भेंट है। दास ने विशेषकर सम्राज्ञी के लिए यूनान की राजधानी रोम से मँगवाया है।' चरण स्पर्श किये।

'साधुवाद!'

आगे बढ़ बिम्बिसार के गले में रत्न जड़ित हार पहनाया। गद्‌गद बिम्बसार ने शिष्टाचार तोड़ अनाथ पिण्डक को गले लगाया। चतुर वणिक यही चाहता था। विरोधियों ही नहीं सभी के दिलों पर ईर्ष्या का साँप लोट गया। सम्राट की दृष्टि भीड़ में किसी को खोजने लगी।

जिससे मिलने–देखने को उत्सुक लालायित थे। वह कहीं दिखाई नहीं दे रही थी। वे नगरश्रेष्ठी अनाथ पिण्डक से बतिया ज़रूर रहे थे। लेकिन दृष्टि किसी को तलाश रही थी। देवी चेलना अपनी माताश्री, पिताश्री एवं अन्य परिजनों से घुल–मिल कर चर्चा कर रही थीं। मायके के परिजनों से लम्बे अर्से के बाद मिलने से मन भर बातें करना चाहती थीं।

'अनाथ पिण्डक!'

'महाप्रभु!'

'सोलह महाजनपदों में बहुचर्चित जिनकी रूपराशि की प्रशंसा हो रही है। आपकी वे गणनर्तकी देवी आम्रपाली दिखाई नहीं दे रहीं?' उत्सुकता को रोकने में असफल बिम्बिसार ने अन्त में पूछ ही लिया।

तो ये बात है। अनाथ पिण्डक की शंका सही निकली। आम्रपाली को सम्राट एवं उपस्थित गणमान्यों की निगाह में गिराने का स्वर्ण अवसर पिण्डक खोना नहीं चाहता था। सम्राट की बात से गणाध्यक्ष चौंकन्ने हो आये। वे नहीं चाहते थे कि सम्राट–सम्राज्ञी के स्वागत की मंगलमय मधुर वेला में देवी आम्रपाली की बुराई का विष घुले।

'महाप्रभु देवी आम्रपाली सौन्दर्य सम्राज्ञी हैं। वे अपने...'

'वे महामहिम के स्वागत में सर्वश्रेष्ठ कार्यक्रम के रूप में नृत्य नाटिका मदनोत्सव के अवसर पर प्रस्तुत करने में व्यस्त हैं। अन्य कलाकारों को प्रशिक्षित कर रही हैं। वे तो महामहिम को प्रणाम करने आने की अनुमति चाह रही थीं। लेकिन हमने रोक दिया।'

अनाथ पिण्डक के आम्रपाली के प्रति वैर भाव से महानाम परिचित थे। नहीं चाहते थे कि पिण्डक देवी गणनर्तकी की बुराई कर ख़ुशगवार वातावरण को गन्दा करे। इसलिए उन्होंने पिण्डक की बात बीच में ही काट दी।

'यह तो शुभ समाचार है महामहिम गणाध्यक्ष जी। देवी अपना सर्वोत्तम हमारी सेवा में पेश करेंगी, जानकर हार्दिक प्रसन्नता हुई। अनुमति हो तो नगर के लिए प्रस्थान करें।' महानाम कुछ पल रुके, 'महामहिम के ठहरने की व्यवस्था गणराज्य ने राजकीय अतिथिशाला में की है। यदि महामान्य राजा चेटक अनुमति दें तो गणपरिषद् आभारी होगा।'

'महामहिम गणाध्यक्षजी अनुमति का प्रश्न ही कहाँ है? आपने लिच्छवि गणाध्यक्ष की हैसियत से महामहिम मगध सम्राट एवं सम्राज्ञी को मदनोत्सव के अतिविशिष्ट अतिथि के रूप में आमन्त्रित किया है। अतः मदनोत्सव की समाप्ति तक वे अति विशिष्ट राजकीय अतिथि हैं। मदनोत्सव की समाप्ति के बाद राजदम्पति हमारे यहाँ जाने को स्वतन्त्र रहेंगे।' राजा चेटक ने चतुराई से समस्या का समाधान कर दिया जो सभी को मान्य हुआ।

'महामहिम सम्राट बिम्बिसार एवं सम्राज्ञी देवी चेलना अनुमति प्रदान करें तो राजधानी वैशाली हेतु प्रस्थान करें।' महानाम ने पुनः निवेदन किया।

'अवश्य। शुभस्य शीघ्रम्।' बिम्बिसार का मन अतिशीघ्र देवी आम्रपाली से मिलने को उतावला था। सारथी के रथ लाते ही राजदम्पति सवार हुए। उनके सवार होते ही महामहिम गणाध्यक्ष महानाम, राजा चेटक के परिवार के साथ अपने–अपने वाहनों पर बैठते ही सभी ने अनुसरण किया। मगध के अंगरक्षकों ने महामहिम मगध सम्राट के साथ लिच्छवि सैनिकों ने गणाध्यक्ष को अपनी अभिरक्षा में ले वैशाली के लिए प्रस्थान किया। कुछ सैनिक आगे–आगे चल मार्ग को साफ़ कर रहे थे। गणराज्य की सीमा से लेकर वैशाली तक के मार्ग के दोनों ओर राजदम्पति के दर्शनार्थ भीड़ लगी थी। सैनिक उन्हें मार्ग से दूर

रखने को प्रयत्न कर रहे थे। राजदम्पति के रथ के निकट आते ही महा...महिम...मगध...स...म्राट...बि...म्ब....सार...स....म्राज्ञी...चेलना...की...जय... जय...जयकार करने लगे। वे उनके परिजन भी थे। महादेवी चेलना लिच्छवि राजपुत्री एवं सम्राट दामाद जो थे। रथ पर खड़े हो हाथ जोड़, हाथ हिला बिम्बिसार अभिवादन स्वीकार करने लगे। महादेवी चेलना भी हाथ हिला प्रणाम कर अभिवादन स्वीकार करने लगीं।

वैशालीवासियों की भीड़ सड़क के दोनों ओर से, मकान के चबूतरों, दरवाज़ों, खिड़की, गवाक्षों, गच्ची से सम्राट विशेषकर नगर की बेटी सम्राज्ञी चेलना का पुष्पवर्षा तथा जय...जयकार से एवं लिच्छवियों तथा मगध की झण्डियों को फहरा स्वागत करने लगे। कड़ी सुरक्षा व्यवस्था के बाद भी कुछ लोग रथ के पीछे अगल–बग़ल दौड़ने लगे अश्वारोही अंगरक्षक रथ के आगे थे। उनमें से कुछ ध्वज लिए थे। कुछ सुरक्षा सैनिक रथ के साथ दौड़ रहे थे। प्रशंसक पुष्पगुच्छ एवं मालाएँ फेंक स्वागत एवं श्रद्धा प्रगट कर रहे थे। प्राप्त मालाओं, पुष्पगुच्छों को हँसते–मुस्कराते सम्राट स्वीकार करने के बाद वापस प्रशंसकों की ओर उछाल हाथ हिला प्रणाम कर अभिवादन स्वीकार रहे थे। महादेवी चेलना भी हँसते मुस्कराते हाथ हिला प्रणाम कर रही थीं। चारों ओर प्रसन्नता, उत्साह का वातावरण था। मगध सम्राट ने सपरिवार प्रतिनिधिमण्डल के साथ पधार लिच्छवियों के गौरव में वृद्धि की थी। राजरथ के पीछे गणाध्यक्ष महानाम और राजा चेटक के रथ थे। उनके पीछे मगध का प्रतिनिधिमण्डल, नगरश्रेष्ठी अनाथ पिण्डक एवं अन्य गणमान्यों, सैन्य अधिकारियों आदि के रथ थे।

रथों का जुलूस राजधानी वैशाली जा रहा था। प्रधान सेनापति भद्रसेन ने सीमा से लेकर भव्य रूप से सजाई गयी राजकीय अतिथिशाला तक ही नहीं, राजा चेटक के प्रासाद तक सुरक्षा की कड़ी व्यवस्था कर रखी थी। अतिथिशाला सैन्य अभिरक्षा में थी। अतिथिशाला पहुँचने पर गणाध्यक्ष ने निवेदन किया, 'लम्बी यात्रा से महामहिम एवं महादेवी थक गये होंगे। कृपया विश्राम करें। दास को चलने की अनुमति प्रदान करें।' महानाम ने हाथ जोड़ विदा माँगी।

'आपने और लिच्छविगण ने जो अभूतपूर्व स्वागत किया उसके लिए मगध आभारी है।' प्रणाम कर बिम्बिसार ने आभार प्रगट किया।

'ये हमारा कर्तव्य है। आप सर्वमान्य सांसद राजा चेटक ही नहीं हम सबके दामाद हैं। दामाद दशमो ग्रह होने से पूजनीय है।' महानाम के मज़ाक़ से सब हँस पड़े। प्रणाम कर अपने–अपने वाहनों पर सभी विदा हुए। राजदम्पति तथा शिष्टमण्डल ने अतिथिशाला में प्रवेश किया।

भौतिक विकास से अधिक महत्त्वपूर्ण मूल्यवान आत्मा का विकास है। लेकिन मानव भौतिक विकास की अन्धी–दौड़ में इतना व्यस्त हो जाता है कि आत्मा के अस्तित्व व महत्त्व को भूल जाता है। आत्मा नाम की भी कोई अमूल्य वस्तु है इसका ध्यान नहीं रहता। आर्थिक समृद्धि, सम्पत्ति का संग्रहण, उच्च पद, उससे प्राप्त अधिकार, सम्मान, यश, कीर्ति, प्रासाद में वैभवशाली जीवन जीने की लालसा। अपने ही नहीं सारे परिवार तथा अगली सात पीढ़ियों के लिए संचय के प्रयत्न की अन्धी–दौड़ में व्यस्त मानव आत्मा को दुर्लक्षित करता है। वो भूल जाता है कि ये सब दुःख का कारण हैं।

जब अधिकांश वैशाली नगरी और गणराज्य मगध सम्राट के स्वागत–सत्कार और अभ्यर्थना में व्यस्त था तब ज्ञानदाता शालवृक्ष की छाया में, शान्ति प्रदाता द्वैतवन में, युग के देवपुरुष चौबीसवें तीर्थंकर महावीर पद्मासन मुद्रा में शान्तचित्त बैठ निर्मल मधुरवाणी में सांसारिकता से पीड़ित मानव को दुःख से मुक्ति पाने के सहज, सरल, बोधगम्य, कर्मकाण्डविहीन, अनुकरणीय, पालन करने, जीवन में उतारने लायक मुक्ति के पावन मार्ग से अवगत करा रहे थे।

'वासना अनेक रूपों में मानव को प्रभावित ही नहीं करती, ग़लत व पाप कर्म करने को प्रेरित भी करती है। वह मात्र नारी–पुरुष के दैहिक सम्बन्धों तक ही सीमित नहीं है। तीव्र इच्छा का वह रूपान्तर है। वासना ही दुःख का कारण है। वह आत्मा और ज्ञान को मलिन करती है। और तब मानव कदाचरण कर बैठता है।'

मगध राजपरिवार के आगमन ने लिच्छवियों के आनन्द और उल्लास को दुगना बढ़ा दिया। चारों ओर गहमागहमी थी।

भीड़ इतनी थी कि लगता था राजधानी वैशाली सड़कों पर उतर आयी है। वासन्ती बयारों ने वातावरण को रूमानी बना दिया था।

मानव उत्सवधर्मी है। ज़िन्दगी की आपाधापी, सांसारिक तनाव, दैनन्दिन भाग–दौड़, आमदनी, व्यापार में लाभ–हानि के तनाव से कुछ समय के लिए मुक्त हमने उत्सवों, पर्वों, त्योहारों का सृजन कर लिया। पर्व ऋतुओं की अभिव्यक्ति हैं। इनकी समाप्ति के बाद मानव पुनः सांसारिक दन्द–फन्द के चक्कर में लौट आता है। वासनाएँ पुनः अपने भँवर में फँसा लेती हैं।

दत्तचित हो श्रावक–श्राविकाएँ भगवान् महावीर के मुखारविन्द से झर रहे अमृत बिन्दुओं का पान कर रहे थे। जैन साध्वियों के संघ की पहली क़तार में मांगधिया विराजमान थी। पिछले प्रवचन के बाद से तीर्थंकर के निर्देशों का पालन पूरे मन–प्राण से कर रही थी। साध्वी श्री श्रेयासी जो निर्देश देती उन्हें अक्षरशः सही मानती। ब्रह्ममुहूर्त में उठ स्नान आदि के बाद ध्यान–योग का अभ्यास करती। कौशाम्बी से पलायन करते समय जो क़ीमती राजसी वस्त्राभूषण लायी थी, उन्हें दान कर दिया। साध्वियों ने दो श्वेत वस्त्र प्रदान कर दिये थे। उन्हें ही धारण करती थी। पदत्राण भी त्याग दिये। साध्वियों के समान नंगे पाँव चलती थी। दैहिक सौन्दर्य में वृद्धि करने वाली, नितम्बों को स्पर्श करती सुचिक्कण केशराशि उसे अन्य साध्वियों से अलग करती थी। वह पूरी तरह से उनमें से एक बनना चाहती थी। इसलिए उसने केश कटवा दिये। साध्वी श्री श्रेयासी ने इस बारे में कुछ नहीं कहा था। यह उसका अपना निर्णय था। मुण्डित साध्वी बन गयी। संघ को प्रसन्नता हुई। वासनारूपी इच्छाओं के दमन हेतु कठोर ब्रह्मचर्य का पालन करने लगी। मन–इन्द्रियों की चंचलता पर धीरे–धीरे नियन्त्रण पाने में सफल हो रही थी। मांगधिया की जीवन–शैली में हो रहे परिवर्तनों के प्रति महामना तीर्थंकर ध्यान से निगाह रखे हुए थे। उन्हें प्रसन्नता हुई कि उन्हें किसी गणधर से यह नहीं कराना पड़ा।

'चंचल इन्द्रियों को वश में करते ही मन नियन्त्रण में आ जाता है। वासनाएँ भी नियन्त्रित हो जाती हैं। इस हेतु निरन्तर अभ्यास ज़रूरी है।

अभ्यास के लिए आचरण पर भी ध्यान रखना पड़ेगा। आचरण जीवन की अभिव्यक्ति है।'

'महाप्रभु! अभ्यास, आचरण के काल में भी मन भटकता है। इसका उपाय क्या है?' मांगधिया का प्रश्न भक्ति से परिपूर्ण था।

'प्रश्न समीचीन है, साध्वी प्रज्ञाश्री।' तीर्थंकर ने दीक्षा के पहले ही मांगधिया को साध्वी सम्बोधित कर जैन धर्म में प्रवेश दे दिया था। दीक्षा की औपचारिकता बाद में गणधर जमाली ने पूरी की।

साध्वी शब्द सुनते ही प्रसन्नता के अतिरेक से मांगधिया का मन, प्राण, आँखें भर आयीं। लगा महाप्रभु ने नया जीवन प्रदान किया है। तत्काल उठ आत्मा के पवित्र आँसुओं से उस देवपुरुष के चरण पखारे। आशीष हेतु तीर्थंकर ने शीश पर हाथ रखा। कुछ काल मौन पसरा रहा। दृश्य ने श्रावक–श्राविकाओं को अभिभूत कर दिया।

ज्ञानी मानव भी चंचल इन्द्रियों, वासनाओं से प्रभावित, प्रेरित हो कदाचरण कर बैठता है। अतः त्रिरत्न के अभ्यास से इससे छुटकारा पाया जा सकता है। सम्यक् ज्ञान पहला रत्न है। यह सत्य, असत्य, सु–आचरण, कदाचरण तथा भले–बुरे का ज्ञान भेद बतलाता है। दूसरा रत्न सम्यक् चरित्र है। चरित्र की सात्विकता ही मानव के व्यक्तित्व की अभिव्यक्ति है। सम्यक् दर्शन तीसरा रत्न है। इसके ज़रिये पूर्ववर्ती महामानव तीर्थंकरों के जीवन, चरित्र, उनकी जिनेन्द्रियता, उपदेशों का पालन, जीवन में अनुकरण करना अत्यन्त आवश्यक है। 'आचारो परम धर्मः' –शुद्ध सात्विक आचरण ही परम धर्म है।

तीन रत्नों के पालन में पंच महाव्रत सहायक रहेंगे। इनका पालन दीक्षित साधु–साध्वियाँ ही नहीं गृहस्थों के लिए भी अनिवार्य है। पाँच महाव्रतों में सत्य का स्थान पहला है। सत्य सर्वोपरि है वह आत्मबल में वृद्धि करता है। निडर निर्भय बनाता है। 'अभयं भयम् संस्तुति'–सत्य भयमुक्त करता है। जबकि असत्य पकड़े जाने के डर से सदा भयभीत बनाये रखता है। 'अहिंसा परमो धर्म' अहिंसा जीवन को सात्विकता प्रदान करती है। अहिंसा केवल प्राणी की हिंसा तक सीमित नहीं है। मन, वचन तथा कर्म से भी हिंसा नहीं की जानी चाहिए।

किसी के भी बारे में बुरा मत सोचो, कुविचार मानसिक हिंसा है। कटुवचन, दुर्वचन, दूसरों को दुःखी करते हैं। ये दुःख का कारण हैं। अतः वचन की अहिंसा का पालन करना चाहिए। आपके कर्म भी अहिंसक हों। वे भी किसी के दुःख का कारण न बनें।

अस्तेय पंच महाव्रत का तीसरा महत्त्वपूर्ण तत्त्व है। अस्तेय का अर्थ चोरी न करने से है। किसी अन्य की वस्तु उसके स्वामी की अनुमति के बिना नहीं लेनी चाहिए। अपरिग्रह भी अत्यन्त महत्त्वपूर्ण व्रत है। सांसारिक माया–मोह, लालसा–कामनाएँ मानव को परिग्रही बनाती हैं। इनसे छुटकारा पाने के लिए अपरिग्रही होना आवश्यक है। धन–सम्पत्ति का संग्रह, धन–धान्य, वस्त्र–आभूषणों का संग्रह परिग्रही बनाता है। बन्धनों में बाँधने वाला प्रमुख तत्त्व है। अतः सांसारिक वस्तुओं के प्रति उदासीनता ज़रूरी है। चंचल इन्द्रियों, वासनाओं को नियन्त्रित करने के लिए अपरिग्रही होना चाहिए।

ब्रह्मचर्य पाँचवाँ और अन्तिम महाव्रत है। इसका मतलब अविवाहित रहना नहीं। वरन् शारीरिक वासना को नियन्त्रित करने के लिए एक पत्नी–पति के प्रति निष्ठावान रहने से है। इन पाँच महाव्रतों के पालन के लिए किसी कर्मकाण्ड, पूजा–पाठ, मन्दिर अथवा देवालय जाने की आवश्यकता नहीं है। इनका सम्बन्ध आचरण से है। नैतिकता और सदाचार ही सच्चा धर्म है जो आत्मा को सांसारिक दुःखों से मुक्त करता है। दैनिक जीवन में इनका पालन इन्द्रिय दमन, दुःख और वासनाओं पर विजय दिलायेगा। सत्यनिष्ठ मानव ही धर्मनिष्ठ है।

वसन्त पंचमी

आनन्द, उल्लास, रोमांस, रोमांच आनन्दोत्सव के पर्व का दिन। वासन्ती बयारें देह को सुकून और दिलों में उमंग पैदा कर रही थीं। संझा देवी ने धरा से चुपके से विदा ली। झिलमिलाते तारों की ओढ़नी से शृंगारित रात की रानी धरा पर उतरने लगी। राजधानी के घर, प्रासाद, सभागार ही नहीं मार्ग, वीथियाँ भी प्रकाश से जगमगाने लगे।

वैशाली नगरवासी अपनी–अपनी हैसियत के अनुसार वासन्ती पीत, गुलाबी वस्त्रों में सजधज कर आमोद–प्रमोद हेतु सड़क पर निकल आये थे। पुष्पों, आम्रपत्रों के वन्दनवारों से घरों को भी सजाया गया था। अधिकांश लोग उद्यानों, बाग–बगीचों, आम्रकुंजों में आनन्द भोज मना रहे थे। कहीं–कहीं नृत्य, गायन, वादन के आयोजन किये गये थे। सुरापान, गोष्ठियाँ, द्यूतक्रीड़ा समृद्धों ने आयोजित कर रखी थी। वासन्ती मौसम से अछूत, अस्पृश्य, शूद्र, चाण्डाल भी प्रभावित थे। सालभर उच्च वर्णों, वर्गों से प्रताड़ितों को साल में एक बार वसन्तोत्सव पर आनन्द मनाने का अवसर मिला था। वे अपने तरीक़े से नृत्य–गायन कर रहे थे। रूमान के अतिरेक में श्रृंगार के ज़रिये अपने को अधिक मादक बनाने वाली रूपसियों से छेड़छाड़ हँसी–मज़ाक़ किये जाने पर बुरा नहीं मान रही थीं। उल्टे अच्छा लग रहा था। क्योंकि उनकी कमनीय मदमाती श्रृंगारित काया का उचित मूल्यांकन हो रहा था। छेड़ मन को गुदगुदा जाती थी।

सर्वाधिक भीड़ प्रेक्षागार के सामने थी। प्रहरियों द्वारा बार–बार अपमानित कर भगाये जाने पर भी वे पुनः लौट–लौट आते थे। प्रथम दिन का नाट्य प्रयोग मगध राजपरिवार के सम्मान में आयोजित किया गया था। जिसमें अत्यन्त विशिष्ट गणमान्यों को ही आमन्त्रित किया था। आज का प्रयोग सामान्य जन के लिए नहीं था। राजकीय प्रेक्षागार में केवल विशिष्ट आमन्त्रितों को ही प्रवेश पत्र की जाँच के बाद प्रवेश दिया जा रहा था। पहली क़तारें और उसके बाद की दो–चार क़तारें राजपरिवार, गणाध्यक्ष, महाराज चेटक परिवार तथा अन्य अतिविशिष्टों के लिए आरक्षित थीं। वहाँ सैनिक नियुक्त थे ताकि दूसरा कोई बैठ न सके। अतिथियों को निर्देशित किया गया था कि सम्राट–सम्राज्ञी, गणाध्यक्ष, चेटक परिवार, सेनाध्यक्ष आदि अति महत्त्वपूर्ण व्यक्तियों के आगमन के पहले स्थान ग्रहण करें। सुरक्षा की दृष्टि से यह अनिवार्य था।

अतिथिशाला से प्रेक्षागार तक भीड़, कोलाहल, चर्चाएँ, धक्का–मुक्की कर रही थी। सर्वाधिक भीड़ प्रेक्षागार और अतिथिशाला के सामने थी। रक्षक भालों, डण्डों की मदद से धकेल रहे थे। स्वागत अधिकारी के

साथ अन्य कर्मचारी, नक़ली मुस्कानों के साथ आगतों का स्वागत कर निर्धारित आसंदियों पर बैठा रहे थे। पुत्री रत्नप्रभा एवं रूपसी पत्नी दिव्यसेना के साथ नगरश्रेष्ठी अनाथ पिण्डक ने प्रवेश किया। स्वागत अधिकारी स्वयं उन्हें आगे की तीसरी पंक्ति में सम्राट–सम्राज्ञी के सिंहासन के ठीक पीछे की क़तार हेतु ले जाने लगा। हँसते–मुस्कराते हाथ जोड़ अभिवादन का उत्तर देने लगा।

'प्रिय जयन्त! इसमें कोई सन्देह नहीं कि अनाथ पिण्डक रत्नों के साथ नारी रत्न का भी पारखी है। न जाने कहाँ से रूपसियों को ढूँढ़ लाता है?' विनयशील प्रसन्नता मिश्रित ईर्ष्या से भरा था।

'हाँ बन्धु विनय, तुम्हारा कथन समीचीन है। अब देखो ना नारी रत्नों में सर्वश्रेष्ठ अतुलनीय सौन्दर्य की सम्राज्ञी आम्रपाली को एक छोटे से गाँव से न केवल खोज लाया और गणनर्तकी के प्रतिष्ठित पद पर बैठा दिया। आम्रपाली के न पिता का पता न माँ का। विधवा या कुँवारी माँ की लावारिस अनाथ लड़की लिच्छवियों का गौरव है।' गहरी साँस जयन्त ने ली।

'एक सुभाषित है मित्र।'

'कौन–सा?'

'स्त्री रत्नम् चदपि दुष्कुलम्'–दुष्कुल, कलंकित खानदान में भी यदि नारी रूपी रूप–लावण्य की स्वामिनी रत्न हो तो उसे प्राप्त करने में दोष नहीं। उसके द्वारा जन्मी सन्तान भी सुन्दर होगी। कीचड़ का कमल और खदान का रत्न हीरा निर्दोष और संग्रहणीय होता है।'

अधिकांश ने आसन ग्रहण कर लिया था। लेकिन कुछ दल बना खड़े अनुपस्थित की बुराई बतिया रहे थे। उसके आने पर प्रशंसा करने लगते। हर युग में छिन्द्रान्वेषी मानव का चरित्र एक जैसा रहता है।

तुत...तृ...ऊ...तु...तु...तुरीयनाद ने सावधान किया।

'कृपया अपने–अपने निर्धारित स्थान पर आसन ग्रहण करिए। महामहिम मगधराज एवं सम्राज्ञी प्रेक्षागार हेतु चल पड़े हैं। किसी भी क्षण पधार सकते हैं। कृपया राजकीय शिष्टाचार का पालन करें।' स्वागत अधिकारी ने चेताया।

शोर शान्त हो गया। सभी चुपचाप अपनी–अपनी आसंदियों पर जा बैठे।

दास–दासियों से घिरे सम्राट–सम्राज्ञी बरामदे में आये। उपस्थितों ने कमर तक झुक प्रणाम किया। उनका श्रृंगार अवर्णनीय था। महादेवी चेलना की श्रृंगारित रूप–लावण्य छलकाती कमनीय देह स्वर्ग की अप्सरा को लज्जित कर रही थी। सम्राट–सम्राज्ञी की देहों से निःसृत सुरभि ने वायु को सुरभित कर दिया।

'महामहिम की आज्ञा हो तो प्रस्थान करें?' भद्रसेन ने प्रणाम कर अनुमति माँगी।

'अवश्य।' वे रथरूढ़ हुए। अश्वारोही अंगरक्षकों ने अभिरक्षा में ले लिया। प्रेक्षागार हेतु चल दिये।

प्रेक्षागार के द्वार पर गणाध्यक्ष, राजा चेटक अमात्यमण्डल तथा अन्य के पुष्पाहार एवं मुस्कान से स्वागत के बाद प्रेक्षागार में प्रवेश किया। प्रेक्षकों ने खड़े हो करतल ध्वनि से स्वागत किया। हँसते, मुस्कराते, अभिवादन स्वीकारते प्रथम क़तार के सिंहासन पर जा विराजे। राजदम्पति के प्रवेश के साथ ही यवनिका के पीछे मंचस्थ वाद्यवृन्द स्वागत धुन बजाने लगा था। धुन की समाप्ति के साथ शान्ति पसर गयी। मंच को छोड़ प्रेक्षागार में अंधेरा छा गया। संगीत की धुन के साथ यवनिका के इस तरफ़ एक रूपसी आलोकवृत्त के बीच प्रणाम मुद्रा में आ खड़ी हुई। श्रृंगार ने उसके सौन्दर्य की कमनीयता दुगनी कर रखी थी।

'मुख्य अतिथि महामहिम मगध सम्राट एवं महादेवी, गणाध्यक्ष जी एवं समस्त वन्दनीय प्रेक्षकों को दासी दिव्यदत्ता गणनर्तकी देवी आम्रपाली, समस्त कलाकारों, संगीतकारों की ओर से प्रणाम करती है। यह हमारा सौभाग्य है कि अपना प्रयोग सम्माननीय अतिथियों की सेवा में प्रस्तुत करने का अवसर मिल रहा है विशेषकर मगधराज एवं महादेवी के समक्ष।' कुछ पल रुकी, 'महामहिम आदेश दें तो प्रयोग आरम्भ किया जाये।'

'अनुमति है।' बिम्बिसार की ओर से महामात्य ने स्वीकृति दी।

संगीत के साथ मंच अँधेरे में डूब गया। कुछ काल की शान्ति के बाद वाद्य धीमे–धीमे बजने लगा।

संगीत प्रेक्षकों को आनन्दित करने के साथ वातावरण की सृष्टि करने लगा। निगाहें यवनिका पर गड़ी थीं। दिलों की धड़कन कौन–सी प्रस्तुति देगी। बिम्बिसार अधिक बेचैन थे। क्या आम्रपाली महादेवी चेलना, राजनर्तकी शालवती, उज्जयनी की पद्मावती और वत्सराज उदयन की मांगधिया से अधिक श्रेष्ठ है?

ढप...ढुप...ढमाक...ढमाक...ढम...मृदंग की तीव्र गति के साथ यवनिका धीरे–धीरे उठने लगी। पूरी तरह उठने के बाद मृदंग धीमे–धीमे थम गया। उसने दृश्य को प्रभावी बना दिया था। उसमें रूमान भरने के लिए वंशी एवं वीणा के स्वर उभरने लगे। अँधेरे–उजाले में मंच के आकाश से एक झूला हौले–हौले अवतरित होने लगा। प्रकाश के घेरे ने बताया देवलोक की सुन्दरी अवतरित होने लगी है। दैवी सौन्दर्य की सम्राज्ञी झूले पर बैठी मोहक–मादक मुस्कान से उपकृत कर रही थी। प्रेक्षकों को लगा कला की सौन्दर्य चेतना देवालय की शालभंजिका आम्रपाली में अभिव्यक्त हुई है। ना। देवी तो उस महान सर्जक कला महर्षि की निर्मिति है। शब्द आम्रपाली के सौन्दर्य को परिभाषित करने में असमर्थ थे। धड़कनें धीमी हो गयीं, साँसें थम गयीं। पलकों ने झपकने से इनकार कर दिया। सोलह श्रृंगार ने मादक कमनीय काया के सौन्दर्य में चार चाँद लगा दिये थे। प्रेक्षकों के दिलों को जीतने का आधे से ज़्यादा काम तो मांसल–मादक देह ने पूरा कर दिया था। देह में रक्त नहीं मदहोश करने वाली सुरा दौड़ रही थी।

रूप–लावण्य से प्रभावित, प्रेरित असमर्थ शब्द सौन्दर्य वर्णन करने से अपने को रोक नहीं पाये। भ्रमर से अधिक वासन्ती फूलों के गजरे से सजे जूड़े से कुशलतापूर्वक निकाली गयी मोती की लड़ियों से सजी नितम्बों को स्पर्श करती वेणी। सुगन्धित रक्त चन्दन की टिपकियाँ दिव्य भाल एवं कमान–सी भौंहों को सुशोभित कर गोरे, गुलाबी कपोलों को चूम रही थीं। भौंहों के बीच में भाल के अनुरूप लगाया टीका मनोहारी था। पँखुरी पलकें रतनारे नयनों की शोभा बढ़ा रही थीं।

चन्द्रमा से गोल मुख के अनुरूप सुचिक्कण चिबुक। हीरे–मोती टँकी श्वेत कंचुकि की अवमानना करते नुकीले पुष्ट उरोजों का चुम्बन लेने को आतुर, सुराहीदार गर्दन की शोभा रत्नजड़ित हार, सुचिक्कण कन्धे, भुजबन्धों से सजी मृणाल भुजाएँ, चौड़ी पीठ और नितम्बों के भार से थोड़ी झुकी पतली कटि की कटिमेखला कदली जंघाओं और नितम्बों की सुन्दरता बढ़ा रही थी। स्वर्ण घुँघरुओं में क़ैद गोरे लाल पगों को ही नहीं स्वर्णाभूषणों ने सजी गणनर्तकी इतिहासजयी आम्रपाली को भोग–विलास एवं शान–शौक़त का जीवन प्रदान कर बन्दिनी बना रखा था।

नृत्यलास्य के साथ श्वेतवसना झूले से उतरी। संगीत की धुन पर स्मित हास्य मुस्कान के साथ मादक चाल में पग गिन–गिन मंच और आलोकवृत्त के बीच आ खड़ी हुई। मदभरे नयनों से प्रेक्षागार को निहारा। सुसज्जित प्रेक्षागार की भित्तियों पर नृत्य की अनेक मुद्राओं में चित्रित आम्रपाली उसे निहार रही थी। प्रणाम हेतु कमल हथेलियाँ जोड़ीं, 'आज के उत्सवपुरुष महामहिम मगधराज, उत्सव महादेवी चेलना, महामहिम गणाध्यक्ष जी एवं प्रेक्षागार में उपस्थित गणराज्य के लोक–देवताओं को दासी का प्रणाम। शीश झुकाया।'

सौन्दर्य की चुम्बकीय शक्ति से बँधे बिम्बिसार खड़े हो गये। चकित चेलना, गणाध्यक्ष, प्रेक्षाध्यक्ष ने निहारा। ये कैसा शिष्टाचार? बाध्य हो सभी को खड़ा होना पड़ा। बिम्बिसार की करतल ध्वनि का प्रेक्षागार ने अनुसरण किया।

साधु...वाद...साधुवाद...साधु...वाद...आम्रपाली ने आभार प्रगट किया। नृत्य नाटिका के पहले लिच्छवि कलाकारों के साथ दासी वसन्त ऋतु की आराध्या देवी माँ सरस्वती की अभ्यर्भना प्रस्तुत करेगी। पुनः प्रणाम।'

प्रकाश क्रमशः तिरोहित होने लगा। संगीत की सुमधुर धुन बजने लगी। आम्रपाली गजगामिनी मादक चाल से नेपथ्य में चली गयी।

अ...आ...आ...आ...मंच पर शान्ति के बीच वीणा, वंशी एवं अन्य वाद्यों की संगत के साथ गायिका के सुमधुर कण्ठ ने आलाप लिया। मंच प्रकाश से आलोकित हो आया। मंच के मध्य में वीणावादिनी

पुस्तकधारिणी हार, पुष्पों, दीप, चन्दन, कुमकुम से पूजित देवी सरस्वती की मूर्ति विराजित थी। छुम...छुम...छननन...छुम...वाद्यों के साथ संगत, घुँघरुओं की छमछमाहट के साथ नृत्य मुद्रा में आम्रपाली ने प्रवेश किया। सबसे पहले नृत्य मुद्रा में माँ सरस्वती की मूर्ति को माल्यार्पण कर प्रणाम किया। पलट कर प्रेक्षकों को भी पुनः प्रणाम किया। मूर्ति और नर्तकी दोनों श्वेत वसना थीं।

आलाप के माधुर्य में वीणा, वंशी, मृदंग आदि वाद्य रस घोल रहे थे। आलाप शीघ्र सरस्वती वन्दना में परिवर्तित होने लगा।

या कुन्देन्दुतुषारहार धवला या शुभ्रवस्त्रावृता।
या वीणावरदण्डमण्डितकरा या श्वेत पद्मासना।।

वन्दना के इन स्वरों में हस्त, पग संचालन, कमलनाल–सी अँगुलियों, रतनारे नयनों, मृणाल भुजाओं और भावप्रवण कमल मुख से अभिनय द्वारा देवी सरस्वती को साकार करने लगी।

या ब्रह्माच्युतशंकरप्रभृतिभिर्देवैः सदा वंदिता।
सा माम पातु सरस्वती भगवति निःशेषजाड़्यापहा।।
वन्देताम् परमेश्वरीम् भगवतीम् बुद्धि प्रदाम् शारदाम्।
सरस्वती महाभागे विद्ये कमल लोचने।।

कुशल नर्तकी वन्दना के प्रत्येक श्लोक के साथ भगवती सरस्वती को मूर्त रूप ही नहीं प्रदान कर रही थी, भावप्रवण मुखमुद्रा से जीवन्त भी बना रही थी। प्रेक्षक भावविभोर थे, अनेक ने गणनर्तकी के रूप–लावण्य की चर्चाभर सुनी थी। उनके प्रासाद में जाने का सौभाग्य नहीं मिला था। आज 'प्रत्यक्ष किम प्रमाणम्' साकार हो जाने से जीवन को धन्य मान रहे थे। सफल सरस्वती वन्दना की समाप्ति के साथ यवनिका धीरे–धीरे गिरने लगी। प्रेक्षकों ने खड़े हो तालियों की गड़गड़ाहट के साथ आम्रपाली का अभिवन्दन किया। कर्णप्रिय संगीत की स्वर लहरियाँ प्रेक्षकों के दिलों को आनन्दित करने लगीं। यवनिका उठी। सूत्रधार ने प्रवेश कर प्रणाम किया, 'कलारसिक महामहिम मगध सम्राट, सम्राज्ञी, गणाध्यक्षजी एवं प्रेक्षकों की सेवा में सदी के इतिहासजयी महामानव, जिनसे आप सभी परिचित हैं की जीवन गाथा की झलकियाँ प्रस्तुत

करने का दुस्साहस करने जा रहे हैं। वैसे आप सभी उनके पवित्र जीवन एवं लोक कल्याण के लिए वैभव–विलास के राजसी जीवन एवं दैवी सौन्दर्य की सम्राज्ञी यशोधरा एवं आत्मज राहुल के त्याग से परिचित हैं। नृत्य नाटिका उनकी अर्द्धांगिनी की व्यथा–कथा से प्रेक्षक महानुभावों को परिचित कराने का साहस कर रही है। आज्ञा दें।'

करतल ध्वनि ने आज्ञा दी। मंच अँधेरे में डूब गया। मंच को कला निर्देशक ने रंग–बिरंगे पुष्पों से सज्जित उद्यान में बदल दिया। यवनिका उठी। वाद्यों से रूमानी संगीत झरने लगा। नाटिका रूपसी यशोधरा एवं शाक्य युवराज सिद्धार्थ के प्रणय निवेदन से आरम्भ हुई। यशोधरा बनी आम्रपाली प्रेक्षकों को वास्तविक यशोधरा से अधिक सुन्दर लगी। यशोधरा को देखा नहीं था। उसके रूप–सौन्दर्य की चर्चा मात्र सुनी थी। प्रसिद्ध नर्तक कलाकार धर्मकीर्ति सिद्धार्थ बने थे। गायिका वेदवती द्वारा प्रस्तुत प्रणयगीत पर दोनों नृत्याभिनय प्रस्तुत करने लगे। प्रणय–अभिनय रूमानी वातावरण सृजित करने लगा। सिद्धार्थ द्वारा प्रणय निवेदन और सलज्ज यशोधरा द्वारा पँखुरी पलकें मूँद दी गयीं स्वीकृति को पेश करता नृत्य। महाराज शुद्धोधन द्वारा राज्यभर में आयोजित विवाह उत्सव में प्रजा की भागीदारी नृत्यों द्वारा अभिव्यक्त की गयी। यशोधरा की कमनीय काया से प्राप्त यौनसुख की सन्तुष्टि को धर्मकीर्ति के नृत्याभिनय ने सफलतापूर्वक साकार किया। गर्भिणी यशोधरा को अभिनय द्वारा जिस सफलता से आम्रपाली ने प्रस्तुत किया, उसने चौंकाया। यशोधरा–सिद्धार्थ के प्रेम की परिणति राहुल बना। काल्पनिक बालक के लाड–दुलार को प्रस्तुत करने में आम्रपाली सफल हुई। शुद्धोधन द्वारा सार्वजनिक उत्सव का नृत्याभिनय मनोहारी था।

काल्पनिक रथ पर नगर भ्रमण के समय रोगी, वृद्ध एवं शवयात्रा से विचलित सिद्धार्थ की मनोदशा का प्रस्तुतीकरण गजब का था।

आधीरात को निश्चिन्त सोयी यशोधरा एवं राहुल के त्याग के समय सिद्धार्थ के अन्तर्द्वन्द्व का, धर्मकीर्ति द्वारा प्रस्तुति का तालियों की गड़गड़ाहट से स्वागत हुआ।

सिद्धार्थ के गृहत्याग के साथ ही नाटिका का प्रथम भाग समाप्त होने पर अगले अंक के लिए मंच सज्जा में परिवर्तन हेतु यवनिका नीचे आयी। आगामी दृश्य के अनुरूप मंच सज्जा करनी थी। यवनिका के गिरने के साथ मध्यान्तर हुआ। नाटिका के पहले भाग पर प्रेक्षक टीका–टिप्पणी करने लगे।

'प्रस्तुति के बारे में महामहिम का क्या विचार है?' गणाध्यक्ष महानाम ने मगधराज का मन्तव्य जानना चाहा।'

'सुन्दर। अति सुन्दर। ना अलौकिक। नाटिका से पता चला कि लिच्छवियों की गणनर्तकी देवी आम्रपाली अलौकिक रूपसी ही नहीं सर्वश्रेष्ठ नर्तकी और अतुलनीय अभिनेत्री भी हैं। संवादों के अनुरूप नृत्याभिनय की प्रस्तुति शब्दातीत है।' लिच्छवि गणराज्य भाग्यवान है जो ऐसी देवी उन्हें प्राप्त हुई।' भावविभोर बिम्बिसार ने सच्चे मन से प्रशंसा की।

'साधुवाद। लिच्छवी महाजनपद श्रीमन्त की प्रशंसा के लिए आभारी है।'

'देवी ने क्या बढ़िया नृत्याभिनय प्रस्तुत किया है।' लम्बे समय तक बैठे रहने से श्रेष्ठी दयानिधि थक गया था। खड़े हो साथी श्रेष्ठी धनदत्त से कहा।

नगरश्रेष्ठी अनाथ पिण्डक गम्भीर मुद्रा बनाये बैठा रहा। श्रेष्ठी धनदत्त ने छेड़ा, 'प्रयोग और देवी आम्रपाली के नृत्याभिनय के बारे में आपका क्या विचार है पिण्डक?'

पिण्डक ने घूरा, 'ठीक ही है। आम्रपाली ही नहीं प्रत्येक नगर की गणिकाएँ पुरुषों को रिझाने हेतु हर तरह की कला का उपयोग करती हैं। गणिका आम्रपाली की कला में विशेष क्या है? सेवानिवृत्त देवी सर्वोत्तमा की बगल में भी खड़ी होने योग्य नहीं है आम्रपाली?'

धनदत्त और उसके मित्र हँस पड़े।

वीणा, वंशी के रुदन, मृदंग तथा अन्य वाद्ययन्त्रों से निःसृत करुण संगीत मंच और प्रेक्षागार में कारुणिक वातावरण की सृष्टि करने लगा। यवनिका उठने लगी। मंच पर अन्तःपुर का दृश्य स्पष्ट दिखाई देने लगा।

संगीत ने करुण रस की सृष्टि कर दी। प्रेक्षकों की साँस रुक गयी। श्रृंगार रस के विपरीत करुण रस विरहिणी यशोधरा बनी आम्रपाली ने प्रवेश किया। पाँच वर्षीय बालक साथ था। सुन्दर चीनांशुक वस्त्र, स्वर्णाभूषण से सज्जित रहने वाली युवराज्ञी यशोधरा श्रृंगारविहीन थी। सादे सूती अधोवस्त्र वाली साड़ी, उत्तरीय, अंगरागहीन मुख, नयन, कपोल, सूती वस्त्र की कंचुकि, आलताहीन गोरे कमल पग। लगा युवराज्ञी यशोधरा वैधव्य का दुःख भोग रही हैं। अंगरागहीन मुख अत्यन्त फीका था। उसका सारा श्रृंगार रूमानी भाव और सौन्दर्यचेता सिद्धार्थ अपने साथ ले गये। नारी श्रृंगार, सजधज, चुम्बकीय आकर्षण प्रेमी, पति रूपी पुरुष को रिझाने, सदैव के लिए बाँधे रखने हेतु करती हैं और जब वो ही ज़िन्दगी में सूनापन भर जाये तो श्रृंगार किसलिए? किसके लिए? मोतियों की लड़ियों, सुगन्धित पुष्पों, सुरभित तेल से सजे रहने वाले, नितम्बों को स्पर्श करते केश खुले थे। सौन्दर्यहीन थे। नयनों की सुन्दरता बढ़ा रतनारे बनाने वाला काजल उनमें नहीं था। न तो मृणाल भुजाएँ, भुजबन्ध और कटि, जंघाएँ तथा नितम्ब कटि मेखला विहीन थे। श्रृंगारहीन यशोधरा का समस्त व्यक्तित्व एक चिर–विरहिणी, पति–प्रेम वंचिता की व्यथा–कथा को अभिव्यक्त कर रहा था और करुण संगीत यशोधरा की विरह वेदना को बढ़ा रहा था।

मंच के बायें पार्श्व से गौतम बुद्ध को पालने वाली यशोदा माँ रूपी मौसी, माँ महादेवी प्रजापति गौतमी का दासियों सहित प्रवेश। प्रिय पुत्रवधू यशोधरा की श्रृंगारहीन कमनीय काया, उदासीन, विरह व्यथा को अभिव्यक्त करती मुखमुद्रा गौतमी को दुःखी करती है।

'रानी बेटी! अपनी ये क्या हालत बना रखी है? आप अलौकिक रूपसी हैं। श्रृंगार करना क्यों छोड़ दिया? आपका वेश अत्यन्त पीड़ादायक है?'

'माँ! महादेवी माँ। श्रृंगार क्यों? किसके लिए? कौन इसे देख प्रसन्न होगा? प्रसन्न होने वाले तो बिना बताये आधी रात को पलायन कर गये। उन्होंने सूचित करना भी उचित नहीं समझा? यदि वे बता देते कि वे आत्म एवं लोक कल्याण के लिए गृहत्याग कर संन्यास

धारण करेंगे तो दासी उन्हें नहीं रोकती? उन्होंने तो कठोर तप द्वारा मुक्ति पाली। प्रत्येक मानव को दुःख, जन्म–मरण से मुक्ति पाने के मार्ग का उपदेश दे रहे हैं। लेकिन?'

'लेकिन क्या?'

'जिसे ब्याह कर लाये। अग्नि की साक्षी में मन्त्रों के ज़रिये सात जनम साथ निभाने, सुख–दुःख में भागीदारी का वचन दिया। एक ही जनम में तोड़ दिया। मुझ अभागिन को उसे जीवन भर के लिए देवपुरुष ने दुःख, पीड़ा, विरह वेदना के भँवर में डूबने के लिए अकेला अपने बेटे के साथ छोड़ दिया।' नृत्य मुद्रा द्वारा राहुल की ओर इशारा किया, 'आपके एवं पिता महाराज के प्रिय पौत्र राहुल के अपने पिताश्री के बारे में बार–बार प्रश्न पूछने पर क्या उत्तर दूँ?' पूछता है, 'मुझसे, आपसे, दादीश्री एवं दादाश्री तथा परिवार से कोई अपराध हो गया जो पिताश्री नाराज़ हो संन्यासी बन गये?' पितृ प्रेम और संरक्षण से वंचित इस बालक को क्यों दण्ड दिया जा रहा है? संन्यासी बनना था तो विवाह क्यों किया। पुत्र को क्यों जन्म दिया? उत्तर दें माँ, उत्तर दें?'

भरतमुनि के नाट्यशास्त्र में वर्णित अंगिक, वाचिक एवं सात्विक तत्त्वों का भावप्रणव नृत्याभिनय संवादों को सशक्त अभिव्यक्ति प्रदान कर रहा था। यशोधरा बनी आम्रपाली की भावाभिव्यंजना से ओतप्रोत अभिनय ने प्रेक्षकों की आत्मा–मन में हिला करुणा का संचार कर दिया। सदी के देवपुरुष, सोलह महाजनपदों द्वारा पूजित तथागत के गृहस्थ जीवन की सहभागी नारी के त्रासद जीवन की करुणा, पीड़ा, विरह वेदना को सशक्त वाणी दे रही थी। तथागत गौतम के देवत्व की गरिमा से लोक जीवन इतना गहरे तक प्रभावित था कि उसने यशोधरा एवं राहुल की भावनाओं, पीड़ा की ओर ध्यान ही नहीं दिया। प्रेक्षक महादेवी प्रजापति गौतमी के उत्तर संवाद की उत्सुकता से प्रतीक्षा करने लगे।

'आपके सभी प्रश्न जायज और न्यायसंगत हैं बिटिया। सिद्धार्थ बचपन से ही परदुःखकातर रहा है। आकाश में किल्लोलरत् हंस के जोड़े में से नर हंस का चचेरे भाई देवदत्त ने शिकार कर उसे बुरी तरह

घायल कर दिया था। करुणा से भरे सिद्धार्थ को घायल पक्षी के दर्द ने भाव विगलित कर रुला दिया। उसने घायल हंस का उपचार कर अच्छा किया। जब ईर्ष्यालु देवदत्त ने शिकार पर अधिकार जताया तब सिद्धार्थ का उत्तर था, मारने वाले से बचाने वाले का ज़्यादा अधिकार होता है। फिर उसकी जन्मपत्री में भी इतिहास प्रसिद्ध कालजयी युगों–युगों तक पूजे जाने वाले संन्यासी बनने का योग था।'

'बिटिया! लोक कल्याण, लोक मंगल तथा पीड़ित मानवता की सेवा मुक्ति के लिए व्यक्ति ही नहीं उससे जुड़े समस्त परिवार को त्याग–बलिदान देना पड़ता है। बिटिया आपके, राहुल और परिवार के त्याग से ही हमारा सिद्धार्थ देशपूजित देवपुरुष बन पाया। आपके जीवन, सपनों, प्रेम के त्याग–बलिदान को हमारा प्रणाम।' प्रजापति गौतमी ने कमल कर जोड़ शीश झुका प्रणाम किया।

प्रेक्षकों ने खड़े हो लम्बे समय तक तालियों की गड़गड़ाहट के साथ आम्रपाली का अभिनन्दन, अभिवन्दन किया। दृश्य की समाप्ति के साथ यवनिका पहले गिरी, फिर उठने पर समस्त कलाकार आम्रपाली के दोनों ओर खड़े हो आम्रपाली समेत प्रेक्षकों को प्रणाम कर रहे थे। प्रेक्षकों ने करतल ध्वनि से पुनः स्वागत–सत्कार किया। कलाकारों ने बार–बार शीश झुका आभार प्रगट किया। गणाध्यक्ष महानाम मंच पर पहुँच पुरस्कारों की घोषणा करते, इसके पहले आम्रपाली के रूप–लावण्य, कला में पारंगत, दैहिक मांसल मादकता की चुम्बकता से गहरे तक प्रभावित राजकीय शिष्टाचार को भूल बिम्बिसार आम्रपाली के पास जा धमके। लज्जा से महादेवी चेलना के गोरे–गुलाबी मुख की लालिमा मुरझा गयी। प्रेक्षक स्तब्ध। कलाकार एक ओर हो गये।

'उत्तम। ना। सर्वोत्तम। सर्वश्रेष्ठ। न भूतो न भविष्यति। आम्रपाली आपकी जैसी प्रस्तुति न भूतकाल में हुई, न भविष्य में होगी।' प्यार से न केवल पीठ थपथपायी वरन् वक्ष से चिपका लिया। 'प्रशंसा के लिए शब्द नहीं है। आपका रूप–लावण्य अतुलनीय तो है ही कला शब्दातीत है। महामहिम गणाध्यक्ष महानाम जी गणराज्य की ओर से

पुरस्कारों की घोषणा तो मंच से यथाशीघ्र करेंगे। लेकिन अभिभूत मगध भी अपना तुच्छ पुरस्कार कला की देवी के चरणों में समर्पित कर धन्य अनुभव करेगा।'

चकित अभिभूत आम्रपाली गूँगी हो गयी। क्या उत्तर दे समझ नहीं पड़ा। बिम्बिसार को उत्तर की ज़रूरत थी भी नहीं। मंच पर प्रस्तुत हो रहे नये नाटक से प्रेक्षक चकित थे। बिम्बिसार ने तुरन्त गले से रत्नजड़ित अमूल्य हार निकाला, 'सौन्दर्य कला की सम्राज्ञी को मगध की ओर से तुच्छ भेंट' हार आम्रपाली को पहना दिया। तालियों के शोर से प्रेक्षागार डूब गया। शोर का फायदा उठा आम्रपाली के कान में बिम्बिसार ने फुसफुसाया, 'अम्बे! कल की रात आप हमारे साथ अतिथिशाला में बिता विश्वास है हमें उपकृत करेंगी। महादेवी चेलना प्रयोग के बाद मायके जा रही हैं।'

देश के पूज्य प्रथम सम्राट से आम्रपाली को ऐसी आशा नहीं थी। प्रसन्नता से दमकता मुख मुरझा गया। कुशल अभिनेत्री सँभली। नक़ली मुस्कान उभार ली।

'एक निवेदन और प्रेक्षकों की ओर बिम्बिसार मुख़ातिब हुए, महामहिम गणाध्यक्ष की पूर्वानुमति के बिना हमने ये दुस्साहस किया है। विश्वास है वे क्षमा करेंगे। हमने तो लिच्छवियों की कलाप्रियता, श्रेष्ठता को प्रणाम भर किया है। मगध की ओर से प्रत्येक कलाकार को दो सौ स्वर्ण मुद्राएँ एवं प्रशस्ति पत्र प्रदान करने की अनुमति गणाध्यक्ष जी प्रदान करेंगे। ऐसा मगध को विश्वास है।'

'आपकी कलाप्रियता, उदारता का लिच्छविगण आभारी है।' महानाम ने मंच पर पहुँच आभार प्रगट किया, 'देवी आम्रपाली एवं नाटिका के कलाकारों को पुरस्कृत करने के लिए लिच्छवि महाजनपद पुनः कृतज्ञता प्रगट करता है। इसमें कोई सन्देह नहीं कि देवी आम्रपाली ने शाक्य गणराज्य की युवराज्ञी देवी यशोधरा की जिस विरह पीड़ा को अभिव्यक्ति दी, वह ऐतिहासिक है। नारी के त्रासद जीवन की प्रस्तुति। देवी आम्रपाली इतिहासजयी कला सम्राज्ञी हैं। लिच्छवी गणराज्य उनकी कला का सम्मान करते हुए इस लिच्छवि पुत्री को

लिच्छवि 'गण रत्न' का अलंकरण प्रदान करता है।' करतल ध्वनि ने समर्थन दिया।

'और। नाटिका के प्रत्येक कलाकार को पाँच सौ स्वर्ण मुद्राएँ तथा जिन दास–दासियों ने नाटिका में भाग लिया या सहायता दी उन्हें दासत्व से मुक्त किया जाता है। कलामहर्षि धर्मकीर्ति को देशिकोत्तम का अलंकरण प्रदान किया जाता है।' पुनः करतल ध्वनि।

नाटिका का सफलतम प्रयोग आम्रपाली को बिम्बिसार के प्रस्तावरूपी आदेश के कारण गर्व प्रसन्नता नहीं दे पाया। गहरे अवसाद में आ गयी। प्रेक्षकों को नक़ली मुस्कान से बहलाने लगी। ईश्वर के सृजन को बढ़ाने वाली नारी योनि वरदान नहीं सबसे बड़ा अभिशाप है। हर कोई राजा से रंक तक भोगना चाहता है। अनमने उदास मन से बधाई स्वीकारी। गणाध्यक्ष जी को बताने का मन बनाया। गणाध्यक्ष हँस पड़े, 'हमें मालूम था आपकी विपुल सौन्दर्य राशि से महामहिम बच नहीं पायेंगे। ज़रूर भोगना चाहेंगे। आपको जाना पड़ेगा। राजनीति यही चाहती है। मगध की मैत्री के लिए आपको बलिदान करना पड़ेगा। राजनर्तकियाँ गण एवं राज्य का गौरव हैं, कला, संस्कृति की उन्नायक, इसमें सन्देह नहीं। लेकिन राजनीतिक लाभ के लिए उनकी देह का उपयोग भी किया जाता है। वे उच्चकोटि की सम्भ्रान्त गणिकाएँ ही हैं। राज्य के हितों की रक्षा हम सबका कर्तव्य है।' एक पल रुके, 'सुनो कल का प्रयोग जल्दी समाप्त कर देना। ज़रूरत पड़े तो कुछ दृश्य सम्पादित कर समय पर राजकीय अतिथिशाला अवश्य पहुँचना। और हाँ, विरहिणी यशोधरा नहीं सोलह श्रृंगार कर कामदेव की रति बनकर जाना। सम्राट को शिकायत का अवसर मत देना।'

कहने–सुनने को आम्रपाली के पास अधिक कुछ नहीं रह गया। दुरावस्था पर रोना आ गया। कठिनाई से रोका। दूसरे दिन का प्रयोग। भीड़ से प्रेक्षागार भरा पड़ा था। शोर–गुल, हल्ला–गुल्ला आसंदियों के लिए छीना–झपटी। मरे मन से आम्रपाली ने नाटिका प्रस्तुत की। उसमें जीवन्तता नहीं थी। साथी कलाकार चकित थे लेकिन मौन रहे। बहुसंख्यक प्रेक्षक निम्न व मध्यम वर्गों से थे।

नाटिका के साहित्यिक और कलापक्ष से उन्हें कुछ लेना–देना नहीं था। वे तो आम्रपाली की ख़ूबसूरती, नाच सम्बन्धी लटकों–झटकों से मनोरंजन हेतु आये थे। अतः प्रशंसात्मक प्रतिसाद का सवाल ही नहीं था। जैसे–तैसे नाटक निपटा आम्रपाली ने शृंगार कक्ष में जा यशोधरा की वेशभूषा उतार सोलह श्रृंगार किया। पर्दों से ढँके रथ में बैठ राजकीय अतिथिशाला जा पहुँची। प्रतीक्षा में बेचैन बिम्बिसार साधारण प्रेमी के समान कक्ष में टहल रहे थे। अंगरक्षकों को भगा दिया था। रथ रुकने की आवाज़ सुनते ही दौड़ कर द्वार पर जा पहुँचे। मदमाती मन्थर गति से आम्रपाली के द्वार पर पहुँचते ही पतली कटि में हाथ डाल अन्दर खींच लिया।

'आह! प्रिये आम्रपाली दास को कितनी प्रतीक्षा करायी। हम तो आकुल–व्याकुल हो आये थे।'

बिम्बिसार उलाहना देने के साथ सजे पर्यंक तक ले गये। कटि में हाथ डाल पलंग पर बैठाया। सटकर स्वयं भी बैठे। जंघाओं के स्पर्श से देह में सनसनी की लहरें दौड़ने लगीं।

'दासी की एक शर्त है?' कोमल कमनीय मुख पर दृढ़ता उभरी।

'कैसी शर्त? बोलो क्या चाहिए? अमूल्य वस्त्राभूषण, कुछ गाँव–क़स्बों की जागीर?'

'नहीं। वचन दें तभी देह समर्पित करूँगी?'

'कैसा वचन?' उतावले बिम्बिसार को विलम्ब अखरने लगा।

'यदि आपसे हमें पुत्र उत्पन्न हुआ तो हम गुप्तरूप से उसे आपको सौंप देंगे। आप उसे श्रेष्ठवीर योद्धा बनायेंगे। उसे सेना प्रदान करेंगे, ताकि वो इन नीच, दुष्ट, स्वार्थी लिच्छवियों को परास्त कर हमारे अपमान का बदल ले सके।'

'बस इतनी–सी बात। वचन दिया।' चुम्बन ने मुहर लगायी।

'आपको भी एक वचन देना पड़ेगा?'

'कैसा?' आम्रपाली के दीर्घ नयनों ने जानना चाहा।

'हम जो बतायेंगे मरते दम तक गोपनीय रखेंगी।'

आम्रपाली के कपोल प्रस्तुत करने पर बिम्बिसार ने दीर्घ चुम्बन लिया, 'तो सुनिए, आपका यह काम मगध युवराज अजातशत्रु ही पूरा करने वाला है। मगध साम्राज्य के विस्तार का लिच्छवि गणराज्य पहला शिकार बनेगा। सैन्य ताक़त में ही वह वृद्धि नहीं कर रहा, बल्कि मगध के गुप्तचरों का जाल वैशाली ही नहीं, सारे प्रमुख नगरों, क़स्बों, ग्रामों में भी फैल भी गया है। अब तो ख़ुश!'

स्वीकृति में पाँखुरी पलकों के मुँदते ही उतावले बिम्बिसार ने पतली कटि में हाथ डाल खींच लिया। वस्त्राभूषण उतार दिये। अनावृत गोरी–गुलाबी देह के उजास में कक्ष आलोकित हो आया। आम्रपाली मुर्दा बन गयी। देहमिलन जनित सर्वोच्च आनन्द में उसकी भागीदारी न के बराबर थी। वचन मजबूरी में देने से मन उसमें नहीं था।

महामानव का वैशाली में पुनरागमन

विदाई दुःखदायी होती है। और! चिर विदाई चिर दुःख की जनक। अश्रुपूरित नयनों एवं भाव विगलित मन से महाराज शुद्धोधन, महादेवी गौतमी प्रजापति और चिर–विहरिणी यशोधरा तथा राजकुमार और भावी युवराज राहुल युगदेवता की चौड़ी पीठ को निर्निमेष दृष्टि से निहारते रहे। गैरिक चीवर में वह–

बुद्धम् शरणम् गच्छामि
धम्मम् शरणम् गच्छामि
संघम् शरणम् गच्छामि

के आत्मा, मन, प्राण को पवित्र करने वाले मन्त्र का जाप कर रहे थे। भिक्षुओं की आत्मा ही नहीं वातावरण को मन्त्र पवित्र कर रहा था। उसकी अनुगूँज पीछे छूट रहे दुःखी राजपरिवार को भी सम्बल प्रदान करने विदाई का दुःख सहने की शक्ति प्रदान करने का प्रयत्न कर रही थी। लेकिन! लेकिन सांसारिक माया–मोह बार–बार उन्हें त्रस्त किये था। जानते थे एक महान् उद्देश्य के लिए सांसारिकता से पीड़ित दुःखी मानव की मुक्ति के लिए पुत्र का त्याग, बलिदान,

मानवमात्र की सेवा इतिहास और समय को अतिक्रमित करेगी। पर मन का क्या? उसे कैसे समझायें? दुःख–पीड़ा से भरी गहरी साँस ली। संघ और उनका देवता धीरे–धीरे नयनों से ओझल हो गये। रह गयी पावन स्मृतिरेखा।

संघ मन्थर गति से भगवान् तथागत बोधिसत्व के नेतृत्व में उनके प्रिय नगर वैशाली की ओर बढ़ रहा था। मार्ग में पड़ने वाले ग्रामों, क़स्बों तथा नगरवासियों की सांसारिक पीड़ा, दुःख तथा माया–मोह से छुटकारा देने हेतु मुक्ति का सन्देश भी प्रदान करते जा रहे थे। शाक्य मुनि का बौद्ध कर्मों का सन्देश ही नहीं उनकी अमृतवाणी तथा आत्मा में सदैव निवास करने वाली आत्मिक शान्ति की दिव्यता से उनका चुम्बकीय मुखमण्डल भी आलोकित था। सदी के पहले साधु कहो, संन्यासी कहो या सन्त कहो, जिनका सान्निध्य और अमृत प्रवचन श्रावक–श्राविकाओं की आत्मा को सांसारिक छल–छद्मों ख़ासकर दुःख के भँवर से छुटकारा, मुक्ति प्रदान करता था। सदी का महाप्राण महामानव जो देशप्रसिद्ध शाक्य राजपरिवार का सदस्य ही नहीं उसका सम्राट बनने वाला था भिक्षापात्र ले घर–घर 'भवति भिक्षाम् देही' द्वारा प्राप्त अन्न, फल, दूध से जीवन निर्वाह कर रहा था। गाँवों, क़स्बों, नगरों से दूर नदी तट के पास के वन में संघ सहित विहार करता था। संग्रह जिसकी वृत्ति नहीं थी। दो वस्त्र, दो चीवर तथा एक भिक्षापात्र ही उसकी सम्पदा थी। निश्चय ही ऐसा दैवी पुरुष मानव मात्र का मुक्तिदाता था।

कर्मकाण्ड, पूजा–पाठ, यज्ञ, बलि, हवन के ख़र्चीले धार्मिक आयोजनों से पूर्व, जिन्हें मुक्तिदाता माना गया था के स्थान पर शील निद्देश्य के द्वारा आचरण की पवित्रता को मोक्ष का मार्ग बताया। सत्य, अहिंसा, अस्तेय, अपरिग्रह तथा ब्रह्मचर्य के साथ उन्होंने अष्टांगिक मार्ग द्वारा जिस धम्मचक्कप्पवतनसुत्त अर्थात् धर्म के चक्र का प्रवर्तन किया और कर रहे हैं वह शताब्दी की धार्मिक क्रान्ति है। अतः श्रावक–श्राविकाएँ तन्मय हो उनकी सम्बोधि में बड़ी संख्या में एकत्र होते थे। संघ धीरे–धीरे वैशाली के निकट पहुँच रहा था।

मदनोत्सव की समाप्ति वसन्त पंचमी के दिन हुई। उत्सव विशेषकर युग की दैवी सौन्दर्य की सम्राज्ञी गणनर्तकी आम्रपाली के सौन्दर्य के पान के साथ उसके नृत्य, गायन तथा नृत्यनाटिका से परितृप्त अतिथि, प्रेक्षक, दर्शक अपने–अपने गाँवों, नगरों को लौटने लगे थे। मार्ग में भी यही चर्चा करते जा रहे थे, 'भाई गणेश। हम भाग्यवान हैं जो आकाश कुसमवत् उस दिव्य नारी, देवी आम्रपाली के न केवल दर्शन पाने में सफल हुए वरन् उसकी कला अभिव्यिक्ति ने भी अभिभूत कर दिया।'

'सच में माधव, ऐसा लगता है ईश्वर ने ख़ुद अपने हाथों से उसकी चाँदनी–सी मरमरी, मन को शीतलता प्रदान करने वाली देह को बनाया है।'

रास्ते भर इसी प्रकार की चर्चाएँ चलती रहीं।

'भाई मैं तो अगले साल के मदनोत्सव पर भी आऊँगा। इस बार एक सप्ताह पहले आऊँगा और जाऊँगा भी एक सप्ताह बाद।'

'अरे ओ मूरख? इतना समय वेसाली माँ एक दिन का नाच देखणे वासते खराब करेगो? थारी खेती किसाणी कोण सम्भालेगो?' गंगा माँ ने डाँटा।

'व...वो...तो...वो....तो...।' माधो हकलाया।

क...च...कच...कच...बैलगाड़ी की रास खींच लकड़ी से बैलों को कोंचते ही गाड़ी तेज़ी से दौड़ने लगी।

लिच्छवि गणराज्य और आसपास के राज्यों से आये मदनोत्सव का आनन्द लेने वाले जन सामान्य ही नहीं अति विशिष्ट प्रमुख अतिथि मगध सम्राट महामहिम बिम्बिसार और महादेवी चेलना भी प्रस्थान हेतु गणपरिषद् के प्रभावशाली राजा चेटक एवं उनके राजपरिवार के साथ प्रासाद के प्रांगण में थे। मगध राज्य की ध्वज पताकाओं से रथ सज्जित था। प्रासाद को गणराज्य के सैनिकों ने अपनी अभिरक्षा में ले रखा था। मगध के अश्वारोही सैनिक एवं अंगरक्षक भी तैयार थे। नागरिकों की बड़ी भीड़ राजदम्पति के दर्शनार्थ उपस्थित थी।

बिम्बिसार अति प्रसन्न थे। गणनर्तकी देश की सर्वश्रेष्ठ दैवी सौन्दर्य की सम्राज्ञी आम्रपाली को अंकशायिनी बना उसकी देह और

सौन्दर्य का रसपान करने में सफल जो हुए थे। उसकी सन्तुष्टि आनंदित किये थी।

'देव! चलने की अनुमति प्रदान करें?' प्रणाम में दोनों हाथ जोड़ शीश झुकाया।

'आप य...ये क्या कर रहे हैं महामहिम?' चेटक ने उनकी दोनों हथेलियाँ थाम रोकने का असफल प्रयत्न किया, 'आप एक साम्राज्य के अधिपति ही नहीं देशमान्य सोलह महाजनपदों में भी अग्रगण्य हैं।'

'देव हमारे पिता तुल्य हैं और पिता का सम्मान सम्राट का कर्तव्य है। उससे हमें वंचित न करें।' नम्रतापूर्वक शिष्टाचार का पालन बिम्बिसार ने किया।

'आयुष्मान भव! चिरंजीवी भव! मगध और आपकी कीर्ति की गाथा देश का इतिहास गाये। 'आगे बढ़ बिम्बिसार को प्रेमपूर्वक आंलिगन में ले लिया।

ऊपर महादेवी चेलना को भी माँ ने गले लगा, 'अखण्ड सौभाग्यवती भव का आशीष दिया। राजकीय प्रतिष्ठा के अनुरूप अमूल्य वस्त्राभूषण, दास–दासियाँ भेंट किये। परिवार के वरिष्ठों को प्रणाम कर आशीर्वाद ले और छोटों को आशीष भेंट दे राजदम्पति रथारूढ़ हुए। सम्राट–सम्राज्ञी के बैठते ही तु...तु...तुत...तुत...तु...तुरीयनाद के साथ ही सारथियों के वल्गाएँ झटकते ही रथ अंगरक्षकों की अभिरक्षा में राजगृह के मार्ग पर दौड़ पड़ा। अन्य रथों ने अनुसरण किया।

जिस समय मगध सैनिकों एवं अंगरक्षकों की अभिरक्षा में महामहिम सम्राट बिम्बिसार का राजसी रथ अन्य रथों के साथ वैशाली की नगर सीमा पार कर द्रुतगति से राजगृह की ओर बढ़ रहा था, युग देवता शास्ता तथागत संघ सहित नगर की सीमा पर पहुँचे। शास्ता को दूर से आता देख नगर प्रहरी विशेषकर दलनायक भक्तिभाव से विगलित हो उनकी चरणधूलि लेने दौड़ पड़ा। ईश्वर कितना कपालु है। स्वागतार्थ आज न तो गणाध्यक्ष, अमात्यमण्डल, गणपरिषद् के सदस्य, गणमान्य नागरिक अति विशिष्ट उपस्थित हैं। अन्य प्रहरी भी युग देवता का आशीष लेने दौड़ पड़े।

'भगवन्...दे...व...देव...' कहते भक्ति से ओत–प्रोत दलनायक के साथ प्रहरी उनके दिव्य चरणों में लोट गये। चुम्बकीय गुलाबी पतले अधरों पर खिली चुम्बकीय मीठी–मोहक मुस्कान से आलोकित मुखनयन तथा दायीं हथेली भक्तों पर स्नेहशीष की वर्षा करने लगी। कुछ काल उसे चरण वन्दन करने देने के बाद शास्ता ने मुस्कराते हुए झुक कर उसकी दोनों भुजाएँ थाम उठाया, 'वत्स दयानन्द उठो।'

दयानन्द रोने लगा। उसे उठा महाप्रभु ने सीने से लगाया। अन्य प्रहरी भी हाथ जोड़ भाव विगलित अश्रुपूरित नयनों से भक्तिभाव से देवपुरुष को निहारने लगे। आज तक किसी ने उन्हें मानव समझ इस प्रकार का मृदुल मानवीय व्यवहार नहीं किया था।

'देव...भगवन्...महाप्रभु...? भाव विगलित दयानन्द को समझ नहीं पड़ रहा था। अतः तथागत को विभिन्न नामों से सम्बोधित करने लगा। वैसे भी देवपुरुष राम और कृष्ण के बाद बुद्ध ही तीसरे दैवी पुरुष थे जिन्हें युग ने बुद्ध, गौतम बुद्ध, तथागत, शाक्य मुनि, शास्ता, बोधिसत्व आदि विभिन्न नामों से सम्बोधित किया। समस्त नाम उस युग देवता को शोभित करते थे। मानवमात्र ही नहीं प्राणीमात्र के लिए उनकी आत्मा दया, करुणा, स्नेह, प्रेम, वात्सल्य, ममता से ओतप्रोत जो थी। सभी को सांसारिक दुःखों, पीड़ा से मुक्ति दिला मोक्ष प्रदान करना चाहते थे। कालान्तर में बुद्ध की लोक मान्यता से प्रभावित हो हिन्दू धर्म के चतुर ब्राह्मणों ने बुद्ध को भगवान् विष्णु के चौबीस अवतारों में सम्मिलित कर लिया।

'देव...दास को अनुमति हो तो दास तत्काल महामहिम गणाध्यक्ष को महाप्रभु के आगमन की सूचना दे।'

'स्नेह से उसके कन्धों पर हाथ रखते हुए शास्ता की मीठी–मोहक मुस्कान ने उत्तर दिया, 'ना। बन्धु दयानन्द वसन्त एवं मदनोत्सव के कार्यक्रम में किये गये परिश्रम ने सभी को थका दिया होगा। उचित तो यही होगा सभी को विश्राम कर थकान दूर करने दें। हमारे आगमन का पता सभी को यथा समय लग जायेगा।'

'जो आज्ञा भगवन्!'

'तो हम चलें!' अनुमति माँगी।

'दास को लज्जित न करें देव!' पुनः चरणों में लोट गया।

संघ ने वेणु वन हेतु प्रस्थान किया। दण्ड के भय से दयानन्द ने शास्ता के मना करने के बाद भी गणाध्यक्ष को महाप्रभु के आगमन की सूचना भिजवा दी।

राजधानी वैशाली में संघ के प्रवेश करते ही नगर में फैली गन्दगी से संघ का सामना हुआ। मदनोत्सव एवं वसन्तोत्सव में लगे मेले के कारण नगर के मुख्य मार्गों पर ही नहीं गलियों, वीथियों में भी कचरा फैला था। उत्सव की गहमागहमी से सारा नगर थक गया था। तथागत की प्रशंसा के कारण जिस वैशाली की प्रशंसा समस्त सोलह महाजनपदों में थी उसकी गन्दगी ने शास्ता की आत्मा को दुःखी कर दिया। शील निद्देश्य का एक सिद्धान्त साफ़–सफ़ाई एवं स्वच्छता भी था। शास्ता जहाँ सम्बोधि देते थे व्यक्तिगत ही नहीं घर आंगन, गली, वीथियों तक की स्वच्छता का उपदेश देते थे। ख़ासकर अन्त्यजों, अछूतों, अस्पृश्यों को साफ़–सफ़ाई से रहने का उपदेश देते थे। दुःख, पीड़ा, शोकजयी बोधिसत्व का मन विचलित हो आया। इच्छा तत्काल सफ़ाई आरम्भ करने की हुई। लेकिन जानते थे लम्बी यात्रा से संघ थक गया होगा, अतः सीधे विहार स्थल पहुँचे।

बोधिसत्व के संघ सहित आगमन का विचार अधिक समय तक अलक्ष न रह सका। मगर मदनोत्सव में किये गये परिश्रम एवं एक सप्ताह से अधिक समय तक की गयी व्यवस्थाओं, नाटकों की तैयारी एवं अन्य कार्यों से बाहर से आये अतिथियों के स्वागत–सत्कार की व्यस्तताओं ने सारे नगर को थका दिया था। आत्मा–मन, नयनों को शीतलता प्रदान करने वाला शास्ता का दैवी व्यक्तित्व, वात्सल्य, ममतापूर्ण व्यवहार, कमल नयनों सी झरती करुणा, श्रोताओं, भक्तों को ओत–प्रोत कर देती थी। तत्काल वेणुवन जाने को मन लालायित था। लेकिन आलस्य की चादर ने अपनी आगोश में ले रखा था। फिर जानते थे शास्ता लम्बे समय तक रुकेंगे, अतः कभी भी जा अमृतवाणी से आप्लावित हो जायेंगे।

'स्वामिनी की जय हो?' प्रधान दासी नयनिका ने सज्जित शयनागार के सज्जित पर्यंक कर बिछी मखमली गादी पर रेशमी रज़ाई ओढ़े लेटी रूपसी स्वामिनी से निवेदन किया। अलसाए अधखुले कमल नयन निहार पूछने लगे, 'क्या कहना चाहती हो नयनिके?'

'स्वामिनी! महाप्रभु प्रातः स्मरणीय भगवान् गौतम पधार गये हैं। संघ समेत वेणु वन में विहार कर रहे हैं।'

इसमें सन्देह नहीं कि गत कई माह से मदनोत्सव विशेषकर वसन्तोत्सव को सफल बनाने, नृत्य नाटिका एवं उससे जुड़े कार्यों में व्यस्त रही। कभी–कभी आधी रात के बाद भी सोना या विश्राम करना सम्भव नहीं हो पाता था। परिश्रम की अधिकता से कोमल कमनीय चन्द्रमा सी मरमरी काया थक गयी थी। लेकिन उससे अधिक थकाया था उत्सव पुरुष मगध सम्राट की कामुकता ने। उससे भी अधिक मानसिक, भावनात्मक त्रस्तता गणाध्यक्ष ने यह कह कर कर दी कि महामहिम सम्राट को सभी प्रकार की सेवा से प्रसन्न करना गणनर्तकी का दायित्व है। मरे मन से बिम्बिसार को देह समर्पित अवश्य की लेकिन गहरे अवसाद और आत्मग्लानि से उबर नहीं पायी थी। क्या नारी की यही नियति है? क्या वह केवल और केवल यौन सुखदाता मात्र है? उसकी भावनाओं, संवेदनाओं, स्नेह, प्यार, ममता, वात्सल्य का कोई महत्त्व, मूल्य नहीं। शायद कदाचित भगवान् बोधिसत्व से उत्तर मिले।

उठ बैठी, 'नयनिके। महाप्रभु कब आये?'

नयनिका स्वामिनी की अवसादग्रस्त मनःस्थिति से परिचित थी, 'स्वामिनी! शीघ्र दर्शनार्थ जाने की अपेक्षा योग अभ्यास से विचलित मन को स्वस्थ नियन्त्रित करें। नाटक की सफलता हेतु किये गये अनवरत परिश्रम ने तन–मन दोनों को थका दिया है। फिर महाप्रभु शीघ्र जाने वाले भी नहीं हैं। स्वस्थ तन–मन से मिलना उचित होगा।'

'तुम्हारा परामर्श उचित है।' भाल पर दाहिना हाथ रख कमल पँखुरी पलकें मूँद लीं। सोने का प्रयत्न असफल हो रहा था। विचारों का भँवर मन–मस्तिष्क को उलझाये था। उससे छुटकारा पाने हेतु देवपुरुष का

ध्यान करने लगी। थोड़े से प्रयत्न के बाद सफल हुई। तथागत की दिव्य मनोहारी छवि मानसपटल पर उभरने लगी। लेकिन ये क्या? धुँधला क्यों रही है? देह के आलस्य से छुटकारा पाना उचित लगा।

'दमयन्ती...ओ...दमयन्ती?' द्वार पर लटके पर्दे के बाहर दमयन्ती सावधान थी। अस्वस्थ स्वामिनी कभी भी बुला सकती हैं। पर्दा हटा तत्काल कक्ष में पर्यंक के पास पहुँची, 'दासी का प्रणाम स्वीकारें देवी। क्या आदेश है?'

'हम स्नान करेंगे तत्काल व्यवस्था हो!'

'जो आज्ञा स्वामिनी!' स्नान की व्यवस्था में लग गयी। साथ ही देह मर्दन के लिए मर्दनिका को भेजा। उसके आगमन के पूर्व कमनीय मुख, नयनों को अच्छी तरह से छींटें मार धोया। गोरे–गुलाबी कपोलों, बिम्बाधर से अमृत अधरों, नासिका, मोती–सी दन्तावली को धो–पोंछ साफ़ किया। मर्दनिका के आने के पूर्व मालिश के लिए तैयार थी।

कच्चे दूध से देवी की गोरी–गुलाबी त्वचा की रोमावलियों में जमे मैल को हल्के हाथ से साफ़ किया। फिर गुनगुने जल में सुवासित तेल डाल उससे देह की मालिश करने लगी। सारी देह को सुगन्धित तेल से सुरभित कर दिया। परिणामस्वरूप आम्रपाली की देह सुगन्ध बिखेरने लगी। नितम्बों के नीचे कदली–सी जंघाओं को स्पर्श करती भ्रमर–सी सुचिक्कण केशराशि सुगन्धित तेल से मालिश की। मालिश के कारण आम्रपाली की देह कमल पुष्प सी खिल गयी। मालिश ने मन–मस्तिष्क को हलका कर अवसाद से छुटकारा दिलाया। स्नानागार में गुनगुना सुगन्धित जल तैयार था। चन्दन के पाट पर बैठते ही दासियों ने स्नान कराया। स्नान के बाद शृंगार कक्ष में दासियों द्वारा प्रदत्त मोती टँकी रेशमी कंचुकि, उत्तरीय एवं अधोवस्त्र धारण किये। शृंगार में दासियों ने सहायता की–दीर्घ नयनों में काजल, कपोलों पर ललिमा, अधरों पर भी लालिमा लगायी। मृणाल–सी भुजाओं, मुख, भाल को अंगराग लगा सौन्दर्य में चार चाँद लगा लिए। दूध, फल, दही, शहद आदि का नाश्ता कर कुछ काल विश्राम किया। तन–मन हल्का हो आया। अपने आराध्य के दर्शन अमृत प्रवचन सुनने सन्ध्याकाल वेणु वन जा पहुँची।

श्रोताओं की लोलुप कामुक दृष्टि से बचने हेतु चन्द्रानन को अवगुण्ठन में छिपा लिया।

पँखुरी पलकें धीरे–धीरे खुलीं। वात्सल्य दृष्टि ने सबसे अन्तिम क़तार में पीछे खड़ी नारियों के असमंजस को भाँप लिया। मोहक मधुर मुस्कान से मुख आलोकित हो आया। अपलक कुछ काल निहारते रहे। गर्दन मोड़ सौभद्र को निहारा। शास्ता के मन्तव्य को समझ तत्काल उन देवियों के पास पहुँच सादर पहली क़तार में ले आया। श्राविकाओं ने थोड़ा परे हट जगह बना दी। बैठने के पहले दोनों ने शास्ता को प्रणाम कर चरण धूलि से शीश को पवित्र किया। उनके बैठते ही तथागत की अमृत दृष्टि ने श्रोताओं को निहारा। कुछ काल शान्ति पसरी रही।

'दुःख सर्वत्र है। वह सर्वजनीन, सर्वयुगीन शाश्वत सत्य है। प्रत्येक मानव चिरस्थायी सुख चाहता है। लेकिन सम्भव नहीं। दुःख पलट–पलट कर आता है।' अमृत झरना झरने लगा। मोहक चुम्बकीय व्यक्तित्व के समान वाणी में भी मन्त्रमुग्ध कर देने वाला आकर्षण था, 'सबके अपने दुःख हैं। दुःख, पीड़ा, चिन्ता, तनाव, सन्त्रासदायक है। राजा हो या रंक सभी इस संसार में दुःखी हैं। व्यक्ति अपने परिजनों, दूसरों के व्यवहार–आचरण से दुःखी होता है। सांसारिक माया सबको दुःखी किये है। तृष्णा, गर्व मानव से दूषित पाप कर्म करा बैठते हैं। विचार पापकर्म का जनक है। विचार की तीव्रता कर्म को प्रेरित करती है। अनुचित कार्य, आचरण दुःख व पाप का कारण है। पाप मुक्ति हेतु धर्म की शरण में जाते हैं। धर्म के पुरोधा, पण्डित, पुरोहित ख़र्चीले कर्मकाण्ड का मार्ग सुझाते हैं। क्या वही एकमात्र मार्ग है?'

'नहीं। अन्य मार्ग भी हैं। शील, आचरण, व्यवहार, भाषा की शुद्धता। कोई भी स्थिति, मनःस्थिति, यहाँ तक कि आपकी देह भी परिवर्तनशील है। जबकि आचरण, भाषा की पवित्रता, व्यवहार की शुद्धता चिर स्थायी है। आचरण, विचार, भाषा, व्यवहार की पवित्रता धर्म का अनिवार्य प्रथम सोपान है। यदि आचार–विचार शुद्ध नहीं हैं तो किये गये किसी भी

कर्मकाण्ड, पूजा, पाठ, उपासना, यज्ञ, हवन का पुण्य फल नहीं मिलेगा। क्योंकि आप किसी अन्य की आत्मा के दुःख का कारण बने हैं।'

'दुःख निरोध के लिए तप, व्रत, उपवास या अन्य विधियों से देह को कष्ट देना आवश्यक नहीं है। वासनाओं, कामना तथा तृष्णा का परित्याग दुःख व पीड़ा से छुटकारा दिलाएगा। इस हेतु अष्टांगिक मार्ग का अनुसरण करें। उसे जीवन में उतारें, उसको अंग बनाये। दुःखों से निजात पाने के लिए अष्टांगिक मार्ग का पहला तत्त्व सम्यक् ज्ञान है। ज्ञान ही दुःख के कारणों की जानकारी तथा उससे बचने के उपाय बतलाता है। सम्यक् दृष्टि या विश्वास। दूसरा तत्त्व है जो मानव के पाप–पुण्य, उचित–अनुचित, सदाचार–अनाचार में भेद की दृष्टि प्रदान करता है। सम्यक् दृष्टि प्राणीमात्र के साथ समव्यवहार की शिक्षा है। सबके साथ एक जैसा बर्ताव करना चाहिए। दृष्टिभेद दुःख का जनक है। किसी को प्रिय मान उससे विशेष व्यवहार करते हैं और अन्य को दुर्लक्षित करते हैं तो दुर्लक्षिता अपमान दुःख का जनक है। दृष्टिभेद जनित व्यवहार स्वार्थ प्रेरित होता है। उसमें ईर्ष्या भी निहित होती है। स्वार्थ–ईर्ष्या–द्वेष सम्यक् दृष्टि की सबसे बड़ी बाधा है। उचित यही होगा कि सम्यक् दृष्टि अपनायें। दृष्टिभेद जनित व्यवहार 'परपीडनम्' दूसरे को दुःख–पीड़ा प्रदान करता है। दुःख का कारण न बनें। किसी को अधिक और किसी को कम महत्त्व न दें। पापाय परपीडनम्–दृष्टिभेद जनित व्यवहार परपीड़ा का कारण और अधर्म है। क्योंकि वह स्वार्थ, लाभ, हानि प्रेरित है। अतः सम्यक् दृष्टि का पालन करें। तीसरा तत्त्व सम्यक् संकल्प है। सत्य, असत्य में भेद का पता चलने पर दृढ़ संकल्प के साथ ही सत्य का पालन करें। सत्याचरण पर अटूट विश्वास रखें। शील अष्टांगिक मार्ग का बीजतत्त्व है। शील निद्देश्य ही धर्म है। उसका पालन अवश्य करना चाहिए। सम्यक् वचन अगला लेकिन महत्त्वपूर्ण मार्ग है। वचनों, बोलों, वाणी पर नियन्त्रण रखना चाहिए। कटु, अपमानजनक वचन भी दुःख, पीड़ा का कारण बनते हैं। अतः वाचा नियन्त्रण आवश्यक है। वाणी संयम मित्रता–शत्रुता का जनक है। बोलने के पहले विचार करें।

वाणी क्रोध की भी जनक है। अतः वाणी संयमशील निद्देश्य का आवश्यक अंग है।

सद्कर्म मन–आत्मा को सुख–शान्ति प्रदान करता है। हिंसा, चोरी, व्यभिचार बुरे कर्म हैं, इनसे बचना चाहिए। दया, क्षमा, दान, सेवा, अहिंसा तथा सदाचार का पालन सद्कर्म के प्रमुख गुण हैं। इन्हें आचरण में उतारना चाहिए। सम्यक् आजीविका का पालन अवश्य करें। अनैतिक कामों, असत्य उपायों से अर्जित धन–सम्पत्ति, अनाज, सुख–सुविधा के साधन अपवित्र होने से जीवन तथा परिवार के चिन्तन को दूषित करते हैं। कुछ समय के लिए असत्य साधनों से अर्जित जीविका सुख दे सकती है। लेकिन अन्तिम परिणाम कष्टदायी होता है। पाप कर्म की कमाई नष्ट ही करती है। देह को स्वस्थ रखने हेतु सम्यक् व्यायाम आवश्यक है। अस्वस्थ देह दुःख का कारण है। सम्यक् ज्ञान के द्वारा इन्द्रियों को संयमित करना चाहिए। कुविचारों, भावनाओं का परित्याग करें। बुरे विचारों की जगह सुविचारों का चिन्तन ही नहीं करें उन पर दृढ़ विश्वास के ज़रिये कायम रहें। स्वस्थ देह में ही स्वस्थ आत्मा और मन निवास करते हैं। सम्यक् स्मृति द्वारा जीवन की क्षणभंगुरता का सदा ध्यान रखें। देह वेदना, संज्ञा, चित्त, मन आदि सभी नाशवान हैं। इसलिए मन, कर्म, वचन एवं सुख–दुःख के प्रति सदा सजग ही नहीं रहें, वरन् सद्विवेक द्वारा सद्कर्म करते रहें। राग–द्वेष को सम्यक् स्मृति के माध्यम से नियन्त्रित करने का प्रयत्न करते रहें। सम्यक् समाधि चित्त की एकाग्रता के लिए अत्यन्त महत्त्वपूर्ण है। ध्यान, धारणा इसमें बहुत मदद करते हैं। मन और विचारों की पवित्रता के लिए सम्यक् समाधि का सतत् नियमपूर्वक प्रतिदिन अभ्यास करना चाहिए।

सम्बोधि समाप्ति के संकेतस्वरूप तथागत की पँखुरी पलकें मुँद गयीं। चित्त की चंचल वृत्तियों को खींच भौंहों के बीच आत्मस्वरूप में केन्द्रित कर कुछ काल के लिए समाधिस्थ हुए। शान्ति पसर गयी। श्रोताओं ने अनुकरण किया। मन स्थिर होने लगा। प्रयोग सम्यक् समाधि से सम्बन्धित था। मौन सम्यक् समाधि से अद्वितीय आनन्द की

अनुभूति होने लगी। सांसारिक दुःख, पीड़ा, क्लेश से छुटकारा मिल रहा था। दिनभर की भागदौड़ के बाद पक्षियों के झुण्ड भी मौन यात्रा द्वारा अपने–अपने नीड़ों को लौट रहे थे। मौन ने अद्वितीय आनन्द की सृष्टि कर दी।

ओ...म..शा...न्ति...शां...न्ति...के साथ सम्यक् समाधि समाप्त हुई। कुटिया में जाने हेतु शास्ता खड़े हुए। चरण स्पर्श कर श्रद्धालु विदा होने लगे। दक्षिण हस्त से आशीर्वाद देने लगे। कुटिया में प्रवेश करने ही वाले थे कि एक ओर खड़ी देवियाँ निगाह के दायरे में आ गयीं। समझ गये एकान्त में कुछ निवेदन करना चाहती हैं। मोहक मुस्कान ने कुटिया में आमन्त्रित कर लिया।

'विराजिए।' आसन पर बैठे। बैठने के साथ घूँघट हटा लिया।

'देवी आम्रपाली आप?'

'हाँ देव! दासी मन की पीड़ा को महाप्रभु के चरणों में अर्पित कर मुक्त होना चाहती है।'

'क्या कष्ट है? आप तो लिच्छवीगण का गौरव ही नहीं देशमान्य दैवी सौन्दर्य की सम्राज्ञी हैं। सम्राज्ञी को भी कष्ट है?'

'देव ने स्वयं सम्बोधि में रेखांकित किया है संसार में प्रत्येक आत्मा दुःखी है। दासी कैसे अपवाद हो सकती है?'

'बोलो, क्या पीड़ा है?

'गणराज्य का गौरव कला, संस्कृति, नृत्य, संगीत की देवी, संरक्षिका, सरस्वती की बेटियाँ। ये सब झूठ की बुनियाद पर खड़ा है महाप्रभु। गणराज्य ही क्यों? राज्य का गौरव राजनर्तकियाँ भी उसी श्रेणी में आती हैं। वास्तव में गणनर्तकी या राजनर्तकियाँ भी गणिकाएँ हैं। राज्य की स्वार्थपूर्ति का हथियार। ये गण और राज्य नर्तकियाँ राज्य द्वारा निर्वाचित उच्चतम श्रेणी की गणिकाएँ ही हैं। दासी ने भी गणराज्य का गौरव बनने के चक्कर में अपने सुनहरे सपनों, गृहिणी के गौरव और मातृत्व के सुख का बलिदान कर दिया। बदले में मिला गणिका का ख़िताब। भविष्य का इतिहास इसे दुहराता रहेगा। देव ने इन लिच्छवियों को देवताओं के समान सम्मानित माना है। देवताओं के समान ये भी स्त्रैण हैं। पुरुष के लिए नारी सिर्फ़ और सिर्फ़ भोग्या है।'

आक्रोश में साँस भर आयी। गोरा–गुलाबी मुख तमतमाने से अधिक लाल हो आया। भूल गयी कि देशपूजित महामानव के सामने बोल रही है। अमर्ष ने शिष्टाचार को तिलांजलि दिला दी। कुछ पल रुकी, ताकि साँस संयमित हो जाये।

'हम ही क्यों?' मगध की शालवती, वत्सराज उदयन की कौशाम्बी की मांगधिया अवन्ति सम्राट चण्डप्रद्योत की पद्मावती। (और...कहना चाहती थी आपके कपिलवस्तु की दिव्यसेना मगर तथागत के लिहाज़ ने जिह्वा पर ताला लगा दिया।) सरकारी गणिकाएँ ही तो हैं। जिन्हें राज्य के लाभ के लिए किसी को भी उसकी इच्छा जाने बिना एक हथियार के रूप में इस्तेमाल किया जा सकता है। ऐसा क्यों है महाप्रभु? दासी उत्तर की अपेक्षा करती है। सुन्दरता नारी के लिए अभिशाप क्यों है देव? नारी की यह नियति क्यों है?' बिम्बिसार प्रकरण को चाह कर भी भूल नहीं पा रही थी। विशेषकर पिता समान गणाध्यक्ष महानाम के शब्दबाण अभी भी मन में गड़े होने से रिस रहे थे। उद्विग्न होने से अवसाद में आ गयी।

तथागत का उत्तर मौन था। लेकिन इन्द्रियजयी की आत्मा में उथल–पुथल मची थी। कक्ष की वायु भारी हो उठी। पावन चरणों में शीश रख दिया। मन–आत्मा के सन्त्रास–अवसाद की जमी बर्फ़ आँसू बन पावन चरणों का प्रक्षालन करने लगी। रुदन के वेग से हल्के–हल्के काँप रही पीठ को ममता, वात्सल्य से सहलाने लगे। रुदन का वेग दुगना हो आया। तथागत ने रो लेने दिया, ताकि मन हल्का हो जाये। पीड़ा आँसू बन बह जाने से ऐसा ही हुआ। आम्रपाली का शृंगारहीन नैसर्गिक सौन्दर्य अधिक मनभावन था।

'उठो पुत्री! आपकी विकल वेदना समाज का कटु सत्य है। पुरुषशासित समाज के नियम, विधियाँ निश्चय ही नारी विरोधी हैं। एक युग आयेगा जब शिक्षित देवियाँ नारी विरोधी नियम–कानूनों को चुनौती देंगी। समाज का दृष्टिकोण अवश्य बदलेगा। बिटिया हमारा संघ उपयुक्त अवसर आने पर आपको प्रव्रज्या दे संघ में सम्मिलित कर लेगा। तब तक अष्टांगिक मार्ग का पालन करें।

उसका अभ्यास कर अपने को तैयार कर अपनी आत्मा, देह को तैयार करें। इस हेतु प्रतिदिन निश्चित समय पर सम्यक् समाधि का अभ्यास अवश्य करें। बौद्ध संघ के द्वार बिना सामाजिक लिंग भेद के सभी के लिए खुले हैं।'

शास्ता के ममत्व भरे अमृत शब्दों के स्पर्श से आम्रपाली की अशान्त आत्मा में शीतलता पसर गयी। विकल वेदना तिरोहित हो गयी। साथ आयी सखी नर्तकी की प्रमुख विश्वस्त दासी नयनिका थी। स्वामिनी की वेदना के उसके संवेदनशील नारी मन को भी गहरे तक प्रभावित कर जाने से नयन आँसुओं से भर आये थे। तथागत के स्नेह व्यवहार से उसे भी सान्त्वना मिली।

'दासी का एक निवेदन है महाप्रभु!'

'बोलो।'

'महाप्रभु संघ सहित भोजन विहार हेतु दासी के यहाँ पधार कर उपकृत करें।'

'अवश्य आयेंगे। निश्चिन्त रहें। आने की सूचना–दिन–तिथि आदि सूचित कर देंगे।'

'दासी धन्य हुई!'

'अम्बे समय मिलने पर सम्बोधि में आने का कष्ट अवश्य करें।'

स्वीकृति में शीश हिलाया। वेश बदल नयनिका के साथ आने लगी। शास्ता के सान्निध्य, सम्बोधि, वातावरण और सम्यक् समाधि के अभ्यास से विकल आत्मा और इन्द्रियों, विचारों को नियन्त्रित करने में आंशिक सफलता प्राप्त कर ली। मन स्थिर होने लगा। मन में शान्त शीतलता पसर गयी। तभी हादसा हो गया। प्रतिदिन के समान सम्बोधि हेतु वेणु वन पहुँची।

नगरश्रेष्ठी अनाथ पिण्डक को भगवान् तथागत से चर्चारत देखा। दिल धक् से बैठ गया।

तुरन्त वटवृक्ष की आड़ ले ली।

'भगवन! दास एक प्रार्थना करने आया है।' अनाथ पिण्डक ने हाथ जोड़े।

तथागत की मोहक मधुर मुस्कान सवाल बन निहारने लगी।

'देव को समय निकाल संघ सहित दास की कुटिया को अपने पावन चरणों से पवित्र करना है। दास कुछ दिनों के लिए कौशाम्बी व्यापार के सिलसिले में जा रहा है। सम्राज्ञी वासवदत्ता ने कुछ रेशमी वस्त्र एवं आभूषण मँगवाये हैं।' कौशाम्बी से आने के बाद दास भगवन को विधिवत् आमन्त्रित करने ही नहीं लेने भी आयेगा।'

'अनाथ पिण्डक इतनी जल्दी किस बात की? आराम से अपना व्यावसायिक काम सम्पादित कर लो। बाद में आ जाना। अभी से वचनबद्ध क्यों कर रहे हो?'

'देव! इन लिच्छवियों का कोई भरोसा नहीं? मेरे आमन्त्रण का पता चलते ही मेरे चाहने वाले महाप्रभु को आमन्त्रित करने दौड़ पड़ेंगे। इसीलिए अग्रिम प्रार्थना कर रहा हूँ।'

तथागत मुस्कराये, 'प्रिय अनाथ पिण्डक पहले अपने व्यवसाय की ओर ध्यान दो। संघ सहित कभी भी आ जायेंगे।'

'दास उपकृत हुआ।' प्रस्थान हेतु चरण स्पर्श किया। जाने के लिए पलटता उसके पहले आम्रपाली मुख को अवगुण्ठन से अच्छी तरह से ढँक विशाल वटवृक्ष की आड़ में छिप गयी।

उस दिन से अधिक सावधान और सतर्क हो गयी। सम्बोधि हेतु आने पर वृक्ष की आड़ से श्रोताओं का सर्वेक्षण कर लेती किसी के परिचित होने पर वृक्ष की आड़ से ही सम्बोधि श्रवण करती। लिच्छवियों द्वारा किये गये आत्मीय स्वागत–सत्कार की स्मृति सजीव हो आने से अधरों पर आयी स्मित मुस्कान से मुख आलोकित हो आया।

गणनर्तकी के अतिथि

लिच्छवियों के प्रजातान्त्रिक मूल्यों, लोक के द्वारा संसद के लोक प्रतिनिधियों का निर्वाचन तथा निर्वाचित सांसद राजाओं और गणराज्य शासन के लोक कल्याण के कार्यों से तथागत गौतम न केवल प्रभावित थे, बल्कि उनके प्रशंसक भी थे। कपिलवस्तु में लम्बे समय तक

विहार और सम्बोधि के बाद संघ समेत वैशाली हेतु प्रस्थान किया। तथागत के आगमन के समाचार ने लिच्छवियों को प्रसन्नता से भर दिया। तथागत का विहार हेतु वैशाली आगमन गणराज्य के गौरव का प्रतीक था। मदनोत्सव के अवसर पर मगध महाजनपद के सम्राट बिम्बिसार एवं सम्राज्ञी चेलना पधारे थे। थोड़े समय के अन्तराल के बाद देशपूज्य विभूति संघ सहित पधार रहे थे। इसने सोलह महाजनपदों में लिच्छवि महागणराज्य के महत्त्व को रेखांकित तो किया ही उसके गौरव में बढ़ोतरी भी की थी। तथागत के पहुँचने के पहले ही गणाध्यक्ष महानाम, अमात्यमण्डल, प्रधान सेनापति, भद्रसेन, संसद सदस्य राजाओं, राजा चेटक, नगरश्रेष्ठी अनाथ पिण्डक एवं अन्य गणमान्य पुष्पहारों, पुष्पगुच्छों सहित सीमा पर जा पहुँचे। सीमा से लेकर राजधानी वैशाली को वन्दनवारों से सजाया गया। स्थान–स्थान पर घरों के चबूतरों, खिड़कियों से पुष्पवर्षा का प्रबन्ध किया गया। इस बार आम्रपाली को कुमकुम, चन्दन, रोली, धूप–दीप, पुष्पहारों की पंचार्ती से भगवान गौतम के स्वागतार्थ महानाम साथ ले गये थे।

तथागत के पहुँचते ही शंख एवं अन्य मंगल वाद्यों की मंगल ध्वनि से स्वागत किया गया। 'देवी आम्रपाली आप भी, मोहक मुस्कान से तथागत ने जानना चाहा।

'मेरे चाहने वालों ने तो पितृतुल्य महानाम पर बड़ा दबाव साथ न ले जाने हेतु डाला। मगर वे नहीं माने।' अनाथ पिण्डक की ओर संकेत था। मन ही मन कहा। प्रगट में, दासी को प्रभु के दर्शन स्वागत का अवसर मिला। दासी का जीवन धन्य हो गया। रोली तिलक लगा। माला पहना तथागत की आरती उतार चरण स्पर्श कर चरणधूलि को शीष पर लगा देह को पवित्र कर हट गयी। महानाम के बाद प्रत्येक ने माल्यार्पण कर चरण स्पर्श किये। पूजा–सत्कार की रस्म समाप्त हुई।

'देव! राजकीय अतिथिशाला में महाप्रभु एव संघ की व्यवस्था की है। रथ तैयार है। प्रस्थान की अनुमति दें।' महानाम ने सविनय प्रार्थना की।

तथागत मुस्कराये, 'माननीय महानाम महोदय हम और संघ यात्रा में किसी वाहन का उपयोग नहीं करते। सदैव पैदल विहार करते हैं। न ही राज्य द्वारा प्रयुक्त सुविधाओं का उपयोग करते हैं। राज्य और सम्पन्नों द्वारा प्रदत्त साधन, सुविधाएँ भिक्षु, साधु, सन्तों, संन्यासियों को सुविधाभोगी, आलसी ही नहीं विशिष्टता का अंहकार भी जगाती हैं जो भिक्षुओं के लिए वर्जित है। संघ पुरुष्णी नदी से अनतिदूर वेणु वन में विहार करेगा। प्रतिदिन हमारे समेत प्रत्येक भिक्षु घर–घर जाकर दो समय के भोजन योग्य ही भिक्षा माँगेगा। भिक्षु अपरिग्रही होना चाहिए। संचय वर्जित है।'

तथागत के गन्तव्य को समझते ही आवासमन्त्री के संकेत पर गणाधिकारी, कर्मचारियों ने त्वरित कार्रवाई वेणु वन में की। एक भाग की साफ़–सफ़ाई कर यथासम्भव अधिकाधिक कुटियाँ बना डालीं। अन्य आवश्यक व्यवस्था भी कर दी। जिस मार्ग से भी संधीर पग तथागत निकले भक्तों, श्रद्धालुओं ने पुष्पवर्षा प्रणाम द्वारा श्रद्धा प्रगट की। नगर के प्रवेशद्वार पर भी नागरिकों ने माल्यार्पण चरणवन्दन द्वारा तथागत गौतम की अभ्यर्थना की। संघ जिस–जिस मार्ग, वीथि, पण्य बाज़ार से गुज़रा, उस–उसने अपने को धन्य माना। नगरभ्रमण द्वारा भक्तों को उपकृत कर गौतम बुद्ध ने गणाध्यक्ष एवं अन्य गणमान्यों को प्रणाम कर वेणुवन हेतु विदा माँगी। सभी वेणुवन तक साथ जाना चाहते थे लेकिन साहस नहीं हुआ।

सांसारिक माया–मोह, तृष्णाजनित पीड़ा, कष्टों से छुटकारा पाने हेतु वेणुवन में भीड़ उमड़ पड़ी। शास्ता की सम्बोधि ही उन्हें इनसे मुक्ति दिला सकती थी। बोधिवृक्ष के नीचे शास्ता ध्यानस्थ मुद्रा में विराजमान थे। शान्तिदायी चन्द्रमा की स्निग्ध शीतल दिव्यता–सा कमल मुख आलोकित था। आमन्द–सौरभ दायें–बायें नत शिर हाथ बाँधे खड़े थे। वेणुवन प्रान्तर की शीतल बयारें देह, मन, प्राण को सुकून प्रदान कर रही थीं। पक्षियों का संगीतमय कलरव कर्णप्रिय था। सांसारिक छल–छद्म, परेशानियों से छुटकारा पाने वैशाली ही नहीं आसपास के श्रावक–श्राविकाएँ, कुछ सांसद, गणमान्यों की भीड़

शास्ता की सम्बोधि हेतु एकत्र थी। भीड़ के दूसरी ओर अन्तर दे गैरिक वस्त्रों में भिक्षु विराजमान थे। शास्ता के सान्निध्य, उपदेशों के अनुरूप आचरण की पवित्रता से प्रेरित हो अपने आचरण में उतारने को प्रयत्नशील थे। कुछ सीमा तक सफल भी होने से आत्मा की शान्ति मुख पर झलक रही थी। एक सीमा तक सांसारिक मोहजनित बन्धनों से मुक्ति पा ली थी। मन, इन्द्रियों की चंचलता पर नियन्त्रण पा लेने से आत्मा में, नयनों में शान्ति थी। बुद्ध के अनुयायी भिक्षु अपने उद्धारकर्ता के समान समाज में पूज्य थे।

बन्दिनी सौन्दर्य सम्राज्ञी

इस आयु में भी उनके कमनीय मुख पर मनोहारी कान्ति एवं चुम्बकीय आभा थी। चिलमिलाते चौंधियाने वाले सूरज की प्रखरता नहीं वरन् चाँदनी–सी लुभावनी स्निग्धता थी। बोधिवृक्ष के नीचे पद्मासन मुद्रा में बैठे थे। चित्ताकर्षक आभा वलय का आभास सिर के पीछे होता था। मुँदी पलकें कमल पुष्प की पँखुरियों–सी कोमल सुन्दर थीं। अधरों पर स्थायी मोहक स्वर्गीय मुस्कान। मुखमण्डल पर आत्मिक शान्ति एवं मोक्ष के आनन्द का अनुभव था। जितनी बार सम्बोधि सुनने–दर्शनार्थ आती, तथागत में नया आकर्षण पाती। वैशाली के कोलाहल और आपाधापी से दूर वेणु वन में अपने संघ के साथ विहार कर रहे थे। राजधानी की भीड़ बिन बुलाये खिंची चली आ रही थी। लिच्छवि गणराज्य की परिषद् के सदस्य राजा चेटक, धनाढ्य श्रेष्ठी, अधिकारी, यदा–कदा गणाध्यक्ष, महामहिम महानाम भी उनमें थे। लोगों की आवाजाही, कोलाहल से वेणुवन की शान्ति भंग हो जाती थी।

भीड़ से हटकर आम्रवृक्ष की आड़ से बड़ी श्रद्धा, भक्तिभाव, आशा विश्वास से मत्स्य नयन निहार रहे थे। मन भयभीत हिरणी सा धक्–धक् कर रहा था। जरा से खटके से सावधान हो आती। चित्ताकर्षक कमनीय मुख को अवगुण्ठन तथा रेशमी काया को शॉल से अच्छी तरह से ढँक लेने के बाद भी सन्देह था, कोई पहचान न ले।

त्रासदी यह थी कि उसका बहुचर्चित, बहुप्रशंसित सौन्दर्य एवं व्यक्तित्व साधारण जीवन जीने की राह में बहुत बड़ी बाधा बन गया था। पहचान छिपाने के लिए अंगरक्षकों, दासियों और रथ के बिना पैदल प्रासाद के गुप्तमार्ग से आती थी। अनेक बार उसका मन साधारण जन के समान अपरिचित बन घूमना–फिरना चाहता था। पर सम्भव नहीं था। यदि वैशाली के रसिकों को वेणु वन में उसकी उपस्थिति का पता चल जाये तो भगवान् तथागत बोधिसत्व की पवित्र उपस्थिति को नज़रअन्दाज़ कर वे उसको घेर लेंगे। उनकी कामुक दृष्टियाँ उसकी कोमल देह को खा जाने को उतावली हो उठेंगी। भगवान् बुद्ध के आत्मा को शीतलता, पवित्रता प्रदान करने वाले व्यक्तित्व तथा वेणु वन की शुद्धता को भंग करने में भी लज्जा का अनुभव नहीं करेंगे। अच्छी तरह से ख़ुद को छिपा लेने के बाद भी शॉल और अवगुण्ठन को भेद कर निकलने वाली दैहिक दीप्ति और सुरभि विलासियों की लोलुप दृष्टियों को बरबस खींच ही लेती थी। पर्याप्त कोलाहल एवं भीड़ के बावजूद वह अकेलेपन और असुरक्षा का अनुभव कर रही थी।

कमल पुष्प की पँखुरियों–सी पलकें धीरे–धीरे खुलने लगीं। करुणा, दया, वात्सल्य, शान्ति, स्नेह, आशीष का अजस्र स्रोत झरने लगा। हर कोई अनुभव कर रहा था करुणा से ओत–प्रोत वह दृष्टि उसे ही उपकृत कर रही थी। कोलाहल शान्त होने लगा। स्वर्गिक शान्ति पसर गयी। उत्साह को सँभाल पाने में असमर्थ भावावेश में एक भक्त चिल्ला पड़ा भ...ग...वान्...तथा...गत...बोधि...सत्व...की जय ज...य...जय विद्युत लहर दौड़ गयी। अन्य कण्ठों ने जय ध्वनि को दुहरा तथा तथागत गौतम को प्रणाम कर वेणुवन के आकाश को गुँजा दिया। सुमधुर नारी कण्ठ ने

बुद्धम् शरणम् गच्छामि
धम्मम् शरणम् गच्छामि
संघम् शरणम् गच्छामि

शरणागत भक्ति प्रणाम किया।

शरणागति, प्रशंसा से परे तथागत की उड़ती स्नेह दृष्टि उसके नयनों से मिली, आत्मा में उतर मथ दिया। मुख की लालिमा दुगनी हो उठी। देह का सारा रक्त वहाँ सिमट आया था। जिन नयनों ने कभी झुकना, झपकना नहीं सीखा, दूसरों को आँखें चुराने के लिए बाध्य किया; वे तथागत की करुणा के माधुर्य से झुक गयीं। उनकी दीप्ति को सह न सकी नवोढ़ा की तरह लज्जा से नीचे देखने लगी। लेकिन झुके नेत्र दरस–परस को लालायित थे। साहस बटोर शीश ऊँचा कर पुनः निहारने लगी। वह प्रशान्त दृष्टि अभी भी उसी पर टिकी थी। उनके आकर्षण ने बाँध लिया। न जाने कब अवगुंठन गोरे–गुलाबी मसृण कन्धों से खिसक गया, पता न चला। मन्द–मन्द मुस्कुराते चीवर सँभालते उठ खड़े हुए।

आशीर्वाद पाने श्रद्धालुओं की भीड़ दौड़ पड़ी। लगा उन नयनों ने अनुगमन हेतु आमन्त्रित कर लिया। मन्त्रमुग्ध–सी तथागत के चुम्बकीय व्यक्तित्व से बँधी भीड़ से अलग स्वयं को सुरक्षित करते चल पड़ी। धीर पग तथागत की कुटिया में प्रवेश कर गये। भिक्षु तीवर ने पट गिरा दिया। पलट कर प्रणाम करते हुए भीड़ से निवेदन किया, 'महाप्रभु विश्राम करेंगे। आप लोग प्रस्थान कर सकते हैं।'

श्रद्धालु हटने को तैयार नहीं थे। न जाने क्या विश्वास कि बोधिसत्व पुनः दर्शन ही नहीं देंगे अमृत वचन भी सुनने को मिलेंगे। एक वृक्ष की ओट में पुनः खड़ी हो गयी। पर्याप्त समय बीत जाने के बाद भी जब तथागत बाहर नहीं आये तो भीड़ छँटने लगी। जाना वह भी चाहती थी पर न जाने क्यों मन रुकना चाहता था। वेणुवन के एक कोने में खड़ी हो गयी।

'देवी!' मीठे मधुर स्वर ने विचार तन्त्रा में बाधा डाली। बड़े–बड़े कजरारे नयनों के सामने भिक्षु तीवर शीश झुकाये निवेदन कर रहे थे, 'महाप्रभु स्मरण कर रहे हैं।'

चौंकी। तो भगवन् ने पहचान लिया। उसने तो स्वयं को छिपाने का भरसक प्रयत्न किया था। प्रसन्नता से मन भर आया। गहरी साँस ले भिक्षु तीवर के पीछे चल पड़ी। कुशा की चटाई पर अधलेटे बुद्ध आगन्तुक को आते देख उठ बैठे।

'आओ देवी आम्रपाली!' मुस्कान ने स्वागत किया, 'अब क्या समस्या है?' तथागत को विश्वास था आज पुनः आयेगी।

लता–सी झुक प्रणाम कर चरण धूलि से देह को पवित्र किया। एक अनिर्वचनीय आनन्द से भर गयी।

'आसन ग्रहण करें देवी।' मोहक मुस्कान यथावत् थी।

श्रद्धालु मुग्धा अन्तर दे चरणों में बैठ गयी।

'कैसी हो? स्वस्थ एवं प्रसन्न तो हो ना? अब पुनः कैसे कष्ट किया?' तथागत बुद्ध की अत्यन्त मधुर, स्नेहसिक्त शीतलता प्रदान करने वाली वाणी ने आम्रपाली के मर्मस्थल को गहरे तक स्पर्श किया। वर्षों से अन्तरात्मा में भोग रही सामाजिक, राजकीय प्रताड़ना, त्रासद व्यवहार, नारी गरिमा को अपमानित करने वाली नज़रों ने आत्मा, मन, देह, सौन्दर्य के प्रति घृणा पैदा कर दी थी। नारी बन पैदा होना अभिशाप लगा था। तथागत की स्नेह वाणी से वर्षों से आत्मा में बर्फ़ से जमे दुःख, व्याकुलता, विकलता आँसू बन निःशब्द बह निकले। उस दिन की बची व्यथा परोस दी।

थोड़ा–सा झुक तथागत गौतम दाहिने हाथ से वात्सल्य, ममता, स्नेह से आम्रपाली का सिर सहलाने लगे। जैसे एक पिता पुत्री को सान्त्वना दे रहे हों। मातृ–पितृ हीन अनाथ बालिका को पितृ स्पर्श ने भाव विगलित कर दिया। जीवन में पहली बार किसी से, नहीं, एक अवतारी, देशपूज्य सदी के इतिहास पुरुष महामानव से आत्मिक स्नेह, ममता मिलने से दुःखावेग भोग रही स्त्री के सन्त्रास का बाँध टूट गया। भ...ग...वान्...महा...प्रभु...देव...पिता...श्री...कह चरणों में लोट हिचकियाँ ले–ले रोने लगी। रुदन से चौड़ी सुचिक्कण पीठ, नितम्ब हल्के–हल्के हिल उस नारी की आत्मा के अवर्णनीय दुःख को व्यक्त करने लगे। रुदन का वेग बढ़ गया क्योंकि एक नारी, जो मातृस्वरूपा है, ने गौतम बुद्ध की दुःख, सुख, सांसारिक इन्द्रिय को जीत चुकी आत्मा को भी भाव विगलित कर दिया। आख़िर थे तो वे एक भावप्रवण मानव। वात्सल्य से पीठ सहलाने लगे। आत्मा को शीतलता प्रदान करने वाले स्पर्श ने आम्रपाली को, स्वयं को संयत करने में सहायता दी।

कुटिया का वातावरण करुणा से भर गया। भगवान् बोधिसत्व शान्त बैठे रहे।

समाज का विचार–व्यवहार व्यक्ति के विचार–व्यवहार से अलग होता है। व्यक्ति किये गये अहसान को मरते दम तक याद ही नहीं रखता चुकाने को भी प्रयत्नशील रहता है, जबकि समाज सम्बन्धों और सद्व्यवहार में भी खोट निकालता है। आम्रपाली की वेदना ने तथागत गौतम को मौसी माँ प्रजापति गौतमी का स्मरण करा दिया। जन्म देने वाली माँ महादेवी मायावती तो जन्म देने के तत्काल बाद बालक सिद्धार्थ को छोटी बहन प्रजापति गौतमी की गोद में डाल सद्यःजात बालक के लालन–पालन का भार उन्हें सौंप गयी थीं। उन्होंने तो उनसे बढ़ कर लालन–पालन किया। उनकी ममता, वात्सल्य बँट न जाये, इसलिए न किसी अन्य पुरुष से विवाह किया, न किसी सन्तान को जन्म दिया। अपनी पवित्र स्नेहमयी आत्मा के स्नेह, प्यार, ममत्व से, यशोधरा के साथ राहुल एवं संन्यास हेतु गृहत्याग तक उन पर लुटाती रहीं। आज भी अमृत स्नेह यथावत् है। समाज ने तो देवी प्रजापति गौतमी के त्याग–बलिदान को उनका कर्तव्य मान नज़रअन्दाज़ कर दिया। लेकिन तथागत बुद्ध मौसी के अवदान को नहीं भूलें। नाम के आगे गौतमी का पुत्र गौतम लगा लिया। बोधिसत्व बुद्ध के साथ तथागत गौतम भी कहलाने लगे।

विचार तन्द्रा जारी थी। चरणों में पड़ी आम्रपाली का रुदन भी जारी था। बुद्ध का करुणा से ओतप्रोत मन भर आया। आम्रपाली का दैवी सौन्दर्य उसके लिए अभिशाप बन गया था। उस अकेली के लिए ही क्यों? सुन्दरता और कमनीय काया हर नारी के लिए अभिशाप है। कामी लोलुप पुरुष उसे भोगना चाहता है। इसके लिए मर–मिटने, लड़ने–मरने को तैयार है। रूपसी को पाने के लिए युद्ध तक कर बैठता है। हज़ारों की मृत्यु का कारण बनाता है। बेचारी आम्रपाली। लिच्छवियों के गौरव के लिए राजनर्तकी बनी। नृत्य, गायन, वादन की सारस्वत कलाओं में अपने अलौकिक रूप सौन्दर्य के साथ लिच्छवियों के महाजनपदीय गणराज्य को देशभर में चर्चित कराया। बदले में क्या मिला?

गणिका का सार्वजनिक खिताब। सामाजिक राजकीय छवि धूमिल कर दी। अपने सपनों, पति, परिवार के प्रेम, आदर एवं नारी जीवन के सर्वश्रेष्ठ सोपान ईश्वर प्रदत्त सृजन की महती देन मातृत्व अपने वात्सल्य, ममता का बलिदान किया। बदले में बनी गणिका? नारी की त्रासदी ने गौतम बुद्ध को भाव विगलित कर दिया। सहसा विचार कौंधा। ईश्वर के सृजन कार्य को माँ बन नारी ही तो आगे बढ़ाती है। आह! माँ तो ईश्वर से भी बड़ी है। यदि ईश्वर की माँ नहीं है तो वह भी अनाथ भिखारी है। मातृस्वरूपा नारी की वेदना ने गौतम की संवेदना को घायल कर दिया।

'पुत्री! गणवधू बना वासना के विष का हलाहल पिलाने का जो महापाप इस गणराज्य ने किया है, वही उसके विनाश का कारण बनेगा। आपका सौन्दर्य और कमनीय काया ही आपके लिए अभिशाप बन गयी है। बुद्ध के नयन सजल थे। भाव विगलित दृष्टि से रुदन के वेग से रह–रह काँपती आम्रपाली की पीठ को निहारते रहे।

रुदन का वेग कम होने पर रुँधे गले से निवेदन किया, 'महाप्रभु! अपने सपने, यौवन सभी गणदेवता को समर्पित करने, वैशाली गणतन्त्र के गौरव के लिए स्वयं को समर्पित करने के बाद भी हम घृणा/ उपहास की पात्र हैं। यह कैसी त्रासद विडम्बना है देव? वैशाली की नारियाँ अपने पति, पुत्रों, बन्धु–बान्धवों को विशेषकर उच्च वर्ग या सम्भ्रान्त घराने की माताएँ, बहनें, पत्नियाँ हमसे दूर रखने को प्रयत्नशील रहती हैं। नारी होकर हमारे दुःख–दर्द को समझ कम करने की अपेक्षा घृणा का विषपान कराती हैं। हमारे चरण चुम्बन में गर्व और गौरव का अनुभव करने वाले कामुक विलासी गणमान्य लिच्छवि हमारे बारे में अकथनीय, अनर्गल, गन्दी–गन्दी चर्चाएँ करने, प्रचारित करने में ज़रा भी लज्जा का अनुभव नहीं करते। इनमें अपने आपको आपका परमभक्त, स्नेही कहने वाले नगरश्रेष्ठी गणमान्य ही नहीं सोलह जनपदों के शासकों, वणिकों के अत्यन्तप्रिय श्रीमान अनाथ पिण्डक प्रमुख हैं। उनकी अंकशायिनी न बनने का अपराध जो हमने किया है। यह कैसा व्यवहार है भगवन्?'

'पुत्री! संसार की यही रीति है। लेकिन आप माँ गंगा भागीरथी–सी निष्पाप और पवित्र हो। नदी, नारी और धरा भूमि को बहुत कुछ नहीं, सर्वाधिक भोगना पड़ता है बिटिया। यदि पुण्य सलिला नर्मदा एवं गंगा बोल सकतीं तो अनेक पुण्यात्माओं को स्वर्ग से निष्कासित करने पर डूबने के लिए चुल्लू भर पानी भी नहीं मिलता। यदि नारी आत्मकथन प्रस्तुत करे तो अनेक पुरुषों के कालिख पुते चेहरों को छिपाने की जगह नहीं मिलेगी। यदि नदी एवं नारी समान जीवनदायिनी धरती माँ अपनी व्यथा कहे कि किस प्रकार मनुष्य ने उसकी गोद में जन्म लेने और मृत्यु उपरान्त उसे अपने ममता, वात्सल्य से भरे आँचल में जगह देने के बाद भी मानव ने उसे खोदा, घायल एवं गन्दा किया तो मानव का निकृष्ट चरित्र उजागर होगा। इतिहास उसकी कलंक कथा कहने में शरमाएगा। भूमि, माँ, नारी, नदी जीवनदायिनी हैं। पुरुष स्वार्थ प्रेरित महत्त्वाकाँक्षी जो युद्धों के ज़रिये नारी को सारे जीवन रोने को शव प्रदान करता है। धरती माँ उन्हें भी ममतामयी गोद में रुदन करते सुला लेती है।'

कुछ काल अवसाद भरा सन्नाटा पसरा रहा। दुःख की उस लम्बी अवधि में भगवान् और भक्त एकाकार हो गये। मानवमात्र को कर्मजनित सांसारिक दुःख, दर्द, पीड़ा से छुटकारा दिलाने वाले सदी के देवपुरुष की अमृत सहानुभूति ने पुरुष समाज द्वारा छली गयी, अनर्गल चर्चाओं का विष पिलायी गयी नारी रूपी माँ की आत्मा को शीतल सान्त्वना प्रदान की। क्योंकि गौतम बुद्ध ने नारी की ज़िन्दगी की त्रासदी को समझा था। आम्रपाली ने शीघ्र स्वयं को सँभाला। सामाजिक–सार्वजनिक अपमान की जो पीड़ा भोग रही भी उससे छुटकारा पाने के लिए बची–खुची व्यथा भी पवित्र आत्मा को परोस दी थी।

'देव! हमें तो शूद्रों, अन्त्यजों से भी अधम माना जाता है। प्रत्येक धर्म / सम्प्रदाय में हमें ही समस्त पापों की जननी, जड़ माना गया है।'

'ना अम्बे। ना। हमारे बौद्ध धर्म और संघ के द्वार आपके लिए भी खुले हुए हैं। अम्बे। हम और हमारा बौद्ध धर्म ब्राह्मण, शूद्र, क्षत्रिय, अन्त्यज, वणिक, चाण्डाल, ग़रीब, अमीर, उच्च एवं निम्न वर्ण नारी,

पुरुष किसी भी प्रकार की जाति प्रथा में विश्वास नहीं करता। मानव निर्मित ये व्यवस्थाएँ मानव–मानव में भेदभाव कायम कर दुःख का कारण बनती हैं। प्रत्येक मानव की देह में एक ही आत्मा निवास करती हैं। पात्र अलग–अलग हैं। लेकिन उनमें आत्मा तो एक ही है। प्रत्येक आत्मा मोक्ष की अधिकारी है। क्योंकि वह पवित्र है। सदाचरण, सत्य व्यवहार में किसी भी प्रकार की, यहाँ तक कि वैचारिक हिंसा भी मना है। जो द्वेष, ईर्ष्या, प्रतिस्पर्धा में असफलता, धर्म इसी के निवारण का प्रयत्न करता है। अम्बे! तुम भागीरथी–सी पवित्र हो। पछतावे के आँसुओं ने तुम्हारी आत्मा को निर्मल और पवित्र कर दिया है।' स्नेह, करुणा, वात्सल्य से भगवान् तथागत ने आम्रपाली के सिर पर पवित्र हाथ से थपथपाया। आम्रपाली की देह–आत्मा में शान्त शीतलता पसर गयी। समझ गयी भगवान् बोधिसत्व संघ में देह नहीं आत्मा को प्रवेश देते हैं। प्रत्येक आत्मा बुद्धत्व प्राप्त करने के बाद पवित्र हो जाने से मोक्ष की अधिकारिणी है।

'तब क्या महाप्रभु संघ समेत हमारा आतिथ्य स्वीकार कर दासी को उपकृत करेंगे? अपनी चरणधूलि से इस गणिका की आत्मा और प्रासाद को पवित्र करेंगे? पहले भी तो निवेदन कर चुकी हूँ? मन नहीं माना देव इसी कारण फिर से दासी प्रार्थना कर रही है।'

काफ़ी देर से कुटिया का द्वार बन्द है? देवी आम्रपाली बाहर नहीं आयी हैं? ऐसी क्या चर्चा वे महाप्रभु से कर रही हैं? चिन्तित भिक्षु तीवर प्रांगण में चहलकदमी करते–करते रुक कुटिया के द्वार को निहार लेता। ऐसी क्या गोपनीय चर्चा हो रही है? तभी भिक्षु सौरभ और आनन्द भक्त श्रोताओं को विदाकर आये।

'बन्धु तीवर। कुटिया में भगवन् किससे बतिया रहे हैं?' सौरभ ने जानना चाहा।

'शायद देवी आम्रपाली हैं?'

सौरभ चौंका। दिल की धड़कन तेज़ हो आयी। रक्त के दौरे से मुख गरबराने लगा, 'कब आयीं? श्रोताओं में तो दिखाई नहीं दीं।'

'वेश बदल कर आयी थीं। रथ, दासी, अंगरक्षकों को वेणुवन से पर्याप्त दूर छोड़ा। फिर पैदल आयीं। मुझे भी दिखाई नहीं दीं। मगर महाप्रभु की तीक्ष्ण दृष्टि ने पहचान लिया। प्रवचन के बाद सभी श्रोता चले गये लेकिन वे वृक्षों की आड़ ले कुटिया के पास पहुँच भीतर बुलाने की प्रतीक्षा करने लगीं। कुटिया में पहुँचने के बाद भगवन् ने गणनर्तकी को बुलवा भेजा। पहले तो मैं भी चौंका। शीघ्र उन्हें बुला कुटिया में भेज दिया। काफ़ी देर से न जाने क्या चर्चा कर रहे हैं?'

सौरभ ने गहरी दर्दीली साँस ली। आम्रपाली के सामने नहीं पड़ना चाहता था। भगवन् तथागत का भिक्षु अवश्य बन गया था। लेकिन चंचल मन तथा इन्द्रियों पर पूरी तरह से नियन्त्रण पाने में असफल रहा। आम्रपाली अभी भी मन के किसी कोने में जड़ जमाये बैठी थी।

मन्द–मन्द मुस्कराते रहे। पुनः स्वीकृति दी। लेकिन व्याकुल चिन्तित आम्रपाली भांप नहीं पायी। प्राण कण्ठ में आ अटके। कातर दृष्टि निहारने लगी। तथागत ने विकलता का अनुभव किया।

'ना आम्रपाली अस्वीकार का तो प्रश्न ही नहीं है। हम संघ सहित निश्चय ही भिक्षा हेतु आपके यहाँ आयेंगे। आपके द्वारा निर्धारित स्थान में कुछ काल विहार भी करेंगे। समय, स्थान और तिथि से भिक्षु आनन्द आपको अवगत कराएँगे। उससे पूर्व भिक्षा हेतु भिक्षु भी आएँगे।'

'दासी धन्य हुई भगवन्!' अजानी पुलक से भरी आम्रपाली ने बार–बार प्रणाम कर कृतज्ञता प्रगट की। तथागत की दायीं हथेली आशीर्वाद दे रही थी। शिष्टाचार एवं सम्मान को ध्यान में रखते हुए उल्टे पग कुटिया के द्वार तक आयी। धीरे से द्वार खोल बाहर आयी।

तीवर, आनन्द, सौरभ तीनों की उत्सुक दृष्टियाँ द्वार पर ही टिकी थीं। कई वर्षों बाद सौरभ का सामना बालपन की सखी, नहीं–नहीं, देशप्रसिद्ध सौन्दर्य सम्राज्ञी बहुचर्चित, बहुप्रशंसित अम्बा। नहीं, आम्रपाली से होने वाला था, तीवर और आनन्द भिक्षु सौरभ के आरम्भिक जीवन के बारे में कुछ नहीं जानते थे। न उसने बताया। सौरभ की धड़कनें बढ़ गयीं। तनाव में आ गया। इच्छा कुटिया की बगल में छिपने की हुई। लेकिन बन्धु भिक्षुओं की उपस्थिति बाधक थी।

फिर मन जानना चाहता था आम्रपाली पहचानती है या नहीं अथवा सम्मान और पद के दर्प का परिचय देते हुए अपरिचित बनी रहना चाहती है। परीक्षा लेना उचित लगा।

भगवान् तथागत की स्वीकृति से मगन, प्रफुल्लित, गुनगुनाती बाहर आयी। आमन्त्रण की स्वीकृति की सन्तुष्टि से गोरा–गुलाबी कमनीय मुख तथा नयनों की आभा दुगनी हो आयी थी। शिष्य आनन्द से मिल भगवान् एवं संघ के आतिथ्य का दिन, तिथि, समय तय कर पक्का कर लेना चाहती थी। भिक्षु आनन्द को पहचानती नहीं थी। हाँ, नाम सुना था। ये भी जानती थी कि भिक्षु आनन्द तथागत के पट्ट शिष्य हैं। एक प्रकार से आत्मज। कुटिया से निकलते ही भिक्षु तीवर सामने दिख गये।

'भन्ते! दासी भिक्षु आनन्द से मिलना चाहती है। कहाँ भेंट हो सकेगी?' आम्रपाली ने सादर प्रणाम किया।

'वे सामने हैं।' आनन्द की ओर इशारा कर दिया। भिक्षु आनन्द साथी भिक्षु से बतिया रहे थे।

आम्रपाली की दृष्टि दूसरे भिक्षु पर पड़ी। 'अरे ये तो सौरभ है। जैतग्राम का बालपन का साथी। बौद्ध भिक्षु बनने के बाद कितना परिवर्तन आ गया है। तथागत की कृपा से अन्त्यज का बेटा सम्माननीय, श्रद्धेय भिक्षु है।' प्रव्रज्या ग्रहण कर बोधिसत्व के सान्निध्य और धर्मानुशासन के पालन ने अन्त्यज की सामाजिक–जातिगत भेदभाव, छुआछूत से कुण्ठित–प्रताड़ित आत्मा में जो आत्म विश्वास जनित तेजस्विता प्रदान की है, वह अद्वितीय है। पुजारी बाबा भी तथागत के समान छुआछूत, जातिगत भेदभाव में विश्वास नहीं करते थे। इसलिए देवालय के प्रागंण में उसे प्रवेश दिया। उसे खिलाने दिया। लेकिन प्रसाद दूर से देते थे। पूजा की सामग्री छूने नहीं देते थे। न ही गर्भगृह में प्रवेश दिया। व्यक्तित्व और विशेषकर मुख की तेजस्विता श्रद्धाभाव जगाती है। नियमित योगाभ्यास, सन्तुलित आहार–विहार से दुबली पतली काया भर जाने से एक चुम्बकीय आर्कषण पैदा हो गया है। स्मरण हो आया राजनर्तकी बनते ही दास–दासियों, अंगरक्षकों, राजनर्तकी

के सचिव असंग ने अभिरक्षा में ले लिया था। अभिनन्दन, अभिवन्दन, बधाइयों के शोर ने ऐसा बहकाया कि गर्व से फूल उठी। स्वयं को सातवें आसमान, ऊपर हवा में उड़ता महसूस कर रही थी। जैतग्राम के देवालय के वादक, गायक, शिक्षा गुरु एवं मां से अधिक स्नेह करने वाली समर्पिता भी पीछे छूट गयी। गण प्रासाद से निकलते समय भी सम्माननीय गणराजा सदस्यों ने भी हँसते–मुस्कराते उसे प्रणाम किया। कुछ उत्साहियों ने अंगरक्षकों को परे हटा पीठ थपथपाई। गौरव के उस क्षण में पहले तो कुछ नहीं समझ पायी। बाहर भी बड़ी भीड़ थी। उसके आते ही गणनर्तकी का स्वागत हर्षोल्लास तुमुल जय ध्वनि से ज़ोरदार स्वागत किया। तत्काल समझ आया एक अनाथ, अवैध बालिका ने ऐतिहासिक उपलब्धि प्राप्त कर ली है। भीड़ के धक्के–मुक्कों से बचाने बड़ी कठिनाई से अंगरक्षकों ने रथ पर बैठाया। तब भीड़ को परे ढकेलते, संघर्ष करते सौरभ रथ के पास आने में सफल हुआ था। उसकी निगाह में आना चाहता था।

'अम्बे...आम्र...पाली...' आवाज़ दी। सम्राज्ञी ने देखने का प्रयत्न किया भी। तभी अंगरक्षक ने टोका, 'स्वामिनी कृपापूर्वक आसन ग्रहण करें।' अंगरक्षकों एवं सैनिकों ने भीड़ को हटा मार्ग बना दिया। रथ दौड़ने पर गिर सकती हैं। दासी ने हाथ पकड़ जबरन बिठा दिया। सारथी ने रथ दौड़ा दिया। स्मृति ताज़ा हो आयी।

'देवी हाथ हिला प्रणाम कर प्रशंसकों का अभिवादन स्वीकारें। मुस्करायें।' असंग जबरन उस ग्रामीण सुन्दरी बाला का हाथ उठा हिलाने लगा। चतुर आम्रपाली तत्काल समझ गयी। खड़ी हो हँसते–मुस्कराते हाथ हिला प्रणाम कर जनता के प्यार, आदर–सत्कार का प्रतिदान देने लगी। तेज़ी से भागता रथ सौरभ को पीछे छोड़ता चला गया। रथ को अंगरक्षक अश्वारोहियों ने घेर रखा था। रथ के चक्कों एवं अश्वों के खुरों से उड़ी धूल के गुबार में आम्रपाली, नहीं सौरभ की अम्बा छिप गयी। राजनर्तकी के कर्तव्यों, सम्मान, आदर, प्रतिष्ठा, अतिविशिष्टों की चाटुकारिता, प्रशंसा के भँवर में ऐसी डूबी कि सौरभ तो क्या जैतग्राम के अपने विस्मृति के गर्भ खोह में गुम हो गये।

वर्षों बाद दूसरे जन्म में बालपन के साथी को देख अवसाद से भर उठी। मिलने–बतियाने का साहस नहीं हुआ। सौरभ के कारण तथागत के पट्ट शिष्य भिक्षु आनन्द से मिलने का साहस नहीं हुआ। सचिव असंग को भेज भगवान् तथागत एवं संघ के आतिथ्य सत्कार की तिथि, समय, वार आदि तय कर लेगी। न होगा तो ख़ुद एक बार और आकर भगवान् से चर्चा कर लेगी। आश्रम के सामने के मार्ग को निहारा। पूरा विश्वास था असंग अंगरक्षकों एवं दासी हेमा के साथ लेने आया होगा। यद्यपि किसी को भी बताये बिना चोरी–चुपके महाप्रभु से मिलने आयी थी। विश्वास के अनुरूप रथ खड़ा दिखाई दिया। आत्मविश्वास लौट आया। भिक्षु सौरभ के कारण भिक्षु आनन्द से मिले बिना लौट आयी। रथ में बैठ पर्दे गिरा लिए।

बन्धु आनन्द से बतियाने के बाद सौरभ तथागत से मिलने कुटिया में गया। सावधानीपूर्वक द्वार खोला, ताकि तथागत को कष्ट न हो कुश के आसन पर लेटे बोधिसत्व नेत्र मूँद आराम कर रहे थे। मुख की दीप्ति यथावत् थी। आराम में ख़लल न पड़े इसलिए सौरभ चुपचाप हाथ जोड़े खड़ा रहा। उसकी साँसों के उतार–चढ़ाव से तथागत को किसी की उपस्थिति का आभास हो गया।

'कौन? आनन्द।'

'ना महाप्रभु। दास सौरभ।'

तत्काल उठ बैठे, 'आह! सौरभ। प्रिय भन्ते संघ में कोई दास या स्वामी नहीं। हम भी नहीं। सभी समान हैं। बौद्ध धर्म सामाजिक–जातिगत भेदभाव में विश्वास नहीं करता। ऊँच–नीच, छुआछूत, अस्पृश्यता, ग़रीब–अमीर का हमारे धर्म में कोई स्थान नहीं। हम मानते हैं कि प्रत्येक देह में एक आत्मा का निवास है। देह अलग–अलग हैं लेकिन आत्माओं का स्वरूप एक ही है। विश्वास है भविष्य में दास का प्रयोग नहीं करोगे।'

'जो आज्ञा देव! क्या आदेश है?'

'कुछ काल पूर्व गणनर्तकी देवी आम्रपाली पधारी थीं। देवी संघ सहित हमारा आतिथ्य करना चाहती हैं। हमने स्वीकृति दे दी है।

संघ सहित उनके यहाँ भिक्षा हेतु जायेंगे। उन्हें सूचित करें, हम संघ सहित पूर्णिमा के दिन आएँगे।'

आम्रपाली का नाम आते ही विकल हो आया। उसका सामना करने की इच्छा नहीं थी। जिसने पहचानने से इनकार कर दिया। उस अपमान को भूला नहीं था। महाप्रभु के आदेश से उसी के यहाँ जाना पड़ेगा। उसका सामना कैसे करेगा? लेकिन महाप्रभु का आदेश टाल भी नहीं सकता। उसका मनोभाव दर्पण बन गया। जिसे मानव मन के अध्येता तथागत ने तत्काल भाँप लिया। इसके मन में आम्रपाली को लेकर कोई ग्रन्थी है। उससे मुक्त करना होगा। बौद्ध भिक्षु की आत्मा, मन, नारी; नहीं! नारी ही नहीं प्रत्येक मानव को लेकर निर्मल होना चाहिए। कुण्ठा, ग्रन्थी ग्रस्त व्यक्ति का व्यवहार पक्षपात कभी–कभी शत्रुता लिए होता है। मुस्कराये।

'भन्ते सौरभ! देवी के प्रासाद जाने में कोई संकोच, झिझक हो तो आनन्द को भेजा जा सकता है। तुम्हें तो इसलिए भेज रहे हैं कि वे आपके ग्राम की हैं। परिचित होंगी ही। अतः भेंट करने में कठिनाई नहीं आएगी।'

'भगवन्! ऐसी कोई बात नहीं है।' मन को पक्का कर असमंजस को परे झटक दिया, 'कहाँ वे राष्ट्र का गौरव और कहाँ मैं एक साधारण भिक्षु? वे एक सम्माननीय अतिविशिष्ट महिला हैं। मुझ अकिंचन से भेंट करना पसन्द नहीं करेंगी?'

'प्रिय सौरभ! देवी से मिलने तुम नहीं जा रहे। तुम तो मात्र सन्देशवाहक हो। हमारा सन्देश सुन दौड़ी आएगी। फिर भी...।'

'ना...ना...प्रभु। मैं अवश्य चला जाऊँगा।' दृढ़ निश्चय से मुख आलोकित हो आया। तथागत प्रसन्न हुए। यही तो वे चाहते थे। प्रत्येक भिक्षु निर्मल, पवित्र मन से धर्मानुशासन का पालन करे। चरण स्पर्श कर भिक्षा पात्र ले बुद्धम् शरणम् गच्छामि, धम्मम् शरणम् गच्छामि, पवित्र मन्त्र का जाप करते मार्ग के श्रद्धालुओं का प्रणाम स्वीकारते देश प्रसिद्ध गणनर्तकी के प्रासाद हेतु चल पड़ा।

आम्रपाली के प्रासाद से अनतिदूर राजकीय ध्वज पताकाओं एवं अश्वारोही अंगरक्षकों से घिरा रथ रुका। लिच्छवि गणराज्य के प्रधान सेनापति भद्रसेन सैन्य चुस्ती–फुर्ती से उतरे। सैनिकों ने यातायात रोक दिया। भिक्षु सौरभ को भी रुकना पड़ा। उत्सुक मार्ग श्रद्धा–भक्ति से देशरक्षक को निहारते प्रणाम करने लगा। सौरभ शान्त निहार रहा था। शीश हिला प्रधान सेनापति भद्रसेन ने प्रजा को उपकृत किया। प्रधान सेनापति को आते देख द्वाररक्षक के स्वामिनी को सूचना भिजवाने पर तत्काल अपने वस्त्रों, मुख को अंगराग से आकर्षक बना दौड़ी आयी।

प्रधान सेनापति के आगमन के कारण सुरक्षा की दृष्टि से आवागमन रोक दिया था। भिक्षु सौरभ अच्छी तरह से जानता था कि समाज ही नहीं शासन में भी भिक्षुओं, श्रमणों, साधु, संन्यासी, सन्तों के प्रति विशेष श्रद्धा ही नहीं पूजा भाव है। उनके आगमन–प्रस्थान पर भक्तगण न केवल खड़े हो सम्मान प्रगट करते हैं वरन् चरण स्पर्श प्रणाम कर आशीर्वाद लेते हैं। इसी का लाभ ले आगे बढ़ा। रास्ता अपने आप मिलता चला गया। शीघ्र पहली क़तार में जा पहुँचा। पुनः आगे बढ़ा। भाला अड़ा कर सैनिकों ने रोका, 'क्षमवस्य देव! थोड़ी देर रुकें। सुरक्षा की दृष्टि से यह आवश्यक है। महामान्य प्रधान सेनापति जी के गणनर्तकी देवी आम्रपाली के प्रासाद में प्रवेश करते ही सर्वप्रथम देव को मार्ग प्रदान कर दूँगा।' प्रणाम के साथ निवेदन किया।

आम्रपाली के प्रासाद के द्वार को अन्तर दे रथ रुका। अश्वारोही सैनिक एक ओर हट गये। सैन्य फुर्ती–चुस्ती से भद्रसेन उतरे। द्वाररक्षकों ने सादर प्रणाम किया। स्वागतार्थ द्वार पर रूपसी आम्रपाली के अधर, नयन ही नहीं कमनीय मुख की मुस्कराहट, स्मित हँसी तथा गोरे–गुलाबी हाथ प्रणाम मुद्रा में स्वागतार्थ आतुर थे, 'आइए, पधारिए देव। देव ने आकर दासी को उपकृत किया।'

'साधुवाद! मदनोत्सव की नृत्य नाटिका के बाद ही आपको बधाई देने, अभिनन्दन, अभिवन्दन हेतु आना चाहते थे। लेकिन देवी जानती हैं। बतियाते हुए सीढ़ियाँ चढ़ आम्रपाली के पास पहुँचे।

कंचुकि एवं अधोवस्त्र के बीच की पतली अनावृत कटि ने भद्रसेन में रूमानी भाव जगाया। पतली कटि को बलिष्ठ हाथ ने क़ब्ज़े में ले आम्रपाली को अत्यन्त निकट खींच चिपका लिया, 'लेकिन देवी जानती हैं' महामहिम मगध सम्राट के कारण समस्त गणशासन व्यस्त हो आया था। हमें भी उपस्थिति लगानी पड़ी थी। चाहकर भी आ न सके।'

भद्रसेन द्वारा आम्रपाली को कोटि के ज़रिये निकट खींच लेने, प्रायः अर्थ आलिंगन में लेने के दृश्य ने ब्रह्मचारी, भिक्षु सौरभ के संयम का बाँध तोड़ दिया। तिलमिला गया। भद्रसेन की कमर में लटके खड्ग को खींच हत्या करने की तीव्र इच्छा हिलोरें मारने लगी। विचार हिंसा का भी महाप्रभु ने निषेध कर रखा है। कर्म ही नहीं मन और वचन की हिंसा भी तो हिंसा है। लेकिन मेरी अम्बा।

प्रधान सेनापति एवं आम्रपाली के अन्दर जाते ही सैनिकों ने मार्ग खोल दिया। भगवान् तथागत का हर भिक्षु प्रणम्य है। लोग आदरपूर्वक विचारों के भँवर में फँसे भिक्षु सौरभ को सादर प्रणाम कर आगे बढ़ गये। कल्पना ने पलटा खाया। आम्रपाली को भद्रसेन के आलिंगन में देख घबरा गया। विषाद से भर उठा। वापस लौट जाने की तीव्र इच्छा हुई। लेकिन महाप्रभु का सन्देश गणनर्तकी को देना कर्तव्य है। भिक्षु सौरभ को अन्तर्द्वन्द में पड़ा देख चकित व्यक्ति ने पूछ लिया, 'देव। कोई कष्ट है? सहायता करूँ?'

'अं...ह...ह...। न, ऐसी कोई बात नहीं। साधुवाद!' लोगों की चुभती निगाह से बचने के लिए शीघ्र प्रासाद के द्वार पर जा पहुँचा।

तथागत ही नहीं बौद्ध भिक्षुओं का भी समाज, राज्य में बड़ा सम्मान था। प्रहरी के द्वार पर लटकी रस्सी के खींचते ही अन्दर घण्टी बजने पर दासी दौड़ी आयी।

'क्षमवस्य देव! कुछ काल प्रतीक्षा करनी पड़ेगी। फिर दासी को आदेश दिया, भगवन् के लिए भिक्षा का प्रबन्ध करें।' जाने हेतु दासी मुड़े उसके पहले, 'हम भिक्षा हेतु नहीं आये हैं।'

देवी आम्रपाली के लिए महाप्रभु तथागत का सन्देश लाये हैं। कृपापूर्वक बुलवा दें।

'भगवन्! स्वामिनी इस समय माननीय प्रधान सेनापति महोदय के स्वागत चर्चा में व्यस्त हैं। महाप्रभु का जो भी सन्देश हो दासी के ज़रिये कृपापूर्वक पहुँचा दें।'

'बन्धुवर! महाप्रभु का सन्देश व्यक्तिगत देने का आदेश है। कृपया उन्हें ही बुलायें।'

आम्रपाली को नीचा दिखाने, अपना महत्त्व कायम करने के अवसर को खोना नहीं चाहता था।

'जैसा देव का आदेश!' दासी को अलग से कुछ कहना नहीं पड़ा। बुलाने चल दी।

प्यार छलकाते नेत्रों से भद्रसेन आम्रपाली की गोरी–गुलाबी रेशमी हथेली को सहला रहे थे। आम्रपाली से सटकर झूले पर बैठे भद्रसेन हल्की–हल्की पींगें ले रहे थे।

'प्रिय पाली मदनोत्सव में आपने भगवान् तथागत पर अद्वितीय, अवर्णनीय नृत्य नाटिका प्रस्तुत की, वह अवर्णनीय है। न भूतो न भविष्यति। आपका रूप–सौन्दर्य और कलाश्रेष्ठता इतिहासजयी बनेगी। लिच्छवि गणराज्य भाग्यवान है जो आप जैसी रूप–गुण सम्पन्न गणनर्तकी प्राप्त हुई।' एक पल रुका। नयनों से प्रेम रस झरने लगा, 'दास देवी को पुरस्कृत करने की अनुमति चाहता है।'

दीर्घ चकित नयन निहारने लगे, 'इसकी क्या आवश्यकता है? उस रात महामहिम गणाध्यक्ष जी ही नहीं, मगध सम्राट ने भी समस्त गणराज्य एवं मगध साम्राज्य की ओर से हमें पुरस्कृत कर हमारी कला एवं सहयोगी कलाकारों को पारितोषिक दिया है। अलग से आप क्यों कष्ट कर रहे हैं?'

'ये सारे पुरस्कार तो गणराज्य ने प्रदान किये हैं। दास देवी का प्रशंसक ही नहीं भक्त भी है। हमारा भी तो कुछ कर्तव्य बनता है।' तभी भद्रसेन ने अचानक अप्रत्याशित पग उठाया। आम्रपाली को निकट खींच गोरे–गुलाबी सुचिक्कण कपोलों को चूम लिया।

भद्रसेन के अभद्र व्यवहार से आम्रपाली भौंचक्की रह गयी। अनुशासित भद्रसेन से ऐसा व्यवहार अपेक्षित नहीं था। शर्म से सुर्ख़ हो गयी।

अपमानित अनुभव किया। सेना प्रमुख ने नारी की मर्यादा का उल्लंघन किया था। जो भी आता है भोगना ही चाहता है। परे ढकेलने वाली ही थी कि?

खंह...ख...ह...पर्दे के पार से दासी ने सावधान किया। भद्रसेन तत्काल आसंदी पर जा बैठे। कुशल अभिनेत्री शीघ्र व्यवस्थित हो गयी। लेकिन मन में मलाल था। देशरक्षक भी सामान्य पुरुष ही निकला। नारी की यही नियति है। हर पुरुष के लिए भोग्या है।

'कौन? अन्दर आइए।'

'दासी हेमा', अन्दर आ प्रणाम किया, 'क्षमवस्य स्वामिनी! एक भिक्षु भगवान् तथागत का सन्देश लाये हैं।'

'आह! लगता है भगवान् ने हमारी प्रार्थना स्वीकार ली।'

'कौन–सी प्रार्थना देवी?'

'दासी का आतिथ्य स्वीकार कर मुझ अकिंचन के यहाँ संघ सहित भिक्षा भोजन हेतु पधारेंगे। क्षमवस्य देव, अभी आयी।' द्वार की ओर दौड़ गयी।

भिक्षु सौरभ शीश झुकाये विचारमग्न था। सौरभ को देखते ही ठिठकी। प्रसन्नता से चमकता मुख मुरझा गया। अभिनेत्री तत्काल सँभली। भावनाओं को नियन्त्रित कर लिया।

'दासी का प्रणाम स्वीकारें भिक्षु देव!' कमल हथेलियों को जोड़ शीश झुका प्रणाम किया।

आह! अम्बा। ना। देशचर्चित सौन्दर्य सम्राज्ञी गणपूजित आम्रपाली प्रणाम मुद्रा में थी। प्रधान सेनापति पीछे थे। भिक्षा हेतु नाना प्रकार के मौसमी फलों, सूखे मेवों से सजी चाँदी की थाली लिए हेमा थी। समृद्ध राजसी भोग–विलासी जीवन शैली से ग्रामीण दुबली–पतली छरहरी देह न केवल भर गयी थी, बल्कि उसमें मांसल कामुक चुम्बकीय तीखा आकर्षण सृजित हो गया था। उस मादकता से विलासी जीवन झर रहा था। श्रृंगार ने मांसल सौन्दर्य में तीखा चुम्बकीय आकर्षण सृजित कर दिया। पुष्प, मोती वेणियों से सजी केशराशि, दिव्य भाल के सौन्दर्य को बढ़ाती बिन्दी, तराशी कमान–सी भौंहें, काजल रचित दीर्घ मृगी नयन।

गोरे–गुलाबी रेशमी कपोलों की सुन्दरता को बढ़ाती हीरे के लवंग से सजी सुतवाँ नासिका, लाल पतले बिम्बाधर से रसीले अधर, गोल चिबुक। दीर्घ कानों की शोभा बढ़ाते कर्णफूल। सुचिक्कण कन्धे, मृणाल–सी भुजाएँ भुजबन्धों से सजी थी। जवाहरात टँकी कंचुकि की अवमानना करते नुकीले पुष्ट उरोज। पतली कटि की शोभा कटि मेखला से सजी जंघाएँ। नितम्बों के भार से कटि थोड़ी झुकी थी। दैनिक नृत्य के अभ्यास से समस्त देह किसी देवालय की तराशी मूर्ति। ना स्वर्ग की उर्वशी। ना मन–नयनों को शीतलता प्रदान करने वाली मरमरी चाँदनी गणनर्तकी बन सामने थी। जैतग्राम की चिड़िया–सी फुदकती, चहचहाती, शरारती अल्हड़ बालिका गणनर्तकी की छवि में बन्दिनी बन गयी है। अछूत समाज का लड़का तथागत बोधिसत्व भगवान् का भिक्षु बन जाने से समाज पूज्य बन गया है। गहरी साँस ली।

'पहले भिक्षा ग्रहण करें देव।' हेमा आगे आयी।

'क्षमा करें देवी आम्रपाली। भिक्षा हेतु हम नहीं आये हैं। भगवन् ने आपके लिए सन्देश भेजा है।' आत्मसम्मान जागने से अपरिचित–सा व्यवहार था सौरभ का।

'भगवन् का क्या आदेश है?'

'देवी गणनर्तकी भगवान् तथागत आगामी पूर्णिमा के दिन संघ सहित आपके यहाँ विहार करेंगे।' समाचार दे भिक्षु सौरभ तत्काल मुड़ा पूरी गरिमा के साथ धीर पग चल दिया।

भिक्षु सौरभ कुछ दूर पहुँचा ही था कि एक ब्राह्मण ने मार्ग रोक लिया। सौरभ चौंका। शान्त स्वर में पूछा, 'आप क्या चाहते हैं मान्यवर।'

'भन्ते! मैं वैदिक ब्राह्मण हूँ। मेरी कुछ शंकाएँ हैं। क्या बौद्ध धर्म के पास उनका समाधान है? मेरा नाम वासत्थ है।'

'क्या आप प्रतिदिन सम्बोधि में उपस्थित रहते हैं?'

'हाँ भन्ते! उसके बाद भी समाधान नहीं हो पाया है। सम्बोधि में श्रोताओं की इतनी भीड़ होती है कि तथागत से प्रश्न पूछने का साहस नहीं होता।'

'उचित यही होगा मान्यवर वासत्थ महोदय आप हमारे साथ वेणु वन चलें। भगवन् बोधिसत्व इस समय अकेले में आपको उपलब्ध रहेंगे। आपकी समस्त शंकाओं का समाधान प्राप्त हो जायेगा।'

दोनों वेणुवन पहुँचे। तथागत चिन्तन मग्न थे। सौरभ के साथ आये व्यक्ति को देख स्नेह से मुस्कुराये।

'देव आपका सन्देश देवी आम्रपाली को पहुँचा दिया।' प्रणाम किया।

'साधुवाद! प्रिय सौरभ साथ में ये कौन महानुभाव हैं?'

'देव ये कर्मकाण्डी वैदिक ब्राह्मण हैं। वासत्थ इनका नाम है, इनकी कुछ शंकाएँ हैं। समाधान हेतु आये हैं।

'आसन ग्रहण करिए बन्धुवर वासत्थ।'

प्रणाम कर वासत्थ बैठा।

'कहिए, क्या समस्या है?'

'देव! मोक्ष की प्राप्ति के लिए ईश्वर को अर्पित धार्मिक यज्ञ–हवन एवं कर्मकाण्ड के मार्ग को आप अनुचित क्यों मानते हैं?'

तथागत मुस्कराये, 'प्रिय वासत्थ आपकी शंकाओं के समाधान हेतु हम आपसे प्रतिप्रश्न करेंगे। विश्वास है आप सत्य का पालन करते हुए उत्तर देंगे। सत्य धर्म का पहला सोपान है।'

'जो आज्ञा देव!'

'क्या ईश्वर के पास धन–सम्पत्ति और नारियाँ हैं?'

'नहीं।'

'क्या वे क्रोधपूर्ण हैं या क्रोधरहित?'

'क्रोधरहित।'

'ईश्वर का अन्तःकरण पवित्र है या मलिन?'

'पवित्र।'

'क्या वे स्वयं अपने स्वामी हैं?'

'हाँ।'

'प्रिय वासत्थ! आप और इन ब्राह्मणों के पास धन और नारियाँ हैं?'

'हैं देव।'

'क्या ये क्रोध और ईर्ष्यारहित हैं?'

'नहीं।'

'उनका अन्तःकरण पवित्र है और वे स्वयं के स्वामी हैं?'

'नहीं।'

'प्रिय वासत्थ, इसका अभिप्राय यह हुआ कि मलिन हृदय वासना शून्य नहीं है।. उनके अन्तःकरण पवित्र नहीं होने से उनका आचरण दूषित है। दूषित, मलिन अन्तःकरण, आचरण से किया गया धार्मिक कर्मकाण्ड, यज्ञ–हवन मोक्ष का प्रदाता कैसे हो सकता है। आचरण की शुद्धता, मन–आत्मा की पवित्रता और शील निद्देश्य का पालन आत्मा को वासनाओं, लालसाओं, अशुद्ध आचरण से मुक्त करता है। मुक्त आत्मा ही मोक्षदायी है।'

'प्रिय वासत्थ! जब तक चरित्र शुद्ध नहीं होगा। धन की लालसा दूर नहीं होगी। काम, क्रोध, मोह, वासना आदि पर विजय नहीं की जायेगी, तब तक यज्ञों, अनुष्ठानों से मोक्ष नहीं मिलेगा। आचरण की शुद्धता और सत्यनिष्ठा ही सच्चा धर्म और मोक्ष का प्रदाता है।'

'प्रिय वासत्थ! संसार में चार प्रकार के मानव होते हैं। पहले वर्ग के मानव निम्न श्रेणी के होते हैं। उनकी जीवन यात्रा तिमिर (अन्धकार) से आरम्भ हो तिमिर में समाप्त होती है। क्योंकि उनके समस्त क्रियाकलाप स्वार्थ, लोभ, वासना, कामना एवं लाभ–हानि से प्रेरित होते हैं। वे सांसारिक प्रपंचों से ग्रस्त रहते हैं। शील निद्देश्य, सदाचार, सद्व्यवहार, शुद्ध पवित्र आचरण जो धर्म के मूल तत्त्व है से वे वंचित हैं। वे पशुवत् जीवन बिताते हैं। अतः मोक्ष कैसे प्राप्त कर सकते हैं?'

दूसरी श्रेणी के निम्न वर्ग के होने के बाद भी तिमिर से आरम्भ कर नैतिक धार्मिक जीवन की ओर प्रस्थान करते हैं। सद्गुणों, सदाचार, प्रेम, समर्पण के शील निद्देश्य का पालन करने से प्रत्येक दुर्गुण से दूर रहते हैं। स्नेह, सद्व्यवहार, सदाचार, सहयोग के शील का पालन कर तिमिर से आलोक की ओर यात्रा करते हैं।'

'तीसरे वर्ग के मानव उच्च श्रेणी के होने के बाद भी आलोक से जीवन आरम्भ करने के बाद भी तिमिर की ओर अग्रसर होते हैं। उनके सारे व्यवहार स्वार्थ प्रेरित होने से सांसारिक लाभ के लिए होते है।

वे असत्य भाषण, असत्य आचरण–व्यवहार, झूठ का अवलम्ब लेने से धार्मिक कर्मकाण्ड करने के कारण के बाद भी मोक्ष कैसे प्राप्त करेंगे। शील निद्देश्य ही धर्म का पहला और अनिवार्य आधार तत्त्व है। सत्यनिष्ठ, सद्व्यवहारी, सदाचारी ही धर्मनिष्ठ है।'

'चौथी श्रेणी के मनुष्य अपना जीवन सत्यनिष्ठा, सत्यकर्म के आलोक में आरम्भ करता है। सदाचारी होने से शील निद्देश्य, सद्व्यवहार, सत्यवचन, दया, क्षमा, दान के मानवीय सद्गुणों को अपने जीवन में उतार उनका सत्य व निष्ठा से पालन करता है। ये ही धर्म के आधार तत्त्व हैं। सद्गुणी आत्मा जीवन काल में ही मोक्ष का अनुभव करती है। सत्यनिष्ठ ही धर्मनिष्ठ है। कोई कर्मकाण्ड इसके लिए ज़रूरी नहीं। भन्ते वासत्थ! यह देह खलु धर्म साधनम्–धर्म की साधना के लिए है और शील निद्देश्य धर्म की आत्मा है।'

'देव का कथन समीचीन है। महाप्रभु मुझे प्रव्रज्या प्रदान कर मोक्ष के मार्ग पर चलने का आशीर्वाद दें।' तथागत ने जिन सरल शब्दों में धर्म के मर्म की व्याख्या की थी उसने वासत्थ को बौद्ध धर्म अपनाने की प्रेरणा दी। मोक्ष के मार्ग पर चल पड़ा।

गैरिक चीवर से आवेष्टित चौड़ी पीठ को असहाय देखती रह गयी। राजसी मर्यादाओं की बन्दिनी होने का अहसास होते ही सलोना मुख फीका पड़ गया। दास–दासियों की उपस्थिति का भान होते ही कुशल अभिनेत्री सँभली। हेमा को आदेश दिया, 'हेमा। महाप्रभु ने संघ सहित भोजन विहार हेतु पूर्णिमा की तिथि तय कर दी है।' कक्ष में वापस चलते–चलते निर्देशित किया। ऐसे प्रदर्शित किया मानो कुछ हुआ ही नहीं, भण्डागारिक जी से कहें भोजन की व्यवस्था उच्च कोटि की सर्वोत्तम हो। कहीं कोई कमी न रह जाये। महाप्रभु के लिए स्वर्ण, रजत की थालियाँ, कटोरियों, गिलास आदि साफ़–सुथरे हों।'

'दासी का एक निवेदन है स्वामिनी!'

'बोलो।' प्रश्नवाचक दृष्टि से जानना चाहा।

'बोधिसत्व ने संन्यासी बनने के साथ राजसी वस्त्रों, उपकरणों का परित्याग कर दिया है। दासी के विचार से वे केले के पत्तों,

दोनों, मिट्टी के गिलास आदि का उपयोग ही करेंगे। राजसी बर्तनों के उपयोग को वर्जित मानते हैं।'

'विचार में पड़ गयी। हेमा का सुझाव उचित लगा, 'तुम्हारा सुझाव मान्य है। भण्डागारिक जी से उसकी भी व्यवस्था को कहो। साधारण भोजन, फल, दुग्ध की व्यवस्था भी हो।'

'जो आज्ञा स्वामिनी!' प्रणाम कर भण्डागारिक से मिलने चल दी।

वेणु वन की मनभावन शीतलता तथागत के सान्निध्य एवं सम्बोधि ने आत्मविश्वास को बढ़ाया था। तथागत संघ सहित पधार कर उसके घर–आँगन एवं उसे पवित्र करेंगे यह उसके जीवन की अत्यन्त महत्त्वपूर्ण घटना थी। एक गणिका को पवित्र करने आ रहे थे वे। स्वागत–सत्कार, भोजन–पान में किसी प्रकार की कमी न रहे इसलिए स्वयं नयनिका और भण्डागारिक के साथ बनाये जाने वाले व्यंजनों फल, दूध, दही, मिष्ठान आदि पर घण्टों चर्चा करती। भोजन व्यवस्था, बैठक व्यवस्था का निर्णय हो जाने पर मन को शान्ति मिली। शास्ता के अनुग्रह से मन मगन रहती। धीमे स्वर में किसी भजन गीत की कड़ी गुनगुनाया करती। एक बार सभी का व्यवस्थित निर्णय एवं तैयारी प्रारम्भ हो जाने पर शास्ता से स्वयं एक बार और मिल कर पूर्णिमा को पधारने का स्मरण कराने वेणुवन जा पहुँची। उसे अनाथ पिण्डक के आमन्त्रण का भी भय था। वह अत्यन्त शक्तिशाली है देवी गणनर्तकी को आया देख श्रोता ससम्मान खड़े ही नहीं हुए, सादर प्रणाम भी किया। तथागत के बगल में खड़ा भिक्षु सौभद्र एक ओर हो गया। अपने में मगन आम्रपाली का ध्यान उस ओर नहीं गया।

'आह! देवी आम्रपाली स्वागतम्। कैसे कष्ट किया?' स्मित मुस्कान ने स्वागत किया।

पूरी श्रद्धा से चरण स्पर्श किये, 'देव ने भिक्षु सौभद्र जी के ज़रिये संघ सहित भोजन विहार हेतु पूर्णिमा पर पधारने की सूचना भिजवा दासी पर महती कृपा की है। दासी उसे स्मरण कराने तथा महाप्रभु का दर्शन लाभ ले कृतार्थ होने आयी है।'

'उसकी आवश्यकता नहीं थी पुत्री अम्बे। हमें स्मरण है। दो दिन बाद ही पूर्णिमा है। संघ सहित हम...।' तभी दूर से आता अनाथ पिण्डक दिखाई दे गया, 'आह! अनाथ पिण्डक...? नगरश्रेष्ठी का आगमन सुनते ही भयभीत हो आयी। तत्काल एक ओर आड़ में हो गयी। कहीं देव उसके यहाँ पहले न पधार जायें। लिच्छवि महाजनपद ही नहीं वह देशमान्य अधिक शक्तिशाली है। चिन्ता की बदली ने कमनीय मुख को ग्रहण लगा दिया। श्रोताओं ने खड़े हो सादर नगरश्रेष्ठी को भी प्रणाम किया। आम्रपाली ने प्रणाम का उत्तर प्रणाम से दिया था, जबकि अनाथ पिण्डक ने सगर्व सिर्फ़ सिर हिलाया। उसके पास धन–सम्पत्ति पैसे की ताक़त थी। अच्छी तरह से जानता था पैसा एक बड़ी शक्ति है। उससे कुछ भी, किसी को भी ख़रीदा जा सकता। पैसे की इस ताक़त का उपयोग अनेक बार कर चुका था। उसका ज़ोर आम्रपाली पर नहीं चला। अतः शत्रु मान बैठा। सगर्व गर्वीली चाल से मदमस्त हाथी के समान तथागत के पास पहुँचा। आम्रपाली की ओर ध्यान नहीं गया।

'दास का प्रणाम स्वीकारें देव।' झुक दाहिनी हथेली से चरण स्पर्श किया।

'यशस्वी भव। चिरंजीवी भव। अनाथ पिण्डक वत्सराज उदयन की कौशाम्बी की यात्रा कैसी रही? कब लौटे?'

'दास कल ही कौशाम्बी से लौटा हूँ। महाप्रभु की कृपा एवं आशीर्वाद से दास की व्यावसायिक यात्रा सफल रही। महाप्रभु की शुभकामना से दास को सौदे में अच्छा मुनाफ़ा हुआ।'

'तुम एक चतुर व्यापारी हो। अच्छा लाभ कमाना जानते हो?'

'इसके लिए महादेवी वासवदत्ता का आभारी हूँ। क्षमा करेंगे देव नारी को कुछ भी और सभी कुछ बेचा जा सकता है। पसन्द आने पर वे वस्तु का कोई भी मूल्य देने को तत्पर रहती हैं। यूनानी देशों से दास ने सुन्दर रत्नाभूषण तथा चीन से कशीदा कढ़े, मोती पिरोये वस्त्र आयातित किये थे। सम्राज्ञी वासवदत्ता ने पूरे के पूरे ख़रीद लिए।' प्रसन्नता अनाथ पिण्डक के मुख ही नहीं सारी देह से छलकी पड़ रही थी।

'तभी न इतने प्रसन्न दिखाई दे रहे हो।'

'महाप्रभु के अनुग्रह के लिए दास आभारी है। देव को स्मरण कराने दास उपस्थित हुआ है।' महाप्रभु ने संघ सहित दास के प्रासाद को चरणधूलि से पवित्र कर भोजन विहार हेतु पधारने की स्वीकृति दी है। दो दिन बाद पूर्णिमा है। इस पवित्र दिवस पधार कर दास को उपकृत करें। सविनय हाथ जोड़े।'

तथागत–विचारमग्न हुए। बात सँभाली, 'प्रिय थके हुए होंगे। विश्राम कर थकान दूर करो। फिर व्यवस्था में भी कुछ समय लगेगा। अतः पूर्णिमा के बाद किसी दिन रख लेना।'

'महाप्रभु! शुभस्य पुण्यस्य शीघ्रम्–देव, पुण्य प्रदाता शुभ कार्य को शीघ्र सम्पादित करना चाहिए। दास पूर्णिमा का लाभ उठाना चाहता है। उपकृत करें।'

तथागत धर्मसंकट में पड़ गये। पुनः विचारमग्न।

'देव कोई समस्या?'

'हाँ, प्रिय अनाथ पिण्डक। हम संघ सहित भोजन विहार हेतु आपके यहाँ अवश्य आएँगे लेकिन...?'

'लेकिन क्या महाप्रभु?'

'प्रिय अनाथ पिण्डक हमने स्वयं स्वीकृति देकर देवी आम्रपाली के यहाँ इस पूर्णिमा पर संघ सहित भोजन विहार का आतिथ्य स्वीकार किया है। अतः प्रियवर आपके यहाँ आप द्वारा निर्धारित किसी शुभ तिथि पर अवश्य आएँगे।' अनाथ पिण्डक प्रिय भक्त शिष्य था। बुरा न मान जाये इसलिए प्रिय शब्द का बार–बार उपयोग कर रहे थे।

पिण्डक तिलमिला गया। मगर देव विभूति को क्या बोले? क्या शिकायत करे? अपमानित अनुभव किया। रहा न गया, 'देव! एक गणिका के लिए महाप्रभु ने दास को, नगरश्रेष्ठी देशमान्य को दूसरे स्थान पर रख दिया? देव से यह उम्मीद नहीं थी।' घमण्ड से चमकता तेजस्वी मुख फीका पड़ गया, 'महाप्रभु! हमारे द्वारा गणशासन को दिये जाने वाले कर पर ही उस गणिका का वैभव–विलास टिका हुआ है।'

अनाथ पिण्डक का प्रत्येक शब्द विष बुझे तीर के समान आम्रपाली की आत्मा को छलनी कर लहूलुहान कर रहा था।

'देव! उस गणिका की दास के सामने हैसियत ही क्या है? दास वेणुवन से अपने प्रासाद को जोड़ने वाले मार्ग पर स्वर्ण मुद्राएँ बिछाएगा। भगवन् अपने पवित्र चरणों से उन मुद्राओं को पवित्र करने की महती कृपा करें। बाद में दास उन्हें ग़रीबों, अन्यजों को दान कर देगा।

आम्रपाली की विकल वेदना का अहसास करते ही तथागत की आत्मा करुणा से भर गयी। विष बुझे कटु वचनों को सुनने के बाद भी क्रोधजयी तथागत पिण्डक को शान्त, अविचल, स्थिर मन से निहारते रहे। पिण्डक के मन से घमण्ड की दुर्भावना को निकल जाने दिया।

अनाथ पिण्डक बोल तो गया किन्तु चतुर वणिक शीघ्र सँभला। शिष्टाचार का उल्लंघन करने का भान हुआ यह अनुचित अमान्य है। अपराध–बोध का अहसास होते ही पछतावे से भर गया। तत्काल चरणों में लोटा। क्षमवस्य...देव...महा...प्रभु....अपराध को क्षमा करें देव।' रोने लगा। मन को कलुष आँसू बना पवित्रतम् चरणों का प्रक्षालन करने लगा। अनाथ पिण्डक के मन कलुष, आम्रपाली के प्रति दुर्भावना आँसू बन बह जाने दिया, ताकि प्रिय भक्त का मन निर्मल हो जाये। रुदन का वेग ममतालू स्पर्श से बढ़ गया। शान्तचित्त, मौन बैठे रहे। नगरश्रेष्ठी के व्यवहार और क्षमायाचना से आम्रपाली एवं श्रोता स्तब्ध। उसकी क्षमा प्रार्थना ने भाव विगलित कर दिया।

'उठो प्रिय अनाथ पिण्डक, उठो। वात्सल्य से ओत–प्रोत थी मधुरवाणी।'

अश्रुपूरित नयनों से गर्दन उठा निहारा।

'ये मत भूलो प्रिय अनाथ पिण्डक देवी आम्रपाली ने लिच्छवि गण के गौरव के लिए अपने मातृत्व का बलिदान किया है। माँ ईश्वर से भी बड़ी होती है। माँ बिना इस जगत् का स्वामी सर्जक भी अनाथ है। आप तो दुनिया देखे प्रबुद्ध देश प्रसिद्ध व्यवसायी हैं। फिर ये अनुचित विचार एक सम्माननीय नारी के प्रति क्यों प्रस्तुत किये? वाणी संयम का पालन करो। व्यवसाय की सफलता हेतु वणिक समुदाय मधुर बोलों के लिए प्रसिद्ध है। फिर ये वाणी असंयम क्यों? असंयमित वाणी दुःख का कारण है। कुवचन हिंसा है प्रिय अनाथ पिण्डक इनसे बचें।'

'दास लज्जित है भगवन्। जब तक देव क्षमा नहीं करेंगे, दास पवित्र चरण नहीं छोड़ेगा।'

'हमने तो पहले ही क्षमा कर दिया। हम जानते थे तुम नहीं तुम्हारा घमण्ड और क्रोध कटु शब्द बोल रहा था। विश्वास है संयम की शिक्षा देने वाले अष्टांगिक मार्ग, सम्यक् आचरण का व्यवहार करोगे। शीलआचरण, शील निद्देश्य परमो धर्मः।'

'वचन देता हूँ भगवन्। आज से प्राणीमात्र के प्रति मन में दुर्भावना नहीं रखूँगा। शील निद्देश्य का पालन करूँगा। देव के द्वारा प्रतिपादित अष्टांगिक मार्ग पर चलने का प्रयत्न करूँगा। देव से प्रार्थना है देवी आम्रपाली का आतिथ्य पहले स्वीकारें। पूर्णिमा पर उनके यहाँ अवश्य संघ सहित पधारें। तत्पश्चात अपनी सुविधानुसार दास की कुटिया को पवित्र करें। दास वेणुवन से अपनी कुटिया तक के मार्ग पर बिछाये जाने वाली स्वर्ण मुद्राएँ लोक कल्याण के लिए दान में ख़र्च करेगा। पाली ग्रन्थों के अनुसार उसने ऐसा किया भी। शेष जीवन गृहस्थ भिक्षु बन बौद्ध धर्म का पालन करते हुए अष्टांगिक मार्ग पर चलते हुए बिताया। व्यापार के बाद अधिकांश समय धर्म तथा लोक कल्याण के सामाजिक कार्यों में व्यतीत करने लगा।

अनाथ पिण्डक के पछतावे के आँसुओं ने आम्रपाली के वात्सल्य से भरपूर ममत्व को द्रवित कर दिया।

'देव एक प्रार्थना है!' भरे गले से निवेदन किया।

'बोलो अम्बे!'

'भगवन् उचित समझें तो पहले नगरश्रेष्ठी अनाथ पिण्डक के यहाँ संघ सहित पधारें!'

'स्मित मुस्कान की आभा से तथागत का मुख आलोकित हो आया, देवी अम्बे। हर संघ के कुछ नियम और विधियाँ होती हैं। उनका पालन अनिवार्य है। हम भी अपवाद नहीं हैं। संघ पहले आपका आतिथ्य स्वीकारेगा।'

'दासी उपकृत हुई।' चरण स्पर्श कर विदा हुई।

पूर्णिमा के शुभ, पुण्यप्रदाता मंगलमय दिन तथागत संघ सहित भोजन विहार हेतु चल दिये। एक गणिका के आतिथ्य हेतु सदी के देवपुरुष को जाते देख वैशाली चकित थी। पुष्पहार, रोली, चन्दन, धूप–दीप, आरती से आम्रपाली ने स्वागत–सत्कार किया। अपने हाथ से फल, दूध एवं अन्य व्यंजन परोसे। प्रासाद के सभी कर्मचारी, दास–दासियाँ अति प्रसन्न हो सेवा में लगे थे। तथागत एवं संघ ने प्रेमपूर्वक भिक्षा भोजन ग्रहण किया। आम्रपाली की सेवा और भोजन की तृप्ति विशेषकर भोजन में मिली आम्रपाली की श्रद्धा, भक्ति–भावना की सन्तुष्टि है।'

'दासी धन्य हुई।' श्रद्धा अश्रुओं के साथ सिर पर आँचल रख चरण स्पर्श किये।

'संघ को चलने की अनुमति दें देवी।'

'भगवन् से दासी की एक प्रार्थना है।' भावविभोर आम्रपाली ने हाथ जोड़े।

'बोलो आयुष्मति।'

'महाप्रभु! दासी इस छवि और जीवन से थक गयी है। दासी को प्रव्रज्या दे अपने चरणों की शरण में स्थान दे उपकृत करें। बाकी का जीवन आत्मिक शान्ति में बीते।'

'तथास्तु। कल वेणुवन आना प्रव्रज्या अवश्य मिलेगी।'

दिन और रात्रि आत्मिक आनन्द में बीती। बड़ी आतुरता से समय बीता। दूसरे दिन हेमा, नयनिका भी साथ हो लीं। देवपुरुष ने प्रव्रज्या प्रदान की।

'सौभद्र!'

'भगवन्!'

'देवी को गैरिक वस्त्र प्रदान करें!'

'जो आज्ञा भगवन!'

'गैरिक वस्त्रों ने चमत्कार किया आम्रपाली के मन का मौसम बदल गया। आत्मिक शान्ति और श्रृंगारहीन नैसर्गिक सौन्दर्य की दीप्ति से कमनीय मुख दीप्त हो आया। यौनाकर्षण के स्थान पर पूजा तथा श्रद्धा भाव जागने लगा। चीवर धारण के बाद–

बुद्धम् शरणम् गच्छामि,
धम्मम् शरणम् गच्छामि,
संघम् शरणम् गच्छामि।

के साथ भिक्षुणी आम्रपाली, भिक्षुणी नयनिका एवं भिक्षुणी हेमा ने तथागत के चरण कमलों में स्वयं को समर्पित कर दिया।

सौन्दर्य कला की सम्राज्ञी, गणनर्तकी आम्रपाली दासी हेमा और नयनिका को तथागत द्वारा प्रव्रज्या देने का समाचार विद्युत से भी अधिक तेज़ गति से राजधानी वैशाली में फैल गया। वैशाली गणाध्यक्ष महानाम, संसद के सदस्य, राजा तथा वणिक समाज ही नहीं शूद्रों, अन्त्यजों, चाण्डालों समेत पूरा महानगर स्तब्ध चकित। किसी का साहस रोकने–टोकने का नहीं हुआ। प्रव्रज्या के समय वेणुवन में पूरी वैशाली उमड़ पड़ी थी। तिल धरने को जगह नहीं। सारे समय शान्ति पसरी रही। साँस रोक निहारते रहे।

'आनन्द!'

'देव!'

'वैशाली में हमारे विहार का समय पूरा हो गया। संघ कुशीनगर हेतु विहार करेगा!'

'जो आज्ञा देव!'

कुशीनगर के मार्ग पर तथागत चल पड़े। भिक्षु–भिक्षुणियों ने अनुगमन किया। राजगृह होते कुशीनगर जाना चाहते थे। सबसे पहले गणाध्यक्ष महानाम ने चरण स्पर्श किये। रुक कर भिक्षुणी आम्रपाली को भी श्रद्धा भक्ति से प्रणाम निवेदित किया। सांसद राजाओं, अमात्यों, सेनाध्यक्ष, नगरश्रेष्ठी अनाथ पिण्डक ने अनुसरण किया। नयनों को शान्ति प्रदान करने वाले आध्यात्मिक आलोक से उनके आलोकित मुख श्रद्धा तथा भक्ति भाव जगाने में सफल हुए थे। शीघ्र ही संघ वन–प्रान्तर में खो गया।

सन्दर्भ पुस्तकें

पालि साहित्य

दिव्यावदान, दीघनिकाय, महागोविन्द सुत्त, उदेनवत्थु, विनयपिटक, दीपवंश, महावंश, धम्मपद, जातक, थेरीगाथा, मज्झिम निकाय, निद्देश, सुत्त निपात, ललित विस्तार।

जैन साहित्य

भगवती सुत्त, खरतर गच्छ, प्रबन्ध चिन्तामणि–मेरुतुंग, प्रबन्धकोश–राजशेखर

अन्य

नाटककार भासकृत–स्वप्नवासवदत्ता, प्रतिज्ञा यौगन्धरायण, नाटककार जैनाचार्य हरविजय सूरी–त्रिषष्टिशलाका पुरुष चरित्रं, आचारांग सूत्र–एच. जैकोबी, परिशिष्ट पर्वन–एच. जैकोबी, बृहद् कथा मंजरी–क्षेमेन्द्र, भगवती सुत्त–अजय देव, वायु पुराण, विष्णु पुराण भविष्य पुराण–गीता प्रेस, गोरखपुर, मुद्राराक्षस, अर्थशास्त्र–आचार्य विष्णु गुप्त चाणक्य, अनुवाद–श्याम शास्त्री। जर्नल ऑफ़ बिहार रिसर्च सोसायटी प्राचीन भारत के नगर व नागरिक–यू. एन. राय, हिन्दुज़्म एंड बुद्धिज़्म–चार्ल्स इलियट, स्टडीज इन कौटिल्य–एन. वी. कृष्ण राव, अशोक महान–आर. सी. मजुमदार, भारतीय विद्या भवन–द वैदिक एज, भारतीय विद्या भवन–एंशिएंट इंडिया, भारतीय विद्या भवन–द एज ऑफ़ इम्पीरियल यूनिटी।

मेगस्थनीज का भारत, ह्वेनसांग का भारत,
डॉ. राजबली पाण्डेय–प्राचीन भारत का इतिहास
डॉ. नीलकण्ठ शास्त्री–नन्द–मौर्य युगीन भारत
डॉ. बी. एस. लुगिया–प्राचीन भारत
विंसेंट स्मिथ–अशोक द ग्रेट
डॉ. के. सी. जैन–मालवा थ्रू द अजंता
डॉ. एस. के. दीक्षित–उज्जयिनी
एफ़ ई. पार्सिदर–एंशिएंट इंडियन हिस्टोरिकल ट्रेडिशंस
एच. सी. राय चौधरी–पोलिटिकल हिस्ट्री ऑफ़ एंशिएंट इंडिया।

❑❑